NICOLA MARNI

Die Tallinn-Verschwörung

GOLDMANN – IHRE NR. 1

Buch

Eines Nachts kommt die junge Ärztin Andrea Kirschbaum in München unter mysteriösen Umständen ums Leben. Laut Polizeiangaben hat sie Selbstmord begangen. Ihr Freund Torsten Renk, ein MAD-Agent, der erst vor kurzem von einem Bundeswehreinsatz in Afghanistan zurückgekehrt ist, glaubt jedoch nicht an einen Freitod und beginnt selbst zu ermitteln.

Etwa zur selben Zeit stößt die Studentin Graziella in Rom auf ein düsteres Geheimnis, das sie zutiefst schockiert: Mitten im Vatikan existiert eine Gruppe, die sich dem bedingungslosen Kampf gegen den Islam verschworen hat und mit rechtsradikalen Kreisen zusammenarbeitet. Anführer des Geheimbunds ist niemand anderes als Graziellas Onkel, Kardinal Monteleone, der mit seinen Männern einen blutigen Anschlag vorzubereiten scheint.

Torsten Renks Ermittlungen führen ihn in Neo-Nazi-Kreise, und auf diesem Wege kommt er der vatikanischen Verschwörung auf die Spur. Seine Nachforschungen bleiben nicht unbemerkt, und auf Renk wird ein Mordanschlag verübt. Doch dann erhält er unerwartet Hilfe von Graziella …

Nicola Marni
Die Tallinn-Verschwörung

Thriller

GOLDMANN

FSC
Mix
Produktgruppe aus vorbildlich
bewirtschafteten Wäldern und
anderen kontrollierten Herkünften

Zert.-Nr. SGS-COC-001940
www.fsc.org
© 1996 Forest Stewardship Council

Verlagsgruppe Random House FSC-DEU-0100
Das FSC-zertifizierte Papier *München Super* für dieses Buch
liefert Arctic Paper Mochenwangen GmbH.

1. Auflage
Taschenbuchausgabe Juni 2010
Copyright © 2008
by Page & Turner/Wilhelm Goldmann Verlag, München,
in der Verlagsgruppe Random House GmbH
Umschlaggestaltung: UNO Werbeagentur München
Umschlagfoto: Fine Pic, München
Redaktion: Regine Weisbrod
BH · Herstellung: Str.
Druck und Bindung: GGP Media GmbH, Pößneck
Printed in Germany
ISBN: 978-3-442-47288-8

www.goldmann-verlag.de

ERSTER TEIL

MORD IM HOCHHAUS

EINS

Die Leuchtziffern der Uhr zeigten kurz vor drei und es war Nacht – keine gute Zeit, um in dieser Gegend allein unterwegs zu sein. Die Straßen waren so still und unbelebt, dass es Andrea einen Schauer über den Rücken jagte. Auch wirkten die schwarzen Hochhäuser im Mondlicht wie zu Ruinen zerfallen, und die Laternen standen so weit auseinander, dass ihr Licht den leichten Nebel kaum zu durchdringen vermochte. In dem schmalen Durchgang, der zur Haustür der Nummer neun führte, hatte der Architekt sich die Lampen ganz gespart. Erst wenn man den kleinen, in der Dunkelheit schimmernden Knopf drückte, wurden das Klingelbrett und die Tür erleuchtet.

Andrea Kirschbaum blieb stehen und kämpfte gegen die Angst. Dabei hatte sie sich vor zwei Wochen noch gefreut, hier ein Apartment beziehen zu können. Die riesige Wohnanlage lag nicht weit vom Klinikum Neuperlach entfernt, in dem sie eine Stelle als Assistenzärztin gefunden hatte, und die kleine Wohnung war vor allen Dingen bezahlbar. Bisher hatte Andrea sich in diesem Mikrokosmos, in dem Menschen verschiedenster Nationen und Glaubensrichtungen friedlich nebeneinander lebten, wohl gefühlt, auch wenn Torsten die Ansammlung schwarzgelber Hochhäuser einen Slum genannt hatte. Beim Gedanken an Torsten kniff sie die Lippen zusammen. Mit ihm würde sie Tacheles reden müssen, denn so wie jetzt ging es nicht weiter. Entweder wechselte er die Dienststelle, so dass er nicht mehr auf Auslandseinsätze geschickt wurde, oder sie würde ...

Ein Geräusch, das Andrea hinter sich zu hören glaubte, unterbrach ihren stummen Monolog. In schierer Panik hastete sie weiter und prallte gegen die gläserne Front, in der die Tür und das Klingelbrett eingelassen waren. Ohne Licht zu machen, tastete sie nach dem Schloss, steckte den Schlüssel hinein und öffnete.

Als die Tür hinter ihr zuschnappte, atmete sie auf. Gleichzeitig schimpfte sie mit sich selbst und ihren überreizten Nerven. Nicht die Wohnanlage war schuld an ihrer gedrückten Stimmung, sondern der Stress im Job. Sie war mehr als zwanzig Stunden in der Klinik gewesen und hatte während dieser Zeit bei sechs Operationen assistieren müssen. Bei der letzten, die länger als vier Stunden gedauert hatte, war es um Leben und Tod gegangen. Frisch von der Uni gekommen, fiel es ihr nicht leicht, eine solche Anspannung wegzustecken.

Andrea tröstete sich mit dem Gedanken, dass es mit der Zeit leichter werden würde, und betrat den Aufzug. Bevor sie die Hand ausstrecken und den Knopf für den neunten Stock drücken konnte, setzte die Kabine sich in Bewegung. Im ersten Augenblick zuckte sie zusammen, lachte dann aber über sich selbst. Auch um drei Uhr morgens gab es Leute, die das Haus verlassen wollten. Sie drückte auf den Knopf mit der Neun und lehnte sich gegen die Fahrstuhlwand.

Seltsamerweise hielt der Fahrstuhl nirgends. Der sechste Stock blieb hinter Andrea zurück, der siebte und zuletzt auch noch der achte. Sie schüttelte ungläubig den Kopf, denn im obersten Stockwerk wohnte nur sie. Ihres Wissens standen die anderen Wohnungen leer.

»Wahrscheinlich habe ich beim Betreten des Fahrstuhls unbewusst doch gedrückt«, sagte Andrea zu sich selbst und wartete, bis sich die Fahrstuhltür öffnete. Als es so weit war, trat sie mit einem raschen Schritt ins Freie – und prallte mit jemandem zusammen.

»Entschuldigung!«, sagte sie. Dann aber weiteten sich ihre Augen beim Anblick des kräftig gebauten Kerls, der mindestens eins neunzig groß war und fünfundneunzig Kilo auf die Waage bringen mochte. Sein Schädel war kahlgeschoren und gab seinem Kopf die Gestalt einer polierten Kugel. Noch auffälliger aber war das ausgewaschene T-Shirt unter der offenen Weste, auf dem noch vier Buchstaben des Levels zu erkennen waren: NSDA. Es musste ein LONSDALE-T-Shirt sein. Andrea wusste von Torsten, dass dies die Lieblingsmarke vieler Neonazis war, weil die Buchstaben auf die NSDAP hinwiesen, ohne als verbotenes Symbol zu gelten.

Noch während sie sich fragte, was der Typ auf ihrem Stockwerk zu suchen hatte, bemerkte sie die drei anderen Männer, die eben eine der angeblich leer stehenden Wohnungen verließen. Zwei von ihnen kannte sie. Der eine war Monsignore Balthasar Kranz, der am Tag zuvor einen erkrankten Ordensbruder in der Klinik besucht und sich beinahe hysterisch aufgeführt hatte, weil er den Schwerkranken nicht in ein Ordenskrankenhaus überführen lassen durfte.

Von dem Zweiten hatte sie Bilder auf Torstens Laptop gesehen. Der untersetzte Mann war etwa so groß wie sie und wirkte trotz seines feinen Anzugs mehr wie ein Boxer oder Preisringer, der sich als Manager eines Nachwuchstalents versucht. Er hieß Rudi Feiling und zählte zu den Unbelehrbaren, wie Torsten es ausgedrückt hatte. Der Glatzkopf musste sein Leibwächter sein. Die beiden in der Gesellschaft des Monsignore zu sehen, war in etwa so, als würden Luzifer und der Erzengel Michael sich zum Skat treffen.

Der Dritte, ein dünner, alterslos wirkender Mann, trug ebenso wie der Monsignore einen schwarzen Anzug mit dem weißen Kragenspiegel, der ihn als Kleriker auswies. Bei Andreas Anblick funkelte er Feiling verärgert an.

»Konnte Ihr Pavian nicht aufpassen? Es war ausgemacht, dass es keine Zeugen geben darf!«

Seine Worte, mehr aber noch sein Tonfall fraßen sich wie Säure in Andreas Gehirn. Mit einem Aufschrei schlüpfte sie an dem Glatzkopf vorbei und war mit einem Satz vor ihrer Tür. Sie brachte den Schlüssel ins Schloss und konnte ihn noch umdrehen, dann stand der Bullige neben ihr und riss ihr den Arm hoch. Andrea sah es zwischen seinen Fingern metallisch aufglänzen und spürte als Letztes einen Schlag.

ZWEI

Monsignore Kranz blickte mit einer Mischung aus Erregung und Ekel auf die am Boden liegende Gestalt. Die junge Frau wirkte schlank und sportlich. Ihr blondes Haar war zu einem Pferdeschwanz zusammengebunden, der aus der Öffnung einer dunkelblauen Baseballmütze ohne Aufdruck herausquoll, und ihr längliches Gesicht war auf eine aparte Art hübsch. Nun rann ein dünner Blutfaden von der Stelle herab, an der sie der Totschläger getroffen hatte. Kranz beobachtete fasziniert den roten Tropfen, der sich von der Schwerkraft gezogen seinen Weg über die Haut suchte und bald auf den Fußboden fallen würde.

Mit einer energischen Bewegung wandte er sich an seinen Sekretär. »Das Blut!«

Der Mann zog ein Taschentuch aus der Jacke und beugte sich über Andrea, um ihr damit über das Gesicht zu wischen. »Ich glaube, die kenne ich«, sagte er dabei mit einem Seitenblick auf den Monsignore. »War die nicht gestern dabei, als wir in der Klinik waren?«

Der Monsignore zischte einen lateinischen Fluch. »Und was hat das Weibsstück hier oben zu suchen?«

»Ich glaube, sie wohnt hier. Wenigstens steht auf dem Türschild derselbe Name wie auf dem Anhänger ihres Rucksacks.« Feilings Leibwächter hatte das handgeschriebene, mit Tesafilm befestigte Namensschild auf der Tür entdeckt und streckte die Hand aus, um es abzureißen.

»Lass das, du Idiot!«, fuhr Kranz' Sekretär ihn an. »Damit schaffst du die Sache nicht aus der Welt.«

Der Monsignore nickte. »Unser Zusammentreffen muss strengstens geheim bleiben. Also muss sie verschwinden.«

Feiling fuhr auf. »Sollen wir sie etwa aus dem Haus schaffen und im Perlacher Forst vergraben?«

Einen solchen Tonfall war der Monsignore nicht gewöhnt. Sein Gesicht färbte sich rot, und für Augenblicke lag Streit in der Luft. Sein Sekretär bemühte sich, die Wogen zu glätten. »Natürlich nicht! Es würde nur überflüssige Fragen aufwerfen, wenn sie gefunden wird. Ich glaube, neun Stockwerke sind hoch genug, um das Problem aus der Welt zu schaffen. Ihr Pavian soll mit anpacken. Sie öffnen uns die Tür. Aber kein Licht, verstanden! Und fassen Sie drinnen nichts an.«

Der Mann hörte sich so an, als erteile er tagtäglich solche Befehle. Feiling empfand beinahe mehr Achtung vor ihm als vor dem Monsignore, der bei diesem Treffen eine Zusammenarbeit zu beider Nutzen konkretisiert hatte. Mit einem Mann wie Kranz im Rücken konnte er endlich das erreichen, was ihm schon so lange vorschwebte. Aus diesem Grund wies er seinen Leibwächter an, dem Sekretär zu helfen.

Der Bullige wollte sich zu Andrea niederbeugen, doch da hielt Kranz' Begleiter ihn auf. »Halt, Pavian! Nicht ohne Handschuhe!« Er klang verächtlich, denn er hielt nicht viel von der Intelligenz des kahlköpfigen Mannes. Obwohl das Tragen von Handschuhen bei diesem Treffen Pflicht war, hatte Feilings Leibwächter die seinen mehrmals an- und wieder ausgezogen und schließlich in die Tasche gesteckt. Jetzt zuckte der Leibwächter zusammen und streifte sie rasch wieder über.

Die beiden Männer trugen Andrea in ihr Apartment und warteten, bis Feiling die Balkontür geöffnet hatte. Dieser überzeugte sich, dass niemand in der Nähe war, und trat zurück. Während die beiden anderen die junge Frau hochwuchteten und mit einem kräftigen Ruck über die Brüstung warfen, wandte sich der Anführer der Neonazis an den Monsignore, der wie ein düsterer Schatten in der offenen Tür stand.

»Wie konnte die Frau an diese Wohnung kommen? Sie sagten doch, Ihre Leute hätten das obere Geschoss unter Kontrolle!«

»Das frage ich mich auch. Ich werde Nachforschungen anstellen und es herausfinden. Der Trottel, der das in die Wege geleitet hat, kann sich auf etwas gefasst machen. Jetzt aber sollten wir gehen. Wenn die Frau gefunden wird, gibt es hier zu viel Wirbel.« Der Monsignore ging zum Aufzug, der noch immer in diesem Stockwerk stand, und öffnete die Tür.

»Mein Sekretär und ich fahren als Erste. Wir schicken Ihnen und Ihrem Pavian den Aufzug wieder hoch.«

»Ich bin kein Pavian!«, bellte Feilings Leibwächter, der sich von den Kirchenmännern nicht länger beleidigen lassen wollte.

»Dann eben ein Gorilla«, sagte der Sekretär gelassen und schob ihn und Feiling auf den Flur hinaus. Als er die Tür abschloss, blieb sein Blick auf dem Schlüssel hängen.

»Der muss noch versorgt werden. Die Polizei würde sich sonst wundern, wie jemand aus dem Fenster einer Wohnung springen kann, deren Schlüssel verschwunden ist.«

DREI

Franz Xaver Wagner hörte, wie jemand in seinem Büro auf die Computertasten einhackte, und steckte den Kopf hinein. Beim Anblick des jungen Mannes, der an seinem Schreibtisch saß und gespannt auf einen Bericht mit einem Foto starrte, schüttelte er nachsichtig den Kopf.

»Guten Morgen, Renk. So früh schon hier, und das an meinem Computer? Worum geht es denn?« Wagner beugte sich neugierig vor und schüttelte dann erneut den Kopf. »Was wollen Sie denn mit Feiling? Um den kümmern sich die Kollegen vom Verfassungsschutz. Uns geht der Kerl nichts an.«

Torsten Renk war im ersten Moment zusammengezuckt, als er seinen Vorgesetzten unvermittelt vor sich sah, fasste sich aber gleich wieder und sagte: »Da bin ich anderer Meinung, Herr Major. Ich bin mir sicher, dass Feiling Hoikens bei uns eingeschleust hat.« Seine Stimme klang gepresst, als könne er seine Emotionen nur mühsam im Zaum halten.

Ein Jahr Afghanistan hatte offensichtlich nicht genügt, seinen Untergebenen über die Sache hinwegkommen zu lassen, dachte Wagner bedauernd. »Sie wollen Hoikens immer noch selbst erwischen, was? Aber der gehört nicht mehr zu unseren Klienten.« Sein Blick schien den Leutnant durchbohren zu wollen.

Torsten war ein großer, hager wirkender Mann knapp unter dreißig mit einem knochigen Gesicht, das auch jetzt den mürrischen Ausdruck zeigte, den er meist zur Schau trug. Nun wies er auf den Bildschirm und lachte bitter. »Der Verfassungsschutz hat in den letzten zwölf Monaten weder Hoikens noch Feiling ausfindig machen können. Die beiden können in München jederzeit über den Marienplatz spazieren und sich über unsere Unfähigkeit schieflachen.«

»Die Leute vom Verfassungsschutz pflegen als Letzte zu lachen. Die kriegen die Kerle, Renk, verlassen Sie sich drauf! Sie aber haben das nächste Vierteljahr Urlaub. Schnappen Sie sich Ihre Andrea, fliegen Sie mit ihr irgendwohin und vergessen Sie Hoikens.«

»Wir können hier nicht weg. Andrea hat erst vor vierzehn Tagen eine Stelle im Neuperlacher Klinikum angenommen. Da bekommt sie noch keinen Urlaub.« Während er dies sagte, starrte Torsten Feilings Foto auf dem Bildschirm an wie eine Bulldogge, die im nächsten Moment zuschnappen will.

»Warum sind Sie eigentlich so scharf auf Hoikens?«, fragte Wagner, obwohl er die Antwort kannte. Aber vielleicht beruhigte sich der junge Mann endlich, wenn er noch einmal mit ihm darüber sprach.

Torsten löste seinen Blick vom Computermonitor und drehte sich zu Wagner um. »Wir haben zur selben Friedensmission in Darfur gehört. Für mich war er ein guter Kamerad, auch wenn er manchmal recht reaktionäre Ansichten vertreten hat. Ich hatte nicht mitbekommen, dass er sich vor den Einheimischen aufspielte wie ein General aus der Kaiserzeit. Als er bei einer Erkundungsfahrt einige Leute schikaniert hat, die wir kontrollieren sollten, zog einer der Farbigen ein Messer und stach zu. Ich habe den Mann erschossen, bevor er Hoikens umbringen konnte. Verstehen Sie mich, Herr Major? Ich habe einen Menschen getötet, um einen Mann zu retten, der es nicht wert war.«

»Sie haben damals richtig gehandelt. Ihre Zweifel kamen ja erst, als Sie herausgefunden hatten, dass Hoikens ein aktiver Neonazi ist. Und jetzt verschwinden Sie gefälligst von meinem Schreibtisch! Sie haben drei Monate Sonderurlaub und hier nichts zu suchen.«

Wagners Stimme wurde schärfer. Er hielt große Stücke auf den Leutnant, musste aber verhindern, dass sein Untergebener mit Hoikens einen Privatkrieg führte. Angesichts von Renks Miene fragte er sich jedoch, ob es tatsächlich klug gewesen war, ihm so viel freie Zeit einzuräumen. Das brachte den Mann höchstens auf dumme Gedanken. Er hielt ihn für fähig, während des gesamten Urlaubs durch München zu streifen und Jagd auf den früheren Kameraden zu machen. Zwar wollte er Hoikens ebenfalls aus dem Verkehr gezogen sehen und hatte entgegen seiner Behauptung auch eigene Leute auf den Kerl angesetzt, aber das ging Renk vorläufig nichts an.

Während Wagner in ein paar Akten blätterte, die auf dem Schreibtisch lagen, meldete Torsten sich im Computer ab und stand auf. »Wenn Sie mich brauchen, Herr Major, finden Sie mich entweder bei Andrea oder im meinem Quartier.«

Wagner kam zu keiner Antwort, denn in selben Augenblick schellte das Telefon. Der Major hob ab und meldete sich. Danach hörte er nur noch zu. Als er den Hörer wieder auflegte, war sein Gesicht so weiß wie frisch gefallener Schnee.

»Es tut mir leid, Renk, aber ich glaube, es ist besser, wenn Sie mich jetzt begleiten. Machen Sie sich auf das Schlimmste gefasst!«

VIER

Die Tote bot keinen schönen Anblick. Deswegen war Hauptkommissar Trieblinger trotz zwanzigjähriger Erfahrung bei der Mordkommission froh, als die Leiche endlich im Transportsarg lag. Er hielt noch den kleinen Rucksack in der Hand, dessen Außenhaut bei dem Aufprall aufgeplatzt war und seinen Inhalt auf dem Boden verstreut hatte. Dadurch hatten sie die Tote rasch identifizieren können. Es handelte sich um Andrea Kirschbaum, eine junge Assistenzärztin des Klinikums Neuperlach, die in der vergangenen Nacht bis weit nach vierundzwanzig Uhr gearbeitet hatte. So viel hatte Trieblinger bereits durch Telefonate in Erfahrung bringen können.

Der Kommissar reichte den Rucksack einer Kollegin und blickte noch oben. Es war von hier unten fast unmöglich, den Balkon der Wohnung zu erkennen, von dem die Frau gefallen war. In letzter Zeit häuften sich Selbstmorde dieser Art in München, und Trieblinger war davon überzeugt, dass es sich auch hier um einen Freitod handelte. Er stellte sich vor, wie die junge Frau nach einem überlangen Arbeitstag müde und ausgelaugt nach Hause gekommen war, zermürbt von dem Elend und Leid im Krankenhaus, dem sie sich nicht gewachsen fühlte, und dem Wissen, dass sie dies nicht länger würde ertragen können. Es reichte eine Sekunde aus, um eine solche Kurzschlusstat zu begehen, und wenn es erst einmal geschehen war, konnte man es nicht mehr rückgängig machen.

Ein Kollege trat aus der Haustür und kam auf ihn zu. »Und, was ist?«, fragte Trieblinger.

»Keine Spuren eines gewaltsamen Eindringens. Die Tür oben war ordnungsgemäß abgeschlossen. In der Wohnung selbst war auch nichts zu sehen. Den Rest muss die Spurensicherung herausfinden.«

»Die ist bereits unterwegs. Aber ich glaube nicht, dass sie etwas finden wird.« Trieblinger blickte auf die Uhr und fluchte leise. »Wir hätten schon seit einer Dreiviertelstunde Feierabend. Wegen dieser hysterischen Henne müssen wir wieder unbezahlte Überstunden schieben.«

Sein Kollege schüttelte den Kopf. Trieblinger mochte früher einmal ein guter Polizeibeamter gewesen sein, doch fünfundzwanzig Jahre Dienst mit zu vielen und zu langen Nachtschichten hatten ihn ausgehöhlt.

»Ich glaube, wir können den Tatort verlassen. Dort kommt unsere Ablösung.« Trieblinger zeigte auf einen Polizeiwagen, der langsam durch den Fußgängerbereich auf sie zurollte. Da die Schaulustigen, die sich hinter den Absperrbändern um den Fundort der Leiche drängten, nicht weichen wollten, drückte der Fahrer auf die Hupe und schaltete, als auch das nichts half, die Sirene ein.

Jetzt schoben die Neugierigen sich zur Seite, und der Polizeiwagen kam neben dem Leichenwagen zum Stehen. Vier Leute stiegen aus. Zwei davon waren Kollegen. Die beiden anderen aber, ein untersetzter Mann mit kantigen Gesichtszügen und ein groß gewachsener, jüngerer Mann mit mürrischer Miene, kannte Trieblinger nicht. Während der Ältere graue Hosen und ein graues Jackett trug, war sein Begleiter mit schwarzen Jeans, einem dunkelblauen Hemd und einer bauschigen schwarzen Lederjacke bekleidet. Sein Haar war kurzgeschoren, und seine durchdringend hellblauen Augen bildeten einen scharfen Kontrast zu dem sonnenverbrannten Gesicht, das nicht so recht zu dem kühlen, regnerischen Sommer dieses Jahres passen wollte.

Der Ältere trat auf Trieblinger zu und zog einen Ausweis. »Major Wagner, MAD. Sie sollen eine Leiche gefunden haben.«

Trieblinger verzog das Gesicht. Was zum Teufel hat der Militärische Abschirmdienst mit dieser Sache zu tun?, fuhr es ihm durch den Kopf. »Gefunden wurde die Leiche heute Morgen vom Putzdienst der Anlage.« Er wies dabei auf einen unglücklich wirkenden Afrikaner im Blaumann, der sich in der Nähe an seinem Besen festzuhalten schien.

Wagner nickte, wandte sich dann dem Leichenwagen zu, in dem der Sarg bereits verstaut war, und forderte die Besatzung auf, ihn noch einmal zu öffnen. Die Männer waren früh aus ihren Betten geholt worden und wollten weg. Doch ein Blick in das harte Gesicht des MAD-Mannes verriet ihnen, dass es besser war, ihm zu gehorchen. Sie schraubten den Alusarg auf und hoben den Deckel an.

»Besonders gesund sieht die Frau nicht mehr aus«, meinte einer von ihnen bissig.

Wagner stieß ein kurzes Knurren aus und betrachtete die Leiche. Er hätte seinen Leutnant nicht gebraucht, um dessen Freundin Andrea zu identifizieren. Jetzt ärgerte er sich, dass er ihn mitgenommen hatte. Der Anruf war jedoch zu überraschend gekommen. Dabei hatte er selbst zugestimmt, dass Andrea, die keine näheren Verwandten mehr besaß, seine Dienststelle als Kontaktadresse angeben durfte für den Fall, dass ihr ein Unfall zustoßen sollte. Mit einer müden Bewegung wandte er sich Torsten zu.

»Es tut mir leid, Renk. Andrea war eine wundervolle Frau.«

Torsten hörte ihn nicht. Er starrte auf die leblose Gestalt, die wie eine zerbrochene Gliederpuppe im Sarg lag, und spürte, wie der Druck in seinem Kopf stieg, bis er schier zu platzen drohte. Er hatte Andrea geliebt, auch wenn es nicht immer einfach gewesen war, ihre oftmals gegensätzlichen Ansichten miteinander zu vereinbaren. Mit einem bitteren Gefühl dachte er daran, wie sie sich nach seiner Rückkehr aus Afghanistan vor drei Tagen heftig gestritten hatten. Andrea war wütend gewesen, weil er seinen Aufenthalt dort auf ein ganzes Jahr ausgedehnt hatte und in der Zeit kein einziges Mal nach Hause gekommen war. Jetzt bedauerte er seine Hartnäckigkeit, denn wenn er in München gewesen wäre, hätte er Andrea gewiss davon abhalten können, in diesen Wohnsilo zu ziehen. Er hatte die Ansammlung von Hochhäusern in seiner Wut einen Slum genannt. Ganz so heruntergekommen sah die Anlage zwar nicht aus, doch er konnte sich vorstellen, dass die triste Umgebung aus Beton und schwarzen Eternitfassaden die Seele eines Menschen trüben konnte.

Trotzdem glaubte er nicht daran, dass Andrea Selbstmord begangen hatte, so wie der Polizeibeamte es ihm weismachen wollte. Schließlich war es gerade einmal drei Tage her, dass sie ihm mit Begeisterung von all dem berichtet hatte, was sie in den nächsten Monaten und Jahren in der Klinik erreichen wollte.

»Was ist das?« Torsten zeigte auf einen welligen Riss an der Schläfe der Toten, der ein wenig geschwollen schien.

Der Polizeiarzt war inzwischen ebenfalls aus dem Auto gestiegen und zuckte jetzt mit den Schultern. »Keine Ahnung. Die Frau hat sich bei dem Aufprall so viele tödliche Verletzungen zugezogen, dass es auf eine Schramme mehr oder weniger nicht ankommt.«

Torsten Renk streckte die Hand aus und berührte die Stelle. Andreas Haut fühlte sich kalt an, und ihre blauen Augen zeigten einen erstaunten Eindruck, als könne sie selbst nicht begreifen, was geschehen war. Er glaubte auch Angst darin zu lesen und sah sich die Verletzung an der Schläfe noch einmal an. Obwohl sie nicht schwer genug war, um zum Tod zu führen, brannte sich ihr Anblick in sein Gedächtnis ein.

Unterdessen leierte Trieblinger seinen Bericht herunter. Wagner hörte ihm aufmerksam zu, auch wenn er einige der Kommentare als persönliche Ansichten des Polizisten abtat. Zu seiner Verwunderung schien sein Untergebener sich nicht für Trieblingers Untersuchung zu interessieren.

Er hatte aber doch zugehört, denn mit einem Mal hob er

den Kopf. »Sie wollen sagen, meine Freundin wäre sofort gesprungen, nachdem sie die Wohnung betreten hatte?«

Trieblinger nickte. »Das stimmt. Sie trug noch ihren Rucksack auf dem Rücken.« Da erst begriff der Polizeibeamte die Verbindung des jungen MAD-Mannes mit der Toten und wurde für einen Augenblick ganz still.

»Mein Beileid!« Er wollte Torsten die Hand reichen, doch dieser nahm die Geste nicht einmal wahr. Wie ein Hund, der verzweifelt nach einer Spur sucht, ging er zu der Stelle, an der Andrea gefunden worden war, und blickte nach oben.

»Haben Sie sich die Wohnung angesehen?«, wandte er sich an Trieblinger.

»Das hat mein Kollege getan. Schautzer, komm mal her!«

Der zog ein langes Gesicht, trat aber näher. Da ihm die Sache ohnehin schon zu lange dauerte, fiel sein Bericht sehr knapp aus. »Keine Einbruchsspuren und nichts, was auf die Anwesenheit Fremder in der Wohnung hingewiesen hätte.«

Torsten schüttelte unwillig den Kopf. »Wie steht es mit den Nachbarwohnungen?«

»Stehen leer, wie die Hausverwaltung erklärt hat. Frau Kirschbaum hat ihre Wohnung auf Empfehlung eines Oberarztes der Klinik erhalten.«

»Wer lässt in München denn Wohnungen leer stehen?«, fragte Torsten verwundert.

Trieblinger zuckte mit den Schultern. »Wahrscheinlich Spekulanten, die etwas zum Abschreiben brauchen, um Steuern zu sparen.«

»Sie meinen also, dass die Einwirkung Fremder hundertprozentig ausgeschlossen werden kann?« Wagner hoffte auf ein Ja, auch wenn die Antwort seinen Untergebenen nicht befriedigen würde.

Torsten beachtete den Polizeibeamten nicht weiter, sondern wies nach oben. »Andrea kann nicht selbst gesprungen sein. Dafür ist sie zu weit vom Haus aufgekommen. Sehen Sie sich doch den Winkel an! Außerdem kenne ich sie gut genug, um sagen zu können, dass sie niemals Selbstmord begangen hätte.«

Nun sah er Trieblinger herausfordernd an. »Was ist mit dem Wohnungsschlüssel? Wo haben Sie den gefunden?«

»Unter dem Rucksack. Er ist wahrscheinlich herausgefallen, als das Ding kaputtging.« Trieblinger seufzte und sehnte sich nach seinem Feierabend, den der MAD-Mann mit seinen dämlichen Fragen immer weiter hinausschob.

Torsten ging zu dem Polizeiwagen, in dem die in Plastikbeutel gehüllten Gegenstände aus dem Rucksack lagen, nahm aber nur diesen an sich. Sein Blick weitete sich, als er erkannte, dass das kleine Fach unversehrt geblieben war, in das Andrea stets ihre Geldbörse und ihren Schlüssel gesteckt hatte. Als er zu Trieblinger zurückkehrte und diese Tatsache erwähnte, winkte dieser müde ab.

»Ihre Freundin muss den Schlüssel ja nicht mehr in den Rucksack zurückgesteckt haben. Sie kann ihn genauso gut in der Hand gehalten haben.« Hatte er vorhin noch Mitleid mit dem jungen Mann verspürt, der immerhin seine Freundin verloren hatte, wurde ihm diese Fragerei langsam zu dumm. Diese Geheimdienstleute schienen wirklich hinter jedem Stein ein Verbrechen oder gar eine Verschwörung zu vermuten. In seinen Augen hatte das mit sachlicher Ermittlungsarbeit nichts mehr zu tun.

»Wissen Sie was? Meine Kollegen und ich haben uns die ganze Nacht um die Ohren geschlagen und damit jetzt ein Recht auf unseren Feierabend.« Trieblinger winkte seinen Kollegen mitzukommen und stieg in sein Auto. Der Fahrer des Leichenwagens schien das als Aufforderung anzusehen, denn auch er startete den Motor und rollte los.

Trieblingers Wagen folgte. Zurück blieben nur der junge Polizist und seine Kollegin, mit denen Wagner und Torsten Renk gekommen waren.

»Wir müssen ebenfalls weiter«, erklärte die junge Frau.

Wagner nickte, doch Torsten blickte starr auf die Stelle, an der seine Freundin gestorben war, und bleckte unbewusst die Zähne.

»Wer auch immer dahintersteckt, dem gnade Gott! Ich werde es herausfinden!«

»Sie haben doch die Beamten gehört, Renk. In ihren Augen ist es Selbstmord. Überlegen Sie doch mal: Andrea war verdammt wütend, weil Sie länger in Afghanistan geblieben sind als erwartet, und ihr habt euch in diesem Jahr doch ziemlich auseinandergelebt. Sie können nicht wissen, was in ihrem Kopf vorgegangen ist.«

Torsten strich mit der Rechten unbewusst über eine Stelle seines Lederblousons, die sich leicht ausbeulte. »Ich kenne Andrea gut genug, um zu wissen, dass sie niemals selbst ihrem Leben ein Ende gesetzt hätte. Es muss jemand dahinterstecken – und ich habe auch schon einen Verdacht.«

»Hoikens?« Wagner schoss diesen Pfeil ins Blaue ab und bekam seine Vermutung bestätigt, als der Leutnant nickte.

»Genau das glaube ich. Hoikens weiß, dass ich ihn enttarnt habe, und er hat recht archaische Ansichten. Rache ist für ihn kein Fremdwort.«

Wagner blieb für einen Augenblick stehen und schloss die Augen. Seiner Ansicht nach verbiss Renk sich zu sehr in diese Sache, und das schreckliche Ende seiner Freundin steigerte dessen Haltung noch bis zum Verfolgungswahn. Wahrscheinlich würde der Leutnant erst Ruhe geben, wenn er Hoikens aufgespürt hatte. Wagner war klar, dass Andreas Tod für Renk eine Katastrophe darstellte, für die dieser auch noch die Schuld bei sich suchte. Wenn er eine Möglichkeit fand, seinem Untergebenen über die schlimmste Zeit hinwegzuhelfen, würde er es tun. Einen Moment lang überlegte er, ob er Renk gleich wieder nach Afghanistan schicken sollte. Dort hätte der Leutnant keine Zeit, sich einzureden, Andrea sei ermordet worden, weil der Täter sich an ihm hatte rächen wollen. Doch sein Untergebener hatte ein Anrecht auf den bereits genehmigten Urlaub und konnte während dieser Zeit machen, was er wollte.

»Wegen mir können Sie diesem Hirngespinst weiter nachjagen, Renk. Aber eines sage ich Ihnen: Ich will nicht hören, dass Sie mit Ihrem Schweizer Spielzeug in der Gegend herumballern.«

Torsten lächelte freudlos, als sein Vorgesetzter auf seine Sphinx AT 2000 S Bi-Tone anspielte, eine der präzisesten Pistolen der Welt. Die Waffe hatte er sich um die Zeit geleistet, als Andrea in sein Leben getreten war, aber er hatte sie seither nur ein Mal einsetzen müssen.

FÜNF

Während Torsten Renk vom Tod seiner Freundin erfuhr, servierte Graziella Monteleone in der Via Benedetto XIV. nahe dem Vatikan ihrem Großonkel, dem Kardinal Giuseppe Antonio Monteleone, und seinem deutschen Gast Espresso aus kleinen, schwarzen Tassen mit einem goldenen Kreuz. Es musste sich um besondere Tassen handeln, denn in den fünf Jahren, die Graziella bereits als Hausdame bei ihrem Verwandten weilte, hatte sie dieses Geschirr kein einziges Mal zu Gesicht bekommen. Erst als sein Besucher eingetroffen war, hatte der Kardinal ihr einen Schlüssel gegeben, den er immer um den Hals trug, und sie angewiesen, die Tassen aus dem untersten Schubfach eines aus massivem Holz gefertigten Schrankes zu nehmen, der mit einem altmodischen, aber sehr komplizierten Schloss gesichert war.

Kaum war das geschehen, hatte Monteleone ihr den Schlüssel wieder abverlangt, obwohl sie die Tassen nach dem Spülen wieder verstauen musste. Graziella schüttelte den Kopf über den Eigensinn des alten Herrn, der in ihren Augen bereits an Senilität grenzte. Kaum hatte sie die Tassen gefüllt und ausreichend Zucker bereitgestellt, ergriff er die Hand seines Gastes und drückte sie wie die eines lange entbehrten Freundes.

Auf Graziella machte der *tedesco* den Eindruck einer Kröte. Sein schwarzer Anzug spannte sich über dem Bauch, die Hosen schienen zu lang für seine kurzen Beine, und der Kopf, den nur noch ein Kranz grauer Haare umgab, glich einem roten Kürbis, der kurz vor dem Platzen steht. Selten war ihr ein Mensch auf den ersten Blick so unsympathisch gewesen. Aber da Weihbischof Winter als Gast im Haus ihres Großonkels weilte, musste sie ihm die Ehrerbietung erweisen, die seinem Rang zukam.

»Wünschen Sie noch etwas Gebäck?«, fragte sie höflich.

Die Kröte sah mit abweisender Miene zu ihr auf. »Nein, du kannst gehen!«

Sein Italienisch klang grauenhaft, und sein Tonfall war unverschämt. So viel Unhöflichkeit war Graziella im Haus ihres Großonkels nicht gewöhnt, und ihre Augen flammten auf.

»Hast du nicht gehört, mein Kind? Lass uns allein!« Der Kardinal schien zu bemerken, dass seine temperamentvolle Verwandte kurz vor einem heftigen Zornesausbruch stand, denn er packte ihren Arm und deutete mit ihrer eigenen Hand Richtung Tür.

Noch bevor Graziella begriff, wie ihr geschah, legte der Sekretär des Weihbischofs, ein mittelgroßer, schlanker

Mann, dessen Gesicht zu bleich für die südliche Sonne wirkte, ihr die Hände um die Taille und beförderte sie wie ein widerspenstiges Kind auf den Flur hinaus.

»Du kannst die Wäsche plätten, Schwester, während die Eminenzen miteinander reden.« Sein Italienisch war zwar besser als das seines Herrn, sein Ton aber noch verächtlicher.

Als Graziella sich zu ihm umdrehte, wischte er gerade seine Hände an einem Taschentuch ab, als habe er sich an ihr schmutzig gemacht. Seine unverhohlene Abscheu ließ sie erahnen, dass der Mann homosexuell war, aber einer von jener Sorte, die ihre Neigung zu verbergen suchten und Frauen hassten.

Da Graziella in einer streng katholischen Familie aufgewachsen war und seit ihrem achtzehnten Lebensjahr im Haus ihres Großonkels lebte, war ihre Toleranz für sexuelle Abweichungen eher gering. Bei Studienkollegen ignorierte sie jeden Verdacht und ging auch mit denen, die sich zu ihren Männerbeziehungen bekannten, so um, als wüsste sie nichts davon. Winters Sekretär aber stieß sie ab. Vielleicht lag das an der Tatsache, dass er sie wie einen Dienstboten behandelt hatte. Auch wenn sie auf Wunsch ihres Großonkels hier im Haus den strengen Habit der Malteserinnen einschließlich Häubchen und Umhang trug, war sie weder eine Ordensschwester noch für die Hausarbeit zuständig. Die erledigte die alte Nora, die bereits seit vierzig Jahren den alten Herrn versorgte, und ihre Nichte Gina, die von Zeit zu Zeit kam und die gröberen Arbeiten verrichtete.

Graziella stammte ebenso wie ihr Großonkel aus der Seitenlinie eines alten römischen Adelsgeschlechts und war es gewöhnt, achtungsvoll behandelt zu werden. Im ersten Impuls wollte sie dem Sekretär die Meinung sagen, doch da schoss eine Idee durch ihren Kopf. Mit einem betont verschlossenen Gesicht, das gar nicht zu ihrem mühsam unterdrückten Kichern passen mochte, wandte sie sich ab und eilte durch die Flure des repräsentativen Palazzo, den der Kardinal bewohnte, zu ihrem Zimmer. Es lag direkt hinter dem ihres Großonkels, war aber nur über einen anderen Korridor zu erreichen. Die Rückwand grenzte an die Seitenwand des Kardinalszimmers, und zwischen den beiden Räumen gab es einen geheimen Durchgang. Den hatte Nora ihr gezeigt für den Fall, dass der alte Herr plötzlich krank wurde und um Hilfe rief. Auf diesem Weg könnte sie den Kardinal sofort erreichen und musste nicht durch die endlos langen Flure laufen.

Nun wollte sie sich ihr Wissen um die Geheimtür zunutze machen. Sie bestand aus einem Schrank, den man von beiden Zimmern aus betreten konnte und dessen Türen sich auch von innen öffnen ließen. Graziella schloss ihre Seite auf und stieg vorsichtig in den etwas muffig riechenden Zwischenraum, in dem etliche alte Mäntel und längst ausrangierte Messgewänder hingen. Da sie nicht ausschließen konnte, dass Nora oder deren Nichte Gina ihr Zimmer betraten, um es zu reinigen, zog sie die Schranktür hinter sich zu, ließ aber den Schlüssel wie gewohnt von außen stecken.

Entschlossen schob sie ein gewisses Gefühl der Scham beiseite, das sie beim Betreten des Schrankes befallen hatte, und konzentrierte sich auf das Geschehen im Nebenraum. Sehen konnte sie nichts, doch die Stimmen ihres Großonkels und seines Gastes waren gut zu verstehen.

Bis zu diesem Moment hatte Graziella sich noch keine Gedanken über ihre Motive gemacht. Sie war eigentlich nur hierhergekommen, um sich selbst zu beweisen, dass auch ein Weihbischof Winter sie nicht von den Vorgängen im Haus ausschließen konnte. Sonst gönnte sie ihrem Großonkel seine kleinen Geheimnisse, aber diesmal wollte sie wissen, was die deutsche Kröte von ihm wollte. Wie der Mann sich eingeführt hatte, würde er ihren Großonkel möglicherweise so aufregen, dass dessen Gesundheit darunter litt. Vielleicht, verspottete sie sich, hieß ihr Motiv auch nur weibliche Neugier.

SECHS

»... bedauerlich, dass Kardinal Rocchigiani so überraschend gestorben ist.« Monteleone seufzte und trank einen Schluck seines Espressos, bevor er weitersprach. »Dennoch beglückwünsche ich dich, Bruder Francesco, zu deiner Ernennung. Es hat mich schon etwas überrascht, dass ein so junger Mann wie du zum neuen Oberhaupt unseres Bundes bestimmt wurde, denn es gibt einige langjährige Mitglieder des Ordens, die dieser Ehre würdig gewesen wären.«

Der Kardinal verschluckte im letzten Moment eine Silbe, die seinen Gast hätte beleidigen können, denn er war der Ansicht, dass er selbst um einiges würdiger gewesen wäre als Winter, dieses hohe Amt zu übernehmen.

Sein Gast verstand durchaus, was er meinte, und setzte ein nachsichtiges Lächeln auf. Ihm war bekannt, dass Monteleone gehofft hatte, Rocchigiani nachfolgen zu können. Aber für diese wichtige und aufopferungsvolle Aufgabe war der Kardinal zu alt. Es erschien Weihbischof Winter jedoch nicht ratsam, dies seinem Gastgeber ins Gesicht zu sagen. Stattdessen legte er dem Kardinal die Hand auf den Unterarm und zog ihn näher zu sich heran.

»Niemand kann überraschter gewesen sein als ich, als mir diese Berufung überbracht wurde. Wie es aussieht, waren die ehrenwerten Mitglieder unserer heiligen Gesellschaft den zaghaften Kurs meines Vorgängers leid und wollen nun Taten sehen.«

»Kardinal Rocchigiani war wohl zu sehr auf Ausgleich bedacht«, antwortete Monteleone, der als neues Oberhaupt des Ordens die Politik seines Vorgängers nahtlos fortgeführt hätte.

»Man darf es ihm nicht zum Vorwurf machen, hoffte er doch, dass Papst Benedikt XVI. mit dem ökumenischen Unsinn seines Vorgängers brechen und den muslimischen Heiden entschiedener entgegentreten würde. Doch selten hat ein Heiliger Vater unsere Hoffnungen mehr enttäuscht als dieser.«

»So ist es. Er hat nicht einmal diese haarsträubende Regel abgeschafft, die uns Kardinäle zwingt, nach Erreichen des fünfundachtzigsten Jahres in den Ruhestand zu treten.« Für Monteleone, der sich von dieser Regelung betroffen sah, stellte dieser Zwang die größte Zumutung seiner Laufbahn dar.

Sein Gast nickte. »So ist es! Der Heilige Vater bleibt im Amt, solange er lebt, doch seine Kardinäle müssen ihre Stühle räumen. Dies ist ungerecht und muss geändert werden.«

»Es ist viel aus dem Lot geraten in unserer heiligen Kirche.« Der Kardinal seufzte und führte seine Tasse zum Mund. Diese war jedoch leer, und er wollte bereits nach Graziella rufen, als der Griff um seinen Arm fester wurde.

»Du sagst es, Bruder! Die Gemeinschaft der Gläubigen ist in Schieflage geraten, weil viele ihrer Führer die alten Werte vergessen haben. Doch unsere Kirche war stets eine kämpferische Kirche und keine, die Schläge klaglos duldet. So wird es auch in Zukunft wieder sein. Die Filii Martelli werden es nicht hinnehmen, dass der Glaube bröckelt wie Parmesan, der zerrieben wird, und sie werden die Muslime in ihre Schranken weisen, gegen die wir bereits bei Tours und

Poitiers die Schwerter gezogen haben, um sie aus Europa fernzuhalten. Wir werden verhindern, dass sie unsere Länder überschwemmen und auf unseren Glauben spucken.« Winters Stimme hallte wie der Ruf eines zornigen Engels durch den Raum, und in seinen Augen blitzte ein Feuer, das auch den Willen des Kardinals entflammte.

»Du hast recht, Bruder! Wir haben schon zu lange gewartet. Nun wollen wir uns wieder erheben und mit dem Hammer des Glaubens unsere Feinde niederstrecken.«

»Du sagst es, Bruder Monteleone. Wir werden ein Fanal setzen, das die Welt erschüttern wird!«

SIEBEN

Graziella verstand nur die Hälfte des halb auf Italienisch und halb auf Latein geführten Gesprächs, obwohl die eine ihre Muttersprache war und sie die zweite durch Schule und Studium ebenfalls einwandfrei beherrschte. Es lagen jedoch zu viele Andeutungen in den Worten des *tedesco*, mit denen sie nichts anzufangen wusste. Wie es aussah, gehörten er und ihr Großonkel einem ihr unbekannten Orden an, der sich durch höchst konservative Prinzipien auszeichnete. Bei dem Kardinal überraschte sie es nicht, denn er war stets ein strenger Mahner wahrer christlicher Werte gewesen.

Der *tedesco* ging jetzt zu einem anderen Thema über und drang in den Kardinal, ihm bei seinem weiteren Aufstieg behilflich zu sein. »Es ist unabdingbar, dass das Oberhaupt unseres Ordens einen höheren Rang in der Kirchenhierarchie einnimmt, als ich ihn derzeit bekleide. In der Vergangenheit hat stets ein Kardinal die Söhne des Hammers geführt.«

»Ich bin gerne bereit, mit Seiner Heiligkeit zu sprechen,

nur weiß ich nicht, ob er so rasch einen weiteren deutschen Kardinal ernennen wird. Wie du weißt, Bruder, wurde im letzten Jahr der Bischof von Trier in diesen Rang erhoben.«

Graziella konnte deutlich heraushören, dass ihr Großonkel es genoss, von seinem Gast um Fürsprache gebeten zu werden. Wohl aus diesem Grund erklärte er recht ausführlich, mit welchen anderen Kardinälen und einflussreichen Kirchenmännern er sprechen wolle, um den Aufstieg seines Besuchers zu beschleunigen.

»Du wirst vielleicht für ein oder zwei Jahre mit dem Rang eines Diözesanbischofs vorliebnehmen müssen, wenn es uns nicht gelingt, dich sofort zum Erzbischof ernennen zu lassen. Der Kardinalsrang wird dann gewiss nicht mehr lange auf sich warten lassen.«

»Das will ich hoffen. Ich kann nur dann im Sinne unserer erhabenen Gemeinschaft wirken, wenn ich voll in die Spitze unserer apostolischen Kirche eingebunden bin.« Winter klang nicht gerade bescheiden, sondern so, als fordere er ein ihm zustehendes Recht. Über so viel Impertinenz konnte Graziella nur den Kopf schütteln.

Da sich die Unterhaltung der beiden Herren nun wieder alltäglichen Themen zuzuwenden schien, verließ sie ihren Lauschposten und kehrte in ihr Zimmer zurück. Es geschah keinen Augenblick zu früh, denn kaum saß sie in ihrem Sessel und hatte ein Buch zur Hand genommen, da wurde die Tür aufgerissen und der Sekretär des Weihbischofs steckte den Kopf herein.

»Dein Großonkel lässt dich rufen. Die Eminenzen verlangen nach frischem Espresso!«, rief er im Befehlston und verschwand wieder wie ein Schatten, wenn das Licht ausgeknipst wird.

Graziella starrte einige Augenblicke auf die halb offen stehende Tür. Ihr war, als hinge dort eine dunkle Wolke, die auf sie zuwallte und sie zu verschlingen drohte. Verwundert über ihre ungewohnte Ängstlichkeit schüttelte sie den Kopf und stand auf. Sie hätte Nora anweisen können, den Espresso zu machen, aber ihre Nerven waren zu angespannt, um in ihrem Zimmer sitzen bleiben zu können. Daher eilte sie in die Küche und schaltete unter den missbilligenden Blicken der klein gewachsenen Haushälterin die Espressomaschine an.

»Ich bin sicher, dass Sie den Caffè nicht so hinbekommen wie ich!«

Obwohl Graziella ihr bereits mehrmals das Du angeboten hatte, war es für Nora undenkbar, ein Mitglied der Familie ihres Herrn anders als ehrerbietig anzusprechen, insbesondere, da die Nichte des Kardinals ihre Vorgesetzte und daher zweifach über sie gestellt war.

Graziella verstand den Wink und trat von der Maschine zurück. Die Haushälterin nahm die Kaffeedose aus dem Schrank und ging so geschickt zu Werk, dass Graziella nicht zum ersten Mal bewundernd zusah. Sie mochte die warmherzige alte Frau, die nie zu ruhen schien und immer freundlich und hilfsbereit war. Ohne sie wäre es ihr schwergefallen, in dem für drei Leute viel zu großen Haus zu wohnen.

Ehe Graziella sich versah, hielt sie zwei der winzigen Tassen in der Hand. Diesmal waren es die gewöhnlichen braunen Espressotassen. Das fiel ihr jedoch erst auf, als sie dem Kardinal und seinem Gast diese hinstellte. Während Winter die seine ergriff und mit grässlichen Lauten den Inhalt schlürfte, sah Monteleone seine Nichte missbilligend an.

»Du hättest vorher die richtigen Tassen holen sollen. So beleidigst du meinen Gast.«

»Es tut mir leid. Daran habe ich nicht gedacht.« Graziella senkte den Kopf, damit der alte Herr das zornige Aufflammen in ihren Augen nicht sah. Sie empfand diesen Vorwurf als ungerecht, denn schließlich hatte er sie aus seinem Zimmer vertrieben, um mit Winter über irgendeine obskure Vereinigung sprechen zu können.

»Es ist kein Wunder, dass Gott in Seiner Größe den Mann über das Weib gesetzt hat!« Winters salbungsvolle Worte veranlassten Graziella beinahe, ihm dem Rest seines Espressos ins Gesicht zu schütten. Sie bezwang sich jedoch, nahm die leeren schwarzen Tassen und verließ den Raum.

»Du wirst sie mit der Hand spülen und danach wieder dorthin stellen, wo du sie geholt hast«, rief der Kardinal ihr nach.

Graziella drehte sich auf dem Flur noch einmal um. »Dazu brauche ich den Schlüssel.«

»Du erhältst ihn, wenn die Tassen sauber sind.«

Das klang so, als würde der alte Herr ihr nicht mehr vertrauen. Es kränkte sie, denn bis jetzt war sie gut mit ihm ausgekommen, nicht zuletzt auch deswegen, weil sie auf die meisten seiner Marotten eingegangen war. Nun bereute Graziella ihren Langmut. Wahrscheinlich war es schon ein Fehler gewesen, Ja gesagt zu haben, als der Familienrat sie für die Stellung als Hausdame des Kardinals bestimmt hatte, weil sie diese Aufgabe mit ihrem Studium in Rom verbinden konnte. Zwar benötigte sie unter diesen Umständen mehr Zeit für ihre Ausbildung als ihre Kommilitonen, doch bei einer Monteleone war es nicht wichtig, ob sie ihren Magister oder Doktor ein oder zwei Semester früher oder später schaffte.

Ich hätte den Großonkel dazu bringen müssen, mich wieder wegzuschicken, schalt Graziella sich. Stattdessen hatte sie sich die Ordenstracht einer Malteserin aufnötigen lassen, da der alte Herr keine zivile Kleidung um sich dulden wollte. Dabei hatte sie nicht das geringste Interesse, sich jemals einem Orden oder einer ähnlichen Vereinigung anzuschließen.

Auf dem Weg in die Küche kam Graziella an einem der

Flurspiegel vorbei und blickte hinein. Selbst die strenge, schwarze Tracht der Malteserinnen konnte ihre weiblichen Formen nicht verbergen, und auf ihrem ebenmäßigen Gesicht war kein Fünkchen Demut zu erkennen. Der Ausdruck von Zorn in ihren Augen wurde durch eine vorwitzige Strähne ihres dunkelblonden Haares verstärkt, die sich unter dem Häubchen hervorgestohlen hatte. Graziella wollte sie wieder darunter stecken, unterließ es in einem Anfall von Trotz jedoch. Sie war keine Ordensfrau und trug das Kleid mit dem weißen, achtspitzigen Kreuz des Malteserordens nur ihrem Onkel zu Gefallen.

Mit einem Mal erschien ihr der Verlust ihrer Individualität als ein zu großer Preis für freie Kost und Logis. Gehalt bekam sie keines, da sie zur Familie des Kardinals zählte, und die finanziellen Zuwendungen in Form von Taschengeld und Geschenken, die sie von ihren Eltern, einigen Tanten und anderen Verwandten erhielt, reichten gerade aus, um das Studium zu finanzieren und sich außer Haus vernünftig kleiden zu können. In der Uni lief sie selbstverständlich nicht in Ordenstracht herum, sondern versuchte sich so wenig wie möglich von anderen Studentinnen zu unterscheiden.

Die beiden Tassen in der Hand erinnerten sie daran, dass sie sie spülen und wieder zurückstellen musste. Sie ging in die Küche und trat an das Becken, ohne sich um Noras Räuspern zu kümmern. Während sie die Tassen säuberte, fiel ein Sonnenstrahl durch das Fenster auf das goldene Kreuz und ließ es hell aufleuchten. Graziella drehte sie erstaunt im Licht, so dass sich das Symbol mehrfach veränderte. Je nachdem, wie sie die Tasse hielt, wirkte es wie ein Hammer, und sie erinnerte sich an die Worte des Weihbischofs.

Die Söhne des Hammers würden ein Fanal setzen, das die ganze Welt erschüttern sollte.

ACHT

Kaum hatten Winter und sein Sekretär das Haus verlassen, da schlüpfte Graziella in das Zimmer ihres Großonkels und stellte ihm eine Tasse Cappuccino hin. »Gottes Segen, Onkel. Darf ich dir auch ein Stück Kuchen bringen?«

»Ja, aber keinen mit Früchten!«

Der Kardinal war hier sehr eigen. Nora hatte Graziella schon bei ihrem Einzug gewarnt, dass der alte Herr ihr einen Kuchen, der ihm missfiel, hinterher werfen könne. Bisher war dies jedoch noch nicht geschehen, und auch diesmal leckte sich der Kardinal die Lippen, als er die appetitliche Schokoladenschnitte sah, die seine Nichte ihm vorlegte. Er ließ sich von ihr noch die kleine Silbergabel reichen und begann zu essen.

Graziella setzte sich ihm gegenüber und sah ihn an. »Ein seltsamer Gast, dieser *tedesco*, findest du nicht auch, Onkel?«

Der Kardinal brummte nur und steckte den nächsten Bissen Kuchen in den Mund. Erst als er diesen geschluckt hatte, bequemte er sich zu einer Antwort. »Weihbischof Winter ist einer der eifrigsten Kämpfer unserer heiligen Kirche und ganz gewiss nicht seltsam, mein Kind.«

»Was wollte er denn von dir?«, bohrte Graziella weiter. Bisher war es ihr meist gelungen, den alten Herrn zum Reden zu bewegen, doch diesmal blieb der alte Mann verschlossen wie eine Auster.

»Nichts, was ein kleines Mädchen wie dich interessieren könnte. Und jetzt reiche mir mein Brevier. Ich muss für unsere Kirche beten.«

Graziella schien nichts mehr erreichen zu können. Enttäuscht verließ sie das Zimmer. Das Gespräch, welches sie aus einer Laune heraus belauscht hatte, ging ihr jedoch nicht mehr aus dem Kopf. Zwar hatte es recht verworren gewirkt, aber auch so, als hüteten ihr Onkel und der *tedesco* ein gefährliches Geheimnis. Graziella wusste, dass es in der katholischen Kirche und speziell im Vatikan unterschiedlichste Meinungen und Vorstellungen gab. Auch rangen eine Reihe von Gruppierungen, Orden und Seilschaften miteinander um Macht und Einfluss. Einige davon standen sich feindselig gegenüber und lauerten nur darauf, einander auszuschalten.

Zum Beispiel zählte Opus Dei zu den Organisationen, denen es mit am besten gelungen war, sich an einflussreicher Stelle zu etablieren. Graziella war aufgefallen, dass ihr Großonkel nicht viel von dieser Gruppe hielt, obwohl er konservativ war bis ins Mark. Sie konnte sich an etliche Gespräche erinnern, in denen er sich eher verächtlich über diese und ähnliche Vereinigungen ausgelassen hatte. Vielleicht war das der Grund, warum er nur einen repräsentativen Posten im vatikanischen Gefüge bekleidete und keine Stellung, die ihm besonderen Einfluss verlieh. Aber nun schien es, als gehöre er schon seit langer Zeit zu einer Gemeinschaft, der sich auch Kardinal Rocchigiani angeschlossen hatte.

Graziella erinnerte sich gern an diesen Freund ihres Großonkels, der vor drei Monaten durch einen Bergunfall ums Leben gekommen war. Trotz seines hohen Alters war Rocchigiani ein begeisterter Bergsteiger gewesen und bei seiner letzten Tour in der Marmolatagruppe abgestürzt. Man hatte seinen Leichnam erst drei Tage später aufgefunden und ihn mit großem Pomp nach Rom überführt. Jetzt ruhten seine Gebeine in der Basilika San Paolo fuori le mura, die dem heiligen Paulus geweiht war, diesem unerschrockenen Vorkämpfer des Christentums, an dessen Seite Rocchigiani sich gewiss wohlfühlen würde.

Graziellas Gedanken hüpften weiter, und für einige Augenblicke glaubte sie beinahe selbst an das Credo über Frauen, das ihr Großonkel immer von sich gab. Er hielt ihr Geschlecht für sprunghaft und wenig entscheidungsfreudig und deshalb der männlichen Leitung bedürftig. Mit einer heftigen Handbewegung wischte sie diese Überlegung beiseite und ging wieder in ihr Zimmer. Im Augenblick übte ihr Computer eine große Anziehungskraft auf sie aus. Sie schaltete den Apparat ein und wartete ungeduldig, bis er hochgefahren war. Da sie nicht nur als Hausdame, sondern auch als Sekretärin ihres Großonkels tätig war, kannte sie etliche seiner Passwörter und konnte sich relativ frei im elektronischen Datenarchiv des Vatikans bewegen. Sie loggte sich ein, und ihre Finger tippten fast von selbst das Suchwort in die Tasten.

»Filii Martelli«

Es dauerte einige Augenblicke, bis das Bild wechselte und ein Text erschien, doch zu Graziellas Enttäuschung handelte es sich nur um ein paar Zeilen.

> »Die Söhne des Hammers – bezogen auf Karl Martell, 732 Sieger bei Poitiers über die Sarazenen: Gruppe von militärischen Mönchskriegern im Ersten und Zweiten Kreuzzug, zumeist deutscher und italienischer Herkunft, später im Orden der Tempelritter und im Deutschen Ritterorden aufgegangen.«

Die Auskunft war zu knapp, um Graziella zufriedenzustellen. Sie forderte weitere Informationen über die Söhne des Hammers an, erhielt aber immer nur diese eine Seite. Da sie wusste, dass alle Dinge, die die Kirche betrafen, ganz gleich, wie wichtig oder unwichtig sie waren, im Vatikanischen Archiv gespeichert wurden, fand sie die dürren Worte ungewöhnlich. Zur Kontrolle rief sie jetzt den Deutschen Ritterorden auf und erhielt zunächst eine Inhaltsangabe, die sich über viele Seiten erstreckte. Sie ging aufmerksam das Register durch, doch keinem Eintrag war zu entnehmen, dass der Ritterorden außer den livländischen Schwertbrüdern eine weitere Gemeinschaft aufgenommen hätte.

Graziella öffnete nun weitere Dateien, in denen sie Informationen vermutete. Ihr Gespür, das sie sonst so oft ans Ziel geführt hatte, versagte diesmal jedoch auf ganzer Linie. Wenn es je eine Gruppe gegeben hatte, die sich als Filii Martelli, also als Söhne des Hammers bezeichnet hatte, so hatte sie in den Datenbanken des Vatikans keine nennenswerten Spuren hinterlassen. Auch eine Suche in den umfangreichen Informationen über den Templerorden erbrachte keine neuen Erkenntnisse. Eines wunderte Graziella jedoch. Waren bei anderen, oftmals nur kurzzeitig existierenden Orden und Gruppen die Namen der Gründer und vieler Angehöriger verzeichnet, so blieben die Söhne des Hammers anonym. Diese Gruppierung schien nicht lange existiert zu haben, oder sie war zu unbedeutend gewesen, um ihr mehr als ein paar Zeilen zu widmen.

Doch gerade das konnte Graziella sich angesichts der Aktensammelwut, welche die päpstlichen Behörden seit Jahrhunderten auszeichnete, nicht vorstellen. Weit davon entfernt, entmutigt zu sein, stellte sie ihren Computer wieder ab und starrte auf den dunkel gewordenen Bildschirm. Sie würde sich nicht eher zufriedengeben, als bis sie mehr über diese Gruppe herausgefunden hatte.

NEUN

In München hatte Torsten Renk trotz der kühlen, stets beherrscht wirkenden Aura, mit der er sich umgab, den Schmerz um den Verlust seiner Freundin nicht überwunden. Obwohl zwischen Andrea und ihm zuletzt nicht mehr alles zum Besten gestanden hatte, spürte er eine Leere in sich, die ihn beinahe an sich selbst verzweifeln ließ. Es schmerzte ihn, dass es ihm nicht mehr gelungen war, sich mit Andrea auszusprechen. Vielleicht wäre dann alles anders gekommen. Zunächst überlegte er, ob er gemeinsame Bekannte aufsuchen sollte, um mit ihnen über das schreckliche Ereignis zu reden. Aber sein Verdacht, Hans Joachim Hoikens könnte Andrea getötet haben, um sich an ihm zu rächen, ließ ihn nicht mehr los.

Einen ganzen Tag und die halbe Nacht streifte er ziel- und planlos durch München und durchkämmte die ihm bekannten Aufenthaltsorte der rechten Szene. Die meisten, die er dort antraf, waren keine überzeugten Neonazis, sondern wollten nur ihren Protest gegen eine Gesellschaft ausdrücken, die ihnen in ihren Augen keine Chancen bot. Die wirklichen Radikalen wie Rudi Feiling und Hajo Hoikens mieden diese Lokale und schickten höchstens ein paar Unterlinge hin, die dort agitieren sollten. Allerdings waren sie auch dabei sehr vorsichtig, um keine unerwünschte Aufmerksamkeit zu erregen. Trotzdem hoffte Torsten eine Spur zu finden, die ihn zu Hoikens führen konnte.

In dem einen Jahr, in dem er in Afghanistan gewesen war, hatte sich die rechte Szene unerwartet stark verändert. Die Treffpunkte, die er kannte, waren entweder aufgegeben worden oder hatten sich in gewöhnliche Gaststätten verwandelt, in denen frühere Gesinnungsgenossen zwar noch einkehrten, aber nicht mehr den Ton angaben. Für Torsten war es eine Enttäuschung, doch er gab nicht auf.

Als er spät in der Nacht durch einen abgelegenen Teil der Altstadt streifte, vernahm er ein Lied einer in rechtsradikalen Kreisen beliebten Band, das provozierend laut auf die Straße schallte, und folgte den Klängen in einen Hinterhof. Da die Tür, aus der die Musik drang, offen stand, trat er ohne nachzudenken ein und fand sich in einer Art Kellerlokal wieder, in dem gerade eine Party gefeiert wurde. Der Raum wirkte schmuddelig und alles andere als einladend. Der Boden unter seinen Füßen fühlte sich uneben an, die Decke hätte längst einen neuen Anstrich vertragen, und die Wände waren mit Wahlplakaten rechter Parteien tapeziert. Das einzig neu Wirkende war eine große, quadratische Fahne an der hinteren Wand, die ein schwarzes Tatzenkreuz auf weißem Grund trug, in dessen Zentrum sich ein stilisierter schwarzer Adler in einem roten Kreis befand. Es handelte sich um eine Abwandlung alter preußischer Regimentsfahnen, wie die Neonazis sie als Ersatz für die Hakenkreuzfahne und die inzwischen ebenfalls verbotene Reichskriegsflagge verwendeten.

Die Besucher, die auf abgeschabten Stühlen hockten, Bier und Schnaps tranken und rechtsradikalen Liedern lauschten, schienen aus dem Bodensatz der Gesellschaft zu stammen. Sie trugen schmierige Jeans, braune T-Shirts mit Flecken und die verschiedensten Glatzenformen. Einige hatten sich die Nackenhaare lang wachsen lassen, andere trugen eine Art Skalplocke über der Stirn. Torsten schätzte sie als Mitläufer der rechten Szene ein, die von den echten Neonazis zu Aufmärschen und Demonstrationen geschickt wurden.

Torsten kannte Hoikens gut genug, um zu wissen, dass der Mann sich nicht mit solchem Gesindel abgeben, geschweige denn in ihr Klublokal kommen würde. Er überlegte schon, wieder zu gehen, als die Gruppe auf ihn aufmerksam wurde.

Eine der kahlköpfigen Gestalten in Jeans und braunem T-Shirt, die er nur durch feinere Gesichtszüge und einen entsprechenden Vorbau auf der Brust als vielleicht sechzehnjähriges Mädchen identifizieren konnte, stand auf und bleckte die Zähne wie ein gereizter Hund. »Das ist eine geschlossene Veranstaltung! Also verschwinde!«

»Vielleicht sollten wir ihm dabei helfen!« Ein bulliger Glatzkopf mit muskulösen Oberarmen, auf denen Eiserne Kreuze eintätowiert waren, drehte sich zu Renk um und rieb voll Vorfreude die Fäuste aneinander.

Die Vernunft hätte es geboten, sich schleunigst zurückzuziehen. Aber Andreas Tod und die vergebliche Suche nach einer Spur ihres Mörders hatten Torsten reizbar gemacht, und da kam ihm ein Opfer, an dem er sich abreagieren konnte, gerade recht. Er reckte sich auf seine gesamte Größe von fast ein Meter neunzig und grinste.

»Ihr hättet ein Schild anbringen müssen, Kinder. Jetzt bin ich herinnen.«

»Kinder?« Der Bullige zischte einen Fluch. Mit einer bedächtigen Bewegung, die weniger gewollt als durch seinen Alkoholkonsum bedingt war, stand er auf und kam auf Torsten zu. Obwohl auch er sich zu seiner vollen Größe aufrichtete, musste er zu dem Eindringling aufschauen.

»Du brauchst wohl wieder einmal eine Ganzkörperpolitur, was, Kleiner?« Es war wie ein Signal, denn sofort sprangen seine Kumpane auf und versammelten sich hinter ihm. Sogar das Mädchen kam dazu und schwang das Stück eiserner Kette, das sie anstelle eines Gürtels trug.

»Macht ihn zu Hackfleisch!«, kreischte sie mit unangenehm schriller Stimme.

»Mit Vergnügen!« Der Anführer holte aus, doch bevor er zuschlagen konnte, saß er auf dem Hosenboden und betastete sein Kinn.

Mit weiteren gut gezielten Hieben gelang es Torsten, einige der anderen Kerle auszuschalten. Dann wich er ein paar Schritte zurück, und bevor ihm jemand folgen konnte, hielt er die Sphinx AT 2000 S in der Hand und ließ den Schlitten zurückfahren.

Das Geräusch ernüchterte die Kerle. Nur das Mädchen kam noch auf ihn zu und streckte ihm die zu Krallen gespreizten Hände entgegen.

Torsten richtete die Waffe auf sie. »Marsch zurück ins Glied, Schwester. Oder bist du scharf auf ein drittes Nasenloch?«

»Tu es, Claudi! Der Kerl ist imstand und schießt uns alle über den Haufen.« Der Anführer der Gruppe packte das Mädchen am Hosenboden und zog es zurück. Auch seine Kumpel legten jetzt einige Meter zwischen sich und den Fremden, der mit einem Mal so kalt wirkte wie ein professioneller Killer.

»Es war doch alles bloß Spaß, Meister«, rief einer beschwörend.

Die Rauferei hatte Torstens Kopf geklärt und er war froh, dass er mit dem Haufen auf diese Weise fertiggeworden war. Ein paar Verletzte oder gar Tote hätten Andrea auch nicht wieder lebendig gemacht, aber ihn selbst in Teufels Küche bringen können. Die Kerle hier waren Rabauken, die ein Feiling als nützliche Idioten über den Marienplatz marschieren ließ oder am Geburtstag von Rudolf Hess nach Wunsiedel schickte, um dort Stunk zu machen. Für Anschläge oder gar Morde bediente der Mann sich zuverlässiger Leute wie Hajo Hoikens, der einst sein Kamerad und Freund gewesen war. Aus diesem Grund beschloss er einzulenken.

»Dann wollen wir sehen, ob ihr friedlich bleibt.« Die Sphinx verschwand wieder im Schulterhalfter. Torsten verschränkte die Arme vor der Brust und fixierte die Bande.

»Du bist wohl ein ganz großes Tier, was?« Der Anführer spürte, dass er etwas für seine schwindende Autorität tun musste, und schlug einen kumpelhaften Ton an.

»Eher ein kleines Rädchen in einer ganz großen Maschinerie«, antwortete Torsten.

»Aber verdammt schlagkräftig. Und verrückt dazu! Ich kenne keinen, der sich mit einem Dutzend Männer auf einmal anlegt.«

Torsten spürte die Bewunderung, begriff aber auch, dass er etwas für dessen Ego tun musste. »Wenn ihr nüchtern gewesen wärt, hätte ich es wohl nicht getan. Aber ihr habt jetzt selbst gesehen, wohin der Alkohol euch führt.«

Der Anführer nickte, meinte dann aber, dass er dringend etwas zu trinken bräuchte. Claudi lief los und brachte ihm ein frisches Glas. Ihr Anführer trank einen Schluck und sah dann Torsten an.

»Warum setzen wir uns nicht und unterhalten uns wie vernünftige Menschen?«

»Eine gute Idee.« Torsten glaubte nicht, dass es noch einmal Schwierigkeiten geben würde. Er setzte sich neben den Anführer, ließ sich ein Glas Bier in die Hand drücken und stieß mit den Kerlen und dem Mädchen an.

»Du bist wohl wegen der Moschee unterwegs?«, fragte ihn der Anführer.

»Welcher Moschee?« Torsten hob interessiert den Kopf.

»Die neue in Sendling. Ich hab läuten hören, dass ein paar Leute heute Nacht einen Molotowcocktail werfen wollen.«

Torsten winkte ab. Ihn interessierten weder die Moschee noch ein paar Hitzköpfe, die wahrscheinlich bereits in dem Augenblick von der Polizei geschnappt wurden, wenn sie mit einem Brandsatz in der Hand auch nur in die Nähe des Moscheegeländes kommen würden.

»Kennt ihr Feiling?«

Der Anführer sah ihn mit großen Augen an. »Den neuen Führer? Gehört habe ich von ihm. Persönlich kenne ich ihn aber nicht.«

»Hast du eine Ahnung, wo er sich aufhalten könnte?«

Die Antwort bestand aus einem Kopfschütteln. »Nö, keinen Dunst.«

»Kennst du Leute aus seinem Umfeld?«, bohrte Torsten weiter.

»Nö! Es kann sein, dass mir der eine oder andere über den Weg gelaufen ist, aber es hat sich keiner offen zu Rudi Feiling bekannt. Ich würde es auch nicht tun, wenn ich zu ihm gehören würde. Dafür sind die Bullen zu scharf hinter ihm her.«

»Es gibt noch einen, für den ich mich interessiere. Er heißt Hajo Hoikens und ist nicht zu verkennen. Er ist etwas kleiner als ich und sieht aus wie Brad Pitt mit Bürstenhaarschnitt.«

»Ich habe Brad Pitt in Troja gesehen. Da war er echt süß!« Claudi rollte verzückt mit den Augen.

Torsten hatte den Film vor ein paar Jahren bei der Truppenbetreuung im Sudan gesehen und für nicht besonders gut befunden. Er gab jedoch keinen Kommentar ab und wartete gespannt auf die Antwort des Anführers.

Der überlegte kurz und schüttelte dann den Kopf. »Von dem habe ich noch nie etwas gehört. Wer soll das sein?«

»Ein hohes Tier bei Feiling, vielleicht sogar dessen Stellvertreter. Wenn ihr mir einen Gefallen tun wollt, so erzählt euren Freunden, dass Torsten Renk hinter Hoikens her ist und nicht eher aufgeben wird, bis er ihn vor der Knarre hat.«

Es war ein Risiko, doch Torsten fand, dass er so weit gehen konnte. Feiling und seine Leute waren Meister im Verstecken. Wenn es ihm nicht gelang, sie aus ihrem Bau zu locken, konnte er noch Jahre suchen, ohne eine Spur zu finden.

»Also gut! Wir werden es herumerzählen. Aber jetzt erst einmal Prost. Auch wenn wir nicht unbedingt auf derselben Seite stehen, wissen wir doch, was ein richtiger Kerl ist!« Der Anführer hob sein Glas und stieß mit Torsten an. Dieser musterte ihn und fand, dass der eigentlich ein ganz patenter Kerl zu sein schien, der sich in die falsche Umgebung verirrt hatte.

ZEHN

Noch in derselben Nacht erschütterte ein donnernder Schlag den Münchner Stadtteil Sendling. Sein Zentrum war die gerade erst fertiggestellte Moschee. Der Haupttrakt brach in sich zusammen, und mehrere andere Gebäude wurden durch die Wucht der Explosion schwer beschädigt. Nur eines der beiden Minarette überstand den Anschlag und reckte sich zwischen den Trümmern wie ein mahnender Zeigefinger gegen Vandalismus und Zerstörung in den Himmel.

Die von Anwohnern gerufene Feuerwehr holte die Kriminalpolizei, die umgehend die Ermittlungen aufnahm. Doch selbst die erfahrenen Spezialisten verzweifelten bald. Wer auch immer für diesen Anschlag verantwortlich war, hatte nicht die geringste Spur hinterlassen.

Der Anschlag war der deutschen und auch der ausländischen Presse etliche Schlagzeilen und noch mehr Vermutungen wert, in denen die Spannbreite möglicher Täter von kurdischen PKK-Anhängern über rivalisierende Muslimgruppen bis hin zu Nachbarn reichte, die sich im Vorfeld vehement gegen den Bau der Moschee in ihrem Viertel ausgesprochen hatten. Die Männer der Kripo und des Verfassungsschutzes, der sich ebenfalls in die Untersuchungen einschaltete, waren nicht zu beneiden, denn der Druck, der auf sie ausgeübt wurde, überstieg alles bisher Gewesene. Das politische Deutschland forderte rasch Ergebnisse, doch die Behörden tappten im Dunkeln.

ELF

Etwa zwölf Stunden später saß Rudi Feiling im Licht einer einsamen Kerze in einem alten, Feuchtigkeit atmenden Kellergewölbe nahe der Wittelsbacher Brücke einer Person gegenüber, die sich im Schatten hielt. Feiling lächelte über so viel Geheimniskrämerei, denn er kannte den Sekretär des Monsignore Kranz noch aus früheren Zeiten. Täuberich war ein Mann, den er gerne in seiner eigenen Organisation gesehen hätte. Oder auch nicht, korrigierte er sich. Der Kleriker war ausgesprochen klug und skrupellos und würde sich nicht lange mit dem zweiten Platz begnügen. Wie wenig diesem Mann ein Menschenleben galt, hatte er bei der Entsorgung der jungen Frau erlebt, die ihnen bei ihrem letzten Treffen in die Quere gekommen war. Außerdem strahlte Täuberich neuerdings etwas aus, das Feiling, einem bekennenden Atheisten, die Nackenhaare zu Berge stehen ließ.

»Ihr Haufen hat gestern recht nette Arbeit geleistet, aber es war nicht gut, das zweite Minarett stehen zu lassen«, sagte der Sekretär.

Feiling ging mit einer Handbewegung über diesen Tadel hinweg. »Das Minarett wird heute Nacht fallen. Wir hatten uns bei der Sprengstoffmenge verschätzt.«

Aus dem Schatten erklang ein leises Lachen. Täuberich wusste wohl, dass Feiling einen Teil des ihm überlassenen Sprengstoffs hatte zurückhalten wollen, um ihn für eigene Aktionen verwenden zu können. Eine andere Gruppe wäre dafür als Sicherheitsrisiko ausgelöscht worden. Aber Feilings Leute hatten die Polizei und den Verfassungsschutz in den letzten Jahren so oft an der Nase herumgeführt, dass die Staatsorgane nicht mehr wussten, wo ihnen der Kopf stand. Allein deswegen war der Neonaziführer zu wertvoll, um ihn zu beseitigen.

Dennoch gedachte der Sekretär nicht, Feilings Haltung zu tolerieren. »Ihr seid ein unnötiges Risiko eingegangen! Arbeitet beim nächsten Mal besser, sonst müssen wir uns überlegen, ob wir euch noch brauchen können.«

Feiling fuhr empört auf. »Was heißt hier wir? Wen vertreten Sie noch außer Kranz, so dass Sie neuerdings den Mund so aufreißen?«

»Wir sind demütige Diener Christi, die dem Antichristen Einhalt gebieten wollen!«

Die Stimme des Sekretärs klang in Feilings Ohren alles andere als demütig, und er beugte sich interessiert vor. »Es wäre an der Zeit, dass Sie mir etwas mehr über sich und Ihre Organisation erzählen. Meine Freunde und ich haben wenig Lust, für irgendwelche ungreifbaren Schatten zu kämpfen.«

»Stellen Monsignore Kranz und ich Schatten dar?«, klang es belustigt zurück. »Mein Guter, Sie sind schon tiefer in unser Geheimnis eingeweiht, als es je ein Außenstehender in den letzten fünfhundert Jahren gewesen ist.«

»Also hält Ihre Gruppierung sich für eine Art Illuminaten!«, höhnte Feiling.

»Denken Sie, was Sie wollen, aber halten Sie den Mund, vor allem Ihren Pavianen gegenüber. Einer von ihnen hat in den Neonazikreisen der Stadt damit angegeben, es sei etwas gegen die Sendlinger Moschee geplant. Hätte die Polizei rechtzeitig geschaltet, wäre Ihr erster großer Auftrag bereits der letzte gewesen. Nur zur Warnung: Sie und Ihr Haufen würdet eine Verhaftung nicht lange überleben.«

Der Mann meint es ernst, fuhr es Feiling durch den Kopf, und zum ersten Mal seit langem empfand er, der seit zwanzig Jahren mit den Staatsorganen spielte wie der Igel mit dem Hasen, Angst. Er war auf einen Tiger aufgestiegen, und jetzt noch abzuspringen erschien ihm unmöglich. Ein kaum wahrnehmbares Geräusch ließ ihn hochschrecken, und er glaubte trotz des Dunkels den Lauf der Pistole zu erkennen, die der Sekretär auf ihn richtete. Wenn der Pfaffendiener schoss, würden ihm auch die drei Leibwächter nicht helfen können, die er im Umkreis der alten Kirche verteilt hatte. Seine Phantasie gaukelte ihm schon eine Schlagzeile vor, die am nächsten Tag die Zeitungen beherrschen würde. »Neonaziführer Feiling erschossen!«, stand da in blutroten Lettern, und allein die Vorstellung tat ihm weh.

Er atmete tief durch und versuchte, die Gesichtszüge des Mannes im Schatten zu entziffern. »Und was fällt als Nächstes an?«

»Es gibt in Schwabing eine kleine Aufgabe für Sie. Aber ich will saubere Arbeit sehen, verstanden?«

Feiling nickte mit trockener Kehle und prägte sich die Details ein.

ZWÖLF

Torsten suchte die zerstörte Moschee an jenem Morgen auf, an dem auch das zweite Minarett in Trümmern lag. Im Allgemeinen hatten er und seine Dienststelle mit solchen Terrorakten wenig zu tun. Dafür waren Kripo, BND und Verfassungsschutz zuständig. Ihn hatte nur die Neugier zu diesem Ort getrieben. Zunächst beobachtete er das Gelände von seinem gepanzerten Volvo aus, bis es einem der Beamten, die über die Trümmer stolperten, zu dumm wurde und auf ihn zukam.

Es handelte sich um Trieblinger, von dem Torsten in Neuperlach nicht gerade im besten Einvernehmen geschieden war. Als der Beamte ihn erkannte, verzog er das Gesicht zu einer ärgerlichen Grimasse. »Was wollen Sie denn hier?«

»Dasselbe wie die dort, nämlich gaffen!« Torsten wies auf die Menschenknäuel, die sich um die Absperrung ballten. Einige trugen Plakate, auf denen die PKK, die Grauen Wölfe, die Neonazis und ein Dutzend weiterer Organisationen einschließlich des israelischen Mossad und der CIA für den Anschlag verantwortlich gemacht wurden.

»Die könnten mit ihrer Zeit auch etwas Besseres anfangen, als uns zu behindern«, blaffte Trieblinger, der nicht so recht wusste, wie er den MAD-Mann behandeln sollte.

»Und? Habt ihr heute endlich Spuren gefunden? Immerhin wolltet ihr, wie ich gestern in der Zeitung gelesen habe, das Gelände Tag und Nacht bewachen.« Torsten traf ins Schwarze, denn Trieblingers Miene verriet ihm, dass die an der Untersuchung Beteiligten im Dunkeln tappten.

»Während einer laufenden Ermittlung darf ich nichts preisgeben!« Trieblinger hoffte, sich so aus der Affäre gezogen zu haben, und wandte sich zum Gehen.

Doch Torstens Frage nagelte ihn fest. »Was haben Sie inzwischen über den Mord an meiner Freundin herausgefunden?«

Der Beamte drehte sich mit einer Miene zu Torsten um, als habe er es mit einem Schwachsinnigen zu tun. »Unsere Untersuchung schließt ein Fremdverschulden am Tod Andrea Kirschbaums aus. Aber wenn wir schon die Möglichkeit eines Mordes ins Auge fassen wollen: Wo waren denn Sie in der Nacht, in der es geschah?«

Das kam so von links außen, dass Torsten am liebsten aus

dem Wagen gesprungen wäre und den Kripomann niedergeschlagen hätte. Er beherrschte sich jedoch und musterte Trieblinger verächtlich. »In der Nacht war ich in der Feldafinger Kaserne. Sie können dort nachfragen. Die Wache am Tor schreibt jeden auf, der kommt oder das Gelände wieder verlässt – mit Datum, Uhrzeit und Videoüberwachung.«

Trieblinger biss die Zähne zusammen. Anstatt beim MAD nachzufragen, konnte er sich genauso gut von einer Wahrsagerin die Karten legen lassen. Das Ergebnis würde genauer sein. Die Brüder beim Bund hielten dicht, wenn es gegen einen der ihren ging. In dem Bewusstsein, dass er auch bei dieser Auseinandersetzung mit dem MAD-Leutnant den Kürzeren ziehen würde, kehrte er ihm den Rücken zu und machte sich wieder auf Spurensuche.

Torsten sah Trieblinger ein paar Sekunden lang hinterher und stieg dann aus seinem Wagen. Dem Polizeibeamten, der ihn daran hindern wollte, durch die Absperrung zu treten, hielt er seinen Dienstausweis unter die Nase. Der Mann erbleichte und hatte daran zu kauen, dass sich nun auch der MAD mit einschaltete.

Während Torsten scheinbar entspannt über das Gelände schlenderte, konnte er an den Gesichtern der ermittelnden Beamten ablesen, was sie dachten. Sie waren frustriert, weil sie keine Anhaltspunkte fanden, die einen Rückschluss auf die Täter zuließen, und ärgerten sich, weil man ihnen das zweite Minarett praktisch unter den Augen weggesprengt hatte. In den Zeitungen vom Tage war die Polizei deswegen bereits harsch kritisiert und in die Sympathieecke mit Ausländerfeinden gedrängt worden.

Auch wenn er mit Trieblinger aneinandergeraten war, so wollte Torsten doch gerecht sein. Die Ausrüstung der Polizei entsprach nie dem neuesten Stand. Eine kleine, übersichtliche Terrorgruppe konnte sich auf dem freien Markt weitaus besser ausstatten, denn sie musste sich nicht mit den borniertem Beamten der Beschaffungsämter herumschlagen, die jede Ausgabe nur nach hartem Kampf genehmigten, als müssten sie die Kosten dafür aus eigener Tasche bezahlen.

»Weiß man schon, welcher Sprengstoff verwendet wurde?«, fragte er einen jüngeren Beamten, der mit einem Spatel verkohlte Reste von einem geborstenen Mauerstück abkratzte.

»Entweder Semtex oder ein ähnlicher Stoff wie RDX. Auf alle Fälle einen von der harten Sorte. Wahrscheinlich dasselbe Zeug, das die Al-Kaida-Terroristen bei ihrem Anschlag in Holland verwendet haben.«

Torstens Gesicht verhärtete sich. Der Terrorakt in den Niederlanden hätte Zehntausenden zum Verhängnis werden können, wären die dortigen Behörden nicht blitzschnell und hart vorgegangen und hätten die Bresche, die die Explosion in den Abschlussdeich des Ijsselmeers gerissen hatte, mit drei riesigen, auf Grund gesetzten Containerfrachtern verstopft. Die Tat hatte allen deutlich vor Augen geführt, wie verwundbar Europa gegen einen entschlossenen Feind war.

Es gab etliche Leute, die sich bereits mitten im Kampf der Kulturen wähnten. Torsten konnte hören, wie sich mehrere Gruppierungen unter den Zuschauern gegenseitig beschimpften. Einige Demonstranten versuchten gerade einen stadtbekannten muslimischen Prediger, der mit lauter Stimme die Christen anklagte und zur Rache für dieses Verbrechen aufrief, mit Trillerpfeifen zum Schweigen zu bringen.

Torsten hatte während seines Aufenthalts in Afghanistan einige Brocken der dort am häufigsten gebrauchten Sprachen gelernt, aber auch sein Arabisch verbessert und konnte daher ungefähr nachvollziehen, was der Prediger brüllte. Es war dem Frieden im Land ebenso zuträglich wie der letzte Aufmarsch der Neonazis vor der damals noch im Rohbau befindlichen Moschee. Zu jenem Zeitpunkt hatte die Polizei eine Eskalation gewaltsam verhindern müssen, und es hatte etliche Verletzte in den Reihen der Beamten gegeben.

Auch an diesem Tag schien eine Straßenschlacht in der Luft zu liegen. Die Stimmung der versammelten Muslime war gereizt, während viele Deutsche ihrer Schadenfreude über die Zerstörung der Moschee höhnisch Ausdruck gaben. Die Demonstranten aber, die den Frieden zwischen den Religionen und die Völkerverständigung vertraten, waren in der Minderzahl.

Torsten beschloss, sich nicht länger von Äußerlichkeiten ablenken zu lassen, sondern konzentrierte sich auf die Trümmer. In Afghanistan hatte er mehr als einmal nach Anschlägen zerstörte Bauwerke gesehen und sie untersucht. Auch wenn man keine sichtbaren Spuren fand, so wies die Art der Sprengung zumeist auf die Verursacher hin. So war es auch hier. Torsten würde es niemandem beweisen können, aber er war sicher, dass derjenige, der die Sprengladungen gelegt hatte, bei einer Armee ausgebildet worden war, höchstwahrscheinlich sogar bei der Bundeswehr. Diese Erkenntnis ließ das Blut schneller in seinen Adern pulsieren, denn er kannte nur einen Mann, der zu solch einer sauberen Arbeit fähig war – Hajo Hoikens. Der Kerl war auch verwegen genug, das zweite Minarett unter den Augen der Polizei zu sprengen.

Der Kreis begann sich zu schließen, und seine Hand wanderte fast von selbst zu dem Kolben der Sphinx AT 2000 S. Schnell ließ Torsten die Pistole los und schüttelte sich. Der Anschlag lag bereits Stunden zurück und Hoikens befand sich längst wieder in seinem Versteck. Doch es war davon auszugehen, dass der Kerl bereits ein neues Attentat plante. Was mochte sein nächstes Ziel sein?

Torsten entblößte die Zähne. Das würde er herausfinden und Hoikens für den Mord an Andrea bezahlen lassen. Mehr denn je war er davon überzeugt, dass sein ehemaliger Kamerad ihn mit dieser Tat hatte herausfordern wollen. Doch schon in seiner Kindheit war es niemandem gut bekommen, ihn zu reizen. Seine Gedanken wanderten zurück in die Zeit, in der er als Achtjähriger von zwei älteren und um einiges stärkeren Schülern immer wieder gequält worden war. Damals hatte er gelernt, dass man sich auch dann, wenn man schon am Boden liegt, noch erfolgreich zur Wehr setzen kann – wenn man mit der Hand nach einer gewissen Stelle zwischen den Beinen eines Gegners greift und dort kräftig zudrückt. Einen der Burschen hatte er mit diesem Trick ausschalten können, den anderen war er angegangen wie ein tollwütiges Wiesel. Er hatte seine eigenen Schmerzen gar nicht wahrgenommen, sondern nur darauf geachtet, dem anderen so viele wie möglich zufügen zu können. Obwohl sein Gegner weitaus größer gewesen war, hatte dieser schließlich die Flucht ergriffen.

Torsten lächelte bei der Erinnerung. Hoikens mochte als Mitglied einer ganzen Gruppe zwar in einer besseren Situation sein als er, doch diesen Kampf wollte er mit allen Mitteln gewinnen.

DREIZEHN

In Rom gab Graziella Monteleone nach zwei Tagen vergeblicher Suche in dem für die Öffentlichkeit zugänglichen Archiv des Vatikans erst einmal auf. Obwohl in den Unterlagen buchstäblich alles und jeder verzeichnet stand, der je in den Bannkreis der Kirche geraten war, tauchten die Söhne des Hammers nur in dem einen Hinweis auf, demzufolge sich die Gruppe bald wieder aufgelöst hätte und ihre Mitglieder anderen Orden beigetreten wären. Entweder war dieser Gruppierung nicht der geringste Erfolg beschieden gewesen, so dass selbst die sonst so gründliche päpstliche Bürokratie sie nur am Rande registriert hatte, oder ... Diesen Gedanken wollte Graziella jedoch nicht weiterspinnen. Die Spekulationen, die ihr durch den Kopf schossen, wären eines Romans würdig gewesen, nicht aber der Wirklichkeit. Wahrscheinlich war dieser deutsche Weihbischof bei seinen Studien auf die Söhne des Hammers gestoßen und hatte es als schick betrachtet, sich als deren Nachfolger zu bezeichnen.

Graziella berichtigte sich sofort. Der *tedesco* konnte nicht als Erster auf die Idee gekommen sein, die Söhne des Hammers zum Leben zu erwecken, denn ihr Großonkel gehörte ja offensichtlich auch diesem Orden an, wenn man die Gruppe so nennen konnte, und der freundliche Kardinal Rocchigiani war sogar das letzte Oberhaupt dieser Vereinigung gewesen. Graziella empfand Bedauern darüber, dass dieser Mann, der als exzellenter Bergsteiger gegolten hatte, bei einer eher harmlosen Tour ums Leben gekommen war. Er und ihr Großonkel hatten einander oft besucht und dabei hitzig diskutiert. Solch einen Unsinn wie Weihbischof Winter hatte Rocchigiani jedoch niemals von sich gegeben.

Graziella überlegte, ob sie nach der Akte des Weihbischofs fragen sollte, doch mehr als seinen Werdegang würde sie den Unterlagen wohl kaum entnehmen können. Während sie zum Ausgang des päpstlichen Archivs ging, kam sie an ein paar Leuten vorbei, die angestrengt über Aktenordnern brüteten. Da sie nicht wie Kirchenleute aussahen, handelte es sich entweder um Journalisten, die glaubten, wieder einmal einem Kirchenskandal auf der Spur zu sein, oder um Historiker bei der Erforschung eines meist nur sie selbst interessierenden Themas. Graziella juckte es in den Fingern, ihnen zuzuraunen, sie sollten den Söhnen des Hammers nachspüren. Stattdessen kehrte sie ihnen den Rücken zu und betrat den Vorraum, in dem sich der junge Ordensbruder, der an diesem Tag Aufsicht hatte, mit einem Mann der Schweizer Garde unterhielt.

»Arrivederci!« Graziella winkte ihm kurz zu und trat kurz darauf aufatmend ins Freie. Pilger aus aller Welt belebten die Piazza San Pietro. Wie viele von ihnen mochten bereits von den Söhnen des Hammers gehört haben oder sich gar zu ihnen zählen?, überlegte Graziella und lachte im selben Moment über sich selbst. Sie hatte doch eben herausgefunden, dass diese Filii Martelli nichts weiter sein konnten als ein Klub alter Herren, der sich mit dem Nimbus uralter Überlieferungen umgab. In dem Augenblick beschloss sie, die Angelegenheit auf sich beruhen zu lassen, denn sie war die Energie, die sie hineinstecken musste, nicht wert.

VIERZEHN

Als Graziella das Portal zum Palazzo ihres Großonkels erreichte, welches mit seiner wuchtigen Tür aus dunkel gebeiztem Holz und den schweren Bronzebeschlägen jeder Festung Ehre gemacht hätte, war sie mit sich und der Welt wieder im Reinen. Kaum aber hatte sie das Haus betreten, sah sie den Sekretär des deutschen Weihbischofs mit abweisender Miene vor der Tür ihres Großonkels stehen.

Er verzog das Gesicht, weil Graziella statt des strengen Kostüms einer Malteserin Jeans und ein T-Shirt mit einer aufgedruckten Madonnenfigur trug, und machte einen Schritt in ihre Richtung. Sie wich zur Seite, um einer Berührung zu entgehen.

»Die Herren unterhalten sich und wollen nicht gestört

werden, habe ich recht?« Mit diesen Worten eilte sie zu ihrem Zimmer. Diesmal verschloss sie die Tür vorsichtshalber und nahm den Horchposten im Schrank wieder ein. Vergessen war ihr Entschluss, die Sache auf sich beruhen zu lassen.

Die Stimme des Weihbischofs Winter scholl ihr so laut und hämmernd entgegen, als würde er mit einem Megaphon in den Schrank hineinsprechen.

»… hat bereits begonnen! Doch wir werden nicht einfach die Hände in den Schoß legen und wie Schafe darauf warten, zur Schlachtbank geführt zu werden. Unsere Macht ist in den letzten Jahren gewachsen, und schon bald werden wir in der Lage sein, es unseren Ahnen gleichzutun: Wir werden das Kreuz nehmen und den Kampf aufnehmen!«

»Seine Heiligkeit bezweifelt, dass Gewalt etwas bringt«, wandte Kardinal Monteleone ein.

Winter kommentierte diesen Ausspruch mit einem verächtlichen Schnauben. »Der Heilige Vater ist ein alter Mann, und – man möge mir verzeihen – senil geworden. Eingeschlossen im Vatikan sieht er alles in einem verklärten Licht. Die Wahrheit stellt sich anders dar. Die Kräfte des Islam haben sich längst für den bewaffneten Krieg entschieden, und in Europa kapitulieren viel zu viele vor dieser Bedrohung. Doch wir werden unseren Glauben und unsere Kultur verteidigen. Es ist unsere Pflicht, jene auszuschalten, die sich gegen uns stellen.«

Ein Osama bin Laden hätte kaum anders sprechen können, fuhr es Graziella durch den Kopf. Dennoch empfand sie eine mit Abscheu gepaarte Faszination. Dem *tedesco* gelang es, seine im Grunde abstrusen Theorien in ein Gewand zu kleiden, das bei schlichteren Gemütern verfangen musste. Nicht umsonst hatte die Azione Nazionale, ein Sammelsurium rechtsradikaler Gruppen, bei der letzten Wahl zum Abgeordnetenhaus mehr als sechzehn Prozent der Stimmen gewonnen. Deren Mitglieder hätten Winters Worte mit johlendem Beifall quittiert.

Kaum war Graziella diese Überlegung durch den Kopf geschossen, da klang die Stimme ihres Großonkels auf. »Soll ich deshalb ein Zusammentreffen mit Fiumetti in die Wege leiten? Willst du ihn für deine Sache begeistern, Bruder Francesco?«

Fiumetti war der Anführer der radikalsten rechten Gruppierung im Parlament und in Graziellas Augen einer der unsympathischsten Männer Italiens. Sie horchte nun gespannt auf das, was der Weihbischof antworten würde.

»Unsere Sache, Bruder Giuseppe, unsere Sache!«, wies Winter den Kardinal sanft, aber mit Nachdruck zurecht. »Wir müssen jene um uns sammeln, die wir zu unseren Waffen machen können. Die Azione Nazionale zählt ebenso dazu wie andere Gruppierungen, die sich gegen die schleichende Unterwanderung des christlichen Europas durch die Islamisten stemmen. Wir müssen uns wieder an die Spitze des Kampfes setzen, so wie es unsere Brüder auch schon lange vor uns getan haben.

Wir werden uns nicht dem Willen jener Narren beugen, die von irregeleiteten Menschen an die Spitze der europäischen Regierungen gewählt worden sind und die nun dem Antichristen durch die Aufnahme der Türkei in das christliche Europa Tür und Tor öffnen wollen. Nein, Bruder Giuseppe, die Zeit ist reif, selbst die Herrschaft über die Völker zu übernehmen und sie wieder dem Licht des Glaubens zuzuführen.«

Der Mann ist verrückt, sagte sich die heimliche Lauscherin. Zwar mochte es genug Menschen in Europa geben, die ähnlich dachten, doch selbst die schlimmsten Eiferer träumten nicht davon, die Regierungen eines ganzen Kontinents zu stürzen und einen fundamentalistischen Glaubensstaat zu errichten, der wahrscheinlich mehr mit Khomeinis Iran gemein hätte als mit der Tradition des Humanismus, der Europa geprägt hatte. Graziella ahnte, dass Winter ihren Großonkel deswegen so häufig aufsuchte, weil er seine Phantasien ungehemmt vor ihm ausbreiten konnte. Der alte Herr mochte zwar nicht in allem mit ihm einer Meinung sein, doch er hatte mit seiner Kritik an der Regierung nie hinter dem Berg gehalten. Ob christliche, sozialistische oder sonstige Politiker – für Giuseppe Antonio Monteleone hatte es sich bei ihnen stets um einen Haufen Schurken gehandelt, die nur darauf aus waren, sich selbst zu bereichern und das Volk für dumm zu verkaufen.

Es mochte stimmen, dass nicht alles so lief, wie man es sich vielleicht erhoffte. Graziella erinnerte sich an einen Ausspruch Winstons Churchills, in dem es hieß, die Demokratie sei eine schlechte Regierungsform, aber unter allen möglichen dennoch die beste. Dieser Meinung hatte sie sich schon lange angeschlossen, und auch aus diesem Grund wäre sie am liebsten in das Zimmer ihres Großonkels geplatzt und hätte dem fetten *tedesco* deutlich ihre Meinung gesagt. Das Gefühl einer unbestimmten Gefahr hielt sie jedoch davon ab, und so begnügte sie sich weiter mit der Rolle einer stillen Zuhörerin.

FÜNFZEHN

Weihbischof Winter blickte auf seine weißen Hände und strich wie verliebt über den Ring, der seinen rechten Ringfinger zierte. Eingebettet in einen breiten dicken Goldreif trug der Siegelstein scheinbar nur ein einfaches Kreuz in einem Strahlenkranz. Doch das Siegel ließ sich drehen, und dann kam das Zeichen der Filii Martelli zum Vorschein, das Kreuz, das zum Hammer geworden war, welcher alle Feinde des Glaubens vernichtete. Der Gedanke berauschte ihn, und er blickte den Kardinal mit einem geradezu verklärten Ausdruck an.

»Wir müssen hart sein und an unsere Mission glauben, Bruder Giuseppe! Es ist unsere Aufgabe, die verirrten Schäflein Europas um uns zu sammeln und sie gegen das muslimische Heidentum zu verteidigen. Würden wir, wie es so viele Narren fordern, den Muslimen auch noch die linke Wange hinhalten, so wäre es das Ende unseres Glaubens und der Untergang Europas. Die Türken würden uns überschwemmen – und in ihrem Gefolge die Araber, die wir jahrhundertelang mühsam ferngehalten haben! Unsere christlichen Völker würden durch die Fruchtbarkeit ihrer Weiber, die für diese Menschen doch nichts als Gebärmaschinen sind, innerhalb weniger Generationen verdrängt. Anstelle unserer geheiligten Dome würden Moscheen und deren Minarette in den Himmel ragen, und die beiden heiligsten Kirchen der Christenheit, die Basilika San Giovanni in Laterano und der Petersdom, würden das Schicksal der Hagia Sophia zu Konstantinopel teilen. Statt der heiligen Messe wäre dann nur noch das Gejaule des Muezzins zu hören.«

Monteleone rutschte unruhig auf seinem Stuhl hin und her. Ähnliche Reden hatte er im Freundeskreis schon oft gehört und sich das eine oder andere Mal ebenfalls in dieser Richtung geäußert. Doch der bedenkenlose Fanatismus, der aus Winters Worten sprach, erschreckte ihn. Seit Jahrhunderten waren die Söhne des Hammers, ihrem martialischen Namen zum Trotz, ein Debattierklub gewesen, der sich über Missstände ereiferte und seinen Einfluss nur ausgeübt hatte, wenn seine Mitglieder gleichzeitig Angehörige anderer Orden gewesen waren. Sie hatten versucht, Gesellschaften wie

Opus Dei und einige andere Gruppierungen zu lenken, deren Fundamentalismus in ihren Augen nur Stückwerk war. Aber all die anderen Orden hatten nur nach den Fleischtöpfen der Macht gestrebt, um sich nach Erreichen ihres Ziels mit den bestehenden Verhältnissen zu arrangieren. Die Söhne des Hammers jedoch hatten stets die reine Lehre verfochten, und in dieser war nicht die Rede davon, sich mit einer Kreatur wie Fiumetti zu verbünden. Vielleicht hatten sich die Zeiten doch stärker verändert, als er wahrhaben wollte, und der Kampf der Kulturen und Religionen war bereits im Gange.

Seufzend nickte er seinem Gast zu. »Ich werde dir ein Zusammentreffen mit Fiumetti ermöglichen, allerdings nicht hier in Rom, sondern an einem abgelegenen Ort.«

»Darum hätte ich ebenfalls gebeten. Heimlichkeit ist notwendig, da Männer wie Fiumetti nur Werkzeuge für uns sein können und keine Verbündeten. Uns eint der gemeinsame Kampf gegen den Feind aus dem Osten, und das nur auf Zeit. Sonst haben wir keine Gemeinsamkeiten mit diesem Pack.«

Ein achtsamerer Mensch als der alte Kardinal hätte Winters Tonfall entnommen, dass die letzten Worte nur seinen Gastgeber beruhigen sollten. Monteleone war ein Edelmann und ließ sich die Abscheu vor den pöbelnden Rechtsradikalen deutlich anmerken. Sein Ziel war eine Herrschaft des Glaubens mit dem Papst als allgemein anerkanntem Oberhaupt. Allerdings würde ein anderer Papst die Stelle des jetzigen einnehmen müssen, denn Benedetto XVI. hatte die Hoffnungen der Strenggläubigen bitter enttäuscht.

Winter streifte Monteleone mit einem raschen Seitenblick. Als kurzfristige Lösung mochte der alte Mann sich als neuer Papst eignen. Was danach kam … Winter sah sich selbst mit der Tiara der Päpste gekrönt und lächelte. Dazu würde es jedoch nur kommen, wenn die Söhne des Hammers hart und präzise zuschlugen.

Er beugte sich vor und legte seine Hand auf Monteleones Arm. »Nun, Bruder Giuseppe, hast du bei deinen Bemühungen für meine Belange bei Seiner Heiligkeit bereits etwas erreicht?«

SECHZEHN

In ihrem Versteck schüttelte Graziella ein über das andere Mal den Kopf. Winter konnte nicht ganz bei Sinnen sein! Kein normaler Mensch würde ein so verqueres Weltbild entwickeln. Normalerweise hätte sie über seine Ansichten gelacht, aber der Mann war in einer Position, in der er anderen seine Sicht der Dinge aufnötigen konnte, und daher war diese Art von Verrücktheit gemeingefährlich. Graziella war so katholisch erzogen worden, dass sie viele Dogmen der Kirche als gegeben hinnahm, die andere Menschen anzweifeln mochten. Doch das, was Winter von sich gab, ließ sie die Stacheln aufstellen. Bei dem Türken im Dönerlokal, bei dem sie und ihre Kommilitonen manchmal ein rasches Mittagessen einnahmen, handelte es sich gewiss nicht um einen islamischen Fanatiker mit dem Willen, das christliche Europa zu unterwerfen, und Fadli, der junge tunesische Student, der Arzt werden wollte, um in seinem Heimatland den Menschen helfen zu können, war toleranter als die meisten Italiener.

Natürlich gab es auch bei den Muslimen Fanatiker wie Winter, die vom heiligen Krieg faselten und davon, die Lehre Mohammeds zur weltumspannenden Religion zu machen. Doch mit Gewalt und Terror brachte man andere Menschen nicht dazu, dasselbe zu glauben, sondern nur, sich zu fürchten und aus dieser Furcht heraus zu hassen.

»Jetzt denke ich schon, wie die Professoren an der Uni reden«, sagte Graziella fast tonlos zu sich selbst.

Das Gespräch im Nebenraum verebbte, als hätte Winter seine Kraft verbraucht, während ihr Großonkel froh zu sein schien, das Thema wechseln zu können. Daher gab Graziella ihren Lauschposten auf und setzte sich an den Schreibtisch. Als sie diesmal den Computer einschaltete und sich in das Datennetz des Vatikans einloggte, gab sie den Suchbegriff »Franz Winter, Weihbischof« ein.

SIEBZEHN

In München hatte Torsten Renk begriffen, dass es nichts brachte, sinnlos durch die Gegend zu streifen und auf einen Zufall zu hoffen. Er musste bei der Suche nach Hoikens systematisch vorgehen. Zunächst galt es jedoch, eine traurige Pflicht zu erfüllen. Die Kripo hatte Andreas Leichnam zur Beerdigung freigegeben, und da es außer einer alten Tante in Sindelfingen keine Verwandten gab, musste er die ganzen Formalitäten mit den Behörden und dem Bestattungsinstitut übernehmen. Andrea hatte keiner Kirche angehört, daher war es eine bescheidene Zeremonie. Außer ihm selbst waren nur ein paar frühere Kommilitonen Andreas und Kollegen aus dem Klinikum Neuperlach anwesend, sowie Major Wagner, der jedoch nicht als Trauergast gekommen war, sondern um nach seinem Untergebenen zu schauen.

»Na, Renk, sind Sie wieder in Ordnung?«, fragte er, während der schlichte Fichtensarg in das Grab gesenkt wurde.

Torsten starrte auf die rechteckige Öffnung, die ihm seine Freundin nun endgültig nahm, und biss die Zähne zusammen. Er ärgerte sich, weil Wagner seine Mordtheorie als Unsinn abtat. Andrea war umgebracht worden, dessen war er sich sicher, auch wenn er es nicht beweisen konnte. Für einen Augenblick war er gewillt, der Kripo schlampige Arbeit vorzuwerfen, sagte sich aber, dass es den Aufwand nicht wert war. Diese Männer arbeiteten nach Schema F und hatten Andrea nicht so gut gekannt wie er. Für sie mochte alles so aussehen, als hätte es kein Eingreifen Fremder gegeben. Er aber wusste, dass seine Freundin nicht der Mensch gewesen war, der sich bei den ersten Schwierigkeiten im Job aus dem Leben schlich.

»Renk, was halten Sie davon, wenn Sie für zwei Monate in die Staaten gehen? Ein bisschen Anschauungsunterricht bei unseren Kollegen der US Army würde Ihrer Karriere gewiss nicht schaden.« Wagner versuchte erneut den Panzer zu durchbrechen, mit dem sich sein Leutnant umgeben hatte.

Torsten schüttelte sich einen Moment und drehte sich dann zu seinem Vorgesetzten um. »Ich habe drei Monate Sonderurlaub und keinerlei Interesse daran, München zu verlassen.«

»Verdammt, Renk! Andrea ist tot, und Sie sollten sich wieder der Zukunft zuwenden. Von Ihrem sinnlosen Herumsuchen wird sie auch nicht wieder lebendig.«

Torsten entblößte in unterbewusster Abwehr die Zähne. »Da haben Sie recht, Herr Major. Aber ich kann den Kerl erwischen, der für ihren Tod verantwortlich ist.«

»Die Kripo hat keine Anhaltspunkte gefunden, die auf einen Mord hindeuten, und die Kollegen haben bestimmt sorgfältig gearbeitet, weil sie wussten, dass wir ihnen auf die Finger schauen.«

Wagner wünschte, er hätte die Macht, Renk den Flug in die Vereinigten Staaten zu befehlen. Hauptsache, der Leutnant käme in einer anderen Umgebung dazu, sich auf sich selbst zu besinnen. Die sture Paragraphenreiterei, die einem auch bei seiner Dienststelle das Leben schwer machte, ließ es jedoch nicht zu. Renk war erst vor kurzem von einem Auslandseinsatz zurückgekommen und hatte ein Anrecht auf Urlaub und Erholung. Nur ein Befehl von ganz oben konnte daran etwas ändern.

Verärgert, weil er nichts tun konnte, polterte er los. »Dann rennen Sie doch weiter durch München! Aber eines sage ich Ihnen: Wenn Sie Unsinn machen, werde ich Sie nicht decken!«

Wagner überlegte, ob er Renk auffordern sollte, seine Waffe abzugeben, doch als MAD-Mitarbeiter in vorderster Front hatte dieser das Recht, sich jederzeit selbst schützen zu können, und zum anderen gab es genug Spelunken, in denen er nicht nur sich selbst, sondern ein kleines Heer mit allen möglichen Schusswaffen ausrüsten konnte.

»Melden Sie sich bei mir, wenn Sie mich brauchen. Meine Nummer haben Sie ja.« Mit diesem halben Zugeständnis klopfte Wagner seinem Untergebenen auf die Schulter und ging.

Torsten sah ihm einen Augenblick lang nach, dann griff er in die aufgeschüttete Erde, nahm eine Handvoll und ließ sie langsam auf den Sarg rieseln. »Lebe wohl, Andrea, und verzeih mir alles, was ich dir angetan habe!«

Tränen stiegen in ihm auf, und der Gedanke, sie könne gestorben sein, weil sie seine Freundin gewesen war, brannte wie Feuer in seinem Innern. Doch anders, als Wagner vermutete, würde er nicht mehr sinnlos durch Münchens rechtsradikale Sammelpunkte streifen, sondern das Wissen anwenden, das er sich in etlichen Jahren Bundeswehr und später beim MAD angeeignet hatte.

ACHTZEHN

Als Nächstes suchte Torsten Andreas Apartment auf. Er war vor ihrem Tod bereits zweimal dort gewesen, doch als er mit dem Schlüssel, den ihm der Hausmeister ausgehändigt hatte, die Tür öffnete und eintrat, hatte er das Gefühl, eine völlig fremde Wohnung zu betreten. Dabei kannte er fast jeden Gegenstand, angefangen bei dem kleinen Tischchen, auf den Andrea beim Betreten der Wohnung immer ihren Rucksack gelegt hatte, über die hölzerne Garderobe, an der neben einigen ihrer eigenen Sachen auch noch die Regenjacke hing, den er bei seinem letzten Besuch vergessen hatte, bis hin zur Couch, die sich zum Bett ausziehen ließ. Davor lag der Flokati-Teppich, auf dem sie sich in ihrer früheren Wohnung oft geliebt hatten. In den wenigen Tagen seit seiner Rückkehr aus Afghanistan waren sie nicht mehr intim geworden, denn Andrea hatte von ihm gefordert, sich vorher zu entscheiden, ob er für sie oder für seine Karriere leben wollte.

Mit einem bitteren Gefühl dachte er daran, dass diese Entscheidung nun nicht mehr in seiner Hand lag. Torsten schloss geräuschlos die Tür hinter sich und ging weiter. Der winzige Beistelltisch war neu, ebenso der Computer darauf. Auf dessen Bildschirm hatte Andrea die Mails gelesen, die er ihr aus dem Hindukusch geschickt hatte. Viele waren es nicht gewesen, denn wegen der häufigen Einsätze war er selten öfter als ein- oder zweimal im Monat ins Lager in Shülgareh gekommen.

Er strich mit der Hand über den kühlen, schwarzen Kunststoff der Tastatur und schaltete aus einem Impuls heraus den Computer ein. Es war nicht schwer, aber schmerzhaft, Andreas Passwörter herauszufinden, denn sie hatte seinen Namen benützt und damit gezeigt, wie sehr sie ihn trotz des

Streits wegen der Verlängerung seines Einsatzes in Afghanistan geliebt hatte. Torsten wischte sich eine Träne aus den Augen und loggte sich in das interne Netz seiner Dienststelle ein. Von hier aus war es leicht, in die Datenbank der Kripo einzudringen. Er rief die Datei auf, in der Andreas Tod dokumentiert war, und las die Akte mit wachsendem Grimm durch. Schnell gewann er den Eindruck, als habe Trieblinger seine Abneigung gegen ihn auf diesen Fall übertragen, denn die Untersuchungen waren oberflächlich geführt und jeder Anhaltspunkt, der gegen die voreingenommene Meinung des Kripobeamten gesprochen hätte, außen vor gelassen worden.

Dabei gab es durchaus einige Verdachtsmomente, denen der Mann hätte nachgehen können. Torsten rief die Fotos der Toten auf, die im gerichtsmedizinischen Institut gemacht worden waren, und konzentrierte sich auf die Verletzung am Kopf, die er bereits bei Andreas Leiche entdeckt hatte. Die gewellte rote Linie war deutlich zu sehen, und die Wunde war leicht angeschwollen. Also musste diese Verletzung bereits vor ihrem Tod verursacht worden sein. Das Muster der Verletzung erregte in Torsten einen weiteren Verdacht. Er betrachtete seine Fingerknöchel und stellte sich vor, einen Schlagring zu tragen.

Daher rief er den Katalog eines Onlinewaffenhändlers auf, der auch Waffen und Gerätschaften anbot, die in Deutschland verboten waren, und blätterte ihn durch, bis er einen Schlagring fand, dessen Form genau zu der Verletzung an Andreas Schläfe passte.

Für einen kurzen Moment überlegte er, Trieblinger zu informieren, verwarf den Gedanken aber sofort wieder. Der Idiot würde ihm ohnehin nicht glauben. Nachdem er nun ganz sicher war, dass Andreas Tod von dritter Seite herbeigeführt worden war, stellte sich für ihn die Frage, wie es zu der Tat hatte kommen können und wie es sich abgespielt hatte. Ein Anruf bei der Klinik brachte die Auskunft, dass seine Freundin an dem betreffenden Tag zehn Stunden länger gearbeitet hatte, als im Dienstplan vorgesehen war. Hoikens oder wer auch immer ihr aufgelauert hatte, hätte die Geduld eines Elefanten haben müssen, um so lange zu warten, und das konnte Torsten sich nicht vorstellen. Die Kerle hätten nach einer Weile aufgegeben und es zu einem anderen Zeitpunkt wieder versucht.

Je länger er über die ganze Sache nachdachte, umso rätselhafter erschien sie ihm. Dabei war es so schön einfach gewesen, zu glauben, Hajo Hoikens hätte Andrea getötet, um sich an ihm zu rächen. Torstens Gedanken flogen zurück in die Zeit, die er mit Hoikens im Sudan verbracht hatte. Mit einer Gruppe deutscher und dänischer UN-Soldaten hatten sie ein Gebiet in Darfur bewachen müssen. Trotz gelegentlicher Scharmützel war das ein stinklangweiliger Job gewesen, den viele der jungen Männer mit viel Dosenbier und Pornoheften herumzubringen versuchten. Die einzige Abwechslung waren gelegentliche Besuche in der nahe gelegenen Kleinstadt gewesen, in der ein findiger Sudanese einen kleinen Puff mit einheimischen Frauen und Mädchen eingerichtet hatte. Torsten war zwei- oder dreimal mitgegangen, Hoikens aber hatte es strikt abgelehnt und immer wieder über die Narren hergezogen, die unbedingt, wie er sich ausdrückte, eine Schwarze vögeln wollten.

Damals hatte Torsten sich noch nicht viel dabei gedacht, auch nicht, als die Soldaten, die sich im Camp befanden, von Spam-Mails mit rechtsradikalem Inhalt überschwemmt worden waren. Lange hatten sie gerätselt, wie die Neonazis an ihre E-Mail-Adressen gekommen sein konnten, bis Torsten es durch einen Zufall herausfand. Hoikens war von seinem Computer weggeholt worden, und da Torsten zu faul war, den eigenen Laptop anzuwerfen, setzte er sich an dessen Kiste. Das Erste, was er entdeckte, war eine Mail von Feilings Patriotischer Aktion, in der Hoikens für seine Informationen gelobt wurde. Außerdem dankte ihm Feiling dafür, dass er ihm so viele E-Mail-Adressen geschickt hatte, mit deren Hilfe er weitere Kämpfer zu rekrutieren hoffte.

Torsten fühlte sich damals wie vom Blitz getroffen. Sein Kamerad war nicht einfach ein streng konservativer Soldat, von denen es viele gab, sondern Faschist und aktives Mitglied in einer verbotenen Organisation – ein Verräter und Kameradenschwein! Torsten tat damals, wie es später von höherer Stelle hieß, das einzig Richtige und übergab Hoikens' Laptop dem Lagerkommandanten.

Von diesem zur Rede gestellt, leugnete Hoikens die Sache weder, noch stellte er es als Dummer-Jungen-Streich hin, sondern er erklärte, dass die korrupte Republik ebenso zerschmettert gehöre wie damals die Weimarer Republik. Narren wie der Oberst oder Torsten könnten ihn und seine Kameraden nicht daran hindern, dieses heilige Werk zu vollbringen.

Man suspendierte Hoikens sofort vom Dienst und schaffte ihn mit der nächsten Transportmaschine zurück nach Deutschland. Aber statt seinen Aussagen nachzugehen, kehrte die Bundeswehr den Vorfall unter den Teppich und ließ Hoikens nach einer kurzen Arreststrafe laufen. Sein Dank dafür war ein Zettel, der nach seiner Entlassung in der Zelle gefunden wurde. Darin prophezeite er den Untergang der Bundesrepublik und schwor Torsten Renk blutige Rache.

Als Torsten aus Afrika zurückgekommen war, hatte ihn der MAD unter seine Fittiche genommen, und das hatte er bis jetzt nicht bereut. Es war ein besseres Leben, als in einer Kaserne zu versauern, und die Karrierechancen standen in jedem Fall günstiger als bei der Bundeswehr.

Das Anschlagen der Türklingel riss Torsten aus seinem Sinnieren. Er schoss hoch und zog im Reflex seine Sphinx AT 2000 S. Wer wollte etwas von ihm oder, besser gesagt, von Andrea?

Er zog die Schuhe aus und schlich auf Socken zum Eingang, stellte sich dort schräg zur Tür und reckte den Hals, um durch das Spionauge blicken zu können.

Es war nur der Hausmeister, der jetzt noch einmal schellte. Torsten verstaute seine Pistole wieder im Schulterhalfter und öffnete.

»Grüß Gott! Ich vorhin vergessen zu sagen, dass Sie sich können Zeit lassen mit Auflösen von Wohnung. Wohnungen hier werden nix vermieten. Ihre Freundin gewesen Ausnahme.«

Der Hausmeister stammte seiner Aussprache nach aus Russland oder einem anderen osteuropäischen Land und wirkte in seinem Blaumann wie ein biederer Handwerker, der zu jedermann freundlich sein wollte.

Torsten musterte ihn nachdenklich. »Stehen diese Wohnungen wirklich die ganze Zeit leer?«

Der Hausmeister schüttelte den Kopf. »Nein, von Zeit zu Zeit Leute dort wohnen, die kommen nach München zu Tagungen und nicht wollen übernachten im Hotel.«

Bei dieser Information kribbelte es zwischen Torstens Schulterblättern, denn das klang nach einem konspirativen Treffpunkt. »Verfügen Sie über die Schlüssel zu diesen Wohnungen?«, fragte er und war schon im Begriff, seinen Dienstausweis zu ziehen, um sich auf diese Weise dort Zutritt zu verschaffen.

Sein Gegenüber kam aus dem Kopfschütteln nicht mehr heraus. »Nein, Schlüssel nicht bei Hausverwaltung hinterlegt. Ich nicht hätte gehabt Schlüssel zu Wohnung Ihrer Freundin, wenn sie nicht hätte machen wollen Kopie. Das großes Drama! Schlüsseldienst konnte nicht tun. Musste mich wenden an Herstellerfirma, und die stecken in Holland!«

Torsten zog die Augenbrauen zusammen und starrte für einen Moment durch den anderen hindurch. Es gab in Deutschland genug Firmen, die gute Schlösser herstellten. Da wäre es nicht nötig gewesen, einen Hersteller aus dem Ausland zu beauftragen. Zudem war es üblich, dass eine Wohnanlage nur mit einem Schlüsseltyp ausgerüstet war, den die Hausverwaltung vergab. Sein Verdacht, auf eine brandheiße Sache gestoßen zu sein, wuchs ebenso wie der Wunsch, sich die anderen Wohnungen in diesem Stockwerk anzusehen.

Auch wenn der Hausmeister ihm nicht weiterhelfen konnte, unterhielt Torsten sich noch eine Weile mit dem Mann und brachte heraus, dass zu den Wohnungen auch mehrere Tiefgaragenplätze gehörten, die von Zeit zu Zeit benutzt wurden. An dem Tag, an dem Andrea ums Leben gekommen war, hatte der Hausmeister allerdings kein Auto dort stehen gesehen. Diese Information war jedoch nicht sonderlich aussagekräftig, denn der Mann machte keinen Hehl daraus, dass er seine Wohnung nach zwanzig Uhr nicht mehr freiwillig verließ. Außerdem kontrollierte er die Tiefgarage sicher nicht mehrmals am Tag.

Nachdem der redselige Hausmeister wieder gegangen war, kehrte Torsten in die Wohnung zurück und musterte den Schlüssel. Das kleine Stückchen Metall schien das erste Teilchen eines Puzzles zu sein, das er zusammenstellen wollte. Kurz entschlossen setzte er sich wieder an den Computer und rief die Homepage der Schlüsselfirma auf. Sie war tatsächlich in den Niederlanden ansässig und warb damit, die sichersten Verschlusssysteme der Welt anzufertigen. Mit einigen Kniffen, die Teil seiner Ausbildung gewesen waren, gelang es Torsten, bis in die Produktbeschreibung der Firma vorzudringen und die Daten für Andreas Schlüssel abzurufen. Er erkannte rasch, dass es sich um ein Schloss einer kleinen Sonderserie handelte, die vor zwei Jahren erstellt worden war. Jetzt brauchte er nur noch die entscheidenden Daten, um weiterzukommen.

Torsten stand auf und sah sich suchend in der Wohnung um. Bevor er nach Afghanistan abberufen worden war, hatte er Andrea einige Sachen zur Aufbewahrung übergeben, über die man beim MAD nicht stolpern sollte.

Er fand das Päckchen schließlich tief unten im Kleiderschrank. Andrea hatte es wohl einmal aufgemacht, aber als uninteressant befunden. Es handelte sich neben einigen Aufzeichnungen in einem selbstentworfenen Code um mehrere SD-Karten mit Computerprogrammen, die eine alte Bekannte für ihn entworfen hatte. Er wählte eine davon aus und steckte sie in das Lesegerät. Jetzt konnte er nur hoffen, dass Petra Waitl damals den Mund nicht zu voll genommen hatte.

Als er die Daten einlas und die Enter-Taste drückte, vollführte der Bildschirminhalt einen grotesken Tanz. Zahlen, Bilder und Diagramme wirbelten durcheinander, und zuletzt wurde der Schirm für Minuten schwarz, als wäre der Computer abgestürzt. Torsten starrte immer wieder auf die Uhr. Während seiner Ausbildung hatte er zwar gelernt, wie er sich in ein fremdes Computersystem einloggen konnte. Dieses Wissen und auch das entsprechende Programm waren jedoch über ein Jahr alt, und er hatte keine Ahnung, ob es inzwischen neue Firewalls und Schutzsysteme gab, die ihm eine lange Nase drehen würden.

Plötzlich flammte der Schirm wieder auf, und er hatte Zugriff auf die streng geheime Datenbank der Firma. Rasch suchte er die gewünschten Schließsysteme aus und kopierte sie in seinen Arbeitsspeicher. Jetzt musste er nur noch einen Arbeitsschritt vollziehen, dann hielt er eine SD-Karte in der Hand, die, wie er hoffte, mit den Produktionsdaten der Serie von Sicherheitsschlössern samt den zugehörigen Schlüsseln geladen war.

NEUNZEHN

Torsten hätte nun in die Kaserne fahren und dort die Spezialisten in der Werkstatt in Anspruch nehmen können. Aber dann wären ihm etliche Fragen gestellt worden. Daher fuhr er mit der U-Bahn Richtung Innenstadt. Am Ostbahnhof stieg er aus, fuhr mit der Rolltreppe zum Orleansplatz hoch und schlug den Weg in die Weißenburger Straße ein. Nach einer Weile bog er in eine Seitenstraße ein und stand kurz darauf vor einer halbkreisförmigen Toreinfahrt, die durch ein eisernes Gitter versperrt wurde. Torsten überflog das Klingelschild für das Rückgebäude und atmete auf, als er den erhofften Namen fand.

Er drückte und hörte ein schnarrendes Geräusch. Er stieß das Gitter auf, ging über den Hof und erreichte nach wenigen Schritten ein Haus, das noch aus dem vorletzten Jahrhundert stammte. Die Tür war nur angelehnt, da die Leute hier nicht zweimal den Türöffner bedienen wollten. Torstens Weg führte ihn nach unten in einen Kellerraum, den Petra Waitl zur Werkstatt ausgebaut hatte. Auf sein Klopfen hin öffnete ihm eine kleine, mollige Frau knapp über dreißig, der das dunkle Haar auf der Kopfhaut klebte.

»Hi, Torsten, lässt du dich auch mal wieder blicken? Ich dachte schon, die Taliban hätten dich zu deinem eigenen Leichenschmaus eingeladen.«

Petras Witze waren in dem vergangenen Jahr auch nicht

besser geworden, dachte Torsten und reichte ihr die Hand. »Na, Petra, wie geht es dir? Hast du deine Supermaschine, von der du die ganze Zeit geschwärmt hast, inzwischen zusammengebaut?«

»Bis zur Serienreife«, antwortete Petra Waitl stolz. »Das Patent ist bereits angemeldet, und wie es aussieht, werde ich es auch bald verkaufen können. Dann hättest du mich hier nicht mehr angetroffen.«

»Wo wärst du dann hin? An den Starnberger See, wo die Millionarios wohnen?«

Petra winkte verächtlich ab. »Die sind doch kein Umgang für ein Genie wie mich. Ich werde mir in Franken einen Bungalow mit einer hübschen kleinen Werkstatt bauen lassen. Mein Gehirn muss beschäftigt bleiben.«

»Vielleicht könntest du es einmal damit beschäftigen.« Torsten zog die SD-Karte mit den Daten aus Holland aus der Tasche und drückte sie Petra in die Hand.

Diese sah ihn mit zusammengezogenen Brauen an. »Es handelt sich aber nicht um eine krumme Sache? Ich meine, weil du damit zu mir kommst und dich nicht an deine eigenen Leute wendest.«

»Ich weiß nicht, ob du es schon gehört hast, aber Andrea ist tot. Laut Kripo war es Selbstmord, doch ich glaube nicht daran. Ich bin auf der Spur der Leute, die ihre Mörder sein könnten.« In Torstens Stimme schwang Trauer um seine Freundin, aber auch der Wille, die Umstände ihres Todes lückenlos aufzuklären.

Petra starrte ihn erschrocken an. »Andrea ist tot? Mein Gott, wie schrecklich! Es war Mord, sagst du? Na warte, die Kerle sollen was erleben!« Sie trat an ihren Computer, beendete das laufende Programm und klickte die SD-Karte an.

»Saubere Arbeit, Torsten«, murmelte sie, während sich die verwirrenden Zahlenreihen in ihrem Gehirn zu Bildern formten. »Ich habe inzwischen aber ein besseres Programm geschrieben. Wenn du es willst, kannst du es haben. Es knackt besonders harte Nüsse, an die man mit dieser Methode hier nicht mehr herankommt.«

»Das wäre nicht schlecht.« Torsten war in dem Augenblick froh, dass Petra Waitl nicht zur Gegenseite zählte. Auch wenn er manchmal über sie und ihr ausgeprägtes Selbstbewusstsein lächeln musste, so war sie doch die fähigste Computerexpertin, der er je über den Weg gelaufen war. Beinahe ebenso gut war sie jedoch als Erfinderin und Herstellerin von speziellen Maschinen wie jener, zu der sie jetzt ging. Ein Angestellter eines Schlüsseldiensts hätte beim Anblick des verwirrenden Innenlebens dieser Apparatur sofort kapituliert. Petra hingegen wählte ein Metallstück aus, spannte es ein und drückte den Startknopf.

Summen, Surren und ein leises, aber nervenzerfetzendes Kreischen ertönte, das etwa dreißig Sekunden andauerte. Danach hielt die Maschine wieder an, und Petra nahm einen säuberlich geschliffenen Schlüssel heraus.

»Hier, das müsste der Schlüssel zu Andreas Wohnung sein. Damit kannst du testen, ob du auch die richtigen Daten kopiert hast. Wenn der stimmt, stimmen die anderen Schlüssel auch.«

Torsten nahm den Schlüssel entgegen und verglich ihn mit seinem eigenen. Selbst sein geschultes Auge konnte keinen Unterschied entdecken. »Und du glaubst, er passt wirklich?«, fragte er angespannt.

»Natürlich passt er!« Petra klang beleidigt. »Ich habe ihn gemacht, damit du es erst einmal bei Andreas Schloss probieren kannst. Wie viele von den anderen Schlüsseln brauchst du? Ich muss allerdings gleich sagen, dass ich nicht genug Rohmaterial für eine Massenanfertigung besitze.«

»Ich schätze, dass diese Schlösser fortlaufende Seriennummern haben. Andreas Schlüssel könnte sowohl der erste wie auch der letzte in der Reihe sein.«

»Acht Stück? Ich muss sehen, ob ich die noch hinkriege.« Petra kramte in einer Schachtel und holte mehrere messingfarbene Metallteile heraus. »Könnte gerade noch hinhauen«, sagte sie mehr für sich und machte sich an die Arbeit.

Torsten sah ihr schweigend zu und sagte sich, dass sie mit ihren Fähigkeiten ein Riesengewinn für den MAD wäre. Doch sie hatte weder mit dem Militär noch mit dem Geheimdienst etwas am Hut. Sie war mehr eine Art Daniel Düsentrieb und folgte ihren eigenen Neigungen. Für einen Augenblick empfand Torsten Neid, denn so zu leben wie Petra hieß, sich die Stürme der Welt am Hintern vorbeiblasen lassen zu können. Dann korrigierte er sich. Auch Petra war auf ihre Weise ein Teil dieser Welt und ihr nicht weniger ausgeliefert als er.

ZWANZIG

Der Schlüssel zu Andreas Wohnung passte, als hätte ihn die holländische Firma selbst angefertigt. Torstens Achtung vor Petras Fähigkeiten wuchs weiter, als ein kurzer Test ihm bewies, dass er die Nebentür mit einem der anderen Schlüssel öffnen konnte. Er betrat die Wohnung jedoch noch nicht, sondern schloss wieder zu und markierte den entsprechenden Schlüssel.

Torsten wusste, dass er mit dieser Aktion die Grenzen der Legalität hinter sich ließ, doch die Gewissensbisse wischte er rasch beiseite. Inzwischen war er zu der Überzeugung gelangt, dass es sich bei dem Mord an Andrea um mehr als um den Vergeltungsakt eines Rechtsradikalen handeln musste.

Aus diesem Grund hatte er sich entschlossen, sein Quartier in Andreas Wohnung aufzuschlagen. Da er das Apartment nicht so schnell räumen musste, eignete es sich ausgezeichnet für seine Zwecke.

Bevor er seine Untersuchungen fortsetzte, spielte er erst einmal Petras neue Software in Andreas Computer ein und wurde kurz darauf ein Opfer der gleichen Begeisterung, die die Computerspezialistin an den Tag gelegt hatte. Petras Code-Knackprogramm war ausgezeichnet. In Kombination mit seinem Wissen gab es wahrscheinlich keinen Computer mehr, in den er sich nicht einhacken konnte.

Als Erstes wühlte Torsten in den Dateien seiner Dienststelle herum und fand heraus, dass die Suche nach Hoikens noch längst nicht aufgegeben worden war, wie Wagner ihm hatte weismachen wollen. Hoikens galt als hohes Sicherheitsrisiko, denn er hatte während seiner Jahre bei der Bundeswehr eine ungewöhnlich hohe Zahl an Kursen, Schulungen und Informationsveranstaltungen besucht. Er war ein ausgebildeter Einzelkämpfer, wusste über alle Waffenarten Bescheid und hatte, wie Torsten mit einem Nicken registrierte, eine spezielle Ausbildung für militärische Sprengungen absolviert.

Der Anschlag auf die Sendlinger Moschee kam ihm in den Sinn. Wer auch immer ihn ausgeführt hatte, war ein Fachmann auf diesem Gebiet. Ein gewöhnlicher Terrorist war dazu nicht fähig, mochte er ein Neonazi sein oder zur PKK gehören.

Das war das zweite Puzzlestück, das Torsten nun in Händen hielt. Das dritte mochten die Sicherheitsschlüssel der anderen vier Wohnungen auf diesem Stockwerk sein.

EINUNDZWANZIG

In Rom hatte Graziella bei ihren Nachforschungen in den offiziellen Dateien des Vatikans etliches über den Lebensweg des Weihbischofs Winter erfahren, aber die Aufzeichnungen erschienen ihr lückenhaft. Da war viel von seiner Kindheit als armer Bergbauernbub in Österreich die Rede, und seine Jahre im theologischen Seminar von St. Pölten waren sehr genau festgehalten worden. Dort hatte Bischof Krenn Winter zum Priester geweiht. Sein weiterer Lebensweg hatte ihn nach Deutschland geführt, und dieser Abschnitt war ebenfalls noch gut dokumentiert. Danach aber hieß es nur noch lapidar, er sei nach Rom berufen worden, um in der Verwaltung des Vatikans zu wirken.

Aus Gesprächen mit ihrem Großonkel und vielen seiner scheinbar nebensächlichen Bemerkungen hatte Graziella manches über die feinen Verflechtungen der Macht im Kirchenstaat gelernt. Daher wusste sie, dass ein Priester aus Deutschland nur mit Protektion von hoher Stelle einen solchen Posten bekommen konnte. Aus den Unterlagen ging jedoch nicht hervor, wer Winters Förderer gewesen sein könnte. Auch sein Aufstieg zum Weihbischof war nur knapp angerissen, und es fehlte jeder Hinweis auf die Aufgabe, die er im Vatikan zu erfüllen hatte.

Die Rätsel, die dieser Lebenslauf aufgab, nährten Graziellas Neugier. Auf offiziellem Weg würde sie nichts weiter erfahren, das war ihr so klar wie das Aqua Minerale in ihrem Glas, von dem sie jetzt einen Schluck trank. Erneut nahm sie sich vor, mit ihrem Großonkel über diesen Mann zu reden und den alten Herrn zu warnen. Ihrem Gefühl nach war Winter so gefährlich wie eine lauernde Würgeschlange, und seine Ansichten waren eine Schande für die katholische

Kirche. Aber sie wusste nicht, wie sie das ihrem Großonkel beibringen sollte, ohne zu verraten, dass sie gelauscht hatte. Unruhig trommelte sie mit den Fingern auf ihre Schreibtischplatte. Dabei fiel ihr Blick auf den *Il Messaggero*, den sie auf der freien Fläche ihres Schreibtischs ausgelegt hatte, und blieb an einer Schlagzeile haften:

»**Ministerpräsident Ecconi hält die Bedingungen für einen EU-Beitritt der Türkei für erfüllt!**«

Diese Äußerung musste ein Mann wie Winter als Kampfansage auffassen. Graziella schluckte, denn sie erinnerte sich daran, dass der Weihbischof den rechtsradikalen Politiker Fiumetti hatte treffen wollen, und das war wohl derjenige, der sich am vehementesten gegen die Aufnahme der Türken aussprach. Es gab Gerüchte, Fiumetti ließe in den Marken und in der Basilikata eine Parteimiliz aufstellen, um Druck auf politische Gegner ausüben zu können. Was war, wenn Fiumetti zu der Überzeugung kam, der Vatikan stünde auf seiner Seite? Würde er daraufhin seine Gefolgsleute zu Anschlägen auf Türken anstiften?

»Winter muss aufgehalten werden, doch dafür brauche ich handfeste Beweise!«

Der Klang ihrer eigenen Stimme ließ Graziella zusammenzucken. Ihr war bewusst, dass diese Sache viel zu groß für sie war. Aber sie musste etwas unternehmen, um zu verhindern, dass ihr Großonkel, den sie trotz seiner Macken gern hatte, in diesen Sumpf hineingezogen wurde.

Wenn sie etwas erreichen wollte, musste sie jedoch den legalen Weg verlassen und zumindest ein wenig schwindeln. Die Geheimarchive des Vatikans mochten vor der neugierigen Öffentlichkeit verschlossen sein. Ein hochrangiger Kardinal wie ihr Großonkel jedoch hatte jederzeit Zutritt. Für sie galt das zwar nicht, doch sie hatte in den letzten Jahren schon mehrmals im Auftrag des Kardinals das Archiv aufgesucht und Daten für ihn recherchiert. Also würde sich niemand etwas dabei denken, wenn sie wieder einmal um Einsicht in geheime Akten bat.

Ein Blick auf die Uhr zeigte Graziella, dass sie noch genug Zeit hatte, das Archiv aufzusuchen. Sie hatte schon die Türklinke in der Hand, als ihr auffiel, dass sie noch T-Shirt und Jeans trug. So sollte sie besser nicht auftreten. Rasch zog sie sich um und war das erste Mal in ihrem Leben froh um den strengen Habit der Malteserinnen, vor allem aber über den schwarzen Mantel mit dem weißen Spitzkreuz des Ordens, der auf seine Art martialisch wirkte.

Graziella schlich aus dem Haus, ohne ihrem Großonkel oder Nora Bescheid zu geben, und machte sich auf den Weg in die geheimen Wissensgrüfte des Vatikans. Als sie kurz darauf das Gelände des Kirchenstaats betrat, wirkte sie in ihrer Tracht wie ein Fisch in einem gemächlich dahinziehenden Schwarm. Hier herrschten schwarze Anzüge vor, und viele der Geistlichen und Würdenträger trugen sogar die Soutane. Dazwischen leuchtete gelegentlich das Weiß eines Ordensmanns oder das Rot eines Kardinals aus der dunkel gekleideten Masse heraus. Es war eine Welt, die so gar nichts mit dem quirligen Rom zu tun hatte, das sich vor den Mauern des Vatikans erstreckte. Die Menschen hier glichen ebenso wie die Schweizer Gardisten in ihren rotgelben Uniformen, den polierten Harnischen und befiederten Helmen Überbleibseln aus einer längst vergangenen Epoche.

Das Archiv des Vatikans war in zwei Abteilungen gegliedert. Im öffentlichen Teil, den man aber auch nur mit Erlaubnis oder auf Einladung betreten konnte, forschten vor allem geistliche Wissenschaftler früheren Zeiten nach, und gelegentlich kamen Journalisten oder Autoren auf der Suche nach einer aufregenden Story hierher. Auch Graziella hatte hier schon oft für ihr Studium recherchiert oder Informationen für ihren Großonkel zusammengetragen. Jetzt erst wurde ihr bewusst, dass sie dabei meist Jeans und T-Shirt getragen hatte, und sie hoffte, dem Archivaufseher würde es nicht auffallen, dass sie diesmal als Malteserin auftrat.

Aus diesem Grund drückte sie sich am Schreibtisch des Mannes vorbei und atmete erleichtert auf, als sie den Eingang des geschlossenen Archivs erreichte. Ein junger Mann im schwarzen Priesterrock bewachte die Tür.

»Buongiorno, Signorina«, grüßte er und sah Graziella erwartungsvoll an.

»Ich muss für meinen Großonkel, Kardinal Monteleone, einige Akten einsehen. Er ist über achtzig Jahre alt und nicht mehr gut zu Fuß, müssen Sie wissen.« Ganz wohl war Graziella bei der Lüge nicht, denn der alte Herr hätte die Behauptung, kaum noch gehen zu können, empört zurückgewiesen.

»Und Sie haben sich jetzt entschlossen, sich mit ganzer Seele der heiligen Kirche zu weihen?«, fragte der Mann mit einem Blick auf ihre Montur.

»Es ist der Wille meines Großonkels«, antwortete sie und überließ es dem Archivar, Schlüsse daraus zu ziehen. »Aber nun zu dem Wunsch des Kardinals. Ich soll für ihn mehrere Akten holen, damit er sie in Ruhe studieren kann.«

»Das wird nicht möglich sein. Sie wissen doch, dass die Akten des geheimen Archivs dieses Gebäude nicht verlassen dürfen. Sie können sich aber in eine der Kabinen setzen und sich ein paar Notizen machen.« Der Archivar wies dabei auf eine Reihe von schlichten Holztüren, die dicht an dicht vom Korridor abgingen. In jede von ihnen war ein kleines Fenster eingelassen. Hinter den meisten war es dunkel, doch aus einigen fiel Licht.

Graziella ärgerte sich über sich selbst, denn in ihrer Anspannung hatte sie ganz vergessen, wie die Übergabe der Akten hier gehandhabt wurde. Es gelang ihr jedoch, eine gleichmütige Miene aufzusetzen.

»So geht es natürlich auch. Wenn Sie mir nun die Akte über Weihbischof Winter besorgen könnten? Mein Großonkel will sich für ihn verwenden, möchte dazu aber mehr über ihn erfahren.« Ein freundliches Lächeln, das ihre Wirkung auf die Männerwelt selten verfehlte, begleitete diese Worte. So war es auch hier. Der Archivar notierte sich den Wunsch und wollte den Raum schon verlassen, um das Verlangte zu holen, als Graziella ihm etwas nachrief.

»Da Sie schon dabei sind, könnten Sie auch schauen, ob es eine Akte über einen Orden oder eine Organisation gibt, die sich Filii Martelli nennt.«

Der Archivar drehte sich erstaunt zu ihr um. »Sie sind schon die Zweite in dieser Woche, die nach den Söhnen des Hammers fragt, Signorina. Don Batista, der Sekretär von Bischof Winter, hat sich die entsprechenden Unterlagen auch schon geben lassen.«

Die Nachricht brachte Graziellas Nerven zum Vibrieren. Sie fragte sich, was dieser unangenehme Sekretär ausgerechnet mit diesen Akten gewollt hatte. Da sein Chef das Oberhaupt der Gruppierung war, müsste er eigentlich besser darüber Bescheid wissen als jeder andere.

ZWEIUNDZWANZIG

Während Graziella auf die angeforderten Akten wartete, betraten weitere Leute den Vorraum des Archivs. Ein zweiter Archivar erschien, fragte nach den Wünschen der

Neuankömmlinge und forderte anschließend seinen Kollegen über die Sprechanlage auf, die gewünschten Unterlagen mitzubringen.

Als dieser wieder erschien, nahm er ihm alles ab und verteilte die Aktenbündel so, dass Graziella ihre als Letzte erhielt. Der eine Teil bestand aus einem dicken Aktenordner, auf dem Winters Name verzeichnet war, und bei dem anderen handelte es sich um eine dünne Mappe, die keines der gängigen Formate aufwies. Als Graziella sie öffnete, lag ein einzelnes Blatt Pergament darin, beschrieben mit verschnörkelten Buchstaben in Latein.

»Wenn Sie bitte eine der Kabinen aufsuchen würden!« Der zuletzt erschienene Archivar schob Graziella auf eine der Türen zu und öffnete sie.

»Grazie tanto!« Trotz ihrer freundlichen Worte musste Graziella an sich halten, um dem Mann keine Ohrfeige zu verpassen. Sie mochte es nicht, wenn Männer sie gegen ihren Willen berührten. Auch wenn der Archivar ihren Busen und den Hintern gemieden hatte, war eine unterdrückte Erregung zu spüren gewesen. Anscheinend war der Mann nicht fest genug im Glauben. Graziella hätte keinen lumpigen Cent dagegen gewettet, dass er zu jenen Kirchenleuten gehörte, die in der Nacht in einfache Anzüge gekleidet die kleinen, diskret eingerichteten Bordelle aufsuchten, die den Vatikan wie eine Perlenkette umgaben.

Erst als sich die Tür der Kammer hinter ihr geschlossen hatte, entspannte sie sich wieder. Der Raum maß nur zwei Meter auf anderthalb, hatte kahle, weiße Wände und war mit einem einfachen Tisch und einem hölzernen, nicht sonderlich bequemen Stuhl möbliert, so als wäre den päpstlichen Behörden daran gelegen, die Zeit für Nachforschungen in ihren Archiven so kurz wie möglich zu halten.

Die Leuchtstoffröhre an der Decke spendete nicht genug

Helligkeit. Daher gab es eine Leselampe, die einen Kegel bläulich schimmernden Lichts warf, welches den Text der teilweise uralten Schriftrollen erkennen ließ, ohne dem oft brüchigen Pergament und den Papyrusblättern Schaden zuzufügen.

Graziella begann mit dem Bericht über die Söhne des Hammers. Der Inhalt des Blattes war enttäuschend knapp und schien auch nicht so ganz zu den Informationen zu passen, die sie in den Datenbanken gefunden hatte. Im Jahre des Herrn 1234 hätten sich mehrere Ritter aus Süddeutschland und Norditalien zusammengefunden, um einen neuen Kriegerorden zu gründen. Papst Gregor IX. hatte ihnen jedoch die Zulassung verwehrt, da der von ihnen erwählte Patron Carlo Martello wegen einiger Vorkommnisse während seiner Herrschaft als Majordomo des Fränkischen Reiches als Anhänger des Antichrist galt, und sie aufgefordert, sich den bereits bestehenden Ritterorden der Templer, Johanniter oder dem Deutschen Orden anzuschließen. Es wurde mit keinem Wort erwähnt, ob diese Gruppe schon früher existiert und auch die Jahrhunderte danach überdauert haben konnte, wie sie den Gesprächen zwischen ihrem Großonkel und Weihbischof Winter entnommen hatte.

Als Graziella die Mappe wieder schließen wollte, stutzte sie und starrte das Pergament mit zusammengekniffenen Augen an. Es war alt, aber sie hatte den Eindruck, an einigen Stellen, an denen der Text mit dicker Tinte aufgetragen worden war, relativ frische Schabspuren erkennen zu können. Wenn das stimmte, war der Akteneintrag keine achthundert Jahre alt, sondern sehr viel jünger, und ihn hatte wahrscheinlich auch nicht der Geistliche aus dem dreizehnten Jahrhundert geschrieben, der als Autor verzeichnet war. Ohne Hilfsmittel konnte sie das allerdings nicht sicher feststellen, und sie überlegte, ob sie es wagen sollte, das Dokument aus dem Archiv zu schmuggeln.

Ein Blick durch das kleine Fenster zeigte ihr jedoch, dass die beiden Archivare die Unterlagen, die ihnen zurückgereicht wurden, genau kontrollierten. Also würde sie sich mit dem bloßen Verdacht begnügen müssen, und der richtete sich gegen Don Batista, Winters Sekretär. In ihren Augen war Winter geisteskrank, und sie hoffte, ihren Großonkel von Winters Unzurechnungsfähigkeit überzeugen zu können, so dass der Kardinal eine Untersuchung einleitete.

Mit dieser Überlegung machte sie sich an das Studium der Unterlagen über Winter und erlitt die gleiche Enttäuschung. Die Akte war mit den Daten identisch, die sie über Computer angefordert hatte. Für den Vatikan war dies äußerst verwunderlich, denn beinahe jeder der Kardinäle, Bischöfe, Prälaten und Priester hatte irgendein Skelett im Schrank, das fein säuberlich aufgeführt wurde, und sei es auch das Skelett einer Zwergmaus. Winter hingegen war ein absolut unbeschriebenes Blatt, bei dem nicht einmal stand, ob er gerne Karten spielte oder Briefmarken sammelte.

Verwirrt blätterte sie die Akten noch einmal durch und hatte plötzlich das Gefühl, als müssten eine oder mehrere Seiten fehlen. Das letzte Wort eines Satzes war nämlich mit Hand an den unteren Rand geschrieben worden. So wie der Text aufgebaut war, hätte es auf dem nächsten Blatt weitergehen müssen. Einmal aufmerksam geworden, entdeckte Graziella weitere Stellen, an denen die Unterlagen offensichtlich manipuliert worden waren.

Die Sache stank, aber das, was sie gefunden hatte, würde wohl noch nicht ausreichen, um ihrem Großonkel die Augen zu öffnen. Dazu benötigte sie schlagkräftigere Argumente. Verärgert, weil sie nichts Handfestes gefunden hatte, das sie dem alten Herrn präsentieren konnte, klappte sie den Ordner zu und verließ die Kammer.

Als sie die Sachen zurückgeben wollte, zuckte sie zusammen. Neben dem unangenehmen Archivar stand Winters Sekretär und redete leise auf diesen ein. Graziella reichte dem Archivar, den sie um die Akten gebeten hatte, die beiden Mappen und bemühte sich dabei, Don Batista den Rücken zuzuwenden. Zu ihrem Glück schien er so in sein Gespräch vertieft zu sein, dass er nicht auf seine Umgebung achtete. Dennoch atmete Graziella erst auf, als das Archiv hinter ihr lag und sie in den Sonnenschein hinaustreten konnte.

Doch bereits nach wenigen Metern stockte ihr Schritt, denn in ihr glomm eine neue Idee auf. Winters Vorgänger als Oberhaupt der Söhne des Hammers war Kardinal Rocchigiani gewesen. Wohl lag dessen tödlicher Bergunfall nun bereits einige Wochen zurück, aber seine Hausdame lebte noch in seinem Palazzo. Graziella kannte die Frau gut und glaubte, dass diese nichts dagegen haben würde, wenn sie sich dort umsah. Vielleicht fand sie in jenem Haus den Hinweis, den sie so dringend benötigte, um ihren Großonkel zu überzeugen.

DREIUNDZWANZIG

Für Torsten Renk war es, als käme er aus einer wohnlich eingerichteten Höhle in eine karge, spartanische Welt. Das Apartment, das er betrat, glich in seinen Ausmaßen demjenigen, in dem er nun wohnte. Aber die Einrichtung ließ es fremd erscheinen, denn sie bestand aus einem schmalen Bett, einem kleinen, hohen Tisch mit zwei hölzernen Stühlen, einem halbleeren Bücherbord, einem einfachen Hängeschrank und einem Zweiplattenkocher auf einem winzigen Kühlschrank in der Kochnische. Vor den beiden Fenstern hingen schwarze, lichtundurchlässige Vorhänge und an den weiß gestrichenen Wänden zwei Bilder mit christlichen Motiven.

Das war kein Raum zum Wohlfühlen, sondern ein Notquartier für ein oder zwei Tage. Selbst das staubige Zeltlager, in dem er in Afghanistan gehaust hatte, erschien ihm im Nachhinein gemütlicher. Er sah sich gründlich um, doch sein geschultes Auge brachte ihm keine neuen Erkenntnisse. Obwohl er mehr oder weniger damit gerechnet hatte, war er enttäuscht.

Zuletzt trat er an das Bücherbord und nahm das vorderste Buch heraus. Es handelte sich um ein Brevier, wie Priester es benützen. Das zweite Buch war eine Bibel, das nächste ein Bericht über die Kreuzzüge von einem ihm unbekannten Autor. Die beiden restlichen Bücher hatten den Abwehrkampf gegen die Türken zum Thema, einschließlich der Belagerungen von Wien. Als Torsten eines der Bücher aufs Geratewohl aufschlug, entdeckte er mehrere handschriftliche Anmerkungen, die an Deutlichkeit nichts zu wünschen übrig ließen. Als Graffiti irgendwo auf eine Hauswand gemalt, hätte er sie irgendwelchen rechten Wirrköpfen zugeordnet. Sie hier in einem Raum zu entdecken, der förmlich nach Kirche schrie, war äußerst ungewöhnlich.

»Katholische Rechtsradikale? Das wäre mal was Neues.« Torsten lachte bitter und stellte die Bücher so zurück, dass sie genau wie vorher in dem feinen Staubfilm standen. Dann verließ er die Wohnung und schloss ab.

Sein Blick streifte die nächste Tür, und in diesem Moment spürte er die Anspannung, die ihn jedes Mal packte, wenn sich etwas Entscheidendes anbahnte. Es war wie ein sechster Sinn, über den einige seiner Kameraden schon in widerwilliger Anerkennung gespottet hatten. Torsten erinnerte sich, dass er vor dem Zwischenfall im Sudan, bei dem er Hoikens hatte heraushauen müssen, und später vor einem Raketenbeschuss der Taliban auf ihr Lager in Shülgareh nervös geworden war und sich instinktiv auf das Ereignis vorbereitet hatte. Jetzt erging es ihm ähnlich.

Die Sphinx AT 2000 S wanderte wie von selbst in seine Hand, und er überzeugte sich, dass sämtliche Patronen geladen waren. Sollte sich etwas Überraschendes ereignen, musste die Gegenseite mit fünfzehn Schuss 9 mm Para-Munition rechnen.

Mit der linken Hand steckte er einen der von Petra angefertigten Schlüssel ins Schloss. Er passte nicht, ebenso wenig wie die nächsten drei. Torstens Nackenmuskeln spannten sich bei dem Gedanken an, diese Tür könnte ein ganz anderes Schloss besitzen als die übrigen. Er hatte von Petra insgesamt neun Schlüssel erhalten. Einer davon gehörte zu Andreas Wohnung, ein weiterer zu dem Priesterquartier, in dem er eben gewesen war. Als auch der fünfte Schlüssel nicht ins Schloss ging, verstärkte sich seine Nervosität. Er musste in diese Wohnung, koste es, was es wolle. Wenn es auf diese Weise nicht ging, dann eben anders. Allerdings würde jede andere Methode Spuren hinterlassen, und das wollte er nicht.

Der sechste Schlüssel. Wenn auch der nicht passte, bliebe nur noch einer. Torsten hielt den Atem an, als das Metall ins Schloss glitt. Er drehte, hörte ein leichtes Knacken und schob die Tür langsam auf. Da die Vorhänge zugezogen waren, fiel von außen kein Licht in die Wohnung. Torstens Hand tastete nach dem Lichtschalter, da ließ ein fast unmerkliches Glimmern dicht über dem Boden ihn innehalten.

Dort musste eine Lichtschranke sitzen. Das war eine aufwendige Sicherung für eine einfache Wohnungstür, allerdings nichts, was Torsten zurückschrecken ließ. In seiner Ausbildung hatte er sich oft genug mit solchen Hindernissen herumschlagen müssen. Er holte die bleistiftdünne Stablampe aus der Tasche, die zu seiner ständigen Ausrüstung zählte, und machte sich ans Werk. Er benötigte noch einen kleinen Schraubenzieher und zuletzt ein Stück Papier, um zu verhindern, dass der Kontakt des Sicherheitsschalters geschlossen werden konnte. Dann gehörte das Zimmer ihm.

Es war ganz anders eingerichtet als das Priesterzimmer. Ein großer, runder Holztisch, der in den Konferenzraum jedes Industrieunternehmens gepasst hätte, nahm den größten Teil des Wohnzimmers ein. Ihn umgaben sechs wuchtige Ledersessel, auf denen man stundenlange Diskussionen auf einer Hinterbacke absitzen konnte, und in der Küche stand ein großer und, wie Torsten sich überzeugen konnte, wohlgefüllter Kühlschrank, dessen Inhalt auch einem verwöhnten Gaumen gerecht wurde. Das Schlafzimmer war jedoch ebenso spartanisch eingerichtet wie in der Nachbarwohnung.

In einem deckenhohen Regal befanden sich etliche Dutzend Bücher, und Torsten wunderte sich nicht, unter ihnen eine Biographie Osama bin Ladens zu finden, die ebenfalls handschriftliche Kommentare aufwies. Die Notizen zeugten von einem tiefen Hass auf den Terroristenchef und sämtliche Muslime, und der Schreiber drohte diesen Leuten blutige Vergeltung an. Wer auch immer diese Wohnung benutzte, ging zumindest in seinen Gedanken nicht mit dem Grundgesetz der Bundesrepublik Deutschland und der freiheitlichen Ordnung der westlichen Zivilisationen konform.

Das wunderte Torsten kaum, denn es passte zu dem, was er in dem karg eingerichteten Apartment entdeckt hatte, und seine Gedanken glitten weiter zu dem Anschlag in Sendling. Die Sprengung der Moschee mochte ein Racheakt für Terroranschläge muslimischer Splittergruppen gewesen sein, doch er kam zu der Überzeugung, dass die Sache hier in diesem Raum besprochen und geplant worden war.

Torsten war im Zwiespalt. Eigentlich müsste er diesen

Fund so schnell wie möglich dem Verfassungsschutz melden. Aber wie sollte er seinen Kollegen dort erklären, weshalb er ohne Durchsuchungsbefehl in fremde Wohnungen eingedrungen war? Überdies würde er mit diesem Vorgehen Petra Waitl in die Sache hineinziehen, denn die Schlüssel, die er benutzt hatte, regneten nun einmal nicht vom Himmel. Er fragte sich zudem, ob er die Angelegenheit einer Behörde überlassen sollte, die eine Untersuchung nach Schema F durchführen würde und sich wohl kaum überzeugen ließe, dass die Leute, die hier aus und ein gingen, an Andreas Tod schuld sein mussten. Er aber konnte sich nun vorstellen, wie seine Freundin in der bewussten Nacht von ihrem Dienst in der Klinik heimgekommen, auf die Unbekannten gestoßen und von ihnen als überflüssige Zeugin beseitigt worden war.

VIERUNDZWANZIG.

Graziella wurde von Kardinal Rocchigianis Hausdame in der Via Alessandro III. in Rom mit einer Miene empfangen, mit der ein Ertrinkender den rettenden Strohhalm begrüßt. Die Frau war bereits über siebzig, aber so quicklebendig, dass Graziella sich im Vergleich zu ihr fast alt vorkam. Ehe sie sich versah, saß sie im Salon des Kardinals, hielt ein Glas frisch aufgeschäumten Caffè Latte in der Hand und sah ein riesiges Stück Kuchen vor sich stehen, das in Schokoladensoße badete.

Zum Reden oder gar dazu, ihre Wünsche zu äußern, kam sie zunächst gar nicht, da die Hausdame die Schleusen ihrer Beredsamkeit weit öffnete und zuerst einmal ihren Kardinal über alle Heiligen erhob. Dann beklagte die alte Dame wortreich seinen Tod und schimpfte schließlich über die Retter der Bergwacht, die ihn nicht rechtzeitig gefunden hatten.

»Du kannst gar nicht glauben, wie traurig das alles ist, Kind, jetzt, wo Seine Eminenz bei unserem lieben Jesuskind im Himmel weilt«, sagte sie und holte tatsächlich einmal Luft, bevor sie weitersprach.

»Auf jeden Fall war es eine ergreifende Feier und meine Eminenz wurde auf dem Platz beerdigt, den er sich gewünscht hatte. Aber die Leute lassen ja nicht einmal einen Toten in Ruhe. Dieser unangenehme Mensch hat schon drei Mal nachgefragt, wann er den schriftlichen Nachlass Seiner Eminenz übernehmen könne. Aber ich habe ihm gesagt, dass er mir ohne einen Auftrag des Heiligen Vaters nicht ins Haus kommt. Er würde sich darum bemühen, sagte er, denn er sei von der Kurie mit der Sichtung aller Papiere beauftragt worden, die Seine Eminenz hinterlassen hätte, und ich solle mir nicht einfallen lassen, etwas davon jemand anderem zu übergeben als ihm.«

Da sie das Aussehen des betreffenden Mannes sehr ausschweifend beschrieb, begriff Graziella, dass es sich um jenen Archivar gehandelt haben musste, den sie vorhin im Gespräch mit dem Sekretär des Weihbischofs Winter beobachtet hatte.

Das erschien ihr höchst verdächtig, denn normalerweise kümmerten sich hochrangige Mitarbeiter eines verstorbenen Kirchenmanns um dessen Nachlass. Noch seltsamer aber war die Forderung, Rocchigianis Aufzeichnungen niemand anderem zu überlassen. Hätte der Mann wirklich auf Befehl des Vatikans gehandelt, müsste er sich nicht um einen schriftlichen Auftrag bemühen. Wahrscheinlich würde dieser ebenso gefälscht werden wie die Aufzeichnungen über die Söhne des Hammers, sagte Graziella sich und ließ ihren Blick durch den Salon streifen.

Im Gegensatz zu der steif wirkenden Einrichtung im Haus ihres Großonkels herrschte in dieser Villa eine wohltuende Harmonie zwischen dem barock anmutenden Wandschmuck aus Stuck mit kleinen, dickwangigen Putten, die auf Flöten spielten, und den zierlichen Möbeln aus jener Zeit höfischer Galanterie, die man Rokoko nannte. Der Stuhl, auf dem Graziella saß, hätte mit seiner mit Damast überzogenen Sitzfläche und den elegant geschwungenen Beinen jeden Antiquitätenhändler entzückt, ebenso wie das dazu passende Tischchen, auf dem sie jetzt ihr Glas abstellte, um den Kuchenteller in die Hand zu nehmen.

»Die Leute sind heutzutage wirklich schlimm«, stimmte sie der Signorina zu, die trotz ihres Alters fuchsteufelswild werden konnte, wenn jemand sie Signora nannte. Dann blickte sie sie bittend an. »Dürfte ich mir vielleicht die Aufzeichnungen Seiner Eminenz ansehen? Wie Sie wissen, war mein Großonkel sein bester Freund.«

Die Hausdame lachte leise auf. »Und ob ich das weiß! Die beiden haben oft hier in diesem Raum zusammengesessen und bei ihren Gesprächen Gott und die Welt vergessen. Na ja, Gott sicher nicht, aber die Welt ganz bestimmt.« Sie überlegte kurz und nickte schließlich.

»Warum nicht? Du wirst die Papiere meiner lieben Eminenz mit der Ehrfurcht behandeln, die ihnen gebührt, und sie nicht in einen dunklen Winkel stecken, in dem sie von Ratten und Mäusen gefressen werden können. Wenn da wirklich einer vom Vatikanischen Archiv kommt und die Sachen holen will, muss er mit dem vorliebnehmen, was noch da ist.«

Die Frau schien keine Ahnung von der Beschaffenheit des päpstlichen Archivs zu haben, denn eines war für Graziella gewiss: Vor Ratten und Mäusen bewahrten die Archivare des Papstes die ihnen anvertrauten Akten ganz gewiss. Mittlerweile waren die Räumlichkeiten nach neusten Erkenntnissen umgebaut worden, so dass die Unterlagen wohltemperiert ruhten und beinahe hermetisch von der Außenwelt abgeschlossen waren. Selbst die alten Pergamente und Papyrusrollen würden darin noch etliche Jahrhunderte, wahrscheinlich sogar Jahrtausende überstehen. In einem hatte Rocchigianis Hausdame jedoch recht: Die Papiere ihres Kardinals würden irgendwo abgelegt und dann für Generationen vergessen werden.

»Grazie tanto!« Graziella stand auf und bat die Frau, ihr den Nachlass des Kardinals zu zeigen. Dabei stellte sie sich darauf ein, auch beim Durchsehen der Papiere die Gesprächslawine ihrer Gastgeberin ertragen zu müssen.

Sie hatte sich nicht geirrt, war aber trotzdem froh um die Anwesenheit der Dame, die ihr bei aller Redseligkeit nach Kräften half und alles schriftliche Material anreichte, das Kardinal Rocchigiani in seiner Bibliothek angesammelt hatte. Der Hausherr schien ein Freund der Feder gewesen zu sein, denn auf dem Boden stapelten sich Stöße von Papier, angefangen von seinen ersten Tagebüchern, in denen er noch mit seiner Berufung rang, bis hin zu Essays und mehreren Manuskripten wissenschaftlichen Inhalts. Es war sogar ein Roman dabei, in dem Graziella nun blätterte. Es schien sich um eine schwärmerische Erzählung über einen Kreuzritter zu handeln, der Jerusalem vor den muslimischen Horden rettete. Mit der geschichtlichen Wirklichkeit hatte die Geschichte kaum etwas zu tun, aber für Graziella waren die Zeilen ein deutlicher Hinweis, dass Rocchigiani ebenso wenig wie ihr Großonkel zu den Befürwortern eines Dialogs der Religionen gezählt hatte.

Was sie jedoch wirklich suchte, fand sie nicht, nämlich Unterlagen über die Söhne des Hammers. Etwas enttäuscht legte sie schließlich den letzten Packen Papiere zur Seite.

Die Hausdame schien dies als Kritik an ihrer Gastfreundschaft anzusehen, denn sie schoss hinaus, um neuen Caffè Latte und Kuchen zu holen. Damit gab sie Graziella die Zeit, sich umzusehen. Ihr Blick wurde von einem Möbelstück angezogen, das sich dem im Haus vorherrschenden Rokokostil völlig entzog. Es war ein wuchtiger Schrank mit schmalen Schubfächern, ein Zwilling jenes Möbelstücks im Aufenthaltsraum ihres Großonkels, aus dem sie die Tassen mit dem Hammerzeichen genommen hatte.

Von dem Gedanken getrieben, endlich auf eine Spur gestoßen zu sein, untersuchte Graziella die Schubfächer. Alle bis auf eines ließen sich aufziehen. Als die Hausdame mit einem Tablett mit zwei Latte-Gläsern und einem neuen, in Schokoladensoße ersäuften Kuchenstück zurückkehrte, sprach Graziella sie darauf an.

»Wissen Sie, wo der Schlüssel zu diesem Fach sein könnte? Seine Eminenz hat ihn wahrscheinlich an einem Band um den Hals getragen.«

»Hat er nicht«, antwortete die Frau lächelnd. »Seine Haut war dort zuletzt so empfindlich, dass er den Kragen seiner Soutane mit einem Seidentuch abpolstern musste. Den Schlüssel bewahrte er in einer kleinen Kassette auf, die den Schmuck seiner verstorbenen Mutter enthielt.«

Graziella sprang auf. »Und wo ist diese Kassette?«

»Dort!« Die Hausdame stellte ihr Tablett ab, trat an den bewussten Schrank und zog ein Fach heraus, das auf den ersten Blick nur ein paar Bücher enthielt. Sie nahm diese heraus und drückte dann kurz gegen die Rückwand. Diese löste sich zu Graziellas Erstaunen und gab ein kleines Geheimfach frei, in dem die Kassette stand. Der Schlüssel steckte im Schloss, so als hätte Rocchigiani die anderen Sicherheitsmaßnahmen für ausreichend erachtet.

Die alte Dame öffnete die Kassette und zeigte Graziella mehrere hübsche Schmuckstücke, die ihren Gast jedoch bei weitem nicht so brennend interessierten wie der kleine Schlüssel, der zuunterst lag. Graziella griff mit vor Erregung zitternden Händen danach, steckte ihn in das Schlüsselloch des versperrten Fachs und drehte ihn um. Ein leises Knacken ertönte, und sie konnte das Fach herausziehen. Ganz vorne lag die Schachtel mit den zwölf schwarzen Espressotassen, die ein goldenes Kreuz trugen. Sie nahm eine davon heraus, drehte sie und sah, dass sich auch hier das Kreuz in einem bestimmten Blickwinkel in einen Hammer verwandelte.

Graziella hielt sich nicht damit auf, sondern stellte den Karton unter dem missmutigen Schnauben ihrer Gastgeberin, die gewohnt war, diese Tassen als etwas Heiliges anzusehen, auf den Boden und bearbeitete die Rückwand des Faches so, wie sie es vorhin bei der Hausdame gesehen hatte. Es gelang ihr leichter als erwartet, das Brett herauszunehmen. Als sie in die entstandene Öffnung griff, brachte sie eine alte Ledermappe zum Vorschein, die das Wappen der Familie Rocchigiani trug. Graziella öffnete sie und entdeckte, dass sie mit mehreren Papierbündeln gefüllt war. Das erste trug von Rocchigianis Hand geschrieben die Aufschrift »Winter«. Ein weiteres »Die Söhne des Hammers«.

Ein paar Zeilen in jedem Akt zeigten Graziella, dass sie fündig geworden war. Sie drückte die Mappe an sich und sah die Hausdame voll ängstlicher Hoffnung an.

»Diese Unterlagen würde ich gerne meinem Großonkel bringen. Er wird sie lesen wollen und als letzten Gruß seines alten Freundes in Ehren halten.«

FÜNFUNDZWANZIG

Im Westen von München erstreckte sich nördlich der Stuttgarter Autobahn eine Siedlung aus Einfamilienhäusern, die ein langes, schmales Band bis fast zum Langwieder See bildeten. Am äußersten Ende stand eine gut erhaltene Villa mit einer Dreiergarage vor dem Haus und einem großen, von hohen Thujenhecken gesäumten Garten. Mehrere alte Obstbäume und Ziertannen reckten ihre Äste in den Himmel, und zwischen ihnen standen etliche Büsche, die so geschickt angeordnet waren, dass sie den Blick auf die Rückseite der Villa verstellten.

Auf der von außen nicht einsehbaren Terrasse lag ein junger Mann in Khakishorts und kurzem Hemd auf einem Liegestuhl. Neben ihm stand ein kleines fahrbares Tischchen mit einer Flasche Mineralwasser, aus der er gerade sein Glas füllte, und einem Stapel Zeitungen. Selbst im Liegen wirkte der Mann groß, schlank und muskulös. Mit seinem offensichtlich durchtrainierten Körper, dem ebenmäßigen Gesicht und dem hellblonden, sehr kurzgeschnittenen Haar hätte er einem Hollywood-Film entsprungen sein können.

Ein Stück hinter ihm, dicht neben der offenen Terrassentür saß der Neonaziführer Rudolf Feiling in einem schreiend bunten Hawaiihemd. Auf dem Kopf trug er eine Baseballmütze mit einem großen Schirm, mit dem er sich gegen die Sonne schützte. Auch er hielt ein Glas in der Hand, das allerdings mit einem anderen Getränk gefüllt war, und prostete dem Jüngeren zu.

»Das mit der Moschee hast du sauber hingekriegt, und das mit dem Minarett hinterher – das muss dir erst einmal einer nachmachen.«

»Und dabei auf die Schnauze fallen.« Hans Joachim Hoikens, der Sprengstoffexperte der Gruppe, lachte selbstgefällig. »Es ist gut, dass es jetzt endlich losgeht. Ich habe verdammt lange darauf gewartet. Um was sollen wir uns als Nächstes kümmern?«

»Ich habe noch keine neuen Informationen erhalten. Aber es dürfte nicht lange dauern, bis unsere Talente wieder gefragt sind!«

»UNSERE Talente?«, fragte Hoikens gedehnt. Schließlich besaß er als einziges Mitglied der Gruppe das Wissen, um solche Sprengstoffanschläge planen und durchführen zu können. Er reckte sich und trank einen Schluck Wasser, bevor er weitersprach. »Schade, dass ich wegen der Sache mit der Moschee nicht an eurem Treffen teilnehmen konnte. Ich hätte diesen Schwarzkittel gerne kennengelernt.«

»Das wirst du schon noch.« Obwohl der mehr als zwanzig Jahre jüngere Hoikens als sein Nachfolger galt, reagierte Feiling eifersüchtig auf den Wunsch des Mannes, in Gespräche mit wichtigen Personen eingebunden zu werden.

»Das nächste Mal nimmst du mich mit und nicht Florian!« Hoikens' Forderung klang wie eine Warnung.

Feiling beschloss, sie zu ignorieren. »Florian ist immerhin mein Leibwächter.«

»Und was für einer! Mit ihm fällst du noch bei Neumond und Stromausfall auf.« Hoikens mochte den bulligen Kerl nicht, der Feiling ständig begleitete. Gewohnt, sich möglichst unauffällig zu bewegen, schüttelte er den Kopf über das provozierende Erscheinungsbild des Mannes, das geradezu nach rechtsradikaler Szene schrie.

Auch Feiling war in letzter Zeit nicht mehr allzu glücklich mit seinem glatzköpfigen Bodyguard im LONSDALE-Shirt, aber es war ein Kamerad aus alten Tagen, dessen Treue erprobt war. Florian hatte es nicht verdient, einfach beiseitegeschoben zu werden, doch auf solche Dinge nahm ein Egozentriker wie Hoikens keine Rücksicht.

Der Exsoldat war ein ausgezeichneter Kämpfer und hatte die Nerven besessen, sich zwischen den Polizeiabsperrungen hindurchzuschleichen, um auch noch das zweite Minarett zu sprengen. Es schien ihm Spaß zu machen, Dinge zu zerstören, und er hatte bereits einige andere Gebäude genannt, die er für lohnende Ziele hielt. Am liebsten hätte er sich das Maximilianeum, den Bayerischen Landtag, vorgenommen, möglichst bei Vollversammlung. Hoikens war der Vertreter einer neuen Generation, die sich nicht mehr die Kameraden früherer Kampfzeiten zum Vorbild nahm, sondern ihre Pläne und Handlungen nach dem Vorbild der islamischen Terroristen um Osama bin Laden ausrichtete.

In dem Augenblick hielt Hoikens die Samstagsausgabe einer bekannten Boulevardzeitung hoch. »Ist das der Bericht über die junge Frau, die euch über den Weg gelaufen ist?« Er wies dabei auf die große, schreiend rote Überschrift: »Junge Münchner Ärztin in den Tod gestürzt! Kollegen stehen vor einem Rätsel!«

Feiling nickte.

Hoikens begann zu lesen und grinste dabei ein paarmal über die Borniertheit der Münchner Polizei, die unbeirrt an einen Selbstmord der jungen Frau glaubte. Plötzlich stutzte er und starrte mit großen Augen das Foto an, das einer der Angestellten der Neuperlacher Klinik Andreas Bewerbungsunterlagen entnommen und der Presse zur Verfügung gestellt hatte. Die junge Frau kam ihm bekannt vor, doch erst, als er ihren Vornamen las, erinnerte er sich an das Bild, das sein einstiger Kamerad Torsten Renk damals im Sudan im Spind hängen hatte. Er stellte das Glas ab, aus dem er gerade hatte trinken wollen, sah aber nicht genau hin, so dass es über den Tischrand kippte und klirrend am Boden zerschellte.

Feiling zuckte zusammen. »Was ist denn jetzt los?«

Hoikens sah ihn vorwurfsvoll an und tippte sich gegen die Stirn. »Ihr hirnlosen Idioten! Wisst ihr eigentlich, wen ihr da umgebracht habt? Das war die Freundin von Torsten Renk. Jetzt haben wir diesen Bluthund am Hals! Der wird sich auf unsere Spur setzen und nicht eher aufhören, bis er uns ausgeräuchert hat.«

»Pah! Bis jetzt hat es noch keiner geschafft, uns aufzudecken.« Feiling tat den Einwand seines Gefolgsmanns mit einer ärgerlichen Handbewegung ab.

»Bislang hatten wir es auch nicht mit einem wie Torsten Renk zu tun. Ich kenne den Kerl! Eine Stange Dynamit mit brennender Lunte ist harmlos gegen den. Er hat im Sudan die Schwarzen so kaltblütig über den Haufen geschossen, als wären es Ratten.«

»Was sie ja auch sind!«, kommentierte Feiling barsch. Er hasste es, kritisiert zu werden, zumal nicht er den Mord angeordnet hatte, sondern der Monsignore. Sollte Renk sich doch auf dessen Spur setzen. Er gab diesen Gedanken aber sofort wieder auf. Als Kirchenmann stand Kranz jenseits allen Verdachts.

»Ich hätte mir diesen Kerl längst vornehmen müssen!« Hoikens´ Stimme schwankte, und Feiling sah zu seiner Überraschung, dass sein Stellvertreter, von dem er geglaubt hatte, er würde selbst dem Teufel ins Maul spucken, Angst vor einem Mann hatte, der in seiner Gegenwart ein paar Eingeborene in Afrika niedergeschossen hatte.

»Davon solltest du die Finger lassen, Hajo. Es kann nämlich jederzeit ein neuer Auftrag für dich kommen. Florian soll diese Sache erledigen.«

»Der Pavian? Den verschluckt Renk doch als Vorspeise!«

Als hätte der Kahlkopf gehört, dass über ihn geredet wurde, trat er in diesem Moment auf die Terrasse hinaus. Er blieb neben Hoikens' Liege stehen und lächelte breit. »Es wird dich interessieren: Irgendein hirnloser Trottel ist hinter dir her. Ich habe es vorhin von einigen Kameraden erfahren. Er nennt sich Renk!«

Hoikens und Feiling sahen einander an. »Verdammt! Wie kommt der ausgerechnet auf dich?«, platzte der Naziführer heraus.

»Es ist ein Schuss ins Gebüsch, um uns zu verunsichern. Der Kerl muss mehr über die Sache wissen, als wir ahnen. Wahrscheinlich ist seine Freundin nicht zufällig in dieses Haus eingezogen. Der MAD und der Verfassungsschutz müssen Verdacht geschöpft haben!«

»Das ist unmöglich!« Feiling winkte ab, doch ihm schien nicht ganz wohl bei dem Gedanken. »Dieser Renk muss sofort ausgeschaltet werden. Das ist dein Job, Florian.«

»Alles klar, Chef!« Der Glatzkopf zauberte grinsend eine tschechische CZ 75 unter seiner Weste hervor und kontrollierte das Magazin.

Hoikens hob kurz den Kopf und sah ihn spöttisch an. »Wenn ich dir einen Rat geben darf, Pavian: Versuche es nicht von vorne!«

SECHSUNDZWANZIG

Die vierte und die fünfte Wohnung entsprachen von Schnitt und Ausstattung her Andreas Apartment. Offensichtlich gehörten alle Wohnungen dem gleichen Besitzer, und Torsten fragte sich, wie seine Freundin dazu gekommen war, hier einzuziehen. Seines Wissens hatte sie nie Kontakt zu religiösen Kreisen gehabt und ganz bestimmt nicht zu Rechtsradikalen. Aber nur diese beiden Gruppen konnten den konspirativen Treffpunkt im obersten Stockwerk des Hochhauses angelegt haben. Die Anlage bestand insgesamt aus etwa fünfhundert Wohneinheiten und wurde meist von Ausländern, Sozialfällen und skurrilen Typen bewohnt, die kaum ein Vermieter gern bei sich sah. Hier fiel niemand auf. Da die Gruppe das oberste Geschoss des Hauses für sich reserviert hatte, musste sie auch nicht damit rechnen, dass jemand dort ausstieg und ihre Treffen durch Zufall entdeckte.

Andrea hatte wohl das Pech gehabt, in die falsche Wohnung gezogen zu sein. Oder hatte man sie ermordet, weil sie seine Freundin war und die Kerle, die sich hier trafen, geglaubt hatten, sie würde ihnen nachspionieren? Torstens Gesicht wurde bei diesem Gedankengang hart wie Stein, und er schob jede Überlegung, den Fall aus den Händen zu geben und den zuständigen Behörden zu überlassen, weit von sich.

Um zu erreichen, dass der Mord an Andrea gesühnt wurde, musste er die wenigen Spuren sorgfältig verfolgen. Als Erstes würde er in Erfahrung bringen, wer seiner Freundin diese Wohnung verschafft hatte und wem sie wirklich gehörte. Es hatte etwas mit der Klinik zu tun, so viel glaubte er zu wissen. Doch welche Stelle oder Person dafür verantwortlich war, hatte Andrea ihm nicht erzählt. Kurz entschlossen öffnete er die kleine Kommode, die neben der Couch in der Ecke stand und in der Andrea ihre Unterlagen und Notizen aufbewahrt hatte. Es dauerte eine Weile, bis er unter dem Wust der Papiere einen Notizzettel fand, auf dem ein paar Worte geschrieben standen.

»Dr. Normann wg. Wohnung fragen.«

Renk packte den Zettel, schnappte sich Andreas Handy und wählte die Nummer des Neuperlacher Krankenhauses, die rot unterstrichen auf einem Notizblock stand.

»Klinikum Neuperlach, Maier, grüß Gott!«, meldete sich eine genervt klingende Frauenstimme.

»Hier Renk! Ich muss dringend mit Dr. Normann sprechen.« Torsten hatte nicht vor, sich mit einer Ausrede abspeisen zu lassen. Sein Kommandoton schien zu verfangen, denn die Frau erklärte, dass sie ihn in die Station 2.4 weiterleiten würde, in der Dr. Normann Oberarzt sei.

»Danke!« Auch dieses Wort klang eher nach »Aber dalli!«. Die Frau tat Torsten den Gefallen, denn es knackte nur ein Mal, und dann hörte er eine Männerstimme mit östlichem Zungenschlag.

»Klinikum Neuperlach, Station 2.4. Sie wünschen?«

»Ich will Dr. Normann sprechen!«

Am anderen Ende der Leitung blieb es eine Weile stumm, dann sagte sein Gesprächspartner: »Ich bedauere, aber Dr. Normann ist derzeit nicht auf der Station.«

»Wie kann ich ihn erreichen?«

»Ich kann Ihnen leider nicht weiterhelfen«, kam es unglücklich zurück. »Dr. Normann ist bereits gestern nicht auf der Station erschienen und hat sich bisher auch nicht gemeldet.«

In Torstens Kopf schrillten mit einem Mal sämtliche Alarmglocken. »Was sagen Sie? Dr. Normann ist überfällig? Geben Sie mir sofort seine Adresse!«

Diesmal half jedoch auch die Autorität nicht, die Torsten in seine Stimme legte. Der Pfleger wand sich wie ein Aal und erklärte, dass er Dr. Normanns Adresse aus Datenschutzgründen nicht weitergeben dürfe.

Torsten ließ sich auf keine fruchtlose Diskussion ein, sondern beendete das Gespräch, zog den zweiten Band des Telefonbuchs von München aus dem Regal und blätterte es durch, bis er den Namen Normann fand. Er kannte zwar den Vornamen nicht, doch es gab nur einen Doktor darunter, und dessen Wohnung befand sich in Schwabing ein Stück hinter dem Hohenzollernplatz.

Da Torsten auch diesmal zu angespannt war, um auf den Bus zu warten, eilte er mit langen Schritten zur U-Bahn. Er musste einmal umsteigen, um den Hohenzollernplatz zu erreichen.

Dort angekommen, drängte er sich zwischen einigen trödelnden Frauen hindurch und ignorierte das »Rüpel«, das ihm eine davon nachrief, ebenso wie den erstaunten Blick einer jungen Mutter, als er sich auf der Rolltreppe an ihrem Kinderwagen vorbeizwängte, obwohl ihm das höchstens ein paar Sekunden einbrachte.

Fünf Minuten später stand er vor dem Haus, in dem ein Dr. Normann lebte. Dem Erhaltungszustand des Gebäudes zufolge handelte es sich um eine der besseren Wohnanlagen in dieser Gegend. Er fand den Namen des Arztes auf dem Klingelschild und läutete Sturm.

Der Erfolg war gleich null. Er klingelte noch einmal bei Dr. Normann und dann wahllos bei anderen Bewohnern. Eine trotz der Tageszeit verschlafen klingende Stimme drang aus dem Lautsprecher. »Wer ist denn jetzt schon wieder da?«

Torsten verkniff sich das »Ich«, das ihm auf der Zunge lag, sondern nuschelte nur undeutlich vor sich hin. Der Erfolg blieb nicht aus, denn der Typ, den er anscheinend aus dem Bett geholt hatte, drückte den Türöffner. Während Torsten eintrat, hoffte er für den anderen, dass dieser nicht zu lange an der Wohnungstür stehen blieb, um auf jemanden zu warten, der nicht kommen würde.

Er fuhr mit dem Aufzug in den fünften Stock, wo Dr. Normann laut Klingelschild wohnen sollte. Bereits der Anblick des Flurs sagte ihm, dass der Arzt und seine Nachbarn nicht zu den Ärmsten zählten. Wände und Decken waren mit Stuck verziert und gewiss erst kürzlich restauriert worden, und neben dem Aufzug hing ein surrealistisches Kunstwerk. Der

Mensch, von dem es stammte, hatte scheinbar wahllos dreieckige Blechplatten aneinandergelötet. Als Torsten jedoch halb darum herumging, entdeckte er, dass es sich um eine liegende Frau handeln sollte. Er klingelte energisch bei dem Arzt, ohne dass sich in dessen Wohnung etwas tat.

Damit war Torsten an einem Punkt angelangt, an dem er entweder gehen oder sich wieder einmal vom Pfad der Legalität verabschieden musste. Die Entscheidung fiel ihm nicht schwer. Er stellte sich so vor die Tür, dass keiner, der zufällig vorbeikam, sehen konnte, was er tat, und zog eine Art Spachtel aus der Tasche, den er nicht zufällig bei sich trug. Es funktionierte wie erhofft, denn die Tür war nur ins Schloss gezogen worden und nicht versperrt. Die Kette war ebenfalls nicht vorgelegt, so dass Torsten nicht mehr als zehn Sekunden brauchte, um eintreten zu können.

Der lange Flur war mit rotem Teppichboden belegt, und an der Wand hingen Werke moderner Künstler, denen Torsten kaum etwas abgewinnen konnte. Auf dem zierlichen Schuhschränkchen stand eine Nachbildung der Davidstatue von Michelangelo, und im Wohnzimmer entdeckte er die Figur eines nackten Mannes. Ansonsten war niemand in dem Raum zu finden. Das galt auch für das Schlafzimmer des Arztes, das die lebensgroßen Fotos zweier junger, ebenfalls unbekleideter Männer zeigte, die sich umarmten.

An der sexuellen Ausrichtung dieses Doktors brauche ich wohl nicht herumzurätseln, dachte Torsten, verbot sich dann aber weiteren Spott. Ein Mann, der sich so offen zu seiner Neigung bekannte, war ihm weitaus lieber als jener Ausbilder bei der Bundeswehr, der ihm – schon etwas alkoholisiert – beim Duschen in eindeutiger Weise zwischen die Beine gegriffen und ihm ein entsprechendes Angebot gemacht hatte. Torsten hatte ihn abfahren lassen und war danach von dem Kerl übel schikaniert worden. Der Situation war er erst entkommen, als er sich freiwillig für den Einsatz im Sudan gemeldet hatte und abgereist war. Nach seiner Rückkehr hatte er erfahren, dass der Unteroffizier einige Wochen später an den Falschen geraten war. Ein Rekrut hatte ihn nach einem ähnlichen Übergriff fürchterlich vermöbelt und war dafür disziplinarisch bestraft worden. Allerdings hatte es auch den Ausbilder erwischt, denn etliche seiner Opfer, die zunächst aus Scham oder Angst geschwiegen hatten, waren nun zu einer Aussage bereit gewesen.

Im Nachhinein ärgerte Torsten sich, dass er dem Unteroffizier nicht selbst zu ein paar dunkelblauen Augen verholfen hatte, aber er wusste, dass es letztlich so besser gewesen war. Ohne den Einsatz im Sudan hätte er nie die Chance erhalten, dem MAD beizutreten. Jetzt war er Leutnant mit dem Recht, im Rang über ihm stehenden Bundeswehroffizieren Befehle zu erteilen.

Während seine Gedanken für einige Augenblicke in der Vergangenheit weilten, kontrollierte Torsten die Küche und die kleine Abstellkammer, die zur Wohnung gehörten. Auch hier gab es nichts Besonderes zu entdecken. Wenn der Arzt ausgegangen war, dann nur, um bald wiederzukommen, denn auf dem Tisch stand noch ein volles Glas Rotwein. Er musste es rasch abgestellt haben, es war übergeschwappt und hatte eine kleine Lache auf dem Tischtuch hinterlassen.

Mit einem Mal hielt Torsten inne. Der Fleck auf dem Tischtuch war bereits eingetrocknet, also konnte der Wein nicht innerhalb der letzten Stunden verschüttet worden sein. Ein rascher Blick in den Flur zeigte ihm, dass der Schlüssel an dem Brettchen neben der Tür hing.

Nervös geworden näherte Torsten sich dem Badezimmer. Er öffnete die Tür mit einem Ruck und stieß einen obszönen Fluch aus.

Der Mann, von dem er annahm, dass es sich um Dr. Normann handelte, lag nackt neben der vollen Badewanne, das Genick so grotesk verdreht, dass Torsten auch auf die Entfernung seinen Tod feststellen konnte. Erleichtert, weil er bisher nur die Klinken der Türen berührt hatte, zog er Andreas Handy aus der Tasche und wählte die Nummer der Polizei.

SIEBENUNDZWANZIG

Torsten stöhnte innerlich auf, als sich die Tür des Aufzugs öffnete. Ausgerechnet sein Intimfeind Trieblinger trat heraus, blieb stehen und zog die Stirn kraus, als er ihn erkannte.

»Sie, Renk? Was soll denn der Unsinn mit einem ermordeten Arzt?«

»Für Sie mag es Unsinn sein, aber für den Toten ist es gewiss keiner.« Torsten trat beiseite, damit der Kripomann eintreten konnte, und führte ihn ins Badezimmer.

Trieblinger zog die Augenbrauen hoch, als er den Toten sah, und drehte sich zu Torsten um. »Sie haben wohl nicht zufällig damit zu tun?«

Torsten hob mit einem freudlosen Grinsen die Hände. »Mit Sicherheit nicht. Mir wäre Dr. Normann als Lebender sehr viel lieber gewesen denn als Toter. Ich wollte ihn wegen der Sache mit meiner Freundin sprechen.«

»Die Untersuchung des Falls ist abgeschlossen. Es gibt keinen Hinweis auf Fremdeinwirkung. Und wie es aussieht, kann man das wohl auch hier rasch ausschließen.« Trieblinger zeigte dabei auf ein Stück Seife auf dem Boden, das gegen die Wand geklatscht war.

»Anscheinend ist der Tote beim Verlassen der Badewanne darauf getreten und ausgerutscht. Dabei ist er mit dem Kopf gegen den Beckenrand geschlagen und hat sich das Genick gebrochen.«

Die Erklärung klang anhand der vorgefundenen Indizien durchaus schlüssig, doch Torsten glaubte nicht im Entferntesten, dass es sich so abgespielt hatte. »Bei Ihnen sterben wohl alle Leute eines natürlichen Todes, und sei es an dem Luftzug, den eine Kugel im Kopf erzeugt hat.«

Trieblinger lief rot an. »Sie! Das lasse ich mir von Ihnen nicht gefallen. Ich bin seit fünfundzwanzig Jahren bei der Kriminalpolizei und habe immer sorgfältig gearbeitet.«

»Einmal fängt jeder an nachzulassen«, antwortete Torsten ungerührt.

Trieblinger fluchte leise und sah ihn dann triumphierend an. »Jetzt beantworten Sie mir erst einmal die Frage, was Sie hier wollten und wie Sie überhaupt in diese Wohnung gekommen sind?«

»Dr. Normann war der Vorgesetzte meiner Freundin. Ich wollte mit ihm über sie sprechen. Als ich gekommen bin, war die Tür nur angelehnt. Sie ging auf, als ich dagegengedrückt habe«, log Torsten ohne Gewissensbisse.

Er hatte seine eigene Version von Dr. Normanns Tod und ärgerte sich jetzt, dass er sofort die Kripo gerufen hatte, anstatt vorher die Wohnung zu durchsuchen. Andererseits war er ziemlich sicher, dass er hier nicht fündig geworden wäre. Wer auch immer für den Mord an Dr. Normann verantwortlich war, hatte sichergehen wollen, dass dessen Beziehung zu den Besitzern der Wohnungen in dem Neuperlacher Hochhaus im Verborgenen blieb.

Während er Trieblinger und dessen Kollegen zuschaute, die die Spuren zu sichern begannen, empfand er unwillkürlich Mitleid mit ihnen. Die Leute von der Kripo standen einem Verbrecher gegenüber, dessen Verschlagenheit und Skrupellosigkeit sie nichts entgegenzusetzen hatten. Das Gefühl schwand jedoch rasch wieder, als er vernahm, mit welcher Energie Trieblinger auch diesmal seine eigene Theorie verfocht und behauptete, der Tod des Arztes sei ein banaler Unfall.

Einer der jüngeren Beamten schien nicht davon überzeugt zu sein. »Dr. Normann wurde mehrfach bei Razzien in einschlägigen Stricherlokalen angetroffen. Diesen Aspekt sollten wir nicht außer Acht lassen. Er wäre nicht der erste Homosexuelle, der von seinem, äh, Besucher umgebracht wurde.« In Torstens Augen sah dies ganz und gar nicht nach einer im Affekt vollzogenen Tat eines sich schlecht behandelt oder bezahlt fühlenden Strichers aus, sondern nach einer gut geplanten Aktion. Dies Trieblinger zu sagen, wäre jedoch vergebliche Liebesmüh gewesen.

Torsten war sich sicher, dass der Mörder ihm zuvorgekommen war, und ärgerte sich. Es würde ihn viel Zeit kosten, eine neue Spur zu finden, und er konnte nur hoffen, dass diese nicht ebenso vertrocknet sein würde wie der Weinfleck auf Dr. Normanns Wohnzimmertisch.

Bedrückt kehrte er in Andreas Apartment in Neuperlach zurück. Dort schaltete er den Fernseher ein und starrte auf den Bildschirm, ohne wirklich wahrzunehmen, was gesendet wurde. Nach einer Weile hörte er seinen Magen knurren. Eigentlich war ihm nicht danach, etwas zu essen, doch er musste in Form bleiben.

Lustlos briet er sich eine Scheibe Leberkäse mit einem Spiegelei und setzte sich an den Tisch. Während er aß, wünschte er sich ein paar Bratkartoffeln dazu. Die zu machen hätte jedoch Arbeit bedeutet, und dazu hatte er noch weniger Lust.

Irgendwann schaltete er den Fernseher aus und legte sich ins Bett. Nachdem er das Licht ausgeschaltet hatte, lauschte er eine Weile den Geräuschen des nächtlichen Hauses und dachte dabei an Andrea. Eigentlich hatte er überlegen wollen, auf welchem Weg er ihrem Mörder auf die Spur kommen konnte, doch dann tauchte er in die Erinnerungen an die vielen schönen Stunden ein, die er mit ihr verbracht hatte, und dämmerte weg.

ACHTUNDZWANZIG

Andrea war ihm zu weit voraus. Obwohl Torsten schneller rannte als je zuvor, holte er kaum auf. Doch als er ihr zurufen wollte, auf ihn zu warten, brachte er nur ein Krächzen hervor. Keuchend hastete er weiter, sah sie wie einen Schatten zwischen den Bäumen des Waldes verschwinden und fragte sich für einen kurzen Moment, weshalb sie nicht gemeinsam losgegangen waren.

Die Hitze machte Torsten ebenso zu schaffen wie der Staub, den der Wind mit sich trug. Er hustete und sah auf einmal die kargen, sonnendurchglühten Berge Afghanistans um sich. Dieses Bild verschwand aber schnell wieder, und er befand sich wieder in dem steil ansteigenden Hochwald über Lenggries. Der Wind hier war zwar auch warm, aber er blies nicht so schneidend wie am Hindukusch. Jetzt erinnerte Torsten sich wieder. Andrea und er hatten eine Bergwanderung machen wollen. Selten genug waren sie dazu gekommen, gemeinsam etwas zu unternehmen. Daher freute es ihn doppelt, dass es heute endlich geklappt hatte.

Wenn Andrea nur nicht so weit voraus wäre! Jetzt hatte er sie auch noch aus den Augen verloren. Er rannte weiter, erreichte kurz darauf eine Weggabelung und fragte sich, in welche Richtung seine Freundin sich gewandt haben mochte.

Da hörte er ihr Lachen hinter sich und drehte sich rasch

um. Andrea stand einfach da, die Schulter gegen eine der hoch aufragenden Tannen gelehnt, und in ihren Augen tanzten kleine Spottteufelchen.

»Deine Kondition war auch schon einmal besser, mein Schatz. Ich hoffe, heute Abend hältst du durch.« Das Letzte klang ein wenig anzüglich, denn durch die Tücken seines Dienstplans kamen sie nicht so oft zusammen ins Bett, wie sie es sich wünschten.

An diesem Abend aber sollte Andrea keinen Grund finden, sich zu beschweren, schwor Torsten sich, schloss sie in seine Arme und küsste sie hungrig.

Andrea knabberte lustvoll an seinem Ohr. »Wenn das so ist, sollten wir besser nicht bis zum Abend warten. Was meinst du?«

»Du hast recht – wie immer!« Täuschte er sich, oder huschte ein leichter Schatten über ihr Gesicht? Besonders geschickt war diese Bemerkung wirklich nicht gewesen. Immerhin hatte Andrea ihn schon mehrfach aufgefordert, seinen Dienst beim MAD zu quittieren und ein normaler Kasernensoldat zu werden. Es hatte nicht geholfen, ihr zu erklären, dass er auch dann für Tage und teilweise sogar für Wochen zu Kursen und zu Manövern wegfahren müsste. Außerdem würde es trotzdem Auslandseinsätze geben, die ihn ein Vierteljahr und länger von ihr trennen würden. Die einzige Alternative wäre, die Bundeswehr zu verlassen. Doch es gefiel ihm dort, und der Gedanke, in der freien Wirtschaft irgendeinen Sesselrutscher als Chef über sich zu sehen, war nicht gerade erhebend.

Torsten beschloss, sich den Tag nicht durch solche Gedanken verderben zu lassen. Fröhlich hob er Andrea auf und drehte sich mit ihr unter den Bäumen wie in einem Tanz. Sie lachte fröhlich, und ihm war, als würden dabei silberne Glocken erklingen.

Kurz darauf hatten sie den Bergwald hinter sich gelassen und sahen die Almweide in leuchtendem Grün vor sich. Mit einem übermütigen Juchzen wandte Torsten sich an Andrea. »Die Farben sind heute besonders intensiv, findest du nicht auch?«

Sie stimmte ihm zu und zeigte dann auf die behäbig wirkende Hütte, die ganz aus Baumstämmen errichtet worden war und ein Dach aus flachen Steinplatten hatte.

»Wir haben die Alm und die Hütte heute ganz exklusiv für uns und können tun und lassen, was wir wollen!« Wie um ihre Worte zu unterstreichen, streifte sie ihre Bluse und ihren BH ab und zog anschließend auch ihre Jeans und ihren Slip aus.

»Komm! Worauf wartest du noch?«, fragte sie.

Torsten sah sich misstrauisch um. Doch Andrea hatte recht. Sie waren wirklich ganz allein. Nur ein Steinadler zog hoch am Himmel seine Kreise und hielt nach Beute Ausschau. Lachend öffnete Torsten die Knöpfe seines Hemdes und ließ es zu, dass Andrea es ihm langsam und unter vielen Küssen auszog. Das Unterhemd folgte, und schließlich auch Hose und Unterhose. Es war ein angenehmes Gefühl, die Sonne auf der nackten Haut zu spüren, und er drehte sich so, dass sie voll auf ihn schien.

Andrea kicherte. »Pass auf, dass du dir keinen Sonnenbrand auf deinen edelsten Teilen holst. Es würde mir nicht gefallen, wenn ich heute Abend nur einfach so neben dir liegen müsste.«

»Das musst du sicher nicht.« Lächelnd schlang Torsten seine Arme um sie und presste die Handflächen auf ihre Pobacken.

»Wir sollten schleunigst dafür sorgen, dass mein bester Freund nicht die ganze Zeit der Sonne ausgesetzt ist.« Kaum hatte Torsten es vorgeschlagen, ließ Andrea sich zurücksinken und zog ihn mit sich. Es war ein wundervolles Gefühl, sich auf dem warmen, duftenden Sommergras zu lieben, schoss es Torsten durch den Kopf. Er hörte Andrea lustvoll stöhnen und spürte selbst, wie ihn die Leidenschaft packte und davontrug wie ein Blatt im Wind.

Als er sich nach einiger Zeit wieder seiner selbst bewusst wurde, fühlte er sich kein bisschen erschöpft, sondern hätte sofort weitermachen können. Andrea wand sich jedoch unter ihm hervor und stand auf. »Das hat gutgetan. Aber jetzt brauche ich etwas, um die Kalorien wieder zu ersetzen, die du mich eben gekostet hast.«

»Muss ich in Zukunft Petra zu dir sagen?«, fragte Torsten grinsend.

Andrea drohte ihm lachend mit der Faust. »Untersteh dich! Oder möchtest du, dass ich ebenfalls ein solches Pummelchen werde?«

»Um Himmels willen, nein!« Torsten hob in komischem Erschrecken die Arme, stand dann aber auf und folgte seiner Freundin zur Hütte. Diese bestand aus einem einzigen Raum. Ihr Gepäck stand bereits in einer Ecke, und auch der große Schlafsack, in den sie zusammen hineinpassten, lag ausgerollt auf dem Boden.

»Was meinst du, sollen wir testen, wie gut wir darin schlafen können?«, fragte er.

Andrea drehte sich heiter zu ihm um. »Du bist heute wohl unersättlich! Aber mir soll es recht sein. Wir hatten in letzter Zeit doch so wenig Zeit füreinander.« Sie schob die Bratpfanne, mit der sie gerade hantiert hatte, von der Herdplatte, warf den Topflappen in eine Ecke und schlüpfte so rasch in den Schlafsack, dass Torsten mit dem Schauen kaum nachkam.

»Wer ist hier unersättlich?«, stichelte er, während er ihr folgte.

»Du«, lachte sie und schlang ihre Beine um ihn. Ihr Schoß sog ihn förmlich in sich auf, und während er behutsam sein Becken vor- und zurückschob, fühlte er reines Glück.

Wie lange sie sich geliebt hatten, wusste er auch diesmal nicht zu sagen. Erschöpft blieb er liegen, während Andrea den warmen Schlafsack verließ und sich an den Herd stellte.

»Es gibt Leberkäse und Bratkartoffeln. Die magst du doch«, sagte sie.

Torsten nickte, verschränkte dann die Finger hinter dem Nacken und hing seinen Gedanken nach. Irgendwie musste er dabei eingeschlafen sein, denn mit einem Mal schreckte er hoch und sah nur Dunkelheit um sich. Er hatte noch den Duft nach Bratkartoffeln und Leberkäse in der Nase, doch als er schnupperte, roch er nichts mehr.

»Andrea, wo bist du?«

Es kam keine Antwort. Verwirrt setzte Torsten sich auf und merkte, dass er nicht im Schlafsack lag, sondern auf einem Bett. Trotzdem dauerte es noch etliche Augenblicke, bis er begriff, wo er war, nämlich in Andreas Apartment in Neuperlach. All das, was er eben erlebt zu haben glaubte, war nur ein Traum gewesen. Seine wunderbare Freundin war tot, und keine Macht der Welt vermochte sie ihm zurückzubringen.

Tränen liefen ihm über die Wangen, doch er achtete nicht darauf. All seine Gedanken galten Andrea, und er wusste, dass er nicht eher Ruhe finden würde, bis er ihren Mörder gefangen und diesen die gerechte Strafe ereilt hatte.

NEUNUNDZWANZIG

Einige hundert Kilometer weiter südlich verzog Graziella sich mit den in Kardinal Rocchigianis Wohnung gefundenen Unterlagen in ihr Zimmer. Es brachte in ihren Augen kaum etwas, sie ihrem Großonkel zu zeigen, bevor sie handfeste Verdachtsmomente gegen Weihbischof Winter gefunden hatte.

Bereits bei den ersten Sätzen huschte ein zufriedenes Lächeln über ihr Gesicht. Rocchigiani hatte Winters Werdegang in den letzten zwanzig Jahren fast minutiös protokolliert. Wie es aussah, hatte der *tedesco* – oder *austriaco*, der er in Wirklichkeit war – sich damals in das Vertrauen des späteren Kardinals geschlichen und war von diesem protegiert worden. Nachdem Rocchigiani Chef der Söhne des Hammers geworden war, hatte Winter ihm mehrere Jahre als geheimer Sekretär gedient und dabei ein Wissen über die Strukturen des Geheimbunds erworben, das ihn später dazu befähigt hatte, sich noch zu Lebzeiten des Kardinals an die Schalthebel der Macht zu setzen.

Rocchigianis Aufzeichnungen berichteten von Gesprächen, welche die beiden Männer und ein Graziella unbekannter deutscher Monsignore namens Kranz miteinander geführt hatten. Dabei war die muslimische Gefahr ihr Hauptthema gewesen. Kranz schien Winters ergebener Gefolgsmann zu sein, darauf deuteten Rocchigianis Notizen hin, und war wohl noch weniger skrupulös in der Wahl seiner Mittel.

Graziella erfuhr, dass Winter und Kranz vorgeschlagen hatten, sich der »Feinde der Feinde« zu bedienen, also rechtsextreme Gruppen anzuwerben, die in ihrem Sinne tätig werden sollten, um harte Schläge gegen die Anhänger des

Islamismus zu führen. Rocchigiani schien das Ganze lange Zeit als theoretisches Gedankenspiel angesehen zu haben, hatte aber irgendwann begriffen, dass Winter ihn durch seinen neuen Sekretär überwachen ließ. Graziella kam sofort der unsympathische Mann in Schwarz in den Sinn, der sie vom Zimmer ihres Großonkels ferngehalten hatte. Wie es aussah, hatte Rocchigiani einiges über die Umtriebe dieser Männer herausgefunden und sie aus dem Kreis der Söhne des Hammers entfernen wollen. Er hatte jedoch feststellen müssen, dass Winters Macht über den geheimen Orden bereits zu groß geworden war, und sich an den Heiligen Stuhl wenden wollen, um Winter, Kranz und deren Anhänger kaltzustellen.

Hinter dem entsprechenden Eintrag stand nur noch ein Satz: »Werde morgen früh eine Bergwanderung unternehmen und Gott im Gebet um Erleuchtung bitten – und um Verzeihung für die Blindheit, mit der ich geschlagen war.«

An diesem nächsten Tag hatte Rocchigiani den Tod gefunden, und Graziella begann zu ahnen, dass dieses scheinbare Unglück nicht so überraschend gekommen sein mochte, wie die Leute es vermuteten.

»Das muss mein Großonkel erfahren! Er wird die Wahrheit aufdecken.« Graziella sprang auf, stürmte aus ihrem Zimmer und platzte in den Aufenthaltsraum des alten Herrn. Doch sie traf ihn nicht an. Auch in seinem Studierzimmer war der Kardinal nicht zu finden. Als sie schließlich in sein Schlafgemach eindringen wollte, kam Nora aus der Küche.

»Was ist denn los, Signorina?«

»Ich muss dringend mit meinem Großonkel sprechen!«

Nora breitete hilflos die Arme aus. »Das wird so schnell nicht gehen. Seine Heiligkeit hat Seine Eminenz vor einer Stunde abholen lassen, um mit ihm zusammen ein paar Tage in Castel Gandolfo zu verbringen. Die Laune Seiner Eminenz war nicht besonders gut, aber das können Sie sich selbst denken, Signorina. Sie wissen ja, worum es geht.«

Graziella nickte. Es handelte sich um die Emeritierung ihres Großonkels, gegen die er sich mit Händen und Füßen sträubte. Doch wenn der Papst es befahl, würde er in diese Zitrone beißen müssen. Dann dachte Graziella an das, was sie über Winter erfahren hatte, und ihr war, als stünde sie am Rande eines tiefen Abgrunds und spürte im Rücken bereits die Hand, die sie ins Verderben stoßen wollte.

II. TEIL

DIE
ENTFÜHRUNG

EINS

Der Papst saß im Schatten eines Sonnenschirms auf der Terrasse und las. Als sein persönlicher Sekretär, Monsignore Giorgio, sich räusperte, blickte er auf und sah einen hochgewachsenen Mann in einer schwarzen Soutane, die mit dem Purpur eines Kardinals abgesetzt war, auf sich zukommen. Das verbindliche Lächeln, das Benedikt XVI. sonst zu eigen war, wenn er Gäste zur Privataudienz empfing, verlor sich, als er den Besucher erkannte. Kardinal Giuseppe Antonio Monteleone war einst ein guter Freund und enger Mitarbeiter gewesen, doch seit einigen Jahren betätigte er sich als einer seiner schärfsten Kritiker. Doch nicht aus diesem Grund hatte Benedikt XVI. ihn zu sich gerufen, sondern um mit ihm über die leidige Sache seines Rücktritts zu sprechen. Da er den aufbrausenden Kardinal nicht demütigen wollte, hatte er ihn in seine Sommerresidenz eingeladen. Hier sollte die Angelegenheit für beide Seiten leichter zu regeln sein als in Rom, denn hier fand nicht jedes gesprochene Wort gleich ein Dutzend Mithörer.

Während Monsignore Giorgio sich auf ein Handzeichen Seiner Heiligkeit zurückzog, blieb Monteleone vor dem Stuhl des Heiligen Vaters stehen. Seine Miene war ernst, denn er wusste, dass er einen Kampf ausfechten musste, den er nur verlieren konnte.

Nachdem Benedikt XVI. den Kardinal eine halbe Minute lang hatte warten lassen, bemühte er sich um einen unverfänglichen Einstieg in das Gespräch. »Mein lieber Monteleone, wie geht es Ihnen? Ist Ihr Rheuma immer noch so schlimm?«

Der Kardinal versteifte sich. Er sah in dem Hinweis auf das Gebrechen, das ihn bei der letzten Audienz gequält hatte, den Versuch, ihn als hinfällig darzustellen. Wollte der Papst gesundheitliche Gründe vorschieben, um ihn zur Emeritierung zu zwingen?, fragte er sich und versuchte zu kontern.

»Mir geht es ausgezeichnet, Heiliger Vater. Sie hingegen sehen ein wenig abgespannt aus.« Immerhin war der Papst älter als er und dachte trotzdem nicht daran, abzutreten.

Der Papst maß den Kardinal mit tadelndem Blick. »Ich habe gehofft, Sie würden von sich aus zur Einsicht gelangen und mich um Ihre Emeritierung bitten. Ihnen zu Gefallen habe ich Weihbischof Winter, der Ihre Ansichten weitestgehend teilt, zum Kardinal ernannt. Zwei von Ihrer Art werde ich jedoch nicht in der Kurie dulden.«

Das war nicht der sanfte Papst, sondern wieder der harsche Kardinal aus Bayern, der keiner Herausforderung aus dem Weg gegangen war.

Monteleone war jedoch nicht bereit, klein beizugeben. »Verzeihen Sie, Heiliger Vater, doch ich halte diese Altersregel für Unsinn. Warum soll ein Mann, der unserer heiligen Kirche zeit seines Lebens treu gedient hat, plötzlich abgeschoben werden wie ein Pferd, das zum Metzger kommt? Ausgerechnet jetzt, da die Säulen des Glaubens wanken und die Flut der Muslime bereits die Mauern des Petersdoms umspült, kann ich nicht zulassen, dass diese fanatischen Heiden unseren heiligsten Dom in eine Moschee verwandeln und die Statuen der Gottesgebärerin Maria und die all unserer Heiligen zerschlagen und auf den Müll werfen. Noch nie befand unser Glaube, befand sich Europa selbst in einer so gefährlichen Situation. Männer, denen nichts heilig ist, nagen an den Wurzeln unserer apostolischen Kirche, um sie zu Fall zu bringen. Da kann ich mich nicht einfach davonstehlen und tatenlos zuschauen.«

In seiner Erregung trug Monteleone dem Papst die Schlagworte vor, mit denen er während der letzten Wochen von dem nun zum Kardinal ernannten Franz Winter bombardiert worden war.

Benedikt XVI. hörte einige Augenblicke zu, dann schlug er mit der flachen Hand auf die Lehne seines Stuhles. »Schluss damit! Wollen Sie wegen ein paar verirrter Narren, die glauben, im Namen ihrer Religion morden zu müssen, einen neuen Kreuzzug beginnen? Ich erinnere Sie nur daran, wie es den Amerikanern im Irak ergangen ist. Sie kamen mit den Worten, Frieden und Freiheit zu bringen, doch als sie gingen, war das halbe Land im Blut erstickt.«

»Es geht nicht um den Irak oder ein anderes muslimisches Land, sondern um Europa!«, donnerte Monteleone ihn an.

Der Papst biss sich verärgert auf die Lippe. »Wieso können Sie nicht begreifen, dass Gewalt immer wieder nur Gewalt erzeugt? Diplomatie und andauernde Gespräche mit islamischen Würdenträgern sind eine weitaus stärkere Waffe gegen den Terror.«

Mit einer energischen Bewegung, die seinem hohen Alter Hohn sprach, erhob Benedikt XVI. sich und blickte Monteleone kalt an. »Jetzt bedaure ich es, Ihren Wunsch erfüllt und Winter mit Purpur bekleidet zu haben. Wie es aussieht, werde ich diesen Mann im Auge behalten müssen. Was Sie betrifft, so werden Sie sich ins Kloster San Isidoro zurückziehen und dort so lange in strenger Klausur bleiben, bis mir Ihr Rücktrittsgesuch vorliegt. Und nun gehen Sie mit Gott!«

So wollte Monteleone sich nicht abspeisen lassen. Doch bevor er eine geharnischte Gegenrede beginnen konnte, betätigte der Papst die Gegensprechanlage. Zwei baumlange Soldaten der Schweizer Garde traten ein und nahmen den Kardinal in die Mitte.

»Auch auf diese Weise werden Sie mich nicht zum Schweigen bringen!«, rief er, während die Schweizer ihn unter den Armen fassten und hinausführten. Als sich die Tür hinter ihm schloss, barg der Papst den Kopf in den Händen und fühlte, wie die Kraft, die er für dieses Gespräch mühsam zusammengerafft hatte, wieder schwand.

ZWEI

In gewissen kirchlichen Kreisen um München herum brach Jubel aus, als die Nachricht von Weihbischof Winters Ernennung zum Kardinal eintraf. Sein langjähriger Weggefährte Monsignore Kranz sah seinen Sekretär mit leuchtenden Augen an und ballte triumphierend die Rechte zur Faust. »Gott ist mit uns, denn er hat unseren lieben Bruder Winter mit Purpur geschmückt.«

»Damit kann die zweite Phase beginnen.« Die Stimme seines Sekretärs klang emotionslos, aber seine Miene verriet, wie zufrieden er war.

Kranz nickte eifrig. »Sie können alles in die Wege leiten, mein Sohn. Behelligen Sie mich jedoch nicht mit Nebensächlichkeiten.«

»Gewiss nicht, Hochwürden.« Täuberich hätte Kranz einiges zu berichten gehabt, denn seine Pläne waren weiter gediehen, als der Monsignore ahnte. Stattdessen lenkte er das Gespräch auf die für den nächsten Tag geplante Protestaktion der islamischen Verbände als Reaktion auf die Sprengung der Sendlinger Moschee.

»Ich glaube nicht, dass es klug ist, den Heiden morgen das Feld zu überlassen. Eine friedliche Kundgebung würde nur jene Narren bestärken, die an die Gutwilligkeit der Moslems glauben.«

»Dann gehen Sie zu Feiling. Er soll dafür sorgen, dass sich einige seiner Gesinnungsgenossen der Sache annehmen. Ich werde mich noch heute Abend auf den Weg nach Rom machen, um Kardinal Winter meine Glückwünsche persönlich zu überbringen. Sie brauchen nicht nachzukommen. In spätestens vier Tagen bin ich zurück.« Kranz gab seinem Sekretär das Zeichen, dass er allein zu sein wünschte, und nahm den Eilbrief zur Hand, in dem Winter ihm seinen Aufstieg in der kirchlichen Hierarchie mitgeteilt hatte. Jetzt galt es, weitere Männer der eigenen Seite nachzuziehen. Einer der Ersten wollte Kranz selbst sein. Nicht zuletzt aus diesem Grund hatte er sich für die Fahrt nach Rom entschieden.

Täuberich war in der Tür stehen geblieben, denn er wollte noch eine Sache geklärt haben. »Dieser Renk oder wie der Kerl heißt beginnt lästig zu werden. Wir sollten ihn ausschalten!«

»Dann sorgen Sie dafür, dass das geschieht.« Kranz wedelte mit den Händen, als wolle er seinen Sekretär verscheuchen.

Dieser verbeugte sich lächelnd. »Ich werde Feiling und dessen Leute auf Renk ansetzen. Die werden ihn genauso erledigen wie den abtrünnigen Dr. Normann.«

Kranz weilte in Gedanken jedoch bereits in Rom und hörte ihm nicht mehr zu.

DREI

In der Stadt, in die der Monsignore reisen wollte, war Graziella Monteleone der Verzweiflung nahe, denn ihr Onkel war noch nicht von seinem Besuch in Castel Gandolfo zurückgekehrt.

Inzwischen hatte sie Kardinal Rocchigianis Unterlagen weiter ausgewertet und das Ergebnis zutiefst erschütternd gefunden. Winters Kontakte zu rechtsextremen Gruppierungen in Italien mussten noch enger sein, als sie befürchtet hatte. Wahrscheinlich war er sogar selbst ein Faschist. Rocchigiani hatte den früheren Weihbischof für einen Menschen gehalten, der über Leichen ging, um sein Ziel zu erreichen. Winter träumte von einem Europa ohne Muslime unter der Leitung der katholischen Kirche. Diese Vision hatte Rocchigiani für die eines kranken Kopfes gehalten und Winters Pläne für undurchführbar. Graziella war derselben Meinung wie der verstorbene Kardinal und weigerte sich mehr denn je zu glauben, Rocchigiani sei eines natürlichen Todes gestorben.

Nun bekam sie es mit der Angst zu tun. Wenn ihr Großonkel sich gegen Winter und dessen Helfershelfer stellte, würden diese sicherlich nicht davor zurückschrecken, auch ihn kaltblütig aus dem Weg zu räumen. Im Moment stand er noch im Bann des neuen Kardinals, der Rocchigianis Aufzeichnungen zufolge den von den meisten europäischen Regierungen in Aussicht gestellten Beitritt der Türkei zur EU unter allen Umständen verhindern wollte.

Der italienische Ministerpräsident Ecconi hatte sich letztens ebenfalls für diesen Beitritt ausgesprochen und war daraufhin von dem Faschisten Fiumetti im Parlament wüst beschimpft und als Verräter bezeichnet worden.

Für Graziella war Fiumettis Attacke ein Zeichen für den erschreckenden Niedergang der politischen Kultur in ihrem Land. Der rechtsradikale Politiker hatte in seiner Rede die Vertreibung der in Italien lebenden Muslime verlangt und dabei Gewalt nicht ausgeschlossen. Die sozialliberale Regierungspartei hatte daraufhin den Antrag gestellt, seine Immunität aufzuheben, damit er wegen seiner volksverhetzenden

Reden vor Gericht gestellt werden konnte, war damit aber an dem geschlossenen Votum der Opposition und einiger kleinerer Parteien ihres eigenen Regierungsbündnisses gescheitert.

Die Männer und Frauen der regionalen Parteien im Norden legten sich auch sonst kaum Zügel an, wenn sie vor ihrem Wahlvolk standen und gegen die Regierung in Rom wetterten, der sie laut Koalitionsvertrag angehörten. Dabei hetzten sie kräftig gegen die Muslime, die den zivilisierten Westen überschwemmen würden. Die Regierung hatte auf Druck dieser Parteien sogar die Mittel für die Küstenwache aufgestockt, damit Flüchtlingsschiffe im Mittelmeer abgefangen und an ihren Ausgangsort zurückgebracht werden konnten. Gegen die Zigaretten- und Rauschgiftschmuggler, die von Albanien aus mit Schnellbooten herüber kamen, waren deren Schiffe jedoch ebenso machtlos wie die der Marine.

Graziella fragte sich, wie viele Leute an entscheidenden Stellen bestochen worden waren, damit dies so blieb. Gerade die Schmuggler brachten Männer nach Italien, die in die Fabriken gesteckt wurden und dort unter primitivsten Verhältnissen leben und arbeiten mussten, und Frauen, die in schmutzigen Bordellen landeten, anstatt die ihnen versprochenen Stellen als Küchenhilfen oder Putzfrauen zu erhalten.

Graziella starrte Rocchigianis Papiere an, die sie fein säuberlich vor sich aufgestapelt hatte, und schüttelte verärgert den Kopf. Die Stimmung im Land war schlecht, und Männer wie Winter versuchten, über die von ihnen zusätzlich geschürte Unzufriedenheit an die Macht zu kommen.

Wenn es mir wenigstens gelingen würde, diese Kröte Winter zu stoppen, dachte sie und griff erneut zum Telefonhörer. Als sich jemand in der päpstlichen Sommerresidenz in Castel Gandolfo meldete, fragte sie nicht nach ihrem Onkel, sondern danach, wie lange der Heilige Vater noch dort bleiben würde.

»Ich bedauere, Ihnen hierauf keine Antwort geben zu können«, hieß es, dann wurde aufgelegt.

Graziella starrte das nutzlose Telefon an und überlegte. Benedikt XVI. hatte ihren Großonkel nach Castel Gandolfo gerufen, um ihn dazu zu bewegen, in den Ruhestand zu treten. Doch wie sie den Starrsinn des alten Herrn kannte, konnte das lange dauern. Ihr Großonkel hatte sie und die ganze Familie schon oft damit zur Verzweiflung gebracht und würde auch nicht vor dem Willen Seiner Heiligkeit kapitulieren.

Da ihr Rocchigianis Unterlagen in den Händen brannten, blieb ihr wohl nichts anderes übrig, als ihrem Großonkel nach Castel Gandolfo zu folgen. Anders als sie hatte er stets auf den Wagenpark des Vatikans zugreifen können und daher ein Auto als überflüssige Anschaffung angesehen. Graziella schwankte kurz, ob sie sich einen Leihwagen mieten oder ein Taxi nehmen sollte, und entschied sich für Letzteres. Während sie Wäsche und Kleidung in ihren Koffer packte, entschied sie, dass es sicherer war, nicht die gesamten Unterlagen über Winter mitzunehmen. Sie brauchte nur ein paar Blätter, um ihren Onkel überzeugen zu können. Den Rest würde sie ihm nach seiner Rückkehr aushändigen.

Nachdem sie gepackt hatte, verabschiedete Graziella sich von Nora und erklärte, den Kardinal in Castel Gandolfo besuchen zu wollen. Sie schlüpfte rasch genug aus dem Haus, um einem längeren Vortrag zu entgehen, denn Nora setzte sofort an, ihr zu erklären, dass ihr Großonkel gewiss angerufen und sie aufgefordert hätte, zu ihm zu kommen, und es gewiss nicht gerne sehen würde, wenn sie auf eigene Faust bei ihm erschien.

VIER

An diesem Abend herrschte in der Villa im Münchner Westen eine Spannung, die man schier mit den Händen greifen konnte. Rudi Feiling saß auf der Couch und versuchte leger zu wirken, doch seine Hand verkrampfte sich um ein Glas Wodka Lemon, so dass die Fingerknöchel weiß hervortraten. Neben ihm saß sein Leibwächter Florian Kobner auf einem Lederhocker und zerlegte seine tschechische CZ 75. Er starrte dabei jedoch mehr auf den Fernseher, in dem gerade die Tagesschau lief, als auf seine Waffe.

»Dem Türkengesindel sollte man eins auf die Nuss geben«, sagte er zu Hoikens, der im Hintergrund auf einem Sessel den Bericht über die Vorbereitungen für die am nächsten Tag geplante Protestversammlung der islamischen Verbände in Deutschland aufmerksam verfolgte und abwinkte.

Kobner wandte sich beleidigt an seinen Anführer. »Das sagst du doch auch! Nicht wahr, Rudi?«

Feiling setzte sich auf, trank einen Schluck und grinste. »Unsere Kameraden aus Bayern und Sachsen sind bereits unterwegs. Sie werden dafür sorgen, dass Deutschland den morgigen Tag nicht so schnell vergessen wird.«

»Das muss einem aber auch gesagt werden!« Kobner versuchte eine Weile zu schmollen, hielt aber nicht lange durch, sondern sah Feiling bettelnd an. »Ich darf morgen doch mitmischen, nicht wahr?«

Hoikens warf mit einem Papierkügelchen nach ihm. »Du hast einen anderen Job zu erledigen. Oder hast du vergessen, dass du Torsten Renk aus dem Weg räumen sollst?«

Kobner winkte grinsend ab. »Für diese halbe Portion brauche ich nicht viel Zeit.«

»Ich habe dich gewarnt! Renk ist ein anderes Kaliber als

der Arzt, dem du das Genick umgedreht hast.« Ärger machte sich auf Hoikens' Gesicht breit. Er hatte Kobner mehrfach erklärt, wie gefährlich Renk war, doch auf dem Ohr schien der Pavian taub zu sein. Aber es war nicht sein Fell, das wohl bald Löcher bekommen würde.

Feiling stellte sein leeres Glas hart auf die Tischplatte. »Ich muss heute noch in die Stadt. Kranz' Sekretär will mich sprechen.«

»Ich komme mit!«, sagte Hoikens scharf. Diesmal wollte er sich nicht abspeisen lassen.

Feiling überlegte kurz und nickte. »Dann wirst du Florians Job als Leibwächter übernehmen. Das passt gut, denn Täuberich möchte dich kennenlernen. Wie es aussieht, hat er einen neuen Job für dich.« Der selbsternannte Führer des hypothetischen Vierten Reiches fühlte sich bemüßigt, Hoikens zu zeigen, wer hier der Boss war.

»Keine Angst, ich sorge schon dafür, dass dir nichts zustößt«, spottete dieser, während Kobner das Magazin seiner Pistole hörbar einrasten ließ und Feiling mit erwartungsvoll blitzenden Augen ansah.

»Hast du was dagegen, Rudi, wenn ich mich gleich auf die Socken mache und das Gelände erkunde?«

Hoikens schüttelte den Kopf. »Du kannst es wohl nicht abwarten, Renk vor den Lauf zu bekommen. Aber sieh dich vor, der Kerl ist ...«

»... gefährlich wie eine Klapperschlange!«, fiel Feiling ihm lachend ins Wort. »Das hast du schon so oft heruntergebetet, dass wir es nicht mehr hören können. Renk ist auch nur ein Mensch. Florian wird ihm eine Kugel aufbrennen, und damit hat es sich.«

Hoikens ballte die Fäuste. In seiner Erinnerung tauchte wieder jene Szene auf, in der er von einer Gruppe schreiender Einheimischer umringt worden war, die ihm die Waffe aus der Hand rissen und sich mit Messern und Knüppeln auf ihn stürzten. Ehe er mehr abbekommen hatte als ein paar blaue Flecken und einen Stich, der über seine Rippen glitt, waren Schüsse gefallen. Die Männer, die ihn gepackt hatten, brachen zusammen, und als er sich erhob, sah er Torsten Renk mit der Pistole in der Hand hinter sich stehen. Den Gesichtsausdruck dieses Mannes würde er in seinem Leben nicht mehr vergessen. Er schüttelte sich und blickte Feiling an.

»Den Kerl hätten wir brauchen können. Kalt bis ins Mark, sage ich euch. Ich wollte ihn für unsere Sache anwerben, doch dann ist er an mein Laptop geraten und hat mich an unseren Major verpfiffen.«

»Ist er so ein aufrechter Demokrat?«, spottete Feiling.

»Ach was! Der Kerl ist nur ein stupider Befehlsempfänger.« Hoikens spie diese Worte förmlich aus. Dennoch war nicht zu übersehen, dass er vor diesem Mann Angst hatte.

»Renk scheint dein spezieller Albtraum zu sein. Aber der Typ ist schon so gut wie tot!« Kobner warf dem Fernseher, der längst etwas anderes zeigte als die nach München strömenden Muslime, einen letzten Blick zu und stand dann auf. »Ich bin unterwegs!«

»Pass auf, dass du keinem Bullen vor die Füße läufst. Die stecken derzeit alles in den Bau, das nicht vor ihnen davonlaufen kann.«

Kobner würdigte Hoikens keiner Antwort mehr, sondern knallte die Tür hinter sich zu.

Feiling wartete, bis seine Schritte verhallt waren, und fuhr Hoikens an: »Ich dulde es nicht, dass du Florian so behandelst, als könne er nicht bis drei zählen. Er ist ein wertvolles Mitglied unserer Bewegung.«

Hoikens drückte auf den Ausschaltknopf der Fernbedienung und drehte sich zu Feiling um. »Kobner wäre zehnmal so wertvoll, wenn man ihm nicht den glatzköpfigen Rabauken auf einen Kilometer ansehen würde. Aber was ist jetzt? Wir wollten uns doch mit Täuberich treffen.«

FÜNF

Kranz' Sekretär hatte den alten Münchner Friedhof in Harlaching als Treffpunkt bestimmt. Als Feiling und Hoikens ihn betraten, sahen sie ein Stück vor sich einige dunkelhäutige Nonnen im Habit den Weg entlanggehen. Ein Priester im schwarzen Anzug kam ihnen entgegen, sprach ein paar Worte mit ihnen und ging nach einer segnenden Geste weiter. Es dauerte einen Augenblick, bis die beiden Neonazis in ihm ihren Gewährsmann erkannten.

Täuberich bog ein Stück vor ihnen zwischen zwei Gräberreihen ein und gab ihnen dabei ein Zeichen, ihm zu folgen. Als sie ihn einholen, zog unter den hohen Bäumen bereits die Düsternis der aufziehenden Nacht auf. Der Mann wirkte nur noch wie ein Schatten, und sie mussten zweimal hinsehen, um zu erkennen, dass es wirklich Täuberich war.

Feiling verzog das Gesicht. »Was waren das für komische Gänse, mit denen Sie da geredet haben?«

Der Priester sah ihn von oben herab an. »Arbeitsame Nonnen aus einem unserer Orden. Brave Frauen, für die das Wort Gottes noch seine Bedeutung besitzt.«

Hoikens lachte spöttisch auf. »Es sind Schwarze, und die gehören nach Afrika zu den Affen.«

Hochwürden Matthias Täuberich musterte ihn nachdenklich, ging aber nicht auf seine Provokation ein. »Es gibt Arbeit für Sie!«

»Ich habe meine Männer bereits in Marsch gesetzt. Sie

werden den Türken morgen heiß aufspielen!« Feiling bezog die Bemerkung des Mannes auf den letzten Auftrag, den er von ihm erhalten hatte.

Täuberich schüttelte jedoch den Kopf. »Das sind nur Kleinigkeiten, die nebenbei laufen. Sie kennen doch die Wieskirche?«

Feiling nickte zögernd, während Hoikens den Kirchenmann neugierig ansah. »Ich habe davon gehört.«

»Es handelt sich um eine der prächtigsten Barockkirchen Bayerns. Sie werden sie heute Nacht in die Luft sprengen!« Obwohl die Stimme des Sekretärs so leise klang, dass niemand außer Feiling und Hoikens ihn hören konnte, traf es die beiden wie ein Schlag.

»Wir sollen eine Kirche hochjagen? Aber ...«

Der Priester fuhr Feiling über den Mund. »Leise! Sie plärren ja so, dass man das noch auf dem Marienplatz hören kann. Machen Sie sich jetzt auf den Weg. Die Polizei führt dort regelmäßige Kontrollen durch. Aber das sollte kein Problem sein, denn ich habe hier den Plan der Patrouillenfahrten samt Zeitangaben. Ach ja – das hier sollte man später bei der zerstörten Kirche finden!« Mit diesen Worten griff Kranz' Vertrauter in eine Tasche seiner Soutane und zog den Zeitplan der Polizeikontrollen und einen in Plastik versiegelten Packen mit Flugblättern hervor. Feiling nahm beides entgegen und starrte interessiert darauf. Das Licht war jedoch schon zu schwach, um mehr als ein paar geschwungene arabische Schriftzeichen erkennen zu können.

SECHS

Während seine Gesinnungsfreunde ihr Stelldichein mit Kranz' Sekretär hatten, fuhr Florian Kobner mit der S-Bahn in Richtung Innenstadt, stieg am Marienplatz in eine U-Bahn und verließ diese bei der Station Münchner Freiheit. Feiling und Hoikens gegenüber hatte er den Anschein erweckt, als wollte er sich die Umgebung ansehen, in der Renk lebte. Doch das hatte in seinen Augen noch Zeit. Während er ein Stück die Hohenzollernstraße entlangging und schließlich vor einem Wohnblock in der Hiltenspergerstraße stehen blieb, grinste er über das ganze Gesicht.

Feiling war sein Freund, nahm ihn aber nicht ganz ernst, und Hoikens verspottete ihn ständig. Doch er konnte seine Geheimnisse durchaus vor ihnen bewahren. Die Wohnung im vierten Stock, zu der er jetzt hinaufstieg, gehörte dazu. Er läutete, hörte, wie sich jemand der Tür näherte und nach einem Blick durch den Türspion öffnete.

»Du bist es, Florian? Ich dachte schon, du hättest mich vergessen.« Eine schon etwas in die Breite gegangene Frau mittleren Alters machte ihm die Tür frei. Ihr hübsches, rundliches Gesicht war dezent geschminkt und wurde von glänzenden dunkelblonden Locken umrahmt. Ihr Kleid wirkte auf den ersten Blick schlicht, stammte aber aus einer teuren Modeboutique. Als Witwe eines wohlhabenden Geschäftsmanns konnte Nina Parucker es sich leisten, etwas für ihr Aussehen zu tun. Sie hatte den Betrieb nach dem Tod ihres Mannes abgegeben und lebte nun von ihren Einnahmen aus Vermietungen. Eigentlich sah sie nicht aus wie eine Frau, die sich etwas aus einem stiernackigen, kahlköpfigen Mann wie Florian Kobner machte. Auch schien sie sich seiner zu schämen, denn sie schloss sofort die Tür hinter ihm, obwohl sonst niemand auf dieser Etage wohnte, und legte die Sicherheitskette vor. Dann drehte sie sich zu ihrem Besucher um.

»Du hast dich in letzter Zeit ganz schön rar gemacht!« Leichter Ärger, aber auch eine gewisse erwartungsvolle Erregung ließen ihre Stimme rau klingen.

Kobner grinste. »Ich habe halt viel zu tun.«

Nina Parucker wechselte abrupt das Thema. »Hast du Hunger?«

Obwohl Kobner in Feilings Villa zu Abend gegessen hatte, nickte er. »Ich könnte schon ein wenig Nachschub brauchen, um richtig durchhalten zu können.«

Nina beschloss, die Anzüglichkeit zu überhören, und trat in die Küche, während Kobner es sich in ihrem sechzig Quadratmeter großen Wohnzimmer gemütlich machte.

»Sind die Rollläden herunter?«, rief sie durch die geöffnete Tür.

Kobner sah sich um. »Hier schon! Aber ich weiß nicht, wie es im Schlafzimmer aussieht.«

»Du kannst ja nachschauen!«

»Soll ich gleich dort bleiben und auf dich warten?« Kobner leckte sich erwartungsfroh die Lippen. Nina war genau das, was er jetzt brauchte.

Für einen Augenblick dachte er an Feiling und Hoikens. Die beiden wussten nichts von Nina, mit der er seit zehn Jahren ein Verhältnis hatte. Damals hatte sie ihn nach einer Demonstration und einer wilden Keilerei mit Gegendemonstranten und Polizisten in einer Seitengasse aufgegabelt und in eine leerstehende Wohnung gebracht, die ihr und ihrem Mann gehört hatte. Kobner war sich nicht sicher, ob sie es aus Mitleid oder aus Abenteuerlust getan hatte. Auf jeden Fall waren sie bereits im Bett gelandet, als Nina noch dabei war, seine Verletzungen zu versorgen. Seitdem trafen sie sich ein- bis zweimal im Monat. In der letzten Zeit hatte er sie allerdings vernachlässigen müssen, und er beschloss, sie in dieser Nacht dafür zu entschädigen.

Als Nina Parucker mit einem voll beladenen Tablett ins Schlafzimmer kam, lag er bereits nackt und mit herausfordernd aufgerichtetem Penis im Bett. Sie stellte das Tablett auf das Nachtkästchen und begann sich auszuziehen.

»Wir können uns auch zwischendurch stärken!« Ihr Kleid flog in die Ecke, Hemdchen und BH folgten, und dann streifte sie ihr Höschen so aufreizend langsam ab, dass Kobner sich nicht mehr halten konnte. Er stürzte sich auf die Frau, riss sie hoch und warf sie aufs Bett. Bevor sie wieder zu Atem kam, war er über ihr und drang nach kurzem, heftigem Vorspiel in sie ein.

Es dauerte eine ganze Weile, bis er befriedigt, aber keineswegs erschöpft auf ihr liegen blieb und sie mit seinem gesamten Gewicht auf das Bett drückte.

»Na, wie war ich?«, fragte er.

»Ausgezeichnet, wie immer.« Nina Parucker schnurrte wie ein zufriedenes Kätzchen und umschlang ihn, als wolle sie ihn nie mehr loslassen.

»Das war erst die Vorspeise. Der Hauptgang kommt noch!« Kobner war stolz auf seine Potenz. Das war etwas, bei dem weder Feiling noch Hoikens mithalten konnten. Bei Hoikens hatte er sogar den Verdacht, der Kerl sei schwul.

Kobner verscheuchte die beiden aus seinen Gedanken und wälzte sich von der Frau herab. Dabei griff er nach einem kalten Hühnerschenkel und biss herzhaft hinein. Nina setzte sich halb auf und sah ihm nachdenklich zu. Anders als ihr verstorbener Gatte war er kräftig, ohne fett zu sein. Er war wahrlich kein Adonis, sah auf seine Art aber ganz gut aus. Außerdem war er im Bett einsame Spitze.

Aus einem plötzlichen Impuls heraus streckte sie die Hand

aus und strich ihm über den rasierten Schädel. »Ich würde gerne einmal sehen, wie du mit Haaren aussiehst, Florian. Du solltest auch etwas anderes anziehen als Lederklamotten und Springerstiefel!«

Ihr Ton sagte Kobner, dass es nicht die Kleidung allein war. Als er selbst auf seine Sachen hinabschaute, die er achtlos auf den Boden geworfen hatte, fluchte er leise. Er hatte seine Pistole nicht richtig unter die Jacke gesteckt, und jetzt ragte der Kolben ein Stück hervor.

Der Anblick schien Nina nicht zu gefallen, denn sie wirkte mit einem Mal ungewohnt ernst. »Du solltest auch den Job aufgeben, den du jetzt hast. Wenn du erst manierlich aussiehst, könnten wir heiraten. Wie fändest du das?«

Damit erwischte sie Kobner auf dem falschen Fuß. An Heirat oder gar daran, Feiling zu verlassen, hatte er noch nie gedacht. Er spürte aber, dass es Nina Parucker mit diesem Angebot vollkommen ernst war. Dabei hatte sie bisher sorgfältig darauf geachtet, nicht zusammen mit ihm gesehen zu werden. Immerhin war sie die geachtete Witwe eines Mannes, dem der ehemalige Ministerpräsident Stoiber persönlich das Bundesverdienstkreuz ans Revers gehängt hatte. Ihm aber sah man den bekennenden Neonazi auf hundert Meter an. Und doch wollte sie ihn haben! Nicht nur als Lover für heiße Nächte, sondern als Mann fürs Leben.

Mit einem Mal war er ganz gerührt. Seine Treue zur Sache und seinem geliebten Führer Feiling stand über allem, trotzdem brachte er es nicht fertig, Ninas Vorschlag so einfach abzulehnen.

Die Frau sah ihm den Zwiespalt seiner Gefühle an und legte ihm lächelnd die Hand auf die Schulter. »Du musst dich ja nicht jetzt und auf der Stelle entscheiden. Darüber können wir morgen beim Frühstück reden. Jetzt reich mir eine der Pasteten, und dann ...« Sie bewegte dabei ihr Becken so auffordernd hin und her, dass Kobner das angebissene Hühnerbein auf den Teller warf.

»Die Pastete bekommst du nachher!«, grinste er und zog sie so zu sich her, dass er bequem in sie eindringen konnte.

SIEBEN

Als Kobner erwachte, war es längst Vormittag. Er fühlte sich ausgeschlafen und unternehmungslustig, daher überlegte er, ob er Nina wecken und den Tag mit heißem Sex beginnen sollte. Vorher aber wollte er etwas trinken, denn seine Kehle war wie ausgetrocknet. Vorsichtig, um die Frau nicht zu wecken, stieg er aus dem Bett und ging in die Küche. Im Kühlschrank fand er einige Flaschen Bier, von denen er eine mit den Zähnen entkorkte und in einem Zug leertrank. Durch die offenen Türen konnte er sehen, wie Nina sich auf dem Bett regte und im Traum die Decke abstreifte. Mit einer zweiten Flasche Bier in der Hand kehrte er ins Schlafzimmer zurück und sah auf sie hinab. Ihre Brüste waren groß wie Melonen, aber fest, und als sie sich unruhig drehte und die Schenkel spreizte, wäre er am liebsten sofort in sie eingedrungen.

Doch da erinnerte er sich an ihren Vorschlag zu heiraten und stockte mitten in der Bewegung. Bis jetzt hatte er sie als ein geiles Stück Weiberfleisch angesehen, für das nur seine Potenz zählte. Aber am gestrigen Tag hatte sie zum ersten Mal gezeigt, dass sie mehr an ihm zu schätzen wusste als nur den wilden und teilweise recht rauen Sex. Dafür aber müsste er sich die Haare wachsen lassen, einen Anzug tragen wie ein Spießer und zu dem aus Rumänien stammenden Postboten »Guten Morgen« sagen, anstatt ihm die Schnauze zu polieren.

Im ersten Augenblick wollte Kobner über diese Vorstellung lachen. Dann aber begriff er, dass Nina ihm damit auch eine Chance bot, ins bürgerliche Leben zurückzukehren. Plötzlich erschien ihm die Idee gar nicht mehr so abwegig. Sie war eine Frau, die einen Kerl wie ihn brauchte, um zufrieden zu sein, und er, er … Kobner brach den Gedankengang ab. Rudi Feiling benötigte ihn dringender, denn allein mit Männern wie Hoikens ließ sich keine nationale Revolution gewinnen. Außerdem erinnerte er sich gut daran, dass er im Auftrag des Führers bereits einige Verräter zum Schweigen gebracht hatte. Erst letztens hatte er einige Straßenzüge weiter einen Arzt auf so geschickte Weise umgebracht, dass die Bullen glaubten, der Mann sei einem Unfall zum Opfer gefallen.

In diesem Moment begriff Kobner, dass es für ihn kein Zurück mehr gab. Er konnte sein früheres Leben nicht einfach abstreifen wie ein altes Hemd und an Ninas Seite ein neues beginnen.

Obwohl sie verführerisch vor ihm lag, schwand seine Lust, sie zu nehmen. Er leerte die zweite Bierflasche und kehrte in die Küche zurück. Dort holte er sich eine dritte aus dem Kühlschrank und machte sich ein Wurstbrot zurecht. Während er mit beiden Backen kaute, schaltete er den Fernseher ein, drehte aber die Lautstärke zurück, um Nina nicht zu wecken. Er musste in die Nachrichten geraten sein oder in eine Sondersendung, in der über die geplante Demonstration der Muslime auf dem Marienplatz berichtet wurde. Einige junge Türken und Araber hatten die Nacht über eine Mahnwache abgehalten, und jetzt strömten ihnen in jeder Minute neue Glaubensgenossen zu. Männer, Frauen und selbst Kinder wurden in Bussen zu Sammelplätzen gekarrt und dort von Polizeikräften in Empfang genommen. Alles, was sich als Waffe verwenden ließ, und sei es eine gläserne

Nuckelflasche für Babys, wurde von den Beamten beschlagnahmt. Danach durften die Demonstranten ihren Weg ungehindert fortsetzen.

Als auf eine andere Kamera umgeschaltet wurde, sah Kobner junge Burschen mit kahlen Köpfen, schwarzweißroten Fahnen und antimuslimischen Parolen auf den Spruchbändern die Leopoldstraße entlangmarschieren. Polizeieinheiten stellten sich ihnen entgegen, und es entstand ein wüstes Gerangel. Ein Teil seiner Gesinnungsfreunde wurde verhaftet, doch der größere Rest verschwand im Gewirr der Straßen und hielt zielstrebig auf den Marienplatz zu.

Dort sollte es Feilings Plänen nach so richtig zur Sache gehen. Alle freien Kameradschaften der Nationalen Front, bei denen sein Name etwas galt, hatten ihre besten Kämpfer geschickt, um diesen Tag zu einem unvergesslichen Erlebnis werden zu lassen.

Kobner fühlte, wie sein Blut schneller durch seine Adern strömte, und er hätte alles gegeben, um dabei sein zu können. Früher hatte er so manche Veranstaltung sogenannter demokratischer Parteien beinahe im Alleingang gesprengt, doch seit er Feilings Leibwächter geworden war, musste er auf solche Raufereien verzichten.

»Warum soll ich nicht mitmischen?«, fragte er sich selbst.

Der Teil von ihm, der Kraft und Gewalt als einzige Richtschnur anerkannte, gewann nun die Überhand. Als er in das Schlafzimmer trat, um seine Sachen zu holen, gönnte er der nackten Frau auf dem Bett keinen Blick mehr. Seine sexuellen Bedürfnisse waren vorerst gestillt. Während er die Wohnungstür hinter sich ins Schloss zog, dachte er kurz daran, dass er losgeschickt worden war, um Torsten Renk zu erledigen. Doch seine Lust, sich in die Reihen seiner Kameraden einzureihen und mit ihnen zusammen die Versammlung auf dem Marienplatz aufzumischen, überwog alle Bedenken. Ein letzter Gedanke galt Nina, und er sagte sich, dass er sie immer noch heiraten könnte, wenn die nationale Revolution gesiegt hatte und er einen hohen Posten in der neuen Regierung bekleidete.

ACHT

An diesem Tag hätte Torsten Renk sich seinen MAD-Ausweis am liebsten um den Hals gehängt. In der Münchner Innenstadt wimmelte es nur so von Polizeisperren, die jeden Passanten aufhielten und kontrollierten. Er verstand ihre Besorgnis, denn es war bekannt, dass Neonaziorganisationen die Protestveranstaltung der muslimischen Verbände in Deutschland stören wollten. Unterwegs sah Torsten etliche mit Fahnen, Knüppeln und Schlagringen ausgerüstete Gruppen in Richtung Marienplatz strömen, ohne dass die Polizei ihrer Herr werden konnte.

In einer der Gruppen entdeckte Torsten Claudi und deren Freunde, mit denen er vor einigen Tagen aneinandergeraten war und dann Frieden geschlossen hatte. Sie schwenkten schwarzweißrote Fahnen und skandierten ausländerfeindliche Parolen. Am liebsten wäre Torsten zu ihnen hingegangen und hätte die jungen Leute angeschnauzt, von hier zu verschwinden. Doch da tauchte eine weitere Straßensperre vor ihm auf, und er musste erneut einem sichtlich nervösen Polizisten seinen Ausweis unter die Nase halten.

»Seit wann kümmert sich der MAD um solche Sachen?«, fragte der Staffelführer.

»Dienstgeheimnis«, knurrte Torsten und schob zwei Polizisten auseinander, um weitergehen zu können. Claudis

Gruppe hatte er aus den Augen verloren. Ich bin nicht deren Hüter, sagte er sich und schob sich weiter in Richtung Marienplatz. Unterwegs geriet er zwischen junge Muslime, die mit entschlossenen Mienen ihrem Ziel zustrebten. Einige Burschen sahen aus, als wären sie nicht weniger auf Randale aus als die Neonazis.

Torsten fragte sich, wie die Polizei dieses explosive Gemisch unter Kontrolle bringen wollte. Es gelang ihr schon jetzt kaum noch, die beiden Gruppen auseinanderzuhalten.

Torsten befürchtete, dass die politisch Verantwortlichen ihrer eigenen Blauäugigkeit zum Opfer gefallen waren. Sie hatten mit einigen tausend Demonstranten gerechnet, aber nicht mit dieser Völkerwanderung und vor allem nicht mit Feilings Kampfbrigaden. Er selbst war gerade wegen dieser braunen Schläger gekommen. Jemand aus Feilings Umgebung musste diesen Aufmarsch organisieren. Diesen Kerl wollte er finden und seine Spur bis zu seinem Anführer verfolgen.

Torsten musste sich allerdings eingestehen, dass auch er den Aufmarsch unterschätzt hatte. Bei anderen Aktionen der Neonazis war es immer recht einfach gewesen, den Hauptagitator herauszufinden. Hier jedoch strebten Dutzende von kleinen Gruppen, denen es gelungen war, die Polizeisperren zu umgehen, dem bereits überfüllten Marienplatz zu. Selbst wenn die Demonstration friedlich blieb, konnte er höchstens einen kleinen Teil von ihnen überwachen. Allerdings bezweifelte er mit jedem Schritt, den er sich vorankämpfte, mehr, dass ein Blutvergießen vermieden werden konnte.

Nicht weit von ihm drängten einige kräftige Männer die Leute zurück, um Platz für einen bärtigen Mann in einem bodenlangen Gewand zu schaffen, der gerade ein improvisiertes Podium besteigen wollte.

Bei seinem Anblick verzog Torsten das Gesicht. Der Kerl

war einer der größten Hassprediger, der überall in Deutschland gegen die Ungläubigen im Westen wetterte.

»Wenn der die Stimmung zusätzlich aufheizt, na dann gute Nacht!«, brummte Torsten vor sich hin. Da ihn einige Leibwächter des Predigers wütend anfunkelten, drängte er sich durch die Menge, bis er die Arkaden westlich des Rathauses erreichte. In dem Moment entdeckte er Claudi und schob sich auf die Gruppe zu.

NEUN

Florian Kobner erreichte den Marienplatz auf Schleichwegen, musste sich zuletzt aber mit Gewalt Platz verschaffen, um vorwärts zu kommen, und hielt schließlich auf ein paar Gesinnungsfreunde zu, die zwischen zahllosen Türken eingekeilt waren. Ihre Gesichter wirkten verängstigt. Standen sie sonst einer größeren Gruppe von Gegnern gegenüber, wurden sie zumeist durch einen starken Polizeikordon von diesen getrennt, und wenn sie selbst gegen Widersacher vorgingen, waren sie stets in der Überzahl und lehrten die anderen das Fürchten. Hier aber sahen sie sich den Muslimen Auge in Auge gegenüber, und Kobner wunderte sich, dass nicht schon längst die Fetzen flogen.

Möglicherweise lag es daran, dass die Kameraden ein Mädchen bei sich hatten. Kobner schüttelte den Kopf über so viel Unvernunft. Hier wurden Fäuste gebraucht, die zuschlagen konnten, und kein Weibsstück. Er zuckte jedoch mit den Achseln. Wenn die Kleine zu Schaden kam, war dies ihre Sache. Jetzt galt es erst einmal, Türkenschädel zu polieren.

Das kleine Häuflein Glatzköpfe atmete förmlich auf, als

Kobner zu ihnen aufschloss. Persönlich kannte ihn keiner, doch sein Auftreten zeigte ihnen, dass er einer der harten Kämpfer sein musste. Jürgen, der Anführer der Gruppe, winkte ihm zu und wies dann auf die Schar Muslime, die allein auf dem Marienplatz auf weit über zwanzigtausend Leute angewachsen sein musste.

»Wir sollten lieber verschwinden und später, wenn die Schwarzköpfe sich wieder verlaufen, einige von ihnen abfangen und aufmischen.«

Der Vorschlag war vernünftig, doch Kobner dachte nicht daran, den Schwanz einzuziehen. »Hast du etwa Angst?«

Der junge Mann schüttelte wenig überzeugend den Kopf. »Nein, natürlich nicht.«

»Wir schlagen zu, ziehen uns zurück und schlagen wieder zu.«

»Aber es sind so viele«, wandte Claudi ein, die vor Angst zu zittern begann. Noch ließen die Türken und die anderen Muslime sie und ihre Freunde in Ruhe. Aber die Blicke, die sie trafen, verhießen nichts Gutes für den Fall, dass es zu einer Auseinandersetzung kam.

Ihr Freund Jürgen wollte nicht als feige dastehen und ballte die Fäuste. »Zusammenbleiben, Jungs! Und seht zu, dass ihr euch gegenseitig deckt.« Dann sah er Kobner auffordernd an, als erwarte er den Befehl zum Angriff.

Feilings Leibwächter öffnete schon den Mund, als er keine drei Meter von sich entfernt einen Mann entdeckte, der die ihn umgebenden Türken ein ganzes Stück überragte. Das markante Gesicht mit den durchdringend blickenden Augen hatte er erst am Vortag auf dem Foto gesehen, das Hoikens ihm gezeigt hatte.

»Torsten Renk!« Kobner traf es wie ein Schlag. Ausgerechnet hier traf er auf den Mann, den er unter allen Umständen ausschalten musste. Dann aber lächelte er. In diesem

Tumult bot sich die optimale Gelegenheit. Er musste nur nahe genug an Renk herankommen, um ihn vor den Lauf zu bekommen. Danach konnte er hier in der Masse untertauchen wie ein Fisch in seinem Schwarm. Seine Hand fand wie von selbst den Pistolengriff. Als er das kühle Metall berührte, pulsierte sein Blut schneller in seinen Adern, und die Lust zum Töten, die sein Anführer schon mehrfach ausgenutzt hatte, packte ihn mit voller Wucht.

Torsten schob die ihn umstehenden muslimischen Frauen und Männer beiseite, um näher an Claudi und Jürgen heranzukommen. Dadurch bildete sich eine Gasse, und Kobner sah sein Opfer direkt vor sich. Grinsend zog er die Waffe und richtete sie auf den Mann.

»Fahr zur Hölle!«, rief er und drückte ab.

Claudi sah Kobners Bewegung und die Waffe, die auf Torsten Renk zielte. Entsetzt drosch sie mit der Faust gegen seinen Arm, um die Waffe hochzuschlagen. Gleichzeitig knallte der Schuss.

Torsten Renk stand noch. Nicht weit von ihm aber gellte ein Schrei über den Marienplatz, der alle im Umkreis erstarren ließ.

Kobner sah eine junge Frau seitlich hinter Torsten Renk blutüberströmt zusammensinken und begriff, dass er seinen Gegner verfehlt hatte. Sein Ellbogen traf Claudi, die halbbetäubt zwischen ihre Freunde stürzte, und er schlug die Waffe erneut an. Doch er kam zu keinem weiteren Schuss.

Torsten hielt bereits seine Schweizer Sphinx in der Rechten, zielte und feuerte. Die Kugel traf Kobners Brustkorb und schleuderte ihn zu Boden. Wie im Reflex richtete er sich wieder auf und versuchte abzudrücken.

Torsten feuerte erneut. Ein schwarzes Loch erschien auf Kobners Stirn, und der schwere Mann sackte lautlos zu Boden. Mit der Pistole in der Hand trat Torsten auf den Toten zu, wurde dann aber durch ein vielstimmiges Geheul hinter sich abgelenkt. Als er sich umdrehte, sah er die Frau, die Kobner getroffen hatte, reglos am Boden liegen, während ihre Begleiter ihren Schmerz und ihre Wut hinausbrüllten.

Torsten verstand nicht genug Türkisch, um zu verstehen, was die Leute riefen, aber eines war entsetzlich klar: Die junge Frau war tot.

Einen Augenblick lang starrte er Kobner an, verzichtete aber darauf, ihn zu durchsuchen, sondern packte Claudi und zog sie mit sich. »Verschwindet, ihr Idioten! Die Kerle zerreißen euch sonst in der Luft«, rief er ihren Freunden zu. Während die anderen sich sofort kopflos durch die Menge drängten, blieb Jürgen bei Torsten.

»Wieso musste dieser Flachkopf schießen? Jetzt wird hier die Hölle losbrechen.«

Torsten stieß ein paar Türken zurück, die nach ihm und Claudi greifen wollten, und feuerte mehrere Warnschüsse in die Luft. Das verschaffte ihnen genug Raum, um davonzukommen. Hinter ihnen machte die aufgebrachte Menge Jagd auf die Glatzköpfe, die Feilings Aufruf gefolgt waren. Der friedliche Protest, zu dem die muslimischen Verbände aufgerufen hatten, geriet durch den Mord an der Frau aus dem Ruder, und ein Schrei nach Rache hallte durch die Straßen.

Auf ihrem Weg in Richtung Gärtnerplatz wurden Torsten und seine beiden Schützlinge vom Klirren berstender Scheiben und den Schreien der entfesselten Menge verfolgt, und als sie die U-Bahn-Station erreichten, war der Bahnverkehr eingestellt worden. Daher blieb Torsten nichts anderes übrig, als einem Taxi zu winken. Der Fahrer war dunkelhaarig und an seinem Rückspiegel baumelte ein muslimischer Rosenkranz.

Als Claudi und Jürgen das sahen, machten sie sich auf dem Rücksitz so klein wie möglich. Torsten setzte sich neben den

Mann und wies ihn an, zum Peschelanger zu fahren. Unterwegs schaltete der Fahrer das Radio ein.

»Große Demonstration heute«, sagte er dabei zu Torsten.

Dieser nickte. »Das stimmt.«

»War auch 'ne Sauerei, das mit der Moschee«, fuhr der Taxifahrer fort.

»Stimmt!«

»Die Regierung sollte alle Faschisten einsperren!«

Der Fahrer schien gewohnt zu sein, viel zu reden, und setzte das Gespräch eifrig fort, während Torsten einsilbig antwortete. Ihm gingen ganz andere Fragen durch den Kopf. Der Glatzkopf, den er niedergeschossen hatte, hatte es unzweifelhaft auf ihn abgesehen gehabt. Er musste verrückt gewesen sein, ausgerechnet hier zu schießen, wo die Gefahr, jemand Unbeteiligten zu treffen, so groß war. Diesen Irrsinn hatte eine junge Türkin mit dem Leben bezahlen müssen. Torsten tat das Mädchen leid, und er bedauerte auch ihre Angehörigen. Wichtig war nun, herauszufinden, wer hinter dem Mörder steckte. Er war sicher, dass der Kerl zu Feiling und Hoikens gehörte. Doch was hatten Claudi und Jürgen mit diesem Mann zu schaffen? Torsten stellte die verwegensten Theorien auf, wie er über seine beiden Begleiter einen Weg zu Hoikens finden konnte. Jetzt ging es nicht mehr nur um Rache für Andrea. Sein Verstand sagte ihm ebenso wie sein Instinkt, dass diejenigen, die an ihrem Tod schuld waren, eine große Sache planten. Wollten Hoikens und Feiling einen Umsturz herbeiführen, der ganz Deutschland betraf? Solche Versuche hatte es bereits in einigen Nachbarländern gegeben, und dreimal hatten betroffene Regierungschefs es mit dem Leben bezahlen müssen. Zwar war der Putsch nirgends gelungen, doch traute er Feiling und Hoikens die Verrücktheit zu, es ebenfalls zu versuchen.

»Die haben eine junge türkische Frau erschossen!« Die empörte Stimme des Taxifahrers riss Torsten aus seinen Überlegungen, und er sah, wie der Mann auf das Autoradio deutete.

»Was sagen Sie?«, fragte er, ohne sich anmerken zu lassen, dass er mehr darüber wusste. Seine beiden Schützlinge auf dem Rücksitz hätten sich am liebsten unsichtbar gemacht, als der Reporter live vom Rathaus aus berichtete.

»Vor etwa einer halben Stunde hat ein Verrückter wahllos in die Menge geschossen, danach ist Chaos ausgebrochen. Unbestätigten Berichten zufolge hat es mehrere Tote gegeben, darunter eine junge Türkin. An verschiedenen Stellen der Stadt ist es bereits zu Straßenschlachten zwischen muslimischen Demonstranten und den zahlreich angereisten Neonazis gekommen. Da die Polizei sich derzeit außerstande sieht, die Unruhen sofort zu beenden, ist mit weiteren Opfern zu rechnen. Im Umkreis des Marienplatzes haben kriminelle Elemente den Aufruhr ausgenutzt, um Schaufenster einzuschlagen und zu plündern. Auch das Rathaus wird belagert, und an seinen Türen wurden Brandsätze entzündet. Ein Versuch des Oberbürgermeisters, mäßigend auf die Menge einzuwirken, ist gescheitert.«

Es folgten weitere Reporterstimmen von anderen Standorten, an denen es ebenfalls zu Unruhen gekommen war, und die Warnung, bestimmte Stadtviertel und Straßenzüge zu meiden. Dazu gehörten auch einige Teile Neuperlachs. Aus dem Grund weigerte sich der Taxifahrer kurz darauf, weiterzufahren.

»Da schmeißen die mit Steinen!«, erklärte er und forderte Torsten und die beiden anderen zum Aussteigen auf.

Torsten drückte ihm ein paar Banknoten in die Hand und winkte Jürgen und Claudi, ihm zu folgen. »Die paar Meter schaffen wir auch zu Fuß!«

»Wo wollen Sie mit uns hin?«, fragte das Mädchen.

»Erst einmal in das Apartment, das ich derzeit bewohne. Dort werdet ihr mir erzählen, was ihr über den Kerl mit der Pistole wisst.« Obwohl Torsten sich nicht für einen Mann hielt, der bedenkenlos von seiner Waffe Gebrauch machte, fühlte er bei dem Gedanken an den Tod des Glatzkopfs keine Reue. Der Mann war verrückt gewesen, inmitten dieser Menschenmenge die Waffe zu ziehen. Eine junge Türkin hatte dafür mit dem Leben bezahlt.

ZEHN

Der Wachtposten am Zufahrtstor zu Castel Gandolfo war höflich, blieb aber in der Sache hart. Ohne eine Einladung des Heiligen Vaters oder eines anderen hochrangigen Mitglieds der Kurie dürfe er sie nicht durchlassen, erklärte er Graziella noch einmal.

Die junge Frau funkelte ihn wütend an. »Verstehen Sie nicht? Ich bin eine Verwandte des Kardinals Monteleone und will zu ihm.«

Der Schweizer Gardist zuckte mit den Schultern. »Bedaure, aber Kardinal Monteleone ist nicht hier.«

»Er muss aber hier sein!« Graziella verlor allmählich die Geduld mit dem Mann, der sie für eine aufdringliche Touristin zu halten schien, die sich unbedingt das päpstliche Sommerpalais ansehen wollte.

»Kardinal Monteleone war hier, hat Castel Gandolfo aber inzwischen wieder verlassen«, erklärte der Schweizer gelassen.

Graziella schüttelte ungläubig den Kopf. Gleichzeitig wuchs ihre Sorge um den starrsinnigen alten Mann. Sie war mittlerweile davon überzeugt, dass sein Freund, Kardinal Rocchigiani, keines natürlichen Todes gestorben war, und fürchtete, ihr Großonkel sei nun ebenfalls in Gefahr.

»Wissen Sie, wohin er wollte?« Immerhin gab es die Möglichkeit, dass ihr Onkel nicht gleich in die Stadt zurückgefahren war, sondern irgendwelche Verwandte aufgesucht hatte. Zwar hatte er nichts in dieser Richtung verlauten lassen, doch war es seinem sprunghaften Wesen zuzutrauen, sich von einem Augenblick zum anderen anders zu entscheiden.

Der Schweizer zuckte mit den Schultern. »Es tut mir leid, aber ich gehöre nicht zu denen, die von den hohen Herrschaften ins Vertrauen gezogen werden.«

»Irgendjemanden muss es doch geben, der es weiß. Wenn Sie mich bitte durchlassen wollen, damit ich nachfragen kann.« Graziella wollte sich an dem Wachtposten vorbeischieben, doch der hielt sie auf.

»Ich sagte doch bereits, dass ich das nicht darf. Also nehmen Sie Vernunft an.«

»Aber ich muss doch wissen, wo mein Großonkel ist. Er ist schon ein älterer Herr und auf seine Medikamente angewiesen. Wenn ich nicht bei ihm bin, vergisst er meistens, sie zu nehmen. Also sollten Sie Vernunft annehmen!«

Die Miene des Schweizers drückte zwar ein gewisses Mitgefühl aus, nicht aber die Bereitschaft, sie passieren zu lassen. »Signorina, ich kann Ihnen nur raten zu gehen, bevor ich andere Maßnahmen ergreifen muss.« Damit war für den Mann die Sache erledigt.

Graziella blieb noch einige Augenblicke vor dem Tor stehen und blickte durch das Gitter in den Park der päpstlichen Sommerresidenz hinein, die ihr so verschlossen war, als würde statt eines Schweizer Gardisten ein Engel mit Flammenschwert davor stehen. Da ihr Onkel nicht viel von modernen Errungenschaften wie Handys und dergleichen hielt, konnte sie ihn nicht anrufen. Sie wollte aber versuchen, ihn über die päpstliche Verwaltung zu erreichen. Doch als sie ihr Handy aus der Tasche zog, gab dieses bereits beim Eintippen der ersten Ziffern den Geist auf. Wieder einmal hatte Graziella vergessen, den Akku rechtzeitig aufzuladen.

Das Taxi, das sie hergebracht hatte, war längst weg, und so wandte sie sich wieder dem Schweizer zu.

»Können Sie mir bitte ein Taxi rufen?«

Der Mann beachtete sie jedoch nicht mehr, sondern starrte einer großen Limousine entgegen, die langsam heranrollte. Graziella musste ausweichen, damit der Wagen passieren konnte. Wer im Fonds des Autos saß, konnte sie wegen der getönten Scheiben nicht erkennen, doch vorne hockte Kardinal Winters unsäglicher Sekretär.

Damit war ihr der Tag endgültig verleidet. Da ihr der Wachtposten nicht helfen wollte, drehte sie sich um und machte sich auf den Weg ins Dorf.

ELF

Don Batista hatte Graziella ebenfalls bemerkt, hatte aber wegen des Fahrers nichts sagen wollen. Als der Wagen vor dem Tor anhielt, ließ er das Fenster auf seiner Seite herab und winkte den Wachtposten heran.

»Seine Eminenz, Kardinal Winter, und Monsignore Kranz«, erklärte er dem Mann.

»Ich mache sofort auf!« Der Schweizer wollte schon öffnen, als der Sekretär ihn zurückhielt.

»Eben kam uns eine junge Dame entgegen. Ich meine in ihr die Großnichte des Kardinals Monteleone erkannt zu haben. Wieso muss eine so nahe Verwandte eines Mitglieds der

Kurie zu Fuß gehen? Gibt es denn hier keine Autos mehr?« Don Batista stellte seine Fragen in der Hoffnung, mehr über Graziella zu erfahren.

Der Wachtposten sah aus, als hätte ihm jemand eine Ohrfeige gegeben. »Verzeihung, Hochwürden, aber ich habe die Dame für eine aufdringliche Touristin gehalten und sie daher abgewimmelt.«

»Sie wird wohl deutlich gesagt haben, wer sie ist und was sie hier will«, antwortete Don Batista streng.

»Ja, das schon, aber ...« Der Gardist brach ab und suchte einen neuen Anfang. »Die Dame wollte ihren Großonkel besuchen, doch der befindet sich nicht mehr in Castel Gandolfo.«

»Was soll das Gerede? Wir haben einen Termin für eine Audienz bei Seiner Heiligkeit, den wir nicht versäumen dürfen«, blaffte Winter von hinten.

»Wir fahren gleich weiter. Machen Sie jetzt das Tor auf!« Don Batistas letzte Worte galten dem Gardisten, der dem Wagen sofort den Weg freimachte.

Kranz, der im Lauf seiner Karriere erst ein Mal vom Papst empfangen worden war und der Wiederholung dieses Ereignisses entgegenfieberte, fragte Winter ärgerlich, weshalb sein Sekretär wertvolle Zeit mit Fragen nach der Nichte eines Kardinals vergeudete. Winter warf Don Batista einen raschen Blick zu und kniff verwundert die Augenlider zusammen. Er hatte seinen Sekretär selten so angespannt, ja besorgt erlebt wie jetzt, konnte ihn aber nicht fragen, denn die Audienz beim Papst war wichtiger als alles andere. Zwar hielt Winter nicht viel vom derzeitigen Nachfolger des Apostels Petrus, doch weder Kranz noch er konnten es sich erlauben, Seine Heiligkeit warten zu lassen.

Monsignore Giorgio, der Sekretär des Papstes, kam ihnen bis an den Wagen entgegen, um sie ihn Empfang zu nehmen. Eigentlich wäre dies die Sache des obersten päpstlichen Kammerherrn gewesen, und Winter fragte sich, ob der Empfang durch den Sekretär als willentliche Brüskierung gedacht war oder den persönlichen Aspekt der Audienz unterstreichen sollte. Er kam zu keinem Ergebnis, denn Kranz und er wurden ohne Aufenthalt in die Bibliothek geführt. Der Papst saß in einem Sessel, ein Buch auf dem Schoß, und blickte erst auf, als sie direkt vor ihm standen.

Er ist alt und verbraucht, fuhr es Winter durch den Kopf, und er betete stumm, dass Benedikt XVI. wenigstens noch so lange durchhalten würde, bis er seine Bataillone in Stellung gebracht hatte. Als Erstes wollte er dafür sorgen, dass Kranz ebenfalls den Kardinalspurpur und ein bedeutendes Bistum in Deutschland erhielt. Da er jedoch zu diesem Zeitpunkt noch keine Forderungen stellen konnte, verbeugte er sich vor dem Papst und küsste den Ring an dessen Hand. Kranz folgte diesem Beispiel und trat dann einige Schritte zurück.

»Willkommen im Namen des Herrn«, grüßte der Papst seine Gäste.

»Eure Heiligkeit machen mich mit dieser Ehre überglücklich!« Kranz hatte im Vorfeld mit Winter besprochen, dass sie dem Papst um den Bart gehen wollten, um auf diese Weise möglichst viele Zugeständnisse von ihm zu erhalten.

Benedikt hatte die beiden jedoch nicht empfangen, um angenehm zu plaudern, sondern sprach Kranz sofort auf ein Thema an, das ihn beschäftigte. »Ich habe schlimme Sachen aus München gehört, mein Sohn. Eine Moschee ist zerstört worden, und dann ist es zu Unruhen gekommen, die bürgerkriegsähnliche Ausmaße angenommen haben.«

»Dieses Attentat kommt den islamischen Hasspredigern so gelegen, dass in Deutschland bereits Überlegungen angestellt werden, ob es nicht eine muslimische Terrororganisation war, die diese Aktion durchgeführt hat.« Dann erst begriff

Kranz, was der Papst gesagt hatte, und starrte diesen verdattert an. »Was sagen Sie, Heiliger Vater? In München hat es Unruhen gegeben?«

Benedikt XVI. nickte. »Es soll sogar Tote gegeben haben. Außerdem wurde der Liebfrauendom gestürmt und geschändet!«

Kranz rieb sich innerlich die Hände. Wie es aussah, hatten Feilings Kampfbrigaden ganze Arbeit geleistet. Jetzt mussten er und Winter nur noch den Papst dazu bewegen, ein paar deutliche Worte gegen den muslimisch gesteuerten Terrorismus zu sprechen, um bei den Völkern Europas die Erkenntnis zu wecken, mit den Vertretern des Islam könne es keine Verständigung geben.

ZWÖLF

Es war für Winters Sekretär ein Leichtes gewesen, unter den Klerikern, die den Papst nach Castel Gandolfo begleitet hatten, jemanden zu finden, der ihm Auskunft über Monteleone geben konnte. Der Streit des aufbrausenden Kardinals mit dem Papst hatte Mitglieder und Angestellte der Kurie empört und gegen den Kardinal eingenommen. Don Batista ärgerte sich über das Verhalten des alten Mannes, da es die anderen Kardinäle auch gegen Winter aufbringen konnte. Schließlich galt sein Chef als Protegé des Alten. Mehr noch beschäftigte ihn jedoch Monteleones Großnichte, denn die schien eine weitaus größere Gefahr für Winters Pläne darzustellen. Don Batista wusste bereits seit einigen Tagen, dass die junge Frau ihre Nase immer tiefer in Dinge steckte, die sie nichts angingen. Jetzt war sie auch noch ohne offizielle Einladung nach Castel Gandolfo gekommen, und das konnte nur eines bedeuten: Sie verfügte über Informationen, die sie ihrem Großonkel überbringen wollte.

Don Batista dankte im Stillen dem Papst, weil dieser den alten Kardinal zu einer strengen Klausur verurteilt und damit indirekt dafür gesorgt hatte, dass Graziella unverrichteter Dinge hatte abziehen müssen. Zwar war er sicher, dass sie erneut versuchen würde, Kontakt mit ihrem Großonkel aufzunehmen, doch nun hatte er Zeit gewonnen, dies zu verhindern.

Da er rasch handeln musste, zählte Don Batista jede Minute, die sein Vorgesetzter und Kranz beim Papst weilten. Jetzt bedauerte er, dass der Monsignore ohne seinen Sekretär nach Rom gekommen war. Mit Hochwürden Matthias Täuberich zusammen hätte er das Ärgernis namens Graziella leicht aus der Welt schaffen können. Da Kranz' Sekretär jedoch nicht vor Ort war, musste er diese leidige Sache allein bereinigen.

Um die Wartezeit sinnvoll zu nutzen, suchte er eine Stelle in den Gärten auf, an der ihn niemand belauschen konnte, zog sein Handy aus der Tasche und rief seinen Verbündeten im päpstlichen Archiv an.

»Hast du inzwischen den Nachlass von Rocchigiani erhalten, Lodovico?«, fragte er, nachdem sich dieser gemeldet hatte.

»Ich war heute Morgen noch einmal dort«, klang es so leise zurück, als hätte der Archivar Angst, jemand könnte mithören.

»Und? Hast du das Zeug endlich?«, bohrte Don Batista nach.

»Die Alte behauptet es zwar, aber es kann nicht stimmen. Ich habe alles untersucht. Einige spezielle Papiere fehlen.«

Als Don Batista das hörte, schrillten bei ihm sämtliche Alarmglocken.

»Ich werde mich persönlich um die Sache kümmern. Mach du inzwischen ganz normal weiter.« Don Batista beendete das Gespräch und murmelte einen Fluch. Er kehrte in den Garagenhof zurück und bat Winters Fahrer, den Kardinal davon in Kenntnis zu setzen, dass er wegen dringlicher Angelegenheiten hätte aufbrechen müssen. Danach forderte er bei der päpstlichen Fahrbereitschaft einen Wagen für sich an und ließ sich in das nächstgelegene Dorf kutschieren.

Als er kurz darauf an einer Telefonsäule vorbeikam, sah er Graziella dort stehen und mit temperamentvollen Gesten in den Hörer sprechen. Er konnte nur hoffen, dass der Gesprächspartner am anderen Ende der Leitung nicht ihr Großonkel war.

DREIZEHN

Graziella hatte zuerst mit der alten Nora telefoniert, um zu erfahren, ob ihr Großonkel bereits nach Hause gekommen war. Nachdem die Haushälterin dies verneint hatte, rief die junge Frau ihre Eltern und mehrere Verwandte an, doch die meisten hatten den alten Herrn schon seit Wochen nicht mehr gesehen. Das Guthaben auf der Telefonkarte, die sie am Kiosk gekauft hatte, neigte sich bereits dem Ende zu, als ihr einfiel, dass sie in Castel Gandolfo selbst nachfragen konnte. Der Telefonist, den sie an den Apparat bekam, erwies sich als auskunftsfreudig, und so erfuhr sie, dass der Papst ihren Onkel nach San Isidoro in Klausur geschickt hatte. Sie kannte das Kloster dem Namen nach, wusste jedoch nicht, in welcher Gegend Italiens es sich befand. Allzu nahe konnte es jedoch nicht sein, denn als sie die Nummer anwählte und mit dem Mönch sprach, der abgehoben hatte, rasten die

Ziffern auf dem Gebührenzähler in beängstigender Weise nach unten.

»Können Sie mich zu meinem Onkel Kardinal Monteleone durchstellen. Es ist dringend!«

»Seine Eminenz hat sich zum Gebet zurückgezogen und will nicht gestört werden!«

Graziella starrte auf die Anzeige, die sich langsam der Null näherte, und war am Verzweifeln. »Hören Sie, ich muss dringend mit meinem Onkel reden. Wenn Sie ihn nicht ans Telefon holen, bleibt mir nichts anderes übrig, als zu Ihrem Kloster zu fahren.«

»Das sollten Sie nicht tun, denn wie ich schon sagte, darf der Kardinal nicht gestört werden. Am besten, Sie schreiben ihm einen Brief. Unser hochwürdiger Herr Abt wird ihn sich ansehen und entscheiden, ob er Seiner Eminenz übergeben werden kann. Sie müssen sich aber in Geduld …«

Mehr konnte Graziella nicht hören, da ihr Guthaben aufgebraucht war und das Telefon abschaltete. Wütend kehrte sie der Telefonsäule den Rücken und ging durch das Dorf. Am Kiosk überlegte sie, ob sie noch einmal eine Telefonkarte kaufen sollte, unterließ es dann aber. Ein weiterer Anruf in San Isidoro würde ebenso erfolglos sein wie der erste. Wie es aussah, war ihr Onkel dort kein Gast, sondern eher ein Gefangener, dem jeder Kontakt zur Außenwelt verwehrt wurde. Es erschien ihr widersinnig, dass so etwas im einundzwanzigsten Jahrhundert noch möglich war, denn die Zeit, in denen die Päpste wie weltliche Fürsten geherrscht und Urteile gesprochen hatten, lag schon weit zurück. Doch wie es aussah, griffen die vatikanischen Behörden auch heutzutage noch auf die alten Methoden zurück, wenn es ihnen opportun erschien.

Für sie bedeutete es, dass sie ihrem Großonkel nicht so rasch von ihren Entdeckungen berichten konnte, wie sie sich das vorgestellt hatte. Bei dem Gedanken schienen die Unterlagen in ihrer Umhängetasche mit einem Mal wie Bleibarren an ihrer Schulter zu zerren. Sie musste mit dem Kardinal sprechen, ganz gleich, wer sie daran zu hindern versuchte. Als Erstes würde sie nach Rom zurückkehren, um anhand der Telefonnummer herauszufinden, in welchem Teil Italiens dieses Kloster lag. Außerdem brauchte sie mehr Geld, als sie bei sich hatte. Um sich die Zeit bis zur Abfahrt des Busses nach Rom zu verkürzen, kaufte sie sich eine Zeitung und schlug sie auf. Die Berichte über die erneut ausgebrochenen Streitigkeiten in der italienischen Regierung überflog sie, doch dann stolperte ihr Blick über etwas, das sie erschreckte. Der Faschistenanführer Fiumetti hatte seine Hetzreden vor mehr als zehntausend Zuhörern in einer Provinzstadt gehalten und war dort bejubelt worden. Am Rande der Veranstaltung waren die wenigen Gegendemonstranten von seiner Garde zusammengeschlagen und vertrieben worden, ohne dass die zu Hilfe gerufenen Carabinieri eingegriffen hätten.

Angeekelt blätterte Graziella weiter, doch in den übrigen EU-Ländern sah es auch nicht besser aus. In Dänemark war ein Asylantenheim angezündet und die Bewohner verjagt worden, und in Deutschland wurde eine große Versammlung islamischer Verbände angekündigt, die gegen die Sprengung einer Moschee in München demonstrieren wollten.

VIERZEHN

In der Villa im Münchner Westen saßen Feiling und Hoikens vor dem Bildschirm und starrten auf die Szenen, die das Fernsehen übertrug. Die Innenstadt war ein einziges Chaos. Aufgebrachte Muslime machten Jagd auf jeden, der ihnen vor die Füße kam. Schaufenster wurden eingeschlagen, Geschäfte geplündert, und beinahe beiläufig erwähnte der Reporter, dass der Oberbürgermeister und einige weitere Personen mit einem Hubschrauber vom Dach des Rathauses gerettet worden waren, während der entfesselte Mob Akten und Computer aus den Fenstern geworfen hatte.

Als ein gutes Dutzend Glatzköpfe von einer weit überlegenen Zahl Muslime eingeholt und eingekreist wurde, schaltete Feiling ab. »Gott im Himmel, das ist ja entsetzlich!«

Hoikens zuckte mit den Achseln. »Erinnere dich daran, dass es deine Idee war, die Kameraden aus allen Teilen des Reiches herbeizuholen, um den Schwarzköpfen ihre Grenzen aufzuzeigen.« Ohne sich weiter um seinen Anführer zu kümmern, stellte er den Sender wieder ein.

»... war der ausschlaggebende Grund für die Unruhen. Nach Augenzeugenberichten wurde die zweiundzwanzigjährige Türkin Fadile Sözer willkürlich von einem glatzköpfigen Mann erschossen, der der rechten Szene zuzuordnen ist. Wie Hauptkommissar Trieblinger vorhin der Presse mitteilte, soll es sich dabei um Florian Kobner handeln, der vor mehreren Jahren bei Unruhen in verschiedenen Städten hervorgetreten ist und sich später dem steckbrieflich gesuchten Neonaziführer Rudolf Feiling angeschlossen haben soll. Die Ermittlungsbehörden vermuten daher, dass Feiling hinter dieser Aktion steckt. Laut Hauptkommissar Trieblinger hätte es ein Blutbad gegeben, wäre es nicht einem seiner Beamten gelungen, den Amokschützen mit einem gezielten Schuss zur Strecke zu bringen.«

Feiling fuhr mit kalkweißem Gesicht hoch. »Verdammt! Was hatte Florian dort zu suchen? Ich hatte ihm doch befohlen, Renk zu erledigen!«

»Er war eben ein Pavian ohne Gehirn! Jetzt müssen wir unseren Verstand einsetzen und schauen, wie wir uns aus der

Scheiße befreien, in die er uns gezogen hat.« Hoikens klang äußerst ungehalten, denn in seinen Augen hatte Feiling dieses Desaster zu verantworten.

Der Neonaziführer rieb sich die Schläfen und sah seinen Stellvertreter fragend an. »Wie meinst du das?«

»Erstens: Unser jetziges Quartier ist nicht mehr sicher. Die Bullen werden herausfinden, dass der Pavian in dieser Gegend gesehen worden ist. Zweitens müssen wir uns dringend mit deinem Pfaffenfreund in Verbindung setzen und ihn fragen, ob er ein sicheres Versteck für uns weiß. Auf die Hilfe unserer Kameraden können wir uns nach dem heutigen Tag nicht mehr verlassen. Die würden uns für die Prügel, die sie heute von den Schwarzköpfen einstecken mussten, meistbietend an die Bullen verkaufen. Aus diesem Grund fällt auch unser Ausweichquartier in Sachsen flach. Selbst ein Versteck suchen können wir nicht, denn spätestens in der nächsten Nachrichtensendung flimmern unsere Fotos über sämtliche Bildschirme.«

Feiling schlug mit der Faust auf die Lehne seiner Couch. »Sollen wir dem Pfaffen vielleicht in den Hintern kriechen, damit er uns versteckt?«

»Du kannst natürlich auch auf die Straße hinausgehen und herumbrüllen, dass du der große Führer Rudolf Feiling bist, der Deutschland retten wird!«

Hoikens' Spott ließ Feiling rot anlaufen. Er wusste jedoch, dass er nach der Pleite, die seine Kampfverbände an diesem Tag erlebt hatten, auf den Sprengstoffexperten angewiesen war, um in der rechten Szene nicht an Boden zu verlieren.

»Wir hätten uns nie mit den Schwarzkitteln einlassen sollen«, sagte er grollend.

Hoikens lachte leise auf. »Wieso nicht? Die haben uns in den letzten zwei Jahren reichlich mit Geld und Informationen versorgt. Außerdem sind sie nicht gerade die besten

Freunde der Mohammedaner – und zudem die Einzigen, die uns jetzt noch helfen können.«

»Dann werde ich mal bei Hochwürden anklingeln.« Feiling fühlte, dass er aktiv werden musste, wenn er sich nicht von Hoikens ausstechen lassen wollte. Mit betont federndem Schritt trat er ans Telefon, wählte eine Nummer und wartete, bis der Anrufbeantworter ansprang.

»Gelobt sei Jesus Christus, der uns errettet hat!« Es war der Code, mit dem er Kranz' Sekretär mitteilte, dass dieser sich dringend mit ihm in Verbindung setzen sollte. Während Feiling auf den Rückruf wartete, dachte er an jenes schmale Bürschchen, das vor fast zehn Jahren zu einer der Kameradschaften gestoßen war, die er später in seine Kampfverbände eingegliedert hatte. Der Junge hatte so gar nicht dem Bild eines kraftvollen Kämpfers entsprochen und sich auch an keinem Aufzug und keiner Demonstration beteiligt. Intern aber hatte das Kerlchen sehr viel dafür getan, das richtige Gedankengut zu verbreiten. Erst später war herausgekommen, dass es sich bei dem Mitglied dieser Gruppe um einen geweihten Priester handelte. Doch da hatte der junge Mann sie bereits wieder verlassen und war der persönliche Sekretär eines hohen Tiers in der katholischen Kirche geworden. Über ihn hatte Feiling schließlich den Kontakt zu den Schwarzkitteln herstellen können. In einer Hinsicht hatte Hoikens recht: Ihr Bündnis mit Monsignore Kranz hatte ihnen Geld und Sicherheit beschert. Aber nun waren sie vollkommen auf diese Leute angewiesen, und das ärgerte ihn.

Feiling wusste ebenso wie sein Stellvertreter, dass es ihm zum jetzigen Zeitpunkt nicht mehr gelingen würde, einen größeren Teil der freien Kameradschaften unter seinem Kommando zu halten. Nach diesem Tag würde die Bewegung wieder in kleinere Gruppen zerfallen und die Leute ihren lokalen Anführern nachlaufen. Von denen war jedoch keiner in der Lage, die nationale Revolution in Deutschland zum Sieg zu führen.

»Wir brauchen einen spektakulären Erfolg, damit die Kameraden wieder zu uns aufschauen«, sagte er zu Hoikens, während er auf Täuberichs Rückruf wartete.

»Ich war ohnehin dafür, mehr Aktionen wie die gegen die Moschee durchzuführen und solche Idioten wie Kobner außen vor zu lassen. Aber du warst von seiner Treue so gerührt, dass du ihn behalten und uns damit ins Abseits gekickt hast.« Hoikens' Worte kamen einer Kampfansage gleich.

Feiling musterte seinen Stellvertreter und begriff, dass der Mann von diesem Augenblick an sein erbitterter Widersacher im Kampf um die Führerschaft der rechten Szene sein würde. Doch noch waren sie aufeinander angewiesen.

Als das Telefon anschlug, schnappte Feiling nach dem Hörer. »Ja?«

»Die Wege des Herrn führen ihn nach Kapernaum!« Mehr hörte er nicht, nur noch das Klacken, mit dem die Verbindung unterbrochen wurde.

»Verdammter Idiot!«, fluchte Feiling.

Hoikens erhob sich. »Was ist los?«

»Treffpunkt Kapernaum. Dafür müssen wir quer durch die Stadt, und dort gibt es derzeit mehr Bullen als Ratten!«

»Wir fahren besser außen herum.« Hoikens nahm den Schlüssel des unauffälligen, aber stark motorisierten Mittelklassewagens an sich, der auf ein bisher noch nicht polizeibekanntes Mitglied ihrer Gruppe zugelassen war, und wies auf die Tür.

»Wollen wir nichts mitnehmen?«, fragte Feiling erstaunt.

»Das Auto ist für einen schnellen Aufbruch vorbereitet. Keine Angst, wenn die Bullen kommen, werden sie hier nichts finden außer einem großen Loch!« Hoikens lachte, als mache es ihm Spaß, die Villa, in der sie die letzten Jahre recht bequem gelebt hatten, in die Luft zu sprengen. Sein Anführer fluchte, sah aber ein, dass dies die beste Methode war, verräterische Spuren zu verwischen.

FÜNFZEHN

In ihrer Wohnung in der Hiltenspergerstraße in Schwabing verfolgte zur selben Zeit Nina Parucker die Nachrichten. Ihre Gedanken galten dabei weniger dem völlig verwüsteten Gebiet um den Marienplatz als vielmehr dem Mann, der laut Polizei den Aufruhr ausgelöst hatte. Sie weinte, als Florian Kobners Leichnam auf dem Bildschirm gezeigt wurde. Der Kommentar des Sprechers, dass es sich bei ihm um ein hochrangiges Mitglied einer verbotenen Gruppierung handele, interessierte sie nicht. Sie dachte an den Florian, den sie kennengelernt hatte, ein wenig unbeholfen, ein wenig rau, aber ein ausgezeichneter Liebhaber. Nun machte sie sich Vorwürfe, weil sie ihm nicht eher den Vorschlag gemacht hatte, zu ihr zu ziehen. Vielleicht hätte sie ihn noch rechtzeitig aus seinem Umfeld lösen können. Sie hielt ihn für keinen fanatischen Neonazi, sondern für jemanden, der einer stärkeren Persönlichkeit nachlief und alles tat, um von dieser anerkannt zu werden. In ihren Augen war er in die falschen Kreise geraten und hatte damit sein Unglück herbeigeführt.

»Nicht nur seines, sondern auch das meine«, flüsterte sie mit bleichen Lippen. »Ich habe ihn geliebt und mich seiner trotzdem geschämt!«

Während weitere Bilder von den Verwüstungen in München über den Schirm liefen, glitten Ninas Gedanken zurück zu jenem Tag, an dem sie Florian kennengelernt hatte.

Er war vor der Polizei geflohen, die ihm wegen einer Schlägerei bei einer Demonstration auf den Fersen war. Wenn sie ihn nicht zu sich in die Wohnung genommen hätte, wäre er erwischt worden. Sie wusste selbst nicht mehr, warum sie es getan hatte. Vielleicht war es Mitleid mit dem Burschen gewesen, der zerschlagen, blutend und gehetzt vor ihr aufgetaucht war. Gewiss hatte auch ihre Unzufriedenheit über die langweilige Ehe dazu beigetragen, denn ihr Mann war mehr mit seinem Geschäft verheiratet gewesen als mit ihr. Sie hatte Florians Schrammen verbunden und ihn dabei schlichtweg verführt. Von da an war er zur Würze ihres Lebens geworden, und doch hatte sie es nicht über sich gebracht, ganz zu ihm zu stehen.

Sie seufzte und blickte in den Spiegel. An diesem Tag konnte sie die Jahre sehen, die sie zählte. Bei Florian hatte sie sich jung gefühlt. So würde es nie wieder sein. Selbst wenn sie sich einen neuen Liebhaber suchte oder gar einen Ehemann, würde sie immer an den bulligen Burschen denken müssen, dem im Bett keiner das Wasser hatte reichen können.

Allmählich erwachte Nina aus ihrer Erstarrung und sah sich in der Wohnung um. Beinahe jeder Gegenstand erinnerte sie an Florian. Einige Sachen stammten sogar von ihm. Mit einem Mal begriff sie, dass Florians Schicksal stärker mit dem ihren verbunden war, als sie zunächst gedacht hatte. Auch wenn sie stets vorsichtig gewesen waren, hatte ihn gewiss jemand in das Haus und vielleicht sogar in diese Wohnung kommen sehen. Ein Wort darüber zur Polizei, und sie würde mit in den Sumpf gezogen, der Florian verschlungen hatte. Bislang hatte sie immer streng auf ihren Ruf geachtet, und der Gedanke, ihr Bild könnte als das der Geliebten eines rechtsradikalen Mörders durch die Medien wandern, bereitete ihr Übelkeit.

Trotz ihres Entsetzens und ihrer Trauer begann sie kühl ihre weiteren Schritte zu planen. Als Erstes musste sie alles, was auf eine Verbindung zu Florian Kobner hindeutete, aus ihrer Wohnung entfernen. Sie sonderte seine Geschenke aus, dann die Kleidungsstücke, die sie für ihn gekauft hatte, und schließlich warf sie auch die Bettbezüge, auf denen sie sich geliebt hatten, mit auf den Haufen. Sie machte mehrere Pakete daraus, trug diese einzeln in den Abfallkeller und teilte sie auf möglichst viele Müllbehälter auf. Wenn die Polizei rasch handelte, würde ihr das zwar nicht viel nutzen, aber sie hoffte, dass die Müllabfuhr früher kommen würde als die Polizei.

Bei dem Gedanken merkte sie, dass sie wenig Lust hatte, auf die Herren in Grün zu warten. Entschlossen nahm sie das Telefon zur Hand und orderte bei ihrem Reisebüro einen Flug in die Karibik. Keine Stunde später saß sie in einem Taxi, das sie zum Flughafen brachte, und ließ diesen Abschnitt ihres Lebens hinter sich.

Nina Parucker hätte sich keine Sorgen machen brauchen, denn es interessierte sich niemand für sie. Noch bevor ihr Flieger vom Boden abhob, explodierte im Münchner Westen eine Bombe und riss eine Villa in Stücke. Der Knall war so gewaltig, dass im weiten Umkreis die Fensterscheiben zersprangen. Als die Polizei endlich einige Kräfte freisetzen konnte, um die Angelegenheit zu untersuchen, wurde ersichtlich, dass an dieser Stelle der gleiche Sprengstoff verwendet worden war wie für die Sendlinger Moschee, mit deren Zerstörung alles begonnen hatte.

SECHZEHN

In dem Apartment im neunten Stock des Hochhauses in Neuperlach saßen Torsten Renk und seine beiden Schützlinge ebenfalls vor dem Fernseher, über dessen Bildschirm gerade eine Ansprache der Bundeskanzlerin flimmerte. Sie trug dem Anlass entsprechend Schwarz und gab sich ernst und staatsmännisch. Auf Torsten wirkte sie jedoch ein wenig verwirrt, so als könne sie das, was geschehen war, nicht so recht glauben.

»... bedauern wir den Tod unserer Mitbürgerin Fadile Sözer und sprechen ihren Angehörigen unsere tiefste Anteilnahme aus. Unsere Gedanken gelten auch den vielen Verletzten in den Kliniken und hier vor allen jenen, die noch immer zwischen Leben und Tod schweben. Wir wünschen ihnen alles Gute und versprechen ihnen und allen Bürgern unseres Landes, dass wir die Verantwortlichen für diese feige Tat mit allen Mitteln zur Rechenschaft ziehen werden!«, beendete die Kanzlerin den ersten Teil ihrer Ansprache, um dann auf die Verwüstungen in München zu sprechen zu kommen.

»So verwerflich dieser Mord auch sein mag, so entschuldigt er nicht die Ausschreitungen, die danach über München hereingebrochen sind. Wir verwahren uns schärfstens gegen Kreise, die Gewalt als politisches Mittel ansehen und damit das Leben und das Eigentum unbeteiligter Bürger gefährden. München darf sich nicht wiederholen! Da die Polizeikräfte nicht in der Lage sind, solche bürgerkriegsähnliche Zustände zu verhindern, werde ich in einem ähnlichen Fall in Zukunft nicht zögern und die Bundeswehr einsetzen, um den inneren Frieden zu sichern.«

»Das ist Scheiße!«

Torstens Kommentar riss Jürgen herum. »Was ist los?«

»Die Soldaten der Bundeswehr besitzen keine Gummigeschosse und Reizgaswerfer. Wenn die eingreifen, schießen sie scharf. Was heute dabei herausgekommen wäre, kannst du dir selbst ausmalen.«

Jürgen hatte noch die Bilder vor Augen, die über den Bildschirm geflimmert waren, und zuckte zusammen. »Das hätte eine Menge Tote gegeben!«

»Es reicht auch so«, sagte Claudi unter Tränen.

Wie zur Bestätigung beendete die Kanzlerin ihre Ansprache, und der Nachrichtensprecher verlas eine vorläufige Opferbilanz. Weitere Tote außer der jungen Türkin und Kobner gab es nicht, aber es waren mehr als zweihundert Menschen verletzt in Kliniken eingewiesen worden, und davon waren einige in kritischem Zustand. Die Sachschäden wurden auf über hundert Millionen Euro geschätzt. Am schlimmsten hatte es das Rathaus getroffen, das an mehreren Stellen in Brand gesteckt worden war. Der Kulturreferent der Stadt lag im künstlichen Koma, und es war fraglich, ob er je wieder auf die Beine kommen würde.

Schließlich mochte Torsten keine Einzelheiten mehr hören, und er schaltete den Fernsehapparat aus.

»Ich muss zum Klo«, sagte Jürgen.

»Die Tür rechts im Flur«, erklärte Torsten und wandte sich dann an Claudi, die haltlos vor sich hinschluchzte.

»Komm, Mädchen, es ist ja gut.«

»Nichts ist gut!« Claudi schlug die Hände vors Gesicht und weinte noch lauter.

Jürgen stand bereits in der Tür, wandte sich aber noch einmal um. »Was willst du? Wir sind doch gut davongekommen. Es hätte auch anders ausgehen können.«

»Ich bin an allem schuld!«, heulte das Mädchen. »Wenn ich nicht gewesen wäre, würde die Türkin noch leben und es wäre nichts passiert.«

Ihr Freund tippte sich an die Stirn. »Du hast doch nicht geschossen!«

»Das nicht, aber ich habe den Schützen angerempelt, sonst hätte er die Frau nicht getroffen.«

»Dafür aber Torsten! Ich muss sagen, da ist es mir schon lieber, eine Schwarzkopffrau geht drauf als einer von uns.«

»Du wolltest doch zur Toilette gehen, Jürgen!« Torsten hatte seine eigene Meinung über die Sache, behielt diese aber für sich. Jetzt war es erst einmal wichtig, Claudi zu beruhigen. Er setzte sich neben sie auf die Couch und legte den Arm um sie.

»Du darfst dich nicht so fertigmachen, Mädchen. Wäre es nicht da passiert, hätten Feilings Bluthunde an anderer Stelle zugeschlagen. Oder glaubst du, dieser Möchtegernführer hat seine Rabauken nur nach München gerufen, um friedlich zu demonstrieren?«

Claudi schniefte und sah ihn dann mit großen Augen an. »Meinst du das wirklich?«

»Ich kenne die Kerle! Sie hätten auf jeden Fall Stunk gemacht. Vielleicht war es sogar besser, wie es jetzt gelaufen ist, denn so wurden die Menschen wachgerüttelt.«

»Dann wäre wenigstens etwas gewonnen.« Claudis Stimme klang dünn, doch es hörte sich so an, als wäre sie von dem Virus der Rechtslastigkeit geheilt. Jürgen hingegen schien noch an seiner alten Gesinnung zu hängen. Torsten hörte die Toilettenspülung rauschen und überlegte, was er dem Burschen sagen sollte, als Claudi den Fernseher wieder einschaltete.

Ein größeres Rudel von Journalisten interviewte gerade einige Organisatoren des islamischen Protests. Diese bemühten sich verzweifelt, die Anklagen, die ihnen aus jeder Reporterfrage entgegenprasselten, zu widerlegen, und schoben die Schuld an den Ausschreitungen nicht allein auf den

Mord an Fadile Sözer, sondern auch auf die vielen Provokationen durch die Neonazis.

»Aber das entschuldigt nicht, dass ein japanisches Touristenpaar von euren Leuten krankenhausreif geschlagen worden ist!«, trumpfte ein Reporter auf.

»Wäre es der Polizei nicht unter Aufbietung aller Kräfte gelungen, den Hauptbahnhof abzuriegeln, hätte es dort zu einer Massenpanik und vielen weiteren Opfern kommen können«, setzte ein anderer Journalist hinzu.

Torsten hörte eine Weile zu, dann wandte er sich angewidert ab. »Nach dem wahren Schuldigen, nämlich nach Rudi Feiling, fragt keiner.«

»Hältst du das vielleicht für gut, was die Schwarzköpfe heute gemacht haben?«, fragte Jürgen bissig, der eben von der Toilette zurückkam.

»Sehe ich so aus? Jeder vernünftige Mensch hätte sich ausrechnen können, dass es nicht bei einem friedlichen Protest bleiben würde. Der Oberbürgermeister war ein Idiot, diese Aktion auf dem Marienplatz zu genehmigen. Man hätte den islamischen Verbänden ein geeignetes Gelände im freien Feld zur Verfügung stellen sollen. Dort hätte die Polizei ihnen das braune Gesindel vom Hals halten können.«

Claudi sah ihn neugierig an. »Warum bist du so hinter den Neonazis her?«

»Ich habe einen Menschen erschossen und einige andere verletzt, um einen von Feilings engsten Vertrauten zu retten.«

»War das hier in Deutschland?«, fragte Jürgen.

Torsten schüttelte den Kopf. »In Darfur im Sudan. Hans Joachim Hoikens und ich haben in derselben Einheit gedient. Damals hielt ich ihn für einen guten Kameraden, aber er war ein Agent Feilings, der in der Bundeswehr Gesinnungsfreunde finden und anwerben sollte.«

»Du warst im Sudan? Davon musst du erzählen!« Jürgen setzte sich auf einen Hocker und sah Torsten erwartungsvoll an.

Der winkte ab. »Vielleicht später einmal. Jetzt würde ich gerne wissen, wie ihr zu dem Mann steht, der die Türkin erschossen hat.«

Jürgen zuckte mit den Schultern. »Wir kennen ihn nicht einmal. Er kam kurz vor dem Schuss zu uns und hat uns aufgefordert, auf die Schwarzk... äh, Muslime einzuprügeln. Wir wollten es eigentlich nicht tun, denn uns standen mehrere Hundert Türken gegenüber.«

Im ersten Augenblick dachte Torsten, der Bursche wollte ihm ausweichen, doch während er ihn beobachtete, kam er zu dem Schluss, dass er die Wahrheit sagte. Claudi bestätigte Jürgens Aussage und schloss mit der Hoffnung, dass ihre Freunde mit heiler Haut davongekommen waren.

Ihre Worte ließen Jürgen nachdenklich werden. »Verdammt! Die haben doch gesehen, wie du Kobner gegen den Arm geschlagen hast, und werden sich ihre Gedanken machen.«

»Wer?«, fragte das Mädchen verständnislos.

»Sie werden sagen, dass du eine Verräterin bist! Außerdem haben sie gesehen, wie wir zusammen mit Torsten abgehauen sind. Bei denen brauchen wir uns nicht mehr blicken zu lassen. Die brechen uns sämtliche Knochen.«

Torsten nickte. »Ihr solltet nicht in eure Wohnung zurückkehren, denn dort werden sie euch als Erstes suchen.«

Nun erst schien Jürgen in ganzem Umfang zu begreifen, in welchen Schwierigkeiten er steckte. »Was sollen wir dann tun?«

»Bleibt erst einmal bei mir, bis uns etwas Besseres einfällt.« Torsten war nicht gerade begeistert, das Apartment mit den beiden teilen zu müssen, aber er konnte sie nicht einfach auf die Straße setzen.

SIEBZEHN

In Kardinal Rocchigianis Haus wunderte sich die Haushälterin, den päpstlichen Archivar, der die Papiere ihres toten Herrn geholt hatte, so schnell wiederzusehen. Etwas ängstlich, weil sie einen Teil des Nachlasses Graziella übergeben hatte und nicht den vatikanischen Behörden, sah sie zu dem Mann auf.

»Sie wünschen, mein Herr?«

»Don Batista und ich würden uns gerne die Wohnung ansehen.«

Jetzt erst erkannte die Frau den Priester im schwarzen Anzug, der hinter dem Archivar stand. Sein durchdringender Blick machte ihr Angst, und sie wollte schon die Tür vor den beiden zuschlagen. Der Archivar schien ihre Absicht zu spüren, denn er stellte den Fuß dazwischen, drückte das Türblatt auf und schob die alte Frau beiseite. Dann machte er Don Batista Platz.

Dieser schloss die Tür, drehte den Schlüssel um und steckte ihn in seine Tasche. »Wir wollen ungestört bleiben!«

Für die alte Frau klang das wie eine Drohung. »Was wollen Sie?«

»Die Papiere Kardinal Rocchigianis, die Sie uns bis jetzt vorenthalten haben!«

»Aber ich habe dem Herrn hier alles mitgegeben!«

Don Batista sah ihr an, dass sie log. Er streckte seine Hand aus, krallte sie in die Schulter der Frau und drückte zu.

Rocchigianis Haushälterin schrie vor Schmerz auf. »Bitte, hören Sie auf!«, flehte sie den Mann an.

Der Priester presste seinen Daumen gegen ihr Schlüsselbein, bis er es knacken hörte. »Wo sind die übrigen Unterlagen?«, fragte er so ruhig, als wolle er nur die Uhrzeit wissen.

Als die Frau nicht sofort antwortete, packte er mit seiner Linken ihre andere Schulter. »Also, ich warte, aber nicht sehr lange!«

Die alte Frau sank wimmernd zusammen. »Graziella hat sie, Kardinal Monteleones Großnichte!«

»Das dachte ich mir schon.« Don Batista nickte, als müsse er sich selbst loben, und wandte sich an den Archivar.

»Lodovico, du weißt, was du zu tun hast!«

Der Mann blickte den Lichthof hoch, in dem sich die Treppe drei Stockwerke nach oben wand, fasste die alte Frau um die Taille und schleppte sie trotz ihres Schreiens und Sträubens hinauf. Am obersten Treppenabsatz blieb er stehen, hob die Haushälterin über das Geländer und ließ sie in die Tiefe fallen.

Don Batista wich einen Schritt zurück, als die Frau dicht an ihm vorbeifiel und schwer auf den Steinboden des Kellergeschosses aufschlug. Nach einem Blick über das Geländer stieg er die Treppe hinab und überzeugte sich, dass ihr Opfer tot war. Danach kehrte er ins Erdgeschoss zurück und verließ zusammen mit dem Archivar das Haus. Den Schlüssel warf er auf dem Weg zum Vatikan in den Tiber.

»Dieses verdammte Miststück! Ich wusste gleich, dass diese Kardinalsnichte uns Schwierigkeiten machen würde«, fluchte der Archivar, während er in die Wellen starrte.

»Sei still, du Narr!«, zischte Don Batista ihn an, um gleich darauf einen farbigen Bischof, der ihnen mit mehreren Priestern und Nonnen entgegenkam, untertänig zu grüßen.

Kaum war die Gruppe außer Hörweite, verzog er verächtlich den Mund. »Der Mann ist eine Schande! Er soll von drei verschiedenen Frauen Kinder haben. Bei dem bedeckt nur ein dünner christlicher Firnis den Heiden. Und so etwas duldet der Papst in unserer heiligen Kirche!«

Der Archivar wusste, dass sein Begleiter dunkelhäutige Menschen fast noch mehr verabscheute als Frauen, und grinste vor sich hin. Zu sagen wagte er jedoch nichts, um Don Batista nicht zu reizen.

»Was machen wir jetzt mit Monteleones Großnichte?«, fragte er stattdessen.

»Sie muss ebenso ausgeschaltet werden wie der Kardinal. Da wir nicht wissen, wie weit die beiden in unsere Geheimnisse eingedrungen sind, dürfen wir kein Risiko eingehen.« Don Batista sah seinen Begleiter auffordernd an. »Sie wird sich mit Monteleone in Verbindung zu setzen versuchen. Da dieser in strengster Abgeschlossenheit gehalten wird, kann sie ihn weder anrufen noch ihm schreiben. Also muss sie zum Kloster San Isidoro fahren. Das ist unsere Chance! Besorge einen Kastenwagen. Ich treffe inzwischen die restlichen Vorbereitungen. Wir sehen uns in drei Stunden wieder an dieser Stelle.«

»Gut!« Der Archivar drehte sich grußlos um und lief los. Auch der Priester beschleunigte seinen Schritt und betrat kurz darauf den Gebäudekomplex der vatikanischen Verwaltung. Dort benützte er ein abhörsicheres Telefon, um einen Anruf zu tätigen, besorgte sich mehrere Landkarten und arbeitete seinen Plan aus.

ACHTZEHN

Die vor den Toren Münchens liegende Gemeinde Unterföhring bestand zur einen Hälfte aus einem zu schnell gewachsenen Dorf und zur anderen aus einer Ansammlung klotziger Verwaltungsgebäude großer Konzerne. Für die meisten Angestellten, die dort arbeiten mussten, war die S-Bahn nach München das Beste, was dieser Ort zu bieten hatte. Jeden Tag spuckten die roten Waggons Tausende von Menschen aus, die hier ihr Brot verdienten. Hier kümmerte sich kaum einer um den anderen, und so fiel auch der schlanke Mann im dunklen Anzug nicht auf, der am frühen Morgen aus der S-Bahn stieg und langsam der Masse folgte, die eilig die Treppen hoch hastete.

Während Monsignore Kranz' Sekretär Matthias Täuberich gemessenen Schrittes den Weg zum Feringasee einschlug, spielte ein zufriedenes Lächeln um seine Lippen. Bisher war alles bestens gelaufen. Die Ausschreitungen in München hatten die einheimische Bevölkerung gegen die muslimischen Einwanderer aufgebracht. Gleichzeitig hatten die braunen Kameradschaften einen Schlag erhalten, von dem sie sich so rasch nicht erholen würden. Daher schieden sie fürs Erste als Konkurrenten im Kampf um die Macht in Deutschland aus, konnten aber immer noch als willige Hilfskräfte eingesetzt werden.

Einzelne Jogger kamen dem Mann entgegen. Die meisten beachteten ihn weniger als ihren Pulszähler und grüßten auch nicht. Ihm war es recht. Von denen würde sich hinterher keiner daran erinnern können, ihn gesehen zu haben. Der Sekretär legte Wert darauf, so unauffällig wie möglich aufzutreten, und hatte es dabei zu einer Meisterschaft gebracht, auf die eine gute halbe Stunde später auch Feiling beinahe hereingefallen wäre.

Der Neonaziführer saß auf einer Bank und starrte auf das Wasser des Feringasees. Er war verärgert, denn er und Hoikens hatten die Nacht im Freien zubringen müssen. Dabei hatten sie bereits am Vortag bis tief in die Nacht hinein an dieser Stelle auf den Priester gewartet, ohne dass der erschienen wäre.

Als sich plötzlich jemand neben ihn setzte, rückte er im ersten Moment von ihm ab.

»Gesegnet seist du im Namen des Herrn!«

Diese Begrüßung riss Feiling herum. »Sie sind es!« Bevor er mehr sagen konnte, legte der andere mahnend den Zeigefinger auf die Lippen. Ein Jogger trabte an ihnen vorbei und verschwand wieder.

Jetzt erst öffnete Täuberich den Mund. »Ihre Leute haben gestern ganze Arbeit geleistet!«

»Aber ich bin ruiniert! Nach dem Tag kann ich mich bei meinen Kameraden nicht mehr blicken lassen!«, sagte Feiling bitter.

Der Sekretär musste ein Lächeln unterdrücken. »Die Wege des Herrn erscheinen einfachen Menschen oft unergründlich, und doch vermögen sie sie zu neuen Höhen zu führen.«

»Reden Sie nicht so gestelzt, sondern so, dass ich es verstehe«, schnaubte Feiling verärgert.

»Wo ist Hoikens?«

Feiling deutete mit dem Daumen auf das andere Ende des Sees. »Dort drüben. Wir wollten sichergehen, dass Sie uns nicht verfehlen.«

Der Sekretär lächelte wieder. »Ich hätte Sie schon gefunden.«

»Sie haben sich Zeit gelassen. Wir dachten, Sie würden gestern Abend kommen.«

»Ich musste warten, bis sich die Lage in der Stadt wieder beruhigt hatte. Wie ich bereits sagte, habt ihr gute Arbeit geleistet. Der Liebfrauendom und das Rathaus sind verwüstet worden, Dutzende Geschäfte wurden geplündert, mehr als einhundert Autos angezündet, und dazu gab es eine Tote und unzählige Verletzte.«

Feiling schnaubte. »Dafür habe ich die Bullen am Hals, die jetzt besonders heiß auf meinen Skalp sind!«

Der Sekretär machte ihn auf einen Spaziergänger aufmerksam, der sich ihnen näherte. Beide verstummten, erkannten dann aber Hajo Hoikens. Dieser hatte vom andern Ufer aus gesehen, dass Täuberich eingetroffen war, und war um den See herumgeschlendert wie einer, der die Morgenluft genießen wollte. Auch jetzt vergaß er nicht, dass sie vorsichtig sein mussten, und setzte sich so auf die Bank, als würde er nicht dazugehören.

»Wenn Sie uns noch einmal so schmoren lassen, stecke ich Ihnen zweihundert Gramm Sprengstoff in den Arsch und lasse ihn hochgehen«, drohte er mit gedämpfter Stimme. Seine Wut war noch größer als die Feilings, allerdings auch seine Angst, denn er war sicher, dass Torsten Renk sich bereits auf seine Fährte gesetzt hatte.

»Ist Ihnen schon eingefallen, wo wir ein sicheres Versteck finden?«, fragte er.

Es machte Kranz' Vertrautem Spaß, mit den beiden Männern zu spielen, aber er wusste auch, dass er sie nicht zu sehr reizen durfte.

»Es ist alles vorbereitet, meine Freunde. Sie beide werden heute noch nach Italien gebracht und der Obhut unserer dortigen Brüder übergeben. Sie werden Sie zu unserem geheimen Ausbildungslager bringen. Es war sowieso geplant, Hoikens dorthin zu schicken, da seine Kenntnisse dringend benötigt werden. Jetzt fahren Sie eben beide dorthin.«

Während Feiling aufatmete, zog Hoikens eine zweifelnde Miene. »Und was ist mit Renk? Der Kerl wird uns selbst bis Italien folgen.«

»Dort würde man ihm einen heißen Empfang bereiten!«, spottete der Priester. »Aber Sie haben recht, mein Sohn. Es ist besser, den Mann gleich hier zu erledigen.«

»Der Idiot Kobner hätte das tun sollen. Stattdessen musste er auf dem Marienplatz herumballern!«

»Ihr Mann hat versucht, Renk umzulegen! Anscheinend

hat er ihn gefunden und bis zum Marienplatz verfolgt. Ich konnte eine Kopie der Aufnahme einer Überwachungskamera an mich bringen. Darauf ist klar zu erkennen, dass der Schuss, der die Türkin getroffen hat, auf Renk abgefeuert worden ist. Es war eine bodenlose Dummheit Ihres Pavians, inmitten der dicht gedrängten Menge zu schießen. Er wurde angerempelt und hat danebengeschossen. Zu einem zweiten Schuss ist er nicht mehr gekommen, denn Renk war schneller als er.«

»Renk hat Florian erschossen?« Hoikens sprang auf und blickte sich so gehetzt um, als erwarte er, seinen ehemaligen Kameraden jeden Augenblick um die Ecke biegen zu sehen. Auch Feiling wirkte für einen Augenblick erschrocken.

Hochwürden Täuberich bat Hoikens stumm, sich wieder zu setzen. »Keine Angst, Renk ist mir gewiss nicht gefolgt. Aber nun zu Ihnen. Inzwischen funktioniert der S-Bahn-Verkehr wieder reibungslos. Sie werden in Unterföhring in die S-Bahn steigen und bis zum Hauptbahnhof fahren. Im Schließfach 112 liegen zwei Fahrkarten nach Rom. Hier ist der Schlüssel dazu.«

»Und was sollen wir in Rom?«, fragte Feiling abwehrend.

»Es sind Platzkarten. Unsere Gewährsleute kennen die Nummern und werden Sie erwarten.« Täuberich sagte es in einem so herablassenden Tonfall, dass Feiling wutschnaubend auffuhr.

»Verdammt! Was soll diese Geheimniskrämerei? Können Sie nicht mit uns reden, wie es sich gehört?«

»Es dient alles nur Ihrem Schutz«, antwortete Täuberich lächelnd.

»Und unser Auto?«, bohrte Feiling nach.

»Sie haben doch sicher noch etwas von dem Zeug, mit dem Sie Ihre schöne Villa hochgejagt haben.« Der Priester kicherte, als bereite ihm diese Vorstellung einen Riesenspaß.

»Das Teil hat über vierzigtausend Euro gekostet!«, protestierte Feiling. Ihm passte es überhaupt nicht, sich Kranz' Sekretär auf Gedeih und Verderb ausliefern zu müssen, aber er wusste selbst, dass er keine Wahl hatte.

Hoikens' Gedanken beschäftigten sich unterdessen mit anderen Dingen. »Und was ist mit Renk? Wenn der mitbekommt, dass wir uns zu den Spaghettifressern absetzen wollen, haben wir ihn auf der Pelle.«

»Lassen Sie Renk ruhig meine Sorge sein. Das Schwert des Herrn wird ihn treffen.«

»Und wie?«, fragt Hoikens ätzend.

»Ich werde aus Italien einen Profi kommen lassen. Der wird sich mit Sicherheit nicht so dämlich anstellen wie Ihr Pavian.«

Feiling hatte an der Herablassung des Kirchenmanns zu schlucken, Hoikens aber schöpfte neue Hoffnung. »Das Problem ist Renk. Die anderen Heinis vom MAD, Verfassungsschutz und so weiter lassen sich leicht an der Nase herumführen. Es muss allerdings schnell geschehen. Wenn der Mann Fakten in die Hand bekommt, könnten andere sie auswerten und uns auf die Spur kommen.«

»Ich kümmere mich darum.« Täuberich hatte seine Verbündeten eigentlich nur beruhigen wollen, rieb sich dann aber über die Stirn und sah Hoikens fragend an.

»Haben Sie noch genug Sprengstoff, um mir etwas abgeben zu können, mein Sohn? Wenn ja, werde ich diese Angelegenheit selbst in die Hand nehmen.«

NEUNZEHN

Graziella hatte herausgefunden, dass sich das Kloster San Isidoro in einem abgelegenen Tal irgendwo zwischen Bibbiena und Regello befand, und sich für einen Mietwagen entschieden. Um Noras Vorhaltungen zu entgehen, sagte sie ihr nichts von ihrem Vorhaben, sondern verließ die Villa nur mit ihrer Umhängetasche, in die sie außer den wichtigsten Unterlagen ein wenig Unterwäsche und ihre Zahnbürste gestopft hatte.

Mit dem Bus fuhr sie zum nächstgelegenen Autoverleih. In Gedanken versunken entging ihr der junge Mann in einem mit schreiend bunten Blumen bedruckten Hemd, der denselben Weg einschlug wie sie.

Während Graziella ihren Führerschein vorzeigte und ihre Kreditkarte zückte, um die Kaution zu bezahlen, hielt ihr die junge Dame hinter dem Tresen einen Vortrag über die Freikilometer, die sie verfahren durfte, und fragte auch nach ihrem Ziel.

»Irgendwo bei Arezzo«, wich Graziella einer genaueren Angabe aus. Während die Angestellte einige Daten in den Computer eintippte, drückte sich der junge Mann im Blumenhemd an Graziellas Seite.

»Buongiorno, Signorina. Was macht eine so hübsche Frau wie Sie so allein? Wollen wir nicht gemeinsam fahren? Ich muss nämlich auch nach Arezzo.«

Graziella musterte ihn durchdringend und schüttelte den Kopf. »Tut mir leid! Ich fahre lieber allein.« Ihr gefiel der Kerl nicht, der sie mit seinen Blicken förmlich auszuziehen schien, und sie war froh, als ihr die Angestellte der Leihwagenfirma die Kreditkarte zurückgab und den Autoschlüssel über den Tresen schob.

Kurz darauf saß sie in einem Kleinwagen und lenkte diesen über die Straßen Roms nach Norden zur A1. Zunächst hatte sie noch mit Staus zu kämpfen, dann aber lag die Autobahn so frei vor ihr, dass sie Gas geben konnte. Während sie mit einem gerade noch zulässigen Tempo dahinflitzte, gingen ihr die Verwicklungen durch den Kopf, in die sie geraten war. Kardinal Rocchigiani hätte klüger sein und seine Beobachtungen ihrem Großonkel mitteilen müssen. Jetzt war die Kröte Winter auf einen Platz gerückt, auf dem sie noch mehr Einfluss ausüben konnte. Außerdem hatte sie Angst um den alten Herrn, denn sie kannte ihn gut genug, um zu wissen, dass er Winter nach dem Erhalt ihrer Unterlagen empört zur Rede stellen würde. Sie konnte nur hoffen, dass er klug genug war, sich vorher der Unterstützung durch den Heiligen Vater zu versichern.

Ihre Gedanken eilten weit voraus, und sie überlegte, dass es wohl das Beste wäre, ihren Großonkel gleich mitzunehmen und ihn nach Castel Gandolfo zu bringen. Da raste plötzlich ein Auto mit unverantwortlichem Tempo heran und hing ihr fast auf der hinteren Stoßstange. Der Fahrer betätigte mehrfach die Lichthupe, dann zog er nach links und überholte. Graziella erkannte in ihm den Kerl im geblümten Hemd, der sie bei der Leihwagenfirma angemacht hatte. Er lenkte mit der linken Hand, während er mit der Rechten ein Handy hielt und eifrig hineinsprach. Dann beschleunigte er wieder und verschwand in der Ferne.

Graziella wünschte ihm eine Radarfalle auf den Hals, vergaß ihn dann aber rasch und hing erneut ihren Gedanken nach.

Die Strecke zog sich, und Graziella war froh, als sie die Autobahn bei Arezzo verlassen konnte. Ihre Hoffnung, ihren Onkel bald zu sehen, verlor sich jedoch auf den verschlungenen Bergstraßen des Pratomagno, und sie verfluchte dabei das Navigationssystem des Leihwagens, das sie über bessere Ziegenpfade leitete. Etliche Male glaubte sie sich schon verfahren zu haben, als das kleine Dorf vor ihr auftauchte, bei dem das Kloster San Isidoro liegen sollte.

Inzwischen dämmerte es bereits, und sie hätte beinahe den verblassten Wegweiser übersehen, der den Weg zum Kloster anzeigte. Graziella musste ihren Wagen ein kurzes Stück zurücksetzen, dann konnte sie die letzten zwei Kilometer in Angriff nehmen.

Anscheinend war sie nicht die Einzige, die das Kloster zum Ziel hatte, denn kaum hatte sie den Weg dorthin eingeschlagen, folgten ihr die Lichtkegel eines anderen Wagens. Unwillkürlich wurde Graziella schneller und achtete mehr auf das Auto hinter sich als auf die Straße. Daher entdeckte sie den Kastenwagen, der mit ausgeschalteten Lichtern schräg über dem Weg stand, erst spät. Im letzten Augenblick trat sie auf die Bremse und konnte gerade noch einen Zusammenstoß vermeiden.

Im Licht ihrer Scheinwerfer sah sie mehrere Leute auf sich zukommen. Als sie Don Batista und den Archivar erkannte, geriet sie in Panik. Nur weg von hier, schoss es ihr durch den Kopf, und sie legte den Rückwärtsgang ein. Doch da war der Wagen hinter ihr heran und stellte sich ebenfalls quer. In einem Reflex verriegelte Graziella die Türen von innen und drückte gleichzeitig mit der anderen Hand auf die Hupe, um die Umgebung zu alarmieren.

Da waren die Kerle auch schon bei ihr. Einer hielt einen schweren Schraubenschlüssel in der Hand und schlug kurzerhand die Scheibe auf der Fahrerseite ein. Ein anderer packte ihren Kopf und presste ihr einen stinkenden Lappen aufs Gesicht. Während sie verzweifelt nach Luft rang, wurde ihr klar, dass das Tuch mit Chloroform getränkt war. Dann drehte sich alles um sie, und sie versank im Nichts.

»Na, hat das nicht gut geklappt, Don Batista?«, fragte einer der Männer zufrieden.

»Ja, aber nur, weil wir uns hier wirklich am Ende der Welt befinden. Trotzdem sollten wir schnell machen. Bringt das Weibsstück in den Kastenwagen. Lodovico und Gianni kommen mit mir, ebenfalls einer von euch als Fahrer. Ihr anderen lasst diese beiden Fahrzeuge verschwinden.«

Gianni im geblümten Hemd hob die Hand. »Der Wagen, den ich geliehen habe, muss zurückgegeben werden. Ich habe meine eigenen Papiere vorgelegt und will nicht als Autodieb verfolgt werden.«

Don Batista überlegte kurz und nickte. »Das soll einer der anderen erledigen. Dich brauche ich hier.«

Er stieg ein und wartete, bis drei seiner Helfer die bewusstlose Graziella in den Wagen gebracht hatten. Lodovico und Gianni setzten sich nach hinten, während einer der anderen Männer das Steuer übernahm und den Kastenwagen an der nächsten Einmündung wendete.

Gianni und Lodovico fesselten Graziella die Hände mit Klebeband auf den Rücken und schnürten ihre Beine zusammen. Obwohl sie betäubt war, steckten sie ihr einen Knebel in den Mund und sicherten diesen mit einem Tuch, das sie in ihrem Nacken verknoteten.

Danach setzte Gianni sich neben Graziella und griff ihr an den Busen. »Das ist ein leckerer Happen. Ich glaube, die werde ich vernaschen.« Er wollte ihre Bluse aufknöpfen, doch da krallten sich Don Batistas Finger in seinen Arm.

»Halt, Gianni! In meiner Gegenwart wirst du sie nicht entkleiden, geschweige denn, sie benutzen.«

»Haben sie dir in deiner Jugend die Eier zu heiß gebadet, dass du keinen mehr hochbringst?«, fragte Gianni verärgert. Im nächsten Moment starrte er in den Lauf einer Kleinpistole, die Don Batista in der Hand hielt.

»Für deinesgleichen heißt es immer noch Hochwürden und Sie, verstanden! Und was diese Frau hier betrifft, so müssen wir herausbringen, was sie weiß und wen sie bereits informiert haben könnte. Mach ihre Tasche auf!«

Zähneknirschend öffnete Gianni Graziellas Gepäck und durchwühlte es. Obenauf lag etwas Unterwäsche. Er machte sich einen Spaß daraus, mit einem Höschen kurz vor Don Batistas Nase herumzuwedeln, bevor er es in eine Ecke warf. Danach zog er eine Schachtel mit Monteleones Lieblingspralinen heraus, die Graziella für ihren Onkel gekauft hatte. Darunter befand sich ein hellblauer Schnellhefter.

Don Batista schnappte danach wie ein Hund nach dem Knochen und schlug ihn auf. Sofort wurde ihm klar, welche Beute er hier gemacht hatte. Er erkannte die wie gestochen wirkende Handschrift des Kardinals Rocchigiani, und während er las, wurden seine Augen immer größer. Der ehemalige Anführer der Söhne des Hammers war noch tiefer in Winters Geheimnisse eingedrungen, als er befürchtet hatte. Beim Durchblättern der Mappe erkannte Don Batista aber auch, dass die Unterlagen nicht vollständig sein konnten. Sein Blick durchbohrte Graziella, die bleich und starr auf dem Boden des Wagens lag, und er wünschte sich die Macht, alles, was er benötigte, aus ihrem Gehirn saugen zu können. Damit würde er jedoch warten müssen, bis sie wieder bei Sinnen war und er sie an einem sicheren Ort verhören konnte. Da es sich um eine Frau handelte und damit ein von Natur aus schwächliches Wesen, war er sicher, dass ein paar Ohrfeigen oder ein gebrochenes Schlüsselbein ausreichen würden, um sie zum Sprechen zu bringen. Noch während er überlegte, welche Fragen er ihr stellen musste, fiel ihm ein, dass er nicht nur nach San Isidoro gekommen war, um Graziella zu entführen.

ZWANZIG

Auch in Neuperlach waren einige Autos in Flammen aufgegangen und Straßenlaternen zerschlagen worden. Als Hochwürden Matthias Täuberich sich dem Peschelanger näherte, lag immer noch Rauch in der Luft, und die riesige, schwarzgelbe Wohnanlage war in dunkle Wolken gehüllt. Nur einige erleuchtete Fenster zeigten an, dass sie noch existierte. Täuberich richtete sein Augenmerk auf das oberste Stockwerk der Nummer neun und fand dieses bis auf jenes Fenster dunkel, das zu der Wohnung gehörte, aus der er die junge Frau gestürzt hatte. Wie er in Erfahrung gebracht hatte, benutzte derzeit Torsten Renk das Apartment, und das Licht verriet ihm, dass der Schnüffler zu Hause war.

Täuberich kannte sich gut genug in der Wohnanlage aus, um sich auch im Dunklen orientieren zu können. Er fand die Eingangstür, ohne sich an den Treppenstufen zu stoßen, öffnete und trat ein. Der Aufzug befand sich wie bestellt im Erdgeschoss. Täuberich fuhr jedoch nicht ganz nach oben, sondern ließ den Lift zwei Stockwerke tiefer anhalten. Den restlichen Weg legte er über die Treppe zurück. Im neunten Stock postierte er sich so, dass er die Tür beobachten konnte, ohne selbst gesehen zu werden. Am Boden drang Licht aus der Wohnung und erhellte den Korridor gerade so weit, dass man Konturen wahrnehmen konnte.

Nach einer Weile hörte Täuberich Renk reden und eine Frauenstimme antworten. Kranz' Vertrauter presste die Lippen zusammen. Mit dieser Komplikation hatte er nicht gerechnet. Er überlegte, ob er warten sollte, bis die Frau gegangen war, doch er konnte nicht ausschließen, dass sie in der Wohnung blieb und Renk sie verließ. Nachdenklich wog er das Sprengstoffpaket, das er von Hoikens erhalten hatte.

Es kam ihm recht schwer vor und war sicher ausreichend, das gesamte Apartment zu verwüsten. Renk würde die Explosion höchstens dann überleben, wenn er flach in der Badewanne lag.

Diese Überlegung gab den Ausschlag. Als das Licht in der Wohnung erlosch, schlich er zur Tür. Ihm war klar, dass er sich kein verräterisches Geräusch erlauben durfte. Mit vor Nervosität feuchten Fingern befestigte er das Sprengstoffpaket mit Klebeband in Fußbodennähe am Türrahmen und die Reißleine des Zünders am Türknopf. Diese Ausrüstung stammte von Hoikens und war auf ihre Art wirksamer als jeder Funkzünder. In dem Augenblick, in dem jemand die Wohnung verlassen wollte, ging die Bombe hoch und tötete jeden, der sich in dem Apartment und auf dem Flur befand. Mit einem zynischen Lächeln dachte Täuberich daran, dass in München derzeit viel in die Luft gesprengt wurde. Da kam es auf diese eine Wohnung auch nicht mehr an.

EINUNDZWANZIG

Claudi und Jürgen weilten noch keine zwei Tage in Torstens Apartment, da herrschte bereits dicke Luft. Das Mädchen ließ keinen Zweifel daran, dass es Torsten als neuen Anführer betrachtete, und überschlug sich darin, ihn zu bedienen. Sie schmierte ihm Butterbrote, schenkte ihm Tee ein und trieb es in Jürgens Augen mit ihrem Diensteifer so arg, dass er sie wütend anfuhr, während Torsten im Badezimmer war.

»Den Hintern brauchst du ihm nicht auch noch abzuputzen!«

Claudi fuhr auf. »Geht dich das was an?«

Jürgen kam nicht dazu, dem etwas entgegenzusetzen, denn in dem Augenblick trat Torsten wieder in den Wohnraum.

»So, jetzt kann der Nächste hinein!«

Bevor Jürgen reagieren konnte, huschte Claudi ins Badezimmer und schloss hinter sich zu.

»Blöde Kuh!«, rief Jürgen ihr nach.

Torsten grinste. »Wie sagte schon Gorbatschow? Wer zu spät kommt, den bestraft das Leben.«

»Wer ist Gorbatschow?«, fragte Jürgen mit säuerlicher Miene.

»Sag bloß, das weißt du nicht? Du solltest etwas für deine Bildung tun.«

»Bisher hat es gereicht.« Jürgen setzte sich an den Tisch und starrte vor sich hin. Er ärgerte sich, dass er jetzt auf Torsten angewiesen war, wusste aber auch, dass es für ihn kein Zurück in sein früheres Leben mehr gab.

Sie hörten Claudi im Badezimmer rumoren. Zuletzt begann sie auch noch zu singen, benützte dann die Toilette und sperrte auf. Splitternackt tänzelte sie durch den Flur und sah Torsten mit großen Augen an. »Meine Sachen kann ich nicht mehr anziehen!«

Für ihre sechzehn Jahre sah Claudi recht gut aus, fand Torsten. Sie war etwas üppiger gebaut als Andrea und hätte ihn in einer anderen Situation durchaus reizen können. Sein Schock über den unerwarteten Verlust stak jedoch noch zu tief in ihm, als dass Claudis Anblick ihn irgendwie erregt hätte. Stattdessen ärgerte er sich, weil sie mit ihrem aufreizenden Wesen die bereits angespannte Lage in dem beengten Raum noch verschärfte.

Ohne ihr einen zweiten Blick zuzuwerfen, ging er zum Schrank und holte ein paar von Andreas Sachen heraus. »Hier, zieh dich an! Jürgen kann jetzt ins Badezimmer.«

Der junge Bursche blieb jedoch stehen und sah knurrend zu, wie Claudi übertrieben langsam in die Unterwäsche schlüpfte. Da Jürgen sich früher nichts dabei gedacht hatte, mit ihr in der Gegenwart seiner Freunde zu schlafen, rechnete sie damit, dass Torsten sie jetzt ebenfalls dazu auffordern würde.

Da sie noch immer zögerte, warf Torsten ihr ein anderes T-Shirt zu. »Vielleicht gefällt dir das besser!«

Claudi schob beleidigt die Unterlippe vor. Bisher war sie immer die Freundin des Anführers gewesen, und das wollte sie bleiben. Aber Jürgen hatte jeden Anspruch auf sie verloren. Er war ein Idiot gewesen, sich mit solchen Leuten wie Feiling und diesem Kobner einzulassen, und sie trug ihm nach, dass er auch sie in diesen Sumpf hineingezogen hatte. Da Torsten jedoch keine Anstalten machte, sich ihr zu nähern, zog sie schnaubend das T-Shirt über und schlüpfte in Andreas Jeans. Sie musste den Bauch einziehen, um die Hose schließen zu können, und fühlte den Stoff wie eine zweite Haut auf ihren Schenkeln. Als sie sich im Spiegel betrachtete, fand sie, dass sie in den engen Klamotten sehr sexy aussah. Früher oder später würde auch Torsten das erkennen.

»Ich hole jetzt die Semmeln fürs Frühstück«, rief sie ins Wohnzimmer. Als sie die Tür öffnen wollte, fiel ihr jedoch ein, dass sie kein Geld bei sich hatte, und machte kehrt.

»Kannst du mir ein paar Euro geben?«, fragte sie Torsten.

Der nickte und holte seinen Geldbeutel aus der Tasche. »Sieh aber zu, dass du Vollkornsemmeln bekommst.«

»Ich will normale Semmeln – und Salami!« Jürgen wollte um nichts in der Welt das Gleiche essen wie ihr Gastgeber.

Torsten spürte, dass der Bursche vor Eifersucht beinahe platzte, und fluchte über sich selbst, weil er sich die beiden aufgehalst hatte. Dabei hatte er nicht die geringste Vorstellung, wie es weitergehen sollte. In spätestens einem Vierteljahr würde er Andreas Apartment aufgeben und wieder zu seiner Dienststelle zurückkehren müssen. Aber so lange wollte er die beiden nicht versorgen.

»Mir wird schon etwas einfallen!«, murmelte er vor sich hin.

»Was hast du gesagt?« Claudi sah ihn an wie ein junger Hund, der gestreichelt werden will.

»Geh jetzt die Semmeln holen. Und vergiss die Salami für Jürgen nicht.« Torsten schob das Mädchen auf die Tür zu, als es auf einmal klingelte. Instinktiv zog er Claudi zurück in den Wohnraum und stellte sich seitlich zur Tür auf. Ein Blick durch den Türspion zeigte ihm, dass niemand draußen stand.

»Wahrscheinlich nur einer der Typen, die die Stadtteilzeitungen bringen«, sagte er und wollte den Weg wieder für Claudi freimachen. Da schellte es erneut, und diesmal drückte jemand lange auf den Klingelknopf.

»Da steht einer unten und will was von mir. Geht ein Stück zurück und schaut zu, dass ihr nicht im Schussfeld steht, wenn es hart auf hart kommt«, forderte Torsten seine beiden Gäste auf und betätigte die Gegensprechanlage.

»Wer ist da?«

»Renk, zum Teufel, warum dauert das so lange? Ich muss mit Ihnen reden.«

»Major Wagner? Das ist aber eine Überraschung!«

»Und eine unangenehme, wenn Sie nicht sofort aufmachen!« Wagners Stimme klang, als würde er jeden Augenblick explodieren.

Torsten grinste bei der Vorstellung und drückte auf den Knopf, der die Haustür öffnete.

»Wer war das?«, wollte Claudi wissen.

»Mein Vorgesetzter. Ich bin gespannt, was er von mir will.«

»Während du mit ihm redest, gehe ich Semmeln holen. Jürgen kann ja mitkommen, wenn er hier stört.« Claudi wollte sich an Torsten vorbeischieben, um an die Tür zu kommen.

Doch der hielt sie fest. »Halt, hiergeblieben! Ich glaube, Wagner ist genau der Mann, den wir jetzt brauchen.«

ZWEIUNDZWANZIG

Froh, Renk angetroffen zu haben, fuhr Wagner in den neunten Stock hoch. Als er aus dem Lift stieg, sah er die Tür des Apartments direkt vor sich und auch das Päckchen, das unten am Rahmen klebte. Gleichzeitig hörte er, wie innen aufgesperrt wurde. Mit einem Schritt war er an der Tür und hielt sie fest.

»Nicht aufmachen!«, brüllte er.

»Was ist los?«, hörte er Renk fragen.

»Hier hat jemand ein Geschenk für Sie hinterlassen. Würde mich nicht wundern, wenn es sich um ein Knallbonbon handelt.«

Wagner wusste, dass er am meisten gefährdet war, wenn das Ding hochging, und überlegte, ob er wieder gehen und einen Sprengstoffexperten holen sollte. Dann sagte er sich, dass er im Lauf seiner Karriere ebenfalls gelernt hatte, Sprengsätze zu entschärfen, und nahm das Päckchen in Augenschein. Es war etwa doppelt so groß wie seine Faust und war mit einer farblosen, fast unsichtbaren Reißleine versehen, die die Bombe zünden sollte, sobald die Tür geöffnet wurde.

Das Ding war ebenso einfach wie genial. Es war nur Pech für den Kerl, der die Bombe angebracht hatte, dass ausgerechnet er von unten hochgekommen war, bevor jemand das Apartment verlassen hatte. Außer ihm hätte wohl niemand die Bedeutung des angeklebten Päckchens erkannt, und jeder andere wäre zusammen mit Renk in einen ewigen Ruhestand versetzt worden.

Wagner fragte sich, ob das Ding hochgehen würde, wenn er die Leine löste, schloss das aber nach kurzer Untersuchung aus. Da es keinen Mechanismus gab, mit dem der Zünder eingestellt werden konnte, hätte der Attentäter sich nur selbst gefährdet.

Er holte sein Offiziersmesser heraus, zog die Schere aus ihrem Fach und trennte die Reißleine durch. Dabei achtete er sorgfältig darauf, nicht an der Nylonschnur zu ziehen. Einige Sekunden lang hielt er das Ende fest, das zum Sprengsatz führte, atmete dann tief durch und lockerte seinen Griff.

Nichts geschah.

Entschlossen löste er das Sprengstoffpaket von der Tür und klopfte. »Entwarnung, Renk. Sie können aufmachen!«

Im gleichen Moment wurde die Tür aufgerissen, als hätte sein Untergebener dahinter gewartet, statt sich in Sicherheit zu bringen. »Was ist das für ein Ding? Geben Sie es mir, ich bin wohl besser für solche Sachen ausgebildet.«

Torsten wollte nach dem Päckchen greifen, doch Wagner hielt es fest.

»Halten Sie mich für einen Schreibtischhengst? Ich habe mich schon mit dem Zeug befasst, als Sie das Wort Bombe noch nicht einmal buchstabieren konnten.«

»Kommen Sie herein!« Torsten wollte es nicht auf einen Streit ankommen lassen und gab den Weg frei.

Wagner trat ein und brachte das Sprengstoffpäckchen erst einmal auf den Balkon. Dort legte er es in die außen angebrachte Pflanzschale. »Wenn es da knallt, gehen zwar die Brüstung und etliche Scheiben zu Bruch, aber sonst kann das Ding nicht mehr viel anrichten«, sagte er zu Torsten. Dann entdeckte er Claudi und Jürgen, die sich ängstlich in die Nische drückten, in der Andreas Bett stand, und holte tief Luft.

»Das ist also die Kleine, die Ihnen das Leben gerettet hat!«

Torsten brauchte einen Moment, um das zu verdauen. »Woher wissen Sie das?«

»Deswegen bin ich gekommen. Vorher will ich aber den Zünder aus dem Sprengsatz entfernen. Nicht, dass er doch noch hochgeht.« Wagner forderte Torsten auf, ihm eine Schere zu geben, und machte sich ans Werk.

»Plastiksprengstoff! Ich wette, es handelt sich um dasselbe Zeug, mit dem auch die Moschee und Feilings Hauptquartier hochgejagt wurden.«

Torsten ruckte hoch wie eine Stahlfeder. »Sie haben Feilings Versteck gefunden?«

»Wir nicht, sondern die Kollegen vom Verfassungsschutz. Was haben Sie sich eigentlich dabei gedacht, einen zweitklassigen James Bond zu spielen und in der Gegend herumzuballern? Ich werde ein ernstes Wort mit Ihnen reden müssen, Renk. So, jetzt dürfte keine Gefahr mehr bestehen.« Die letzten Worte galten dem Sprengsatz, den Wagner fein säuberlich entschärft hatte. Er packte die Einzelteile getrennt ein und erklärte, er würde einen Wagen schicken, der das Zeug abholen sollte.

»In letzter Zeit knallt es verdammt oft. Gestern Nachmittag ist in Unterföhring ein Auto hochgegangen. Vermutlich Feilings Fluchtwagen, denn er war auf einen seiner Sympathisanten zugelassen.«

»Spuren?«, fragte Torsten.

Wagner schüttelte den Kopf. »Bis jetzt keine. Aber wie ich schon sagte, ist das die Sache der Leute vom Verfassungsschutz. Sie lassen die Finger davon, verstanden? Wo war ich eben? Ach ja, bei den Sprengstoffattentaten. Die Polizei hat vor kurzem einen Anschlag auf die Wieskirche verhindert. Die Bombe hätte ausgereicht, das Gebäude in Stücke zu reißen. Unsere Kollegen vom Verfassungsschutz haben ein Bekennerschreiben in arabischer Sprache dort gefunden. Angeblich steckt eine bis jetzt unbekannte Gruppierung namens Islamische Rachebrigade der Garde des Propheten dahinter.«

»Scheint getürkt zu sein – wenn ich Ihre Miene richtig interpretiere«, antwortete Torsten mit einem bissigen Auflachen.

»Ich werde nicht fürs Glauben bezahlt, sondern fürs Wissen. Bevor ich keinen handfesten Verdacht habe, zweifle ich alles an. Sie sollten das auch tun, denn dann würden Sie gesünder leben.« Wagner sah Torsten kopfschüttelnd an und zog dann eine Speicherkarte aus der Tasche.

»Ich darf doch Ihren Computer benützen?« Ohne eine Antwort abzuwarten, trat er an das Gerät, schaltete es ein und steckte das kleine Plastikrechteck in den Kartenleser.

»Sehen Sie genau hin!«, erklärte er, während er das passende Programm hochfuhr.

Kurz darauf erschien der überfüllte Marienplatz auf dem Bildschirm, so wie Torsten ihn in Erinnerung hatte.

Claudi, die sich an ihn gedrängt hatte, quietschte auf. »Das bin ja ich!«

Jetzt erkannte Torsten sie auch. Sie stand mit Jürgen zusammen in einer kleinen Gruppe glatzköpfiger Burschen, die so aussahen, als wünschten sie sich an jeden anderen Ort der Welt. Im nächsten Moment schob sich eine große, breitschultrige Gestalt durch die Masse und kam auf die Gruppe zu.

Torstens Augen sprühten Feuer. »Das ist Kobner!«

»Genau der – und dort sind Sie!« Wagners Finger stach nach vorne und zeigte auf die Stelle des Bildschirms, auf der eben Torsten auftauchte. Noch in derselben Einstellung griff Kobner unter seine Jacke, holte die Pistole heraus und zielte auf ihn.

Dann konnte man sehen, wie Claudi Kobners Arm hochzuschlagen versuchte. Im nächsten Moment sank die Türkin zusammen. Gleichzeitig zog Torsten schnell die Waffe und schoss zweimal gezielt auf Kobner.

»Eine gute Aufnahme, Herr Major. Da war ausnahmsweise mal eine Überwachungskamera richtig postiert«, befand Torsten mit leisem Spott.

»Es gab Dutzende Überwachungskameras, die den Demonstrationszug aufzeichnen sollten. Die Polizei und unsere Kollegen vom Verfassungsschutz werten sie derzeit aus. Diese Aufnahme hat sie natürlich am meisten interessiert. Verdammt, Renk, ich hatte Sie davor gewarnt, in der Gegend herumzuballern!« Wagner funkelte seinen Untergebenen wütend an, wirkte dabei aber eher hilflos.

Torsten Renk ließ die geballte Faust in die offene Hand klatschen. »Auf dieser Aufnahme ist deutlich zu sehen, dass ich nicht als Erster geschossen habe!«

»Das rettet Ihnen vorerst den Hals. Hauptkommissar Trieblinger ist zwar außer sich vor Wut, aber selbst er konnte nicht abstreiten, dass Sie in Notwehr gehandelt haben. Er hätte Sie sonst eingebuchtet, bis Sie schwarz werden.«

»Ich weiß, ich bin sein besonderer Liebling«, antwortete Torsten grinsend.

»Sie sollten ihm so schnell nicht mehr über den Weg laufen. Er wollte Sie nämlich persönlich verhören, aber diesen Zahn habe ich ihm gezogen. Er bekommt den Bericht, den Sie über diese Sache schreiben werden, und damit hat es sich. Aber Sie werden in Zukunft die Pfoten von dieser Sache lassen. Das ist ein Befehl! Sie haben Hausarrest, bis mir einfällt, was ich mit Ihnen anfangen soll!« Wagners Stimme klang scharf, und Torsten war klar, dass sein Vorgesetzter es todernst meinte.

»Ich habe verstanden, Herr Major!«

»Da bin ich mir nicht ganz so sicher, aber Sie werden machen, was ich Ihnen sage.«

»Einkaufen werde ich aber wohl noch dürfen?«, fragte Torsten trocken.

Wagner fuhr herum, doch bevor er etwas sagen konnte, mischte Claudi sich ein.

»Das tue ich gerne für dich, Torsten.«

Wagner musste nur Jürgens Miene ansehen, um zu wissen, wie der Hase lief. »Wie sind Sie eigentlich an die beiden hier gekommen, Renk?«

»Ich habe sie als Zeugen mitgenommen, damit sie meine Aussagen im Notfall bestätigen können.«

»Das stimmt nicht!«, rief Claudi. »Torsten hat uns gerettet, denn die Schwarzköpfe wollten uns in Stücke reißen.«

Wagner wandte sich an seinen Untergebenen. »Was wollen Sie mit den beiden anfangen?«

Auf Torstens Gesicht erschien ein hinterhältiges Lächeln. »Darüber wollte ich mit Ihnen reden, Herr Major. Eines ist klar: Zu ihren früheren Freunden können sie nicht mehr zurück. Am besten statten wir sie im Rahmen eines Zeugenschutzprogramms mit einer neuen Identität aus und stecken sie erst einmal für zwölf Jahre in die Bundeswehr.«

»Igitt!«, rief Claudi aus.

Auch Jürgen schüttelte den Kopf. »Dorthin gehe ich nicht. Da sind etliche Mitglieder aus der nationalen Kameradschaft, die mich kennen. Die würden mir eine Kugel verpassen, bevor ich A sagen kann. Da gehe ich lieber zu den Franzosen in die Fremdenlegion. Bei denen ist wenigstens was los.«

»Tu dir keinen Zwang an!«, spottete Torsten. »Aber du musst eines bedenken: Bei denen geht es härter zu als bei uns, und wenn es knallt, sind die immer vorneweg. Außerdem sind dort ebenfalls frühere Freunde von dir, nämlich die, denen unsere Leute zu dicht auf den Fersen waren. Dort kannst du nicht sicher sein, ob dich eine Kugel von vorne oder von hinten erwischt. Außerdem richten wir dich so her, dass dich keiner deiner alten Kumpels mehr erkennt.«

Jürgen begann zu überlegen. Zu seinen alten Freunden konnte er nach den Ereignissen auf dem Marienplatz nicht mehr zurück. Daher gefiel ihm die Idee, sich einer der härtesten Militäreinheiten der Welt anzuschließen. Andererseits fürchtete er den mörderischen Drill in der Fremdenlegion, und noch mehr Angst hatte er vor der unbekannten Sprache. In der Bundeswehr gab es ebenfalls Spezialeinheiten, und bei denen würde er unter Landsleuten sein.

»Also, wenn ihr es schafft, dass mich keiner meiner alten Kameraden erkennt, mache ich es«, sagte er zögernd.

Torsten klopfte ihm auf die Schulter. »Keine Sorge, mit etwas längeren Haaren, einer kleinen Gesichtsoperation und ohne deine Tätowierungen erkennt dich nicht einmal deine Mutter wieder.«

Wagner machte ein Gesicht, als würde er den Leutnant am liebsten fressen, nickte aber. »Das ist keine schlechte Idee. Der Bursche könnte uns helfen, schwarze Schafe in unseren Reihen zu entlarven.«

»Braune Schafe, Herr Major«, korrigierte ihn Torsten.

»Ich bin kein Verräter«, brummte Jürgen störrisch.

Torsten packte ihn und zog ihn so herum, dass er ihm in die Augen schauen musste. »Verdammt, du gehörst jetzt zu unserem Verein! Da wäre es Verrat, wenn du unsere Gegner in Schutz nehmen würdest.«

»Jetzt machen Sie den Burschen nicht kopfscheu. Das

kriegen wir schon hin! Das Mädchen ist allerdings ein Problem.« Wagner überlegte, ob er Claudi bei Torsten lassen konnte.

Der aber dachte nicht daran, ihm diesen Gefallen zu tun. »Wieso Problem? Es gibt doch auch bei uns genug Frauen in der Armee!«

»Aber ich bin erst sechzehn!«, rief Claudi empört.

Torsten legte ihr lachend den Arm um die Schulter. »So wie du aussiehst, gehst du als Achtzehnjährige durch. Stell dir vor, du kannst dann zwei Jahre früher als die anderen in den Ruhestand treten und hast noch was von deiner Pension. Oder bist du zu eitel, um dich zwei Jahre älter zu machen?«

Wagner schüttelte in komischer Verzweiflung den Kopf. »Das ist wohl unsere Aufgabe, mit neuen Pässen und so weiter. Renk, Sie soll der Teufel holen! Aber was soll's! Wir kümmern uns um die zwei. Ich schicke nachher einen Wagen mit Leuten, die den Sprengstoff holen sollen, und die werden die beiden gleich mitnehmen. Ihnen aber befehle ich noch mal, diese Wohnung nicht zu verlassen, bevor ich es Ihnen ausdrücklich gestatte. Wenn Sie Hunger haben, können Sie den Pizzaservice anrufen.«

»Aber erst einmal gehe ich los, um Semmeln und Salami fürs Frühstück zu holen«, rief Claudi und lief aus der Wohnung, ehe sie jemand aufhalten konnte. Wagner folgte ihr beinahe auf dem Fuß, doch da sie bereits mit dem einzig vorhandenen Lift in die Tiefe fuhr, musste er warten, bis die Kabine wieder nach oben kam.

DREIUNDZWANZIG

Als Graziella erwachte, wusste sie zunächst nicht, was mit ihr geschehen war. Ihr war übel, der Hals tat ihr weh und sie bekam kaum Luft. Es dauerte eine Weile, bis sie begriff, dass ein ekelhaft schmeckendes Knäuel in ihrem Mund steckte. Sie wollte das Tuch ausspucken, doch es saß fest, und erst als sie versuchte, danach zu greifen, merkte sie, dass ihre Arme auf den Rücken gefesselt waren.

Zuerst glaubte sie, in einem Albtraum verfangen zu sein, und betete darum, bald aufzuwachen. Ein harter Stoß, der ihren Kopf gegen einen festen Gegenstand prallen ließ, brachte ihr jedoch mit einem Schlag die Erlebnisse in Erinnerung und sie begriff, dass man sie entführt hatte. Sie versuchte sich umzusehen, doch man hatte wohl eine Decke über sie geworfen. Dem Rappeln und Stoßen nach lag sie auf der Ladefläche eines Kleintransporters, der eine gewundene, schlecht asphaltierte Straße entlangfuhr.

Graziella fragte sich, wie viel Zeit seit ihrer Entführung vergangen sein mochte. Als es passierte, war gerade Nacht geworden. Jetzt meinte sie einen leichten Lichtschein wahrzunehmen. Aber der konnte ebenso von der Innenbeleuchtung des Wagens stammen wie von dem heraufziehenden Tag. Nie zuvor hatte sie sich so hilflos gefühlt, und ihr kamen die Tränen.

»Ich glaube, das Miststück ist wach«, hörte sie jemanden sagen.

Die Decke wurde zurückgezogen, und sie sah drei Köpfe, die sich über sie beugten. Der eine gehörte dem Mann mit dem geblümten Hemd, die beiden anderen Winters Sekretär Don Batista und dem unangenehmen Archivar. Don Batista tippte sie mit der Spitze eines Kugelschreibers an.

»Wir nehmen dir jetzt den Knebel heraus. Schrei ruhig! Hier wird dich niemand hören.«

Das glaubte Graziella ihm sofort. Der Kerl war ein Fanatiker, und als sie in seine Augen sah, ahnte sie, dass er sie ebenso gleichmütig töten würde wie eine störende Fliege.

Der Typ im geblümten Hemd griff nach ihr, löste das Tuch um ihren Mund und riss ihr den Lappen so heftig heraus, dass Hautfetzen von der Zunge und dem Zahnfleisch daran hängen blieben und sie Blut schmeckte.

Don Batista blickte sie drohend an. »Du wirst mir jetzt ein paar Fragen beantworten, du Schlampe.«

»Darauf kannst du lange warten!«, rief Graziella wütend.

Don Batista zog eine angewiderte Grimasse und gab dem Geblümten einen Wink. »Für diese Unverschämtheit hat sie ein paar Ohrfeigen verdient.«

Gianni schlug Graziella mehrmals hart ins Gesicht. Die junge Frau spürte, wie ihre Lippen aufplatzten und warme Tropfen über ihr Kinn rannen.

»Wirst du mir nun erzählen, was ich wissen will?«, fragte Don Batista.

Graziella wusste nicht, was größer war, ihre Angst oder ihr Hass auf diese Leute. »Ich weiß nicht, was Sie von mir wollen!«

»Ich will wissen, wo der Rest der Aufzeichnungen ist, die du bei Kardinal Rocchigiani gestohlen hast. Je eher du redest, umso leichter wird es für dich werden.«

Einen Moment lang hoffte Graziella, die Kerle würden sie freilassen, wenn sie ihnen alles erzählte. Aber Don Batistas Miene machte ihr klar, dass dieser keine Zeugen brauchen konnte. Wenn sie ihr Geheimnis preisgab, war sie so gut wie tot. »Ich habe nicht mehr als das, was in meinem Koffer war.«

Die Antwort bestand aus drei weiteren Ohrfeigen, und

Gianni machte keinen Hehl daraus, dass es ihm Spaß machte, eine Frau zu quälen.

»Ich habe wirklich nicht mehr«, wimmerte Graziella.

Gianni drehte sich zu Don Batista um und machte eine wegwerfende Handbewegung. »Das Miststück ist verdammt zäh. Ich glaube nicht, dass wir ohne spezielle Maßnahmen mehr aus ihr herausbekommen.«

Der Priester kaute auf seinen Lippen. »Du dürftest recht haben. Wir sollten sie ins Camp bringen und später verhören. Jetzt habe ich nicht die Zeit dazu.« Während Gianni Graziella wieder knebelte und die Decke über ihren Kopf zog, wühlte Don Batista in ihrer Tasche herum und zog die Schachtel Pralinen heraus, die sie für ihren Onkel mitgenommen hatte.

»Kann ich die haben?«, fragte Gianni und wollte danach greifen.

Don Batista zog die Schachtel zurück. »Die sind für jemand anderen bestimmt!« Er löste so vorsichtig die Hülle, dass er sie wieder verwenden konnte, und sah sich die Pralinen lächelnd an. »Monteleones Nichte erleichtert uns die Arbeit. Lodovico, glaubst du, dass du ihre Schrift nachmachen kannst?«

Der Archivar musterte mehrere Blätter, die Graziella mit eigener Hand beschrieben hatte, und nickte. »Sicher, aber nicht hier in dem schaukelnden Wagen.«

»Wir halten gleich an. Ich brauche ebenfalls ein ruhiges Plätzchen.«

Als der Wagen stand, öffnete Don Batista sanft sein Köfferchen und zog eine Medikamentenflasche und eine Spritze mit einer dünnen Nadel hervor.

»Nun kommen uns die Unterlagen über Monteleone zugute. Wir wissen, an welchen Krankheiten er leidet und welche Medikamente er nehmen muss. Das hier gehört dazu, und wenn er zu viel davon nimmt, öffnet es ihm den Weg ins Himmelreich.«

Während der Priester jede Praline einzeln mit dem Mittel impfte und dabei so vorsichtig vorging, dass keine Spuren zurückblieben, schrieb Lodovico einen kurzen Brief an Graziellas Onkel, in dem er ihre Handschrift meisterhaft nachahmte.

»Lieber Onkel, ich schicke dir diese Pralinen und hoffe, sie schmecken dir und erfreuen dich in deiner Bergeinsamkeit!«, las er vor.

Don Batista runzelte die Stirn, als er einen Blick auf den Text warf. »Den Brief darfst du noch einmal schreiben. Kardinal Monteleone ist einer der Erzkonservativen und würde seiner Großnichte niemals erlauben, ihn anders als mit Sie und Eure Eminenz anzusprechen.«

»Dann sind das ja schon zwei, die darauf bestehen!«, spottete Gianni, der dem Priester die Zurechtweisung noch nicht verziehen hatte.

Don Batista ging nicht auf seine Bemerkung ein, sondern verpackte die Pralinen wieder so geschickt, dass es aussah, als käme die Schachtel frisch aus dem Laden. Dann drückte er das Päckchen samt dem zweiten Brief, den Lodovico gefälscht hatte, Gianni in die Hände.

»Dies wirst du mit den besten Empfehlungen von Signorina Graziella Monteleone nach San Isidoro bringen.«

»Zieh aber ein anderes Hemd an. An das, was du jetzt anhast, würden die frommen Brüder sich gewiss erinnern«, setzte der Archivar grinsend hinzu.

»Idiot!«, knurrte Gianni und wandte sich dann an den Fahrer. »Lass mich bei einem Autoverleih in der nächsten Stadt aussteigen, damit ich den beiden Herren in Schwarz diesen Gefallen tun kann.«

Der Fahrer, der wie Gianni ein Mitglied faschistischer

Kampfverbände war, die zu Fiumettis Partei gehörten, nickte. »Mach ich!« Er trat aufs Gaspedal und überholte einen Kleinwagen.

»Pass auf, dass du nicht in eine Radarfalle gerätst. Wenn die Carabinieri uns aufhalten, gibt es gewaltigen Ärger für dich und deine Chefs«, schalt Lodovico. Aber der Fahrer zuckte nur mit den Schultern und fuhr noch schneller.

Trotz der Befürchtungen des Archivars erreichten sie Arezzo, ohne aufgehalten zu werden, und fanden nach mehrmaligen Fragen einen Autoverleih. Der Fahrer hielt den Kleinbus nach der nächsten Kurve an und ließ Gianni aussteigen.

»Mach deine Sache ordentlich«, mahnte Don Batista.

»Wird schon gut gehen!« Gianni klemmte sich die Pralinenschachtel unter den Arm und zog pfeifend los. Der Fahrer sah ihm einige Augenblicke lang nach und drehte sich dann zu Don Batista um. »Wohin fahren wir jetzt, Hochwürden?«

»Zum Camp. Vorher aber lassen wir Don Lodovico aussteigen.«

Der Archivar hob erstaunt den Kopf. »Was soll ich denn hier?«

»Du wirst dir ebenfalls einen Leihwagen nehmen und ins Kloster San Isidoro fahren. Dort verlangst du, zu Monteleone gebracht zu werden.«

»Aber der Kardinal ist dann wahrscheinlich schon tot!«, wandte Lodovico ein.

»Das soll dich nicht kümmern. Deine Aufgabe ist es, alle Unterlagen, die Monteleone bei sich hat, an dich zu bringen. Es darf nichts im Kloster zurückbleiben, verstanden?«

Lodovico nickte. »Du kannst dich auf mich verlassen!«

Graziella hatte den infamen Plan in allen Einzelheiten mitbekommen und spürte, wie die Angst um ihren Großonkel Löcher in ihren Magen fraß. Gleichzeitig stieg solch ein

Zorn in ihr auf, dass sie diesen verkommenen Priestern am liebsten mit den Zähnen an die Kehle gegangen wäre. Doch so blieb ihr nur, für den Kardinal zu beten und auf die Männer, die sie gefangen hielten, alle Höllenstrafen herabzubeschwören.

VIERUNDZWANZIG

Kardinal Monteleone blickte den Mönch, der in seine Zelle trat, halb verärgert, halb hoffnungsvoll an. »Ist man im Vatikan endlich vernünftig geworden?«, fragte er grollend.

Der Mönch gab keine Antwort, sondern hielt ihm ein in buntes Papier gewickeltes Päckchen hin. »Das ist vorhin für Sie abgegeben worden, Eminenz. Mit den besten Wünschen von Ihrer Nichte.«

Monteleone las die Anschrift auf dem Brief, der dem Päckchen beilag, und schüttelte den Kopf. »Graziella ist meine Großnichte, mein Guter. Ihre Mutter wäre meine Nichte, wenn sie nicht meinen Neffen geheiratet hätte!« Nach dieser etwas verwirrenden Erklärung seiner familiären Verhältnisse nahm der Kardinal das Päckchen und öffnete es. Beim Anblick der Pralinenschachtel begannen seine Augen zu glitzern. Das Essen hier im Kloster war zwar nicht schlecht, aber sehr einfach, und Extras gab es keine. Auch vermisste er seinen gewohnten Espresso, denn der, der hier gebrüht wurde, schmeckte bei weitem nicht so gut wie Noras. Vor allem aber war ihm der Verzicht auf Schokolade schwergefallen. Doch trotz seines Heißhungers auf Süßes blieb er auch in dieser Situation ein Edelmann. Er öffnete die Packung und hielt sie dem Mönch hin.

»Hier, nehmen Sie sich eine.«

Der Mönch blickte auf die Schachtel und leckte sich unbewusst die Lippen. »Ich bin so frei, Eure Eminenz. Vergelte es Ihnen Gott.« Mit diesen Worten nahm er eine Praline und steckte sie mit verzückter Miene in den Mund. Auch Monteleone griff zu und ließ sich zuerst eine und dann eine zweite Praline schmecken.

»Noch einmal vergelt's Gott!« Der Mönch verabschiedete sich und ging.

Monteleone stellte die Pralinenschachtel auf dem kleinen Tisch ab, der zusammen mit einem schmalen Bett, einem altertümlichen Nachtkästchen und einem Betstuhl die gesamte Einrichtung des Kämmerchens darstellte, in das man ihn gesperrt hatte. Dabei traf sein anklagender Blick das Kruzifix an der Wand.

»Behandelt man so einen alten Mann, der sein Leben für deine Kirche aufgeopfert hat? Wenn ich zur Toilette will, muss ich an die Tür klopfen und hoffen, dass mich jemand rechtzeitig genug hört, um mir aufzumachen.« Er tröstete sich mit einer dritten und vierten Praline und nahm dann wieder sein Schreibzeug zur Hand, um weiter an der Verteidigungsschrift zu arbeiten, die er an den Papst schicken wollte. Von Zeit zu Zeit hielt er inne und steckte eine Praline in den Mund.

Monteleone überlegte gerade, ob er den nächsten Absatz kämpferisch oder doch lieber demütig beginnen sollte, als es erneut an seine Tür klopfte. Der gleiche Mönch wie vorhin steckte den Kopf herein.

»Sie haben Besuch, Eminenz!«

»Vielleicht Graziella?« Monteleone lebte auf. Das Mädchen konnte seinen Entwurf ins Reine tippen und dem Papst zukommen lassen. Es war daher eine Enttäuschung für ihn, als nicht seine Großnichte, sondern einer der Archivare des Vatikans zur Tür hereinkam.

Lodovico sah den Kardinal mit großen Augen an und blickte dann unwillkürlich zu der Pralinenschachtel. Sie war bereits über die Hälfte geleert, doch noch verriet kein Anzeichen, dass Monteleone dem Tode nahe war. Mit einem Mal bekam er es mit der Angst zu tun, Don Batista könnte sich bei der Dosierung des Mittels vertan haben.

»Was wollen Sie?« Monteleone ärgerte sich über das Schweigen seines Besuchers.

»Einen wunderschönen guten Morgen, Eure Eminenz«, presste Lodovico hervor.

»Für Sie mag er ja schön sein, aber ich habe schon bessere erlebt.« Der Kardinal griff zur nächsten Praline, besann sich dann auf seine Gastgeberpflichten und reichte die Schachtel dem Besucher hin. »Hier, nehmen Sie sich auch eine.«

Lodovico riss erschrocken die Arme hoch. »O nein! Ich bin Diabetiker, müssen Sie wissen.«

»Auch gut. Dann bleiben mehr für mich.« Die nächste Praline wanderte in den Mund des Kardinals. Da Lodovico auch nach zwei weiteren Pralinen noch immer nicht mit der Sprache herausrückte, blickte Monteleone ihn streng an.

»Also, was wollen Sie?«

»Ich muss mit Ihnen über einige Unterlagen reden, die im Archiv vermisst werden.« Lodovico gab dem Mönch, der ihn hierher begleitet hat, einen Wink, dass er ihn mit Monteleone allein lassen sollte. Der Mann verabschiedete sich hastig und zog sich zurück, steckte dann aber noch einmal den Kopf zur Tür herein.

»Ich habe vom Abt die Anweisung erhalten, diese Zelle abzusperren. Wenn Sie wieder herauswollen, müssen Sie klopfen.« Nach diesen Worten verschwand er.

Obwohl dem Kardinal die aufgezwungene Einsamkeit auf die Nerven ging, war Lodovico nicht gerade der Besucher, der ihm Freude machte, und er hoffte, ihn bald wieder loszuwerden. »Also, um welche Unterlagen handelt es sich?«, fragte er unwillig.

»Ihre Nichte hat mehrere Akten aus dem Archiv geholt und nicht mehr zurückgebracht. Zudem fehlen einige Aufzeichnungen von Kardinal Rocchigiani, die ebenfalls von Signorina Graziella abgeholt worden sind.«

Monteleone zeigte schnaubend auf die beschriebenen Papierbögen auf seinem Tisch. »Das hier ist alles, was bei mir zu finden ist. Ich habe es in den letzten Tagen geschrieben, um es Seiner Heiligkeit vorzulegen.«

Lodovico glaubte dem Kardinal nicht und begann sich in dessen Zelle umzusehen.

»Hier werden Sie nichts finden! Und jetzt wäre ich Ihnen sehr verbunden, wenn Sie mich wieder allein lassen könnten, damit ich weiterschreiben kann.« Monteleone glaubte damit alles gesagt zu haben, doch so einfach wurde er seinen Besucher nicht los.

»Es ist wichtig! Sie müssen mir helfen, diese Unterlagen zurückzubekommen. Wo könnte Ihre Nichte die Akten versteckt halten?«

Allmählich begann der Kardinal am Verstand des Archivars zu zweifeln. »Warum sollte Graziella wichtige Papiere verstecken? Alle meine Unterlagen liegen bei mir zu Hause. Aber wagen Sie es ja nicht, sie ohne meine Erlaubnis von Graziella zu fordern! Wann sie dem Vatikanischen Archiv übergeben werden sollen, bestimme nur ich und niemand sonst.«

Ohne es zu wissen, verstärkte Monteleone damit Lodovicos Verdacht, er müsse Papiere besitzen, die Winter und weitere Mitglieder der Söhne des Hammers belasteten. Mit einem wütenden Schnauben trat er hinter den Stuhl, auf dem der Kardinal saß, nahm das Kissen vom Bett und presste es dem alten Mann aufs Gesicht.

Monteleone griff danach, um es wegzudrücken, doch im gleichen Moment zog ein Schmerz so durchdringend von seinem Herzen hoch, dass es ihm schier den Brustkorb zerriss. Sein letzter Gedanke galt der Verteidigungsschrift, die den Papst nun wohl nicht mehr erreichen würde.

FÜNFUNDZWANZIG

Lodovico starrte auf den Leichnam des alten Mannes, der in seinen Armen zusammengesackt war, und fragte sich, ob er ihn umgebracht hatte oder ob es die vergifteten Pralinen gewesen waren. Erst allmählich begriff er, dass er noch immer das Kissen in der Hand hielt, und warf es mit einer Geste des Abscheus aufs Bett. Mühsam zwang er seine vibrierenden Nerven zur Ruhe und machte sich daran, die Zelle von oben bis unten zu durchsuchen. Doch außer dem Text, den der Kardinal aufgesetzt hatte, war nichts zu finden. Monteleone hatte die Wahrheit gesagt.

Mit einem Fluch warf Lodovico die Blätter auf den Tisch. Der Text war vollkommen harmlos und stellte neben Monteleone auch Kardinal Winter in das beste Licht. Dennoch hielt er es für besser, das Schreiben mitzunehmen. Er steckte es in seine Tasche und nahm die letzten vier Pralinen an sich, die noch in der Schachtel verblieben waren. Dann legte er den Kardinal so auf das Bett, dass es aussah, als habe er sich schlafen gelegt, und klopfte an die Tür.

Der Mönch erschien so schnell, als hätte er draußen gewartet.

Lodovico legte den ausgestreckten Zeigefinger auf den Mund. »Pst! Seien Sie bitte leise. Seine Eminenz war sehr erschöpft und hat sich hingelegt.«

Es war beinahe lächerlich zu sehen, wie der Mönch zusammenzuckte und hastig zurücktrat. Lodovico verließ die Zelle, wartete, bis der Mönch wieder abgeschlossen hatte, und deutete dann auf die Tür.

»Seine Eminenz will nicht gestört werden. Die Ereignisse der letzten Tage haben ihn sehr aufgeregt.«

Der Mönch nickte eifrig. »Er ist ja wirklich nicht mehr der Jüngste. Soll ich Sie hinausführen?«

Lodovico warf noch einen kurzen Blick auf die Tür, hinter der er den toten Kardinal wusste, und machte eine bejahende Geste. In Gedanken aber war er bereits bei Graziella, die Don Batista und er nun wohl härter anpacken mussten.

III. TEIL

UNTER BESCHUSS

EINS

Torsten Renk atmete auf, als die drei Soldaten des Minenräumtrupps nicht nur das Sprengstoffpaket abholten, sondern auch Jürgen und Claudi mitnahmen. Die unverhohlenen sexuellen Angebote des Mädchens waren ihm ebenso auf die Nerven gegangen wie Jürgens grundlose Eifersuchtsanfälle. Nachdem sie weg waren, herrschte eine geradezu paradiesische Ruhe, und er konnte endlich ungestört nachdenken.

Da man einen Killer auf ihn angesetzt und überdies versucht hatte, ihn mit einem Sprengstoffanschlag ins Jenseits zu befördern, war er nun endgültig davon überzeugt, dass Feiling und Hoikens hinter dem Mord an Andrea steckten. Nach Wagners Darstellung war ihnen der Verfassungsschutz dicht auf den Fersen. Das bezweifelte Torsten. Die Inlandsgeheimdienste hatten jahrelang versucht, Feiling zu fassen, und der Mann war ihnen immer wieder durch die Lappen gegangen. Außerdem hatte er, wie es aussah, seinen Abgang gut vorbereitet gehabt.

Von innerer Unruhe getrieben nahm Torsten eine Umgebungskarte von München aus der Kommode, breitete sie auf dem Tisch aus und machte überall dort ein Kreuz, wo Feiling und Hoikens sich seinen Informationen nach aufgehalten hatten. Die Villa im Münchner Westen hätte der Verfassungsschutz eigentlich finden müssen, dachte er, während sein Finger von dort in Richtung Unterföhring wanderte. Da der Ort an der S-Bahn zum Flughafen lag, nahm Wagner an, die Gesuchten hätten sich auf diesem Weg aus dem Staub gemacht. Durch seine Beziehungen konnte Feiling jederzeit an gefälschte Pässe kommen und die Flughafenkontrollen passieren, ohne Verdacht zu erregen. Dafür hätten die beiden Neonazis aber ihr Fahrzeug nicht ausgerechnet in Unterföhring sprengen müssen.

Torsten ging noch einmal sämtliche Indizien durch, die er gesammelt hatte, und zog auch die übrigen Wohnungen in diesem Stockwerk in seine Überlegungen mit ein. Obwohl er die katholische Kirche für eine arg konservative Gemeinschaft hielt, konnte er sich nicht vorstellen, dass Kleriker sich mit Leuten von Feilings Schlag verbündeten. Allerdings war auch die Kirche nur ein Spiegelbild der Zeit, und da mochte es durchaus Priester geben, die sich rechtslastigem Gedankengut verbunden fühlten. Die Buchtitel, die er in den konspirativen Wohnungen entdeckt hatte, deuteten darauf hin.

Torsten ärgerte sich über sich selbst, weil er diese Spur bislang außer Acht gelassen hatte. Mit einem ungeduldigen Schnauben setzte er sich an den Computer. Während er mit Hilfe von Petra Waitls Hackerprogramm die Codes mehrerer Behörden knackte, suchte er nach Hinweisen zu dem Besitzer dieses Stockwerks. Der ermordete Arzt musste die Leute gekannt haben, sonst hätte er Andrea nicht die Wohnung besorgen können.

Torsten erfuhr, dass Normann zunächst mehrere Semester Theologie studiert hatte, bevor er zur Medizin umgeschwenkt war, aber mehr brachte er nicht über ihn heraus. Auch die Suche nach dem Eigentümer der Wohnungen verlief zunächst im Sand. Sie gehörten offiziell einem Bistum in Lateinamerika und waren angeblich für Theologiestudenten von dort gedacht, die in München studierten. In einer Fußnote des Grundbucheintrags stand aber, dass sie an eine österreichische kirchliche Immobilienverwaltungsgesellschaft verpfändet worden waren, die ihrerseits einem italienischen Orden das Nutzungsrecht eingeräumt hatte. Doch nirgends gab es einen Hinweis darauf, wer die Wohnungen wirklich frequentierte.

Jedes Mal, wenn Torsten glaubte, eine Spur gefunden zu haben, verlief diese im Nichts. Doch während er weitere Versuche startete, nahm ein anderer Gedanke in seinem Kopf Gestalt an. Bislang hatte er den Sprengstoffanschlag auf das Apartment für einen letzten Abschiedsgruß von Hajo Hoikens gehalten. Inzwischen aber zweifelte er daran. Es war nicht dessen Stil, eine so primitive Falle aufzubauen. Hoikens hätte die Sprengladung mit einem Funkzünder ausgestattet und ihn vor der Sprengung noch angerufen, um ihm zu sagen, wer für seinen Tod verantwortlich war. Diese Bombe war von einem Amateur angebracht worden, der gerade genug von solchen Dingen verstand, um den einfachsten Zündmechanismus einzusetzen.

Torsten stand auf und blickte durch den Türspion auf die anderen Wohnungstüren, soweit sie in seinem Blickfeld lagen. Ob jene Leute hinter dem Anschlag steckten, die diese Wohnungen als Unterschlupf benutzten? Ihn juckte es in den Fingern, hinüberzugehen und nachzusehen. Da der Täter mit Sicherheit längst das Weite gesucht hatte, ließ er es jedoch sein. Ihm war durchaus bewusst, dass jederzeit ein neuer Versuch unternommen werden konnte, ihn auszuschalten. Er musste sich dagegen wappnen und eine Warneinrichtung anbringen, aber er verfügte nicht über das dazu notwendige Material. Für einen Moment überlegte er, Wagner anzurufen, um sich die Sachen von ihm schicken zu lassen. Aber der würde ihn höchstens auffordern, in die Kaserne zurückzukehren, und dazu hatte er nicht die geringste Lust.

»Petra muss mir helfen!« Sogleich rief Torsten seine Bekannte an. Es dauerte eine Weile, bis Petra Waitl ans Telefon ging, und als sie sich meldete, klang ihre Stimme verärgert. »Was ist denn?«

»Hallo, Petra, ich bin es, Torsten. Hast du einen Moment Zeit?«

»Eigentlich nicht. Aber da du es bist ... Schieß los!«

»Mir hat jemand ein spezielles Ei an die Tür gehängt. Mein Vorgesetzter hat es zum Glück rechtzeitig entdeckt und entschärft. Jetzt bräuchte ich ein paar Kleinigkeiten, um die Wiederholung dieses Scherzes zu verhindern. Könntest du mir das Zeug vorbeibringen? Ich bin zu Stubenarrest vergattert worden.« Innerlich betete Torsten, dass Petra sich von ihren Experimenten losreißen konnte. Doch als sie antwortete, klang sie sehr interessiert.

»Wenn es um die Kerle geht, die Andrea auf dem Gewissen haben, bin ich dabei. Wo wohnst du eigentlich?«

»Vorerst noch in Andreas Apartment in Neuperlach. Du kannst es nicht verfehlen. Es ist der große, schwarzgelbe Wohnblock am Karl-Marx-Ring. Haus Peschelanger neun. Du musst mit dem Aufzug ganz nach oben fahren.«

»Ist es weit von der U-Bahn?«, fragte Petra.

»Du kannst mit dem Bus fast bis vor die Haustür fahren, auch wenn deiner Taille ein kleiner Spaziergang nicht schaden würde.«

Petra fauchte ins Telefon. »Du, ich bin fei nicht zu dick!«

»Ich weiß, nur untergroß! Und jetzt beeil dich. Ich habe keine Lust, hier wie auf dem Präsentierteller zu sitzen.« Torsten legte auf und kehrte an den Computer zurück.

ZWEI

Obwohl Petra den Bus genommen hatte, lief ihr der Schweiß in Strömen über das Gesicht, als sie vor Torstens Tür stand.

Er starrte auf den riesigen Rucksack, den sie geschultert hatte, sowie auf die bauchige Umhängetasche und schüttelte den Kopf. »Du hast wohl deine halbe Werkstatt mitgebracht, was?«

»Nein, nur das Nötigste. Hast du einen Schluck Wasser für mich?«

»Eine ganze Flasche, wenn es sein muss. Komm erst einmal herein. Ich gebe dir gleich was zu trinken.«

Während Petra Rucksack und Tasche absetzte, trat Torsten an den Schrank und goss ein Glas Wasser ein. »Du kannst auch was anderes haben«, sagte er dabei.

»Erst mal Wasser und dann vielleicht ein Butterbrot, um die Kalorien zu ersetzen, die ich auf dem Weg hierher verbraucht habe. Du wohnst ja wirklich am Ende der Welt.«

Torsten lachte leise. »Sei froh, dass wir hier einen Aufzug haben. Was meinst du, wie du aussehen würdest, wenn du das ganze Zeug neun Stockwerke hättest hochschleppen müssen.«

»Nein danke! Dann wäre ich wieder umgekehrt. Aber jetzt erzähl, was los ist. Immerhin hast du auf dem Marienplatz eine wildwestreife Darbietung gegeben.«

»Woher weißt du das denn schon wieder?«, fragte Torsten verblüfft.

Petra feixte. »Ich habe den Polizeicomputer angezapft und einen Geheimbericht von einem gewissen Trieblinger gefunden.«

»Von meinem speziellen Freund?«, warf Torsten sarkastisch ein.

Petra begann zu kichern. »Er scheint dich wirklich nicht zu mögen. Da war von einem schießwütigen MAD-Leutnant und Ähnlichem die Rede. Allerdings scheint er es dir hoch anzurechnen, dass du diesen Kobner sauber erwischt hast.

Trieblinger ist offensichtlich überzeugt, dass der Kerl sonst noch mehr Muslime erschossen hätte.«

»Der Glatzkopf hatte es nur auf mich abgesehen. Hier, schau dir die Aufzeichnung der Überwachungskamera an.« Torsten rief die Aufnahmen auf, die er von Wagner erhalten hatte, und kommentierte sie für Petra.

Die nickte beeindruckt. »Sieht so aus, als wäre ein ganz großer Haifisch hinter dir her. Bist du dem absichtlich auf die Flossen gestiegen?«

»Bis jetzt habe ich geglaubt, Hoikens würde dahinterstecken. Aber ich habe keinen Anhaltspunkt dafür gefunden, warum Andrea ermordet wurde und wer mich in die Luft sprengen wollte.«

Petra betrachtete ihn mit einem amüsierten Lächeln. »Komm, lass das eine Fachfrau machen und sag mir bloß, was du wissen willst! Vorher machst du mir noch die versprochenen Butterbrote.«

»Darf es auch Salami sein?«, fragte Torsten, der die Wurst, die Claudi für Jürgen besorgt hatte, loswerden wollte.

»Nichts dagegen!« Petra war in Gedanken bereits beim Computer. Sie verfolgte die Schritte, für die Torsten mehrere Stunden gebraucht hatte, in einem Bruchteil der Zeit und hackte sich dabei in verschiedene Computersysteme ein, deren Besitzer sich durch Firewalls und Spionageabwehrprogramme ausreichend geschützt glaubten.

»Hier ist die Akte von Hoikens beim Verfassungsschutz«, meldete sie nach einer Weile zufrieden. Torsten reichte ihr das Brettchen mit den Broten und setzte sich neben sie. Während Petra genussvoll kaute, sah er sich die Seiten am Bildschirm an. Wie erwartet, glaubten die Verfassungsschützer, dass Hoikens sich mit Feiling nach Südamerika abgesetzt habe, und hatten bereits ihre Agenten vor Ort mit der Suche beauftragt.

»Die wissen auch nicht mehr als ich«, murmelte er enttäuscht.

»Kommt Zeit, kommt Rat!« Petra kaute demonstrativ, während ihre Finger nur so über die Tasten flogen. Als sie das nächste Mal zu Torsten aufsah, stand ein von Flammen umzüngeltes Hakenkreuz auf dem Bildschirm.

»Die interne Homepage der Nationalen Kameradschaft Feiling!« Sie schnurrte beinahe, denn so viele Sicherheitsschaltungen wie diesmal hatte sie noch nie überwunden.

Torsten beugte sich vor und klickte die Seite an, die mit Neuigkeiten überschrieben war. Den größten Teil nahm der Aufruf zum Marsch nach München ein, um die islamische Demonstration zu sprengen. Dann entdeckte er einen Eintrag, in dem Feiling seinen Kameraden für ihren Einsatz in München dankte und erklärte, er ginge für eine Weile ins Ausland, um mit den dortigen Gesinnungsfreunden an einem geschlossenen Vorgehen in der gemeinsamen Sache zu arbeiten.

»Das ist auch nichts Neues.« Torsten wollte schon abwinken, als Petra ihm spielerisch in die Rippen boxte.

»Schalte doch dein Hirn ein! Wenn Feiling seine Leute nicht vorsätzlich belügt, kann er sich nicht nach Übersee abgesetzt haben. Von dort aus kann er die Sache, wie er es nennt, nicht vorantreiben. Ich schätze, der Kerl treibt sich noch in Europa herum und versteckt sich bei irgendwelchen Kumpanen.«

Der Gedanke war Torsten auch schon gekommen. Die Frage war nur, in welchem Land. Torsten ging die übrigen Eintragungen auf der Webseite durch. Es gab viele Berichte über nationalistische Gruppierungen in anderen Ländern, doch eine ragte unter allen heraus.

»Italien! Das würde passen. Von Unterföhring aus kommt man nicht nur zum Flughafen, sondern ist genauso schnell am Hauptbahnhof. Petra, kannst du mal nachsehen, welche Züge gestern von München Richtung Italien abgefahren sind?«

Petras Finger huschten über die Tasten, und als sie sich kurz darauf zu Torsten umsah, zwinkerte sie. »Du hast Glück, dass seit einem Jahr die Namen aller Bahnreisenden gespeichert werden. Wenn du mich fragst, müssten es die zwei hier sein. Zwar tragen sie andere Namen, aber es gibt kein weiteres Duo, das aus zwei erwachsenen Männern besteht und seine Karten gemeinsam online bestellt hat.«

»Rom also.« Torsten nickte unwillkürlich und plante bereits seine Fahrt nach Süden.

DREI

Hochwürden Matthias Täuberich war noch nie so nervös gewesen wie an diesem Tag. Zu jeder vollen Stunde schaltete er das Radio ein, um zu erfahren, ob seine Bombe hochgegangen war. Doch die Zeit verrann, ohne dass eine solche Meldung gesendet wurde. Zuletzt hielt er es nicht mehr aus, fuhr mit der U-Bahn nach Neuperlach und strich um den schwarzgelben Wohnblock herum. Von außen war nichts zu erkennen, dabei hätte der Sprengstoff Hoikens' Aussagen zufolge ausreichen müssen, um alle Fensterscheiben im Umkreis von hundert Metern zerspringen zu lassen.

Um sich zu vergewissern, ob Renk noch lebte, ging Täuberich zur Haustür, suchte auf dem Klingelbrett den Namen der ermordeten Frau und läutete. Schon nach kurzer Zeit sprang die Gegensprechanlage an.

»Ja, wer ist da?«

Täuberich wich erschrocken zurück und wagte nicht einmal zu atmen. Er hörte Renk noch einmal fragen und beeilte sich, sich aus dem Umkreis des Hauses zu entfernen. Ohne sich die Zeit zu nehmen, auf den Bus zu warten, hastete er zur U-Bahn-Station zurück und stieg in den ersten Zug ein. Der fuhr jedoch Richtung Endhaltestelle Neuperlach-Süd. Täuberich stieg dort aus und starrte etwas verloren auf das Häusergewirr, welches er von der hoch über der Straße gelegenen U-Bahn-Station erblicken konnte. Schließlich ging er die Treppe hinab und auf den Taxistand zu. Doch aus Angst, der Fahrer könnte sich an ihn erinnern, drehte er sich um, lief zu dem gegenüberliegenden Bahnsteig hoch und wartete auf die S-Bahn, die einige Minuten später kam. Mit ihr fuhr er bis Giesing, wechselte in die U-Bahn und kam eine halbe Stunde später in der Wohnung an, die er mit Monsignore Kranz teilte. Sein Vorgesetzter war noch nicht aus Rom zurückgekehrt, hatte aber auf den Anrufbeantworter gesprochen. Obwohl Kranz sich bemüht hatte, unverfänglich zu wirken, entnahm Täuberich seinen Worten, dass es auch in Italien Probleme gab.

Das war höchst unangenehm, denn ihre Pläne waren in einem Stadium, das kein Zurück mehr zuließ. Eigentlich hätte es keine Störungen mehr geben dürfen. Stattdessen schienen sich die Ärgernisse zu häufen. Darauf deutete auch eine E-Mail hin. Zwar hatte der Absender sich so knapp und unauffällig wie möglich ausgedrückt, doch Täuberich entnahm den dürren Worten, dass etwas im Busch war.

Angespannt verließ er die Wohnung wieder und suchte ein Internetcafé in der Nähe des Hauptbahnhofs auf. Dort setzte er sich an einen Computer, loggte sich unter einer E-Mail-Adresse ein, die er zu Hause niemals verwendete, und las die Nachricht, die ihm seine Kameraden hatten zukommen lassen. Irgendjemand hatte den Zugangscode zur geheimen Seite der Kameradschaft geknackt.

Obwohl Täuberich keinen Beweis dafür hatte, war er sicher, dass Renk dahintersteckte. Er dachte an die fast lächerliche Angst, die Hoikens vor diesem Mann empfand. Renk war keine der kleinen Beamtenseelen, welche die Dienststellen des Bundes zuhauf bevölkerten, sondern ein harter, zu allem entschlossener Mann, der Rache für den Tod seiner Freundin nehmen wollte. Bei dem Gedanken überlief es Täuberich kalt. Schließlich wusste er besser als jeder andere, wer Andrea Kirschbaum umgebracht hatte. Wenn Renk einen der Männer, die davon wussten, in die Finger bekam, würde er mehr als genug herausfinden. Täuberich wagte kaum, an die Konsequenzen zu denken. Er würde in dem Fall froh sein müssen, wenn er nur wegen Mordes abgeurteilt wurde und hinter Gittern verschwand. Wahrscheinlicher war jedoch, dass Renk ihn von demselben Balkon werfen würde, von dem er dessen Freundin gestürzt hatte.

Ich brauche tatsächlich einen Auftragskiller aus Italien, dachte er erregt, am besten einen Mann von der Mafia, der weiß, wie solche Sachen zu regeln sind.

Doch bis ein solcher kam, verging Zeit, und so lange konnte Renk weiter herumschnüffeln. Außerdem schien der Kerl wie eine Katze neun Leben zu haben, denn weder Kobner noch ihm war es gelungen, ihn auszuschalten. Wenn Renk mit einem Mann aus Italien ebenso leicht fertigwurde, bestand die Gefahr, dass er die Verbindungen seiner Gruppe zu den italienischen Ultranationalen aufdeckte. Das aber musste unter allen Umständen verhindert werden.

In dem Augenblick wurde Täuberich klar, dass er keine Chance hatte, Renk auf die harte Tour aus dem Weg zu räumen. Aber da der Kerl zur größten Gefahr für ihre Pläne geworden war, musste er beseitigt werden. Einen Moment lang überlegte Täuberich, ob Hoikens ihn mit seiner Angst vor diesem Mann angesteckt hatte und er Renk deswegen maßlos überschätzte. Dann schüttelte er den Kopf. In seiner Situation war es besser, jemanden zu überschätzen, als ihn nicht ernst genug zu nehmen.

Er meldete sich aus dem Internet ab, ohne sich die anderen Seiten anzusehen, die er eigentlich hatte aufrufen wollen, bezahlte bei der jungen Kellnerin und ging, ohne deren erstaunte Blicke zu bemerken, die zwischen ihm und der unberührt gebliebenen Tasse Cappuccino hin- und herwanderten.

Um seine Gedanken zu klären, legte Täuberich die Strecke zu seinem derzeitigen Domizil zu Fuß zurück und überlegte dabei angestrengt, wie er Renk unauffällig mattsetzen konnte. Mit einem Mal blieb er stehen und schlug sich gegen die Stirn. Nun hatte er die Lösung! In der Wohnung angekommen, setzte er sich ans Telefon und wählte eine bestimmte Nummer.

VIER

Auf den ersten Blick sahen die Zelte aus wie ein Pfadfinderlager. Sie waren alle vom selben Typ und in schnurgeraden Reihen aufgebaut. In der Mitte befand sich der Platz für das Lagerfeuer und die Kochstelle, und die jungen Burschen, die dort zusammensaßen, miteinander redeten, ihre Schuhe putzten oder sich auch nur die Sonne auf den Bauch scheinen ließen, waren höchstens dreiundzwanzig Jahre alt. Von Pfadfindern unterschieden sie sich jedoch durch die Unterhemden oder T-Shirts in einheitlichem Oliv, die Hosen in Tarnfarben und ihre kurzgeschorenen Haare. Einige der Älteren hatten auf ihre Oberarme das römische Beil mit dem Rutenbündel tätowiert.

Als der Kastenwagen neben den Zelten hielt, drehten sich alle zu dem Fahrer um. Einige riefen Grüße herüber, und ein paar der Burschen kamen herbei, um beim Ausladen zu helfen, falls dies nötig sein sollte. Als Don Batista hinter dem Fahrer ausstieg, grinsten die meisten, und einige deuteten mit anzüglichen, schlecht versteckten Gesten an, was sie von dem Schwarzkittel hielten. Ihr Anführer, ein groß gewachsener Kerl mit breiten Schultern und einem Kopf, der an eine römische Büste erinnerte, empfing Winters Vertrauten jedoch ehrerbietig.

»Willkommen, Hochwürden! Wir freuen uns sehr, Sie bei uns begrüßen zu dürfen. Wie Sie sehen können, sind unsere Jungs in bester Verfassung und brennen darauf, endlich eingesetzt zu werden.«

Don Batista warf einen Blick in die Runde. »Es freut mich, dass alle so guter Laune sind, Colonello Renzo. Mit Burschen wie diesen werden wir unser geliebtes Italien aus dem Sumpf befreien, in dem es derzeit gefangen ist.«

Er winkte den jungen Männern zu und wies dann auf den Kleinbus. »Wir haben eine Gefangene bei uns, die verhört werden muss. Sie darf um Gottes willen nicht entkommen. Das wäre eine Katastrophe.«

»Keine Sorge, Hochwürden. Uns kommt niemand abhanden. Wer ist das denn?«

»Die Tochter eines Kardinals«, krähte der Fahrer des Kastenwagens, bevor Don Batista etwas sagen konnte.

»Die Tochter?« Oberst Renzo grinste anzüglich, während der Priester dem vorwitzigen Sprecher einen verärgerten Blick zuwarf.

»Es handelt sich um die Nichte oder, besser gesagt, die Großnichte eines Kardinals. Aber das ist nichts, was Sie oder die Burschen hier interessieren sollte.«

»Das finde ich wohl!«, widersprach Renzo. »Schließlich

soll sie ja hier im Lager bleiben. Da muss ich wissen, was ich von ihr zu halten habe. Damit es klar ist: Mir gefällt es nicht, einen Weiberrock hier zu haben. Ich werde die Hälfte meiner Männer davon abhalten müssen, sie auf den Rücken zu legen, und bei der anderen Hälfte aufzupassen haben, dass sie nicht den Kavalier herauskehren, um ihr zur Flucht zu helfen. So leid es mir tut, Hochwürden, aber Sie sollten sich für Ihre Gefangene einen besseren Platz suchen.«

»Ein paar Tage werden Sie wohl auf sie aufpassen können.« Don Batista war sichtlich gereizt und befahl zwei Männern, Graziella herauszuholen. Einige der Umstehenden pfiffen anerkennend, als die junge Frau zum Vorschein kam, und ein ganz Vorwitziger klatschte ihr mit der flachen Hand auf die Hinterbacken.

»Das wäre was für meiner Mutter Sohn. Na, Renzo, soll ich die Kleine für dich bewachen?«

»Erstens heißt das für dich Colonello Renzo, und zum anderen lasst ihr alle die Gefangene in Ruhe. Ich erschieße jeden, der versucht, sie auf den Rücken zu legen.«

»Auch wenn sie freiwillig mitmacht?«, fragte einer, der sich für unwiderstehlich zu halten schien.

Renzo ballte die Fäuste. »Ich sagte: jeden! Ebenso knalle ich jeden ab, der ihr zur Flucht verhelfen will, verstanden? Und jetzt bringt sie in mein Zelt!«

»Damit du sie bumsen kannst, wenn dir danach ist, während wir in die Röhre schauen?«

Ein anderer zeigte auf Don Batista. »Steck sie doch mit dem da zusammen. Der geht ihr gewiss nicht an die Wäsche.« Er erntete bei seinen Kameraden eine Lachsalve, während der sonst so bleiche Kopf des Priesters in der Farbe reifer Tomaten glühte.

»Mit Ihrer viel gerühmten Disziplin ist es wohl nicht weit her, Renzo! Wenn der Duce solche Helden hatte wie die hier, ist es kein Wunder, dass Italien damals besiegt werden konnte.«

Einer der jungen Männer fuhr zornig auf. »Hören Sie, Hochwürden, Sie mögen zwar ein hohes Tier in der Organisation sein, aber beleidigen lassen wir uns von Ihnen nicht!«

Die Stimmung, die eben noch entspannt und friedlich gewirkt hatte, schlug um. Don Batista begriff, dass es ein Fehler gewesen war, hierherzukommen. Die Kerle sahen das Training für den großen Tag eher als Freizeitvergnügen an und hatten keinen Blick für das Ziel, das von ihnen allen große Opfer verlangen würde. Sein Blick streifte Graziella. Deren Gesicht war durch Giannis Ohrfeigen angeschwollen, und unter den Augen hatten sich Hämatome gebildet. Dieser Anblick würde bei den meisten Männern einen Mitleidreflex auslösen, und nun gab er Renzo im Stillen recht. Wenn er die Frau wie geplant an diesem Ort ließ, würde es Streit geben. Wahrscheinlich konnte er sie hier nicht einmal richtig verhören, denn ohne Gewalt würde das sture Biest ihm keine Auskunft geben, und wenn er sie foltern ließ, würden die naiven Burschen protestieren und vielleicht sogar handgreiflich werden.

»Renzo, Ihre Gruppe ist der größte Sauhaufen, der mir je untergekommen ist. Sehen Sie zu, dass Sie aus diesen Muttersöhnchen Kerle machen, wie wir sie brauchen.« Don Batista ignorierte das empörte Gemurmel der Männer und deutete auf ein Zelt. »Das nehme ich für diese Nacht, und morgen fahre ich weiter. Einer Ihrer Männer soll den Kastenwagen wegbringen und mir ein anderes Auto besorgen. Aber suchen Sie einen aus, der seinen Mund zu halten weiß.«

Renzo nickte mit zusammengepresstem Kiefer. »Selbstverständlich, Hochwürden. Wo wollen Sie die Frau hinschaffen?«

»Ich glaube nicht, dass das jemanden außer mir etwas angeht.« Don Batista gab den beiden Kerlen, die Graziella festhielten, einen Wink, ihm zu folgen, und betrat das Zelt, das er als Unterkunft ausgesucht hatte.

Einer der jungen Männer, die sich seinetwegen eine andere Schlafstatt suchen mussten, ballte die Fäuste und drehte sich zu einem Kameraden um. »Am liebsten würde ich diesen aufgeblasenen Wicht heute Nacht heimsuchen und ihn mit einem Zeltpflock vögeln!«

Renzo hatte die Worte vernommen und warf dem Burschen einen warnenden Blick zu. Dann befahl er einem anderen Kameraden, den Leihwagen des Priesters wegzubringen und von einem anderen Verleiher ein unauffälligeres Gefährt zu besorgen.

FÜNF

Der Moment, in dem Graziella gehofft hatte, die jungen Männer würden ihr helfen, war vorüber. Während sie zu Don Batistas Zelt geführt wurde, versuchte sie, sich so viel wie möglich von der Umgebung einzuprägen. Das Zeltlager musste sich in einem abgelegenen Winkel der Abruzzen befinden, sonst wäre es zu leicht zu finden gewesen. Das Tal, in dem es lag, war von schroffen Felsen umgeben, und die einzige Straße, die hier heraufführte, war eine üble Schotterpiste, und jedes Schlagloch hatte sie einzeln gespürt. Sie hatte auch keinen Hinweis darauf, wo sie sich befand, denn die letzten Dörfer waren ihrem Gefühl nach bereits vor Stunden hinter ihnen zurückgeblieben, und von denen hatte sie kein einziges gekannt.

Die beiden Männer setzten sie auf eine der vier Luftmatratzen und gingen auf einen Wink des Priesters wieder hinaus. Als der Eingang des Zeltes zufiel, nahm Don Batista auf einer anderen Luftmatratze Platz und durchbohrte sie eine Weile mit seinen Blicken, als wolle er damit ihren Willen brechen.

Nach einer Weile gab er sein Schweigen auf. »Es wäre besser für dich zu reden.«

Graziella glaubte ihm kein Wort. Wenn der Mann von ihr erfahren hatte, was er wissen wollte, würde er sie umbringen. Das hatte ihr der Mordanschlag auf ihren Großonkel bewiesen. Innerlich klammerte sie sich an den Gedanken, der alte Herr könnte die Pralinen nicht erhalten oder aus einem unerfindlichen Grund verschmäht haben. Aber viel Hoffnung hatte sie nicht. Don Batista musste ebenso wahnsinnig sein wie Winter, anders konnte sie sich seine Handlungsweise nicht erklären. Allerdings hatten Mord, Intrigen und Gewalt die Geschichte des Christentums seit den ersten Tagen geprägt, und sie fragte sich, ob der sanftmütige Prediger aus Galiläa dies vorausgesehen hatte.

Graziella schüttelte sich innerlich und blickte Don Batista an, der ihr nun eine Vielzahl von Fragen stellte, obwohl sie ihm wegen des Knebels keine Antwort geben konnte. Offensichtlich wollte er ihr damit zeigen, dass sie sich völlig in seiner Gewalt befand. Er schien seine Macht über sie zu genießen, und das machte ihr am meisten Angst.

»Hast du alles verstanden?«

Graziella zog die Schultern hoch und sah Don Batista wie erstaunt an. Obwohl er sie nicht berührte, wurde ihr bei seinem Anblick übel. Das lag nicht daran, dass sie ihn für homosexuell hielt, sondern an dem Gedankengut, welches er vertrat und das in ihren Augen dem Sinn und auch den Lehren der heiligen Kirche Hohn sprach.

»Ich nehme dir jetzt den Knebel ab, und dann wirst du reden!«

Don Batista erntete ein Kopfschütteln. Sollte er sie schlagen, konnte ihr das sogar nützen. Ein Teil der jungen Männer hatte so ausgesehen, als würden sie rebellieren, wenn sie sie schreien hörten, und vielleicht würden einige von ihnen ihr sogar helfen zu fliehen.

Ihr Entführer löste das Tuch, mit dem der Knebel in ihrem Mund gehalten wurde, zog sich sofort wieder zurück und wischte die Hand, mit der er sie berührt hatte, an einem Hemd ab, das einer der früheren Bewohner des Zeltes zurückgelassen hatte. Dann starrte er sie drohend an.

»Wo sind die übrigen Aufzeichnungen versteckt, die du bei Rocchigiani gestohlen hast?«

Graziella würgte den Rest des Knebels aus. »Dort, wo du sie niemals finden wirst!«, fauchte sie und hoffte, er käme nicht auf den Gedanken, den Schrank mit den Geheimfächern in der Bibliothek ihres Großonkels zu untersuchen.

SECHS

Petra Waitl blieb die Nacht über bei Torsten und erwies sich auf ihre Art als ähnlich anstrengend wie Jürgen und Claudi. Bis in die frühen Morgenstunden hockte sie am Computer und schien ihren Gastgeber als bessere Hilfskraft anzusehen. Torsten durfte Notizen für sie machen und sie mit Wasser, Tee und weiteren Broten versorgen. Erst als im Osten bereits der erste Schimmer des neuen Tages aufleuchtete, schaltete sie den Computer ab und rieb sich müde die Augen.

»Wenn du das bezahlen müsstest, würdest du arm werden«, erklärte sie selbstzufrieden.

Torsten streckte sich, bis seine Knochen krachten, und

schüttelte seufzend den Kopf. »Vielleicht könntest du mir erzählen, was du herausgefunden hast. Ich habe nämlich nicht das Geringste begriffen.«

»Das unterscheidet nun einmal einen normalen Menschen von einem Genie!«

Torsten ließ sich nicht provozieren, sondern forderte sie auf, mit Fakten herauszurücken.

Sie deutete mit einer großen Geste auf die Notizzettel. »Ich bin deinen Informationen nachgegangen, habe sie miteinander in Verbindung gebracht und ein paar Wahrscheinlichkeitsberechnungen angestellt. Hier ist das Ergebnis.«

»Das musst du mir erklären«, sagte Torsten, der nur eine verwirrende Fülle von Zahlen vor sich sah.

»Wie war das mit dem Genie?«, stichelte Petra. »Als Erstes habe ich gefragt, wohin Feiling und Hoikens verschwunden sein könnten. Italien hat hier eine Wahrscheinlichkeit von achtundsechzig Prozent.«

Torsten nickte erleichtert, obwohl Petra ihm damit nichts Neues sagte. Er hätte darauf gewettet, dass die beiden dorthin geflohen waren. In Italien existierte die größte rechtspopulistische Bewegung von ganz Europa.

Unterdessen setzte Petra ihre Erklärungen fort. »Weiter habe ich gefragt, ob all diese Anschläge und Aktionen von Feiling und seinen Leuten ohne Einfluss von außen durchgeführt werden konnten. Das wird mit fast achtzig Prozent verneint.«

»Es steckt also jemand anderes dahinter.«

»So sieht es aus.« Petra wies auf eine andere Zahlenkolonne. »Ich habe nachgefragt, um welche gesellschaftliche Gruppen es sich handeln könnte. Die höchste Wahrscheinlichkeit haben kirchliche Kreise. Das Ergebnis liegt dabei bei vierundzwanzig Prozent. Es steigt auf fünfundvierzig, wenn man es auf die konservativsten Gemeinschaften der Kirche eingrenzt. Allerdings kommt selbst Opus Dei nicht einmal auf dreißig Prozent, und das auch nur, wenn man sich auf die Betonköpfe dieser Gruppierung fokussiert.«

»Was ist noch konservativer als Opus Dei?«, fragte Torsten verwirrt.

Petra strahlte ihn triumphierend an. »Das habe ich mich auch gefragt und eine entsprechende Suchaktion durchgeführt. Es gibt mindestens ein Dutzend Gruppierungen in der katholischen Kirche, die so tiefschwarz sind, dass die Leute von Opus Dei schon als liberal gelten können. Die meisten von denen würden jedoch eine Zusammenarbeit mit Ratten wie Feiling kategorisch ablehnen.«

Torsten sah sie gespannt an. »Und wie viele würden das nicht tun?«

»Zwei oder drei, aber die sind so unbedeutend, dass Feiling nicht einmal den kleinen Finger für sie rühren würde. Aber ich habe etwas anderes entdeckt.« Petra rief ein anderes Fenster auf und zeigte auf zwei Worte.

»Filii Martelli«, las Torsten.

»Die Söhne des Hammers! Ein Orden, der angeblich im zwölften oder dreizehnten Jahrhundert gegründet und vom damaligen Papst wieder aufgelöst wurde. Das Tollste an diesem angeblich aufgelösten Bund aber ist, dass er anscheinend heute wieder existiert.«

Torsten schüttelte verwirrt den Kopf. »Wie kommst du darauf?«

»Das sagt mir mein Verstand. In den letzten Wochen ist die Internetseite des Vatikans, die Informationen über diese Gruppierung enthält, mehrfach aufgerufen worden. Außerdem habe ich noch etwas anderes entdeckt. Während der Türkenkriege wurden mehrere Feldherren wie Prinz Eugen, Markgraf Ludwig von Baden oder Jan Sobieski von ganz speziellen kirchlichen Kreisen als wahre Söhne des Hammers bezeichnet, die sich ihren Vorgängern würdig erwiesen hätten. Wenn die Söhne des Hammers damals noch ein Begriff gewesen sind, könnten sie es auch heute noch sein.«

Petra stöhnte theatralisch, um zu demonstrieren, wie mühsam es sei, nach den langen Stunden am Computer auch noch Vorträge halten zu müssen. Sie trank einen Schluck Wasser und stand dann auf. »So, das muss für heute reichen. Ich bin so müde, dass ich vierundzwanzig Stunden durchschlafen könnte.«

»Nimm das Bett! Ich lege mich auf die Luftmatratze.« Torsten war zu angespannt, um an Schlaf zu denken, wollte aber auf Petra Rücksicht nehmen. Während diese kurz im Badezimmer verschwand und sich dann hinlegte, begann er die erhaltenen Daten zu ordnen.

»Die Söhne des Hammers!« Torsten wusste nicht, was er von diesem Begriff halten sollte. Jedenfalls passten die Einzelteile zusammen. Da die Gruppierung als Ritterorden für den Krieg im Heiligen Land gegründet und später während der Kämpfe Habsburgs gegen die Türken erneut aufgetaucht war, konnte sie heute noch oder wieder existieren. Dabei mochte ihr Ziel immer noch das Gleiche sein, nämlich die Bekämpfung des Islam. In dieses Schema passten die Sprengung der Sendlinger Moschee und die Provokationen durch die Feiling-Anhänger während der Demonstration auf dem Marienplatz.

Das gescheiterte Sprengstoffattentat auf die Wieskirche gehörte wohl ebenfalls zu dem Plan. Wäre deren Zerstörung gelungen, hätten alle angenommen, Muslime hätten Revanche für ihre Moschee genommen.

Nach einer Weile intensiven Nachdenkens merkte Torsten, dass auch er immer müder wurde. Er brauchte entweder einen Spaziergang an der frischen Luft oder eine Mütze Schlaf. Jetzt am Morgen ziellos durch Neuperlach zu laufen war nicht gerade sein Ding. Daher ging er ins Badezimmer und machte sich bettfertig. Als er auf der Luftmatratze lag, dauerte es jedoch eine ganze Weile, bis er einschlafen konnte.

Als er aufwachte, geisterte Petra bereits wieder im Apartment herum und belegte sich gerade ein Brot mit einer doppelten Lage Salami. Torsten wollte sie noch einmal auf die Söhne des Hammers ansprechen, doch sie schüttelte sogleich den Kopf.

»Mehr, als ich dir gesagt habe, kriege ich über diese Bande nicht heraus. Am besten vergisst du alles wieder. Es sind doch nur Theorien.«

»Das wiederum glaube ich nicht. Auf jeden Fall hast du mir sehr geholfen.« Torsten wollte noch mehr sagen, doch Petra winkte lachend ab.

»Willst du vielleicht nach Rom fahren und jeden Bischof oder Kardinal fragen, ob er zu den Söhnen des Hammers gehört? Mein Guter, wenn die Leutchen noch existieren, handelt es sich um einen Geheimbund, und dessen Mitglieder laufen nicht mit einer Aufschrift herum.«

»Da hast du schon recht, aber …« Torsten brach ab. In der Nacht hatte er wirklich überlegt, nach Italien zu fahren, doch jetzt kam ihm dieser Vorsatz idiotisch vor. Rom war eine riesige Stadt und der Vatikan eine Festung für sich. Ohne Anhaltspunkte brauchte er da nicht anfangen zu suchen. Außerdem hatte sein Vorgesetzter ihm verboten, die Wohnung zu verlassen.

»Ich werde wohl Wagners Rat annehmen und zur Ausbildung in die Vereinigten Staaten fliegen!« Sogleich sträubte sich alles in ihm dagegen, denn es erschien ihm wie ein Verrat an Andrea.

Petra hatte inzwischen ihr Wurstbrot vertilgt und zog nun die Schuhe an. »Ich zische wieder ab, denn ich habe noch eine Menge zu tun. Würde mich freuen, wieder etwas von dir zu hören.«

»Das wirst du.« Torsten klopfte ihr auf die Schulter und brachte sie zur Tür. Bevor er diese jedoch öffnete, überzeugte er sich, ob die Warnanlage, die er mit Petras Hilfe angebracht hatte, auch funktionierte und die Luft rein war.

SIEBEN

Da sie nichts anderes tun konnte, dachte Graziella sich die schlimmsten Schimpfwörter aus, die sie sich vorstellen konnte, und warf sie Don Batista in Gedanken an den Kopf. Sagen konnte sie nichts, denn er hatte sie nach dem vergeblichen Verhör wieder geknebelt. Viel schlimmer war jedoch, dass er ihr keine Möglichkeit gegeben hatte, zur Toilette zu gehen, so dass ihr zuletzt nichts anderes übrig geblieben war, als der Natur freien Lauf zu lassen. Der Priester hatte zwar die Nase gerümpft, dann aber spöttisch die Lippen verzogen. Für ihn war es ein Teil der Folter, der er Graziella unterwarf, um ihren Willen zu brechen.

Im Gegensatz zu seiner Gefangenen hatte er in der Nacht gut geschlafen und fühlte sich am nächsten Morgen wie neugeboren. Graziella hingegen sah schrecklich aus. Die Hämatome unter ihren Augen schillerten in mehreren Farben, und ihre Wangen wirkten eingefallen. Don Batista beschloss, ihr einen Spiegel vorzuhalten. Frauen waren sehr auf ihr Aussehen bedacht, daher würde Graziella schneller reden, wenn sie ihre Schönheit gefährdet sah. Vorher wollte er sie jedoch noch ein wenig weichkochen.

»Du solltest dich mit deiner Morgentoilette beeilen, denn wir werden bald weiterreisen!«

Der Blick, mit dem Graziella ihn bedachte, war beredt genug, um zu verraten, was sie dachte.

Um die Lippen des Priesters erschien ein amüsiertes Lächeln. Schon bald würde dieses Weibsstück nicht mehr in der Lage sein, Gift und Galle zu versprühen, sondern winselnd zu seinen Füßen liegen und um Gnade flehen. Er schob diesen Gedanken wieder beiseite. Graziella Monteleone hatte ihn schon zu viel Zeit gekostet. Er konnte sich nicht länger um sie kümmern, sondern musste nach Rom zurück, um Kardinal Winter beizustehen. Da er die Frau jedoch nicht in diesem Lager lassen konnte, musste er sie einem seiner Vertrauten übergeben.

Sein Ärger auf Graziella brachte ihn auf den Gedanken, nicht den Archivar Lodovico auszusuchen, sondern Gianni, der mit seiner Vorliebe für geblümte Hemden auffiel. Der Mann war ganz scharf darauf, dem Weibsbild handgreiflich klarzumachen, dass eine Frau dazu geschaffen war, Männern zu Willen zu sein. Doch bevor er sie diesem Bullen übergab, wollte er ihr noch eine letzte Chance geben.

»In ein paar Stunden werden sich unsere Wege trennen. Du würdest dir vieles ersparen, wenn du jetzt redest.«

Ihr wütendes Kopfschütteln war eindeutig.

Ohne sich weiter um seine Gefangene zu kümmern, verließ Don Batista das Zelt und winkte Oberst Renzo zu sich. »Bald werden Gianni und ein weiterer Kamerad kommen. Sobald sie da sind, schicken Sie sie zu mir.«

»Mir wäre es lieber, Gianni würde nicht mehr hierherkommen. Ich habe nicht viel für den Mann übrig!« Renzo dachte daran, wie oft er mit diesem Menschen aneinandergeraten war. Gianni konnte seine Pfoten nicht von den Freundinnen seiner Kameraden lassen, und das führte immer wieder zu Stunk im Lager.

»Gianni wird nicht lange bleiben. Inzwischen könnte sich

jemand um die Gefangene kümmern. Die hat heute Nacht ins Höschen gemacht und stinkt zum Gotterbarmen. Zwei Ihrer Leute sollen sie aus dem Zelt holen und dort drüben waschen!«

Renzo hob abwehrend die Hände. »Vor allen Männern?«

»Da es sich um disziplinierte Soldaten unserer Bewegung handelt, wird es ihnen wohl nichts ausmachen.«

In Don Batistas Stimme lag so viel Hohn, dass Renzo ihm am liebsten einen Schlag versetzt hätte. Er verstand nicht, wieso Fiumetti ein Bündnis mit diesen klerikalen Fanatikern hatte eingehen können. Er selbst war für eine ehrliche Auseinandersetzung mit den Fäusten und liebte große Aufmärsche mit begeisternden Reden. Die Heimlichkeit, die mit Don Batista und den anderen Pfaffen Einzug gehalten hatte, war ihm zuwider. Doch solange die Anführer der Bewegung dieses Bündnis guthießen, musste er sich daran halten.

Kochend vor Wut wandte er sich um und wies zwei seiner Männer an, die Gefangene aus dem Zelt zu holen. »Passt aber auf. Unser Freund hier hat sie in der Nacht nicht zur Toilette gehen lassen.«

Der Priester konterte gelassen: »Zieht das Weibsstück aus, spritzt es mit einem Wasserschlauch ab und steckt es in Hemd und Hosen aus euren Beständen.«

»Sollen wir einen ganz speziellen Schlauch zum Abspritzen nehmen?«, fragte einer anzüglich und griff sich dabei in den Schritt.

»Halt die Schnauze!«, fuhr Renzo ihn an.

Der Oberst konnte jedoch nicht verhindern, dass mehrere seiner Leute Graziella aus dem Zelt zerrten, ihr die Fesseln lösten, den Knebel abnahmen und sie trotz aller Gegenwehr bis auf die Haut auszogen. Ein anderer brachte eine Kompressorpumpe und einen Wasserschlauch und spritzte sie unter dem Gejohle seiner Kameraden von oben bis unten ab. Sie verkrampfte sich und wand sich vor Verlegenheit. So gedemütigt zu werden, hatte sie sich in ihren schlimmsten Albträumen nicht vorstellen können. Aber sie wollte sich nicht schwach zeigen und kämpfte gegen ihre Tränen an. Die Angst vor dem, was danach mit ihr passieren würde, schnürte ihr fast die Luft ab. Als die Männer von ihr abließen, war Graziella wieder sauber, aber ihre Haut brannte, als habe man sie ihr abgeschält.

Die ganze Mannschaft sah dabei zu und gab johlend ihre Kommentare dazu ab. Einer der Burschen wandte sich grinsend an Don Batista. »Sie haben ein bildhübsches Mädchen bei sich, obwohl Sie selbst nichts damit anzufangen wissen. Bei diesem Hintern und dem Busen werden einem ja direkt die Hosen zu eng.«

Er zupfte an der besagten Stelle, während Renzo die Sache zu dumm wurde. Er scheuchte die Kerle zurück und reichte Graziella ein paar Kleidungsstücke.

»Zieh dich an!«

Graziella schlüpfte so rasch in die Hose und das olivfarbene Unterhemd, als würde der Stoff ihr eine gewisse Sicherheit bieten. Beides war zu groß, und da man ihr keine Unterwäsche gegeben hatte, rieb der harte Stoff zwischen ihren Beinen. Trotzdem war sie froh, nicht mehr nackt vor den Kerlen stehen zu müssen.

Die Ankunft zweier Autos beendete das Zwischenspiel. Renzos Männer rannten scheinbar kopflos auseinander, da begriff Graziella, dass die meisten Pistolen oder Schnellfeuergewehre holten, um auf einen Angriff vorbereitet zu sein. Es handelte sich jedoch nur um den Mann, den Renzo am Tag zuvor losgeschickt hatte, um einen anderen Wagen zu holen, sowie um Lodovico und Gianni, die sich unterwegs getroffen hatten und gemeinsam hierher gefahren waren.

Don Batista winkte den beiden zu und zeigte auf Graziella. »Da mich dringende Pflichten nach Rom rufen, werdet ihr beide euch um das Weibsstück kümmern. Schafft es ins Camp A und bringt es dort zum Sprechen.«

Giannis Augen glitzerten begehrlich auf, während Lodovico ihn besorgt anblickte.

»Ich habe nur noch für heute Urlaub, Don Batista.«

»Ich kümmere mich darum, dass er verlängert wird. Oder besser – ich gebe Bescheid, dass du in einem abgelegenen Kloster nach bestimmten Dokumenten suchen musst und so rasch nicht zurückkehren kannst. Du ...« Don Batistas rechter Zeigefinger fuhr auf den Fahrer des anderen Wagens zu, »wirst mich jetzt nach Rom bringen und stehst mir dort als Diener und Leibwächter zur Verfügung.«

»Nicht auch noch für etwas anderes?«, rief einer von hinten.

Wütend drehte Don Batista sich um, doch der Sprecher hatte sich schon hinter einigen Kameraden versteckt. Sein neuer Leibwächter winkte nur ab, denn er war der Langeweile im Lager längst überdrüssig geworden und freute sich auf die Abwechslungen, die die Großstadt bot.

Während alle anderen auf Don Batista achteten, trat Gianni auf Graziella zu und kniff sie schmerzhaft in den Busen.

»Wir zwei werden noch viel Spaß miteinander haben!«

»Finger weg!« Sie funkelte ihn wütend an, doch sie wusste genauso wie er, dass sie ihm hilflos ausgeliefert war.

ACHT

Torsten Renk war kaum eingeschlafen, als seine Sicherheitseinrichtung ansprang und gleichzeitig heftig gegen die Wohnungstür gepocht wurde. Er sprang aus dem Bett, ließ sich über den Boden rollen und schnappte im Reflex nach seiner Sphinx. Noch während er den Lauf auf die Tür richtete, hörte er draußen Major Wagner brüllen.

»Renk, zum Teufel, machen Sie sofort auf, sonst trete ich die Tür ein.«

Torsten kannte seinen Vorgesetzten gut genug, um zu wissen, dass dieser seine Drohung wahrmachen würde. Verärgert, weil er auf eine so rüde Weise geweckt worden war, steckte er seine Pistole weg und trat an die Tür.

»Sie sind heute aber verdammt stürmisch, Herr Major!«

Wagner kam mit der Miene eines gereizten Büffels herein und baute sich breitbeinig vor Torsten auf.

»Meine Geduld mit Ihnen ist zu Ende! Jetzt ist Schluss mit der Faulenzerei! Haben Sie mich verstanden?«

»Sie haben ja laut genug geredet!« Torsten fragte sich, was in seinen Vorgesetzten gefahren sein mochte.

»Ihre coolen Sprüche können Sie für sich behalten. Vielleicht helfen sie Ihnen dort, wo Sie jetzt hinkommen«, schnauzte ihn der Major an.

Torsten verschränkte die Arme vor der Brust und versuchte ruhig zu bleiben. »Ich habe derzeit Urlaub. Sie haben ihn mir selbst genehmigt.«

»Das war einmal. Jetzt ist der Urlaub vorbei, und zwar ab sofort. Ich bin heute von einem Typen aus dem Verteidigungsministerium angerufen und zusammengefaltet worden. Dort ist man stocksauer, weil ich Ihnen erlaubt hätte, sich in die Angelegenheiten des BKA einzumischen und auf dem Marienplatz herumzuballern. Auf alle Fälle hat man mir dringend angeraten, Sie umgehend wieder nach Afghanistan zu schicken oder ans Horn von Afrika. Ich glaube ebenfalls, dass es das Beste für Sie ist, wenn Sie sich sofort wieder auf die Arbeit stürzen. Außerdem habe ich einen Platz, an dem ich Sie gut brauchen kann.«

Zunächst hatte Torsten dem Major fassungslos zugehört, doch dann arbeitete sein Gehirn so logisch und kühl wie meist, wenn er sich unerwarteten Situationen gegenübersah. Zwei Vermutungen verfestigten sich. Er musste bei seiner Suche nach den Hintermännern des Mordes an Andrea weiter gekommen sein, als er gedacht hatte, und dabei einige Leute sehr nervös gemacht haben. Zweitens war der Einfluss seiner Gegner größer, als er es sich hatte vorstellen können, denn sonst wären sie nicht in der Lage, ihn in eine Gegend zu schicken, in der er nichts mehr gegen sie unternehmen konnte.

Da Torsten keine Antwort gab, klopfte Wagner mit den Fingerknöcheln auf den Tisch. »Jetzt hat es Ihnen wohl die Sprache verschlagen, was? Wenn Ihnen Kugeln und Raketen um die Ohren fliegen, werden Sie sie schon wiederfinden.«

»Geht es in Afghanistan wieder los?«, fragte Torsten.

Sein Vorgesetzter lachte bitter. »Dort hat es nie aufgehört. Nein, ich rede vom Kosovo. Gestern wurde eine unserer Patrouillen unter Beschuss genommen. Das Ergebnis waren fünf Tote und ein zerstörtes Fahrzeug. Die armen Hunde hatten keine Chance. Renk, finden Sie die Kerle, die unsere Leute ermordet haben! Im Kosovo können Sie Ihre Schießkünste besser anwenden als auf dem Münchner Marienplatz.«

Er sagt es in einem Ton, als mache es mir Freude, Menschen abzuknallen, fuhr es Torsten durch den Kopf. Gleichzeitig dachte er an die Kameraden, die einem heimtückischen Anschlag zum Opfer gefallen waren, und überlegte, wer dafür verantwortlich sein konnte. Die Auswahl war nicht besonders groß. Entweder waren es serbische Freischärler gewesen, die es den Albanern in die Schuhe schieben wollten, oder den Albanern passt die Anwesenheit der Bundeswehr in ihrem Gebiet nicht mehr. Torsten war sicher, dass er die Wahrheit in kurzer Zeit herausfinden würde. Danach konnte er sich wieder um Feiling und die Söhne des Hammers kümmern.

»Wann soll es losgehen, Herr Major?«

»Noch heute Nachmittag. Ich bringe Sie persönlich nach Fürstenfeldbruck. Dort steht eine Transall, die Sie nach Prizren bringt.«

»Sie treiben einen unverhältnismäßig großen Aufwand für mich«, spottete Torsten.

Wagner fuhr mit der Hand durch die Luft. »Die Maschine fliegt nicht Ihretwegen, sondern bringt turnusgemäß Ausrüstung und neue Leute dorthin. Ich habe Ihnen eine Kabine erster Klasse besorgt.« Er grinste Torsten ins Gesicht, denn beide wussten, wie laut und unbequem der Flug mit einer Transall war.

Torsten schenkte sich eine Antwort und sagte: »Es gibt nur ein Problem. Ich müsste die Wohnung hier auflösen.«

»Das erledige ich für Sie. Das Zeug lasse ich irgendwo lagern. Und jetzt beeilen Sie sich! Der Wagen wartet.«

Torsten zuckte mit den Schultern und suchte dann die Sachen zusammen, die er mitnehmen wollte. Als er fertig war und sich seinen Seesack auf den Rücken warf, drehte er sich zu seinem Vorgesetzten um. »Wenn ich Ihnen einen Tipp geben darf, Herr Major: Ich glaube, unsere Freunde Feiling und Hoikens befinden sich in Italien.«

»Und ich gebe Ihnen gleich einen Tritt in den Hintern, wenn Sie noch länger herumtrödeln. Das Flugzeug wartet nicht auf Sie!«

NEUN

Graziella hatte nicht die leiseste Ahnung, an welchen Ort Gianni und Lodovico sie verschleppen würden. Obwohl sie den Archivar nie gemocht hatte, war sie doch froh um seine Anwesenheit, denn Gianni sah ganz so aus, als würde er am liebsten auf dem nächsten Parkplatz anhalten und über sie herfallen. Offensichtlich hinderte Lodovicos Anwesenheit ihn jedoch daran, sich an ihr zu vergreifen. Die beiden hatten sie zuerst in den Kofferraum sperren wollen, sich dann aber anders entschieden. Jetzt lag sie gefesselt und geknebelt auf dem Rücksitz. Obwohl ihre Entführer keine Angst vor den Carabinieri zu haben schienen, hoffte Graziella auf eine Verkehrskontrolle, bei der sie sich bemerkbar machen konnte.

Doch der Tag verging, und auch in der hereinbrechenden Nacht hielt kein rettender Engel in der Uniform eines Polizisten den Wagen auf.

Als es dunkel war, steuerte Gianni einen Parkplatz an und drehte sich dort zu Graziella um. Seine Hand fuhr unter ihr Hemd und er knetete schmerzhaft ihre Brüste. »Was hältst du davon, wenn unser Aktenwühler hier einen kleinen Spaziergang unternimmt und wir uns ein wenig miteinander beschäftigen?«

»Du hast wohl vergessen, dass wir um eine bestimmte Uhrzeit an unserem Ziel sein müssen!« Lodovico reckte sich kurz und drehte die Lehne ein Stück zurück. »So ist es gemütlich. Jetzt fehlt nur noch Wein und Pasta, dann wäre das Idyll vollkommen.«

Graziella, die seit mehr als einem Tag nichts mehr zu essen bekommen hatte, knurrte bei der Erwähnung der Nudeln der Magen. Auch hatte sie Durst, doch selbst als Gianni ihr den Knebel aus dem Mund zog, sagte sie nichts, sondern funkelte ihn nur wütend an.

»Du willst wohl die Prinzessin spielen, die sich mit einem wie mir nicht abgeben will. Aber du wirst mich noch auf Knien anflehen, damit ich dich vögle.« Gianni gab ihr eine Ohrfeige und setzte sich dann wieder auf seinen Sitz.

Lodovico krauste ärgerlich die Nase. »Du solltest dir ins Gedächtnis rufen, dass wir das Mädchen nicht mitgenommen haben, damit du es bumsen kannst, sondern um es zu verhören.«

»Das eine schließt das andere nicht aus. Vielleicht redet sie, wenn ich sie einmal so richtig hergenommen habe. Meinetwegen kannst du sie dann ebenfalls haben. Oder gehörst du zur selben Fakultät wie dein Chef?«

Lodovico ging nicht auf diese Anspielung ein, sondern wies auf das graue Band der Straße. »An deiner Stelle würde ich vorerst die Finger von ihr lassen. Hier kommen zu viele Autos vorbei. Es braucht nur einer etwas zu sehen, und dann haben wir die Carabinieri am Hals. Don Batista würde sich freuen, unsere Gesichter in den Abendnachrichten zu sehen und dabei zu hören, dass wir die Nichte eines Kardinals entführt hätten.«

»Alter Spielverderber!« Gianni knurrte ärgerlich, drehte sich aber noch einmal zu Graziella um und kniff ihr zwischen die Beine.

»Du wirst noch etwas warten müssen, meine Liebe. Aber sobald wir an unserem Ziel angelangt sind, werde ich mich mit dir beschäftigen. Du brauchst keine Angst zu haben, dass du nicht auf deine Kosten kommst. Bisher hat sich noch keine beschwert.«

»Du gehörst wohl auch zu denen, die nur mit ihrem Schwanz denken!« Lodovico gab Gianni einen Stoß und forderte ihn auf weiterzufahren.

Um ihn zu ärgern, schaltete Gianni das Autoradio an und stellte es so laut, dass der Innenraum vibrierte. Während er aus voller Kehle mitsang, nutzte Graziella die Geräuschkulisse, um an ihren Fesseln zu arbeiten. Sie hatte das Klebeband um ihre Handgelenke bereits gelockert und hoffte, es ganz loszuwerden. Es kostete sie einige Fetzen Haut, und sie musste sich auf die Lippen beißen, um nicht vor Schmerz zu stöhnen, doch dann waren ihre Arme frei. Ein Blick nach vorne zeigte ihr, dass ihre beiden Entführer sich im Moment nicht um sie kümmerten. Rasch beugte sie sich nieder und löste die Fesseln um ihre Knöchel. Als es geschehen war, atmete sie tief durch und wartete auf eine günstige Gelegenheit, aus dem Auto springen zu können. Nach einer Weile erreichten sie die Autobahn, und Gianni drückte aufs Tempo. So um die hundert Kilometer ging es auch gut, doch dann staute sich der Verkehr, und Gianni musste die Geschwindigkeit verringern. Graziella spähte kurz nach vorne und sagte sich, dass sie nur den nächsten Wagen erreichen musste, um Hilfe zu erhalten. Sie wartete, bis das Auto fast stand, und schnappte nach dem Türgriff. Doch als sie daran zerrte, tat sich nichts.

»So eine Kindersicherung ist schon etwas Feines, meinst du nicht auch, Gianni?« Lodovicos Stimme klang amüsiert, und Graziella begriff, dass er sie im Rückspiegel beobachtet hatte. Wütend trommelte sie mit ihren Fäusten gegen den Vordersitz und brach in Tränen aus.

»Ihr elenden Schufte, euch sollte man in ein rattenverseuchtes Loch sperren und die Schlüssel wegwerfen!«

Während Lodovico sich zu amüsieren schien, fuhr Gianni wie von der Tarantel gestochen herum. »Was ist los?« Dann sah er, dass Graziella ihre Fesseln abgestreift hatte, und fluchte.

»So ein Miststück! Na warte, dir werde ich es zeigen.« Er

wollte aussteigen, um nach hinten zu gehen, doch da hielt der Archivar ihn auf.

»Idiot! Wenn du das tust, tritt sie dir in die Eier und ist schneller weg, als du schreien kannst.«

»Was willst du sonst tun?«, fragte Gianni ärgerlich.

»Du wirst jetzt dort vorne die Abzweigung nehmen, damit wir die anderen Autos loswerden. Sobald wir an eine geeignete Stelle kommen, greifst du nach hinten und hältst sie fest. Ich komme dann von außen und fessle sie wieder.«

»Dann kannst auch du sie festhalten und ich komme von außen«, schlug Gianni vor.

Lodovico schüttelte freundlich lächelnd den Kopf. »Du willst sie ja doch nur durchziehen. Aber dafür haben wir jetzt keine Zeit.«

Während Gianni von der Straße abbog und nach ein paar hundert Metern den Wagen anhielt, kämpfte Graziella mit den Tränen. Sie hatte noch versucht, die Fahrer der anderen Autos auf sich aufmerksam zu machen, aber durch die getönten Seitenfenster und das Heckfenster hindurch hatten diese ihr verzweifeltes Winken als Gruß angesehen und zurückgewinkt.

Als Gianni zu ihr nach hinten griff, versuchte sie sich so klein wie möglich zu machen. Sie hatte jedoch keine Chance, den beiden Männern zu entkommen. Kaum hatte Gianni sie gepackt, öffnete Lodovico die hintere Tür, und kurz darauf lag sie zu einem Paket verschnürt unter einer Decke. Diesmal saßen die Fesseln so straff, dass sie den Blutfluss unterbrachen und ihre Hände und Füße zu kribbeln begannen. Lodovico stopfte ihr wieder einen Knebel in den Mund und sah sie dann grinsend an.

»Du bist ein mutiges Mädchen, Graziella. Schade, dass du nicht zu uns gehörst.«

ZEHN

Gianni fuhr mit fast traumwandlerischer Sicherheit über weitere Feldwege und kehrte erst auf die Autobahn zurück, als der Stau hinter ihnen lag. Jetzt konnte er wieder aufs Gas treten und musste ein paarmal von Lodovico an das Tempolimit erinnert werden. Graziella verlor jegliches Zeitgefühl und fürchtete schon, sie wäre tot und in einer besonderen Hölle, in der sie bis zum Jüngsten Tag gefesselt auf dem Rücksitz eines Autos durchgeschüttelt würde.

Irgendwann aber rollte der Wagen aus, und Gianni schaltete den Motor ab. »Endstation! Alles aussteigen!«

Das würde ich ja gerne, du Hurensohn!, schimpfte Graziella still vor sich hin. Da wurde die Tür aufgerissen. Zwei Hände packten sie und zogen sie aus dem Wagen. Als die Decke herabrutschte, stellte sie fest, dass es Lodovico war. Trotz der rauen Behandlung war sie froh, nicht wieder von Gianni befingert zu werden.

Der Archivar setzte sie auf einer alten Bank ab, die vor einem von mehreren windschiefen Schuppen stand, und sie hörte dicht vor sich Wellen ans Ufer schlagen. Eine einzige Lampe spendete trübes Licht, konnte den Platz aber ebenso wenig ausleuchten wie die schmale Mondsichel über dem Bergkamm.

Der Geruch nach Salz verriet Graziella, dass ihre Entführer sie an die Küste gebracht hatten, und sie fragte sich, was die Kerle hier suchten. Hatten sie vor, sie in einem der Schuppen zu verhören und dann im Meer zu versenken? Sie schauderte bei dem Gedanken an das, was Gianni mit ihr anstellen würde. Dann schalt sie sich eine Närrin. Don Batista hatte doch gesagt, dass sie in ein anderes Lager gebracht werden sollte. Wie hatte der Priester es genannt? Camp A?

Sie hatte Renzos Lager in den Abruzzen gesehen. Es war nicht besonders groß gewesen, hatte aber weitaus lebendiger gewirkt als diese Hütten. Also konnte dies nicht der Ort sein, an den sie geschafft werden sollte.

Noch während sie nachsann, ob sie in einem belebten Camp mehr Chancen zur Flucht bekommen würde als in dieser gottverlassenen Gegend, hörte sie das Geräusch eines Lastwagens, der sich den Schuppen näherte. Gianni eilte ihm entgegen und begrüßte den Fahrer höchst erfreut. Lodovico kam nun mit drei weiteren Männern aus einem der Schuppen heraus. Einer davon winkte dem Neuankömmling ebenfalls zu. Die beiden anderen blieben im Hintergrund und unterhielten sich leise auf Deutsch – eine Sprache, die Graziella zumindest rudimentär beherrschte.

Unterdessen trat Gianni neben den Lkw und öffnete die Tür. »Dachte schon, du würdest es nicht mehr schaffen, Bruno!«

»Bei Foggia hat es einen Unfall mit Vollsperrung der Autobahn gegeben. Deshalb musste ich ein Stück über die Dörfer fahren.« Das Italienisch des Mannes war zu schlecht, um seine Muttersprache sein zu können. Graziella hielt auch ihn zunächst für einen Deutschen, doch schwang in seiner Wortmelodie ein Ton mit, den sie auch bei Kardinal Winter bemerkt hatte. Also handelte es sich um einen Österreicher. Ihr Verdacht verstärkte sich, als sie im Schein einer Lampe, die Lodovicos Begleiter einschaltete, das Kennzeichen des Lastwagens erkennen konnte. Der Beschriftung des Wagens nach transportierte er Milchprodukte, doch was die Männer jetzt ausluden und neben einem Schuppen stapelten, waren keine Käseschachteln, sondern Kisten aus Holz. Diese schienen recht schwer zu sein, denn die Männer keuchten bald und wischten sich immer wieder den Schweiß von der Stirn.

»Das nächste Mal kommst du früher!«, tadelte Gianni den Österreicher.

Der zuckte mit den Schultern. »Wenn es geht, gern. Aber zaubern kann auch ich nicht. Wir können froh sein, dass alles so gut klappt. Wenn das mit der EU und dem Schengener Abkommen nicht wäre, hätte ich bei der Zollkontrolle Probleme mit meinem Käse.«

»Käse ist gut!« Gianni lachte wiehernd, öffnete eine der Kisten mit einer Brechstange und holte eine Pistole heraus. Damit fuchtelte er Graziella vor dem Gesicht herum, lud dann durch und setzte ihr die Mündung auf die Stirn.

»Und Schuss«, kicherte er und drückte ab.

Graziella zuckte zusammen, aber es ertönte nur ein Knacken.

»Die Spritze war nicht geladen. Aber beim nächsten Mal ist sie es vielleicht. Österreichische Qualitätsarbeit für die große nationale Revolution.«

»Idiot! Musst du ihr alles erzählen?« Lodovico versetzte Gianni einen Stoß, doch der winkte lachend ab.

»Ist doch egal. Wer weiß, vielleicht schwenkt sie sogar auf unsere Seite über. Ich tue mein Bestes dafür.«

Das wirst du nicht erleben, und wenn du schwarz wirst, dachte Graziella und wandte den Kopf ab, um den Kerl nicht länger ansehen zu müssen.

Die Männer unterhielten sich leise und schienen auf etwas zu warten. Immer wieder blickte einer von ihnen auf das Meer hinaus, doch da draußen tat sich nichts. Mit einem Mal aber stiegen südlich von ihnen weit draußen auf dem Meer Leuchtkugeln in den Himmel. Dann erscholl der schnelle Salventakt automatischer Waffen.

Graziella starrte fasziniert auf die Lichtspiele in der Ferne und hoffte, da täte sich etwas, das ihr helfen könnte. Doch Gianni, der Mann aus dem Schuppen und der Österreicher blieben ruhig, während die beiden Deutschen und Lodovico nervös mit den Füßen scharrten.

»Was ist da draußen los? Das werden doch nicht unsere Leute sein?«, fragte der Archivar.

»Sind sie auch nicht. Die kommen nämlich von dort.« Gianni wies dabei auf einen schwarzen Schatten, der mit gedrosseltem Motor näher kam und auf die Schuppen zuhielt.

»Auf Besnik ist Verlass! Den kriegt die Küstenwache nie. Der besitzt nämlich zwei Spezialboote, die auf dem Radar fast unsichtbar sind. Die Kästen waren nicht billig, aber die Anschaffung hat sich gelohnt!« Gianni klang so zufrieden, als wäre er selbst der Besitzer des Bootes, welches langsam sichtbar wurde. Der Mann neben ihm richtete den Strahl der Lampe auf das Ufer, so dass die Leute im Boot die Mole sehen konnten. Kurz darauf schwang das Boot herum und landete mit einer sanften Bewegung an. Ein Mann warf eine Leine herüber. Der Österreicher fing sie auf und wickelte sie um einen Pfahl.

»Buongiorno, Signori, oder soll ich besser sagen, gute Nacht?« Ein Mann, der recht gut Italienisch sprach, sprang an Land und umarmte Gianni und dessen Männer lachend.

»Gut herübergekommen, Besnik?«, fragte Gianni.

»Natürlich! Was denkst du denn?«

Lodovico zeigte nach draußen, wo sich nun wieder tiefe Nacht über das Meer gesenkt hatte.

»Wir haben Schüsse gehört und Leuchtfeuer gesehen! Da dachten wir schon, die Küstenwache hätte euch erwischt.«

Besnik winkte lachend ab. »Uns doch nicht! Das waren irgendwelche arme Narren, die Zigaretten schmuggeln wollten. Weißt du, von Zeit zu Zeit müssen wir der italienischen Küstenwache ein Erfolgserlebnis gönnen, sonst wird sie lästig. Jetzt liegen einige hunderttausend Zigaretten auf dem Meeresgrund und sorgen dafür, dass die Fische an Nikotinvergiftung krepieren. Aber wenn man in einem Ristorante nicht mehr rauchen darf, müssen eben die Frutti da Mare den Nikotinspiegel oben halten.«

Die anderen, die zu Gianni gehörten, lachten und fragten dann, welche Ladung das Boot mitgebracht hätte.

Der Schiffer grinste und wies mit einer ausladenden Geste auf das etwa zehn Meter lange Gefährt. »Mit Sicherheit keine Zigaretten. Die überlassen wir den Amateuren. Wir haben eine Tonne Heroin bester Güte dabei, etliches an Haschisch und die neuen Lusttabletten, die derzeit in Westeuropa so gefragt sind. Die machen aus einer braven Nonne eine Hure, sage ich euch, und für einen Mann sind sie weitaus besser als Viagra. Allerdings sollte man sie nicht allzu oft nehmen. Die Nebenwirkungen sind noch nicht erforscht. Dafür haben unserem Produzenten die weißen Mäuse gefehlt.«

Er erntete einen weiteren Lachsturm, wurde selbst aber ernst und schnippte auffordernd mit den Fingern. »Wir sollten jetzt ausladen und die neue Fracht an Bord nehmen. Zu lange will ich nicht hierbleiben.«

»Also frisch ans Werk!« Der Österreicher spuckte in die Hände und stieg auf das Boot. Einer von Besniks Begleitern reichte ihm die erste Kiste, die er an Gianni weitergab. Von diesem nahm der Mann aus dem Schuppen sie entgegen und trug sie zu Brunos Lastwagen. Auch Besnik und die beiden Fremden reihten sich jetzt in die Kette ein, während Lodovico sich neben Graziella auf die Bank setzte und ihr spöttisch erklärte, dass eben Rauschgift im Wert von mehreren Millionen Euro aus dem Schnellboot ausgeladen wurde.

Schließlich war das Boot leer, und Besnik wandte sich an Gianni. »Welche Ladung bekomme ich? Das Übliche?«

»Ja, und dazu fünf Passagiere, die auf die andere Seite müssen.«

»Rekruten für eure famose Armee? Ich dachte, die reisen

als Touristen ein! Oder sind es Leute, die rasch verschwinden müssen?«

So wie die Deutschen sich benahmen, hielt Graziella dies für sehr wahrscheinlich. Die beiden sahen sich immer wieder besorgt um und schienen auch nicht gerade begeistert über die Gesellschaft zu sein, in der sie sich befanden. Jetzt flüsterten sie miteinander, waren aber zu weit weg, als dass Graziella etwas hätte verstehen können. Die Blicke, mit denen sie Besnik, aber auch Gianni und Bruno bedachten, bewiesen ihr, dass sie nicht viel von diesen Leuten hielten. Einer der beiden Deutschen war blond, und sein Gesicht erinnerte sie an Brad Pitt. Der andere war schon älter und wirkte wie ein ehemaliger Preisboxer. Graziella waren beide nicht sonderlich sympathisch, aber dennoch überlegte sie, ob sie diese Männer um Hilfe bitten sollte.

Besnik blickte auf seine Uhr und drängte zur Eile. Die Männer luden jetzt die Waffenkisten auf das Boot. Der blonde Deutsche streichelte eine der Kisten und sagte zu seinem Begleiter, dass ihm diese Ladung besser gefallen würde als das Zeug, das dieser Schwarzkopf aus Albanien gebracht hatte.

Bei dieser Bemerkung begriff Graziella, dass es sich bei den Leuten um deutsche Faschisten handeln musste – oder Neonazis, wie sie dort genannt wurden. Das versetzte ihrer Hoffnung auf Hilfe einen argen Dämpfer. Trotzdem war sie nicht bereit, so einfach aufzugeben. Ihr Deutsch war gut genug, um sich mit den Leuten verständigen zu können, und ewig würden Gianni und Lodovico sie nicht knebeln. Es galt nur, den richtigen Augenblick nicht zu versäumen.

ELF

Nachdem das Boot beladen war, wurde Graziella in eine winzige Kabine gesperrt, ohne dass man ihr die Fesseln oder den Knebel abgenommen hätte. Sie lag auf einem Stapel Zeitschriften und Zeitungen in italienischer Sprache, die ebenfalls nach Albanien geschafft werden sollten. Bei der Erwähnung dieses Landes war es ihr kalt den Rücken hinuntergelaufen, und jetzt gaukelte ihr die Phantasie die schlimmsten Dinge vor, die ihr dort passieren konnten. Sie sah sich schon auf dem Balkan oder sogar im Vorderen Orient in einem Bordell und hätte ihre Angst am liebsten aus sich hinausgeschrien. Da Gianni das Licht angelassen hatte, wälzte sie sich herum und begann, die Titelseiten der Zeitungen und Zeitschriften zu überfliegen, um nicht weiter ihren quälenden Gedanken ausgeliefert zu sein. Einer der Packen schien das Parteiorgan der Fiumetti-Bewegung zu enthalten, denn das oberste Blatt strotzte vor markigen Sprüchen und prophezeite die baldige Wende im Sinne ihres Anführers. Des Weiteren war ein Stapel mit Zeitschriften dabei, mit denen Männer sich ungern in der Öffentlichkeit sehen ließen. Angewidert von den Pornobildern wandte Graziella sich der nächsten Zeitung zu. Es handelte sich um eines der üblichen Blättchen, die auch sie manchmal las. Eine der Überschriften ließ sie erstarren.

»Kardinal Giuseppe Antonio Monteleone im Kloster San Isidoro einem Herzschlag erlegen!«

Darunter stand zu lesen, dass Seine Heiligkeit in ihm eine große Stütze und einen wahren Kämpfer für den Glauben verloren habe und für seine Seele beten werde. Auch sei ein Staatsbegräbnis für den verstorbenen Kardinal vorgesehen.

Ihr Großonkel war tot! Trotz seiner Marotten und altmodischen Ansichten hatte sie den alten Mann liebenswert gefunden und war gerne seine Hausdame und Sekretärin gewesen. Dieser Abschnitt ihres Lebens war nun unwiderruflich vorbei. Wenn es ihr wirklich gelingen sollte, ihren Entführern zu entkommen und nach Hause zurückzukehren, würde ihr der Palazzo des Kardinals kalt und leer erscheinen. Während ihre Tränen rannen, packte sie die Wut. Ihr Onkel war ermordet worden, und die Behörden sprachen von einem Herzschlag. Graziella dachte an Kardinal Rocchigiani, der einem Bergunfall zum Opfer gefallen sein sollte. Mit Sicherheit hatten Winters Gefolgsleute auch den alten Freund ihres Großonkels umgebracht. Es war höchst bedauerlich, dass Rocchigiani seinen Verdacht gegen Winter für sich behalten und nicht ihrem Großonkel mitgeteilt hatte. Gemeinsam hätten die beiden alten Herren diese machtgierige Kröte wohl stoppen können. So aber war es Winter gelungen, zum Kardinal ernannt zu werden, und er zählte nun zu den Männern, die den nächsten Papst wählen durften – und auch selbst dazu gemacht werden konnten.

Bei dem Gedanken überlief es Graziella kalt. War das Winters Plan? Dann würde die Kröte noch etliche aus dem Weg räumen müssen. Vor allem die Kardinäle aus Afrika oder Asien würden einen Mann, der sich mit Rassenfanatikern vom Schlage eines Fiumetti zusammentat, niemals an die Spitze der Christenheit wählen. Noch während sie darüber nachdachte, fiel Graziella ein, dass Winter sich niemals in der Öffentlichkeit mit rechtsnationalen Politikern hatte sehen lassen. Wie beredt er zudem auftreten konnte, hatte sie am Beispiel ihres Onkels erlebt. Dieser war von Winter begeistert gewesen, und das trotz seines Ärgers, bei der Wahl des neuen Oberhaupts der Söhne des Hammers übergangen worden zu sein.

Graziella spürte, wie das Boot, das bisher gemächlich über

die Wasser der Adria geglitten war, Fahrt aufnahm. In dem Augenblick hoffte sie, die italienische Küstenwache wäre wachsam genug, das Boot zu entdecken, zu verfolgen und aufzubringen. Doch die Zeit verging, und als der Kahn wieder langsamer wurde, wusste sie, dass alles Beten umsonst gewesen war. Sie hatten Albanien erreicht.

ZWÖLF

Die Transall hatte sechzig Mann und genug Ausrüstung geladen, um den Flug eng und unbequem zu machen. Die Soldaten kamen von einem Standort in Niedersachsen und hatten bereits von dem Überfall auf die Patrouille bei Globočica im Dreiländereck Kosovo–Albanien–Mazedonien gehört. Auf Torsten wirkten sie verunsichert, versuchten dies aber durch markige Sprüche und forsches Auftreten zu überspielen. Torsten hatte sich zu Beginn des Fluges mit ein paar der Soldaten unterhalten, um die Gedanken an Andrea und ihre Mörder zu verdrängen und sich auf seine neue Aufgabe vorzubereiten. Jetzt aber saß er zurückgelehnt an der Maschinenwand und hörte nur noch zu.

Major Wagner hatte ihm keinen Hinweis auf die Leute geben können, die hinter dem Überfall auf das Bundeswehrfahrzeug steckten, da die Verhältnisse in dieser Gegend zu verworren waren. Aus diesem Grund würde er sich bei den verantwortlichen Bundeswehroffizieren vor Ort über die Lage informieren müssen.

Torsten trug nun auch wieder Uniform, unterschied sich aber durch die helleren Tarnfarben von den Niedersachsen und wurde dadurch gleich zu einem Außenseiter. Auch seine Ausrüstung war anders. Normale Bundeswehrleutnants trugen keine Pistolen im Schulterhalfter. Zudem führte er statt der schweren Kampfausrüstung mit ballistischer Weste, Gasmaske, einer G36 Schnellfeuerwaffe mit aufsetzbarem Granatwerfer und allem möglichen Krimskrams nur seinen Seesack und die Tasche mit dem Laptop mit sich. Ein Gewehr fehlte ihm ebenso wie die Feldflasche, der Beutel für die Nahrungsrationen und dergleichen mehr.

Daher fand Torsten sich im Zentrum interessierter Blicke wieder und vernahm etliche Bemerkungen, die auf ihn gemünzt waren.

»Wahrscheinlich einer vom MAD. Der soll wohl den Anschlag untersuchen«, raunte ein Obergefreiter einem seiner Kameraden zu.

Der hob erstaunt den Kopf. »Glaubst du, die schicken nur einen Mann?«

»Nein, bestimmt nicht. Wahrscheinlich soll er bei uns bleiben und die Glucke für uns spielen.«

»Wir brauchen keinen Aufpasser«, protestierte der Mann, erntete aber nur ein Achselzucken. Die meisten hatten nichts gegen einen Agenten bei ihrer Einheit, versprach er doch ein höheres Maß an Sicherheit.

Torsten wusste bereits, dass er nicht bei diesen Männern bleiben würde, aber noch hatte er keine Vorstellung davon, wie er im Kosovo vorgehen sollte. Bevor er etwas unternehmen konnte, musste er sich über die Verhältnisse in der Region so genau wie möglich informieren. Wahrscheinlich würde es ihm so ergehen wie in Afghanistan. Dort hatte er auch nicht gewusst, ob der Dorfchef, den er gerade aufsuchte, ihm an diesem Tag Tee oder eine Kugel servieren würde.

Die Erfahrung mehrerer Auslandseinsätze, die er diesen Frischlingen voraushatte, unterschied ihn mehr von den zumeist jüngeren Männern als seine Position oder die Zugehörigkeit zu einer anderen Einheit. Das konnte er aus ihren

Bemerkungen schließen. Er hätte die Soldaten beinahe bei jedem dritten Satz berichtigen können. Die Burschen waren so gut ausgebildet, wie es zu Hause möglich war, aber sie mussten erst einmal selbst den Ernstfall erleben und Pulverdampf schmecken, um mitreden zu können. Es juckte ihm in den Fingern, ihnen ein paar Ratschläge zu erteilen, doch zum einen wusste er selbst nicht, was ihn im Kosovo erwartete, und zum anderen wollte er sie nicht demotivieren. Er tröstete sich damit, dass ihnen die Kameraden in Prizren schon sagen würden, wie dort der Wind blies, und schloss die Augen. Schlafen konnte er bei dem Lärm, den das Transportflugzeug machte, zwar nicht, aber er geriet in ein angenehmes Dösen, das beinahe ebenso entspannend war.

DREIZEHN

Der Empfang in Prizren war enttäuschend. Während die Soldaten von einem Feldwebel erwartet wurden, der sie mit heiseren Schreien zur Eile antrieb, stand Torsten allein am Rande des Flugplatzes und beobachtete einen Zug Holländer, die ein bereitgestelltes Flugzeug bestiegen und sichtlich froh waren, diese Gegend hinter sich lassen zu können. Da niemand erschien, um ihn in Empfang zu nehmen, nahm er schließlich seinen Seesack auf und folgte den im Laufschritt über das Feld trabenden Niedersachsen. Als er sie eingeholt hatte, tippte er dem Feldwebel auf die Schulter.

»Hallo, Kamerad! Wie es aussieht, werde ich wohl bei euch mitfahren müssen.«

Der Feldwebel drehte sich misstrauisch zu ihm um. »Wer sind Sie?«

»Leutnant Torsten Renk, Sondereinsatz!« Torsten tippte

sich mit zwei Fingern gegen seine Schirmmütze, die er anstelle des Baretts trug, da sie besser gegen die Sonne schützte.

»Renk, Sondereinsatz? Ha! Sie wurden mir nicht gemeldet.« Der Feldwebel wurde um keinen Deut freundlicher. Er hatte den Befehl, sechzig Soldaten abzuholen, und wollte keinen einundsechzigsten dabeihaben.

Torsten war kurz davor, ihm den MAD-Ausweis unter die Nase zu halten, der ihn dazu berechtigte, neben höherrangigen Offizieren auch einem Feldwebel Befehle zu erteilen, der sich wie der liebe Gott aufführte. In dem Augenblick schoss ein staubbedeckter VW Passat um die Ecke, überquerte das Flugfeld ungeachtet der niederländischen Maschine, die eben starten wollte, und hielt mit quietschenden Bremsen neben dem Trupp aus Niedersachsen. Ein junger Soldat in einem durchgeschwitzten Tarnanzug öffnete die Fahrertür und stieg aus. Mit einem raschen Blick entdeckte er Torsten und kam auf ihn zu.

»Leutnant Steiff, allerdings ohne Knopf im Ohr«, stellte er sich grinsend vor.

Torsten fand den Mann auf Anhieb sympathisch und streckte ihm die Hand entgegen. »Leutnant Renk.«

»Beinahe wäre ich zu spät gekommen. Aber ich habe unterwegs ein Schaf angefahren und mich dann mit dem Besitzer gestritten, wie viel es wert ist. Sie machen sich keine Vorstellung davon, wie hier die Viehpreise explodieren, wenn einer von uns ein Stück über den Haufen fährt. Schätze, mit dem Geld, das ich dem Kerl in die Pfoten gedrückt habe, um endlich weiterfahren zu können, wird er sich zehn Schafe kaufen können.«

Torsten musste lachen. Der Feldwebel, der seine Schutzbefohlenen in einige Einsatzfahrzeuge vom Typ Duro scheuchte, zog ein Gesicht, als hätte es ihm die Petersilie verhagelt.

»Die Einheimischen sind alle nur darauf aus, uns das Geld aus der Tasche zu ziehen. Wenn man da nicht aufpasst, geht es einem wie ...« Er brach ab, aber der Blick, mit dem er Leutnant Steiff betrachtete, verriet, wen er damit meinte.

Steiff ließ sich nicht ärgern, sondern packte Torstens Seesack und warf ihn in den Kofferraum des Passats. Als er die Kofferraumhaube zuschlug, gab es einen satten Ton. Steiff bemerkte Torstens Verblüffung und grinste.

»Der Wagen ist gepanzert. Der hält sogar Maschinengewehrfeuer und leichte Raketen aus. Gegen einen Kaventsmann, wie er gegen unseren Mannschaftswagen abgefeuert wurde, ist allerdings auch hier Feierabend. Aber so leicht werden die uns nicht kriegen. Dafür ist dieser Wagen zu schnell und zu wendig.«

Torsten nickte nachdenklich und stieg ein. Den Koffer mit seinem Laptop legte er auf seine Oberschenkel und griff nach dem Sicherheitsgurt.

»Lassen Sie das lieber. Wenn unterwegs ein paar Idioten Cowboy und Indianer mit uns spielen wollen, sollten Sie beweglich sein. Auf dem Rücksitz liegen eine MP7 und eine G22 für besondere Fälle. Bis jetzt hat aber die Maschinenpistole ausgereicht.«

»Werden unsere Fahrzeuge oft überfallen?«, fragte Torsten erstaunt.

Steiff startete den Motor und winkte dann ab. »I wo! Höchstens bei jeder dritten Patrouille. Meistens kratzen sie mit ihren Kalaschnikows nur Lack ab, und es reicht ein einziger Feuerstoß, um die Brüder zu vertreiben.«

»Weiß man, um wen es sich dabei handelt?«

»Das ist unser Problem. Hier um Prizren sind es entweder Albaner oder serbische Freischärler, die hier eingesickert sind und Stunk machen wollen. Aber weiter oben bei Globočica sind die Fronten nicht so eindeutig zu ziehen. Dort streiten sich drei oder vier Albanerfraktionen um die Macht. Die Serben mischen dort ebenso mit wie die Mazedonier, und seit neuestem tauchen auch hie und da Griechen auf.«

Torsten sah überrascht auf. »Was wollen die Griechen in der Gegend? Schließlich sind die doch in der Nato und der EU!«

»Den Griechen geht es um Revanche. Es gibt großalbanische Gruppen, die Teile Nordgriechenlands mit dem Zentrum Ioannina für sich fordern. Jetzt wollen griechische Nationalisten den halben Balkan für sich haben, da ihr Reich sich im Mittelalter bis zur Donau erstreckt hätte.«

Während er seinen Vortrag hielt, trat Steiff das Gaspedal durch. Obwohl die Straßen in einem bedauernswerten Zustand waren, bretterte er über die Schotterpisten, als besäßen die Stoßdämpfer seines Wagens das ewige Leben.

»Derzeit ist es hier direkt ruhig«, sagte er nach einer Weile.

»Vielleicht machen die Leute, die ihre Begrüßungssalven abgeben, gerade Mittagspause«, antwortete Torsten spöttisch.

»Es kann auch sein, dass sie nur jeden ungeraden Tag aktiv sind. Heute haben wir ja den Zwanzigsten.« Steiffs Humor ließ sich durch nichts erschüttern. Er durchquerte Vlažnia, bog dann nach Zur ein und hielt über Plava auf Dragaš zu.

»Ein Stück außerhalb von Dragaš haben wir ein Camp eingerichtet, um die Grenzen zu Albanien und Mazedonien zu überwachen«, berichtete Steiff, als der Ort in Sicht kam. »Es gibt zwar nur einen einzigen offiziellen Grenzübergang in der Gegend, aber Dutzende von Gebirgspfaden, über die Waffen und anderes geschmuggelt werden. Die alle zu überwachen ist unmöglich. Aber wir tun halt unser Bestes.«

Zum ersten Mal bemerkte Torsten eine gewisse Resignation, die Steiff bisher geschickt verborgen hatte. Wie es aussah, konnte sich der Einsatz in dieser Gegend des Kosovo durchaus mit Afghanistan messen. Als Torsten in den Bergen einen Schatten entdeckte, griff er zur MP.

Steiff bemerkte es und blickte ebenfalls hoch, ohne das Tempo zu verringern. »Das ist nur ein Hirte«, sagte er. »Oder, besser gesagt, heute ist er nur Hirte. Morgen hält er vielleicht anstelle seines Steckens eine Kalaschnikow in der Hand.«

Während Torsten sich wieder etwas entspannte, erreichte der Wagen die Abzweigung, die zum Bundeswehrcamp führte. »Gleich haben wir es geschafft«, erklärte sein Begleiter.

Torsten blickte auf die hochragenden Bergwände, die ihm noch erdrückender erschienen als jene in Afghanistan, und stellte die Frage, die ihm seit ihrer Abfahrt in Prizren auf der Zunge lag.

»Weshalb haben Sie mich gleich hierher gebracht ...?«

»... anstatt Ihnen die Möglichkeit zu geben, sich erst einmal in Prizren an die hiesigen Verhältnisse zu gewöhnen?«, fiel ihm Steiff ins Wort.

»So könnte man es ausdrücken.«

»Gegen unseren Posten ist Prizren ein gemütliches Nest, und wir wollen nicht, dass Sie den Eindruck gewinnen, der ganze Kosovo wäre so. Wir sind zwar keine dreißig Kilometer von der Stadt entfernt, aber hier herrscht ein raueres Klima, das können Sie mir glauben. Es gibt zwei rivalisierende Clanchefs in den Bergen, die fast noch lieber aufeinander als auf uns schießen lassen. Tetovo, eines der Zentren der Albaner in Mazedonien, liegt nicht weit von hier, ebenso die Stadt Kukës in Albanien. Dort herrscht ein lokaler Bonze, der mal zu dem einen Warlord und mal zu dem anderen hält. Nach einem Tag bei uns wissen Sie mehr über den Kosovo, als die in Prizren Ihnen in einem ganzen Monat beibringen können.«

Steiff klang erschreckend ernst. Torsten spürte, wie sein Nacken zu jucken begann. Mit einem Mal waren Hoikens und Feiling vergessen und Andreas Tod nur noch ein schwarzer Schatten irgendwo im Hintergrund. Nun kannte er nur noch eine Aufgabe: die Mörder seiner Kameraden zu finden.

VIERZEHN

Hajo Hoikens ließ seine Blicke über die aufragenden Felswände schweifen, zwischen denen sich der altersschwache Peugeot mühsam seinen Weg bahnte, und seufzte. »Schade, dass es bei uns keine solchen Berge gibt. Dann hätte der nationale Befreiungskampf längst begonnen.«

Feiling brummte etwas, das sein Gefolgsmann als Zustimmung auslegen konnte. »Das ist wohl richtig. Im Moment wäre es mir jedoch lieber, wenn wir erführen, wohin wir gebracht werden.«

Er drehte sich um und blickte auf den Wagen, der ihnen folgte. Darin saßen die beiden Italiener und die gefangene Frau. Feiling hatte nicht herausfinden können, wer sie war. Obwohl Lodovico genug Deutsch sprach, um sich mit dem österreichischen Lastwagenfahrer auch in dieser Sprache unterhalten zu können, tat er ihm und Hoikens gegenüber so, als verstünde er kein Wort. Auch der Albaner, der am Steuer des Wagens saß und einen wilden Slalom um die größten Schlaglöcher fuhr, hatte nur »Nuk kuptój« gesagt, und das hatte Hoikens als Nix kapito übersetzt.

Keiner von ihnen wusste, wohin sie gebracht wurden, doch während Hoikens der Fahrt eine gewisse abenteuerliche Faszination abzugewinnen vermochte, saß Feiling steif auf seinem Sitz und hielt sich mit beiden Händen fest, um nicht zu sehr hin und her geschleudert zu werden. Früher musste der Wagen Sicherheitsgurte besessen haben, aber die hatte der jetzige Besitzer für überflüssiger gehalten als die Kalaschnikow, die neben ihm auf dem Beifahrersitz lag.

»Wir hätten uns niemals mit Täuberich und seinem Pfaffengesindel einlassen sollen!« Damit wollte Feiling das Gespräch wieder in Gang bringen.

Da sie dieses Thema bereits ein Dutzend Mal wiedergekäut hatten, verzog Hoikens das Gesicht. »Fang nicht schon wieder damit an! Die Sache ist am Laufen, und ich glaube nicht, dass sie schlecht für uns ausgeht. Für die Pfaffen sind diese Schwarzköpfe noch schlimmere Feinde als für uns. Also werden sie schon dafür sorgen, dass wir Arbeit bekommen.«

Feilings Handbewegung drückte tiefsitzenden Ärger aus. »Dir macht es anscheinend Spaß, nach deren Pfeife zu tanzen.«

Mehr als nach der deinen, fuhr es Hoikens durch den Kopf. Noch war Feiling offiziell sein Anführer, und er konnte ihn nicht einfach beiseiteschieben. Zuerst musste er den Kameraden in Deutschland beweisen, dass er der bessere Mann war. Hoikens dachte daran, dass Feiling bislang nur Anerkennung für Taten erfahren hatte, die andere vollbracht hatten – und das verärgerte ihn am meisten. Dabei hatte der selbsternannte Führer nicht das Geringste zur Sprengung der Sendlinger Moschee beigetragen. Auch die Sache mit der Wieskirche war auf seinem und nicht auf Feilings Mist gewachsen. Nicht, dass er sie nicht gerne gesprengt hätte, doch ein scheinbar gerade noch rechtzeitig verhinderter Anschlag wiegte die Behörden in falscher Zuversicht und spornte zudem muslimische Extremisten an, es besser machen zu wollen.

Hoikens bedauerte, dass er nicht mitten im Geschehen sein konnte. Allerdings hatte Kranz' Sekretär Täuberich ihm beim Abschied versprochen, dass seine besonderen Talente dringend gebraucht würden, und bis jetzt hatte der Priester immer Wort gehalten.

Feiling, der mit jedem Kilometer nervöser wurde, versuchte die Ortsschilder der Dörfer zu lesen, durch die sie kamen. Entweder gab es jedoch keine, oder sie waren so verblasst, dass die Buchstaben nicht mehr zu erkennen waren. Auch nahm die Zahl der Dörfer immer mehr ab, je weiter sie in die Berge kamen. Die Gipfel mochten etwa so hoch sein wie die der deutschen Alpen, doch die Landschaft wirkte wilder und zerrissener, und da die wenigen Frauen, die sie trafen, weite Pluderhosen und die Männer weiße Filzkappen trugen und auf Eseln ritten, fühlte er sich wie in ein anderes Jahrhundert versetzt.

Mit einem Mal bog der Peugeot von der Schlaglochpiste ab, die hier die Hauptstraße darstellte, und fuhr im ausgetrockneten Bett eines Baches weiter. Während Feilings Stimmung immer tiefer sank und er im Unterbewusstsein bereits eine Szenerie wie aus einem Karl-May-Roman erwartete, sah Hoikens sich mit gespannten Sinnen um. Das hier war eine Umgebung, in der sich eine Untergrundarmee jahrelang vor den Regierungstruppen verstecken konnte. Zwar wusste er nichts über die nationalen Kräfte in Albanien, aber im Grunde gab es in jedem europäischen Land Gesinnungsfreunde, und da hier auf dem Balkan beinahe jeder gegen jeden stand, würden sie das Zünglein an der Waage spielen können.

Der weitere Weg führte in eine Klamm, die Hoikens nur ungern während der Schneeschmelze hätte betreten wollen. Die Felswände rückten so nahe an den Wagen heran, dass vorspringende Stellen an den Kotflügeln kratzten. Feiling starrte mit verkniffener Miene durch das Seitenfenster.

»Wenn der Kasten hier eine Panne hat, können wir die Türen nicht öffnen!«

»Wenn passiert, wir schießen Loch in Dach und klettern hinaus«, erklärte der Fahrer, der auf einmal Deutsch zu können schien. Obwohl der Wagen eierte und immer wieder in Gefahr geriet, gegen die Felsen zu prallen, nahm er eine Hand vom Lenkrad, packte seine Kalaschnikow und richtete sie gegen das Autodach.

»Bumm, bumm, bumm – und ist weg!«

»Der Kerl hat Nerven!« Feiling schnaubte, war aber froh, dass Hoikens ihn gebremst hatte, als er über wichtige Themen hatte reden wollen. Sonst hätte der Fahrer Dinge aufschnappen können, die weder den Mann noch dessen Anführer etwas angingen.

»Wir gleich da!«, erklärte der Fahrer in dem Moment und zog den Wagen scharf herum. Kurz darauf öffnete sich die Schlucht, und sie erreichten einen kleinen Talkessel. An der gegenüberliegenden Felswand entdeckten Hoikens und Feiling eine Grotte, in der bereits mehrere Fahrzeuge standen. Dorthin lenkte ihr Fahrer den Wagen, und das Auto mit den Italienern folgte ihnen beinahe Stoßstange an Stoßstange. Als kurz darauf ein Tarnnetz über den Grotteneingang gezogen wurde, deutete nichts mehr darauf hin, dass je ein Fahrzeug über die Felsplatte des engen Tales gefahren war, welches etwa halb so groß war wie ein Fußballfeld.

»Ausgezeichnet! Da könnte ein Hubschrauber in niedriger Höhe darüber fliegen, und die Leute darin würden nichts entdecken«, rief Hoikens anerkennend.

Auch Feiling war beeindruckt. Dieses Felsennest war ein Versteck, wie er es in Europa nicht erwartet hatte. Bei dem Gedanken schnaubte er erneut. Das hier war der Balkan, und der war seiner Ansicht nach vom zivilisierten Europa ebenso weit entfernt wie der Mond.

Unter einem Felsüberhang standen ein paar Männer und blickten ihnen interessiert entgegen. Ihren Uniformen nach waren es Italiener, aber sie hatten statt des grünweißroten Abzeichens das Beil im Rutenbündel aufgenäht.

»Buongiorno, Signori! Sie werden bereits erwartet«, begrüßte ein Mann im Rang eines Majors Hoikens und Feiling in gutem Deutsch.

Unterdessen stiegen auch Lodovico und Gianni aus und zerrten die gefesselte Graziella aus dem Wagen. Die Augenbrauen des Offiziers wanderten einen Moment nach oben, aber er begrüßte seine beiden Landsleute überschwänglich.

»Willkommen! Was gibt es Neues in Bella Italia? Ist die Regierung endlich klug geworden und legt ihr Veto gegen diese verdammten Türken ein?«

Gianni schüttelte den Kopf. »Im Gegenteil! Die kriechen den Kerlen besonders tief in den Arsch. Aber das können Sie alles nachlesen. Wir haben genug Zeitungen dabei. Sogar die ganz speziellen für richtige Männer.« Er zwinkerte dem Major zu.

Der wies jedoch auf Graziella. »Wer ist das?«

»Eine Gefangene. Wir haben sie auf Befehl der Spitze herübergebracht.«

Der Offizier schien verblüfft. »Dann muss sie wichtig sein. Ich lasse sie gleich in die Arresthöhle schaffen!«

»Den Schlüssel dazu bekomme ich!« Gianni sagte es in einem Ton, der den anderen davon abhielt, weitere Fragen zu stellen. Er nickte und winkte zwei Mann heran, die Graziella übernehmen und in ihr Gefängnis bringen sollten. Gianni schloss sich ihnen mit einem erwartungsvollen Grinsen an, welches keinen Hehl daraus machte, wie nah er sich seinem Ziel fühlte.

FÜNFZEHN

Der Zustand und vor allem das Ausmaß der Höhlen überraschte Hoikens. Hier waren genug Stollen und Kavernen in den harten Stein getrieben worden, um ein ganzes Regiment samt Ausrüstung und Waffen verbergen zu können. So groß schien die Truppe hier auch zu sein, denn es liefen etliche Soldaten herum. Die meisten waren Italiener, die an ihren hellen Tarnfarben und dem Faschistenzeichen am Ärmel zu erkennen waren. Hoikens sah aber auch Männer in anderen Uniformen und Nationalsymbolen. Viele stammten aus Ländern, in denen der Katholizismus eine starke Position innehatte, wie Polen, Spanien oder Österreich. Vor allem Letzteres ärgerte ihn. Seiner Meinung nach hätten sich die patriotischen Kräfte Österreichs der Nationalen Front in Deutschland anschließen müssen, anstatt ihre eigene Suppe zu kochen. Allerdings war er klug genug, sich seine Abneigung nicht anmerken zu lassen, sondern schritt neben dem Offizier her und verdrängte dabei Feiling von dessen Seite.

Der Major blieb vor einem Tor stehen, das von zwei Wachen mit schwarzen Helmen und geschulterten Schnellfeuergewehren bewacht wurde.

»Meldet dem General, dass unsere Gäste eingetroffen sind!«

Eine der Wachen salutierte und öffnete dann das Tor. »Herr General! Hier ist Maggiore Mazzetti mit den eben erschienenen Gästen.«

»Sollen hereinkommen!«

Hoikens fand die Stimme kraftvoll und angenehm. Der Raum, in den er trat, war so verkleidet, dass es aussah, als gehöre er zu einem Haus. Es gab sogar vorgetäuschte Fenster, durch die man scheinbar in eine toskanische Landschaft hinausschauen konnte. Dazu passte auch der schwere Schreibtisch mit dunklem Holz. Hinter diesem saß ein Mann in einer blendend weißen Uniform. Er trug eine Schirmmütze mit Goldlitzen und hielt einen unterarmlangen weißen Stab in der Hand, der in dem goldenen Faschistenzeichen endete, dem Beil im Rutenbündel. Sein sonnengebräuntes Gesicht wirkte energisch, und nur das eisgraue Haar und der sorgfältig geschorene Kinnbart, der an einigen Stellen ebenfalls ergraut war, verrieten, dass er die Mitte seines Lebens schon überschritten hatte.

Beim Anblick der Gäste klemmte der Offizier seinen Stab mit dem Ellbogen ein und salutierte. »Gestatten, dass ich mich vorstelle? General Ghiodolfio, Oberkommandierender der Europäischen Befreiungsarmee.« Er sagte es auf Deutsch.

Unwillkürlich erwiderte Hoikens den militärischen Gruß. Die Augen des Generals leuchteten auf. »Sie haben gedient?«

»Jawohl, Herr General.«

»Offizier?«

»Ich hatte meine Bewerbung für die Offizierslaufbahn eingereicht, wurde aber von einem Mann verraten, den ich für einen Kameraden gehalten hatte. Man hat mich daraufhin verhaftet und anschließend unehrenhaft entlassen.«

Ghiodolfio trat erfreut auf ihn zu und ergriff seine Hand. »Seien Sie mir doppelt willkommen! Wenn der große Tag gekommen ist, wird Ihr Name wieder reingewaschen, und Sie werden den verdienten Rang in unserem neuen europäischen Reich einnehmen. Vorerst verleihe ich Ihnen den Rang eines Hauptmanns in unserer Armee, und ich bin mir sicher, dass Sie bald höher aufsteigen werden. Sie sind doch der Spezialist, der uns angekündigt wurde. Oder ist es dieser Signore hier?« Der General zeigte dabei mit seinem Kommandostab auf Feiling.

»Ich bin der Mann, den Sie erwartet haben. Dies hier ist unser Gesinnungsfreund Rudolf Feiling, einer der Anführer der freien Kameradschaften in Deutschland.« Mit diesen Worten gelang es Hoikens endgültig, Feiling bei Ghiodolfio auszustechen. Da der selbsternannte Führer nie Soldat gewesen war, galt er dem General ebenso wenig wie jene anderen zivilen Politiker, die er zu verachten gelernt hatte. Daher kümmerte er sich nicht weiter um Feiling, sondern legte Hoikens den Arm um die Schulter und wollte ihn zur Seite ziehen.

In dem Augenblick mischte sich ein in eine Soutane gekleideter Priester ein. Hoikens hätte nicht zu sagen vermocht, ob er sich bereits in dem Raum aufgehalten hatte oder eben erst hereingekommen war. »Bevor Sie ins Detail gehen, General, sollten wir unseren deutschen Gästen erst einmal einen Überblick über die Gesamtlage geben.«

Ghiodolfio nickte sofort. »Don Pietro, Sie haben recht! Meine Freude, den so dringend benötigten Spezialisten kennenzulernen, hat mich überwältigt. Bitte seien Sie so gut und informieren Sie die beiden Herren.«

»Ich bin sehr daran interessiert!« Feiling witterte eine Chance, sich in Szene zu setzen, denn er glaubte, die Situation in Europa wesentlich besser zu kennen als Hoikens, der sich mehr um Sprengstoffe und Waffen gekümmert hatte als um Politik.

Der Priester quittierte Feilings offensichtliches Interesse mit einem freundlichen Nicken und begann so laut und mit voller Betonung zu sprechen, als predige er von der Kanzel einer gut besuchten Kirche.

»Unser Europa befindet sich, wie wir alle wissen, im Zustand der Agonie. Die wahllos zusammengewürfelten Staaten, welche die sogenannte EU bilden, blockieren sich gegenseitig, und die meisten Regierungen befolgen nicht den

Willen ihrer Völker, sondern handeln vor allem im Interesse einer anderen, nichteuropäischen Macht. Ihr wisst, wen ich damit meine?«

Feiling hob die Hand wie ein Schüler. »Die USA!«

Don Pietro nickte sanft lächelnd. »Genauso ist es, mein Sohn. Sie gehorchen diesem gottlosen Staat jenseits des Atlantiks, der dem Götzen Mammon verfallen ist und uns seinen Willen notfalls auch mit Gewalt aufzwingen will. Die Regierung der Vereinigten Staaten bedrängt unsere Politiker schon seit Jahren, die Türkei in die EU aufzunehmen. Damit aber gäben die europäischen Regierungen Millionen und Abermillionen Muslimen freie Hand, über unsere Länder herzufallen. Wohin das führt, haben die Unruhen in England und Frankreich und zuletzt auch in Deutschland deutlich gezeigt. Die Muslime kommen, stellen Forderungen, missachten unsere Sitten und Gebräuche, nennen uns Ungläubige, die es zu bekämpfen gilt, und spucken auf unsere heilige Kirche.«

Der Priester legte eine kleine Pause ein, um seine Worte wirken zu lassen, und setzte dann die flammende Rede fort. »Es ist an der Zeit, dass wir uns von dieser Vormundschaft befreien und dafür sorgen, dass Europa wieder das wird, was es einmal gewesen ist: ein Hort des Glaubens und ein Bollwerk gegen jene, die uns mit allen Mitteln unterwerfen wollen. Dies ist eine Aufgabe, die die Kräfte einer einzelnen Nation übersteigt. Aus diesem Grund müssen wir alle zusammenstehen, Deutsche und Italiener, Spanier und Franzosen, Polen und Österreicher …«

Bei der Nennung der letzten Nation verzogen die beiden Deutschen die Gesichter, denn sie sahen Österreich als einen Teil ihres zu errichtenden Vierten Reiches an. Feiling missfiel auch die Zusammenarbeit mit nationalistischen Gruppen aus Ländern, deren Bevölkerung in seinen Augen höchstens als

Sklaven taugte. Zu einer anderen Gelegenheit hätte er Don Pietro in eine heftige Diskussion darüber verstrickt, doch in dieser Situation blieb ihm nichts anderes übrig, als den Mund zu halten. Zwar galt er hier als Gast, aber er wusste wohl, dass er sich in der Gewalt der Italiener befand, die er glühend beneidete, weil ihre Vorbereitungen für die nationale Revolution um so vieles weiter gediehen waren als in Deutschland.

Don Pietro beschwor nun die Zeit der Kreuzzüge, in denen die europäischen Völker Schulter an Schulter gekämpft hätten, um die heiligen Stätten in Palästina zu befreien. Dabei wirkte er auf Hoikens so, als würde er am liebsten selbst einen neuen Feldzug in den Nahen Osten anführen.

Als der Priester sich immer mehr in wilden Phantastereien verlor, sah General Ghiodolfio den Augenblick gekommen einzugreifen. »Verzeihen Sie, Don Pietro, aber ich würde mit den beiden Herren lieber über unsere jetzige Situation sprechen als über die Kriege vergangener Zeiten.«

Der Priester schwieg beleidigt, doch Ghiodolfio lächelte nur beruhigend und wandte sich Hoikens zu.

»Die Regierungschefs der achtundzwanzig EU-Staaten werden sich in fünf Wochen in Tallinn treffen. Aus Angst vor dem Druck der USA und der Tatsache, sonst als Feinde der Muslime zu gelten, werden diese Narren dem Beitritt der Türkei zustimmen. Dies ist ein weiterer Schritt auf dem Weg der USA, Europa zu unterwandern und von innen auszuhöhlen. Der Präsidentschaftskandidat Grayson hat letztens bereits in einer Rede vor jüdischen Geschäftsleuten die Aufnahme Israels in die EU gefordert, um die Sicherheit dieses Landes zu gewährleisten.«

Die beiden deutschen Neonazis scharrten nervös mit den Füßen, denn das war eigentlich nicht ihr Thema. Ghiodolfio aber sprach lang und breit von der Gefahr, dass Europa von den USA in deren weltweiten Kampf gegen alle möglichen

Feinde hineingezogen würde, und betonte, dass die europäischen Staaten sich der in ihren Grenzen lebenden Muslime entledigen müssten, um nicht selbst in einem blutigen Bürgerkrieg zu versinken. Zuletzt verlor auch er sich mehr und mehr in nebulösen Visionen, die Don Pietro begeistert aufnahm und weiterspann.

Hoikens interessierten nur die konkreten Pläne seines Gastgebers, deshalb unterbrach er den Redefluss der beiden Italiener. »Es ist ja alles gut und recht, was Sie sagen. Aber vorhin hieß es, man hätte mich hier erwartet. Ich würde jetzt gerne wissen, worum es geht.«

Ghiodolfio brauchte eine Weile, um seine Gedanken zu ordnen, sah Hoikens jedoch so erleichtert an, als hielte er ihn für einen Retter aus höchster Not. »Wir sind sehr froh, Sie hier zu haben. Wir wollen nämlich die Versammlung der EU-Regierungschefs in Tallinn sprengen, und zwar so, dass es aussieht, als wäre es das Werk von Islamisten. Inzwischen haben wir schon Dutzende von Plänen erstellt und wieder verworfen. Als wir schon aufgeben wollten, meldete uns einer unserer Gewährsleute in Deutschland, dass es dort einen Spezialisten gäbe, der diese Aufgabe übernehmen könnte.«

»Das war sicher Hochwürden Täuberich!« Hoikens nickte zufrieden. Er freute sich, so empfohlen worden zu sein, und zeigte auf einige Landkarten, die auf dem Schreibtisch lagen.

»Wenn ich den Job machen soll, brauche ich alle Unterlagen über diese EU-Versammlung samt Beschreibungen der entsprechenden Örtlichkeiten. Am besten wären auch Filme und anderes Bildmaterial zu sämtlichen Gegebenheiten.«

»Daran soll es nicht scheitern«, antwortete der General. »Ich will nur hoffen, dass Sie im Gegensatz zu unseren Leuten einen Weg finden. In Tallinn muss ein Fanal gesetzt werden, welches das greisenhaft erstarrte Europa aufschreckt.«

SECHZEHN

Anders als Hoikens und Feiling, die sich in der Höhlenfestung unter Freunden fühlen konnten, wurde Graziella in einen in den Fels geschlagenen Raum gesperrt. Ihre Zelle war nicht viel größer als die dünne Matratze, die auf den unebenen Boden gelegt worden war, und enthielt nichts als einen stinkenden Eimer für die Notdurft.

Obwohl ihr Gefängnis alles andere als bequem erschien, war sie froh, dass man ihr endlich den Knebel und die Fesseln abnahm. Einen Augenblick später brach jedoch all die aufgestaute Wut aus ihr heraus, und sie warf Gianni und den beiden Freischärlern alle Beleidigungen an den Kopf, die ihr in den Sinn kamen. Die beiden Soldaten waren entweder zu stumpf, um darauf zu antworten, oder zu diszipliniert, und Gianni grinste nur und machte eine obszöne Geste. Dann wies er die beiden Männer an, Graziella zu den Mahlzeiten vorerst nur Wasser und Brot zu bringen. Dafür erntete er ein weiteres Schimpfwort.

Das ließ er ihr nicht durchgehen, sondern schlug ihr mit der flachen Hand ins Gesicht. »Diese Medizin bekommst du von jetzt an jedes Mal, wenn du mich ärgerst!«

Graziella sah die beiden Freischärler bittend an, doch die Männer schienen sie nicht einmal wahrzunehmen. Einer trat mit angeschlagener Maschinenpistole unter den Türstock, während der andere eine Decke, eine Plastikflasche mit Wasser und ein Stück Brot holte. Ohne ein Wort zu sagen, warf er die Sachen auf die Matratze und wandte sich dann an Gianni.

»Wollen Sie noch länger bei der Gefangenen bleiben?«

Gianni schob den Mann mit der MP zur Seite und trat ebenfalls in den Flur. »Nein! Jetzt muss ich erst einmal etwas zwischen die Zähne bekommen. Um die da werde ich mich später kümmern.«

Der Freischärler nickte und warf die Tür ins Schloss. Graziella hörte, wie der Schlüssel umgedreht wurde, dann war sie allein.

Die schwache Glühbirne, die an einer einfachen Fassung von der Decke hing, spendete nur trübes Licht, und es gab keinen Schalter. Also war sie auch in dieser Beziehung ganz von der Laune ihrer Bewacher abhängig. Mit dem Vorsatz, sich davon weder beeindrucken noch einschüchtern zu lassen, griff sie nach der Wasserflasche und stillte als Erstes ihren brennenden Durst. Danach biss sie in das Brot, das gerade mal ausreichte, um einen hohlen Zahn zu füllen, und kaute bedächtig darauf herum.

Während sie den Geräuschen lauschte, die von draußen hereindrangen, suchte sie nach einem Ausweg aus ihrer Situation. Ihr Verstand schien jedoch wie gelähmt. Dabei hatte sie sich – sehr zum Missfallen ihres gestrengen Großonkels – etliche Actionfilme angesehen, in denen sich auch Frauen mit Mut und körperlicher Gewandtheit durchgesetzt hatten. Anscheinend war das Verhalten solcher Filmheldinnen auf sie nicht anwendbar, denn sie schreckte davor zurück, ihrem Kerkermeister etwas über den Kopf zu schlagen, wenn er die Türe aufmachte. Außerdem stand ihr nur der stinkende Plastikeimer zur Verfügung, und mit dem konnte sie nichts gegen einen Kerl ausrichten, der den Zeigefinger am Abzug einer MP hielt.

»Feiges Stück!«, sagte sie zu sich selbst und kämpfte vergebens gegen die Tränen an. In diesem Zustand wurde sie von Don Pietro überrascht, der zusammen mit Lodovico und Gianni die Zelle betrat. Ihnen waren zwei Freischärler gefolgt, die nun draußen vor der Tür stehen blieben und ihre Gewehre schussbereit hielten. Das fand Graziella eher lächerlich, denn nicht einmal eine Lara Croft hätte mit drei Männern in der Zelle und zwei Bewaffneten auf dem Flur fertigwerden können.

Da sie sich völlig hilflos fühlte und so schwach war wie eine verhungernde Katze, blickte sie den Priester hoffnungsvoll an. Mit seiner langen Soutane und dem breitkrempigen Saturno, der im Volksmund Don-Camillo-Hut genannt wurde, hätte er einen guten Eindruck auf ihren Großonkel gemacht. Aber sein stechender Blick stieß sie ebenso ab wie der schmeichlerische Ton seiner Stimme.

»Buongiorno, Signorina! Erlauben Sie mir, Ihnen meine allertiefste Anteilnahme für den Tod Ihres Großonkels, des Kardinals Monteleone, auszusprechen.«

»Den Ihre Freunde umgebracht haben!« Graziella schob sich mit dem Rücken an der Wand hoch, bis sie dem Priester auf gleicher Höhe ins Gesicht sehen konnte, und bezähmte mühsam den Wunsch, ihn für seine Heuchelei zu ohrfeigen.

Don Pietro beantwortete ihren Wutausbruch mit einem Lächeln, das wohl begütigend wirken sollte. »Es gibt Zeiten, die große Opfer erfordern, meine Tochter. Dein Großonkel ist eines dieser Opfer. Sein Tod war bedauerlich, aber notwendig.«

»Damit ihr eure dreckigen Pläne ungestört weiterverfolgen könnt!«, brach es aus Graziella heraus.

Im selben Augenblick saß ihr Giannis Hand im Gesicht. Während sie Blut auf ihren Lippen schmeckte, brüllte er sie an: »Beleidige niemals die Ziele der Nationalen Aktion, du Miststück!«

Er holte erneut aus, doch Don Pietro legte die Hand auf seinen Arm. »Nicht doch, mein Sohn. Sie müssen Geduld mit unserem Gast haben. Signorina Graziella ist verwirrt und hat Angst, was ich sehr gut verstehen kann. Heute scheint sie noch nicht in der Lage zu sein, mit uns zu sprechen, doch dies kann morgen bereits ganz anders sein. Inzwischen lassen wir ihr etwas zu lesen hier, damit sie sich nicht langweilt.«

Don Pietro nahm ein Heft, das Lodovico ihm reichte, und gab es an Graziella weiter. Diese ergriff es aus einem Reflex heraus und starrte auf das Titelbild, das aus einer üblen Karikatur bestand, welche die Überlegenheit der italienischen Nation gegenüber den Völkern östlich und südlich des Mittelmeers zeigen sollte. Die Schlagzeilen auf dem Titelblatt waren von ähnlichem Kaliber.

Graziella warf dem Priester das Pamphlet vor die Füße. »Behaltet euren Schund für euch!«

Don Pietros Augen leuchteten zornig auf. »Wir werden dir deinen Trotz schon austreiben! Kommt, lassen wir sie allein. Gianni, schalten Sie den Lautsprecher ein.«

»Gerne, Hochwürden.« Gianni sah Graziella spöttisch an, und verließ als Erster die Zelle. Der Archivar und der Priester folgten ihm, dann schlug die Türe wieder ins Schloss.

Graziella hörte noch, wie die Männer sich draußen kurz unterhielten, dann quäkte ein verborgener Lautsprecher auf und überschüttete sie so laut mit faschistischen Parolen und Sprüchen, dass ihr die Ohren wehtaten. Sie presste ihre Hände auf den Kopf und krümmte sich auf der Matratze. Zum Nachdenken oder gar zum Schlafen würde sie so nicht kommen.

SIEBZEHN

Hans Joachim Hoikens legte die Hand auf die Brüstung und sah hinüber zu den Bergen, die jenseits des Tales in die Höhe strebten. Einige von ihnen trugen noch weiße

Firnkappen, die im Glanz der Abendsonne so rot leuchteten, als wären sie mit Blut übergossen.

»Der Ausblick ist einfach überwältigend«, sagte er zu Major Mazzetti, der ihn zu diesem Platz geführt hatte. Sie standen an der höchsten Stelle des Höhlengewirrs in einer Kaverne, die früher einmal als Geschützstellung gedient hatte. Eine Kanone aus chinesischer Fertigung lag mit geborstenem Rohr in der Ecke. An ihrer Stelle sicherte ein schweres MG die Umgebung.

»Dort drüben liegt bereits der Kosovo«, erklärte Mazzetti in fast akzentfreiem Deutsch. »Die Höhlen hier sind zum Teil natürlich und wurden unter Enver Hoxha zu einer Grenzfestung gegen Jugoslawien ausgebaut. Nach dem Zusammenbruch des kommunistischen Systems ist die Anlage aufgegeben worden. Zuerst haben einige einheimische Clans die Höhlen für den Schmuggel benutzt. Später wurden sie von Kämpfern der UCK vertrieben, die hier einen Stützpunkt für ihren Krieg gegen Serbien einrichten wollten. Da die Kosovaren von Arabern unterstützt wurden, gerieten sie sich bald mit zwei katholischen Clans auf dieser Seite in die Haare. Wir haben unseren Glaubensbrüdern geholfen, die Moslems wieder zu verjagen, und benützen den Stützpunkt jetzt als Camp A für unseren europäischen Befreiungskrieg.«

»Lässt euch die albanische Regierung einfach so gewähren?«, fragte Hoikens verwundert.

»Hier an der Grenze haben lokale Anführer das Sagen. Solange sie die Regierung nominell anerkennen, lässt diese sie in Ruhe. Außerdem bekommt die Regierungspartei von hier die Stimmen, die sie braucht, um an der Macht zu bleiben.« Mazzetti schien sich über die Zustände in diesem Teil der Welt zu amüsieren und gab noch weitere Anekdoten über die hier herrschenden Anführer zum Besten, die Hoikens beweisen sollten, wie dringend die Italiener hier als Ordnungsmacht benötigt würden.

»Wenn die Revolution gesiegt hat, werden wir Albanien zu einer italienischen Provinz machen. Die Albaner werden sich damit zufriedengeben, insbesondere, wenn sie dafür den Kosovo und ein paar andere Gebiete bekommen.«

Hoikens' fand Mazzettis Visionen etwas zu optimistisch, äußerte jedoch keine Kritik, sondern wies zur gegenüberliegenden Seite. »Sind dort nicht irgendwo Einheiten der deutschen Bundeswehr stationiert?«

»Deren nächstes Camp liegt keine zwanzig Kilometer von uns entfernt. Die Kerle haben nicht die geringste Ahnung, dass es uns gibt. Dabei haben wir erst letztens eins ihrer Fahrzeuge in die Luft gejagt. Jetzt fragen sie sich, ob die Albaner oder vielleicht doch die Serben dahinterstecken.«

Hoikens' Magen krampfte sich zusammen. Auch wenn er aus der Bundeswehr ausgeschlossen worden war, fühlte er sich den einfachen Soldaten dort verbunden. Für Mazzetti mochte es ein Spaß sein, ein Bundeswehrfahrzeug abzuschießen, aber für ihn … Hoikens brach den Gedanken ab, da er zu nichts führte. Es ging um die Befreiung Europas, und dafür mussten Opfer gebracht werden. Außerdem hatte er an anderes zu denken als an ein paar Narren, die von der korrupten und unfähigen Regierung der Bundesrepublik in diese Gegend geschickt worden waren.

»Ich habe mir die Unterlagen angesehen, die der General mir gegeben hat. Ein Anschlag auf die europäischen Regierungschefs ist schwierig, aber nicht unmöglich.«

Mazzetti atmete auf. »Ich hatte gehofft, dass Sie so etwas sagen würden. Es ist die einzige Gelegenheit in diesem Jahr, die ganze Bande auf einem Haufen zu erwischen. Ansonsten müssten wir in den einzelnen Ländern zuschlagen, und das wäre bei weitem nicht spektakulär genug. Tallinn muss alles übertreffen, was je geschehen ist, auch den siebzehnten März in Atlanta.«

Hoikens erinnerte sich an den Tag, an dem ein zu allem entschlossener Aktivist bei einem American-Football-Spiel einen präparierten Ball in die Präsidentenloge geschossen und den letzten Präsidenten der USA samt seinen wichtigsten Mitarbeitern und einigen Familienmitgliedern in die Luft gesprengt hatte. Diese Aktion würde er weit übertreffen – und dann würde es nur schiere Panik geben und keine kaltblütig handelnden Sicherheitsbeamten, die ihn in Stücke schossen wie den Attentäter von Atlanta.

»Ich habe einen Plan«, erklärte er Mazzetti von oben herab.

»Lassen Sie hören!«, forderte dieser ihn gespannt auf.

Hoikens berührte mit dem rechten Zeigefinger seine Stirn. »O nein! Vorerst sind die Einzelheiten hier am besten aufgehoben, und auch später werden nur ein paar ausgesuchte Leute davon erfahren.«

»Zu denen werde ich gehören!«

Mazzettis selbstbewusster Tonfall entlockte Hoikens ein breites Grinsen. »Sie spielen sogar eine große Rolle in meinen Überlegungen. Doch zuerst muss ich herausfinden, was sich verwirklichen lässt und was nicht. Wenn ich diese Aktion durchführen soll, brauche ich ein Ablenkungsmanöver.«

Mazzetti starrte Hoikens erwartungsvoll an. »Und wie soll das aussehen?«

»Beslan!« Der Deutsche sagte nur dieses eine Wort, doch sein Gegenüber begriff sofort, was er meinte.

»Und wer sollen die armen Kerle sein, die einen derartigen Überfall inszenieren?«

»Das, mein lieber Mazzetti, ist eure Sache. Ihr habt genug Männer unter Waffen, um dreißig oder vierzig von ihnen losschicken zu können.«

Mazzetti schüttelte abwehrend den Kopf. »Ich schicke keinen meiner Kameraden sehenden Auges in den Tod!«

»Wie sagte der General? Für das große Ziel müssen Opfer gebracht werden. Sie müssen ja nicht unbedingt Ihre besten Freunde losschicken. Die Männer, die sich dort opfern, werden uns helfen, unseren Auftrag zu erfüllen. Vergessen Sie das nicht!«

Hoikens' Appell tat seine Wirkung. Der junge Italiener sah sich in seiner Phantasie bereits eingereiht in die Helden des Befreiungskampfs und begann zu überlegen. Die Männer, die Hoikens losschicken wollte, mussten nicht unbedingt aus dem Camp A stammen. In der Heimat gab es genug junge Narren, die man dafür benutzen konnte.

ACHTZEHN

Die wildromantische Bergwelt hätte Torsten Renk gefallen können, doch es war nicht die Zeit oder die Situation, die Umgebung zu bewundern. Er saß in einem gepanzerten Fahrzeug vom Typ Dingo und konzentrierte sich auf das Visier eines MG. Außer ihm befanden sich noch Leutnant Steiff und zwei weitere Soldaten in dem Gefährt. Einer lenkte das Fahrzeug, während der andere den Funkverkehr aufrechterhielt. Steiff stand hinter dem Fahrersitz und hielt sich an einer Dachstrebe fest, während er durch die Windschutzscheibe nach draußen starrte.

»Wir kommen jetzt bald zu der Stelle, an der es unsere Kameraden erwischt hat«, informierte er Torsten. Dieser löste seinen Blick vom Visier des Maschinengewehrs und drehte sich kurz zu Steiff um.

»Dann sollten wir vorsichtig sein.«

»Wir haben nichts anderes vor«, sagte der Fahrer sichtlich nervös. Auch Torsten merkte, dass seine Handflächen feucht waren, und rieb sie an seiner Hose trocken. Dann fasste er wieder den Griff des MG. Er hätte den Platz des Bordschützen auch einem anderen überlassen können, doch in einer solchen Situation wollte er nichts dem Zufall überlassen. Steiff und die beiden anderen schienen seinen Schießkünsten nicht zu trauen, denn sie warfen ihm immer wieder zweifelnde Blicke zu. Torsten war jedoch bereits seit dem Sudan und Afghanistan mit dem MG3 vertraut und verfügte über schnelle Reflexe.

Steiff sagte noch etwas, doch Torsten achtete nicht darauf, denn er hatte hoch oben am Hang eine Bewegung bemerkt und richtete instinktiv den Lauf des MG auf die Stelle. Im nächsten Augenblick klatschte etwas gegen den Dingo. Noch bevor Torsten klar war, ob es sich um eine Kugel handelte oder um einen zufällig herabstürzenden Stein, zog er durch. Die Leuchtspurgeschosse rasten nach oben, schlugen gegen die Felswand und sausten als Querschläger davon. Ein Gegenstand flog durch die Luft, den Torsten nicht identifizieren konnte, dann sah er einen menschlichen Körper fallen und zwei Schatten, die davonrannten. Er korrigierte die Schussrichtung, zog durch und glaubte, die Kerle getroffen zu haben.

»Halt an!«, herrschte er den Fahrer an, der jetzt Vollgas gab.

»Wir müssen von hier weg!«, schrie dieser, ohne seinem Befehl Folge zu leisten.

Torsten zog seine Sphinx und richtete den Lauf auf den durchdrehenden Mann. »Sofort stehen bleiben!«

»Tu's!«, rief Steiff. Als der Fahrer nicht gehorchte, schob er ihn kurzerhand zur Seite und übernahm selbst das Steuer. Kurz darauf hielt der Dingo mit kreischenden Bremsen.

Torsten schnappte nach einer G22, riss die Beifahrertür auf und sprang hinaus. »Jetzt könnt ihr weiterfahren, kommt aber nach Möglichkeit hierher zurück!« Noch während er dies seinen Kameraden nachrief, hechtete er in Deckung.

»Keine Sorge, wir vergessen Sie nicht!«, brüllte Steiff und ließ den gepanzerten Kasten lossprinten, als habe er es mit einem Rennwagen zu tun.

Torsten vergaß das Fahrzeug in dem Moment, in dem es hinter dem nächsten Felsen verschwunden war. Mit zusammengepressten Zähnen verließ er seine Deckung und rannte Haken schlagend den Weg zurück, den sie gekommen waren. Er war auf alles gefasst, doch es tat sich nichts. Nach dem kurzen Aufwallen der Gewalt war es unheimlich still. Selbst die Luft wirkte wie erstarrt.

Als Torsten die Stelle erreichte, an der sie beschossen worden waren, suchte er wieder Deckung und spähte angestrengt nach oben. Ein Stück über sich konnte er einen halb über einem Felsen hängenden Körper ausmachen. Etwas tiefer lag die Waffe des Mannes, eine Art Granatwerfer, der ihren Dingo bei einem direkten Treffer hätte beschädigen können.

Torsten gab zwei Schüsse in die Luft ab, deren Knall misstönend durch die Schlucht hallte, doch es erfolgte keine Reaktion. Er veränderte seine Position, lud nach und machte sich dann, jeden Felsblock als Deckung nutzend, an den Aufstieg. Nach etwa einer halben Stunde hatte er den Toten erreicht. Der Kerl trug eine Tarnuniform, wie man sie in jedem Militärshop kaufen konnte, hatte sein Gesicht geschwärzt und wies keinerlei Abzeichen auf. Das schwere Kampfmesser mit dem abgewetzten Griff zeigte allerdings, dass es sich um keinen Amateur handelte. Torsten blieb nicht länger bei dem Toten, als er brauchte, um ihn kurz zu durchsuchen, dann machte er sich an die Verfolgung der anderen Wegelagerer.

Wenn die Männer unverletzt geblieben waren, würden sie

inzwischen längst über alle Berge sein. Schon bald aber entdeckte Torsten Blutflecken auf dem felsigen Boden und nickte zufrieden. Trotzdem ließ er die Vorsicht nicht außer Acht. Immer wieder nahm er Deckung und suchte das nächste Wegstück mit dem Feldstecher ab. Nach einer Weile fand er den zweiten Toten. Mit seiner Kleidung und dem geschwärzten Gesicht sah er aus wie ein Zwilling des ersten Mannes. Ihm fehlte allerdings das schwere Kampfmesser. Dafür hielt er in seinen verkrampften Armen ein Schnellfeuergewehr modernster amerikanischer Bauart, das es mit Sicherheit noch nicht auf dem freien Markt zu kaufen gab.

Torsten schüttelte verwundert den Kopf. Die Sache wurde immer mysteriöser. Er sah sich um, entdeckte weitere Blutflecken und wusste, dass er auch den dritten Mann getroffen hatte. »Hoffentlich ist der Bursche noch am Leben, denn ich würde ihm gerne einige Fragen stellen«, murmelte er, als er sich an die Verfolgung machte.

NEUNZEHN

Der Feuerstoß kam überraschend, war aber schlecht gezielt. So konnte Torsten noch rechtzeitig hinter einem Felsen verschwinden und zurückschießen. Im Magazin seiner G22 steckten nur fünf Patronen, doch dafür handelte es sich um ein ausgezeichnetes Scharfschützengewehr, das der Schnellfeuerwaffe seines Gegners überlegen war. Der musste verzweifelt sein, ihm ausgerechnet hier aufzulauern, fuhr es Torsten durch den Kopf. Das Gelände eignete sich ideal zum Anschleichen, denn es gab genügend Stellen, die der Feind nicht überblicken konnte.

Der Schütze schien das auch zu erkennen, denn er versuchte, seine Stellung zu wechseln. Torstens G22 bellte dreimal auf. Die Treffer rissen den Mann von den Beinen. Eine Waffe flog durch die Luft und kollerte den Felshang herab.

Torsten lud rasch nach und eilte nach oben. Obwohl sein Gegner kampfunfähig zu sein schien, blieb er vorsichtig und weit genug entfernt stehen, damit der andere keine Handgranate nach ihm werfen konnte.

»Arme nach oben, und dann komm langsam aus deinem Loch heraus!« In der ersten Erregung rief er es deutsch und wiederholte es dann auf Englisch.

Ein Arm erschien und winkte matt zu ihm herüber. Der Mann sagte etwas, aber so leise, dass Torsten es nicht verstand. Es klang eher griechisch als albanisch. Torsten hatte in Afghanistan von griechischen Blauhelmen einige Brocken ihrer Sprache gelernt und rief dem Mann zu, sich zu ergeben.

»Mich hat es erwischt«, gab dieser schwach zurück.

Torsten glaubte seinen Ohren nicht zu trauen, denn diese Stimme kam ihm bekannt vor, und er legte die letzten Meter ungeachtet aller Gefahren im Laufschritt zurück. Der dritte Mann der Gruppe, die dem Dingo aufgelauert hatten, lag in einer Blutlache in einer kleinen Höhlung im Fels und war zu schwach, sich aufzurichten. Als er Torsten vor sich sah, zuckte es schmerzhaft um seine Lippen.

»Bei allen Heiligen! Warum mussten sie ausgerechnet dich schicken?«

Torsten traf es wie ein Schlag. »Konstantinos? Wie kommst du in diese elende Gegend?« Er kniete sich neben dem Verwundeten nieder und fasste nach dessen Hand. Helfen konnte er ihm nicht mehr, dafür hatte einer seiner letzten Schüsse zu gut getroffen.

»Mein Freund, es tut mir leid. Ich …« Der Mann brach ab und hustete. Über seine Lippen floss Blut.

Obwohl er wusste, dass es sinnlos war, versuchte Torsten die Wunden zu verbinden. Sein Kopf schwirrte, und er begriff die Welt nicht mehr. Konstantinos Kiriakis war als Mitglied des griechischen Abschirmdiensts mit ihm in Afghanistan gewesen. Sie hatten am Lagerfeuer ihre Rationen geteilt und mehr als einmal gemeinsam Freischärler verfolgt, die ihre Patrouillen angegriffen hatten.

»Verdammt, was sollte dieser Scherz? Warum habt ihr uns unter Feuer genommen?«

Kiriakis versuchte zu grinsen. »Wir wollten euch ein wenig ärgern, damit ihr schärfer gegen die Albaner vorgeht. Die Kerle nehmen sich in letzter Zeit arg viel heraus. Dort drüben in Albanien steckt in den Höhlen eine ganze Armee. Verdammt, Torsten, du musst uns verstehen! Es gab Anschläge in Ioannina und auf die Metéora-Klöster. Das konnten wir uns nicht bieten lassen.«

»Dann hättet ihr die Kerle suchen sollen, die es getan haben, aber nicht einfach auf uns schießen.«

»Wir wollten euren Wagen nicht zerstören, sondern euch nur etwas Feuer unter dem Hintern machen. Ihr Deutschen seid zu nachgiebig mit diesen Kerlen. Das seid ihr auch schon in Afghanistan gewesen. Ihr müsst lernen, wieder einmal hart zuzuschlagen.« Kiriakis atmete schneller, und Torsten begriff, dass sein ehemaliger Kamerad nicht mehr lange leben würde. Er schob seine Freundschaft zu dem Griechen beiseite und wurde zu dem kühlen MAD-Mann, der diese Sache aufklären wollte.

»Steckt eure Armee hinter dieser Aktion?«

Kiriakis schüttelte den Kopf. Torsten wollte schon aufatmen, erinnerte sich dann aber daran, dass dies in Griechenland als Bejahung galt.

»Nicht die ganze Armee, aber einige Einheiten. Man hat mich und meine Kameraden ausgewählt, weil wir in Afghanistan Erfahrungen im Guerillakrieg gesammelt hatten. Die beiden sind tot, nicht wahr?«

»Ja!«

In Kiriakis' Augen standen Tränen. »Schade um sie. Es waren gute Burschen. Irgendwie ist alles aus den Fugen geraten. Die Armee spricht bereits von Putsch, weil die Generäle die Türken nicht in der EU haben wollen.«

»Ein Putsch in Griechenland?« Torsten wollte nachfragen, doch es war zu spät. Konstantinos Kiriakis, mit dem er in den Bergen Afghanistans deutsches Bier gegen Retsinawein getauscht hatte, war tot.

»Der Teufel soll all diejenigen holen, die dafür verantwortlich sind!«, schrie er zornig die Berge an. Doch die schwiegen, wie sie es seit Jahrtausenden getan hatten.

Torsten wusste später nicht mehr zu sagen, wie lange er bei Konstantinos Kiriakis Totenwache gehalten hatte. Erst als er weiter unten Geräusche hörte, schreckte er auf. Leutnant Steiff kam an der Spitze einer Kampfgruppe Bundeswehrsoldaten heran und winkte ihm bereits von weitem zu.

»Gratuliere, Renk! So was macht Ihnen so leicht keiner nach.«

»Halten Sie den Mund!«, fuhr Torsten ihn an. »Ich habe eben einen Freund erschossen.«

ZWANZIG

Als der Lautsprecher verstummte und Gianni mit glitzernden Augen hereinkam, wusste Graziella, dass es so weit war. Er trug schlabbernde Militärhosen und dazu ein schreiend buntes Hemd mit riesigen Sonnenblumen. Einen Augenblick grinste er sie an, dann drehte er sich zu den beiden Wachen um.

»Ihr könnt jetzt Feierabend machen, Brüder. Ich passe schon auf die Gefangene auf.«

»Ist das ein Befehl?«, fragte einer der beiden.

»Selbstverständlich! Ein Code-3-Befehl sogar.« Gianni machte dabei eine wedelnde Handbewegung, als wolle er Hühner verscheuchen. »Verschwindet endlich!«

Es war lächerlich zu sehen, wie schnell die beiden Kerle abzogen. Anscheinend war Gianni ein hohes Tier in dieser Gruppierung. Graziella hatte jedoch nicht die Zeit, darüber nachzudenken, denn schon zog er die Tür hinter sich zu und fasste sie an der Schulter.

»Wir beide werden uns jetzt ein paar gemütliche Stunden machen.«

»Verschwinde!«, fauchte Graziella ihn an.

Er kicherte. »Du vergisst, in welcher Lage du dich befindest, Kleine. Am besten, du machst freiwillig mit. Ich kann dich allerdings auch handgreiflich überreden.«

»Du kannst mich schlagen, aber ich werde mich wehren bis zuletzt!« Trotz ihrer Worte fühlte Graziella sich alles andere als mutig. Die Gefangenschaft war nicht spurlos an ihr vorübergegangen, und sie spürte, dass sie in ihrem erschöpften Zustand keine Gegnerin für einen zu allem entschlossenen Mann darstellte.

»Wozu denn schlagen, wo es doch ganz andere Mittel gibt, dich kirre zu machen?« Gianni zog ein Tablettenröhrchen aus seiner Hosentasche. »Das hier wird auch dich in Fahrt bringen. Es ist der neueste Schrei aus dem Labor. Man schiebt sich so ein Ding rein, und dann wird es in den unteren Regionen so heiß, dass man nur noch rammeln will.«

Graziella ahnte, was ihr bevorstand. Diese Tabletten waren der letzte Schrei auf vielen Partys. Ein Kommilitone hatte ihr letztens auch eine angeboten, doch zum Glück hatte sie die Wirkung bei einigen anderen Mädchen beobachtet, die das Zeug früher geschluckt hatten, und war angeekelt gegangen.

»Du glaubst doch nicht, dass ich so etwas nehme!«, rief sie und presste die Zähne fest aufeinander.

»O doch, das wirst du!« Gianni steckte das Röhrchen wieder in die Hosentasche, packte Graziella mit beiden Händen und stieß sie auf die Matratze. Sie versuchte sich wegzurollen, doch er ließ sich auf sie fallen und hielt sie mit seinem Gewicht fest. Mit einem harten Griff fasste er nach ihrem Kiefer und drückte ihn auf. Graziella musste hilflos mit ansehen, wie er mit der anderen Hand eine der violett schimmernden Pillen aus der Tasche holte und ihr zwischen die Lippen steckte. Sie versuchte, das Ding wieder auszuspucken, doch er hielt ihr Mund und Nase zu. Während sie kämpfte, um Luft zu bekommen, rutschte ihr die Tablette in den Schlund, so dass sie unwillkürlich schluckte.

»Gleich spürst die die Wirkung!«, sagte Gianni grinsend, während er selbst drei von den Dingern auf seine linke Handfläche fallen ließ und sie in den Mund steckte.

»Das Zeug ist gut! Ich benütze es immer wieder einmal, wenn mir eine Braut gefällt, die nichts von mir wissen will.«

»Das ist Vergewaltigung! Mein Gott, was ist das für ein elender Verein, der so ein Schwein wie dich duldet?« Graziella weinte vor Wut, doch Gianni lachte nur.

»Weißt du, bei meinen Fähigkeiten sehen unsere Anführer über leichte Schwächen des Fleisches hinweg.«

»Ihr seid es nicht wert, dass man euch Menschen nennt!«, antwortete Graziella voller Abscheu. Gleichzeitig spürte sie, wie sie die Kontrolle über ihren Körper verlor. Ihr wurde so heiß, dass sie zu ersticken glaubte, und sie konnte sich kaum mehr bewegen.

Der Mann sah es und nickte zufrieden. »Es wirkt bereits,

nicht wahr? Aber es wird dir gleich noch ganz anders werden.« Etwas unbeholfen, so als hätte er Schwierigkeiten, seine Bewegungen zu koordinieren, zog er sie aus, ohne dass sie sich dagegen wehren konnte, und streifte anschließend seine eigene Kleidung ab.

»Na, was sagst du zu meinem Großen?«, fragte er, während er ihr seinen grotesk blaurot angeschwollenen Penis so knapp vor das Gesicht hielt, dass sie hineinbeißen hätte können. Doch es blieb bei dem Versuch. Ihre Bewegungen waren so langsam, als mühe sie sich durch zähen Brei.

Gianni kroch ein Stück zurück, drückte ihre Beine auseinander und glitt dazwischen. »Weißt du, er ist auch so nicht gerade klein, aber ein paar von den Tabletten blasen ihn so richtig auf.«

Noch während er prahlte, stieß er sein Glied mit einem heftigen Ruck in sie hinein. Die nächsten Minuten erlebte Graziella in einem Zustand, der sich nicht beschreiben ließ. Ihr Verstand war klar, und ihre Gedanken tobten hilflos hinter ihrer Stirn, während ihr Körper ein Eigenleben entwickelte und sich den harten Stößen des Mannes entgegenwarf. Sie spürte einen Orgasmus nach dem anderen, ohne Freude daran zu finden, war aber nicht in der Lage, irgendetwas zu tun. Sie konnte nur weinen.

Die Tabletten schienen Giannis Potenz zu steigern, denn die Zeit verstrich, ohne dass er auch nur ein einziges Mal Pause machte. Er keuchte zuletzt wie nach einem Marathonlauf und verdrehte die Augen. Doch noch immer ruckte sein Becken in krampfartigen Bewegungen nach vorne.

»Gleich ist es so weit!«, stöhnte er noch, dann brach er besinnungslos über ihr zusammen. Sein Gewicht presste Graziella so gegen den Boden, dass sie jede Unebenheit durch die Matte spürte. Sie konnte sich nicht befreien, denn sie war noch immer wie gelähmt.

Allmählich ließ die Wirkung der Tablette nach, und nun vermochte sie langsam wieder Arme und Beine zu bewegen. Mühsam wuchtete sie den Bewusstlosen von sich, erhob sich auf die Knie und krümmte sich vor Übelkeit. In ihrem Kopf drehte sich alles, und als sie aufstehen wollte, schien ihr Innerstes zu explodieren und sie übergab sich auf Gianni. Ihr Mageninhalt, der aus Wasser und durchweichtem Brot bestand, war violett gefärbt.

»Was für ein Teufelszeug!«, krächzte sie, während sie sich mit Giannis Hemd säuberte und in ihre Klamotten schlüpfte. Diese bestanden immer noch aus den Jeans und dem olivfarbenen Unterhemd, welche sie in Renzos Lager erhalten hatte, aber sie wollte nicht nackt hier sitzen, wenn jemand kam, um nach Gianni zu schauen.

Bei dem Gedanken ruckte sie hoch. Hatte der Kerl nicht die Wachen weggeschickt, ohne dass diese vorher die Zellentür von außen zugeschlossen hatten? Zitternd zog sie an der Tür und stieß einen leisen Jubelruf aus, als diese sich öffnen ließ. Wie erwartet stand niemand davor.

Graziella warf einen letzten Blick auf Gianni, der sich trotz seiner Bewusstlosigkeit in Krämpfen wand, und dachte zufrieden, dass er die Wirkung seiner Dosis wohl unterschätzt hatte. Diese in Hinterhoflaboratorien gefertigten Pillen waren nun einmal nicht von einheitlicher Qualität.

Sie hasste den Mann für das, was eben geschehen war, dennoch war sie froh, dass seine Geilheit ihr die Chance zur Flucht bot. Zwar kannte sie die Gänge und Kavernen der Bergfestung nicht, doch als sie auf nackten Sohlen den Stollen entlangschlich, vertraute sie auf die Hilfe der Heiligen Jungfrau – und es war, als hätte die Madonna ihre Gebete endlich erhört. Da sie weiter vorne Stimmen vernahm, bog sie in einen röhrenähnlichen Gang ein, der schräg nach oben führte. Im Gegensatz zu anderen war er unbeleuchtet. Bald sah sie schräg über sich einen schwachen Lichtschein, der von draußen zu kommen schien.

Zuletzt wurde der Stollen so steil und eng, dass Graziella auf allen vieren kriechen musste, und kurz darauf erreichte sie einen schmalen Spalt in der Felswand. Auf den ersten Blick wirkte er zu klein für sie. Aber da ihr alles besser erschien, als in den Händen der Faschisten zu bleiben, zwängte sie sich durch den Spalt und gab auch nicht auf, als sie sich die Haut an mehreren Stellen aufschürfte und die Verletzungen wie Feuer brannten.

Endlich hatte sie den Ausgang der Höhle erreicht, und die Heilige Jungfrau stand ihr noch ein weiteres Mal bei, denn hier gab es keinen Wachposten, und auch auf ihrem weiteren Weg war die Aufmerksamkeit von Ghiodolfios Leuten auf die Grenze zum Kosovo gerichtet. Dort mühte sich eben ein Bundeswehrfahrzeug durch ein ausgetrocknetes Bachbett, und der Anblick war für die Freischärler allemal interessanter als der einer den zerklüfteten Abhang hinabkletternden Frau.

EINUNDZWANZIG

Als der Aufschlag kam, wusste Torsten sofort, dass es diesmal ernst war. Er sah die gepanzerte Windschutzscheibe aus ihrer Verankerung springen, und gleichzeitig wurde die linke Flanke des Dingos aufgerissen. In einem Reflex zog er an dem Öffnungshebel der Beifahrertür. Im nächsten Moment erfolgte die Detonation. Der Druck riss die unversperrte Tür auf, und Torsten wurde im hohen Bogen aus dem Wagen katapultiert.

Er schlug im Geröll eines Bachbetts auf und spürte noch,

wie er mit dem Kopf gegen einen Felsblock krachte. Der Helm, den Steiff ihn aufgenötigt hatte, verhinderte, dass sein Schädel wie eine Melone zerplatzte. Dennoch war er eine Weile bewusstlos. Als er wieder zu sich kam und sich mühsam aufrichtete, sah er das brennende Fahrzeug. Dort war nichts mehr zu retten. Torsten dachte mit Schaudern an die mehr als tausend Schuss MG-Munition, die jederzeit in die Luft gehen konnten. Aber er schützte nur das Gesicht mit dem vorgehaltenen Arm gegen die Hitze und humpelte auf den Panzerwagen zu.

»Lebt noch jemand?«, rief er mit krächzender Stimme. Er erhielt keine Antwort.

Verzweifelt steckte er den Kopf durch die offene Tür. Der Fahrer hing blutend über dem Lenkrad. Torsten fasste seinen herabhängenden linken Arm und zog ihn aus dem brennenden Dingo. Es war nicht zu erkennen, ob der Mann noch lebte. Bei Leutnant Steiff gab es diese Zweifel nicht. Ihm war der halbe Kopf weggerissen worden. Auch der Funker hatte nicht überlebt. Den Bordschützen hatte es nach hinten geschleudert. Sein Kopf war verdreht, und aus seiner Brust ragte ein Stück Metall.

»Den hat es auch erwischt«, presste Torsten zwischen zusammengebissenen Zähnen hervor und packte den Fahrer, um ihn aus der Gefahrenzone zu zerren. Er war erst ein paar Meter weit gekommen, als die ersten Patronen explodierten. Torsten machte noch ein paar Schritte, stieß dann den Mann hinter einen Felsblock und hechtete hinterher. Beinahe im selben Augenblick zerriss es den Dingo. Eine Glutwelle raste über ihn hinweg, und er fühlte, wie die Hitze trotz der Deckung die Haare auf seinen Armen versengte. Er glaubte ersticken zu müssen, zwang sich aber, nicht zu atmen, um sich nicht die Lungen in der heißen Luft zu verätzen. Dann wurde er erneut bewusstlos.

ZWEIUNDZWANZIG

Der Fels war durch die Sonne aufgeheizt und von scharfkantigen Steinen bedeckt. Graziella bedauerte es, barfuß geflohen zu sein, anstatt Giannis Schuhe an sich zu nehmen. Doch so weit hatte sie nicht denken können. Ihre Füße bluteten schon, und sie wusste nicht, wie weit sie noch kommen würde. Außerdem hatte sie nicht die leiseste Ahnung, in welche Richtung sie fliehen sollte. Die Berge um sie herum sahen alle gleich aus, und sie wusste nicht mehr, als dass sie sich in Albanien befand.

Ihr war klar, dass sie dringend Hilfe brauchte. Abgesehen von Hunger und Erschöpfung schlug sie sich mit den Nachwirkungen der violetten Pille herum. Dennoch war es ihr, als habe Gianni eine andere Person vergewaltigt und sie sei nur Zuschauerin des Geschehens gewesen. Das war vermutlich auch eine Wirkung dieser Pille. Sie fragte sich, wie Menschen freiwillig so ein widerwärtiges Zeug schlucken konnten. Es stellte sie auf eine niedrigere Stufe als Tiere und war, wie sie bei Gianni hatte miterleben können, höllisch gefährlich.

Was ihren Vergewaltiger betraf, so hoffte sie, dass der Mann sich mit der hohen Dosis den goldenen Schuss gesetzt hatte. Er war ein Ekel und hatte sich als haltloser Schuft erwiesen.

»Du darfst nicht andauernd an diesen Idioten denken, sondern nur an dich!«, schimpfte sie mit sich selbst und überlegte, in welche Richtung sie gehen sollte.

Da zuckte seitlich von ihr ein Lichtblitz auf und raste Haken schlagend dicht über den Boden dahin. Was ist das für ein Teufelsding?, fuhr es Graziella durch den Kopf. Panikerfüllt warf sie sich hinter einen Felsen und schützte den Kopf mit den Händen. Fast im selben Moment hörte sie einen harten Aufschlag und eine heftige Explosion.

Es dauerte einige Sekunden, bis sie begriff, dass nicht sie das Ziel gewesen sein konnte. Auch Leute wie diese Faschisten schossen nicht mit Kanonen auf Spatzen, dachte sie, während sie vorsichtig über ihre Deckung lugte. Eine Zeit lang blieb es schmerzhaft still, und als sie sich aufraffen wollte, um weiterzugehen, gab es an der Aufschlagstelle eine Art knatterndes Feuerwerk. Vermutlich explodierte dort Munition. Graziellas Neugier war geweckt. Wenn es dort Menschen gab, auf die die Faschisten schossen, so konnten sie auf ihrer Seite stehen und ihr womöglich helfen.

Nach einer Weile sah sie unter sich das zerstörte Fahrzeug, und etwa fünfzehn Meter seitwärts davon entdeckte sie zwei reglose Gestalten in Tarnuniformen. Graziella hielt sie für tot und wollte sich schon abwenden, als sie auf einen besonders spitzen Stein trat. Wenn sie eine Chance haben wollte, von hier zu entkommen, brauchte sie dringend Schuhe. Ihr graute es zwar, Tote zu berauben, doch ihr blieb keine andere Wahl. Vielleicht fand sie bei den Leichen auch etwas zu essen, denn ihr Magen fühlte sich an wie ein riesiges Loch, in das ein ganzes Schaf passen musste.

Da die Faschisten sich bis jetzt noch nicht um ihre Opfer gekümmert hatten, rannte sie nach unten und kauerte sich hinter den Felsen, bei dem die Toten lagen. Beide waren voller Blut, das in der heißen Sonne rasch trocknete. Graziella streckte die Hand aus und berührte mit einem gewissen Grauen den zuoberst liegenden Soldaten.

In dem Augenblick stieß der Mann ein Stöhnen aus.

Graziella zuckte zusammen und wollte im ersten Impuls weglaufen. Noch während sie sich umsah, ob sie nicht beobachtet wurde, sagte sie sich, dass sie den Verletzten nicht einfach liegen lassen durfte. Sie zwang sich zur Ruhe und beugte sich erneut über den Mann. Er war groß und schlank und sah mit seinem knochig wirkenden Gesicht auf eine eigenartige Weise gut aus. Das war ein anderer Charakter als Gianni oder dessen Freunde, sagte sie sich, als sie ihn abtastete, ob seine Gliedmaßen noch heil waren. Es schien nichts gebrochen zu sein, doch sein Helm wies mehrere Beulen und Scharten auf. Graziella schätzte, dass der Mann sich zumindest eine Gehirnerschütterung zugezogen hatte. Sie zerrte ihn von dem anderen Körper herunter und bemerkte schnell, dass der Zweite tot war. Obwohl sie den Soldaten bedauerte, war sie doch erleichtert, denn sie fühlte sich nicht kräftig genug, um zwei Verletzten zu helfen.

Zwar grauste es ihr vor dem, was sie tat, aber es gelang ihr, die Stiefel des Toten aufzuschnüren und auszuziehen. Sie waren ihr viel zu groß, doch in ihnen zu laufen war besser, als sich die Füße weiterhin an scharfkantigen Steinen aufzureißen. Als sie die Taschen des Mannes abklopfte, fand sie mehrere Päckchen mit Trockennahrung und eine Feldflasche, die sie sofort öffnete und beinahe ganz leertrank.

Erst danach erinnerte sie sich an den Bewusstlosen, der das Wasser wahrscheinlich dringender benötigt hätte als sie. Sie hoffte, er trüge selbst eine Feldflasche mit sich, aber das war nicht der Fall.

»Dann muss er mit dem auskommen, was wir noch haben!« Graziella wollte ihn weiterschleifen, doch da öffnete er die Augen und starrte sie erstaunt an.

»Buongiorno, Signore! Kommen Sie, wir müssen so schnell wie möglich von hier verschwinden«, flehte sie ihn an. Erst als er die Lippen bewegte, ohne dass ein Wort herauskam, merkte sie, dass er unter Schock stand. Es gelang ihr aber, ihn so weit zu bringen, dass er auf die Beine kam, sich auf sie stützte und einen Fuß vor den anderen setzte.

DREIUNDZWANZIG

Torstens Kopf schwirrte wie ein Bienenschwarm, und er konnte keinen einzigen klaren Gedanken fassen. Irgendwie begriff er, dass er über Geröll stolperte und ihn jemand stützte. War es einer seiner Kameraden? Er wusste es nicht. Die sind alle tot, meldete ein Teil seines Gehirns. Mühsam drehte er den Kopf, um seinen Helfer anzusehen, doch seine Augen spielten ihm einen Streich. Er glaubte eine junge Frau zu sehen, mit dunkelblondem, verschwitztem Haar und einem durchaus ansehnlichen Busen.

Wahrscheinlich liege ich irgendwo in der Sonne und leide unter Halluzinationen, dachte er und schloss die Augen wieder. Auf einmal tauchte Major Wagner vor seinem inneren Auge auf und das letzte Videogespräch, das er mit seinem Vorgesetzten geführt hatte.

»Verdammt, Renk, kann ich Sie nicht ein Mal in eine Weltgegend schicken, in der es nicht sofort hinterher knallt?«, hatte sein Vorgesetzter kopfschüttelnd erklärt, um dann auf den Kern der Sache zu kommen. »Das mit Kiriakis ist eine Schweinerei. Aber wenn das mit dem geplanten Putsch in Griechenland stimmt, ist es ein noch größeres Ding. Ich werde mich auf jeden Fall darum kümmern. Renk, Sie nehmen sich einen Dingo und ein paar Mann und prüfen, ob es tatsächlich diese Höhlen drüben in Albanien gibt und ob sich dort eine Armee aufhält, die Kiriakis entdeckt haben will.«

»Ich würde lieber allein gehen und zu Fuß«, hatte er geantwortet, doch Wagner hatte nur den Kopf geschüttelt.

»Nichts da! Wenn Sie auf die Weise verloren gehen, erfahren wir nicht das Geringste …«

»… aber wenn ein Dingo zusammengeschossen wird, wisst

ihr wenigstens, dass es geknallt hat«, war Torsten Wagner ins Wort gefallen.

Wagner hatte kurz gelacht und mit den Achseln gezuckt. »So hart will ich es nicht ausdrücken. Doch beim Militär muss man auch einmal etwas riskieren. Ohne einen Beweis in der Hand ist es sinnlos, uns an die albanische Regierung zu wenden. Sie würde alles abstreiten. Finden wir jedoch heraus, dass unsere Schwierigkeiten in letzter Zeit von Leuten kommen, die sich auf ihrem Hoheitsgebiet versteckt halten, können wir sie überzeugen.«

»Auch wenn es das Leben unserer Leute kostet?«

»Was haben Sie gesagt, Signore?« Graziella war froh, dass der Verletzte endlich den Mund aufgemacht hatte.

Torsten blieb stehen und versuchte seine Benommenheit abzuschütteln. Wie es aussah, stapfte er wirklich durch die Gegend und wurde dabei von jemandem gestützt. Er tastete nach der Person, kam dabei an einen weichen Hügel und erhielt sofort einen Klaps auf die Hand.

»Sie sind wohl etwas zu munter, Signore!«, hörte er eine scharfe Frauenstimme. Sie sprach Italienisch, und trotz seiner Sprachkenntnisse bereitete es ihm Mühe, sie zu verstehen.

Graziella hatte die Vergewaltigung durch Gianni noch nicht vergessen und deshalb ungewöhnlich heftig reagiert, als der Deutsche ihren Busen berührte. Als sie jedoch in sein graues, schmerzverzerrtes Gesicht sah, begriff sie, dass er nicht die Absicht hatte, sie anzumachen. Seine Beine gaben immer wieder nach, und schließlich konnte sie ihn nicht mehr halten. Es gelang ihr gerade noch, ihn in die Deckung zweier großer Felsblöcke zu schleppen und ihn gegen einen davon zu lehnen.

»Wasser!«, stöhnte er.

Graziella reichte ihm die fast leere Feldflasche, doch er

war nicht in der Lage, allein zu trinken. Sie musste die Flasche öffnen und an seine Lippen halten. Es waren jedoch nur noch ein paar Tropfen. Als sie ihm die Flasche wieder entzog, starrte er sie mit großen Augen an.

»Mehr!«

»Mehr habe ich nicht«, antwortete Graziella beschämt, weil sie zuerst an sich gedacht hatte, auch wenn sie wusste, dass sie ihn sonst nicht von dem Wrack und damit aus der Nähe der Freischärler oben in der Festung gebracht hätte. Der Rest an Kraft, den sie zusammengekratzt hatte, war verbraucht. Sie zog einen der Nahrungsriegel, die sie dem Toten abgenommen hatte, aus der Tasche und riss die Hülle auf. Als sie hineinbiss, schmeckte er zwar wie Pappe, beruhigte aber ihren Magen.

»Wollen Sie auch etwas?«, fragte sie auf beiden Backen kauend.

Torsten hob abwehrend die Hand. »Ich brauche nur Wasser. Und eine Kopfschmerztablette, wenn Sie eine haben. Mir platzt fast der Schädel.«

»Ich habe leider gar nichts.« Graziella untersuchte die Sachen, die sie dem Toten abgenommen hatte, doch es waren nur ein paar Riegel Konzentratnahrung. Jetzt ärgerte sie sich, dass sie nicht nachgesehen hatte, ob auch Verbandszeug und Medizin zu finden gewesen wären. Bedauernd zuckte sie mit den Achseln und packte die Feldflasche.

»Ich sehe zu, ob ich irgendwo Wasser finde.«

»Seien Sie vorsichtig!« Torsten sah ihr nach, wie sie zwischen den Felsen verschwand, und fragte sich, wer sie sein mochte. Eine Touristin sicher nicht, denn die liefen nicht in schlabberigen Hosen in Tarnfarben und einem zu weiten Militärunterhemd herum. Außerdem gab es in der Gegend keine Touristen. Das Dreiländereck Kosovo–Albanien–Mazedonien galt als gefährlich, da sich hier Freischärler aller möglichen Ausrichtungen tummelten. Sowohl die albanische Regierung in Tirana wie auch die mazedonische in Skopje und die Kosovoverwaltung in Prishtinë hatten es aufgegeben, hier für Ruhe und Ordnung zu sorgen. Das überließen sie einem kleinen, völlig überforderten Häuflein Soldaten unter UNO-Flagge.

Torstens Gedanken wanderten weiter zu Wagner, der bei ihrem letzten Videogespräch bedauernd gemeint hatte, er würde lieber einen Hubschrauber oder eine Aufklärungsdrohne schicken. Doch wenn die von Kiriakis entdeckte Bergfestung so gut getarnt war, dass man selbst auf den Satellitenbildern nichts erkennen konnte, würde auch eine direkte Luftaufklärung nichts nutzen. Das hatte Torsten eingesehen, aber er war überzeugt, dass er auf sich allein gestellt mehr hätte erreichen können als mit dem Dingo. Diese Aktion war sinnlos gewesen, denn sie hatte keine verwertbare Information gebracht und überdies einige Kameraden das Leben gekostet, darunter auch Leutnant Steiff, der ihm in den paar Tagen, die sie zusammengearbeitet hatten, ein guter Freund geworden war. Torsten ballte die Fäuste. Zuerst hatte er Kiriakis erschossen, den er sehr geschätzt hatte, und nun war auch Steiff durch seine Aktion ums Leben gekommen.

Für einige Augenblicke überlegte er, ob der Abschuss seines Dingos ein Racheakt der Griechen war. Diesen Gedanken verwarf er jedoch rasch. Niemand schleppte eine Rakete dieses Kalibers durch die Berge, wenn er das Ziel, auf das das Ding abgefeuert werden soll, nicht ganz genau kannte. Das Geschoss hätte sogar einen Panzer vom Typ Leopard in Schwierigkeiten gebracht.

Ein Geräusch beendete seinen Gedankengang, und er griff automatisch zu seiner Pistole. Es war jedoch nur die fremde Frau, die erleichtert auf ihn zukam.

»Ich habe Wasser gefunden!« Mit diesen Worten schraubte Graziella die Feldflasche auf und wollte sie Torsten an die Lippen halten. Inzwischen aber hatte er sich so weit erholt, dass er selbst trinken konnte. Während er das nach Mineralien schmeckende Wasser schluckte, betrachtete er die junge Italienerin. Sie war hübsch, wenn auch nicht gerade sein Typ, da er eher auf schlankere, sportlichere Frauen stand, doch so wie diese Frau mochte Gina Lollobrigida in jungen Jahren ausgesehen haben. Sie besaß jene Weiblichkeit, die man bei deutschen Frauen nur selten fand.

»Genug gesehen, oder soll ich mich ganz ausziehen?«, fragte Graziella bissig.

Torsten lachte trocken auf und stöhnte vor Schmerz auf, weil sein Kopf keine Bewegung ertrug. »Ich glaube, fürs Ausziehen wäre es noch zu früh. Dafür müsste ich erst einmal auf die Beine kommen.«

»Sie sollten lieber gar nicht erst in diese Richtung denken, *tedesco*. Ich bin erst vor einigen Stunden vergewaltigt worden und würde Ihnen eher mit meinen Zähnen die Kehle zerfetzen, als das noch einmal zu erleben.« Es fiel Graziella nicht leicht, das zu sagen, aber sie wollte von vornherein klare Verhältnisse schaffen. Erleichtert sah sie, wie das Gesicht des deutschen Soldaten Betroffenheit zeigte.

»Das tut mir leid!«

Graziella zuckte mit den Schultern. »Sicher nicht so sehr wie mir. Aber der Typ hat mir die Flucht ermöglicht. Daher sollte ich nicht allzu traurig sein. Den Leuten, die mich gefangen gehalten haben, gilt ein Leben nicht viel.«

»Wenn es dieselben waren, die uns unter Feuer genommen haben, kann ich das bestätigen. Übrigens, mein Name ist Torsten Renk, Leutnant der Bundeswehr.«

Die junge Italienerin verzog das Gesicht. »Torrstten Rrenkk? Da bricht man sich ja die Zunge ab. Ich werde Sie Toto nennen.«

»Renk reicht, mit einem R und einem K.«

Graziella befand, dass der Deutsche so trocken und humorlos war, wie man es seinem Volk nachsagte. Aber wenn er wollte, würde sie sich an dieses ‚Renk' gewöhnen. Jetzt aber fand sie es an der Zeit, sich selbst vorzustellen.

»Also, ich bin Graziella Monteleone aus Rom und die Großnichte eines Kardinals!« Der Mann sollte wissen, dass sie nicht irgendein Flittchen aus einer der Vorstädte war, sagte sie sich, fragte sich aber sofort, warum sie ihn damit hatte beeindrucken wollen.

Den Mann schien ihre Vorstellung nicht sonderlich zu interessieren, denn er blickte zum Himmel, der wie geschmolzenes Blei wirkte, und stöhnte. »Es sind etwa fünfzehn Kilometer bis zu unserem Camp. Wenn wir Glück haben, treffen wir vorher auf eine unserer Patrouillen.«

»Und wenn wir kein Glück haben?«, fragte Graziella.

»Dann müssen wir den ganzen Weg laufen, und das wird hart. Sie werden mich stützen müssen. Um mich dreht sich immer noch alles.« Aufseufzend dachte er, dass es wohl die härtesten fünfzehn Kilometer seines Lebens werden würden.

VIERUNDZWANZIG

Hoikens saß in der Felsenkammer, die ihm als Quartier diente, und studierte die Unterlagen, die er von Ghiodolfio erhalten hatte. Die Leute des Generals hatten ausgezeichnete Arbeit geleistet. Ihm standen nicht nur Stadtpläne und Beschreibungen von Tallinn zur Verfügung, sondern auch ein Film über das Tagungsgebäude, in dem sich die europäischen Regierungschefs versammeln wollten. Ghiodolfio hatte Berichte über die einzelnen Ministerpräsidenten mit deren Vorlieben und Abneigungen sammeln lassen, und es gab umfangreiches Informationsmaterial über die geplanten Sicherheitsmaßnahmen. Dem Anlass entsprechend waren diese umfassend und so strikt, dass nicht einmal eine Maus durch den Kordon schlüpfen konnte, der um die Herrschaften gezogen werden sollte.

Für Hoikens war das jedoch kein Grund aufzugeben. Er besah sich die Planskizzen, die Ghiodolfio hatte erstellen lassen, und strich einige Punkte, die ihm interessant erschienen, mit einem Farbmarker an. Dumm waren die Italiener nicht, das musste er ihnen lassen. Der springende Punkt war nur, auch die letzte Hürde zu überwinden, an der Ghiodolfios Leute schon bei der Planung gescheitert waren. Die Sicherheitsvorkehrungen in Estland waren exzellent und sollten auch Selbstmordanschläge ausschalten. Doch es musste einen Weg geben, und über den dachte Hoikens gerade nach.

Das Geräusch der sich öffnenden Tür riss ihn aus seiner Konzentration. Er drehte sich um und sah Mazzetti eintreten. Der junge Italiener strahlte über das ganze Gesicht.

»Das hätten Sie sehen sollen! Wir haben gerade einen gepanzerten Geländewagen der Bundeswehr hochgejagt. Die Kerle kamen nicht einmal mehr dazu, einen Funkspruch abzusetzen oder gar zurückzuschießen.«

Hoikens schüttelte verärgert den Kopf. »Auf diese Weise macht ihr die Leute doch auf eure Festung aufmerksam. Ich dachte, sie sollte geheim bleiben!«

»Die Deutschen scheinen bereits zu ahnen, dass sich hier etwas tut, denn der Wagen kam genau in unsere Richtung.« Über Mazzettis Gesicht huschte ein leichter Schatten, doch er wischte Hoikens' Bedenken mit einer heftigen Handbewegung fort.

»Wir werden sie überlisten. Der General hat befohlen,

dass wir das Wrack des Geländewagens bergen und etliche Kilometer weiter im Süden auf mazedonisches Gebiet schaffen. Die *tedesci* werden glauben, ihr Wagen wäre dorthin gefahren und von den mazedonischen Albanern beschossen worden.«

»Passen Sie aber auf, dass nichts zurückbleibt, was den Leuten der Bundeswehr einen Hinweis geben könnte, und prüfen Sie vor allem, ob ihr alle Mann erwischt habt. Wenn nur einer entkommt, können Sie Ihr schönes Camp A vergessen.«

Mazzetti winkte lachend ab. »Kamerad, Sie schließen von sich auf die anderen Leute der Bundeswehr. Sie würden den Trick durchschauen, aber die Offiziere drüben im deutschen Camp sehen nicht über ihre Nasenspitze hinaus. Andernfalls hätten sie keinen Dingo geschickt, sondern gleich einige Panzer.«

Hoikens schlug mit der Faust auf den Tisch. »Ihr Idioten, warum musstet ihr euren Privatkrieg mit der Bundeswehr beginnen? Ausgerechnet jetzt, kurz vor dem entscheidenden Schlag, können wir uns keine Komplikationen leisten. Wenn die Sache in Tallinn ein Erfolg wird, brechen in zwei Dritteln der Staaten Europas die Regierungen auseinander, und wir können damit rechnen, dass unsere Leute in mehr als der Hälfte der EU-Staaten mit an die Macht kommen.«

»… die sie schon bald ganz in der Hand halten werden. Kommen Sie, Kamerad, regen Sie sich ab. Die Sache biegen wir schon wieder hin. Trinken wir lieber auf den zukünftigen italienischen Ministerpräsidenten Fiumetti und den baldigen deutschen Bundeskanzler Feiling.«

Während Mazzetti schwungvoll zwei Gläser mit Rotwein füllte, verzog Hoikens das Gesicht. Seine Zweifel an Feilings Fähigkeiten waren in letzter Zeit immer mehr gewachsen, und er konnte sich den Mann beim besten Willen nicht als deutschen Regierungschef vorstellen. Dem selbsternannten Führer der deutschen Patrioten war es ja nicht einmal gelungen, alle freien Kameradschaften hinter sich zu versammeln.

In Italien sah die Sache anders aus. Fiumetti vermochte die Massen mitzureißen. Allerdings trug man dort nicht so schwer an der historischen Last wie in Deutschland. Mit einem Mal überkam Hoikens das Gefühl, dass es gerade in seinem Heimatland am schwersten werden würde, die nationale Revolution durchzusetzen. Er schüttelte diesen Gedanken rasch wieder ab, doch als Mazzetti ihm den Wein reichte, trank er nicht auf Feiling, sondern auf den Erfolg ihres Planes.

»Auf Tallinn, Kamerad, und darauf, dass wir dort das Fanal setzen, das wir für den weiteren Weg brauchen!«

IV. TEIL

AUF DER FLUCHT

EINS

Während sich in Albanien und im Kosovo die Ereignisse zuspitzten, blieb Don Batista in Rom nicht untätig. Da er seine bevorzugten Handlanger Lodovico und Gianni mit Graziella weggeschickt hatte, berief er einen weiteren Schläger aus Fiumettis Garde zu seinem zweiten Leibwächter und erschien mit ihnen vor Kardinal Monteleones Villa.

Als er klingelte, öffnete die alte Nora rasch die Tür. Es hätte ja einer aus der Familie des Kardinals sein können, der zu dessen Beerdigung nach Rom gekommen war, oder auch jemand, der Nachricht von Graziella brachte. Das arme Mädchen war durch den Tod ihres Großonkels sicher vollkommen aufgelöst, sonst hätte sie längst angerufen.

Bei Don Batistas Anblick verzog sie das Gesicht, denn sie wusste, dass Graziella ihn nicht mochte. Ihr war der Mann ebenfalls herzlich unsympathisch, und seine beiden Begleiter gefielen ihr noch weniger. Sie hätte ihnen nicht des Nachts auf der Straße begegnen wollen, geschweige denn sie ins Haus lassen. Bevor sie ihnen jedoch die Tür vor der Nase zuschlagen konnte, stießen die Kerle sie zurück und drangen ein. Einer packte Nora mit geübtem Griff, so dass sie sich weder wehren noch schreien konnte.

Don Batista trat nun ebenfalls ein, schloss die Tür hinter sich und sah die Haushälterin lächelnd an. »Wir sind hier, um die geheimen Unterlagen Kardinal Monteleones zu holen. Außerdem suchen wir Papiere, die seine Nichte Graziella auf ungesetzliche Weise an sich gebracht hat. Wo könnten die Unterlagen versteckt sein?«

Nora war nicht dumm. Sie wusste, dass Kardinal Rocchigianis Haushälterin vor wenigen Tagen tot aufgefunden worden war, und las in Don Batistas Augen, dass auch sie sterben würde. Da sie sich gegen ihn und seine beiden Begleiter keine Chancen ausrechnete, tröstete sie sich mit dem Gedanken, dass sie lange genug gelebt hatte und die Heilige Jungfrau sie gewiss ins Himmelreich holen würde.

Als einer der beiden Gorillas auf Don Batistas Zeichen die Hand von ihrem Mund nahm, stieß sie einen durchdringenden Schrei aus. Der Mann packte sofort wieder zu, diesmal aber so kräftig, dass Noras Genick brach wie ein Stück dürres Holz.

Don Batistas Begleiter begriffen zunächst nicht, dass sie eine Tote in Händen hielten, aber der Priester sah es und putzte die beiden herunter. »Ihr hirnverbrannten Idioten! Wir wollten sie doch verhören! Stattdessen habt ihr sie umgebracht.«

»Entschuldigung, Hochwürden! Das war ein Versehen«, erklärte einer der beiden und warf die Tote wie ein Stück Abfall in eine Ecke.

Don Batista klopfte mit der Sohle ärgerlich auf den Boden. »Trottel! Bringt sie in die Küche, und dann nehmt das ganze Haus auseinander. Die Papiere müssen gefunden werden, sonst geraten sie womöglich noch in die falschen Hände.«

»Keine Sorge! Wir haben bei den Carabinieri und der Justiz genug Freunde, die uns helfen werden, an das Zeug zu kommen.« Der Mann, der trotz seines teuren Anzugs den Schläger nicht verbergen konnte, wollte den Priester mit diesen Worten beschwichtigen.

Don Batista hieb wütend mit der Hand durch die Luft. »Tut, was ich euch sage! Das Zeug ist brisant genug, um euren Häuptling Fiumetti statt in den Palazzo Chigi ins Gefängnis zu bringen!«

Da Rocchigiani einiges über Fiumetti und dessen Partei

in Erfahrung gebracht hatte, war das nicht einmal gelogen. Don Batista ging es jedoch mehr um die Papiere, die Kardinal Winter belasten konnten. Sein Kardinal würde unbefleckt vor das Konklave treten müssen, um nach Benedikts Ableben zum nächsten Papst gewählt werden zu können. Für einige Augenblicke versank Don Batista in seinen eigenen Zukunftsträumen. Sobald Winter als Papst Gregor XVII. die Herrschaft im Vatikan übernahm, würde er selbst zum Bischof und ein Jahr später zum Kardinal ernannt werden, und da er in dieser Position die Fäden der päpstlichen Politik in Händen halten würde, sah er sich bereits als Winters Nachfolger mit der Tiara gekrönt, die ihren rechtmäßigen Platz als Symbol des Papsttums wieder einnehmen würde.

Während Don Batista die Umgestaltung Europas plante, kehrten die beiden Schläger das Unterste zuoberst. Kein Schrank, keine Wandverkleidung, ja nicht einmal die Küchenmöbel blieben verschont. Bei der Suche kamen etliche Papiere zum Vorschein. Don Batista überflog die Schriftstücke und stellte fest, dass Monteleones Weltbild sich noch stärker von seinen und Winters Vorstellungen unterschied, als er angenommen hatte. Graziellas Großonkel hatte zwar auch von einer starken Stellung des Glaubens geträumt, dabei aber auf Überzeugung durch Worte gesetzt anstatt auf Macht und Gewalt. Don Batista lächelte spöttisch, als er las, welche Illusionen der alte Mann sich gemacht hatte. Ohne Zwang brachte man die Menschen zu gar nichts, und da Kardinal Winter selbst über keine Armee verfügte, musste er sich solcher Handlanger wie Fiumetti und Ghiodolfio bedienen.

Während der Priester einige Papiere einsteckte und den Rest einfach fallen ließ, trat einer der beiden Gorillas auf ihn zu. »Wir haben vom Dachboden bis zum Keller alles durchsucht. Jetzt gibt es nur noch einen Schrank in der Bibliothek, in dem möglicherweise Geheimfächer verborgen sind.«

Ganz so dumm, wie sie aussehen, sind die Kerle also nicht, dachte Don Batista und folgte ihnen. Die Fächer des Schranks waren herausgerissen, und der Inhalt lag auf dem Boden verstreut, darunter auch die Espressotassen mit dem Hammerzeichen, auf die Monteleone so stolz gewesen war. Eine davon geriet eben einem der Kerle unter die Sohlen und wurde zerdrückt.

Als Don Batista das sah, erinnerte er sich daran, wie Monteleone und Winter, der damals noch Weihbischof gewesen war, aus diesen Tassen getrunken hatten. Ihm hatte der alte Kardinal keinen Kaffee angeboten. In dem Augenblick verspürte er eine tiefe Befriedigung, dass Monteleone durch seine Hand gestorben war, und er wollte dafür sorgen, dass ihn in Zukunft niemand mehr würde ignorieren können.

»Zerschlagt den Schrank«, befahl er.

Das ließen die Kerle sich nicht zweimal sagen. Innerhalb weniger Minuten war das Möbelstück zerlegt. Dabei flatterten einige Papierbögen durch den Raum. Don Batista fing eines davon auf und lächelte zufrieden. Es waren die fehlenden Dokumente aus Rocchigianis Unterlagen, die Winters Aufstieg und damit auch seinem eigenen ein jähes Ende bereiten würden, wenn sie in die falschen Hände gerieten.

Während Don Batista die Papiere aufsammelte und einsteckte, blickte ihn einer der Gorillas verlegen an. »Die Carabinieri werden merken, dass wir hier waren und etwas gesucht haben!«

Don Batista zuckte mit den Schultern. »Zündet alles an, aber so, dass die gesamte Hütte niederbrennt.«

Er sah zu, wie seine Begleiter alles Brennbare in den Räumen ausbreiteten, und als alle Vorbereitungen getroffen waren, legte er eigenhändig Feuer an den Papierhaufen in der Bibliothek. Seine Helfershelfer steckten die übrigen Räume in Brand. Ehe das Feuer entdeckt werden konnte, verließen sie das Haus und trennten sich an der nächsten Straßenecke.

Unterwegs sagte Don Batista sich, dass Graziella nun überflüssig geworden war und beseitigt werden musste. Er würde Gianni jedoch noch erlauben, seinen Spaß mit dem Mädchen zu haben.

ZWEI

Major Mazzetti mochte ein Prahlhans sein, aber er war kein Narr. Kaum hatte er Hoikens verlassen, übernahm er selbst das Kommando über den Trupp, der den zerstörten Dingo beseitigen sollte. Während er sich mit zwei Pritschenwagen japanischer Herkunft der Stelle des Überfalls näherte, ließ er einen Trupp ausschwärmen, um die Umgebung zu sichern. Schon nach wenigen Minuten kehrte einer der Männer zu Mazzetti zurück.

»Keine Probleme, Herr Major. Das feindliche Fahrzeug ist vollkommen zerstört. Einer der Insassen hat es zwar noch ins Freie geschafft, ist aber nach wenigen Metern zusammengebrochen.«

Mazzetti zog die Stirn in Falten. »Wenn einer herauskommen konnte, kann es auch einem Zweiten gelungen sein. Los, sucht die Gegend ab! Es darf uns keiner durch die Finger schlüpfen.«

»Jawohl, Herr Major.« Der Kamerad salutierte und verschwand.

Mazzetti kümmerte sich nicht weiter um ihn, sondern zog seine Pistole und näherte sich dem zerfetzten Dingo. Seine Leute hatten einen Volltreffer gelandet. Es war erstaunlich, dass überhaupt noch jemand aus dem Wagen herausgekommen war. Er trat auf den Toten zu, der hinter einem Felsen lag, und musterte ihn. Irgendjemand hatte dem Kerl die Schuhe ausgezogen und um Feldflasche und Nahrungsrationen erleichtert. Angesichts seiner schweren Verletzungen konnte der Mann nicht ohne Hilfe aus dem Panzerfahrzeug gekommen sein. Also musste ihn jemand herausgezogen und dann erst gemerkt haben, dass der Mann tot war. Daraufhin hatte der Unbekannte einige Sachen an sich genommen und sich in die Büsche geschlagen.

Mazzetti fluchte. Gerade jetzt, da der große Tag der Patriotischen Front kurz bevorstand, konnten sie keine unerwünschte Aufmerksamkeit gebrauchen. Rasch winkte er ein paar Freischärler zu sich und zeigte auf den Toten.

»Ihr Idioten! Wieso habt ihr nicht bemerkt, dass noch jemand anders aus dem Kasten herausgekommen ist? Verdammt, der Kerl kann schon auf halbem Weg zum deutschen Lager bei Globočica sein. Du da meldest das sofort in der Festung, die anderen machen sich auf die Suche nach dem Überlebenden. Wehe, ihr erwischt ihn nicht!« Mazzetti hatte das letzte Wort noch nicht ausgesprochen, da zeigte einer seiner Leute nach hinten.

»Sehen Sie, Herr Major!«

Mazzetti drehte sich um und sah einen ganzen Trupp der eigenen Leute im Laufschritt herankommen. Der Feldwebel, der sie anführte, blieb vor ihm stehen und salutierte hastig.

»Dringende Meldung vom General. Die Frau, die Gianni gebracht hat, ist entkommen. Sie muss unbedingt eingefangen werden, sonst kann sie dem Feind wichtige Informationen liefern.«

»War sie barfuß?« Mazzetti blickte noch einmal auf den toten deutschen Soldaten, dem die Schuhe ausgezogen worden waren, und zählte eins und eins zusammen. Wie es aussah, hatte doch keiner dieser Kerle überlebt. Der Mann hier war von der Entflohenen aus dem Wrack geholt und ausgeplündert worden. Diese Schlussfolgerung enthob ihn jedoch nicht seiner Befürchtungen. Hastig wandte er sich an den Feldwebel.

»Seht zu, dass das Weibsstück gefunden wird, bevor die Deutschen sie erwischen. Wenn die von unserer Festung erfahren, werden sie Flugzeuge schicken und uns bombardieren.«

»Wir kriegen sie, Herr Major!« Der Feldwebel machte seinem Trupp ein Zeichen. Ein Mann, der einen Hund an der Leine führte, kam heran und ließ das Tier die Spur aufnehmen. Der Hund lief auch sofort in eine Richtung los, die von der Festung fortführte.

Mazzetti überlegte, ob er nicht besser selbst die Verfolgergruppe anführen sollte, musterte dann aber das zerstörte Geländefahrzeug und sagte sich, dass es jetzt noch wichtiger war, die Spuren des Überfalls an dieser Stelle zu beseitigen.

DREI

Gianni war erst nach einer Spritze des Festungsarztes aus seiner Bewusstlosigkeit erwacht und litt noch immer unter den Folgen der Überdosierung. Obwohl er kaum einen geraden Gedanken zusammenbrachte, begriff er, dass er einen kapitalen Bock geschossen hatte. Ghiodolfio stand mit einer Pistole in der Hand vor ihm und schien willens zu sein, ihn niederzuschießen.

Der General bezähmte jedoch seine erste Wut und wandte sich an seinen Adjutanten. »Holen Sie Don Pietro, Lodovico und die beiden Deutschen!«

Dieser schlug die Haken zusammen und verließ den Raum.

Der General bedrohte Gianni weiterhin mit der Pistole. Zwar hatte er immer noch gute Lust, ihn auf der Stelle zu erschießen, doch er wollte ein Exempel statuieren. Gianni war eine Schande für die Bewegung.

Ghiodolfio wartete, bis sein Adjutant mit den angeforderten Männern zurückkehrte, setzte sich dann an seinen Schreibtisch und setzte eine strenge, kühle Miene auf.

»Dieser Mann dort ist schuld, dass die Gefangene entkommen konnte. Dadurch hat er unseren Stützpunkt in Gefahr gebracht. Wenn die Frau nicht wieder eingefangen werden kann, müssen wir Camp A aufgeben.«

»Hirnloser Narr!«, zischte Lodovico seinen Kumpan an.

Gianni wand sich wie ein Wurm. »Ich wollte doch nicht, dass sie entkommt! Die Pille …«

Der General schnitt ihm das Wort ab. »Damit sind wir beim zweiten Anklagepunkt! Es wurde oft genug bekanntgegeben, dass es in unseren Einheiten strengstens verboten ist, irgendwelche Drogen zu sich zu nehmen. Dieser Mann hier hat vorsätzlich dagegen verstoßen. Für vorsätzliche Befehlsverweigerung gibt es nur eine Strafe: den Tod!«

»Nein! Das könnt ihr doch nicht machen!« Gianni starrte Ghiodolfio entsetzt an und wandte sich dann an Don Pietro. »Das dürfen Sie nicht zulassen, Hochwürden!«

»Als Militärgeistlicher ist Don Pietro genauso den Kriegsartikeln unterworfen wie wir alle«, erklärte der General schneidend.

Der Priester verzog das Gesicht, denn auch für ihn war die Pseudoarmee des selbsternannten Generals nur Mittel zum Zweck. Aber er sagte kein Wort zu Giannis Gunsten. In seinen Augen war es besser, diesen Narren zu opfern, als seinetwegen mit Ghiodolfio zu streiten. Eines aber begriff er mit aller Deutlichkeit: So leicht, wie Kardinal Winter und Don Batista es sich gedacht hatten, würde es nicht sein, die Kontrolle über die Faschisten zu behalten. Darüber würde er mit seinen eigentlichen Vorgesetzten dringend sprechen müssen. Jetzt aber galt es erst einmal, diese Situation mit Anstand hinter sich zu bringen.

»Ich werde dem armen Sünder die Beichte abnehmen und ihn auf den Weg ins Himmelreich vorbereiten«, erklärte er salbungsvoll.

Der General nickte. »Tun Sie das, Hochwürden!«

Gianni heulte auf. »Nein! Ich will nicht sterben! Ihr habt kein Recht, mich zu töten! Das wird Don Batista nicht zulassen. Ich bin sein bester Mann!«

Doch niemand beachtete sein verzweifeltes Flehen. Don Pietro hielt ihm die Bibel vor das Gesicht und sprach ein paar Worte, dann trat er zurück. Ghiodolfio winkte seinen Adjutanten zu sich. »Mazzetti soll ein Erschießungskommando zusammenstellen!«

Dann erst erinnerte der General sich, dass er den Major weggeschickt hatte, um den zerstörten Panzerwagen fortschaffen zu lassen, und rief den Adjutanten zurück. »Erledigen Sie das!«

Der junge Mann wurde blass, salutierte aber vorschriftsgemäß und drehte sich um.

In dem Augenblick trat Hoikens vor. »Herr General, wenn Sie erlauben, melde ich mich freiwillig für die Vollstreckung.«

»Bist du verrückt geworden?«, zischte Feiling ihn an.

Hoikens schüttelte den Kopf. Während seiner Zeit bei der Bundeswehr hatte er sich oft gefragt, wie es sich anfühlen mochte, eine Waffe im Ernstfall einzusetzen. In Darfur hatte er keine Möglichkeit gefunden, auf Menschen zu schießen, und als es notwendig gewesen wäre, hatte Renk so schnell und kaltblütig reagiert, als hätte der Kerl schon Dutzende umgelegt. Jetzt hoffte Hoikens, dass der Schrecken, den

Renk ihm damals eingejagt hatte, schwinden würde, wenn er selbst jemanden tötete. »Wenn Sie wünschen, mache ich es allein.«

Etliche der Freischärler, die Giannis Geschrei zum Büro des Generals gelockt hatte, atmeten sichtlich auf. Ghiodolfios Adjutant blieb stehen und sah seinen Befehlshaber fragend an. Der dachte kurz nach und nickte dann. »Gut! Erledigen Sie die Sache, Hauptmann Hoikens! Alle Mann sollen in der großen Kaverne antreten! Schafft den Kerl dorthin.«

Zwei packten Gianni, der sich in den Fesseln wand und in der einen Sekunde um sein Leben bat und in der anderen den Zorn Don Batistas und des gesamten Vatikans auf den General herabbeschwor. In der Kaverne angekommen, die als Versammlungsort und Trainingsraum diente, sah Hoikens, dass sich eine erwartungsvolle Menge junger Männer versammelt hatte.

Da er keine Waffe bei sich trug, trat er zum Adjutanten und streckte fordernd die Hand aus. Der junge Italiener wollte ihm die Pistole im ersten Moment verweigern, sah dann aber den auffordernden Blick des Generals auf sich gerichtet und öffnete zögernd das Futteral.

Hoikens nahm die Waffe entgegen und prüfte, ob Patronen im Magazin steckten. Dann lud er sie durch und trat mit bedächtigen Schritten auf Gianni zu. Dieser warf sich vor Ghiodolfio auf die Knie und bat heulend um Gnade. Ohne das Gewinsel des Delinquenten zu beachten, stellte Hoikens sich hinter ihn und setzte ihm die Mündung aufs Genick. Sein fragender Blick traf den General. Dieser nickte und trat beiseite. Im gleichen Augenblick zog Hoikens den Abzugbügel durch. Der Schuss hallte ohrenbetäubend von den Felswänden zurück, und Gianni wurde nach vorne geschleudert.

Der Festungsarzt kniete neben ihm nieder, untersuchte ihn und blickte dann zu Ghiodolfio auf. »Der Mann ist tot.«

Der General nickte Hoikens anerkennend zu. »Ein guter Schuss, Hauptmann. Wenn Sie angesichts des Feindes genauso kaltblütig bleiben, kann die Armee stolz auf Sie sein.«

»Ich tue mein Bestes!« Hoikens lächelte zufrieden. Er hatte sich selbst bewiesen, dass er fähig war, einen Menschen zu töten, den er direkt vor sich sah. Das war nicht schwieriger, als Sprengstoff aus der Ferne zu zünden. Beschwingt salutierte er vor Ghiodolfio. »Herr General, ich würde mich freuen, Ihnen meine Pläne für unseren großen Schlag zu unterbreiten.«

»Das käme mir gelegen. Ich habe mich inzwischen mit Ihrem Vorschlag bezüglich des Ablenkungsmanövers auseinandergesetzt und würde gerne einige Einzelheiten mit Ihnen besprechen.«

Der General wandte sich an seine Unteroffiziere. »Die Männer können abtreten. Und räumt das da weg!« Er deutete auf Giannis Leiche.

Ghiodolfios nächste Handbewegung, mit der er Hoikens zum Mitkommen aufforderte, schloss Lodovico, Feiling und Don Pietro von der Unterhaltung aus.

Während der Priester und der Archivar sich widerspruchslos abwandten, reagierte Feiling empört. »Herr General, als ich hierhergekommen bin, wurde mir fest zugesagt, dass ich an diesem Ort einiges für die Bewegung bewirken kann. Bisher jedoch habe ich hier nur Däumchen gedreht. Es wird an der Zeit, dass sich dies ändert. Hoikens ist als Angehöriger der deutschen Kameradschaft mein Untergebener. Es ist mein Recht zu erfahren, was er für Sie erledigen soll.«

Über das Gesicht des Generals huschte ein Ausdruck, der ebenso Spott wie Verachtung bedeuten konnte. »Sie können hier doch sehr viel tun, Feiling! Schreiben Sie Aufrufe an Ihre deutschen Gesinnungsfreunde und sorgen Sie dafür, dass diese hirnlosen Schlägerbanden sich endlich Ihrem Kommando unterstellen. In ihrem jetzigen Zustand sind diese Gruppen für unsere gemeinsame Sache vollkommen nutzlos! Was Hauptmann Hoikens angeht, so steht dieser als Offizier der Europäischen Befreiungsarmee jetzt unter meinem Kommando. Mit unseren militärischen Planungen haben Sie allerdings nicht das Geringste zu tun!«

Sich das von einem Italiener anhören zu müssen, tat weh, doch selbst Feiling konnte nicht umhin, den Faschisten Italiens einen Organisationsgrad zuzubilligen, von dem er und seine Leute nur träumen konnten.

VIER

Als Torsten den Hund bellen hörte, wusste er, dass sie es nicht schaffen würden. Selbst wenn er das Tier erschoss, waren die Verfolger schon zu nahe, um ihm und Graziella noch eine Chance zu lassen. Dennoch schwankte er, ob er kämpfen oder sich ergeben sollte. Ein Blick auf die junge Frau, die sich panikerfüllt in eine Mulde im Fels presste, gab den Ausschlag. Er durfte nicht ihr Leben riskieren, nur um den Helden zu spielen.

Mit einer müden Bewegung sah er sie an. »Wie es aussieht, ist unser Weg erst einmal zu Ende.«

»Erschießen Sie die Kerle! Ich will mich nicht noch einmal benutzen lassen wie ein Stück Vieh!«

Graziella wusste selbst, dass Torsten nicht in der Lage war, sämtliche Verfolger auszuschalten. Dafür waren es einfach zu viele. Einige überholten sie gerade und zwangen sie mit Warnschüssen, in Deckung zu bleiben. Um aus dieser Situation herauszukommen, hätte Torsten schon eine andere Waffe benötigt als die Pistole, die er jetzt in der Hand hielt.

Für einen Augenblick bedauerte Graziella, dass sie nicht eines der Sturmgewehre mitgenommen hatte, die aus dem zerstörten Fahrzeug herausgeschleudert worden waren. Dabei wusste sie nur zu gut, dass ihre Kräfte gerade ausgereicht hatten, den Verletzten von dort wegzuschaffen.

»Wäre ich zur Märtyrerin geboren, würde ich sagen, erschießen Sie mich, damit ich den Kerlen nicht in die Hände falle.« Graziella schlug beide Hände vors Gesicht und begann zu weinen. Sie hatte nur noch Angst.

Im Vollbesitz seiner Kräfte hätte Torsten doch noch versucht, den Verfolgern ein Schnippchen zu schlagen. Doch mit einer heftigen Gehirnerschütterung, Prellungen am ganzen Körper und wahrscheinlich auch einigen gebrochenen Rippen sah er sich nicht in der Lage, Rambo zu spielen. Er wartete, bis die Verfolger sie umzingelt hatten, und überlegte dann, was er als weiße Fahne schwenken konnte. Weder sein noch Graziellas Unterhemd eigneten sich dazu, denn sie waren in einem grünoliven Farbton gehalten. In einem Anfall von Galgenhumor fragte er sich, ob diese Farbwahl Absicht war, damit die Soldaten nicht auf den Gedanken kamen, sich zu ergeben. Dann wartete er nur noch auf das, was kommen würde.

FÜNF

Der italienische Feldwebel beobachtete mit seinem Feldstecher die Stelle, an der sich die Flüchtigen versteckt hielten. Wider Erwarten war die Frau nicht allein. Einer der deutschen Soldaten war bei ihr. Das verkomplizierte die Sache, denn Graziella Monteleone hätten sie einfach stellen und einfangen können. Der Soldat hingegen war bewaffnet und konnte schießen. Andererseits schien er verletzt zu sein und war vielleicht froh, wenn er versorgt wurde.

Der Feldwebel hätte die Entscheidung, wie er weiter vorgehen sollte, liebend gerne Mazzetti überlassen, wusste aber, dass er nicht die Zeit hatte, nachzufragen. Funksprüche verboten sich wegen der Abhörgefahr, und bis ein Melder zurückkam, dauerte es einfach zu lange. Jeden Augenblick konnte eine deutsche Patrouille auftauchen. Die brauchten zwar einen UNO-Beschluss, um in dieser Gegend auch nur scheißen zu dürfen, aber dennoch bestand die Gefahr, dass sie seine Leute für albanische Freischärler hielten und drauflosballerten.

»Parelli, rück vor und frag die beiden, ob sie sich ergeben wollen!« Der Feldwebel hatte seinen Entschluss gefasst. Wenn der Deutsche Schwierigkeiten machen wollte, würde er den Feuerbefehl geben, auch wenn das Knattern der Salven bis ins deutsche Camp zu hören sein würde. Sie mussten sich anschließend nur schnell genug zurückziehen, dann stießen die deutschen Patrouillen ins Leere.

Nicht zuletzt aus diesem Grund ging Parelli ihm ein wenig zu zögerlich auf das Versteck zu. Der Mann blieb, so gut es ging, in Deckung, setzte sich zuletzt hinter einen Felsen, nahm dort den Helm ab und steckte ihn auf den Gewehrlauf.

Während er den Helm hochhielt und ihn hin und her schwenkte, rief er die Flüchtlinge an. »He, ihr da drüben. Kommt mit erhobenen Händen heraus, sonst schießen wir.«

Es dauerte nur ein paar Sekunden, bis jemand antwortete. »Ich verlange Sicherheit für meine Begleiterin!« Es war der Soldat, und er klang in den Ohren der Italiener verdammt ernst. Die Männer wussten, auf welche Weise Graziella entkommen war, und konnten sich vorstellen, dass sie das nicht noch einmal mitmachen wollte.

Um das Ganze zu verkürzen, stand der Feldwebel auf. »Der Frau wird nichts geschehen!«

»Ehrenwort?« Torsten konnte zwar nicht beurteilen, ob den Kerlen zu trauen war, aber er wollte sein Möglichstes für Graziella tun.

»Ehrenwort!«, brüllte der Feldwebel zurück. »Und jetzt kommt heraus!«

Torsten warf Graziella einen kurzen Blick zu und sah sie nicken.

»Es ist das Beste, Signore. Entkommen können wir ihnen nicht, und zum Sterben habe ich wenig Lust. Da möchte ich vorher die Kerle bestraft sehen, die meinen Großonkel und den armen Kardinal Rocchigiani auf dem Gewissen haben.«

Trotz seiner Kopfschmerzen und seiner Erschöpfung sah Torsten seine Begleiterin interessiert an und schnalzte mit der Zunge. »Diese Leute haben anscheinend so einiges auf dem Kerbholz!«

Graziella nickte erneut. »Das haben sie, *tedesco*. Schade, dass ich nicht die Zeit habe, Ihnen alles zu erzählen. Wir sollten jetzt die Deckung verlassen, sonst werden die Schufte noch ungeduldig und schießen.«

Torsten erhob sich unter Schmerzen, hob die Hände und ging auf die Freischärler zu. So ganz traute er ihnen nicht und erwartete jeden Augenblick eine tödliche Kugel. Diese blieb jedoch aus. Dafür tauchten mehrere kräftige Burschen in Uniform neben ihm auf, die er für gewöhnliche italienische Soldaten hätte halten können, wäre da nicht das faschistische Abzeichen auf ihren Ärmeln gewesen. In Torstens Augen handelte es sich um Kerle, wie es sie in jeder Armee gab, nicht allzu hell im Kopf, aber stolz darauf, zu einem harten Haufen zu gehören, und bereit, für einen entschlossenen Anführer durch die Hölle zu gehen. Für die zivile Gesellschaft hatten diese Kerle nur Verachtung übrig. Es war die Kunst der Vorgesetzten, die Männer so einzusetzen, dass sie trotz allem auf der richtigen Seite blieben. Diese hier gehörten nicht mehr dazu. Trotzdem taten sie so, als wären sie Teil einer regulären Armee, die eben einen Gefangenen gemacht hatte.

Der Unteroffizier kam auf ihn zu und fixierte ihn. »Name und Dienstgrad?«

»Renk, Torsten, Leutnant der Deutschen Bundeswehr.« Da der andere so scharf darauf war, die Regeln einzuhalten, tat Torsten ihm den Gefallen und ließ sich auf das Spiel ein.

»Kosovotruppe?«, bohrte der Italiener nach.

Torsten nickte. Jede andere Aussage hätte den Mann nur nervös gemacht. Allerdings fragte er sich, wie die Freischärler reagieren würden, wenn sie erfuhren, dass er zum Abschirmdienst gehörte. Er hatte zwar nicht viel von Graziella erfahren, aber eines war ihm sonnenklar: Die Kerle hier waren mit Sicherheit keine Albaner und auch keine Serben, sondern hatten als Kinder ihre Füße im Po oder im Tiber gewaschen. Während die Freischärler ihm die Pistole und das Kampfmesser abnahmen und seine Uniform abklopften, ob er noch weitere Waffen bei sich trug, fragte er sich, ob Wagner wusste, dass hier im Grenzland zwischen dem Kosovo, Albanien und Mazedonien eine Geheimarmee aufgestellt wurde. Wahrscheinlich nicht, denn in dem Fall hätte der Major keinen kleinen Erkundungstrupp losgeschickt, sondern die Sache weitergeleitet.

Obwohl es in einigen Armeen Europas kleinere rechtslastige Gruppierungen gab, war diese Truppe für ihn eine Überraschung. In Italien gehörten die Faschisten zwar seit Jahren der einen oder anderen Regierungskoalition an, doch trotz des wortgewaltigen Anführers des radikalen Flügels, an dessen Namen er sich nicht erinnern konnte, hatten die italienischen Rechten als gezähmt gegolten. Das war wohl ein Irrtum gewesen, der sich noch als fatal herausstellen konnte. Torsten betrachtete die Männer und fand, dass sie sich in Disziplin und Verhalten sehr von den Schlägerhorden unterschieden, die Feiling in Deutschland auf die Beine gestellt hatte. Gerade deshalb waren sie doppelt gefährlich. Zwar waren die Rechten in den letzten Jahren auch in Deutschland immer wieder in Landesparlamente eingezogen, aber letztlich nur durch Pöbeleien und einige peinliche Affären aufgefallen. So hatte der Fraktionsvorsitzende in Bremen bei einer Veranstaltung eine junge Gegendemonstrantin mit einer scharfen Waffe bedroht und eine ihrer weiblichen Abgeordneten in Berlin im Nebenberuf als Domina gearbeitet und dabei Kunden aus anderen Parteien ausgehorcht.

Ein Stoß mit einem Gewehrkolben beendete Torstens gedanklichen Ausflug in die deutsche Politik. »Avanti!«, schnarrte der Feldwebel und deutete in die Richtung, in die Torsten nur ungern gehen mochte.

Er überlegte, ob er nicht doch ein paar Schüsse hätte abgeben sollen, um eine Patrouille hierher zu locken. Das kleine Funkgerät, welches zu seiner Ausrüstung gehörte, hatte die Explosion des Dingos nicht überstanden, doch an die andere Möglichkeit hatte er in seinem benommenen Kopf nicht gedacht und so eine Chance zur Rettung aus der Hand gegeben.

Während er müde und enttäuscht vor den Italienern herstapfte, eilte Graziella an seine Seite und hakte sich bei ihm unter. Einige der Freischärler grinsten, doch als einer von ihnen einen unzüchtigen Witz riss, fuhr ihn der Unteroffizier zornig an.

»Halt den Mund! Oder soll ich mir für dich etwas Besonderes einfallen lassen?«

Die Antwort bestand aus betretenem Schweigen.

SECHS

Torstens Hoffnung, ein Trupp der eigenen Leute könnte dem Dingo gefolgt sein und sich jetzt zu seinen und Graziellas Gunsten in das Geschehen einmischen, erfüllte sich nicht. Der Stoßtrupp, der ihn und die junge Frau gefangen genommen hatte, brachte sie zuerst an den Ort des Überfalls zurück, an dem Mazzettis Leute inzwischen jede Spur verwischt hatten, die darauf hinweisen konnte, dass hier ein Bundeswehrfahrzeug zu Schaden gekommen war.

Mazzetti begrüßte seine Leute erleichtert und musterte Torsten anschließend mit einem Blick, in dem neben Ärger auch Bewunderung lag. Ein Mann, der aus einem von einer Rakete getroffenen Fahrzeug herausgekommen war und noch auf seinen eigenen Beinen stehen konnte, nötigte ihm Respekt ab. Graziella hingegen beachtete er kaum.

»Ihren Dienstausweis?«, fragte er auf Englisch, da er nicht wusste, ob der Gefangene die italienische Sprache verstand.

Mazzettis Forderung passte Torsten ganz und gar nicht, denn damit würde sein Gegenüber wissen, zu welcher Einheit er gehörte. Andererseits hatte er kein Interesse daran, dass man ihm seine Papiere mit Gewalt abnahm. Daher zog er den Ausweis hervor und reichte ihn Mazzetti.

Der Freischärler nahm ihn entgegen und überflog ihn. Seine dunklen Augen wurden für einen Moment starr, als er die Einträge las, dann zuckte er mit den Schultern und steckte das Dokument ein.

»Ich glaube, wir werden uns später noch intensiv mit Ihnen unterhalten müssen, Leutnant Renk vom Abschirmdienst.«

»Gegen eine Unterhaltung habe ich grundsätzlich nichts einzuwenden.« Torsten versuchte sich gelassen zu geben. Er wusste jedoch, dass solche Unterhaltungen, wie sein Gegenüber es genannt hatte, selbst bei den demokratischen Armeen unangenehme Folgen für den Befragten hatten. Den Kerlen hier aber fehlte jenes Mindestmaß an Achtung vor der Menschenwürde, das die regulären Soldaten zumeist besaßen. Also war es wohl besser, sich auf eine rauere Gangart einzurichten.

Graziella spürte, dass ihr Begleiter sich Sorgen machte, und drängte sich enger an ihn. »Tut mir leid, dass wir es nicht geschafft haben.« Sie hatte Angst, hauptsächlich um sich, aber auch um den verletzten Deutschen. Gleichzeitig war sie wütend auf ihre Landsleute, die in einem fremden Land Kriegsspiele abzogen.

»Mir tut es auch leid!« Torsten versuchte zu lächeln, doch die Sonne stach ihm in die Augen, und er hatte das Gefühl, als müsse sein Kopf jeden Augenblick platzen. Lange würde er nicht mehr gehen können, das spürte er. Er richtete seinen Blick nach vorne auf die Felswand, die beinahe senkrecht aus dem Boden ragte. Weiter oben ging sie in einen schrägen Hang über, der von Büschen und hartem Gras bedeckt war. Dort hätten Graziella und er sich besser verstecken können als in der Schlucht. Er ließ den Gedanken aber sofort wieder fahren. Mit ihren Hunden hätten die Freischärler sie auch dort erwischt.

SIEBEN

Hoikens beugte sich über einen Stadtplan von Tallinn und zog mit dem Zeigefinger Linien zwischen den einzelnen Gebäuden, in denen sich die europäischen Regierungschefs samt ihrem türkischen Gast aufhalten sollten. Sein

Blick wurde immer wieder vom Ufer des Finnischen Meerbusens angezogen, das nicht weit von Schloss Kadriorg entfernt lag, in dem der Beitritt der Türkei zur EU feierlich verkündet werden sollte. Wie schon mehrfach zuvor kam er zu der Überzeugung, dass ein Anschlag ohne ein gleichzeitig stattfindendes Ablenkungsmanöver unmöglich war. Er wollte gerade Ghiodolfio anrufen und nachfragen, wie weit die Vorbereitungen bereits gediehen waren, als das Telefon neben ihm klingelte.

Verärgert über die Störung meldete er sich. »Hoikens!«

Am anderen Ende der Leitung war der General. »Hallo, Herr Hauptmann. Ich habe eine gute Nachricht. Die Spuren des Raketentreffers wurden beseitigt, außerdem konnte die entflohene Frau wieder eingefangen werden. Ach ja, wir haben sogar einen Gefangenen gemacht, einen deutschen Offizier.«

»Einen Gefangenen! Wie ist das möglich? Ich dachte, Ihre Leute hätten den Dingo voll getroffen.« Hoikens fluchte innerlich und sagte sich, dass diese Italiener elende Stümper waren.

Ghiodolfio ließ sich seine Laune nicht verderben. »Der Mann hatte Glück. Anfangs zumindest. Danach hat es ihn aber verlassen, und unsere Leute haben ihn erwischt. Da sein Funkgerät bei dem Raketentreffer zerstört wurde, konnte er seinen Leuten nicht mehr mitteilen, was mit ihm und seinen Kameraden geschehen ist.«

Spar dir deinen theatralischen Auftritt für die Oper, dachte Hoikens, verschluckte den Ausruf aber, bevor er ihm über die Lippen kommen konnte. »Hoffen wir, dass alles gut gegangen ist. Ich kann jetzt keine Störungen gebrauchen. Haben Sie schon das Team für den Täuschungsangriff zusammengestellt?«

»Wollen Sie sich den Mann nicht einmal ansehen, Capitano? Ihr Freund Feiling ist bei seinem Anblick sichtlich bleich geworden.«

Hoikens spürte die Belustigung des Italieners und fragte sich, was Ghiodolfio im Schilde führte. »Mein lieber General, ich bin gerade dabei, das Unmögliche möglich zu machen, so wie ich es Ihnen zugesagt habe. Aber wenn Sie Wert darauf legen, werde ich mir den Kerl ansehen. Viel Zeit habe ich allerdings nicht. Sie sollten sich ebenfalls beeilen. Sonst ist die Konferenz in Tallinn vorbei, und wir basteln immer noch an unseren Plänen.«

Der General schluckte die Zurechtweisung. »Kommen Sie! Sie werden es nicht bereuen.« Dann legte er auf.

Hoikens starrte den Hörer an und knallte ihn auf das Telefon. An dem ganzen Theater ist Feiling schuld!, fuhr es ihm durch den Kopf. Ghiodolfio misst alle Deutschen an dessen Verhalten. Der selbsternannte Führer aber war kein Militär, sondern ein Phrasendrescher, der im Grunde nichts erreicht hatte. Er brauchte ja nur den Organisationsstand der Italiener mit dem der Feiling-Kameradschaft vergleichen. Die zersplitterten deutschen Gruppen waren nicht mehr als ein Sauhaufen, und trotzdem spielte Feiling sich auf, als habe er schon die Macht ergriffen.

Hoikens spie aus und fuhr dann mit der Stiefelsohle über die Stelle, um den Boden zu säubern. Obwohl er Ghiodolfio nicht warten lassen wollte, nahm er sich die Zeit, die Karte von Tallinn fein säuberlich zusammenzulegen, damit jemand, der in seine Kammer kam, nicht sah, mit was er sich gerade beschäftigte. Bei einer so wichtigen Aktion war es notwendig, dass so wenige Menschen wie möglich Bescheid wussten. Selbst unter Ghiodolfios handverlesenen Leuten konnte es Spione geben. Außerdem waren ihm Don Pietro und der Archivar Lodovico viel zu neugierig, und die Pfaffen waren die Letzten, denen er Einblick in seine Überlegungen geben wollte.

ACHT

Ghiodolfio saß hinter seinem Schreibtisch im Sessel, den Kommandostab in der Hand, und musterte seine beiden Gefangenen mit zynischer Zufriedenheit. Ihm war bewusst, dass der zweite Abschuss eines deutschen Fahrzeugs in kurzer Folge Aufsehen erregen musste, war sich aber sicher, dass seine Freunde in der albanischen Regierung Nachforschungen der Kosovotruppen auf dieser Seite der Grenze verhindern würden. Er verstand allerdings auch, dass der deutsche Sprengstoffexperte bei seinen Vorbereitungen keine Störung vertragen konnte. Doch zur Not konnte die Aktion auch jenseits der Adria in Italien organisiert werden.

Als Hoikens eintrat, begrüßte er ihn lächelnd und wies dann auf Feiling, der mit versteinertem Gesicht in der Ecke stand. »Ihr Freund wird Ihnen sicher sagen können, weshalb ihn unser Gefangener so erschreckt hat!«

Hoikens brauchte Feiling nicht, um Torsten Renk zu erkennen. Im ersten Augenblick glaubte er an eine Fata Morgana, dann aber ballte er die Fäuste. »Verdammt, wo kommt dieses Schwein her? Ich dachte, den hätte es längst erwischt. Aber wie es aussieht, war der Pfaffe, der ihn erledigen wollte, ein blutiger Amateur. Der Kerl hat es offensichtlich nicht einmal geschafft, unsere Spuren zu verwischen!«

Trotz der Fahndungsfotos hatte Torsten Feiling nicht einordnen können und ihn auch nicht weiter beachtet. Dafür ging es ihm viel zu schlecht. Hoikens aber erkannte er schon beim Eintreten. Zunächst stand er dessen Wutausbruch fassungslos gegenüber, doch dann begriff er, was den Mann so erregte. Sein Exkamerad schien fest davon überzeugt zu sein, er hätte dessen Spur von München aus bis hierher verfolgt. Am liebsten wäre Torsten in Gelächter ausgebrochen. Im Grunde war er strafversetzt worden. Dabei auf Hoikens zu treffen war ein Zufall, wie es ihn wohl nur ein Mal im Jahrhundert gab. Gleichzeitig registrierte er, dass Hoikens und Feiling von einem Geistlichen Hilfe erhalten hatten. Diese Tatsache passte zu seinen Entdeckungen in dem Neuperlacher Hochhaus. Doch ihm blieb keine Zeit, länger über die Zusammenhänge nachzudenken, denn Hoikens stürzte sich mit einem wuterfüllten Schrei auf ihn und schlug mit beiden Fäusten auf ihn ein. Torsten versuchte sich zu wehren, war aber in seinem Zustand kein ernstzunehmender Gegner.

Als Mazzetti dazwischentreten wollte, hielt der General ihn zurück. »Lassen Sie den Deutschen!«

Graziella sah, wie Torsten sich stöhnend krümmte, um den harten Schlägen zu entgehen, und stürzte sich mit zu Krallen gebogenen Händen auf Hoikens. Dieser sah sie aus den Augenwinkeln kommen und hieb zu. Ihr Kiefer knirschte, als seine Faust sie traf. Dann prallte sie gegen die Wand und blieb benommen liegen.

Höhnisch lachend wandte Hoikens sich wieder Torsten zu und landete zwei harte Treffer. Er sah, wie sein Erzfeind langsam zusammensank, versetzte ihm zum Abschluss noch einen Fußtritt und drehte sich dann lächelnd zu Ghiodolfio um. »Dieses Schwein hat mich damals verraten, General. Jetzt wird er dafür bezahlen.«

Hoikens trat auf den Schreibtisch zu, auf dem Torstens spärlicher Besitz lag, und nahm die Sphinx AT 2000 S zur Hand. Seine Augen leuchteten auf, als er die Waffe überprüfte und spannte. Ohne dass Ghiodolfio ihn daran hinderte, stellte er sich neben Torsten, beugte sich nieder und setzte ihm die Mündung an die Schläfe.

Mazzetti trat unruhig von einem Fuß auf den anderen. »Meine Leute haben dem Mann eine ordentliche Behandlung zugesagt, Herr General. Es war die Bedingung dafür, dass er sich ergeben hat.«

»Gefangene haben keine Bedingungen zu stellen!«, wies Ghiodolfio ihn zurecht und sah gespannt zu, wie es weitergehen würde.

Torsten haderte mit den Zufällen des Schicksals. Seit Andreas Tod hatte er Hoikens gesucht und ihn ausgerechnet in einer Situation gefunden, die er weder hatte vorhersehen noch planen können. Während er darauf wartete, dass der Neonazi abdrückte, fragte er sich, ob er den Knall des Schusses vor seinem Ende noch hören würde.

Hoikens fühlte, wie die Waffe in seiner Hand zu zittern begann. Reiß dich zusammen, schalt er sich. Schließlich war er am Ende der Sieger, und Renk hatte versagt. Doch gerade diese Erkenntnis verhinderte, dass er den Zeigefinger krümmte. Mit einem höhnischen Laut zog er die Waffe zurück, sicherte sie und steckte sie in den Hosenbund.

»Du hast dir ein schönes Spielzeug zugelegt, Renk. Ich glaube, es wird mir gefallen.«

»Der Teufel soll dich holen!«

Hoikens fing schallend an zu lachen, und es dauerte eine Weile, bis er sich so weit beruhigt hatte, dass er wieder reden konnte. »Ich lasse dich noch eine Weile leben. Bevor du stirbst, sollst du meinen Triumph miterleben, der in der Geschichte einmalig sein wird. Bist du eigentlich wegen deiner Freundin hinter mir her? Ja? Dann bist du einem Irrtum aufgesessen. Ich habe sie nicht umgebracht. Das waren der Pavian Florian Kobner und Hochwürden Matthias Täuberich. Feiling war ebenfalls dabei. Wenn er Lust hat, kann er dir ja erzählen, wie es damals gelaufen ist. Ich habe dafür keine Zeit. In Tallinn werden sich bald die Regierungschefs der EU treffen, um die Verträge zu unterzeichnen, mit denen die

Türkei in die EU aufgenommen wird. Und genau das werde ich zu verhindern wissen!«

Hoikens redete wie im Rausch. Jahrelang hatte allein die Erinnerung an Renk ihm Albträume beschert, und als Kobner und Täuberich ausgerechnet dessen Freundin ermordet hatten, war er vor Angst fast gestorben. Doch jetzt lag sein Feind wehrlos vor ihm, und nur an den flackernden, blauen Augen war zu erkennen, dass der Mann noch lebte.

»Nach dem Endsieg werde ich dafür sorgen, dass überall bekannt wird, was du für ein Versager gewesen bist!« Hoikens kniete neben Torsten Renk nieder und riss dessen Kopf an den Haaren hoch.

»Du bist ein Versager, hörst du! Ich aber werde ein großer Mann sein. Als Oberkommandierender der neuen Deutschen Wehrmacht werde ich das Land bereinigen und all das Gesindel hinauskehren, das dort nicht hingehört.«

»Dann solltest du am besten mit dir selbst anfangen!« Torsten sah Schatten und Schlieren vor den Augen, und er spürte, wie seine Kräfte schwanden, doch diesen Stich musste er Hoikens noch versetzen.

Dieser ließ ihn los und winkte ab. »Damit kannst du mich auch nicht mehr ärgern. Du bist ein Versager, Torsten Renk, und ich werde dafür sorgen, dass alle es erfahren!«

Und du bist ein Schwätzer!, fuhr es Torsten durch den Kopf, dann wurde es schwarz um ihn.

NEUN

Als Torsten wieder zu sich kam, lag er auf einer alten Matratze. Graziella war bei ihm und tupfte ihm das Blut vom Gesicht.

Als sie sah, dass er sich regte, schüttelte sie den Kopf. »Dieser Mann ist noch verrückter als der Priester, der meinen Onkel umgebracht hat. Er will die Ministerpräsidenten und Premierminister Europas in die Luft sprengen. Das schafft er niemals!«

Torsten, der Hoikens besser kannte, stieß zischend die Luft aus. »Das traue ich diesem Schwein durchaus zu!«

Er richtete sich mühsam auf und betastete sein Gesicht. »Gebrochen ist nichts. Dabei war ich fest der Ansicht, es hätte mein Nasenbein erwischt.«

»Wie kannst du an dein Nasenbein denken, wenn dieser Schuft so viele Menschen in die Luft sprengen will?«, fuhr Graziella auf.

»Im Moment ist mir mein Nasenbein wichtiger als die Regierungsleute.« Torsten betastete stöhnend seine Rippen, die ebenfalls höllisch schmerzten. »Wohl doch nur geprellt oder angebrochen – aber es hat fast alle erwischt. Vorerst bin ich Matsch. Ich würde nicht einmal mit einem zehnjährigen Jungen fertig, geschweige denn mit den Kerlen, die uns gefangen genommen haben.«

Graziella sah ihn durchdringend an. »Wir müssen fliehen und dieses Verbrechen verhindern!«

»Dagegen hätte ich nichts – aber auch nichts gegen eine Idee, wie wir hier herauskommen. Gibt es hier vielleicht Wasser? Ich könnte einen Schluck vertragen.«

»Hier!« Graziella reichte ihm die Wasserflasche und musste sich dabei zusammennehmen, um sie ihm nicht an den Kopf zu werfen.

Torsten schraubte den Stöpsel ab und trank gierig. Bevor die Flasche leer war, setzte er sie ab und reichte sie mit einem traurigen Blick an Graziella weiter. »Du bist doch schon Gast in diesem Hotel gewesen. Wann gibt es denn etwas zu essen?«

Die junge Frau stampfte wütend auf den Boden. »Gibt es für dich nichts Wichtigeres als dein eigenes Wohlergehen?«

»Doch! Aber hungrig und mit zerschlagenen Knochen tauge ich nicht viel.« Torsten wollte noch mehr sagen, da hörte er, wie draußen der Schlüssel im Schloss umgedreht wurde. Sofort sank er wieder auf die Matratze zurück und jammerte zum Gotterbarmen.

»Tut das weh! Einen Arzt! Ich brauche dringend einen Arzt.«

Die Tür ging auf, und Mazzetti steckte den Kopf herein. Neben ihm stand einer seiner Leute mit schussbereiter Maschinenpistole. Als er Renk sah, ließ der Freischärler den Lauf sinken und trat einen Schritt zurück.

Mazzetti hingegen betrachtete Renk eingehend. Der Deutsche war aus dem explodierenden Dingo herausgekommen und hatte es mit Graziella zusammen bis über die Grenze geschafft. Also musste der Mann so stark sein wie ein Bär. Trotzdem hatten ihn die Schläge, die Hoikens ihm versetzt hatte, zu einem wimmernden Bündel gemacht. Für einen Augenblick spürte Mazzetti einen bitteren Geschmack im Mund. Immerhin hatte sein Feldwebel dem Gefangenen eine gute Behandlung zugesagt. Er verscheuchte diesen Gedanken mit einer ärgerlichen Bewegung. Renk war der Verräter, der Hoikens den deutschen Behörden ans Messer geliefert hatte. Da war es verständlich, dass der Sprengstoffexperte seine Rache haben wollte.

»So wie Sie aussehen, sollten Sie lieber den Priester kommen lassen als einen Arzt«, spottete Mazzetti. Dann packte er den Deutschen bei der Schulter und zog ihn hoch.

»Weshalb seid ihr mit dem Panzerwagen über die Grenze gekommen?«

»Wir waren auf Patrouille und haben ein paar Kerle gesehen, die in diese Richtung gelaufen sind.« Torsten log in der Hoffnung, dass Wagner nach dem Verschwinden des Geländewagens alles in Bewegung setzen würde, um das Geheimnis aufzudecken.

Zwar klang das durchaus schlüssig, doch Mazzetti schenkte Renks Worten keinen Glauben. »Weshalb sind Sie hierhergekommen?«

»Weil mich Ihre Leute gefangen genommen und hierher gebracht haben!«

Bei der Antwort kniff Mazzetti die Augenlider zusammen. Obwohl der Deutsche völlig zerschlagen wirkte, brachte er immer noch einen gewissen Humor auf.

»Sind Sie Feiling und Hoikens gefolgt?«, kam die nächste Frage.

»Das überlasse ich Ihrer Phantasie!« Torsten wusste, dass er dieses Verhör nicht mehr lange würde durchstehen können, und stöhnte erneut. »Ich brauche einen Arzt!«

»Ich schicke Ihnen unseren Truppenarzt, sobald Sie mir gesagt haben, was ich wissen will.«

»Dann sagen Sie mir, was Sie von mir wollen!« Torsten fasste sich mit beiden Händen an den Kopf und verzog das Gesicht zu einer schmerzerfüllten Grimasse.

Mazzetti wurde langsam wütend. »Du hältst dich wohl für einen ganz harten Brocken, was? Wahrscheinlich bist du es sogar, sonst wäre Hoikens bei deinem Anblick nicht so ausgerastet. Aber wir bringen dich schon zum Singen!«

Er versetzte Torsten einen leichten Schlag und wandte sich dann zum Gehen. »Die beiden Gefangenen bekommen heute nichts zu essen. Wasser gibt es auch keins mehr, bis der Kerl bereit ist zu reden.«

»Sie sind ein Schuft!« Es fiel Torsten nicht schwer, empört zu wirken, und er wies mit einer verzweifelt wirkenden Geste auf Graziella.

»Geben Sie wenigstens der Frau etwas.«

»Erst wenn Sie vernünftig geworden sind und uns berichten, wieso Sie hier aufgetaucht sind und was man bei Ihren Truppen über uns weiß.«

Mazzetti grinste zuversichtlich, denn wie es aussah, hatte er die Schwachstelle des Deutschen gefunden. Sobald die Frau vor Durst wimmerte, würde Renk ihm alles erzählen, was er wusste. Mit diesem Gedanken verließ er den Raum und befahl den beiden Wachen, niemanden zu den Gefangenen zu lassen.

»Auch Don Pietro und diesen Archivar nicht?«, fragte einer der Männer verwundert.

»Ich sagte: niemanden!« Mit diesen Worten kehrte Mazzetti den beiden den Rücken und ging.

Als Mazzetti die Tür ins Schloss zog, rutschte Torsten auf Händen und Knien hin, legte das Ohr auf das Türblatt und vernahm den Befehl des Italieners. Zufrieden lächelnd registrierte er, dass die Kirchlichen und die Faschisten wohl doch keine so guten Freunde waren. Nur half ihm dieses Wissen derzeit wenig. Zunächst musste er sich etwas einfallen lassen, wie er und die Frau aus diesem Kerker herauskommen konnten. Das aber war eine Sache, die sein derzeitiges Denkvermögen überstieg.

ZEHN

Als Mazzetti das Büro des Generals betrat, hatte Hoikens sich wieder beruhigt. Er lehnte am Schreibtisch, ein Glas Grappa in der Hand, und studierte eine Landkarte der Umgebung.

»Und? Hat Renk das Maul aufgemacht?«

Mazzetti schüttelte den Kopf. »Kein Wort! Allerdings habe ich ihn noch nicht richtig verhört.«

»Dann sollten Sie ihn hart anfassen. Ich bin mir sicher, dass er nicht aus Zufall hier aufgetaucht ist!«

»Sie hätten ihn nicht zusammenschlagen sollen. Jetzt ist er so erledigt, dass er wegkippt, wenn man ihn nur anhaucht«, antwortete Mazzetti verärgert.

Hoikens wandte sich mit einer energischen Handbewegung an Ghiodolfio. »Können Sie ein paar Raketen auf das deutsche Hauptquartier in Prizren abschießen lassen, aber nicht von hier aus, sondern aus einer ganz anderen Richtung?«

Mazzetti stieß erschrocken die Luft aus den Lungen. »Wollen Sie, dass wir Krieg gegen die deutschen Truppen im Kosovo führen?«

»Seien Sie still!« Im Gegensatz zu seinem Untergebenen hatte Ghiodolfio begriffen, worauf Hoikens hinauswollte. »Das sollte möglich sein. Wir haben auch Freunde auf der anderen Seite der Grenze, die die deutschen Patrouillen in ihrem Gebiet beschießen können.«

»Genau das wollte ich vorschlagen. Wenn es um Prizren herum kracht, wird sich keiner um uns und den verschwundenen Panzerwagen kümmern, sondern an einen großen Aufstand denken. Die Albaner im Kosovo sind zumeist Moslems. Wenn wir da ein wenig Salz und Pfeffer in die Suppe streuen, geraten die Deutschen und ihre Freunde sich mit denen in die Haare.« Hoikens' Finger wanderte über die Landkarte, und er nannte Ghiodolfio die Stellen, an denen seiner Ansicht nach die Überfälle geschehen sollten.

Der Rebellengeneral nickte beeindruckt. Bei der Gegenüberstellung mit dem Gefangenen hatte Hoikens zwar die Nerven verloren, doch jetzt arbeitete der Verstand des Mannes wieder so präzise, wie er es sich nur wünschen konnte.

»Sehr gut! Die christlichen Clans auf unserer Seite werden sich die Gelegenheit nicht entgehen lassen, ihren muslimischen Gegnern eins auszuwischen. Es wird knallen, Hauptmann Hoikens, das verspreche ich Ihnen! In den nächsten Tagen wird kein Deutscher dazu kommen, an das verschwundene Fahrzeug zu denken. Aber jetzt erzählen Sie mal, wie weit Ihre Pläne bezüglich Tallinns gediehen sind.«

Hoikens' Blick traf Feiling und Don Pietro, die im Hintergrund standen und sich kein Wort entgehen ließen. Der General bemerkte seine abwehrende Miene und bat die beiden Herren und Lodovico, sein Büro zu verlassen.

Der Archivar blieb demonstrativ stehen und verschränkte die Arme vor der Brust. »Ich bin als Vertreter Don Batistas hier und muss wissen, was geplant wird, um meine Anführer auf dem Laufenden zu halten. Diese müssen sich darauf einstellen können, im rechten Augenblick das Richtige zu sagen.«

Ghiodolfio wechselte einen Blick mit Hoikens und sah diesen nicken. »Also gut, Sie können bleiben. Don Pietro und Feiling bitte ich jedoch zu gehen.«

»Ich sehe nicht ein, warum ich den Raum verlassen soll, wenn es um eine Sache geht, die ganz Europa zu unseren Gunsten verändern wird. Ich muss ebenfalls wissen, was hier besprochen wird, um meine Pläne für Deutschland danach ausrichten zu können!« Feiling trat auf, als kommandiere er statt der paar hundert Schläger, die er in Marsch setzen konnte, eine Organisation, die sich mit der der Italiener messen konnte. Trotzdem biss er bei dem General auf Granit.

»Sie waren nie Soldat und wissen nicht, was militärische Geheimhaltung bedeutet. Ich habe zu oft erlebt, dass Politiker wichtige Dinge hinausposaunt haben, die nur für einen kleinen Kreis gedacht waren. Gehen Sie in Ihr Büro und schreiben Sie Ihre Aufrufe an die Gesinnungsfreunde in Deutschland. Damit nützen Sie uns am meisten.«

Da die beiden Soldaten, die an der Tür Wache hielten, auf Feiling zukamen, gab dieser auf und verließ mit einem wütenden Schnauben das Zimmer. Don Pietro folgte ihm nach ein paar salbungsvollen Worten. Lodovico wollte neben dem Tisch stehen bleiben, doch da zeigte Hoikens auf einen Stuhl.

»Setzen Sie sich. Ich mag nicht zu anderen Männern aufsehen, wenn ich etwas erkläre.«

Lodovico folgte der Aufforderung, und Mazzetti holte sich ebenfalls einen Stuhl und nahm am Tisch Platz. Nun schlug Hoikens eine Karte Estlands und einen Stadtplan von Tallinn auf. Er wartete, bis Ghiodolfios Blick auf den Karten ruhte, dann deutete er auf eine Stelle des Stadtplans, an der ein größeres Gebäude eingezeichnet war.

»Dies hier ist Schloss Katharinenthal oder Kadriorg, wie es die Esten nennen. Dort werden sich die Regierungschefs zur großen Unterschriftsrunde versammeln. Der Palast liegt in einem Park, der so hermetisch abgeriegelt sein wird wie Fort Knox.« Hoikens machte eine kleine Pause und sah die beiden Männer an.

»Wie ich schon mehrfach gesagt habe, benötigen wir ein Ablenkungsmanöver. Ich habe General Ghiodolfio«, er machte eine leichte Verbeugung in dessen Richtung, »bereits gebeten, einen Sturmtrupp zusammenstellen zu lassen, der in Tallinn einsickern und Unruhe stiften soll.

Wie Sie sehen können, befindet sich Katharinenthal nahe am Meer. Daher halte ich eine amphibische Aktion für das Beste. Wir brauchen dazu fünfzig bis sechzig zu allem entschlossene Männer, die mit mehreren Schnellbooten wie das, mit dem ich nach Albanien gebracht worden bin, über den Finnischen Meerbusen kommen. Wie ich gehört habe, sind diese Boote mit dem Radar nur schwer auszumachen und eignen sich daher ausgezeichnet für dieses Vorhaben.«

Mazzetti brachte einen Einwand. »Wir haben keine Boote dieser Art in jener Gegend!«

»Wir bringen die Schnellboote mit einem oder zwei großen Frachtflugzeugen an die schwedische oder finnische Küste. Von dort können sie in wenigen Stunden am Einsatzort sein. Die Männer sollten estnische Uniformen tragen. Mindestens einer davon sollte aus Estland stammen und militärische Erfahrung besitzen. Ist das zu machen?« Hoikens' Finger stach auf Ghiodolfio zu.

Der General wiegte den Kopf und nickte dann. »Wir haben Kontakte zu estnischen Freiheitskämpfern und auch zu Kameraden in Schweden und Finnland, die uns helfen werden. Aber so, wie Sie diese Aktion planen, können wir sie nicht den Moslems in die Schuhe schieben. Und gerade darum geht es doch.«

Hoikens schüttelte überlegen den Kopf. »Bekennerschreiben sind schnell getürkt. Sorgt dafür, dass die meisten Männer südländisch aussehen, keine verräterischen Tätowierungen tragen und gefälschte arabische Pässe in den Taschen stecken haben.«

Mazzetti tippte sich in höchster Erregung gegen die Stirn. »Glauben Sie etwa, bei dem Landeversuch würden alle umkommen? Was ist, wenn einige von ihnen gefangen genommen werden?«

»Die Kerle werden in dem Augenblick vergessen sein, in dem der eigentliche Schlag erfolgt.«

»Und wer soll diesen Schlag ausführen? Etwa Sie allein?«

Hoikens lächelte versonnen. »Das würde ich vorziehen, Major. Doch dafür ist das Risiko zu groß. Aus diesem Grund werden Sie mit mir kommen. Ach ja, General, wie gut sind Ihre Kontakte zum italienischen Militärgeheimdienst? Unterstützung aus dieser Richtung würde uns die Sache erleichtern.«

ELF

Torsten Renk hatte eine Weile geschlafen und wachte weitaus frischer auf, als er es erwartet hatte. Nun zahlte es sich aus, dass er auf seine Kondition geachtet hatte. Er stand auf, bewegte sämtliche Muskeln und zwinkerte Graziella zu.

»Ich glaube, jetzt könnten wir versuchen, unseren Aufenthalt in diesem Nullsternehotel zu beenden.«

Die junge Frau fuhr verärgert auf, denn sie fühlte sich auf den Arm genommen. »Und wie? Ich habe Hunger und fürchterlichen Durst, und du siehst auch nicht gerade so aus, als könntest du Bäume ausreißen.«

Torsten wusste nicht, dass Graziella bereits seit Tagen hatte fasten müssen, und wunderte sich über ihre Reizbarkeit. Aber da er keine Lust hatte, sich mit ihr zu streiten, reckte er sich und versuchte trotz der Schmerzen zu lächeln.

»Mit Bäumen würde ich mich ein wenig schwertun, aber da draußen stehen nur zwei jungen Burschen.«

»Die beide mit Maschinenpistolen bewaffnet sind«, wandte Graziella ein.

»Das ist ein Aspekt, den wir berücksichtigen müssen.« Torsten klopfte dabei gegen das leere Schulterhalfter und empfand den Verlust seiner Pistole wie einen weiteren heftigen Schmerz.

»Auch ein Grund, warum ich hier raus möchte. Ich will mir meine Waffe zurückholen.«

»Du bist vollkommen übergeschnappt! Wie kannst du in unserer Situation an so etwas denken? Vergiss deine verdammte Pistole. Ich will hier raus.« Graziella brach in Tränen aus.

Torsten fasste sie um die Schulter und zog sie an sich.

»Wer wird denn weinen? Mut, mein Mädchen! Immerhin haben wir meinen Kopf – und dich als Köder.«

Graziella glaubte nicht recht gehört zu haben. »Was soll das heißen?«

»Soviel ich verstanden habe, bist du das erste Mal wegen Sex entkommen. Das Spiel werden wir jetzt wiederholen.«

»Ohne mich!« Graziella bog ihre Finger zu Krallen, bereit, Torsten jederzeit ins Gesicht zu fahren.

Der Deutsche hob beschwörend die Hand. »Nicht so laut, sonst kommen die Kerle da draußen noch auf den Gedanken, wir würden etwas aushecken. Und jetzt höre mir zu!«

Während er Graziella mit eindringlichen Worten seinen Plan erläuterte, beruhigte sie sich wieder und nickte zuletzt sogar widerwillig. »Ich glaube zwar nicht, dass es klappen wird, aber es ist einen Versuch wert.«

Torsten nickte ihr anerkennend zu und legte dann sein Ohr an die Tür, um zu hören, was sich draußen tat.

ZWÖLF

Die beiden Wachen vor der Gefangenenzelle spürten nichts als Langeweile. Sie hatten nicht einmal mehr Lust, sich über die aktuellen Fußballspiele der Serie A zu unterhalten, geschweige denn über die letzte Rede Fiumettis, deren Abdruck in etlichen Zeitschriften zusammen mit Lodovico, Graziella und den beiden Deutschen in die Festung gebracht worden war.

Einer der Männer blickte auf seine Armbanduhr. »Es wird Zeit, dass die Ablösung kommt.«

Sein Kamerad schnaubte ärgerlich. »Die Kerle sind doch

nie pünktlich. Denen müssten einmal die Hammelbeine langgezogen werden.«

»Wer sollte das tun? Du vielleicht? Du weißt doch, dass sie die Schoßhündchen des Sergente sind.« Der Wächter scharrte mit der Stiefelsohle über den Boden und wies dann auf die verschlossene Tür.

»Kannst du mir sagen, warum wir die Gefangenen überhaupt bewachen müssen? Die Türe werden sie wohl kaum eintreten können!«

»So wie der Deutsche ausgesehen hat, tritt der nicht einmal mehr einen Pappkarton ein. Der Mann ist so fertig, dass er auch mit dem Mädchen nichts anfangen kann. Verdammt, der würde ich mein bestes Stück gern einmal zeigen.«

»Nur zeigen?«, fragte sein Kamerad anzüglich.

Der andere lachte. »Du weißt schon, was ich meine. Aber unser General ist in diesen Dingen verdammt streng. Denke nur an den armen Gianni. Dabei hatte ich schon seit zwei Monaten keine Frau mehr, und die letzte war auch nur eine Hure, die ich in Kukës aufs Kreuz gelegt habe.«

»Hör auf! Mir platzen fast die Eier.« Der zweite Wächter griff sich in den Schritt und zupfte seine Hose zurecht, die ihm zu eng zu werden drohte. Im selben Augenblick erschien die Ablösung.

»Was ist, Antonio, treibst du es mit dir selbst?«, spottete einer der Ankömmlinge.

Antonio ballte die Rechte zur Faust. »Noch ein Wort, und ich stopfe dir dein Maul.«

»Das würde dem Feldwebel gefallen, wenn du auf mich losgehst. Schau lieber zu, dass du in die Unterkunft kommst. Dort liegen ein paar hübsche Magazine, bei denen es dir fast von selbst kommt. In einem ist eine rassige Schwarze, die ich lieber heute als morgen vögeln würde.«

Sein Kamerad grinste. »Wenn wir die Macht haben, werden wir nicht alle Moslems und Neger davonjagen, sondern ein paar hübsche Mädchen für uns behalten.«

Damit war der Frieden zwischen den Männern wiederhergestellt, und die neuen Wachen verabschiedeten die beiden abgelösten Kameraden mit einem fröhlichen Gruß. Kaum waren die beiden verschwunden, sah der eine der Neuen den anderen an.

»Was meinst du, wollen wir die Kleine da drinnen nicht mal fragen, ob sie nett zu uns sein will?«

Sein Kamerad tippte sich an die Stirn. »Idiot! Du weißt doch, was der General davon hält.«

»Ghiodolfio braucht es ja nicht zu erfahren. Durch diesen Stollen kommt ohnehin kein Mensch, und bis wir abgelöst werden, vergehen Stunden. Verdammt, ich habe es satt, hier draußen zu stehen, während der Deutsche drinnen mit der Puppe rummachen kann.«

»Du bist trotzdem ein Idiot.« Der andere Wächter wechselte das Thema, konnte aber nicht verhindern, dass er selbst ein paarmal begierig auf die Tür starrte.

»Der General hat den beiden da drinnen den Brotkorb hoch gehängt. Ich glaube, die Kleine würde sich für ein Stück Brot und einige Scheiben Salami dankbar erweisen«, kam der erste Wächter wieder auf das Thema zurück.

Diesmal stierte sein Kamerad nur auf den Boden, ohne etwas zu sagen. Als er schließlich den Mund öffnete, klang drinnen plötzlich ein Stöhnen auf, und dann hörten sie ein Flehen in italienischer Sprache.

»Hilfe, bitte helft mir doch!«

»Das ist das Mädchen!« Der eine Wächter lud seine Maschinenpistole durch und gab dem anderen das Zeichen, die Tür zu öffnen.

»Was ist da los«, fragte er, während er den Lauf ins Innere der Zelle hielt.

»Der Deutsche! Ich glaube, er stirbt!« Graziella wies mit zitternden Fingern auf Torsten, der neben der Matratze an der Wand lag und sich nicht rührte.

Der Freischärler versetzte ihm einen Fußtritt, entlockte ihm aber nicht einmal ein Stöhnen. »Der Kerl ist völlig weggetreten. Den hat es doch stärker erwischt, als wir zuerst geglaubt haben«, meinte er zu seinem Kameraden.

»Bist du dir sicher?«

»Ich habe das zerstörte Fahrzeug gesehen. Wer da rausgekommen ist, muss halbtot gewesen sein. Jetzt krepiert er wohl ganz.« Der Mann wollte sich wieder abwenden, da hielt Graziellas Stimme ihn auf.

»Signori, bitte, ich bin am Verhungern! Gebt mir etwas zu essen und ein wenig Wasser.«

»Unser General würde uns hart bestrafen, wenn wir das täten«, erklärte der Freischärler und zog sie dabei mit seinen Blicken aus.

Graziella rang die Hände. »Nur ein bisschen! Ich sterbe sonst vor Hunger!«

Die beiden Freischärler wechselten beredte Blicke. »Umsonst ist der Tod, Signorina. Was zahlst du dafür?«

Graziella schnaufte tief durch und zog ihr Militärunterhemd hoch.

Die Freischärler starrten auf ihren entblößten Busen. Einer wollte schon auf sie zugehen, doch da streifte sie ihr Hemd nach unten und verschränkte die Arme vor der Brust.

»Erst will ich etwas essen! Versucht ihr es trotzdem, schreie ich, dass die Felsen wackeln.«

Die Drohung wirkte. Der Freischärler blieb stehen und drehte sich zu seinem Kameraden um. »Hol etwas! Aber pass auf! Es darf keiner sehen, dass du deinen Posten verlassen hast.«

»Warum ich?«, maulte der andere, schulterte jedoch

schon seine Waffe und rannte den Stollen hinab. Sein Kamerad überlegte, ob er draußen vor der Tür auf ihn warten sollte, drehte sich dann aber zu Graziella um und drückte die Mündung seiner Maschinenpistole gegen eine ihrer Brustwarzen.

»Was würdest du machen, wenn ich jetzt abdrücke?«, fragte er.

Graziella überlief es heiß und kalt, aber sie versuchte, gelassen zu bleiben. »Wahrscheinlich nichts mehr, weil ich dann tot bin.«

»Kluges Mädchen!«, grinste der Mann und deutete auf die Matratze. »Zieh dich aus und leg dich hin!« Ein leichter Stoß mit der Maschinenpistole unterstrich seine Worte. Dann wechselte er die Waffe in die Linke und löste seinen Gürtel.

»Bis mein Kumpel zurückkommt, werden wir unseren Spaß miteinander haben!«

Graziella sah zu, wie er die Hose und die Unterhose abstreifte und starrte auf sein Glied. Die Angst packte sie, wieder ein hilfloses Opfer zu werden. Ihr Blick streifte Torsten, doch der lag immer noch in der Ecke wie ein Toter.

»Mach schon!« Der Freischärler wurde ungeduldig. Graziella spürte, dass er einen Zustand erreicht hatte, in dem er sie mit Gewalt nehmen würde. Zitternd öffnete sie den Verschlussknopf ihrer Hose und zog sie langsam aus. Im gleichen Zeitlupentempo legte sie sich auf die Matratze und spreizte die Beine.

Der Freischärler blickte mit offenem Mund auf sie herab und schluckte schmatzend. Trotz seiner Erregung vergaß er die Vorsicht nicht, sondern behielt seine Maschinenpistole in der Linken, als er sich auf sie legte und mit seinem Gewicht in die Matratze drückte. In dem Augenblick wollte Torsten den Kerl packen. Doch als er seine Muskeln anspannte, durchfuhr ihn ein schneidender Schmerz. Seine

Gliedmaßen waren wie gelähmt und er musste hilflos mit ansehen, wie der Freischärler zwischen Graziellas Schenkel glitt und mit einem heftigen Stoß in sie eindrang.

In Graziellas Kehle ballten sich die Schreie, und sie verfluchte den Deutschen, der sie zu diesem Spiel getrieben hatte, und sich selbst, weil sie darauf eingegangen war.

Der Freischärler keuchte und bewegte sein Becken nun schneller vor und zurück. »Das tut gut, nicht wahr?«

Am liebsten hätte Graziella ihm ins Gesicht gespuckt, und Torsten mit dazu. Dieser kämpfte immer noch damit, seine widerspenstigen Muskeln unter Kontrolle zu bringen. Die Wut, weil er Graziella das nicht hatte ersparen können, half ihm dabei. Unter Schmerzen stemmte er sich hoch, holte mit der Rechten aus und hieb mit aller Kraft zu, die er aufbringen konnte. Seine Handkante traf den Hals des Mannes und unterbrach die Blutzufuhr zum Gehirn. Der Getroffene riss noch den Mund auf, brachte aber nicht einmal mehr ein Stöhnen heraus, sondern blieb wie ein nasser Sack auf Graziella liegen.

»Zieh ihn von mir runter!« Ihre Stimme klang schrill vor Panik.

Torsten packte den Bewusstlosen beim Genick und zerrte ihn hoch. Etwas knirschte, als würde ein Stück Holz brechen. Graziella riss die Augen auf und schloss sie sofort wieder, als sie sah, dass der Kopf des Freischärlers in einem unnatürlichen Winkel vom Leib abstand.

»Du hast ihn umgebracht!«

Es lag so viel Entsetzen in ihrer Stimme, dass er ärgerlich auflachte. »Wir haben nicht die Zeit, den Kerl zu fesseln und zu knebeln. Ich höre den anderen kommen.«

Torsten stieß Graziella ein wenig zur Seite und kauerte sich neben die Tür. »Stöhne, als wenn es dir kommen würde«, befahl er.

Zunächst verstand Graziella nicht, was er meinte, gehorchte aber und keuchte, wie sie es einmal in einem Pornofilm gesehen hatte. Torstens nach oben gereckter Daumen zeigte ihr, dass er mit ihrer schauspielerischen Leistung zufrieden war.

DREIZEHN

Der Freischärler blieb vor der Tür stehen und horchte einen Moment. »Du bist ja schon am Rammeln! Dabei hättest du ruhig auf mich warten können. Immerhin habe ich das Essen geholt.« Mit diesen Worten riss er die Tür auf und trat ein. Die nackte Frau auf dem Boden zog seinen Blick an wie ein Magnet. Noch bevor der Mann begriff, dass hier etwas nicht in Ordnung war, schlug Torsten ihm den Lauf der erbeuteten Maschinenpistole auf den Schädel.

»So, der ist ebenfalls ausgeschaltet«, sagte er zu Graziella.

Diese stand jetzt auf und zeigte schaudernd auf den Mann. »Ist er auch tot?«

»Ich weiß es nicht! Und es ist mir ehrlich gesagt auch egal. Zieh dich rasch an!« Torsten kniete neben den beiden Italienern nieder und durchsuchte sie. Zwei Kampfmesser, eine Taschenlampe, eine Packung Zigaretten und ein Feuerzeug wechselten neben zwei Geldbörsen den Besitzer. Dann zerrte er die Körper in eine Ecke, in der sie beim Öffnen der Tür nicht sofort gesehen werden konnten, und spähte vorsichtig hinaus.

»Die Luft ist rein!«

Graziella kämpfte noch mit den widerspenstigen Knöpfen ihrer Hose, folgte ihm aber nach draußen. Dort blieb Torsten stehen, sah sie kopfschüttelnd an und drückte ihr beide Maschinenpistolen in die Hand.

»Lass mich das machen. Halte so lange die Waffen. Drück aber nicht aus Versehen ab!«

Er erschreckte Graziella so, dass sie die beiden Beretta PM 12S nur am vorderen Griff anfasste und beide weit von sich hielt, während Torsten ihr die verknöpfte Hose richtete und die Schnürsenkel ihrer Militärstiefel festzurrte.

»So müsste es gehen.« Er nahm ihr eine der beiden Maschinenpistolen ab, sicherte die andere und hängte sie ihr über. »Draußen bringe ich dir bei, wie man damit umgeht. Und jetzt zeige mir den Weg, auf dem du beim ersten Mal verschwunden bist.«

»Glaubst du nicht, dass er jetzt bewacht wird?«, wandte Graziella ein.

»Das werden wir gleich sehen.« Torsten packte die Tüte mit Brot, Salami und einer Rotweinflasche, die der zweite Wächter gebracht hatte, und forderte Graziella auf vorauszugehen. Sie kamen ungesehen bis zu dem natürlichen Felsgang, den sie damals benutzt hatte. Doch als sie hineingehen wollte, hielt Torsten sie zurück und nahm die Taschenlampe in die Hand. Er schaltete sie ein und richtete den Strahl nach vorne, und sie erblickten mehrere knapp über dem felsigen Boden gespannte Drähte.

»Sprengfallen! Das habe ich mir gedacht. Denen fällt auch nichts Besseres ein.«

»Kommen wir da durch?«, fragte Graziella bang.

»Mit Vorsicht und einer Portion Glück können wir es schaffen. Du musst dabei auf die gleichen Stellen treten wie ich, sonst war das Spielchen in der Zelle umsonst.« Torsten klopfte der jungen Frau aufmunternd auf die Schulter und machte den ersten Schritt. Die Schnüre waren kreuz und quer gespannt, und die Zwischenräume boten kaum genug

Platz für die Füße. Doch mit aller Behutsamkeit gelang es ihm, die ersten Meter zurückzulegen. Graziella hielt sich besser als erwartet. Sie hatte die Zunge zwischen die Lippen geschoben und atmete jedes Mal tief durch, wenn sie einen Schritt weitergekommen war.

»Wie lange wird das noch dauern?«, fragte sie nach einer Weile.

»Bis wir draußen sind!«

Torsten ging weiter, sah, wie Graziella stolperte, und griff gerade noch rechtzeitig zu, um sie vor einem Sturz zu bewahren.

»Danke«, flüsterte sie.

»Gern geschehen. Ich habe etwas dagegen, zu früh abzukratzen. Noch hat Hoikens eine Rechnung mit mir offen.«

»Bei mir ist es Don Batista!«, gab Graziella leise und voller Hass zurück.

Kurz darauf hatten sie die verminte Stelle hinter sich gelassen und kamen an die Engstelle, die Graziella nur mit Mühe hatte bewältigen können. Der Spalt kostete sie auch diesmal einige Abschürfungen, und sie fragte sich, wie der Deutsche hier durchkommen wollte. Anscheinend war Torsten jedoch geschmeidiger als eine Schlange, denn er folgte ihr ohne größere Probleme.

Im Schein der Taschenlampe sah sie ihn lächeln. »Die Kerle hätten sich den ganzen Aufwand mit den Sprengfallen sparen können. Eine Ladung an dieser Stelle hätte genügt, um jeden Flüchtling in die Luft zu blasen.«

»Vielleicht hatten sie Angst, das Loch könnte so groß werden, dass man es vom Tal aus sehen kann.«

Torsten nickte. »Mag sein. Aber jetzt sollten wir verschwinden.«

»Und was ist mit den Spürhunden?« Graziella überlief es bei dem Gedanken heiß und kalt.

Torsten machte eine unbestimmte Handbewegung. »Da wird uns schon etwas einfallen. Auf geht's! Es liegt ein langer Weg vor uns.«

»Hoffentlich ein längerer als beim letzten Mal«, flüsterte Graziella.

»Was hast du gesagt?«

»Nichts.« Sie atmete tief durch und trabte hinter Torsten her ohne eine Vorstellung davon, wohin er sie führen würde.

VIERZEHN

Don Batista war hochzufrieden, denn die Menge feierte Fiumetti wie einen Messias. Dabei hatte der Chef der Nationalen Aktion früher hier im Mezzogiorno als nicht vermittelbar gegolten. Doch in Zeiten wie diesen suchten die Menschen nach einem starken Mann, bei dem sie sich geborgen glaubten. Fiumetti war allerdings auch gut vorbereitet worden, und es gelang ihm sogar, seinem lombardischen Dialekt einige neapolitanische Ausdrücke beizumischen, ohne dass es aufgesetzt wirkte. Keiner wusste, dass diese Rede, die er mit so viel Feuer hielt, nicht von ihm selbst oder einem seiner Parteifreunde stammte, sondern aus der Feder eines Schauspielers, den niemand in Italien für einen Anhänger der Neofaschisten gehalten hätte. Der Mann war jedoch tiefgläubig und bereits Don Batistas Beichtkind gewesen, als dieser noch als Hilfspfarrer in Rom gewirkt hatte. Jetzt zählte der Mime wie so viele andere zu den Helfern der Söhne des Hammers.

Während Fiumettis Stimme anschwoll und er sich in seinen Tiraden erging, dachte Don Batista daran, dass der Neofaschist früher Benito Mussolini nachgeahmt und dabei hölzern und manchmal sogar lächerlich gewirkt hatte. Jetzt fiel seine Gestik knapper aus, und sein Gesicht wirkte nicht mehr wie eine festgefrorene Maske. Auch das war ein Verdienst des Schauspielers. Unter seiner Leitung war es Fiumetti leichtgefallen, die anderen Leitfiguren seiner Bewegung zu überflügeln und zu einem Machtfaktor der italienischen Politik zu werden, über den auch die Regierungsparteien nicht mehr hinweggehen konnten.

»Es geht um Italien!«, rief Fiumetti mit weit tragender Stimme. »Um dreitausend Jahre unserer Kultur und um unseren Glauben. Die Terroristen der Al Kaida wollen uns in die Knie zwingen, uns unterwerfen und die Scharia in unserem Land einführen. Ihr Terror kann jeden von uns treffen, im Bus, im Zug, im Flugzeug, ja sogar im eigenen Heim. Doch wir werden nicht zulassen, dass unsere Heimat untergeht. Wir werden weder Drohungen noch der Gewalt weichen, sondern standhaft bleiben und jene zerstören, die sich gegen uns stellen!«

Da eine Gruppe Reporter vorbeikam, trat Don Batista zurück, um nicht gesehen zu werden. Noch durfte niemand wissen, dass zwischen ihm und dem Neofaschistenführer eine Verbindung bestand. Tino schloss auch sofort die Tür. Der Mann war besser als Gianni, fuhr es dem Priester durch den Kopf. Jener war im Grunde nur ein kleiner Krimineller, dessen er sich nach der Machtergreifung rasch würde entledigen müssen. Er war verärgert, weil er seit Tagen nichts aus Albanien gehört hatte. Gianni oder Lodovico hätten sich längst melden müssen. Auch Don Pietros Geheimberichte über die verborgene Armee, die an der Grenze zum Kosovo ausgebildet wurde, waren bereits seit einigen Tagen ausgeblieben.

»Es darf nichts aus dem Ruder laufen!« Don Batista ballte die Faust und dachte nach. Der geplante Umsturz musste in mehreren europäischen Ländern zugleich erfolgen, um von Erfolg gekrönt zu sein. Seine Leute bildeten bereits die Kader für die neuen Regierungen aus, die auf das hören würden, was aus dem Vatikan verlautete. Allerdings würde es leichter sein, die meisten Staaten Europas unter Kontrolle zu bringen, als jenen halben Quadratkilometer in Rom, der das Zentrum der katholischen Christenheit darstellte. Mit einer ärgerlichen Handbewegung schob er diesen Gedanken beiseite. Es waren schon zwei Kardinäle eines unerwarteten Todes gestorben, da kam es auf ein paar mehr nicht an, vor allem dann nicht, wenn man die Tat muslimischen Fanatikern in die Schuhe schieben konnte.

»Na, wie war ich?« Fiumettis Frage schreckte Don Batista aus seinem Grübeln auf, und er begriff, dass er das Ende der Rede nicht mehr mitbekommen hatte.

Der Priester zwang sich zu einem Lächeln und trat auf den Faschistenführer zu. »Ausgezeichnet! Die Leute toben vor Begeisterung. Wenn morgen Wahlen wären, würde Ihre Partei siegen, mein Sohn.«

Fiumettis Augen leuchteten auf. »Es werden bald Wahlen sein, hochwürdiger Vater. Ich habe bereits die entsprechenden Gespräche geführt.«

»Sehr gut!« Dabei fluchte Don Batista innerlich. Fiumetti berauschte sich in letzter Zeit zu sehr an seinen geliehenen Erfolgen und ging seiner eigenen Wege, ohne ihn oder Kardinal Winter zu informieren oder gar zu fragen. Auch das war ein Faktor, der den großen Plan gefährden konnte. Doch so bedauerlich es war – derzeit konnten sie nicht auf den Mann verzichten.

»Haben Sie meine Leibgarde gesehen, Hochwürden? Es sind Colonello Renzos Jungs, jeder eine Zierde der Bewegung. Ich werde sie bald nach Albanien schicken, damit sie dort den letzten Schliff bekommen.«

Don Batista nickte geistesabwesend, hob dann aber abwehrend die Hand. »Vorsicht, mein Sohn! Das sollten wir uns gut überlegen. General Ghiodolfio ist ein guter Soldat und verfügt nach wie vor über ausgezeichnete Kontakte zur Armee. Nur traue ich ihm nicht so ganz. Man hört seltsame Gerüchte aus Albanien. Nicht, dass der General sich für einen zweiten Caesar oder Octavian hält und das Land mit Hilfe der Armee selbst regieren will.«

Fiumetti zuckte zusammen. »Sie meinen, er könnte unserer Sache untreu werden?«

»Immerhin hat er Sie früher einen lombardischen Schreihals genannt, den niemand ernst nehmen dürfe.« Don Batista hielt es für klug, Fiumetti darauf hinzuweisen, dass Ghiodolfio damals zu dessen ärgsten Rivalen im Kampf um die Spitze der Partei gezählt hatte. Dann lächelte er und klopfte dem Politiker auf die Schulter.

»Auf jeden Fall sollten wir Ghiodolfios Schritte genau überwachen und eine von ihm unabhängige bewaffnete Macht aufbauen. Renzos Männer könnten der Anfang sein.«

»Ich glaube, Sie haben recht, Hochwürden. Mir gefällt es nämlich auch nicht, auf diesen alten Kommisskopf angewiesen zu sein.«

»Dann sind wir uns einig.« Don Batista sagte sich, dass er mit der alten römischen Devise »divide et impera!« immer noch am besten fuhr. Es galt, seine Verbündeten so lange gegeneinander auszuspielen, bis sie einander bis aufs Blut misstrauten und in ihm und den Söhnen des Hammers die einzige Kraft sahen, die ihnen zum Sieg verhelfen konnte. Bis sie begriffen, wie das Spiel wirklich lief, würden er und seine Freunde bereits an den Hebeln der Macht sitzen und entscheiden, was in Italien und weit darüber hinaus geschah.

FÜNFZEHN

Graziella gingen langsam die Schimpfwörter aus, die sie Torsten an den Kopf werfen konnte. Seit sie aus dem Freischärlercamp entkommen waren, quälten sie sich durch Gestrüpp oder stapften durch kalte, reißende Bäche. Obwohl er selbst so aussah, als würde er jeden Augenblick zusammenbrechen, gönnte er ihr nicht die kleinste Pause. Schließlich wurde es ihr zu bunt und sie blieb stehen.

»Ich gehe keinen Schritt weiter, bevor Sie mir nicht sagen, wohin Sie eigentlich gehen.« Sie waren in der Zelle bereits beim Du gewesen, doch in ihrer Wut wurde Graziella wieder förmlich.

Torsten drehte sich zu ihr um und wies auf den Berggipfel, der dicht vor ihnen aufragte. »Wenn ich die Karte dieser Gegend halbwegs richtig im Kopf habe, müsste das der Kolesjanit sein. Es gibt sowohl südlich wie auch nördlich davon eine Straße, auf der wir weiter nach Albanien hinein kommen.«

»Weiter nach Albanien hinein? Ich will nicht nach Albanien! Ich dachte, wir schlagen uns zu deinen Landsleuten im Kosovo durch.« Graziellas Stimme überschlug sich beinahe.

»Das hat schon einmal nicht geklappt. Wir müssten jene Berge dort drüben überqueren, und deren Bewohner sind, wenn ich es richtig verstanden habe, Freunde deiner Landsleute in der Bergfestung. Selbst wenn wir an ihnen vorbeikommen, wären wir nicht sicher. Ghiodolfios Leute haben mit ihren Überfällen auf die Bundeswehrfahrzeuge gezeigt, wozu sie fähig sind.«

Gegen ihren Willen musste Graziella Torsten zustimmen. Die Berge im Osten mit dem über zweitausendeinhundert Meter hohen Kallabakut wirkten rauer und abweisender als das Land, das sich links vor ihnen erstreckte.

»Wahrscheinlich hast du recht. Ghiodolfios Banditen werden sicher annehmen, dass wir uns zu deinen Leuten im Kosovo durchschlagen wollen, und uns dort suchen.«

»Bingo! Genau das erwarte ich. Sollte ich mich getäuscht haben, wäre es Pech.«

»Dann schießen wir uns den Weg frei«, rief Graziella kämpferisch.

Mit je zweiunddreißig Schuss im Magazin?, wollte Torsten schon fragen, ließ es dann aber sein, sondern deutete auf einen Bach. »Wir sollten wegen der Hunde wieder im Wasser gehen.« Torsten wusste, dass gut ausgebildete Spürhunde auf diesen Trick nicht hereinfielen, aber er hoffte, dass die Tiere durch den oftmaligen Wechsel zwischen Gestrüpp und Wasser die Lust an der Verfolgung verlieren würden. Er stieg die vielleicht dreißig Schritte zu dem eng eingeschnittenen Bachbett hinab und streckte Graziella die Hand entgegen, um ihr zu helfen.

Graziella beschloss, sie zu übersehen, und wollte allein ins Wasser steigen. Dabei rutschte sie jedoch aus und plumpste ins kühle Nass.

Torsten zuckte nur mit den Schultern. »Wenn es dir Spaß macht, jetzt zu baden, dann nur zu!«

»*Stupido tedesco!*«, fauchte sie ihn an, während sie sich wieder auf die Beine kämpfte. »Warum musste ich ausgerechnet auf dich treffen? Ein echter Kavalier hätte nicht gewartet, bis dieser unsägliche Kerl sein Ding in mich hineingesteckt hat, sondern ihn vorher erledigt.«

Torsten stöhnte auf. »Glaubst du etwa, ich hätte extra so lange gewartet? Ich kam einfach nicht schneller auf die Beine. Ich hätte es dir wirklich gerne erspart. Beim nächsten Mal solltest du besser mit Rambo oder Superman in der Kacke sitzen und nicht mit einem halbtoten deutschen Soldaten, der sich kaum rühren kann.«

»Du hättest trotzdem schneller machen können! Aber so ein Ochse wie du hat keine Ahnung, wie es in einer Frau aussieht, die das mitmachen musste.«

»Ich sagte ja schon, dass es mir leidtut. Aber es war unsere einzige Chance, um zu entkommen. Wärst du lieber dort geblieben, bis die Kerle irgendwann einmal vor deiner Zellentür Schlange gestanden hätten, um sich einen abstoßen zu können?«

»Das ist ordinär!«, schimpfte Graziella.

»Aber die Wahrheit«, antwortete Torsten gelassener, als er sich fühlte, und sah sie warnend an. »Ab jetzt will ich keinen Mucks mehr von dir hören! Ich will nicht, dass irgendjemand durch dein Gequake auf uns aufmerksam wird.«

Das war zu viel für sie. Ehe sie selbst wusste, was sie tat, hatte sie ausgeholt und gab Torsten eine schallende Ohrfeige.

»Puh, das hat gesessen!« Er schien verblüfft, musste dann aber grinsen. »Wenn es dir hilft, ab jetzt ruhig zu sein, war es das wert.«

Graziella schüttelte nur den Kopf und sagte sich, dass der Deutsche wirklich nicht ganz richtig im Kopf war. Ein Italiener hätte sich das nicht bieten lassen.

SECHZEHN

General Ghiodolfio lehnte sich in seinem Sessel zurück und drehte seinen Kommandostab in der Hand. Sein Blick ruhte dabei auf Major Mazzetti, der in strammer Haltung vor ihm stand.

»Eine Zigarette, Maggiore?«

Für Mazzetti stellte dieses Angebot einen Befehl dar.

Obwohl er Nichtraucher war, nahm er eine Zigarette aus dem offenen Kästchen auf dem Schreibtisch und ließ sich von Ghiodolfio Feuer geben. Der General brannte sich nun selbst ein Zigarillo an und wies dann auf die Karte von Tallinn, die vor ihm lag.

»Was halten Sie von Hoikens' Plan?«

Mazzetti zuckte mit den Achseln. »Es tut mir leid, General, aber ich weiß nichts. Der Deutsche hat mich nicht ins Vertrauen gezogen.«

»Genauso wenig wie mich«, antwortete Ghiodolfio verärgert. »Ich meine aber nicht seine persönlichen Pläne, sondern die Sache mit dem Überfall vom Meer her, den er als Ablenkung vorgeschlagen hat. Wenn ich es recht bedenke, ist es gar keine so schlechte Idee. Ich gehe sogar so weit, dieser Aktion eine Chance zuzubilligen.«

»Soll ich den Trupp anführen?« Obwohl Mazzetti Hoikens gegenüber diesen Plan als Himmelfahrtskommando bezeichnet hatte, ließ er sich von Ghiodolfios Worten begeistern.

Der General schüttelte den Kopf. »Nein! Ich will nicht meinen besten Mann darin verwickelt sehen. Die Sache kann genauso gut schiefgehen.«

»Aus ähnlichen Erwägungen habe ich auch nicht an die Männer unseres Camps gedacht, General. Wir sollten Renzo und seine Leute einsetzen.«

Ghiodolfio blies den Rauch seines Zigarillos gedankenschwer gegen die Decke und nickte schließlich.

»Keine schlechte Idee, Maggiore. Damit könnte Renzo beweisen, dass er wirklich so gut ist, wie er immer tut. Außerdem würde er mit einem Erfolg seinen Rang als zweiter Mann in unserer Armee bestätigen.«

Diese Meinung deckte sich zwar nicht gerade mit Mazzettis Vorstellungen, dennoch stimmte er Ghiodolfio zu. »Renzo wird sich freuen, wenn er sich endlich einmal auszeichnen kann, General. Ich werde umgehend mit ihm Kontakt aufnehmen und ihn und seine Männer hierher beordern. Ich muss sowieso zur Küste, um mit Besnik zu reden. Wir brauchen seine Schnellboote für den Angriff.«

»Ist ein Transport dieser Schiffe unbemerkt möglich?«, wollte Ghiodolfio wissen.

»Ich denke schon. Es gibt einige Billigfluggesellschaften, die sich freuen, wenn sie ein paar Euro zusätzlich verdienen können, und die Leute dort stellen keine Fragen.«

»Dann beginnen Sie mit den Vorbereitungen, Maggiore. Vielleicht wird diese historische Tat doch von guten Italienern vollbracht und nicht von einem Deutschen.«

Mazzetti nickte eifrig, brachte dann aber noch einen Einwand. »Wir sollten trotzdem nicht auf Hoikens und seine geplante Aktion verzichten.«

Ghiodolfio lachte amüsiert. »Er soll natürlich nach Tallinn fliegen. Vielleicht läuft die Sache anders ab, als er gedacht hat, und Renzos Angriff lenkt nicht von seiner Aktion ab, sondern er von Renzos.«

Da der General sich nach diesen Worten wieder seinen Papieren zuwandte, wusste Mazzetti, dass das Gespräch zu Ende war. Er wollte eben den Raum verlassen, als es draußen laut wurde. Jemand riss die Tür auf, ohne anzuklopfen, und stürmte herein. Es war einer der Männer, die zum Wachdienst vor der Gefangenenzelle bestimmt waren. Sein Gesicht zeigte eine aschgraue Farbe, und seine Augen flackerten.

»General, die Gefangenen sind weg!«, brachte er mit Mühe heraus.

Ghiodolfio nahm sein Zigarillo aus dem Mund und sah den Mann verwirrt an. »Was ist los?«

»Die Gefangenen sind spurlos verschwunden! Als wir eben Mario und Paolo ablösen wollten, standen die nicht vor der Zellentür. Da diese abgeschlossen war, haben wir gedacht, die beiden wären schon zum Essen gegangen. Ich habe dann wegen des Schlüssels nach ihnen gesucht, aber sie waren weder in der Kantine noch in ihrem Quartier. Da mir das seltsam erschien, habe ich den Ersatzschlüssel geholt und aufgesperrt. Die Gefangenen waren weg. Dafür lagen Mario und Paolo in der Ecke. Der eine ist tot und der andere so schwer verletzt, dass ich nicht glaube, dass er wieder auf die Beine kommen wird.«

»Verdammt, das darf doch nicht wahr sein!« Ghiodolfio warf das Zigarillo in die Ecke und sprang auf.

Mazzetti lachte humorlos auf. »Jetzt begreife ich, weshalb Hoikens diesen deutschen MAD-Mann so fürchtet. Der Kerl ist eine Pest. Wir hätten ihn gleich erschießen sollen.«

»Darf ich Sie daran erinnern, dass Sie es waren, der dem Mann eine ehrenhafte Behandlung versprochen hat!«, fuhr Ghiodolfio ihn wütend an.

Mazzetti verkniff es sich zu sagen, dass nicht er, sondern sein Sergeant dieses Versprechen gegeben hatte. »Habt ihr alle Ausgänge kontrolliert? Auch diesen einen Stollen, durch den das Mädchen beim ersten Mal entkommen ist?«

Der Unglücksbote nickte. »Das haben wir, Herr Leutnant. Aber dort können sie nicht durch sein, denn die Sprengfallen sind nicht hochgegangen.«

Ghiodolfio schlug mit der Faust auf den Tisch. »Verdammt! Dann holt die Hunde und seht zu, dass ihr der Spur der beiden folgt. Wenn ihr den Deutschen erwischt, gebt ihm eine Kugel vor den Kopf. Und die Frau gehört euch.«

»Si, Herr General!« Der Freischärler war sichtlich froh, fortzukommen, denn er rannte los, als wolle er die Entflohenen noch auf den ersten Metern einholen.

Ghiodolfio zündete sich ein neues Zigarillo an und sog gierig den Rauch in die Lungen. »Ich hätte Hoikens befehlen sollen, diesen Kerl niederzuschießen. Jetzt haben wir den Ärger am Hals.«

»Ich gebe sofort die Anweisung, alle Wege in den Kosovo zu sperren. Diesmal setze ich auch unsere albanischen Verbündeten ein. Torsten Renk darf seine Leute nicht lebend erreichen!« Mazzetti salutierte und verließ den Raum.

An seiner Stelle stürmte Hoikens herein, in der Hand die Sphinx AT 2000 S, die er Renk abgenommen hatte. Erst als Ghiodolfio sich ärgerlich räusperte, steckte er die Waffe in den Hosenbund und sah den Italiener erschrocken an.

»Was habe ich eben gehört, General? Renk soll entkommen sein?«

»Das ist nur eine *piccolezza*, die meine Leute rasch bereinigen werden«, sagte Ghiodolfio abwinkend.

Hoikens bleckte die Zähne. »Verdammt noch mal! Wenn Renk zu seinen Leuten durchkommt, fliegt dieses Camp auf, und damit ist der gesamte Plan mit Tallinn im Eimer!«

Der General musterte den Deutschen mit spöttischem Blick. »Sie regen sich zu sehr auf, Capitano. Dieser Renk ist nur ein winziges Steinchen auf unserem Weg zum Endsieg. Über ihn werden wir sicher nicht stolpern.«

»Renk ist ein Teufel!«

»Dann werde ich eben einen Exorzisten bestellen. Und jetzt will ich mir die Zelle ansehen.« Ghiodolfio stand auf und verließ sein Büro, ohne sich weiter um Hoikens zu kümmern. Diesem blieb nichts anderes übrig, als hinter dem General herzulaufen. Unterwegs beschrieb er Renk und dessen Fähigkeiten in einer Weise, dass Ghiodolfio sich an den Kopf fasste. In seinen Augen war Hoikens' Verhalten krankhaft. Ohne sich weiter um dessen hysterisches Gerede zu kümmern, ging er im Kopf die Liste der Männer durch, die er informieren musste, damit sich das Verschwinden des deutschen Militäragenten und von Monteleones Nichte nicht negativ auf seine eigenen Pläne auswirken konnte. Die Gefahr, dass es den beiden gelang, zu entkommen, war zwar gering, doch er wollte auf alles vorbereitet sein.

SIEBZEHN

Torsten Renk entschloss sich, nach Norden abzubiegen, um Kukës zu erreichen, die einzige Siedlung in dieser Gegend, die noch als Stadt bezeichnet werden konnte. Dort hoffte er, eine Fahrtmöglichkeit nach Tiranë zu bekommen. Da Graziella unterwegs und in der Festung das eine oder andere Wort aufgeschnappt hatte, wusste er, dass die albanischen Clans in dieser Gegend mit den italienischen Freischärlern verbündet waren.

Für ihn und die Italienerin bedeutete dies, sich von allen Menschen fernzuhalten, bis sie einen größeren Ort erreicht hatten. Torsten wusste nicht einmal, ob die Provinzhauptstadt Kukës sicher genug war, doch dieses Risiko musste er eingehen. Er war nicht so gut in Form, dass er weite Wege zurücklegen konnte, und Graziella baute immer mehr ab. Das Brot und die Wurst, die sie aus der Höhlenfestung mitgenommen hatten, waren längst verzehrt, und er spürte die Folgen der Gehirnerschütterung, die er sich bei dem Anschlag auf den Dingo zugezogen hatte, wieder heftiger.

»Ich kann nicht mehr!« Die Erschöpfung, die in Graziellas Stimme mitschwang, ließ ihn stehen bleiben. Er beschattete die Augen mit der Hand und blickte über das Land, in dem der beginnende Tag sich mit einem orangeroten Morgenrot ankündigte.

»Wir müssen uns verstecken, bevor uns jemand erspäht«, sagte er und hielt nach einem geeigneten Platz Ausschau. Da hörte er auf einmal das Meckern von Ziegen und eine Stimme, die ruhig auf die Tiere einsprach. Er packte Graziella und zerrte sie in eine schmale Schlucht, aus der ein dünnes Rinnsal floss. Wasser war wichtig, wenn sie diesen Tag überstehen wollten, denn die Sonne würde die Felsen so aufheizen, dass sie Backofentemperatur annahmen. Wenn sie nicht genug trinken konnten, würden sie Kukës nie erreichen.

Ein schmaler Spalt in der Felswand versprach Schutz. Torsten leuchtete ihn kurz mit der Taschenlampe aus. Da er weder Schlangen noch anderes unangenehmes Getier bemerkte, schob er Graziella hinein und folgte ihr.

An der Stelle, an der sie in die Schlucht eingebogen waren, kam nun ein gutes Dutzend Ziegen und Schafe in Sicht, die von einem zotteligen Hund in ihre Richtung getrieben wurden. Eine Frau in einem langen, schwarzen Kleid und einem schwarzen Kopftuch folgte den Tieren. In ihren Händen trug sie jedoch keinen Hirtenstab, sondern einen alten Karabiner mit hölzernem Schaft. Während sie die Tiere an Torstens und Graziellas Versteck vorbei trieb, blickte sie sich misstrauisch um.

Torstens Daumen wanderte bereits zum Sicherungsknopf seiner Maschinenpistole, um sie schussfertig zu machen. Seine Nervosität stieg, als der Hütehund plötzlich stehen blieb, kurz schnupperte und dann auf sie zukam.

Bevor das Tier jedoch den Felsspalt erreichte, hielt ein scharfer Pfiff seiner Herrin ihn zurück. Die Frau sagte etwas, das Torsten nicht verstand. Daraufhin trieb der Hund die Ziegen und Schafe an, und bald schon verschwand die Gruppe aus ihrem Gesichtsfeld.

»Puh, das war knapp!«, stöhnte Torsten auf und setzte die MP ab.

Graziella blickte ihn erschrocken an. »Du hättest die Frau doch nicht erschossen?«

Torsten zuckte mit den Achseln. »In diesem Land ist jeder Mensch erst einmal ein Feind, es sei denn, er kann mich schnell genug vom Gegenteil überzeugen. Die Hirtin zum Beispiel hätte uns an andere verraten können.«

»Die wären durch deine Schüsse auch auf uns aufmerksam geworden«, widersprach Graziella vehement.

»Darum habe ich auch nicht geschossen. Und jetzt komm! Wir werden uns ein anderes Versteck suchen. Ich traue dieser Albanerin nicht.«

ACHTZEHN

Die Suche nach den Entflohenen stand von Anfang an unter einem schlechten Stern. Die Hundeführer ließen noch in der Höhlenfestung ihre Hunde von der Leine, damit die Tiere die Spur leichter aufnehmen konnten. Diese Gedankenlosigkeit kostete Ghiodolfios Truppe ihre besten Spürhunde, denn die Tiere rasten voller Eifer in den verminten Gang und lösten dort die Sprengfallen aus.

Danach schwärmte die Truppe unter Mazzettis Kommando in einer Stärke von über einhundert Mann aus und drehte zwischen den Ortschaften Orgjost und Ploshtan buchstäblich jeden Stein um. Dabei halfen ihnen die albanischen Verbündeten. Sie gingen dabei über die Berge, drangen bis in den Kosovo vor und lieferten sich Feuergefechte mit den dort lebenden Clans. Dennoch fanden sie nicht die geringste Spur von Graziella und Renk.

Ghiodolfio befahl Hoikens, bei ihm zu bleiben und sich Gedanken zu machen, wohin der MAD-Agent sich wenden würde. »Immerhin kennen Sie ihn am besten von uns allen«, setzte er bissig hinzu.

»Ich hätte das Aas erschießen sollen!« Hoikens biss die Zähne zusammen und stierte auf die Karte. Die Gegend um Tallinn kannte er inzwischen wie seine Westentasche, doch hier musste er sich in dem Gewirr von Schluchten, Wasserläufen und kleinen, abgelegenen Dörfern erst zurechtfinden.

Immer wieder wanderte sein Blick nach Globočica, dem Außencamp der Bundeswehr. Zunächst war es ihm als das natürliche Ziel seines Feindes erschienen. Allerdings führten nur einige steile Bergpfade und zwei von Bächen durchflossene Schluchten hinüber. Obwohl Renk verletzt war, hätte Hoikens es ihm zugetraut, doch mit der Frau an seiner Seite war er gehandikapt.

Hoikens' Zeigefinger wanderte auf der Karte westwärts und blieb auf Kukës stehen. »Renk wird sich dorthin durchschlagen und versuchen, von da aus nach Tiranë zu kommen. Der Kerl ist schlau. Er wird sich denken, dass wir ihm den Weg in den Kosovo verlegen.«

»Kukës!« Ghiodolfio spie diesen Namen aus wie einen Fluch. Sein Blick suchte Mazzetti, der zur Berichterstattung zurückgekehrt war. »Wie viel Einfluss haben wir dort?«

»Genug, um Renk dort auf offener Straße erschießen zu können, ohne dass es jemanden kümmert.« Mazzetti war Hoikens in diesem Augenblick dankbar, dass er ihn auf eine brauchbare Fährte gesetzt hatte. Mit einem Fahrzeug würden seine Leute in wenigen Stunden dort sein, während die Flüchtigen auf dem Weg über die Berge mindestens zwei, vielleicht sogar drei Tage benötigen würden.

»Herr General, wenn Sie erlauben, fahre ich selbst in die Stadt, um Renk dort abzufangen.«

Ghiodolfio wollte schon zustimmen, als Hoikens widersprach. »Mir wäre es lieber, Sie würden einen Ihrer Unteroffiziere schicken, Major. Sie spielen in meinen Plänen für

Tallinn eine große Rolle, und ich will nicht riskieren, dass unsere Aufgabe gefährdet wird.«

Der General fuhr mit seinem Kommandostab nervös durch die Luft. »Sie vergessen, dass Sie selbst vor Renk angegeben haben, was für ein einmaliges Attentat Sie planen! Ohne diese unbedachten Worte liefen wir nicht Gefahr, dass er die Sicherheitskräfte in Tallinn warnen könnte.«

Lachend winkte Hoikens ab. »Renk hat nicht die geringste Ahnung, wie ich vorgehen will. Außerdem werden wir ihn und die Polizeikräfte dort durch unser Ablenkungsmanöver mit Renzo und seinen Leuten in die Irre führen.«

Er machte keinen Hehl daraus, dass er dem Überfall über die Ostsee kaum eine Chance einräumte. Für ihn ging es nur um sein eigenes Vorhaben, und dafür brauchte er einen Mann, der bereit war, mit ihm in das Maul eines Tigers zu steigen. »Nun, was ist, Mazzetti? Sind Sie dabei?«

Der Major warf Ghiodolfio einen fragenden Blick zu und sah diesen nicken. »Sie können auf mich zählen.«

»Dann ist es gut! Da Renk unsere Planungen nicht kennt, können wir die Vorbereitungen ohne Verzug weiterführen. General, das hier ist Ihre Aufgabe. Ich werde inzwischen mit Major Mazzetti den entscheidenden Schlag vorbereiten.«

Das klang so selbstgefällig, dass Ghiodolfio dem Deutschen am liebsten seinen Kommandostab um die Ohren geschlagen hätte. Der Sprengstoffexperte spielte sich allmählich so auf, als wäre er hier der Anführer und alle anderen nur seine Hilfskräfte. Doch was Tallinn betraf, war er auf Hoikens angewiesen, und darüber ärgerte er sich beinahe noch mehr als über die ständigen Einmischungen aus Rom. Um das große Ziel zu erreichen, durfte es nur einen geben, der die Befehle erteilte, und das waren in seinen Augen weder Fiumetti noch die Pfaffen, die sich um Don Batista und dessen Kardinal geschart hatten.

NEUNZEHN

Am Abend begann Graziella zu fiebern. Sie zitterte, und ihre Zähne klapperten so laut, dass es ein ganzes Stück weit zu hören sein musste. Torsten wusste nicht, ob sie die Krankheit schon länger in sich trug oder ob es an dem Wasser lag, das sie aus den Bächen schöpften und tranken. Dabei hatte er gehofft, in der Nacht ein ganzes Stück vorwärtszukommen. Aber so, wie Graziella aussah, war daran nicht zu denken.

»Ich habe Durst!« Graziella kauerte sich zusammen und begann zu weinen.

Noch nicht einmal nach Andreas Tod hatte Torsten sich so hilflos gefühlt wie in diesem Augenblick. Er besaß rein gar nichts, mit dem er Graziella helfen konnte, nicht einmal eine Decke, die sie so dringend gebraucht hätte, um in der Nacht nicht zu frieren.

Besorgt nahm er die leere Weinflasche, stieg zum nächsten Bach hinunter und probierte dort erst einmal einen Schluck. Das Wasser war sauber und schmeckte frisch. In der Hoffnung, dass es Graziella nicht schaden würde, füllte er die Flasche und kehrte zurück.

Als er den Lagerplatz erreichte, hockte sie mehrere Meter entfernt hinter einem Gebüsch. Im Schein des aufgehenden Mondes sah er, dass sie ihre Hose heruntergezogen hatte. Als er auf sie zutreten wollte, rief sie, er solle verschwinden und sie in Ruhe lassen.

Torsten zog sich ein Stück zurück, damit Graziella sich ungestört erleichtern konnte. Obwohl er Nichtraucher war, verspürte er den Wunsch, sich eine der Zigaretten anzuzünden, die er von den überrumpelten Wächtern erbeutet hatte. Er ließ es dann doch sein und blickte zu den Sternen auf. Dabei betete er, dass Graziella nichts Schlimmes fehlte. Notfalls musste er sie in einem sicheren Versteck zurücklassen und allein aufbrechen, um Hilfe zu holen.

Ein leises Wimmern beendete seinen Gedankengang. Er eilte zu ihr und sah sie am Boden liegen. Mit ungelenken Bewegungen versuchte sie, ihre Hose hochzuziehen. Auf einmal stöhnte sie und wollte sie erneut abstreifen. Mit Torstens Hilfe gelang es ihr im letzten Augenblick. Er hielt sie fest, während sie von Durchfallkrämpfen gepeinigt wurde, und sprach beruhigend auf sie ein. Sie war nun zu schlecht dran, um sich daran zu stören, dass er bei ihr war, und klammerte sich wie ein kleines Äffchen an ihm fest.

»Es tut so weh«, flüsterte sie unter Tränen.

Torsten knirschte mit den Zähnen. »Ich wollte, ich könnte dir helfen. Wenn die Wurst daran schuld ist, die dieser Kerl gebracht hat, so hoffe ich nur, dass die ganze Bande auf den Latrinen hockt.« Er hatte allerdings selbst von der Wurst gegessen und ihm fehlte nichts. Nur sein Kopf schmerzte wieder stärker, und es fiel ihm zunehmend schwer, einen klaren Gedanken zu fassen. Sie waren beide reif für das Krankenbett, doch wenn er sich jetzt hängen ließ, waren sie in kurzer Zeit tot.

Als Graziellas Durchfall nachließ, säuberte er sie und zog sie wieder an. Sie fror und er legte ihr noch seine Jacke um die Schultern. Viel half es nicht. Obwohl es tagsüber fast unerträglich heiß gewesen war, stürzten die Temperaturen in der sternenklaren Nacht schier ins Bodenlose.

Torsten zog Graziella eng an sich, um sie mit seinem Körper zu wärmen, und sah zu, wie sie langsam wegdämmerte. Ein wenig hoffte er, der Schlaf würde ihr helfen, doch die Vernunft sagte ihm das Gegenteil. Während er sich verzweifelt umsah, fiel sein Blick auf ein Licht, das er bisher für einen tief stehenden Stern gehalten hatte. Da der Mond jetzt etwas heller schien, entdeckte er dahinter jedoch die schattenhaften Konturen eines Berges, den er für den Gjalicës hielt.

Also war es kein Stern, sondern der Lichtschein einer Lampe, der durch das Fenster eines Hauses fiel. Torsten versuchte abzuschätzen, wie weit das Gebäude entfernt sein mochte, doch in der Nacht war das fast unmöglich. Er bettete Graziella in einen Felsspalt, deckte sie mit seinem Hemd zu und machte sich mit bloßem Oberkörper auf den Weg. Er nahm beide Beretta-MPs mit, bereit, eine davon gegen etwas Essen und Medizin einzutauschen – oder zu schießen, wenn die Bewohner des Hauses sich als Feinde erweisen sollten. Zwar hatte er auch die Geldbörsen der beiden Wächter bei sich, doch er schätzte, dass in dieser Gegend eine gute Waffe gefragter war als ein paar Euroscheine.

ZWANZIG

Der Weg zu dem Haus war steil und beschwerlich. Torsten trat in der Dunkelheit mehrmals fehl und rutschte aus. Daher kam er nicht so lautlos voran wie erhofft. Zu allem Überfluss schlug auch noch ein Hund an. Fast im selben Augenblick erlosch das Licht, und er stand ohne Orientierung da. Es dauerte einige Zeit, bis er die Umrisse des Hauses keine hundert Meter vor ihm ausmachen konnte. Vorsichtig ging er weiter und achtete darauf, nie lange im Licht des Mondes zu bleiben.

Sein Misstrauen wuchs, als er sich dem Haus nähern konnte, ohne dass sich etwas tat. Der Hund hatte aufgehört zu bellen und ließ nur noch ab und zu ein leises Winseln hören. Nach Torstens Vermutung lagen die Bewohner des Hauses längst mit angeschlagenen Waffen auf der Lauer, und er konnte nur hoffen, dass sie zuerst Fragen stellten und nicht gleich schossen. Es erschien ihm wie ein schlechter Witz, im einundzwanzigsten Jahrhundert ähnlich auf der Hut sein zu müssen, wie Karl May es vor beinahe einhundertfünfzig Jahren beschrieben hatte. Nur war jetzt kein Schut der Schurke, sondern ein übergeschnappter italienischer General.

An der Haustür blieb er stehen und atmete tief durch. Jetzt kam es darauf an. Er klopfte und trat gleichzeitig einen Schritt beiseite. Es kam keine Antwort. Mit zusammengebissenen Zähnen trat er noch einmal auf die Tür zu und pochte erneut. Da wurde die Tür aufgerissen, und er starrte in das aufflammende Licht einer Taschenlampe. Für Sekunden war er geblendet. Als er wieder sehen konnte, blickte er auf die dunkle Mündung eines Karabiners, die auf seinen Kopf zielte. Die Hirtin, die sie am Morgen gesehen hatten, hielt die Waffe in der Hand. Hinter ihr stand der Hund mit gefletschten Zähnen und gesträubtem Fell.

Torsten streckte die Handflächen nach vorne, um seine friedlichen Absichten zu bekunden, und versuchte zu lächeln. »Keine Sorge, ich tue Ihnen nichts. Ich brauche Hilfe. Meine Begleiterin ist krank.«

Das Gesicht der Frau, die nicht viel älter als vierzig sein konnte, aber von den scharfen Falten eines harten Lebens gekennzeichnet war, blieb abweisend. Sie hielt den Karabiner weiterhin auf Torsten gerichtet. Ihm fiel ein, dass er sie auf Deutsch angesprochen hatte, das sie mit Sicherheit nicht verstand, und wiederholte seine Worte auf Englisch, dann auf Französisch und Italienisch. Die Frau zeigte jedoch keine Anzeichen, dass sie auch nur eines seiner Worte begriff. Da Torstens Albanischkenntnisse nicht über ein halbes Dutzend Ausdrücke hinausgekommen waren, war eine Verständigung auf diesem Weg unmöglich. Trotzdem durchsuchte er seine Erinnerung nach einem der Begrüßungsworte, die er von Leutnant Steiff gehört hatte.

»Mirëmbrëma!«

Die Augenbrauen der Frau wanderten leicht nach oben, als sie »Guten Abend« in ihrer Sprache hörte. Trotzdem blieb sie misstrauisch.

»Nga je?«

Torsten zog die Schultern hoch, hielt aber die Hände weiterhin vom Körper weg. »Ich verstehe Sie nicht. Ich will Ihnen nichts tun. Ich brauche Hilfe. Zonjúshë sëmúrë!« Er konnte nur hoffen, dass sie sein Gestammel verstand und begriff, dass seine Begleiterin erkrankt war.

Sie sagte etwas in ihrer Sprache, bei dem er nur die beiden Worte heraushörte, die er eben selbst verwendet hatte. Es schien eine Frage zu sein. Daher nickte er.

»Meine Begleiterin ist sehr krank. Sie braucht Medizin!«

Der Karabinerlauf wanderte ein wenig nach unten, doch dann richtete sie die Waffe wieder auf ihn und deutete mit dem Kopf auf die beiden Maschinenpistolen, die über seiner Schulter hingen. Da man mit der Frau anscheinend reden konnte, nahm Torsten die MPs vorsichtig von der Schulter und legte sie vor sich auf den Boden. Ein Wink mit der Waffe bedeutete ihm, ein paar Schritte zurückzutreten. Er tat es und sah zu, wie die Frau die Berettas mit dem Fuß ins Innere des Hauses schob, ohne ihn dabei aus den Augen zu lassen. Dann schloss sie ihm die Tür vor der Nase zu.

Im ersten Moment war er verblüfft, dann hätte er am liebsten laut geflucht. Er hatte sich von dem Weibsstück übertölpeln lassen wie ein heuriger Hase. Jetzt war er die Waffen los und ohne Vorstellung, was er tun sollte. Er überlegte, ob er noch einmal klopfen sollte, doch da wurde die Tür bereits wieder geöffnet. Die Frau kam heraus, noch immer den Karabiner schussbereit in der Hand. Über der Schulter trug sie einen Beutel, der den scharfen Geruch getrockneter Kräuter verströmte. Wie es aussah, hatte sie begriffen, worum er sie bitten wollte, und war bereit, Graziella zu helfen.

»Danke!« Die Erleichterung auf seinem Gesicht reichte aus, um die Albanerin den Sinn dieses Wortes erkennen zu lassen. Sie lächelte jetzt und gab ihm ein Zeichen, voranzugehen.

Für einen Augenblick stellte Torsten sich vor, wie Hoikens über ihn lachen würde, wenn er sehen könnte, wie sein Erzfeind mit vom Körper weggestreckten Händen vor einer bewaffneten Frau herging. Dann aber dachte er an Graziella und sagte sich, dass ihr Leben und ihre Gesundheit mehr wert waren als der verletzte Kriegerstolz eines Mannes.

EINUNDZWANZIG

Graziella war noch immer bewusstlos und schlotterte vor Kälte. Die Albanerin leuchtete sie mit ihrer Taschenlampe an, winkte Torsten, ein paar Schritte beiseite zu gehen, und kniete dann neben der Kranken nieder. Den Karabiner legte sie so, dass sie jederzeit danach greifen konnte.

Sie schien einiges von der Versorgung von Kranken zu verstehen, denn sie untersuchte Graziella sorgfältig und flößte ihr einen aromatisch riechenden Trank aus einer kleinen Plastikflasche ein, die früher einmal mit der Brause eines amerikanischen Konzerns gefüllt gewesen war. Um das Gefäß benutzen zu können, hatte die Frau einen neuen Verschluss aus Leder und Holz gebastelt.

Schließlich stand sie auf, nahm ihren Karabiner zur Hand und winkte Torsten, näher zu kommen. Was sie sagte, verstand er nicht, doch ihre Gesten waren beredt genug. Er sollte Graziella aufheben und zu ihrem Haus tragen. Erleichtert, dass seine Begleiterin aus der Kälte der Nacht ins Warme kommen würde, befolgte er die Anweisung und stapfte, Graziella auf den Armen, vor der Hirtin her.

Diesmal ließ sie ihn in das Haus, das nur aus einem Raum bestand und noch aus dem vorvorigen Jahrhundert zu stammen schien, auch wenn ein paar Schüsseln und Flaschen aus Plastik herumstanden. Der Herd war ein Block aus aufgeschichteten Feldsteinen und der Schrank aus ein paar Brettern zusammengenagelt. Das Bett wirkte noch primitiver. Es bestand aus Schaffellen und Decken, die auf einem niedrigen hölzernen Unterbau lagen und Torsten an den japanischen Futon erinnerten, den Andrea und er sich vor seiner Versetzung nach Afghanistan gekauft hatten. Andrea musste dieses Teil wieder abgestoßen haben, denn in ihrem Apartment hatte er es nicht mehr gesehen.

Ein Stupser mit dem Karabinerlauf zeigte ihm, dass jetzt nicht die Zeit war, Gedanken nachzuhängen. Wie es aussah, wollte die Frau, dass er das Haus verließ. Er ging auf die Tür zu und trat ins Freie. Draußen war es kalt und er rieb sich die Arme. Angenehm würde diese Nacht nicht werden, dachte er mit einem leisen Bedauern.

Die Albanerin hatte allerdings etwas anderes mit ihm vor, denn sie lotste ihn zu dem Anbau des Hauses, in dem sie ihre Schafe und Ziegen untergebracht hatte. Im hinteren Teil befand sich eine Art Heuboden, auf den er klettern durfte. Seine Gastgeberin warf ihm noch eine Decke hinauf, die stark nach den Tieren roch, und kehrte wieder ins Haus zurück.

Torsten legte sich ins Heu und atmete erst einmal erleichtert durch. Er wusste nicht, was der nächste Tag bringen würde. Aber Graziella und er hätten es um einiges schlechter treffen können.

ZWEIUNDZWANZIG

Don Batista starrte auf die Nachricht, die er in langwieriger Arbeit entschlüsselt hatte, und fühlte das Bedürfnis zu fluchen. Im Allgemeinen verwendeten er und seine Mitverschworenen nur selten Telefone oder Funkgeräte, sondern arbeiteten aus Sicherheitsgründen mit Kurieren. Die Tatsache, dass der Archivar Lodovico auf technische Hilfsmittel zurückgegriffen und aus Albanien angerufen hatte, zeigte, wie wichtig diese Information war.

Ghiodolfio, dieser Narr, hatte aus einer Laune heraus die deutschen Friedenstruppen im Kosovo angegriffen und dabei einen Gefangenen gemacht, der zusammen mit Monteleones Großnichte Graziella geflohen war. Wenn die beiden nicht rasch genug gefunden wurden, standen die gesamten Pläne seiner Organisation auf dem Spiel. Die Sache war für Don Batista wichtig genug, seinen Vorgesetzten darüber zu informieren.

Kardinal Winter hatte ein Haus in der Nähe des Vatikans gemietet und es so abhörsicher wie möglich einrichten lassen. Obwohl er nicht gerade zu den erklärten Favoriten des Papstes zählte, war es ihm in den letzten Wochen gelungen, seinen Einfluss in der Kirche zu vermehren. Nicht nur konservative Bischöfe und Kardinäle aus Europa suchten inzwischen seine Nähe, auch viele Kirchenvertreter aus Ländern Afrikas und Asiens, die sich in ihrer Heimat mit einem zunehmend militanten Islam konfrontiert sahen, schlossen sich ihm an, da sie sich von ihm Hilfe und auch die Stärke erhofften, die sie benötigten, um sich in ihrer Heimat behaupten zu können.

Don Batista verzog spöttisch den Mund, als er daran dachte. Keiner der dunkelhäutigen Männer im schwarzen Rock oder dem Rot eines Bischofs ahnte, dass der Mann, der ihnen so freundlich gegenübertrat, sie zutiefst verachtete. Doch Winter brauchte sie, um seinen Weg an die Spitze der Christenheit vorzubereiten. Daher gab er sich verbindlich, und Don Batista tat es ihm nach. Devot verbeugte er sich vor einem Kardinal aus Zentralafrika, der gerade Winters Arbeitszimmer verließ.

Als er Winters Zimmer betrat, hatte Don Batista den afrikanischen Kardinal bereits wieder vergessen. Er schloss die Tür hinter sich, trat dann ans Fenster und zog den Vorhang zu.

Winter beobachtete diese Vorbereitungen gespannt. »Gibt es Probleme?«, fragte er.

»Si, Eure Eminenz. Lodovico berichtet nichts Gutes aus Albanien. Ghiodolfio muss verrückt geworden sein, denn er hat die Deutschen im Kosovo angegriffen. Außerdem ist ihm Graziella Monteleone entkommen!«

»Was?« Winter schoss hoch und starrte Don Batista erschrocken an.

»Der Mann gefährdet den ganzen Plan!« Don Batista teilte Winter mit, was er von Lodovico erfahren hatte, und hielt auch nicht mit seinem Verdacht hinter dem Berg, der General könne versuchen, in Italien ein Militärregime einzurichten.

»Aber das ist doch unmöglich!«, rief Winter aus.

»Ghiodolfio geht es anscheinend nur um die Macht in Italien. Unser großer Plan, Europa zu führen und von den Ungläubigen zu befreien, interessiert ihn anscheinend kaum noch.«

Don Batistas Stimme klirrte vor Wut. Er hatte zusammen mit Kranz' Sekretär Täuberich aus München und einigen anderen Amtskollegen ein Bündnis mit den rechtsnationalen Gruppen geschlossen und Leute wie Fiumetti und Feiling zu seinen Handlangern gemacht. Das wollte er nicht von einem ehrgeizigen Offizier zerstören lassen. »Sobald es der Sache dienlich ist, sollte Ghiodolfio ins Himmelreich eingehen!«

»Aber bitte früh genug, bevor sich ein anderer General zu einem neuen Caesar oder Octavian berufen fühlt«, antwortete Winter.

Sein Sekretär konnte bereits wieder lächeln. »Ghiodolfio mag uns für ein paar verschrobene Kirchenleute halten, die mit den jetzigen Verhältnissen unzufrieden sind. Aber wir werden ihm beweisen, dass die wahre Macht in unseren Händen liegt. Es ist nur bedauerlich, dass der General den armen Gianni erschießen ließ. Der wäre der Richtige gewesen, um diesen Ehrgeizling für immer zu bremsen.«

Winter sah ihn verwirrt an. »Was sagen Sie? Ghiodolfio hat Gianni umgebracht?«

»So hat es Lodovico berichtet. Wie es aussieht, hat Gianni sich im Drogenrausch an der Gefangenen vergriffen und sie dabei entkommen lassen. Genaueres erfahre ich jedoch erst, wenn Lodovico wieder zurück ist.«

»Wenn Graziella Monteleone tatsächlich entkommen ist und ihre Aussage machen kann, ist das eine Katastrophe.« Winter sah aus, als sähe er sich vor einem sehr tiefen Abgrund stehen.

Sein Sekretär dachte angestrengt nach und nickte dabei. »Ich werde gleich mehrere Gespräche führen, um das Schlimmste zu verhindern. Es gibt allerdings noch etwas von Ghiodolfio. Er hat Fiumettis Garde angefordert. Sie soll innerhalb von drei Tagen nach Albanien kommen.«

»Will er mit den KFOR-Truppen Krieg führen?«, fragte Winter ätzend.

Don Batista hob die Hände, als traue er dem General alles zu. »Nein, sie sollen für einen Einsatz außerhalb Italiens und Albaniens geschult werden. Ich nehme an, es geht um die EU-Ratsversammlung in Tallinn.«

»Die Angelegenheit sollte doch dieser Deutsche – wie heißt er gleich wieder? Ach ja! – dieser Hoikens übernehmen. Warum will Ghiodolfio gleich eine ganze Armee dorthin schicken?«

Auf Winters Frage antwortete Don Batista mit einem Achselzucken. »Das müssen Sie den General schon selbst fragen, Eure Eminenz. Mir hat er es nämlich nicht gesagt.«

Eine dunkle Röte überzog das Gesicht des Kardinals. Diesen verächtlichen Tonfall wollte er sich von seinem Sekretär nicht bieten lassen. Bevor er Don Batista jedoch zurechtweisen konnte, dachte er an einige Todesfälle, an denen sein Untergebener nicht unbeteiligt gewesen war, und mit einem Mal lief es ihm kalt den Rücken hinab. Er selbst hatte intrigiert und gelogen, um seine Karriere voranzubringen, aber noch nie mit eigener Hand gemordet. Wie es aussah, empfand sein Sekretär ebenso viel Vergnügen daran, einen Menschen umzubringen, wie Gianni beim Geschlechtsverkehr.

Den Kardinal beschlich allmählich das Gefühl, nicht der wirkliche Anführer der Söhne des Hammers zu sein, sondern nur eine Marionette in den Händen seines schmalen und so harmlos wirkenden Sekretärs. Dann aber dachte er an die Tiara des Papstes, die er mehr als alles andere erstrebte, und sagte sich, dass Don Batista nur ein Mittel zum Zweck war, dieses Ziel zu erreichen. Danach würde er sich von ihm trennen müssen.

»Es wird Fiumetti nicht gefallen, ausgerechnet jetzt auf Renzo und seine Männer verzichten zu müssen«, sagte Winter, um sich von seinen eigenen Sorgen abzulenken.

Sein Sekretär wiegte den Kopf. »Renzos Leute sind für Fiumetti, aber auch für uns der einzige Schutz vor Ghiodolfios Ehrgeiz. Er wird außer sich sein, sie jetzt zu verlieren.«

»Dann sollte er sie wohl besser nicht losschicken«, antwortete Winter zweifelnd.

»Das halte ich für keine gute Idee. Zum einen dürfen wir die Aktion Tallinn nicht gefährden, und zum anderen wird der Verlust Fiumetti noch stärker in unsere Arme treiben. Ich bin dafür, dass er im Geheimen eine neue Parteigarde aufstellt, von der Ghiodolfio nichts wissen darf. Außerdem sollten Sie mit einigen befreundeten Offizieren der regulären Armee sprechen, um sie auf unsere Seite zu ziehen.«

Winter nickte anerkennend. »Das ist eine sehr gute Idee. Aber können Sie das nicht selbst tun?«

»Später vielleicht! Jetzt bin ich anderweitig beschäftigt. In Lodovicos Botschaft war von einem deutschen Soldaten die Rede, der zusammen mit Graziella Monteleone geflohen ist. Ich nehme daher an, dass das Mädchen nicht nach Italien, sondern nach Deutschland gehen wird. Wenn Sie erlauben, nehme ich den nächsten Flieger nach München und werde mit meinem Amtskollegen Täuberich und Monsignore Kranz besprechen, was wir in diesem Fall unternehmen können.«

»Tun Sie das, Don Batista! Ich hoffe nur, dass es uns gelingt, die Sache unter Kontrolle zu halten.« Winter wirkte immer noch nervös, doch sein Sekretär lächelte ihm beruhigend zu.

»Keine Sorge, Eure Eminenz. Bis jetzt ist uns immer etwas eingefallen. Und nun Gott befohlen!«

Mit diesen Worten neigte Don Batista kurz das Haupt und verließ das Zimmer.

DREIUNDZWANZIG

Diesmal hielt die Albanerin keinen Karabiner in der Hand, sondern einen irdenen Topf, der seinem Geruch nach mit etwas Essbarem gefüllt war. Torsten hing bereits der Magen in der Kniekehle, und er hatte schon überlegt, eine der Ziegen zu melken, um den größten Hunger zu stillen.

Er bedankte sich bei der Frau, die ihm den Topf reichte. Sie beachtete ihn jedoch nicht weiter, sondern öffnete die Stalltür und trieb die Tiere ins Freie. Der Hund kam an ihre Seite und achtete darauf, dass kein Schaf und keine Ziege den falschen Weg einschlugen. Torsten sah ihnen nach, bis sie hinter einer Felswand verschwanden, und wandte sich dann dem Essen zu. Der Eintopf, der aus Getreide, Erbsen und ein wenig Fleisch bestand, war so fest, dass der einfache Aluminiumlöffel darin stecken blieb. Als er zu essen begann, schmeckte er frische Kräuter auf der Zunge. Es war eine derbe, aber schmackhafte Kost, und er ertappte sich dabei, dass er den Topf zuletzt noch mit dem Finger auswischte.

Nach dieser Mahlzeit war er zwar nicht satt, aber es ging ihm um einiges besser als in den letzten Tagen. Er überlegte, ob er nach Graziella schauen sollte. Doch als er an die Haustür kam, fand er diese verschlossen vor. Das primitive Schloss wäre zwar kein Hindernis für ihn gewesen, doch er wollte das Vertrauen der Hirtin nicht enttäuschen und zog sich wieder in den Stall zurück. Das Heubett lockte, und ehe er sich versah, hatte er sich wieder in die Decke gehüllt und schlief beinahe sofort ein.

Erst als die Schafe und Ziegen in den Stall drängten, wurde Torsten wieder wach. Der Hund sprang draußen herum und bellte, während die Hirtin in sich gekehrt wirkte. Sie kam zu ihm und nahm den Topf, ohne etwas zu sagen, und wollte wieder gehen. Unterwegs überlegte sie es sich aber anders und winkte ihm, ihr zu folgen. Dabei sagte sie einige italienische Worte, allerdings mit einem solch starken Akzent, dass er Mühe hatte, sie zu verstehen. Trotzdem war er froh, dass jetzt eine Verständigung möglich war, und antwortete ihr in der gleichen Sprache.

Als er das Haus betrat, schaute er als Erstes nach Graziella. Sie lag auf dem Bett und schien stark geschwitzt zu haben, war aber ansprechbar. Sie begrüßte ihn mit einem gequälten Lächeln und wies auf den leeren Krug, der neben dem Bett stand.

»Kannst du mir etwas zu trinken holen?«

Torsten wollte das Gefäß nehmen und damit nach draußen zum Brunnen gehen. Die Albanerin hielt ihn jedoch auf und nahm ihm den Krug ab. Dabei sagte sie etwas, das sich wie eine Warnung anhörte. Als sie das Haus verließ, nahm sie ihren Karabiner mit.

Während sie den Krug am Brunnen füllte, blickte sie sich wachsam um und behielt dabei die Waffe in der Hand. Torsten spürte ihre Anspannung und wusste, dass Gefahr drohte. Jetzt hätte er seine Maschinenpistolen brauchen können, doch die Frau hatte die Waffen zu gut versteckt.

Auf dem Rückweg sicherte sie den Weg mit ihrem Karabiner, als fürchte sie einen Angriff, und schloss die Tür sofort hinter sich. Sie reichte Torsten den Krug und forderte ihn auf, diesen Graziella zu geben. Sie legte nun die Fensterläden vor und entzündete eine Petroleumlampe. Ohne sich durch die Anwesenheit ihrer Gäste abhalten zu lassen, machte sie sich an ihre Hausarbeit und sang dabei. Es war ein trauriges Lied, auch wenn man die Worte nicht verstand.

Torsten wusste nicht, wie lange er ihr zuhörte und dabei seine Gedanken fliegen ließ. In den letzten Monaten war einfach zu viel passiert. Andreas Tod war durch die späteren Ereignisse weit in den Hintergrund gedrückt worden. Nun aber erinnerte er sich so deutlich daran, als wäre es erst gestern geschehen, und spürte, wie seine Augen feucht wurden. Er durfte sich jedoch nicht von der Vergangenheit ablenken lassen. Keine zwei Dutzend Kilometer von ihm entfernt spannen Hoikens und ein verrückter General einen Plan, dessen Gelingen Europa ins Chaos stürzen würde.

Jetzt tu nicht so, als wärst du der Einzige, der die Welt retten könnte, fuhr es ihm durch den Kopf. Im Grunde seines Herzens begriff er jedoch, dass nur er und Graziella genug Informationen hatten, um die für die EU-Ratsversammlung zuständigen Sicherheitskräfte warnen zu können. Daher durften sie nicht hier im hintersten Albanien bleiben, sondern mussten so schnell wie möglich in die Zivilisation zurückkehren.

VIERUNDZWANZIG

Lula betrachtete die beiden Fremden, die sie in ihr Haus aufgenommen hatte, und fragte sich, ob sie richtig gehandelt hatte. Obwohl ihr Magen sich wie ein Klumpen aus Angst anfühlte, bejahte sie es. Die junge Frau war krank und brauchte noch mindestens zwei Tage, bis sie wieder auf den Beinen war, und der Mann hatte alles getan, um seiner Begleiterin zu helfen. Es wäre ehrlos gewesen, ihnen ihre Hilfe zu verweigern, und sie hätte sie auch dann aufgenommen, wenn sie das bereits gewusst hätte, was sie am Nachmittag erfahren hatte.

Plötzlich hörte sie ihren Hund bellen. Lula nahm ihren Karabiner in die Hand, bedeutete Torsten und Graziella, still zu sein, und trat an die Tür. Es dauerte nur wenige Augenblicke, dann rief jemand laut ihren Namen.

»Lula, hörst du mich?«

»Ich höre dich, Neffe!«, gab sie zur Antwort.

»Mach die Tür auf und lass mich ein!«

»Bist du allein?« Lula fragte, obwohl sie draußen bereits mehrere leise Stimmen gehört hatte.

Trotzdem antwortete ihr Neffe: »Ja!«

»Du lügst! Es sind mindestens drei Männer bei dir.« Lulas Gesicht verzog sich. Die heutige Jugend hatte keine Ehre mehr im Leib. Die eigene Tante zu belügen, hätte sie sich niemals getraut.

»Lula, du hast gehört, dass sich zwei Verbrecher in der Gegend herumtreiben sollen, ein Mann und eine Frau. Öffne die Tür, damit wir sehen, dass sie nicht bei dir sind!« Die Stimme ihres Neffen klang drängend und leicht ärgerlich.

Lula dachte jedoch nicht daran nachzugeben. »Das hier ist mein Haus, und ich öffne es keinem, der seine Begleiter verschweigt. Wenn ihr stehlen wollt, so geht woanders hin.«

»Verdammtes Weibsstück! Öffne, sonst treten wir die Tür ein!«

Als Antwort lud Lula ihren Karabiner durch. »Höre mir gut zu! Auch wenn du der Sohn meines Bruders bist, werde ich dich über den Haufen schießen, sobald du den Frieden meines Hauses brichst!«

»Lass es gut sein, Flamur! Deine Tante ist in der Lage und drückt wirklich ab«, hörte Lula einen der Begleiter ihres Neffen sagen.

»Ich will diesen Deutschen und die Frau. Der italienische Offizier zahlt viel Geld, wenn wir sie einfangen und ihm bringen!«

»Du kannst nicht das Haus deiner Tante aufbrechen und sie womöglich gar erschießen. Dann wärst du in der ganzen Gegend unten durch. Da würde dir auch das Geld des Italieners nicht mehr helfen!«

Die Begleiter ihres Neffen schienen im Gegensatz zu diesem Sitte und Brauch nicht ganz über Bord geworfen zu haben, dachte Lula. Schließlich gelang es ihnen, Flamur zu überzeugen, dass ein gewaltsames Eindringen in das Haus auch ihren Ruf ruinieren würde.

»Wir kriegen die beiden auch so. Wir brauchen nur das Haus überwachen. Irgendwann müssen sie ja herauskommen!«, erklärte einer.

Flamur fluchte und warf einen Stein gegen die Tür, dass es krachte. »Also gut! Aber umsonst hat die Alte das nicht getan.«

Lula schauderte, als sie diese Drohung hörte. Kurz darauf bellte ihr Hund erneut. Da knallte plötzlich ein Schuss, und das Bellen hörte auf. Stattdessen winselte der Hund noch einige Sekunden, dann war er mit einem Mal still.

»Hast du das gehört, Lula?«, hörte die Hirtin ihren Neffen lachend rufen. »Als Erstes war der Hund dran. Jetzt geht es mit dem anderen Viehzeug weiter.«

Der nächste Schuss krachte. Eine Ziege stieß einen kurzen Ruf aus, dann drang ängstliches Blöken und Meckern der Tiere in das Haus und wurde immer wieder durch Schüsse übertönt.

Lula stand neben der Tür und umkrampfte den Karabiner, dass ihre Knöchel weiß hervortraten. Sie hatte ihre Tiere geliebt, und wenn sie von Zeit zu Zeit eines von ihnen hatte schlächten müssen, so war dies nicht aus Lust, sondern aus Notwendigkeit geschehen. Tränen liefen ihr über die Wangen, während das Blöken und Meckern immer leiser wurde und schließlich ganz aufhörte. Ein letzter Schuss knallte, dann erscholl wieder Flamurs Lachen.

»Das war die Strafe, weil du mir, einem Mann deiner Sippe, nicht gehorchen wolltest!«

Er war Lula keiner Antwort wert. Sie wusste, dass Flamur

mit den Sitten des Clans nur seine Gemeinheit rechtfertigen wollte. Mit ihren Tieren hatte er auch ihre Freiheit getötet. Jetzt würde sie bei ihren Verwandten betteln oder für eine Handvoll Essen als Tagelöhnerin arbeiten müssen. Der Wunsch, die Tür aufzureißen und auf ihren Neffen zu schießen, wurde schier übermächtig, doch sie widerstand ihm. Flamurs Freunde würden sie töten, und damit wären auch die beiden Menschen verloren, die sich unter ihren Schutz gestellt hatten. Außerdem wollte sie nicht, dass ihre Tiere umsonst gestorben waren. Sie wandte sich zu Torsten und Graziella um und zwang sich zu einem Lächeln.

»Keine Angst, sie werden euch nicht kriegen! Nicht, solange noch ein Tropfen Blut in meinen Adern fließt!«, radebrechte sie mühsam auf Italienisch.

Lula wusste, dass Flamur und seine Männer auf der Lauer liegen bleiben und auf ihren ersten Fehler warten würden, doch sie wollte keinen machen. Vor allem aber hatte sie Zeit, denn die Frau musste sich ohnehin erst erholen, bevor sie weiterziehen konnte. Natürlich bestand Gefahr, dass Flamur die Männer des italienischen Offiziers holte, die keine Ehre kannten und in ihr Haus eindringen würden. Doch das musste sie riskieren.

»Wir warten. Einen Tag, zwei Tage, und wenn es sein muss viele Tage!«, sagte sie zu Torsten und trat dann an das Bett, um Graziella Wasser zu geben.

FÜNFUNDZWANZIG

Der Tag neigte sich bereits dem Ende zu, als Flamur zum nächsten Mal etwas von sich hören ließ. »Lula, verdammtes Weib, hörst du mich?«

»Du schreist ja laut genug«, gab seine Tante gelassen zurück.

»Lula, öffne uns die Tür und übergib uns die beiden Fremden. Sie sind bei dir, sonst hättest du uns eingelassen. Bedenke, der Mann ist ein Deutscher, der zu den moslemischen Kosovaren hält, denselben Leuten, die deinen Mann erschossen haben. Schon um meinen Onkel zu rächen, musst du sie mir übergeben.«

»Scher dich zum Teufel!« Lula streichelte ihren Karabiner und spürte, dass sie die Mörder ihres Mannes im Moment weniger hasste als ihren Neffen.

In den nächsten Stunden versuchte Flamur noch mehrfach, seine Tante zum Aufgeben zu bewegen. Lula hörte ihm nicht einmal mehr zu, sondern summte ein Lied, das noch aus der Zeit ihres Nationalhelden Skënderbeu stammte und den unerschütterlichen Mut der Albaner beschwor.

Die Nacht brach herein, und Lula freute sich an dem Gedanken, dass Flamur und seine Leute es draußen arg unbequem haben dürften, auch wenn einer von ihnen ins Dorf laufen und Decken und Essen holen konnte. Ihr selbst mangelte es weder an Decken noch an Nahrungsmitteln. Allerdings wurde das Wasser ein Problem. Graziella musste viel trinken, und obwohl Lula und Torsten sich zurückhielten, nahmen die Vorräte immer mehr ab.

Gegen Mitternacht überzeugte Lula sich, dass das Feuer im Herd erloschen war und auch sonst kein Licht in der Hütte brannte. Im Schein ihrer Taschenlampe suchte sie sämtliche Gefäße zusammen, die sie mit Wasser füllen konnte, und winkte Torsten zu sich.

»Der Mond ist hinter den Wolken verschwunden. Daher werde ich jetzt hinausgehen und Wasser holen. Du wirst die Tür hinter mir zuschließen und erst wieder öffnen, wenn du dieses Klopfen hörst!«

Da es ihr Mühe machte, so viel in der fremden Sprache zu sagen, begleitete sie ihren Vortrag so gestenreich, dass der Mann sie auf jeden Fall verstehen musste, und wiederholte mehrmals das vereinbarte Signal. Als sie ganz vorsichtig die Türe öffnete, damit die Belagerer sie nicht hören konnten, überlegte sie, ob sie dem Mann den Karabiner überlassen sollte. Sie entschied sich dagegen. Zum einen wusste sie nicht, ob er genug Selbstbeherrschung besaß, um nicht gleich beim ersten Geräusch mit dem Schießen zu beginnen, und zum anderen fühlte sie sich sicherer, wenn sie die Waffe bei sich hatte und sich wehren konnte.

Lula kniete sich hin und schob sich zur Tür hinaus. Ihre Nackenhaare sträubten sich, und sie fürchtete jeden Augenblick einen Schuss zu hören. Anscheinend schliefen Flamur und seine Leute, oder die Heilige Jungfrau war mit ihr und verbarg sie mit ihrem Himmelsmantel vor den Augen der Belagerer. So musste es sein, denn der Mond war hinter einer dicken Wolkenschicht verborgen, so dass sie nicht einmal die Hand vor Augen sah. Sie war jedoch oft genug von der Tür zum Brunnen gegangen, um den Weg auch blind zu finden. Zwischendurch hielt sie immer wieder an und lauschte in die Nacht hinaus. Ein Stück entfernt hörte sie zwei Männer miteinander tuscheln. Anscheinend trauten ihr die Kerle nicht zu, das Haus zu verlassen, sonst hätten sie besser achtgegeben. Lula schätzte, dass sie ein Stück hinter ihrem Garten saßen. Dort gab es eine Senke, die sie vor dem kalten Nachtwind schützte.

Erleichtert kroch sie weiter in Richtung Brunnen, und als sie schon fürchtete, ihn verfehlt zu haben, berührte sie seinen Rand. Das Schwierigste lag jedoch noch vor ihr. Sie musste all die Flaschen und Gefäße füllen, ohne dass die Belagerer es hörten.

Doch auch hier war ihr das Glück hold. In der Ferne war

auf einmal ein Auto zu hören, das von Kukës herankam und weiter Richtung Süden fuhr. Lula nützte die Gelegenheit und hielt ihre Flaschen ins Wasser.

Flamurs Wachen blickten den Lichtkegeln des Autos nach und rätselten, um wen es sich handeln mochte. Zunächst hofften sie noch, es wäre ein Fahrzeug ihrer italienischen Verbündeten, doch der Wagen fuhr an der Abzweigung vorbei, die zum Dorf führte, und sein Scheinwerferlicht verlor sich in der Dunkelheit.

Als die beiden Burschen sich wieder der Hütte zuwandten, hatte Lula ihre Flaschen gefüllt. Der Rückweg zur Tür war beschwerlicher, da sie durch die Last der Gefäße behindert wurde. Sie erreichte aufatmend die Tür und klopfte leise ihr Signal. In dem Moment durchbrach das Mondlicht die Wolkendecke. Einer der Männer entdeckte sie als Schatten vor der Tür, brüllte etwas und riss sein Gewehr hoch.

Bevor der Schuss knallte, sprang die Tür auf, Lula wurde an der Schulter gepackt und in die Hütte gezogen. Nur einen Sekundenbruchteil später klatschte die Kugel gegen den Türpfosten.

Torsten Renk schlug die Tür wieder zu, verriegelte sie und leuchtete die Hirtin mit der Taschenlampe an. Ihm fiel ein Stein vom Herzen, weil sie unversehrt zurückgekommen war. In der letzten Viertelstunde hatte er bereits das Schlimmste für ihre Gastgeberin befürchtet. Jetzt atmete er tief durch und klopfte der mageren Frau auf die Schulter.

»Das war ein ganz tolles Stück, das du geleistet hast. Mit dem Wasser kommen wir ein paar Tage durch.« Ein wenig ärgerte er sich auch, weil eine Frau, noch dazu eine Unbeteiligte, sich in Gefahr begeben hatte, und nicht er, der es doch gewohnt war, dass ihm die Kugeln um die Ohren flogen.

Lula begriff, dass der Deutsche sie lobte, und dankte ihm

mit einem schüchternen Lächeln. Dann eilte sie zu Graziella, die ihr bereits durstig entgegensah. Die junge Italienerin hatte sich in den letzten vierundzwanzig Stunden gut erholt. Ihr Fieber war gesunken, und sie konnte sogar ein Stück hartes Brot essen, das Lula ihr mit Wasser aufweichte.

Auch Torsten und Lula nahmen etwas zu sich. Die Albanerin erklärte ihm dabei, dass sie in der nächsten Nacht versuchen wollte, ihn und Graziella auf geheimen Wegen fortzuschaffen. Als er versuchte, Einwände vorzubringen, winkte sie ab. Sie kannte die Gegend hier besser als ihr Neffe und wusste genau, wie sie gehen mussten. Sie brauchte nur eine halbe Stunde, in der die Wolken den Mond verdeckten, dann konnte sie Flamur und seinen Freunden ein Schnippchen schlagen.

SECHSUNDZWANZIG

Den Tag über schliefen sie abwechselnd, um Kräfte zu sammeln. Als die Dämmerung anbrach, überprüfte Lula noch einmal Graziellas Zustand. Der Italienerin ging es deutlich besser, und die Hirtin nickte Torsten auffordernd zu.

»Sobald es dunkel ist, brechen wir auf. Die da draußen werden nicht damit rechnen, sondern denken, dass ich erst tief in der Nacht zum Brunnen schleichen werde!«

Nach diesen Worten ging Lula zum Herd und räumte die Asche weg, die sie bisher nur ein wenig auf die Seite geschoben hatte, und brachte ein in Sackleinen gehülltes Bündel zum Vorschein, welches seine beiden Maschinenpistolen enthielt. Torsten blieb beinahe das Herz stehen. Der Gedanke, dass Lula die Waffen samt Munition dicht neben dem brennenden Feuer verborgen hatte und die Geschosse jederzeit in der Hitze hätten explodieren können, jagte ihm eine Gänsehaut über den Rücken. Andererseits bewunderte er die Albanerin. Dort, wo sie die Berettas versteckt hatte, hätte niemand sie vermutet.

Lula reichte ihm beide Waffen. Torsten bot ihr eine an, doch sie schüttelte den Kopf und wies auf ihren Karabiner. Den war sie gewohnt, und sie wollte diesen Weg nicht mit einer Waffe in Angriff nehmen, die sie nicht kannte. So blieb Torsten nichts anderes übrig, als sich beide Berettas über die Schultern zu hängen. Bevor sie aufbrachen, zerschnitt Lula eine Decke und umwickelte ihre Schuhe.

»Sonst machen wir zu viel Lärm«, erklärte sie gestenreich.

Torsten nickte und nahm ebenfalls zwei Stoffstücke und ein Stück Schnur, um es ihr gleichzutun. Lula half Graziella, die Schuhe abzupolstern, und lud sich dann einen Packen mit Nahrungsmitteln und eine noch volle Flasche mit anderthalb Litern Wasser auf.

Torsten trat zu Graziella und reichte ihr die Hand. »Stütz dich auf mich!«

Graziella schnaubte abwehrend, merkte dann aber selbst, dass die Krankheit sie viel Kraft geraubt hatte. Schon nach den paar Schritten bis zur Tür war sie in Schweiß gebadet. Dennoch wollte sie das erste Stück allein zurücklegen. Wenn es zum Kampf kam, musste Torsten beide Hände frei haben.

Lula bedeutete ihnen, leise zu sein, dann schaltete sie ihre Taschenlampe aus. Das Ohr an die Tür gelegt lauschte sie nach draußen. Es war seltsam still, so als hätte Flamur seine Leute abgezogen. Die Albanerin kannte jedoch ihre Landsleute und wusste, dass sie noch da waren und mit Sicherheit besser aufpassten als in der ersten Nacht. Jetzt kam es darauf an, wer schlauer und geschickter war. Vorsichtig öffnete sie die Tür einen Spalt und spähte hinaus. Noch stand der Mond hell am Himmel, doch über die Berge im Osten trieb der Wind bereits dunkle Wolken heran.

In dem Augenblick, in dem der erste Schatten über das Haus fiel, öffnete Lula die Tür ganz und schlüpfte hinaus. Torsten folgte ihr mit der Waffe in der Hand. Er sah jedoch rein gar nichts und war froh, dass die Albanerin seinen Arm nahm und ihm den Weg wies. Sie zog auch Graziella heraus, dann schloss sie die Tür wieder und klemmte sie mit einem Stöckchen fest. Den Schlüssel umdrehen wollte sie nicht, denn Flamurs Leute hätten dieses Geräusch gehört.

Die Albanerin huschte nun leiser als eine Maus um das Hauseck und wartete dort, bis Torsten und Graziella zu ihr aufgeschlossen hatten. Nicht weit von ihnen floss ein Bach. Lula war sicher, dass er überwacht wurde. Es wäre ihr aber nicht einmal im Traum eingefallen, das Bachbett als Fluchtweg zu benützen, denn jeder Schritt auf dem losen Geröll hätte Lärm gemacht. Stattdessen stiegen sie den steilen Hang hoch, an dessen Fuß die Hütte stand. Da ihre Schuhe mit weichem Tuch umwickelt waren, waren ihre Fußtritte fast unhörbar. Als kurz darauf etwas Mondlicht durch eine Wolkenlücke fiel, befanden sie sich bereits ein ganzes Stück oberhalb der Hütte.

Nun konnten sie auch die Männer erkennen, die die Hütte überwachten. Die drei waren jedoch mit Reden und mit der Schnapsflasche beschäftigt, die zwischen ihnen kreiste, und achteten wenig auf ihre Umgebung.

Lula nickte zufrieden und gab das Signal weiterzugehen. Ein Stück weiter konnten sie die Tücher von den Schuhen nehmen und kräftiger ausschreiten. Zunächst ging es in Richtung Topolan und damit auf die Höhlenfestung zu, doch schon bald schwenkte Lula nach Süden ab, umging Kolesjan und kurz darauf auch Resk in einem weiten Bogen und hielt dann auf die Südspitze des Stausees von Ligeni i Fierzës zu. Dort machten sie im Schatten der Berge Rast.

Torsten wunderte sich darüber, denn er hatte erwartet, ihre Gastgeberin würde sie auf schnellstem Weg nach Kukës bringen. Doch als er den Namen der Stadt aussprach, schüttelte Lula heftig den Kopf.

»Das wäre nicht gut! Flamur hat dort viele Freunde. Manchmal kommen auch Italiener aus der Festung in die Stadt. Wir gehen nach Westen.« Sie wies in die Richtung, in der sich der Gipfel des Mali i Zebës erhob. Sie wusste, dass ein beschwerlicher Weg vor ihnen lag, auf dem sie drei Bergzüge überqueren mussten. Sie würden mindestens zwei Tage dafür benötigen, vielleicht sogar drei. Doch in ihren Augen war es ihre einzige Möglichkeit, den Verfolgern zu entkommen.

Torsten begriff ihren Plan und deutete Zustimmung an, auch wenn der weite Weg ihm Sorgen machte. Seufzend füllte er seine Feldflasche und Lulas Plastikflasche an einer Quelle und schob sich ein Stück Brot in den Mund.

»Geht es noch?«, fragte er Graziella, als er den letzten Bissen geschluckt hatte.

Die junge Italienerin nickte. »Besser, als ich erwartet habe. Du musst mich nur ein wenig stützen, wenn meine Beine nachgeben wollen.«

»Ich kann dich auch tragen!« Es klang patzig, doch Torstens Lächeln nahm seinen Worten die Schärfe. Er bewunderte beide Frauen. Graziella schien ihr Trauma wegen der Geschehnisse in der Festung überwunden zu haben und bewies eine innere Kraft, die nur wenige Menschen besaßen. Noch mehr aber imponierte ihm die Albanerin. Sie hatte ihnen Hilfe und Schutz geboten und sich dabei sogar gegen die eigenen Leute gewandt. Er hatte von den alten Ehrbegriffen der Albaner gehört, aber nicht geglaubt, dass diese die Zeit Enver Hoxhas überstanden hätten. Doch Lula hatte selbst den Tod ihrer Tiere in Kauf genommen, anstatt sie zu verraten.

»Wir müssen weiter!« Lulas Stimme riss Torsten aus seinen Gedanken. Er schulterte die Maschinenpistole und bot Graziella seinen Arm. Diesmal war die junge Italienerin froh um seine Unterstützung, denn Lula wählte Wege, die mehr für klettergewandte Ziegen geeignet waren als für Menschen.

Sie überwanden an dem Tag das Massiv des Mali i Shentit und drangen am Abend in die Seitentäler des Mali i Munellës ein, bis sie schließlich hoch über der Ortschaft Xhuxhë ihr Nachtlager aufschlugen. Sie besaßen nur eine Decke und mussten sich eng aneinanderdrängen, um warm zu bleiben. Doch mit den hellen Sternen über sich und dem Gesang des Nachtwinds in den Zweigen eines kleinen Waldes wurde es eine Nacht, die ihnen unvergesslich bleiben würde.

Der nächste Tag brachte noch einmal die Anstrengung eines letzten, schweren Anstiegs, dann ging es bergab in Richtung Fushë-Arrëzi. Lula mied auch diese Ortschaft und wandte sich der Hauptstraße zu, die von Kukës nach Shkodër führte. Dort wartete sie, bis ein alter Lastwagen chinesischer Produktion den Hang hoch keuchte, und stellte sich dem Fahrer winkend in den Weg.

Für Augenblicke sah es so aus, als würde der Mann sie einfach überfahren, doch da Lula ihren Karabiner auf dem Rücken behielt und ihn nicht bedrohte, trat er auf die Bremse.

»Was willst du?«, rief er der Frau zu.

»Nimm die beiden hier mit nach Shkodër oder einen anderen Ort, von dem aus sie nach Tiranë kommen.«

Der Lastwagenfahrer verzog das Gesicht. »Warum nehmen sie dann nicht den Bus? Der kostet nur ein paar Lek.«

Torsten hörte aus den Worten des Mannes den Begriff der

hiesigen Währung heraus und zog eine der beiden erbeuteten Geldbörsen aus der Tasche. Als er dem Fahrer ein paar Scheine reichte, glitzerten dessen Augen hell auf. Auch Lula schien erleichtert, weil sich das Problem auf diese Weise lösen ließ.

»Also dann, steigt ein!«, forderte der Fahrer sie mit der entsprechenden Geste auf.

Graziella wollte sofort zu ihm hochklettern, doch Lula hielt sie auf. Zuerst du, gab sie Torsten durch Blick und Gesten zu verstehen. Sie hatte Angst, der Fahrer könnte Gas geben und mit Graziella verschwinden, und sie wollte die junge Frau wahrlich nicht gerettet haben, damit diese in ein Bordell in Albanien, Montenegro oder Griechenland verschleppt würde.

Mit einem dankbaren Lächeln trat Torsten auf die Albanerin zu und wollte ihr ebenfalls ein paar Geldscheine in die Hand drücken.

Mit einer stolzen Gebärde wies sie das Geld zurück. »Du wirst es selbst brauchen, wenn du in deine Heimat kommen willst«, sagte sie. Dann sagte sie eine Grußformel in ihrer Sprache, drehte sich um und ging in die Richtung zurück, aus der sie gekommen war.

Torsten sah der kleiner werdenden Gestalt nach und fühlte sich beschämt. Einen so großherzigen Menschen wie sie hatte er noch nie erlebt.

»Viel Glück, Lula!«, rief er ihr nach, dann trat er auf den Lastwagen zu, stieg ein und half Graziella, neben ihm Platz zu nehmen. Während er die Beifahrertür zuschlug, grinste ihn der Fahrer an und schaltete den CD-Player an, den er lose auf dem Armaturenbrett stehen hatte. Fremdartige, traurig klingende Musik drang aus dem Lautsprecher, und als der Fahrer seinen Lastwagen wieder in Gang setzte, ruckte sein Kopf im Rhythmus der Musik hin und her.

SIEBENUNDZWANZIG

Nach den Aufregungen der letzten Tage stellte die Reise nach Tiranë ein Kinderspiel dar. Der Lastwagenfahrer nahm sie bis nach Shkodër mit und half ihnen dort, ein Sammeltaxi zu finden, das in die Hauptstadt fuhr. Zu zehnt eingepfercht in einem Wagen, der höchstens für sechs Leute ausgerichtet war, legten sie die Strecke zurück und wurden von dem fröhlichen Taxifahrer vor der deutschen Botschaft ausgeladen. Eine Bäuerin, die Graziella unterwegs ins Herz geschlossen hatte, drückte dieser noch ein paar hart gekochte Eier in die Hand, ein anderer Mitfahrer nötigte Torsten einen Schluck aus einer Schnapsflasche mit einem unleserlichen Etikett auf, dann waren sie wieder sich selbst überlassen.

Der Zugang zur deutschen Botschaft wurde von mehreren albanischen Polizisten bewacht. Torsten trat frech auf sie zu und deutete einen militärischen Gruß an.

»Leutnant Renk, Kosovotruppe. Ich muss unserem Botschafter wichtige Informationen überbringen.«

Die Albaner starrten den Mann in dem mitgenommenen Kampfanzug, der gleich zwei Maschinenpistolen umhängen hatte, verwirrt an. Einer von ihnen verstand genug Deutsch, um Torstens Erklärung zu begreifen. Eigentlich hätte er von diesem jetzt den Ausweis verlangen müssen, schob das aber an die deutschen Sicherheitskräfte weiter. Die würden schon wissen, was zu tun war. Daher gab er den Weg frei und ließ Graziella und Torsten passieren.

Im Foyer der Botschaft saßen zwei gelangweilte Bundespolizisten und unterhielten sich gerade über die Ergebnisse des letzten Spieltags der Bundesliga, als Torsten mit Graziella eintrat. Einer erhob sich halb, setzte sich aber wieder, als er die Uniform mit der aufgenähten Bundesflagge und Torstens Namenszug erkannte.

»Sie haben sich wohl verlaufen, was?«, fragte er kopfschüttelnd.

»Sehe ich so aus?«, antwortete Torsten grinsend und trat auf den Pförtner zu, der in seiner Glaskabine hockte. Dem war es angesichts der beiden Maschinenpistolen, die Torsten über der Schulter hängen hatte, nicht besonders wohl, und seine Hand wanderte zum Alarmknopf, als Torsten mit zwei Fingern kurz die Stirn berührte.

»Guten Tag! Torsten Renk ist mein Name, Leutnant der Bundeswehr. Ich muss dringend mit dem deutschen Militärattaché sprechen.«

Seine Haltung vermittelte dem Pförtner die Einsicht, dass er keinen Terroristen vor sich sah, sondern wirklich nur jemanden, der mit einer kompetenten Person sprechen wollte.

»In unserer Botschaft gibt es derzeit keinen Militärattaché. Aber wenn Sie wünschen, melde ich Sie bei einer der Botschaftssekretärinnen an.«

»Tun Sie das!« Obwohl Torsten sonst über die überbordende Bürokratie spottete, ärgerte er sich nun, dass hier ein militärischer Fachmann eingespart worden war. Er wechselte einen Blick mit Graziella, die dem auf Deutsch geführten Gespräch mit etwas Mühe hatte folgen können, und wartete, bis der Pförtner jemand ans Telefon bekam.

»Frau Meindl, hier ist ein Herr von der Bundeswehr, der Sie sprechen will.«

»Schicken Sie ihn herauf!« Die Angerufene sprach laut genug, dass Torsten es noch mithören konnte.

Der Pförtner lächelte erleichtert und wies auf die Treppe, die nach oben führte. »Zimmer zwei im dritten Stock. Frau Meindls Name steht an der Tür.«

»Dann werde ich ihr Büro schon finden.« Torsten nickte dem Mann kurz zu und stieg, gefolgt von Graziella, nach oben. Die gesuchte Tür stand bereits offen, doch als er hineinschaute, fand er das Zimmer leer. Es dauerte allerdings nur wenige Sekunden, dann kam eine kompakt wirkende Frau aus der auf demselben Flur liegenden Toilette und musterte ihn über den Rand ihrer Lesebrille hinweg.

Anna Meindl hatte in ihrem Leben schon viel gesehen, doch ein Mann in Bundeswehruniform, der zwei Maschinenpistolen über der Schulter hängen hatte und mit seinem seit Tagen unrasierten Gesicht eher wie ein Buschräuber aussah, war ihr noch nicht untergekommen.

»Sie wollen Bundeswehrsoldat sein?«, fragte sie misstrauisch.

Torsten salutierte vorschriftsgemäß. »Leutnant Torsten Renk, Militärischer Abschirmdienst, zurzeit abkommandiert in den Kosovo.«

»Da haben Sie sich aber arg verlaufen«, begann die Frau, dann starrte sie ihn verdattert an. »Wie, sagten Sie, ist Ihr Name? Torsten Renk?«

»Ganz genau!«

»Aber Sie sollen vor über einer Woche bei Prizren verschollen sein! Ihre vier Kameraden wurden nur noch tot geborgen.«

»Raketentreffer! Ich hatte Glück, weil ich gerade aussteigen wollte.« Torstens Stimme schwankte, denn an seine Begleiter hatte er in den letzten Tagen nicht mehr gedacht. Jetzt kehrte die Erinnerung an die Männer um Leutnant Steiff zurück. Das war eine Rechnung, die Hoikens und Ghiodolfio noch zu begleichen hatten.

»Können Sie sich ausweisen?« Anna Meindls Frage rief ihn wieder in die Gegenwart zurück.

Torsten schüttelte den Kopf. »Nein! Ich wurde von Rebellen gefangen genommen und ausgeplündert. Sie können aber ein Videogespräch mit meinem Chef führen. Er wird mich identifizieren.«

»Das werde ich auch tun. Sie können das da ...«, Frau Meindl zeigte etwas pikiert auf die Maschinenpistolen, »... inzwischen beiseitelegen. Wir sind hier nicht im Krieg.«

Torsten fand es müßig, sich mit der Frau herumzustreiten, und legte beide Berettas in eine Ecke des Büros. Frau Meindl setzte sich inzwischen an den Computer und schaltete die Webcam ein. Es dauerte eine Weile, bis sich ein Angehöriger des MAD meldete, allerdings holte dieser sofort Major Wagner ans Gerät, als die Sekretärin ihm mitteilte, dass ein Leutnant Torsten Renk sich bei ihr gemeldet hätte.

Wagner starrte auf den Bildschirm, als könne er es nicht glauben. »Renk, sind Sie es wirklich? Wir hatten Sie schon aufgegeben.«

»Das war etwas voreilig von Ihnen, Herr Major. Sie wissen ja, Unkraut vergeht nicht.«

»Ich glaube, man könnte Sie zum Mond schießen, und Sie kämen zu Fuß wieder zurück. Was machen Sie eigentlich in Tirana? Das ist doch ein bisschen weit weg von Ihrem Camp in Globočica.«

»Das ist eine Sache, über die ich gerne mit Ihnen sprechen würde, aber nur unter vier Augen.«

»Das wird sich einrichten lassen. Frau Meier stellt Ihnen gewiss ihr Büro zur Verfügung.«

»Frau Meindl«, korrigierte die Frau den Major und stand auf.

»Wenn Sie mich brauchen, wählen Sie dreimal die drei. Das ist die Nummer des Aufenthaltsraums.« Sie wartete, ob Graziella mitkommen würde, doch diese setzte sich auf einen freien Stuhl, und so verließ Anna Meindl allein den Raum.

Wagner wartete, bis Torsten ihm bestätigte, dass er das

Büro für sich hatte, dann lehnte er sich neugierig nach vorne. »Schießen Sie los! Ich bin gespannt wie ein Flitzebogen.«

»Herr Major, ich weiß jetzt, wer für die letzten schweren Anschläge auf unsere Leute im Kosovo verantwortlich ist. Es handelt sich um faschistische Freischärler aus Italien, die dort für einen neuen Marsch auf Rom ausgebildet werden. Die Leute sind mit modernstem Gerät ausgerüstet und völlig skrupellos.«

Torsten erwartete, dass sein Vorgesetzter Fragen stellen würde, stattdessen schüttelte Wagner mit nachsichtiger Miene den Kopf.

»Mein Lieber, jetzt geht doch ein wenig die Phantasie mit Ihnen durch. Natürlich gibt es Italiener im Kosovo, aber die sind auf unserer Seite, und die haben, offen gesagt, ihre eigenen Probleme mit Heckenschützen.«

»Die Italiener, die ich meine, befinden sich nicht im Kosovo, sondern jenseits der Grenze in Albanien, und zwar in einer versteckten Höhlenfestung. Ein General Ghiodolfio führt sie an. Übrigens ist Hoikens bei ihm. Er soll einen Anschlag auf die EU-Ratsversammlung in Tallinn durchführen.«

»Hoikens soll bei diesen Italienern sein? Renk, ich gebe ja sonst viel auf das, was Sie sagen, aber nun glaube ich, dass Sie sich beim Beschuss Ihres Fahrzeugs stark am Kopf gestoßen haben. Unsere Leute haben Feilings und Hoikens' Spur in Guatemala aufnehmen können. Außerdem hätte das albanische Militär Ihre Faschisten längst gefunden und zum Teufel gejagt!« Wagners Stimme klang ungläubig und zunehmend ärgerlich.

Nun wurde auch Torsten sauer. »Ihr Vertrauen in die Fähigkeiten der albanischen Armee in allen Ehren, aber in der Gegend, in der unser Wagen zusammengeschossen worden ist, herrschen lokale Clans – und die sind mit den Faschisten verbündet!«

»Das sind doch alles Märchen, Renk. Ihr Dingo ist gar nicht bis nach Albanien gekommen. Die Überreste des Wagens sind samt den Leichen der dabei umgekommenen Kameraden kurz hinter der mazedonischen Grenze gefunden worden, und das ist doch eine ganze Ecke von dem Teil Albaniens weg.«

»Ich habe eine Zeugin, die meine Aussage bestätigen kann!« Torsten winkte Graziella heran und machte ihr Platz, so dass Wagner sie sehen konnte.

»Das ist Signorina Graziella Monteleone, die Nichte …«

»Großnichte«, unterbrach Graziella Torsten.

»Also gut, Großnichte Kardinal Monteleones. Ihr Großonkel ist von diesen Faschisten umgebracht und sie in Albanien gefangen gehalten worden. Mich hatten diese Kerle ebenfalls gefangen gesetzt, aber es ist uns gelungen, zu fliehen und uns bis Tirana durchzuschlagen!«

Torstens Ausführungen hatten etwas Beschwörendes an sich, doch Wagner schüttelte erneut den Kopf. »Graziella Monteleone, sagen Sie? Da habe ich auch etwas auf den Schreibtisch bekommen.« Der Major rief einen zweiten Bildschirm auf und schaute angespannt hinein. Als er den Kopf wieder hob, wirkte sein Blick streng.

»Ihre Begleiterin, Renk, wird in Italien steckbrieflich gesucht. Man verdächtigt sie, im Zustand geistiger Umnachtung die Villa ihres Onkels angezündet zu haben und anschließend ziellos geflohen zu sein. Zuletzt wurde sie auf einer Fähre nach Albanien gesehen. Dort ist sie anscheinend auf Sie gestoßen und hat Ihnen den Kopf mit ihren wirren Geschichten verdreht.«

»Das ist nicht wahr! Ich habe nichts angezündet! Ich bin entführt worden!« Auch Graziellas flammender Protest konnte Wagner nicht überzeugen.

Er klopfte mit der flachen Hand auf den Schreibtisch und

starrte grimmig in die Kamera. »Renk, Sie bringen Frau Monteleone umgehend zur italienischen Botschaft und übergeben sie den dortigen Sicherheitskräften. Diese werden dafür sorgen, dass sie nach Italien zurückgebracht wird und in psychiatrische Behandlung kommt. Sie selbst kehren auf schnellstem Weg hierher zurück und werden sich in den nächsten Wochen in einem Sanatorium erholen. Ich hätte Sie in Ihrem Zustand nie in den Kosovo schicken dürfen.«

»Und was ist mit der EU-Ratsversammlung? Soll Hoikens die Regierungschefs fröhlich in die Luft sprengen können?« Torsten wurde laut und war gleichzeitig froh um die schalldichte Tür von Frau Meindls Büro.

Wagner lachte leise auf. »Ihre Besorgnis in allen Ehren, Renk. Aber diese Versammlung in Tallinn wird von mehreren tausend Sicherheitsbeamten überwacht. Selbst Ihr Hoikens, dem Sie anscheinend übernatürliche Kräfte zuschreiben, würde nicht einmal in die Stadt gelangen, geschweige denn in die Nähe des Veranstaltungsorts. Und nun auf Wiedersehen. Ich habe zu tun!«

Damit wurde der Bildschirm dunkel. Torsten fluchte leise, während Graziella ihn hilflos ansah. »Was sollen wir tun? Wenn ich wirklich in unsere Botschaft gehe, werden mich Don Batistas Handlanger aus dem Verkehr ziehen oder gleich ermorden.«

Torsten rieb sich über seine stoppelige Wange und sah sie durchdringend an. »Ist es nicht seltsam, wie geschickt mein Vorgesetzter präpariert worden ist? Unsere Feinde müssen verdammt gute Beziehungen zu höchsten Kreisen besitzen, und zwar sowohl in Deutschland wie auch bei euch in Italien.«

ACHTUNDZWANZIG

Während Torsten noch fieberhaft nachdachte, klopfte es an der Tür, und Anna Meindl steckte den Kopf zur Tür herein. »Wenn Sie fertig sind, ich habe frischen Kaffee aufgebrüht. Sie sehen beide aus, als könnten Sie ihn brauchen.«

Torsten drehte sich angespannt zu ihr um. »Mir wäre es lieb, wenn Sie mir Ihr Büro noch eine Weile überlassen könnten. Ich habe nämlich noch einiges zu tun.«

»Kein Problem. Aber vergessen Sie nicht, der Kaffee wartet auf Sie. Oder soll ich Ihnen die Kanne und zwei Tassen bringen?«

»Vielleicht später!« Torstens Reaktion zeigte deutlich, dass er sich von Anna Meindl gestört fühlte. Diese zog sich mit einem nachsichtigen Kopfschütteln zurück. Kaum hatte sie die Tür hinter sich geschlossen, sah Graziella Torsten fragend an.

»Was hast du jetzt vor?«

»Auf alle Fälle nicht aufgeben. Bis Wagner misstrauisch wird, haben wir einen, vielleicht sogar zwei Tage Zeit. Das könnte reichen, um uns einen Vorsprung zu verschaffen.«

»Aber ...«, begann Graziella, doch Torsten winkte ihr zu schweigen. Rasch tippte er eine Telefonnummer ein und wählte sie an. Es dauerte einige Augenblicke, bis die Leitung durchgeschaltet wurde, und dann erschien Petra Waitls rundliches Gesicht auf dem Bildschirm. Sie wirkte verschlafen, so als hätte sie bis in den Morgen hinein an einem ihrer Experimente gearbeitet. Als sie Torsten erkannte, war sie sofort hellwach.

»Grüß dich, Torsten! Schön, dass du dich auch mal wieder meldest. Wie geht es dir denn so im Kosovo?«

»Ich bin derzeit in Tirana in Albanien, und es würde mir besser gehen, wenn du mir zuhörst«, unterbrach Torsten sie.

Petras Gesicht nahm einen interessierten Ausdruck an. »Also schieß los! Worum geht es?«

»Kannst du mir dein ganz spezielles Computerprogramm rüberschicken? Ich gebe dir die Nummer des Anschlusses.«

»Die habe ich hier auf dem Schirm. Aber das kannst du dir abschminken. Ich schicke es nicht per Fernleitung. Wenn du eine Kopie brauchst, holst du sie dir gefälligst selbst ab.« Petra klang ärgerlich, denn das Programm, auf das Torsten anspielte, war alles andere als legal. Allerdings hatte sie es nicht entworfen, um als Hackerin zu arbeiten, sondern um Schwachstellen in den gängigen Betriebssystemen aufzuspüren. Sie hatte es nur aus alter Freundschaft an Torsten weitergegeben, damit er den Mördern seiner Freundin auf die Spur kommen konnte. Allerdings wollte sie ihn auch jetzt nicht einfach im Stich lassen. Doch wenn sie helfen sollte, dann nur zu ihren Bedingungen.

»Wofür brauchst du es denn?«, fragte sie und ärgerte sich gleichzeitig über ihre Gutmütigkeit.

»Ich brauche dringend Papiere für mich und meine Begleiterin. Wir sind einer großen Sache auf der Spur, aber Wagner, dieser alte Bock, will nichts davon wissen. Aber es muss schnell gehen.« Torsten wollte noch mehr sagen, doch Petra hob die Hand.

»Das reicht schon. Wo bist du jetzt?«

»In Tirana, und zwar in der deutschen Botschaft.«

»Dann bleib auch dort. Ich sehe zu, was ich für dich machen kann. Servus derweil.« Petra schaltete ab, und Torsten starrte einige Augenblicke auf den dunkel werdenden Bildschirm.

Mit einem misslungenen Lachen blickte er sich dann zu Graziella um. »Wenn Petra uns im Stich lässt, stelle ich sie auf ein Laufrad und lasse sie so lange darin rennen, bis sie die Hälfte ihres Gewichts verloren hat.«

Graziella lachte ebenfalls, denn was sie von Petra hatte sehen können, deutete auf einen recht stattlichen Umfang hin.

»Petra ist ein Genie, aber es nimmt sie keiner ernst, weil sie wie ein fetter, tapsiger Bär aussieht. Ich gebe zu, sie ist ein wenig verschroben, aber ich vertraue ihr mehr als jedem anderen.« Torsten wusste nicht, ob er sich nur selbst Mut zusprechen wollte. In seinen Augen besaß Petra zu wenige Informationen, um ihnen wirklich helfen zu können. Da ihm aber nichts anderes übrig blieb, als auf ihre Unterstützung zu hoffen, musste er warten. Er öffnete die Tür, trat auf den Flur und suchte den Aufenthaltsraum.

»Sie können wieder in Ihr Büro, Frau Meier.«

»Ich heiße Meindl!«

»Entschuldigung! Aber Sie können trotzdem wieder hinein. Vorher könnten Sie uns aber noch zeigen, wo sich hier die Gästezimmer befinden. Wir hätten auch nichts gegen ein ausgiebiges Bad und ein Mittagessen.«

»Ein Stockwerk weiter oben ist ein Zimmer für unerwartete Gäste. Dusche und WC sind gleich nebenan. Was das Essen betrifft, so werde ich dem Portier Bescheid geben. Er wird sich darum kümmern.« Frau Meindl stand auf und ging zur Tür, drehte sich dort aber noch einmal um.

»Sie sollten mir Ihre Konfektionsgrößen sagen, denn so, wie Sie jetzt aussehen, können Sie wirklich nirgendwo hin.« Damit verschwand sie und ließ Torsten und Graziella allein zurück.

Torsten schenkte sich einen Kaffee ein und wollte gerade einen ersten Schluck trinken, da erinnerte er sich daran, dass er die beiden Berettas in Frau Meindls Zimmer gelassen hatte, und eilte schnell hin, um sie zu holen.

V. TEIL

DER ANSCHLAG

EINS

Oberst Renzo schnippte eine Staubfluse von seiner nagelneuen Uniform und trat zu seinen Kameraden. Die jungen Burschen, die noch vor einer Woche eine Art Abenteuerurlaub in den Abruzzen verbracht hatten, waren ebenfalls frisch eingekleidet worden. Die meisten warfen der kleinen blauweißschwarzen Flagge am Oberarm, die sich deutlich von den italienischen Farben oder dem Emblem der faschistischen Garde unterschied, einen nervösen Blick zu.

»Sieht eigenartig aus, nicht wahr?«, meinte einer der Männer.

»Was heißt hier eigenartig? Wir haben den Befehl, uns als estnische Einheit zu tarnen, also tun wir das auch.« Selten hatte Renzo den Unterschied zwischen sich und seinen Rekruten so deutlich wahrgenommen wie jetzt. In gewisser Weise waren die anderen Milchbubis, von denen noch keiner in einem ernsthaften Gefecht gestanden hatte. Er hingegen hatte in seiner aktiven Zeit an mehreren Auslandsmissionen der italienischen Streitkräfte teilgenommen und sein Leben mehr als einmal mit der Waffe in der Hand verteidigen müssen. Dann aber zuckte er mit den Schultern. Seine Jungs würden schon bald genauso hart werden wie er selbst. Immerhin hatte er bei ihrer Ausbildung alles getan, um sie so weit zu bringen.

Renzo nickte noch einmal, um diesen Gedanken zu bekräftigen, und winkte einen jungen Albaner zu sich, der neben der eigenen Sprache und italienischen Grundkenntnissen auch Griechisch und Serbisch beherrschte. Der Bursche hieß Flamur und war so etwas wie der Anführer der hiesigen

Freischärler, die sich General Ghiodolfio angeschlossen hatten.

»Ist die Ausrüstung schon verladen?«

Flamur nickte. »Es ist alles fertig, Colonello. Der Konvoi kann heute Abend aufbrechen.«

»Gut!« Renzo fragte sich zwar, weshalb seine Leute überhaupt nach Albanien hatten kommen müssen, wenn sie Camp A nach zwei Tagen wieder verlassen sollten, sagte sich dann aber, dass der General wohl seine Gründe hatte.

Major Mazzetti trat auf ihn zu und blickte neidisch auf das Rangabzeichen eines Obersts. »Na, Renzo, geht der Arsch schon auf Grundeis?«

Der Angesprochene verzog sein Gesicht zu einem spöttischen Lachen. »Warum sollte er? Der Plan ist gut durchdacht und wird aufgehen. Wenn wir uns wiedersehen, wirst du mich mit General Renzo anreden.«

»Angeber!« Mazzetti wandte sich ärgerlich ab und kehrte in die Höhlenfestung zurück. In seinen Augen war es sehr unvorsichtig von Ghiodolfio gewesen, diese Leute hierher zu bringen. Jetzt kannten sie den Standort von Camp A und würden es, wenn sie in Gefangenschaft gerieten, bei einem Verhör ausplaudern können. Er wusste allerdings auch, dass der Befehl zu einer solchen Aktion, wie Renzo sie durchführen sollte, nur vom General selbst gegeben werden konnte. Mazzetti hatte die Gelegenheit genützt, Renzo mehrere Albaner aufzuhalsen, über die er sich in letzter Zeit geärgert hatte. Vor allem diesen Flamur hätte er ungespitzt in den Boden rammen können. Der Kerl hatte die geflohene Verwandte des Kardinals und den deutschen MAD-Mann praktisch schon in der Hand gehabt und sie dann doch entkommen lassen, anstatt die Meldung in die Festung weiterzuleiten, so dass seine Leute sich um die beiden hätten kümmern können. Der Bursche hatte die Schuld dafür einer Tante in die

Schuhe schieben wollten, doch als Ghiodolfio ein paar Männer zu deren Hütte geschickt hatte, war die Frau verschwunden gewesen, und kein Albaner hatte sagen können oder wollen, wo sie abgeblieben war. Die Männer hatten nicht mehr tun können, als ihre Hütte anzuzünden und in die Festung zurückzukehren.

Mazzetti wusste daher nicht, was aus Graziella und Renk geworden war, aber aus Italien war die Nachricht gekommen, dass die Schlingen, in denen sich die beiden fangen sollten, bereits gelegt worden waren. Also stellten Renk und das Mädchen trotz ihrer Flucht kein Problem mehr dar. Mehr interessierte ihn, dass Hoikens ihn als Helfer für den geplanten Anschlag in Tallinn bestimmt hatte, und er ärgerte sich, weil der Deutsche ihn immer noch nicht in sein Vorgehen einweihen wollte. Auch der General schien kaum mehr zu wissen als er selbst, denn er hatte ihm nur sagen können, dass Hoikens gefälschte Papiere des italienischen Militärgeheimdienstes angefordert hatte.

»So in Gedanken, Mazzetti?« Hoikens trat zu dem Major und lächelte zufrieden, denn er dachte an den Ärger, der Renk bevorstand, wenn es diesem gelingen sollte, sich zu seinen Leuten durchzuschlagen. Dort würde man ihm nicht glauben, sondern ihn sofort aus dem Verkehr ziehen. Laut Ghiodolfios Worten reichte der Einfluss seiner kirchlichen Verbündeten nicht nur bis in die höchsten Spitzen des italienischen Staates, sondern auch des deutschen.

Mazzetti erwiderte Hoikens' Grinsen. »Ich habe an diesen Idioten Renzo gedacht. Der Kerl glaubt wirklich, er könnte es mit seinen Pfadfindern schaffen, ungesehen über das Meer zu kommen und Schloss Kadriorg genau in dem Moment zu stürmen, in dem sich die europäischen Regierungschefs darin befinden.«

»Die Chance dazu hat er. Es kommt nur darauf an, ob er

sie auch nützen kann. Einer KSK-Einheit der Bundeswehr oder einer Abteilung der Green Baretts der US Army würde ich es zutrauen«, gab Hoikens zurück.

»Mit einer Sondereinheit der italienischen Streitkräfte oder unseren Jungs hier aus dem Camp würde ich es auch schaffen!« Mazzetti sah den Mut und die Entschlossenheit der eigenen Leute nicht richtig gewürdigt und war beleidigt.

Hoikens klopfte ihm lachend auf die Schulter. »Renzos Angriff soll ja schiefgehen! Dafür werden wir beide umso erfolgreicher sein.«

»Wollen wir es hoffen. Mir geht der Kerl auf den Geist. Er spielt sich als Oberst auf, und dabei hat er die Armee als lumpiger Tenente verlassen. Seinen jetzigen Rang verdankt er nur der Tatsache, dass sein Vater ein guter Freund Fiumettis ist. Ich hingegen ...« Mazzetti brach ab, um den Deutschen nicht zu tief in seine Seele blicken zu lassen.

Hoikens winkte großzügig ab. »Unsere jetzigen Ränge sind doch nicht mehr als ein Provisorium. Sobald die nationale Revolution gelungen ist, wird jeder von uns zum General ernannt.«

»Auch dabei gibt es Abstufungen, und ich will nicht, dass Renzo auch dann noch über mir steht.«

»Das wird er nicht – weil er dann längst tot ist.« Hoikens grinste spitzbübisch und fragte dann nach, ob der Spezialsprengstoff bereits eingetroffen sei. In dem Moment erscholl draußen Renzos Kommandostimme, mit der er seine Männer auf die Lastwagen trieb, die sie zum Flughafen bringen sollten.

ZWEI

Zwei Tage lang tat sich gar nichts in der deutschen Botschaft in Tirana. Weder kam eine offizielle Anweisung, Graziella den Italienern zu übergeben, noch der Befehl an Torsten, das nächste Flugzeug nach Deutschland zu besteigen. Er konnte nicht sagen, ob diese Stille positiv war oder nur die Ruhe vor dem Sturm darstellte. Ein Laptop aus den Beständen der Botschaft vertrieb ihm die Zeit, denn er konnte wenigstens im Internet surfen. Doch ohne Petra Waitls Spezialprogramm kam er nicht einmal an die Daten seiner eigenen Dienststelle heran, da die Passwörter in der Zwischenzeit geändert worden waren. Derjenige, der dafür verantwortlich war, hatte dabei eine erstaunliche Kreativität an den Tag gelegt, denn Torsten gelang es nicht, auch nur einen Zugangscode zu knacken.

Graziella und er hielten sich zumeist in dem Gästezimmer auf. Dabei bemühte Torsten sich zu ignorieren, dass die junge Italienerin eine durchaus attraktive Erscheinung war. Seine Trauer um Andrea war durch die Ereignisse der letzten Zeit ein wenig in den Hintergrund getreten, doch noch war er nicht bereit für eine neue Verbindung, und Graziella war es noch weniger als er. Wenn er versuchte, sich ihr zu nähern, würde er sie nur an das Geschehen in der Festung erinnern. Zwar war das ihre einzige Chance gewesen zu entkommen, aber er hatte den Eindruck, dass sie ihm jenes schreckliche Erlebnis immer noch übelnahm. Er verstand sie und ärgerte sich, weil ihm nichts Besseres eingefallen war. Er war aber froh, jemanden zu haben, mit dem er reden konnte. Graziella war intelligent und warmherzig, und so fiel es ihnen trotz aller Anspannung nicht schwer, die Stunden gemeinsam zu verbringen.

Wenn sie allerdings an ihre Zukunft dachten, verspürten

beide Angst, denn die erschien ihnen wie ein dichter, grauer Nebel, in dem sie sich verirren und in ihr Unglück laufen konnten.

Ihr einziger Lichtblick war die Tatsache, dass sie wieder anständige Kleidung trugen. Graziella hatte sich mit dem Rest des Geldes, das ihnen geblieben war, einen malvenfarbenen Rock und eine helle Bluse gekauft, während er von einem fliegenden Händler eine Jeans made in China, ein Hemd und eine Lederjacke erstanden hatte, die bauschig genug war, ein Schulterhalfter zu verbergen. Nur besaß er noch keine Waffe, die er wie gewohnt tragen konnte, sondern nur die beiden Maschinenpistolen italienischer Fertigung. Doch er hatte geschworen, sich seine Sphinx AT 2000 S Bi-Tone von Hoikens zurückzuholen.

Während Torsten in den Computer starrte, beobachtete Graziella sein Profil. Noch nie hatte sie mit einem Mann auf so engem Raum zusammengelebt, und nach ihren Erfahrungen mit Gianni hätte sie auch nicht geglaubt, eine solche Situation ertragen zu können. Der Deutsche beachtete sie jedoch kaum, und das kränkte andererseits ihre Eitelkeit. Dabei war ihr durchaus bewusst, dass sein Desinteresse ihr half, das Erlebte besser zu verkraften. Würde er mit ihr flirten, könnte es sein, dass sie ihren Widerwillen gegen körperliche Nähe auf ihn und dann wohl auch auf alle Männer übertragen würde. Die Erfahrungen in der Höhlenfestung lagen noch nicht lange genug zurück, und sie fürchtete, noch Monate oder gar Jahre zu brauchen, um sie zu überwinden.

»Wenn nicht bald etwas geschieht, drehe ich durch.«

»Was?« Erst als Torsten sie verwirrt anstarrte, begriff Graziella, dass sie ihren Gedanken laut geäußert hatte.

»Entschuldigung! Aber es ist doch wahr. Um uns herum geht die Welt in Scherben, und wir sitzen da und drehen Däumchen.«

»Wir könnten nach draußen gehen und uns ein Restaurant suchen, in dem es etwas Essbares gibt, das für unseren Geldbeutel erschwinglich ist. Ein paar kleine Scheine habe ich noch.« Torsten wollte eben den Laptop abschalten, als es an die Tür klopfte.

»Leutnant Renk! Ein Kurier hat eben ein Päckchen für Sie abgegeben.«

Ohne sich weiter um den Computer zu kümmern, sprang Torsten auf und öffnete die Tür. Draußen stand der Portier und reichte ihm eine Schachtel, als deren Absender Torsten seine Dienststelle erkannte. Das Päckchen war in Berlin aufgegeben worden und nicht besonders schwer.

»Danke schön! Das ist für Sie!« Torsten angelte einen Fünfeuroschein aus der Tasche und steckte ihm den Portier zu.

Der Mann zog hocherfreut ab, während Torsten sich von Graziella ein Messer reichen ließ und vorsichtig begann, das Klebeband durchzuschneiden, mit dem das Päckchen verpackt war. Als er es öffnete, kam als Erstes eine Computerzeitung zum Vorschein. Er wollte sie bereits beiseitelegen, sagte sich dann aber, dass diese wohl kaum aus Zufall in die Sendung geraten war, und blätterte sie rasch durch.

»Was ist los?« Graziella war ganz hibbelig, und man konnte ihr ansehen, dass sie das Päckchen am liebsten an sich gerissen hätte.

Plötzlich stieß Torsten einen leisen Pfiff aus. »Das ist typisch Petra. Schau her! In der Zeitschrift ist ein Artikel von ihr. Damit will sie uns sicherlich sagen, dass nicht Wagner, sondern sie dafür gesorgt hat, dass dieses Päckchen zu uns gekommen ist. Da muss sie einige Rechner geknackt und Daten manipuliert haben. Niemand anderes als sie könnte das schaffen.« Lachend reichte er Graziella die Zeitschrift und packte die Sendung weiter aus.

Ein in amtliches Papier geschlagenes, dünnes Päckchen

forderte als Nächstes seine Aufmerksamkeit. Torsten riss die Umhüllung auf und starrte mit großen Augen auf zwei weinrote Hefte mit dem Bundeswappen. Es handelte sich um Reisepässe, einer davon auf seinen Namen ausgestellt, der andere zeigte zwar Graziellas Bild, trug aber den Namen von Andrea Kirschbaum, deren Tod schon mehrere Wochen zurücklag.

Torsten starrte auf den Pass und spürte, wie ihm die Tränen in die Augen schossen. Resolut wischte er sie ab und reichte den Ausweis an Graziella weiter. »Wenn wir jetzt noch Geld hätten, könnten wir Wagner eine lange Nase drehen.«

»Hier ist noch mehr in dem Päckchen.« Graziella griff in den Karton und brachte als Nächstes einen funkelnagelneuen Dienstausweis für Torsten hervor. Darunter lag ein Kuvert eines Berliner Reisebüros. Es enthielt zwei Flugkarten nach München.

»Das war es«, kommentierte Torsten etwas enttäuscht, weil Petra kein Geld mitgeschickt hatte. Jetzt würde er sich mit Graziella nach München in die Höhle des Löwen wagen müssen.

Diese wies auf die Flugkarten und schüttelte den Kopf. »Das ist eigenartig – das Flugzeug macht eine Zwischenlandung in Wien. Ob das etwas zu bedeuten hat?« Graziella wies auf den entsprechenden Ausdruck hin. Noch während Torsten überlegte, was diese Tatsache bedeuten mochte, klopfte es erneut.

Draußen stand wieder der Portier und blickte Torsten mit einem schuldbewussten Grinsen an. »Entschuldigen Sie, ich hatte vorhin vergessen, dass Sie ja den Empfang der Sendung quittieren müssen. Und von Frau Meindl soll ich Ihnen ausrichten, dass eintausend Euro für Sie angewiesen worden sind. Sie können sie sich von ihr auszahlen lassen.«

Torsten reckte die Hände gegen die Decke und rief: »Halleluja!« Dann nahm er lachend den Stift, den ihm der Portier hinhielt, und setzte seinen Namen auf den Empfangsschein.

»Einen schönen Gruß an Frau Meindl. Ich komme gleich vorbei, um das Geld abzuholen«, sagte er noch und sah zu, wie der Mann verschwand. Dann drehte er sich lachend zu Graziella um.

»Ich weiß nicht, wie Petra das geschafft hat. Außer ihr hätte das niemand für mich getan. Wenn das aufkäme, würde ihr das mindestens fünf Jahre Gefängnis, wenn nicht sogar zehn einbringen. Jetzt sind wir es ihr schuldig, dass wir Erfolg haben.«

»Und was tun wir jetzt?«, fragte Graziella.

»Als Erstes verlassen wir dieses Einsternehotel und machen uns auf den Weg zum Flughafen. Was dann kommt, werden wir sehen!« Torsten war so glücklich, dass er Graziella an sich zog und sie küsste.

Er ließ sie aber sofort wieder los und sah sie verlegen an. »Tut mir leid, aber das musste sein!«

»Solange es nicht mehr ist«, antwortete sie achselzuckend und zupfte ihre Bluse zurecht. »Wie war das übrigens mit dem Essen in einem passenden Restaurant? Ich könnte außerdem auch noch etwas zum Anziehen brauchen.«

»Frauen!«, stöhnte Torsten, der Albanien in Gedanken bereits verlassen hatte.

DREI

Petra Waitls Vorbereitungen gaben Torsten die Möglichkeit, seine und Graziellas Spuren wenigstens teilweise zu verwischen. Nach ihrer Ankunft in Wien fuhren sie mit dem

Taxi in die Innenstadt und von dort aus mit der U-Bahn zum Westbahnhof. Dort besorgten sie sich zwei Rückfahrscheine nach Linz, stiegen aber in den nächsten Zug in Richtung Innsbruck und erreichten schließlich über Garmisch-Partenkirchen deutschen Boden. Nach einer schier endlosen Odyssee kamen sie zu mitternächtlicher Stunde in München an und klingelten bei Petra.

Ehe diese wusste, wie ihr geschah, war ihr Bett von Graziella in Beschlag genommen worden, die sich vor Müdigkeit kaum mehr auf den Beinen halten konnte, während Torsten sich zu Petra gesellte, die auch zu dieser Stunde noch in ihrem Labor arbeitete.

»Na, wie war ich?« Die Frage war so typisch für Petra, dass Torsten lachen musste.

»Ausgezeichnet! Aber du solltest es dir nicht zur Gewohnheit machen, auf diese Weise dein Geld verdienen zu wollen. Irgendwann würde man dir draufkommen.«

»Das habe ich auch nicht nötig«, antwortete Petra etwas gekränkt. »Hier, diesen Scheck habe ich von Bill Gates persönlich bekommen. Nachdem die Leute bei Microsoft nicht auf meine Mails geantwortet haben, habe ich den großen Gründer-Boss angemailt und ihn auf einige eklatante Schwächen des neuen Windows Zephir hingewiesen.« Sie reichte Torsten den Beleg, der auf eine hohe sechsstellige Summe ausgestellt war.

Torsten fielen fast die Augen aus dem Kopf. »Nicht schlecht! Damit bist du die nächsten Jahre saniert.«

»Wenn ich durch dich nicht ins Fadenkreuz sämtlicher Geheimdienste gerate. Ach ja, hier sind ein paar Unterlagen, die ich für dich aus dem Internet geholt habe. Dir ist ja einiges um die Ohren geflogen – und dem Mädel ebenfalls. Übrigens wurde ihr Name erst nachträglich in die Passagierliste der Fähre eingefügt, mit der sie angeblich nach Albanien gereist sein soll. Eine gute Arbeit, aber eben nicht gut genug für ein Genie wie mich.«

»Das ist interessant!« Torsten beugte sich neugierig vor und überflog die Ausdrucke, die ihm Petra reichte.

»Weißt du, um was ich dich am meisten beneide? Um dein Geschick mit dem Computer. Das macht dir keiner nach.«

Seine pummlige Freundin lächelte geschmeichelt. »Der eine hat halt das Talent und der andere nicht. Ich zum Beispiel könnte mich nie daran gewöhnen, mich wie du im Ausland herumzutreiben und mir die Kugeln um die Ohren pfeifen zu lassen. Allein bei dem Gedanken bekomme ich schon eine Gänsehaut.«

Torsten versuchte sich Petra im Kampfanzug vorzustellen und begann erneut zu lachen. »Wie du selber gesagt hast, sind die Talente unterschiedlich verteilt. Bei mir reicht es eben nur zu einem Schmalspurrambo.«

»Für einen Schmalspurrambo hast du dich mit einem arg lästigen Gegner angelegt.« Petra wiegte zweifelnd den Kopf und schob dann wie schmollend die Unterlippe nach vorne. »Ich habe tagelang am Computer gesessen und alle möglichen Server und PCs durchforstet, und doch konnte ich nur ein paar Fäden des Netzes entdecken, welches die andere Seite gesponnen hat. Die große Spinne aber, die im Zentrum sitzen muss, entzieht sich mir.«

Nach einer kurzen Pause fuhr sie fort: »Übrigens hat Feiling wieder von sich hören lassen. In den einschlägigen Internetseiten stehen Aufrufe von ihm an die braunen Kameraden, sich endlich unter seiner Führung zusammenzuschließen, da sie nur so ihr Ziel einer nationalen Revolution erreichen könnten. Von Minderwertigkeitskomplexen hat der Kerl anscheinend noch nichts gehört.«

»Der hat doch nicht alle Tassen im Schrank. Aber mir geht es weniger um Feiling als um Hoikens und dessen Pläne in

Tallinn. Wenn der Kerl auch nur einen Teil davon umsetzen kann, kommt es zu einer Katastrophe.« Torsten verzog das Gesicht, als sehe er einen Berg von Schwierigkeiten vor sich, der ihm unüberwindbar schien.

Petra fixierte ihn scharf. »Welche Pläne? Davon hast du mir noch nichts erzählt!«

»Hoikens will zusammen mit ein paar anderen Idioten ein Attentat auf die EU-Ratsversammlung in Tallinn starten, und wie ich ihn kenne, wird er auch diesmal mit Sprengstoff arbeiten.«

»Das dürfte schwierig sein, um nicht zu sagen unmöglich! Ich habe mich mit den Sicherheitsmaßnahmen befasst, die in Tallinn getroffen werden. Da kannst du nicht einmal einen Krümel Sprengstoff einschmuggeln.«

Aber Torsten kannte seinen Gegner und war nicht bereit, diese Möglichkeit außer Acht zu lassen. »Du hast von Genie gesprochen, Petra. Auch Hoikens ist eines. Erinnere dich daran, wie er das zweite Minarett in Sendling gesprengt hat, obwohl die Bullen dort in Kompaniestärke Wache geschoben haben.«

Petra winkte verächtlich ab. »Die wurden durch irgendeinen Zufall abgelenkt.«

»Genau das ist es! Das war kein Zufall – und so wird er es wieder machen! Danke, Petra, du hast mir sehr geholfen. Ich darf mich nicht allein auf Hoikens konzentrieren, sondern muss auch auf das achten, was um ihn herum geschieht.«

Seine Bekannte atmete tief durch. »Das heißt wohl, ich darf wieder ran an die Kiste und für dich schuften. Weißt du überhaupt, wie viel Mühe es mir gemacht hat, die Mails aufzuspüren, die dein Chef losgeschickt hat, und sie so zu manipulieren, dass du und Graziella nicht sofort gefangen gesetzt worden seid?«

»Ich dachte, du wärst ein Genie?«

Mit dieser Bemerkung entwaffnete Torsten Petra. Sie lachte gequält auf und griff dann in die Tasten. Doch bevor sie die erste URL aufrief, sah sie spitzbübisch zu Torsten auf.

»Du weißt schon, was meine Computerstunden kosten?«

Torsten grinste breit. »Ich dachte, Bill Gates hätte dich bereits bezahlt, Schwachstellen in seinen Computerprogrammen aufzuspüren.«

»Und so was nennt sich Freund! Bring mir eine Büchse Cola. Mein Gehirn braucht Nahrung!«

VIER

Ihr Italiener tragt wirklich schmucke Uniformen!« Hoikens' Bemerkung klang herablassend, denn in seinen Augen war der gut geschnittene helle Tarnanzug mit dem kecken Barett für eine Parade gut, taugte aber nicht zum Feldeinsatz.

Mazzetti grinste nur. »Wir wollen schließlich etwas darstellen! Oder hast du das vergessen?«

»Du vergisst, dass wir als einfache Touristen nach Tallinn reisen werden.« Hoikens amüsierte es, den anderen mit kleinen Fetzen zu füttern, mit denen dieser nicht viel anzufangen wusste. Auch jetzt drehte Mazzetti seinen Kopf ruckartig zu ihm herum.

»Willst du deinen Sprengstoff vielleicht im Handgepäck mitnehmen?«

Hoikens musste lachen. »Bei den Sicherheitsvorkehrungen, die dort herrschen, würde man uns noch in der Luft verhaften. Nein, mein Guter, der Sprengstoff geht seine eigenen Wege. Wir beide werden nur harmlose Reisende sein.«

»Und die Knarre, die du deinem Todfeind abgenommen

hast? Glaubst du, dass du damit harmlos wirkst?« Mazzetti hasste es, im Dunkeln tappen zu müssen. Am liebsten hätte er Hoikens gepackt und ihn so lange geschüttelt, bis dieser alle Einzelheiten ausspuckte.

»Renks Pistole befindet sich bereits als Diplomatengepäck auf dem Weg nach Tallinn. Ich werde sie mir greifen, sobald wir dort sind.« Für Hoikens war die Sphinx AT 2000 S nicht irgendein Schießeisen, sondern das Symbol seines Sieges über Renk. Als er jetzt an seinen Erzfeind dachte, fühlte er sich trotzdem unsicher. Seit dieser zusammen mit der Italienerin aus dem Camp A geflohen war, hatte man nichts mehr von ihm gehört. Lodovico hatte ihm zwar versichert, seine Vorgesetzten hätten dafür gesorgt, dass der MAD-Mann für die nächste Zeit aus dem Verkehr gezogen sei, aber das beruhigte Hoikens nicht. Vor seiner Flucht nach Italien hatte Kranz' Sekretär Täuberich das Gleiche behauptet, und dennoch war Renk auf seiner Spur geblieben. Jetzt fragte Hoikens sich, ob Renk den Priester ebenso aus dem Weg geräumt hatte wie Florian Kobner. Eigentlich hätte er Täuberich mehr Verstand zugetraut als diesem Pavian.

»Renk ist ein Teufel!«

»Der Kerl liegt dir wohl schwer auf der Seele, was?«

Erst Mazzettis Bemerkung brachte Hoikens zu Bewusstsein, dass er den letzten Gedanken laut ausgesprochen hatte. Er machte eine wegwerfende Handbewegung und begann zu lachen. »Derzeit ist Renk so unwichtig wie das berühmte Fahrrad in Peking. Nach dem Endsieg wird er sich wünschen, nie geboren worden zu sein. Ich werde ihn in ein Lager stecken lassen, gegen das selbst Stalins Gulags harmlos waren.«

Mazzetti schüttelte innerlich den Kopf darüber, dass ein Mann wie Hoikens sich bei dem Gedanken an einen alten Gegner wie ein Besessener aufführte. Da ihn Renk weit weniger interessierte als das, was um ihn herum geschah, blickte er wieder nach draußen. Dort machten sich immer mehr Fahrzeuge auf den Weg zur Küste. General Ghiodolfio schickte einen Teil seiner Soldaten nach Italien zurück, um Oberst Renzos Camp in den Abruzzen zu übernehmen und dort neue Rekruten ausbilden zu lassen. Dann wanderten Mazzettis Gedanken weiter zu dem Auftrag, den er zusammen mit Hoikens erfüllen sollte, und stellte die Frage, die ihm seit Tagen auf der Zunge lag.

»Wie willst du es anstellen, unauffällig nach Tallinn einzureisen?«

Hoikens holte ein Kuvert hervor und wedelte damit vor Mazzettis Nase herum. »Wir fliegen ganz gemütlich in der Business Class.«

»Von Tirana aus?« Mazzetti griff sich an den Kopf, denn er wusste, dass Albanien ebenso wie der Kosovo und Mazedonien als unsicheres Land galt und die Sicherheitsvorkehrungen daher schon unter normalen Umständen strenger waren als bei Flügen aus anderen Ländern.

Hoikens amüsierte sich sichtlich. »Nein, mein Guter. In unserem Geschäft versucht nur ein Narr, sein Ziel auf geradem Weg zu erreichen. Wir zwei gehen erst einmal über die Grenze nach Griechenland und fliegen von Ioannina nach Athen. Dort steigen wir in einen Flieger nach London, und von da aus geht es in das Land der Tapferen und Freien.«

»Nach Amerika?« Mazzetti quetschte diese zwei Worte ganz erschrocken hervor. »Aber dort sind die Sicherheitsvorschriften besonders scharf!«

»Da können wir gleich ausprobieren, wie gut die gefälschten Ausweise sind, die der General uns besorgt hat. Hier ist der deine, Signore da Vinci!« Hoikens reichte Mazzetti einen Pass. Der öffnete ihn und starrte mit hervorquellenden

Augen auf den Namen. Er lautete tatsächlich Leonardo da Vinci.

»Ich reise als Michelangelo Buonarroti«, erklärte Hoikens grinsend. »Allerdings verwenden wir diese Namen nur für den Flug nach Amerika. Bis London benützen wir andere Pässe, und für den Flug von New York nach Tallinn verwandeln wir uns in die schlichten Signori Nero und Bruno.«

Mazzetti schwirrte der Kopf. »Ist das alles notwendig?«, fragte er.

Hoikens' Grinsen wurde noch breiter. »Wer wird uns in Tallinn noch groß kontrollieren, wenn wir durch die strengen amerikanischen Kontrollen gekommen sind?«

»Zuerst müssen wir die überstehen«, antwortete Mazzetti grummelnd. Er sah Hoikens an und schüttelte den Kopf. »Da sagt man, ihr Deutschen seid gradlinige Leute. Doch du gehst ebenso direkt vor, wie ein Wildschwein wühlt!«

FÜNF

Auch Torsten Renk flog nicht auf direktem Weg nach Tallinn. Er schlug allerdings keine solchen Haken wie Hoikens und Mazzetti, sondern plante nur einen Zwischenaufenthalt in Wien. Bevor er jedoch aufbrechen konnte, sah er sich einem doppelten Problem gegenüber. Graziella hatte nämlich nicht die geringste Lust, allein und unter falschem Namen in München zurückzubleiben, und Petra Waitl sagte ihm auf den Kopf zu, dass er ohne sie und ihren Computer kaum etwas würde ausrichten können.

Torsten starrte die Frauen an und schüttelte den Kopf. »Ich glaube, ihr seid alle beide übergeschnappt!«

»*Stupido tedesco*! Glaubst du, ich bleibe außen vor und sehe zu, wie du gegen die Mörder meines Großonkels kämpfst? Denke daran, dass du ohne mich nicht entkommen wärst. Dafür bist du mir etwas schuldig!« Graziella klang zornig, und es fehlte nicht viel, dann hätte sie mit beiden Fäusten auf Torstens Brust getrommelt.

Torsten begriff durchaus, was sie meinte. Sie trug ihm immer noch nach, dass er sie bei der Durchführung ihrer Flucht zum Geschlechtsverkehr mit einem der Freischärler gezwungen hatte. Wie sollte er ihr erklären, dass er ihr das gerne erspart hätte? Doch zum damaligen Zeitpunkt war er in zu schlechter Verfassung gewesen, um auf andere Weise mit dem Kerl fertigwerden zu können. Aber seine Gewissensbisse würden ihn dennoch nicht dazu bringen, sie neuen Gefahren auszusetzen. Auch Petra würde brav zu Hause bleiben müssen.

»Dort wird es verdammt heiß hergehen, und mir werden die Kugeln nur so um die Ohren pfeifen. Ich will nicht, dass euch etwas passiert.«

»Das ist zwar nobel von dir gedacht, aber wer hält dich über die Sicherheitsmaßnahmen auf dem Laufenden? Außerdem fällst du mit uns zusammen weniger auf, als wenn du allein reisen würdest!« Petra zwinkerte Graziella kurz zu, bevor sie weitersprach.

»Torsten, du bist kein Supermann, der alles allein machen kann. Du wirst unsere Unterstützung in Tallinn bitter nötig haben.«

Torsten ließ seinen Blick über die beiden Frauen schweifen und biss die Zähne zusammen. Konnten sie denn nicht verstehen, dass er nur ihr Bestes wollte? Petra hätte er noch mitnehmen können, da sie sich doch nur im Hotelzimmer aufhalten und auf ihren Computertasten herumklimpern würde. Bei Graziella hatte er jedoch Angst, dass sie auf eigene Faust losziehen würde. Sie war eine heißblütige Italienerin und hatte nicht vergessen, was sie wegen der Kerle, die das Attentat planten, hatte durchmachen müssen, und sie wollte ihren ermordeten Verwandten rächen.

Bei dem Gedanken spürte er, dass er weich wurde. Auch er trauerte um eine Tote, für die die andere Seite noch zu zahlen hatte. Nach Hoikens' Aussage war Andrea von Florian Kobner und Hochwürden Matthias Täuberich umgebracht worden. Kobner hatte er bereits erwischt, doch juckte es ihn in den Fingern, den Priester zu finden und ebenfalls in die Hölle zu schicken. Vorher aber musste er verhindern, dass Hoikens seine Pläne in die Tat umsetzen konnte.

»Also gut, dann kommt halt mit. Aber in Tallinn macht ihr nur das, was ich sage! Wenn ich es will, bleibt ihr im Hotelzimmer. Ist das klar?« Torsten sah die beiden streng an.

Petra nickte sofort, und Graziella sagte mit sanfter Stimme: »Si!« Doch Torsten war sicher, dass beide bei ihrem Versprechen Zeige- und Mittelfinger der linken Hand hinter dem Rücken gekreuzt hatten.

SECHS

So schnell, wie Torsten gehofft hatte, kam er doch nicht fort. Petra fuhr niemals ohne ihren Laptop weg, und den wollte sie, wie sie sich ausdrückte, vorher noch aufmotzen, um für alles gerüstet zu sein. Daher ersetzte sie beinahe das gesamte Innenleben des Geräts durch andere Bauteile. Danach besaß der PC den fünffachen Speicher und war mit Programmen vollgestopft, die in der Computerwelt ihresgleichen suchten. Laut Petra konnte der Laptop bis zu einhundert Seiten Text simultan in fünf verschiedene Sprachen übersetzen und darüber hinaus noch mehrere Internetadressen gleichzeitig aufrufen und die Seiten aufbauen.

Petra war so stolz auf ihre Anlage, dass sie diese von keinem anderen tragen ließ, obwohl das Gerät mehr als doppelt so viel wog wie ein handelsübliches. Auch benötigte es wegen einiger Umbauten eine Spezialtasche, die sie erst noch besorgen musste. Dabei waren ihre Koffer bereits gepackt und die Abfahrtszeit des ICE nach Wien stand unmittelbar bevor.

»Also wenn du es nicht rechtzeitig schaffst, warte ich nicht auf dich!« Torsten klang knurrig, denn er selbst plante seine Reisen genau und hätte sich an Petras Stelle die Computertasche schon vor ein paar Tagen besorgt.

Diese drückte ihm jedoch ihren Koffer in die Hand und grinste. »Du bist sicher so nett, das hier mitzunehmen, damit ich nicht noch einmal in die Wohnung muss.«

»Und was ist mit deinem Computer? Soll ich den vielleicht auch mitnehmen?«, fragte Torsten wütend.

»Nein, den stecke ich in eine Schachtel und behalte ihn bei mir. Ich muss ja die Tasche dazu aussuchen, und dafür brauche ich ihn.«

»Dann verschwinde!« Torsten packte seinen und Petras Koffer und ging zur Tür. Als er ins Freie trat, fühlte er sich auf einmal unwohl. Es dauerte einige Augenblicke, bis er den Grund verstand. Zum ersten Mal seit sehr langer Zeit machte er sich unbewaffnet auf die Suche nach einem Feind. Zwar war es ihm gelungen, die beiden Beretta-Maschinenpistolen gut verpackt als Diplomatengepäck bis nach München zu schmuggeln. Für die Reise nach Tallinn waren diese Waffen zu unhandlich, und er wollte auch nicht riskieren, dass übereifrige Sicherheitsbeamte ihn filzten und Major Wagner informierten. Ohne Waffe fühlte er sich jedoch nackt, und er beschloss, diesen Zustand so bald wie möglich zu beenden.

Er hätte dazu nur in das Waffengeschäft in der Orleansstraße gehen müssen, das ein paar Schritte von Petras Wohnung entfernt lag, und dort seinen Dienstausweis vorlegen müssen. Aber in letzter Zeit wurden alle Waffenkäufe scharf kontrolliert, und seine Dienststelle würde rasch erfahren, dass er sich hier in München aufgehalten und neu bewaffnet hatte.

Da Petra seinem Vorgesetzten Wagner eine Mail hatte zukommen lassen, die angeblich von ihm aus einem Schweizer Sanatorium versandt worden war, wollte Torsten nichts riskieren. Wagner sollte ruhig in dem Glauben bleiben, er erhole sich in den Graubündner Bergen von seinen Verletzungen.

»So tief in Gedanken?« Graziellas Frage ließ Torsten zusammenzucken. Er lächelte etwas schuldbewusst und wies dann mit dem Kinn in die Richtung, in der der Ostbahnhof lag.

»Wir sollten uns auf den Weg machen. Immerhin müssen wir uns noch Fahrkarten besorgen.«

»Für mich auch eine«, rief Petra von hinten.

Torsten winkte ärgerlich ab. »Erst wenn du rechtzeitig am Bahnhof bist. Ich werfe doch kein Geld zum Fenster raus.«

»Musst du auch nicht. Ich habe mir erlaubt, die Karten online zu bestellen. Die entsprechenden Unterlagen sind hier in meiner Brieftasche. Sobald ich da bin, können wir losfahren.« Petra grinste spitzbübisch und verschwand.

Torsten schnaubte verärgert und drehte sich dann zu Graziella um. »Eher kaufe ich uns selbst Karten, als dass ich wegen Petra den Zug versäume!«

SIEBEN

Torstens Sorgen waren unnötig, denn genau fünf Minuten vor der Abfahrt des Zuges tauchte Petra abgehetzt und mit verschwitzten Haaren am Bahnsteig auf. Ihre gute Laune hatte sie allerdings nicht verloren, denn sie zeigte stolz auf eine grellrote Computertasche, an der noch das Preisschild hing.

»Die habe ich zu einem Sonderpreis bekommen, weil der Computerfritze sie loshaben wollte. So eine habe ich mir schon immer gewünscht, aber bisher war mir das Ding zu teuer. Bei dem heutigen Preis habe ich jedoch zuschlagen müssen.« Petra sagte es in einem Ton, als wäre sie eine arme Studentin, die auf ihr Bafög angewiesen war, und nicht eine Frau, der Bill Gates persönlich einen üppigen Scheck ausgestellt hatte.

Graziella, die von diesem Geld nichts wusste und Petra tatsächlich für ein armes Mädchen hielt, lobte die Tasche so ausgiebig, dass Torsten der Kragen platzte. »Wenn ihr jetzt nicht einsteigt, fährt der Zug noch ohne uns ab – oder, besser gesagt, ohne euch!«

»Wir sind gleich drin!« Petra zwinkerte Graziella zu und watschelte zur Zugtür. Die junge Italienerin folgte ihr, während Torsten grummelnd die Koffer hinter ihnen herschleppte. In seinen Augen benahmen die beiden Frauen sich, als wären sie auf einem Schulausflug, und schienen die Gefahren, die auf sie lauerten, nicht einmal ansatzweise zu begreifen.

In dem von Petra reservierten Abteil hatte sich bereits eine siebenköpfige Familie häuslich niedergelassen und wollte die Plätze nicht räumen. Graziella machte ihrer Empörung in klangvollem Italienisch Luft, und prompt zischte die dickliche Frau mittleren Alters eine ausländerfeindliche Bemerkung, während ihr hagerer, vollbärtiger Mann mit verbiesterter Miene neben ihr saß und Torsten und dessen Begleiterinnen wütend anstarrte. Die durcheinander wuselnde Nachkommenschaft der beiden kreischte und schrie, und ein Junge trat sogar nach Graziella.

Torsten wurde es zu bunt. »Raus, sonst breche ich dir sämtliche Gräten!«, herrschte er den Bärtigen an, während er sich gleichzeitig wunderte, dass er sich über eine solche Lappalie aufregen konnte.

»So sprichst du nicht mit meinem Mann, du Rüpel!« Die Dicke streckte ihre Krallenhände aus, um Torsten damit durchs Gesicht zu fahren. Ihm blieb nichts anderes übrig, als ihre Arme zu packen und festzuhalten. Daraufhin schrie sie so laut, dass es selbst auf dem Bahnhofsvorplatz noch zu hören sein musste.

Endlich tauchte der Schaffner auf. Der Mann starrte auf die Szene und wusste im ersten Augenblick nicht, wie er sich verhalten sollte.

»Sie, rufen Sie die Polizei, damit dieser Kerl hier eingesperrt wird! Das ist ein ganz gefährlicher Verbrecher. Er hat meinen Mann bedroht, und gegen mich ist er gewalttätig geworden«, rief die Dicke, bevor auch nur ein anderer den Mund aufmachen konnte.

»Das hier ist unser Abteil. Hier ist die Online-Reservierung. Diese Herrschaften haben sich hier breitgemacht und sind auf unsere Bitte hin, die Plätze zu räumen, ausfällig geworden.« Petra hielt dem Schaffner lächelnd den Computerausdruck hin und zeigte dann auf die Nummer des Abteils.

»So ein Ding kann sich doch jeder machen!« Die Dicke wollte nach dem Ausdruck greifen, doch der Schaffner war schneller und drehte ihr den Rücken zu. Er scannte den Strichcode auf Petras Blatt mit seinem Lesestift ein und ließ sich von ihr den Ausweis zeigen. Als er sich dann wieder dem anderen Paar zuwandte, zog er eine strenge Miene.

»Die Herrschaften haben das Abteil reservieren lassen. Also sind sie im Recht. Es tut mir leid, aber Sie werden mit Ihren Kindern ein anderes Abteil aufsuchen müssen.«

Als der Bärtige und seine Frau das hörten, machten beide ein Gesicht, als hätten sie Essig trinken müssen.

»Unverschämtheit! Wie können drei Personen ein ganzes Abteil für sich beanspruchen?« Die Dicke giftete und machte keine Anstalten, das Abteil zu räumen.

Dem Schaffner drohte der Kragen zu platzen. »Gehen Sie jetzt, oder ich rufe wirklich die Polizei, dann aber, um Sie hier rausschaffen zu lassen.«

Die Antwort der Frau bestand aus einem Schimpfwort, das dem Schaffner die Zornröte ins Gesicht trieb. »Wenn Sie es so wollen, kann ich auch anders.« Er griff zu seinem Handy und rief die Bahnpolizei an.

Dem Ehemann der Frau dämmerte nun, dass der Zug unter Umständen ohne ihn und seine Familie abfahren könnte, und zupfte seine Angetraute am Ärmel. »Diese Leute sind es doch gar nicht wert, dass man sich ihretwegen ärgert. Komm, es gibt sicher noch andere leere Abteile in diesem Zug!«

»Hoffentlich. So wie die sich benehmen, geraten sie sonst mit Sicherheit noch mit anderen Reisenden aneinander.« Der Schaffner wechselte einen beredten Blick mit Torsten, der die Frau längst losgelassen hatte und nun zuvorkommend begann, die Unmenge an Koffern und Reisetaschen, welche die Familie bei sich hatte, auf den Gang hinaus zu stellen.

Der Schaffner wartete, bis die Dicke samt ihrem Anhang das Abteil geräumt hatte. Draußen verlangte er dann die Fahrkarte von ihr.

»Da ist sie!« Die Frau hielt ihm schnaubend die Scheine hin und musste sich ein weiteres Mal anranzen lassen.

»Das sind Fahrkarten der zweiten Klasse. Hier aber ist die erste Klasse! Sie müssen in den übernächsten Waggon und zusehen, ob Sie da noch einen Sitzplatz ergattern können. Dort ist es nämlich schon voll!«

Petra kicherte amüsiert, während Torsten das Gepäck verstaute und bereits über seine nächsten Schritte nachdachte.

ACHT

Torsten und seine Begleiterinnen erreichten Wien am frühen Abend, ohne von der aufdringlichen Familie noch einmal etwas zu sehen oder zu hören. Da er schon einige Male in der Stadt gewesen war, führte er Graziella und Petra in ein Lokal, in dem man ausgezeichnet essen konnte. Danach brachte er sie in das Hotel und brach selbst noch einmal auf. Die fragenden Blicke der beiden Frauen ignorierte er. Als er jedoch sah, dass Graziella ihm folgen wollte, hob er abwehrend die Hand.

»Sorry, aber es ist besser, du bleibst hier. Dort, wo ich nun hingehe, sollte sich eine Frau wie du nicht sehen lassen.«

»Und wohin gehst du?« Es klang eifersüchtig und ließ Torsten bedauern, Graziella mitgenommen zu haben.

»Ich muss noch etwas Geschäftliches erledigen. Meine Garderobe ist nämlich noch nicht vollständig.« Er klopfte dabei mit der Hand gegen die linke Brustseite.

Petra begriff, dass er damit ein Schulterhalfter andeuten wollte, während Graziella glaubte, es hätte etwas mit dem Herzen, also mit Amore zu tun. Bevor sie jedoch Dummheiten machen konnte, packte Petra sie und zog sie in ihr Zimmer.

»Pscht! Torsten will sich doch nur eine neue Artillerie besorgen!«

»Jetzt, mitten in der Nacht?«, fragte Graziella misstrauisch. Sie wusste selbst nicht, weshalb sie so zickig reagierte, denn sie wollte doch gar nichts von diesem stocksteifen Deutschen, der eine Frau nicht einmal dann bemerken würde, wenn sie vollkommen nackt vor ihm stünde.

»In unserer jetzigen Situation kann Torsten es sich nicht leisten, eine Pistole in einem Waffengeschäft zu kaufen, sondern muss zusehen, dass er sie unter der Hand bekommt. Das geht nun einmal am besten in der Nacht.«

»Du meinst, es ist wirklich nur das?« Graziella schämte sich wegen ihres Ausbruchs, und sie nahm sich vor, sich bei Torsten zu entschuldigen. Allerdings nur dann, wenn er wirklich eine Waffe vorweisen konnte. Sie fragte sich jedoch, wie er eine Pistole nach Tallinn schmuggeln wollte. Die Sicherheitsvorschriften waren strikt, und wenn er Pech hatte, landete er gerade deswegen hinter Gittern.

»Ist es nicht unverantwortlich, so ein Risiko einzugehen?«, fragte sie Petra.

Diese zuckte mit den Achseln. »Du musst Leute von Torstens Schlag verstehen. Die kommen sich ohne Kanone nackt vor. Er kann nicht anders.«

»Ich hoffe, er bringt uns damit nicht in Teufels Küche.« Graziella sagte sich, dass sie erst dann aufatmen würde, wenn sie die Flughafenkontrollen von Tallinn hinter sich gebracht hatten.

NEUN

Torsten wusste, dass es nicht ungefährlich war, gegen Mitternacht in einschlägigen Lokalen aufzutauchen, aber ihm blieb nichts anderes übrig. Zwei Kneipen erwiesen sich als Nieten. Zwar wurde er dort angesprochen, einmal von einer Nutte, die ein paar Euro verdienen wollte, und einmal von einem Kleindealer, der unbedingt noch ein paar Tabletten an den Mann bringen wollte. Seinen phantasievollen Ausführungen nach sollten die Dinger selbst einen lahmen Wallach in einen tollen Hengst verwandeln können. Torsten ahnte, dass Graziella von diesem Gianni mit solchen Tabletten willfährig gemacht worden war, und er riet dem Mann mit eisiger Stimme zu verschwinden. Der zog sich erschrocken zurück. Die Hure im dritten Lokal war ein härterer Brocken, denn sie genierte sich nicht, ihm unter die Hose zu greifen und dort Handarbeit zu leisten. Da ein mit mehreren Goldketten aufgemotzter Kerl sie aufmerksam beobachtete, nahm Torsten an, dass es sich dabei um ihren Zuhälter handelte, der Ergebnisse sehen wollte.

Da die Frau offensichtlich unter Druck stand und ihm leidtat, ging er mit ihr aufs Zimmer. Es war so schäbig, wie er es erwartet hatte, und er hätte ihr am liebsten einen Geldschein in die Hand gedrückt und wäre gegangen. Doch sie zog sich bereits aus und legte sich auf die Pritsche, die das Bett ersetzte.

»Ich machen auch ohne Gummi, kosten nur zwanzig Euro mehr«, bot sie an.

»Nein danke, mit ist mir lieber.« Gar nicht wäre noch besser, fuhr es Torsten durch den Kopf. Er starrte die Frau an. Auf ihre Weise war sie durchaus hübsch, aber von einem ganz anderen Typ als Andrea oder Graziella. Es war eigenartig, dass er ausgerechnet jetzt an seine tote Freundin und die junge Italienerin denken musste. Mit einem Mal spürte er einen Kloß im Hals, und ihn überkam das Gefühl, Andrea, die doch erst kurz unter der Erde lag, mit einer käuflichen Hure zu betrügen. Außerdem fragte er sich, was Graziella sagen würde, wenn sie wüsste, wo er sich gerade aufhielt.

Die Nutte ärgerte sich über sein Zögern und spreizte die

Beine. Sie hatte ihre Schamhaare bis auf einen schmalen Streifen abrasiert und ließ ihn mehr sehen als manche gute Ehefrau ihren Gatten. Trotzdem reizte Torsten der Anblick ebenso wenig wie ihre vollen Brüste, deren dunkelrote Spitzen sich keck emporreckten. Er kannte den Trick. Die Frau hatte ihre Brustwarzen mit einer speziellen Salbe behandelt, die diese aufschwellen ließ, um erotischer zu wirken. Ihm verschlug die Erkenntnis beinahe den letzten Funken Lust, den er noch verspürt hatte.

»Du machen schneller, sonst werden teurer!«, drängte die Frau. Bevor Torsten reagieren konnte, glitt sie geschmeidig auf ihn zu und begann sein schlaffes Glied mit flinken Fingern zu kneten. Kaum war es steif genug, streifte sie ihm das Kondom über und legte sich wieder bereit.

»Wollen du es vielleicht anders machen? Kosten nur zwanzig Euro mehr.«

Torsten schüttelte den Kopf. Nun verspürte er eine gewisse Leidenschaft, auch wenn sie das schlechte Gewissen nicht verdrängte, das die Erinnerung an Andrea geweckt hatte. Während er auf die Frau glitt, fuhr ihm ein anderer Gedanke durch den Kopf.

»Du kannst dir deinen zusätzlichen Zwanziger anderweitig verdienen.«

»Wie?« Sie schnappte nach dem Versprechen wie ein hungriger Hund nach dem Knochen.

»Ich brauche eine Pistole, eine Knarre!«, setzte er hinzu, da sie den anderen Ausdruck nicht zu kennen schien.

»Du wollen schießen?«, fragte sie erstaunt.

»Wer sagt denn das? Ich fühle mich nur wohler, wenn ich so ein Ding bei mir habe. Kannst du mir sagen, wo ich mir eines besorgen kann?«

Die Frau überlegte kurz und gab ihm einen Stoß. »Du machen fertig, sonst brauchen zu lange und mein Freund schimpfen. Du später mit ihm reden. Er dir helfen können.«

»Das ist ein Angebot«, antwortete Torsten und begann nun, sein Becken vor- und zurückzubewegen.

ZEHN

Der Zuhälter des Mädchens beschaffte ihm innerhalb kürzester Zeit eine brauchbare tschechische CZ 75 und vierzig Schuss Munition. Zwar sah die Waffe arg zerkratzt aus und war, wie Torsten vermutete, bei der Polizei bereits aktenkundig geworden. Doch während ein paar Scheine den Besitzer wechselten, atmete er trotzdem erleichtert auf. Nun fühlte er sich Hoikens halbwegs gewachsen.

Während er die Kneipe verließ und durch den feinen Regen schlenderte, der vom nächtlichen Himmel fiel, musste er über sich selbst lachen. Die Menschen waren wirklich seltsame Wesen, sich an Symbolen festzuhalten, denn viel mehr war die Pistole nicht. Wenigstens im Augenblick nicht, korrigierte er sich. Im Kampf gegen Hoikens jedoch konnte sie entscheidend sein.

Torsten fühlte sich nicht zuletzt auch durch den Besuch bei der Hure ausgeglichener. Dennoch stieß gekaufter Sex ihn ab. Er dachte an Graziella, die ihn durchaus anzog. Doch er würde warten müssen, bis die junge Italienerin ihre Erlebnisse verwunden hatte und bereit war, eine Beziehung einzugehen. Jetzt galt es erst einmal, Hoikens zu finden und dingfest zu machen.

Mit diesem Vorsatz winkte er ein Taxi heran und legte damit die letzten Meter zum Hotel zurück. Als er in sein Zimmer kam, hatte der Zeiger der Uhr bereits die zweite Tagesstunde überschritten. Es würde eine kurze Nacht werden, dachte er seufzend, während er sich auszog. Trotzdem verzichtete er darauf, den Weckdienst zu bestellen, denn er war bis jetzt immer zu der Zeit aufgewacht, auf die er sich innerlich eingestellt hatte.

So war es auch diesmal. Nach einer Nacht ohne Träume, an die er sich hätte erinnern können, wurde er durch ein Geräusch auf dem Flur geweckt. Torsten schoss hoch und schnappte in einem Reflex nach seiner tschechischen Pistole. Die Schritte verloren sich jedoch wieder, und er steckte die Waffe wieder weg. Ein Blick auf die Uhr zeigte ihm, dass er sich beeilen musste. Rasch putzte er sich die Zähne, duschte kurz und zog sich dann an. Dabei bemerkte er, dass seinen Kleidern immer noch etwas von dem Parfüm der Nutte anhaftete. Das wird sich schon verlieren, dachte er, verließ das Zimmer und ging in den Frühstücksraum. Graziella und Petra warteten bereits auf ihn. »Na, warst du erfolgreich?«, fragte ihn Letztere.

»Das war ich!« Torsten schnappte sich eine Tasse und bediente sich aus der Kanne, die vor Graziella auf dem Tisch stand.

Die junge Italienerin musterte ihn durchdringend und schnupperte. »Mich würde doch interessieren, wo du gewesen bist. Du riechst nach einem ganz ordinären Parfüm.«

Torsten lächelte Graziella zu und ließ sie für einen Augenblick die Pistole sehen. »Es war nicht das feinste Lokal, in dem ich das Ding bekommen habe. Die halbseidenen Damen dort waren ziemlich aufdringlich, haben sich aber mit einer Flasche Sekt abwimmeln lassen.« Die Notlüge kam ihm zu seiner Erleichterung glatt über die Lippen.

Graziella beruhigte sich wieder und spöttelte über Frauen, die ein solches Parfüm verwendeten. Torsten war nicht wohl bei ihren Worten, denn jene Hure hatte sich wahrscheinlich auch ein anderes Leben gewünscht, als für jeden besoffenen Kerl, der ein paar Euro investieren konnte, die Beine breitzumachen. Er war bereits im Sudan und in Afghanistan mit Auswüchsen der Prostitution konfrontiert worden, die ihn abgestoßen hatten. Meist hatten die Mädchen diesen Weg nicht freiwillig eingeschlagen, sondern waren von Verwandten oder vermeintlichen Freunden dazu gezwungen worden. Wer konnte wissen, ob die Frau gestern nicht auch mit Schlägen oder Drohungen zur Nutte gemacht worden war?

»Ach, verdammt! Ich kann doch nicht das ganze Elend der Welt auf mich nehmen!«

Graziella starrte ihn verblüfft an. »Was hast du gesagt?«

»Ich habe nur an die letzte Nacht gedacht. Einige der Kerle, denen ich begegnet bin, gehören besser in den Knast. Mit dieser Waffe sind bestimmt schon Leute umgebracht worden.«

»Dann solltest du sie möglichst nicht benutzen, sonst hängt man dir diese Toten an.« Bei diesen Worten kicherte Petra, sah dann aber selbst ein, dass ihr Scherz missglückt war. »Nichts für ungut, aber …«

»Du hast ja recht! Mich ärgert es, dass ich so einem Lumpen die Hand geben musste, anstatt ihm sämtliche Zähne auszuschlagen.« Torstens Laune war auf den Tiefpunkt gesunken. Was hatte er mit dieser Pistole schon gewonnen? Andererseits wollte er Tallinn nicht unbewaffnet betreten.

Trotz seines Ärgers frühstückte er mit gutem Appetit, während Graziella vor Aufregung kaum etwas hinunterbrachte.

Petra hingegen schlug voll zu. »Ich weiß nicht, wann ich wieder etwas bekomme«, erklärte sie, als sie sich das vierte Brötchen aus dem Korb nahm.

»Du solltest dich beeilen. Ich will in einer Dreiviertelstunde am Flughafen sein«, drängte Torsten.

Petra sah ihn grinsend an. »Ich bin gespannt, wie du den Beamten dort deine Kampfausrüstung erklären willst!«

ELF

Torsten hatte keine Lust, sich wegen seiner neuen Pistole auf eine lange Diskussion mit irgendwelchen Exekutivbeamten einzulassen. Kaum in Schwechat angekommen, schlug er mit seinen Begleiterinnen den Weg zur Flughafenpolizei ein und trat dort an den ersten Schalter.

Ein blau uniformierter Beamter saß dahinter und blätterte in einem Pornomagazin, das ihn so faszinierte, dass er Torsten und die beiden Frauen zunächst nicht bemerkte. Erst als dieser sich zum zweiten Mal räusperte, sah der Mann auf und steckte das Hochglanzmagazin in ein Schubfach.

»Das habe ich vorhin konfisziert. Ich weiß net, was sich manche Leute denken, so einen Schund einschmuggeln zu wollen. Lauter verbotene Sauereien, sag ich Ihnen«, erklärte er dabei im weichen Wiener Dialekt und fragte dann, was Torsten von ihm wolle.

Torsten zückte seinen Dienstausweis und ließ den Flughafenpolizisten gerade lange genug darauf blicken, dass dieser die Echtheit der Stempel und Eintragungen erkennen konnte.

»Ich bin auf dem Weg nach Tallinn«, sagte er.

»Ah, Sie wollen auch zu dem großen Zirkus dort oben. Na, dann viel Vergnügen. Dort sind genug Polizisten und Geheimdienstleute, dass jeder Einwohner fünffach überwacht werden kann. Aber was wollen Sie dann von mir, wenn Sie dorthin fliegen?«

Torsten öffnete seine Jacke und ließ die CZ 75 sehen. »Ich habe keine Lust, bei einer Kontrolle dumme Fragen gestellt zu bekommen.«

»Das kann ich mir vorstellen.« Der Polizist griff nach einem Vordruck, füllte ihn aus und knallte einen Stempel darauf.

»Das wird reichen, auch für Ihre Begleitung«, sagte er und streckte Torsten den Zettel zu. Der überflog ihn und nickte erleichtert. Es war leichter gegangen als erwartet. In Deutschland hätte er mit seinem Wunsch einen Behördenkrieg ausgelöst, doch hier sah man die Sache lockerer. Für den Mann hinter dem Schalter war er ein Kollege, und dem war man gerne behilflich. Er wollte schon gehen, als der Österreicher ihn zurückrief.

»Nach Tallinn fliegen Sie? Das ist ausgezeichnet! Wissen Sie, wegen dem ganzen EU-Zeug sind so viele unserer Leute im Einsatz, dass wir knapp an Kräften sind. Jetzt ist auch noch der Sky-Sheriff ausgefallen, der den Flieger nach Tallinn begleiten soll. Der arme Hund hat sich beim Aufstehen den Haxen verstaucht. Könnten net Sie den Job übernehmen?«

Torsten fiel das halbe Watzmannmassiv vom Herzen. Eine bessere Möglichkeit, ungeschoren nach Tallinn zu kommen, gab es nicht. Allerdings würde er vorsichtig sein müssen, damit er nicht den falschen Leuten über den Weg lief. Major Wagner und dessen Männer würden sich wundern, ihn mitten in diesem Trubel statt in den Schweizer Bergen zu sehen.

»Das mache ich gerne. Ich brauche nur die entsprechenden Papiere«, erklärte er freundlich lächelnd.

»Das ist gar kein Problem!« Der Beamte angelte sich den nächsten Vordruck, und kurz darauf hielt Torsten eine Bescheinigung in Händen, die ihn als Sky-Sheriff für den Austrian-Airlines-Flug 407 nach Tallinn auswies. Er bedankte sich bei dem Flughafenpolizisten und schüttelte beim Hinausgehen den Kopf darüber, wie leicht alles gegangen war. Die österreichische Exekutive, die im Allgemeinen ziemlich hart durchgriff, war, was die Zusammenarbeit mit den Polizeibehörden anderer Länder anging, von einer fast fahrlässig zu nennenden Großzügigkeit.

Petra und Graziella hatten Torstens Gespräch mit dem Flughafenpolizisten fassungslos verfolgt und nicht gewagt, etwas zu sagen. Erst als sie wieder draußen waren und auf den Abfertigungsschalter zugingen, brachte Petra einen Einwand hervor.

»Bist du nicht arg leichtsinnig, Torsten? Was ist, wenn der Bulle die Daten an deine Dienststelle weiterleitet?«

Torsten grinste wie ein Schuljunge, dem ein besonders guter Streich gelungen war. »Ich glaube nicht, dass er das tut. Der schaut sich lieber die Schweinereien an, um die er irgendwelche Reisende erleichtert hat.«

An der Kontrolle wies er den Vordruck vor, den er bekommen hatte, und wurde sofort durchgewinkt. Auch Graziella, Petra und deren Gepäck wurden nicht untersucht. Sie hätten alles Mögliche schmuggeln können, und zum ersten Mal fragte er sich, ob Hoikens vielleicht auch auf diese Art vorgehen würde.

ZWÖLF

Der Flug nach Tallinn verlief ohne jeden Zwischenfall. An Bord befanden sich vor allem österreichische Journalisten, die von dem EU-Gipfeltreffen berichten wollten, ein paar Geschäftsreisende und natürlich Sensationstouristen, die hofften, wenigstens einen Blick auf die Spitzen der EU werfen zu können. Es gab kontroverse Diskussionen, denn die meisten Reisenden waren der Ansicht, dass sich die EU stärker gegen das Drängen der USA hätte zur Wehr setzen sollen, die Türkei in die Gemeinschaft aufzunehmen. Die Unruhen in München und anderen großen europäischen Städten hatten ihre Wirkung nicht verfehlt.

Torsten beteiligte sich nicht an den Gesprächen. Wer hätte ihm schon geglaubt, dass die bürgerkriegsähnlichen Zustände zum größten Teil durch Provokationen nationalistischer Kreise ausgelöst worden waren, während der Rest – wie Petra ihm berichtet hatte – zumeist auf das Konto islamistischer Kreise ging, die nicht wollten, dass der europäische Einfluss in der Türkei noch stärker wurde.

Als Torsten in sich hineinhorchte, kam er zu der Überzeugung, dass seine eigene Haltung zu der politischen Situation äußerst zwiespältig war. Ihm gefiel etliches an der Türkei nicht, sie jedoch zurückzustoßen, schien ihm gefährlich. Wenn das Land in denselben rigiden Islamismus verfiel wie ein Teil der arabischen Staaten, würde ein Krisenherd im Südosten Europas entstehen, der die Lunte auch an dem Pulverfass Balkan entzünden würde. Dort bekämpften sich die verschiedenen Volksgruppen mehr denn je bis aufs Messer, und wenn die muslimischen Kämpfer, die davon träumten, ihre Glaubensbrüder in Bulgarien, Griechenland, Mazedonien, Serbien, Kosovo und Montenegro zu »befreien«, durch eine gleichgesinnte Türkei Unterstützung erhielten, würde dort die Hölle ausbrechen.

Politik war ein übles Geschäft, sagte sich Torsten. Als Geheimdienstler musste er sich zwar auch die Hände schmutzig machen, doch er tat im Gegensatz zu den Politikern nicht so, als wäre er die Lauterkeit in Person. Er fragte sich, wie viele Männer in einflussreichen Positionen mit Kardinal Winter und dessen Söhnen des Hammers im Bunde sein mochten. Wenige waren es nicht, denn sonst hätten diese Leute nicht so viel Einfluss auf seine Dienststelle nehmen können. Wenn es nach Wagner gegangen wäre, hätte er Graziella ihren Verfolgern ausliefern und sich selbst aus dem Verkehr ziehen müssen. Mit einem gewissen Humor fragte er sich, ob zu dieser Zeit gerade ein Auftragsmörder durch die Schweizer

Berge streifte, um ihn zu erledigen. Wenn ja, würde der Kerl lange suchen müssen.

Da Torsten mit sich selbst beschäftigt war, unterhielt Graziella sich mit Petra.

Deren Kopf schien jedoch nur mit technischen Daten gefüllt zu sein, die sie bald langweilten. Viel lieber hätte sie über Mode gesprochen und wie Petra mehr aus sich machen könnte. Mit den vielen Kilos auf den Rippen, einem rundlichen Gesicht und einem Stupsnäschen sowie dem kurzen, wie auf dem Schädel klebenden Haar hatte sie in Graziellas Augen eine Runderneuerung dringend nötig. Da Petra auf dem Ohr aber völlig taub war, schlief das Gespräch bald wieder ein.

Stattdessen begann Petra über den Zwischengang hinweg eine Unterhaltung mit einer nicht mehr ganz jungen Reporterin und ließ dabei heraushängen, dass sie mit Bill Gates persönlich bekannt sei.

In Tallinn angekommen erwies sich Torstens kleiner Deal mit der Flughafenpolizei in Wien-Schwechat als weiterer Vorteil, denn er und seine Begleiterinnen konnten die Kontrollen ohne Probleme passieren, während der Rest der Passagiere und deren Gepäck bis in den letzten Winkel und die verborgenste Falte durchsucht wurden. Torsten, der sich in Hoikens' Situation hineinzudenken versuchte, kam immer mehr zu der Überzeugung, dass der Attentäter sich als Angehöriger eines der vielen Sicherheitsdienste tarnen musste, um ungehindert nach Tallinn zu kommen.

Noch während er überlegte, ob es Petra gelingen konnte, die Namen und Bilder aller italienischen Agenten herauszufinden, die nach Tallinn entsandt worden waren, entdeckte er am anderen Ende der Halle einen Mann in einem gut sitzenden hellen Anzug und einem beigefarbenen Hut, dessen Haltung ihm bekannt vorkam. Noch während ihn die Erkenntnis packte, dass es sich tatsächlich um Hoikens handelte, verschwand dieser durch eine Schwingtür.

Torsten ließ sein Gepäck fallen und rannte los. Doch als er die Schwingtür erreichte und sich rüde durch die Reisenden zwängte, war von Hoikens nichts mehr zu sehen. Einige Taxis fuhren vom Vorplatz in Richtung Stadt, doch in welchem sein Feind saß, konnte er nicht sagen.

Mit einem ärgerlichen Schnauben kehrte er zu Petra und Graziella zurück. Die beiden starrten ihn entgeistert an.

»Was war denn?«, fragte Graziella leise.

»Nicht hier!«, antwortete Torsten knapp und nahm sein Gepäck wieder zur Hand.

»Sei froh, dass wir aufgepasst haben. Dein Koffer hätte sonst Füße bekommen. Wie es aussieht, hat sich hier die Elite der europäischen Taschendiebe versammelt.« Petra hatte gerade noch rechtzeitig bemerkt, dass sich jemand an ihrer Computertasche zu schaffen gemacht hatte, und äugte misstrauisch in die Runde.

Torsten nickte verbissen. »Diese Art von Ereignissen zieht solches Gesindel an wie ein Kuhfladen die Fliegen. Eigentlich sollte man meinen, es wären genügend Polizisten vor Ort, aber die kümmern sich anscheinend nur um den ordentlichen Verlauf der Tagung. Ob dabei die eine oder andere Brieftasche den Besitzer wechselt, interessiert sie nicht.«

Wie um seine Worte zu bestätigen, stieß er kurz darauf mit einer jungen, attraktiven Frau zusammen, die einen Becher Wasser in der Hand hielt. Ein Teil des Inhalts spritzte auf seine Jacke. Die Frau entschuldigte sich sofort wortreich bei ihm und versuchte die Flecken mit ihrem Taschentuch trockenzureiben.

Torsten bemerkte, wie sie dabei den Becher geschickt fallen ließ und mit der Hand unter sein Jackett griff. Ihre Finger ertasteten den Kunststoff des Pistolengriffs und dann den kühlen Lauf. Es war direkt amüsant zu sehen, wie ihr Mienenspiel sich änderte. Ihr Unterkiefer hing auf einmal herab, und in ihren Augen las er Angst.

»Es wäre gut, wenn Sie Ihre Hände da wegnehmen könnten!«, sagte er mit einem Lächeln, das sie mehr erschreckte, als wenn er zornig geworden wäre.

»Entschuldigen Sie, ich …«, stotterte sie.

»Schwing die Hufe!«

Zunächst begriff die Diebin nicht, dass sie straffrei ausgehen sollte, dann aber drehte sie sich um und hastete davon.

»Du hättest sie anzeigen sollen. Jetzt wird sie andere bestehlen!« Aus Petra sprach die gekränkte Staatsbürgerin, die auf geordnete Verhältnisse pochte, während Graziellas Augen vor Wut sprühten.

»Du hast sie nur laufen lassen, weil sie hübsch ist!«

»Ich wollte einfach keine zusätzlichen Verwicklungen«, antwortete Torsten genervt.

Auf dem Vorplatz winkte er ein Taxi heran und forderte den Fahrer auf, sie zum Radisson Hotel zu bringen. Ihm ging es dabei weniger um die Qualität der Unterkunft, sondern vor allem um den guten Ausblick auf die Stadt, die man von den höheren Stockwerken aus hatte. Außerdem hatte er die Hoffnung, dass sich Hoikens aus ähnlichen Erwägungen heraus möglicherweise ebenfalls dort einquartieren würde.

Als sie das Hotel erreicht hatten, blieben die beiden Damen an der Rezeption auch dann noch freundlich, als sie hörten, dass die neuen Gäste nicht reserviert hätten.

»Es tut uns leid, aber unser Haus ist ausgebucht«, erklärte eine von ihnen bedauernd.

Noch während Torsten überlegte, wie er weiter vorgehen sollte, bat Petra die beiden Damen, ob sie kurz ihren Laptop an einem der Anschlüsse im Hotel einstöpseln dürfte. In dem Glauben, sie wolle nach einem freien Hotelzimmer suchen, wurde es ihr erlaubt. Als sie zurückkehrte, glänzten ihre Augen verdächtig, und sie zwinkerte Torsten fröhlich zu. »Ich bitte um Entschuldigung, aber ich hatte doch reservieren lassen. Ich habe es bei dem ganzen Trubel durcheinandergebracht.«

Eine der Empfangsdamen sah jetzt in ihrem Computer nach und nickte etwas verwirrt. »Das stimmt, hier ist eine Reservierung für eine Frau Petra Waitl. Allerdings ist das nur ein Zimmer.«

»Für den Herrn hier genügt die Besenkammer«, antwortete Petra grinsend und zeigte dabei auf Torsten.

Das wollten die beiden freundlichen Damen dann doch nicht, und sie wiesen einen Pagen an, in dem reservierten Doppelzimmer ein Notbett aufzustellen.

DREIZEHN

Hoikens hatte Renk am Flughafen nicht bemerkt, sondern war mit Mazzetti zusammen mit einem Taxi losgefahren, ohne einen Gedanken an einen möglichen Verfolger zu verschwenden. In seinen Augen war das geplante Verwirrspiel ausgezeichnet gelungen. Allerdings hatten ihnen Ghiodolfios Verbindungen zum Servizio Segreto Militare geholfen und – was die beiden nicht wussten – auch zum Netzwerk der katholischen Kirche, auf das Don Batista hatte zurückgreifen können. Bei den ihnen genannten Kontaktadressen in Athen, London und New York hatten stets die neuen Pässe und Flugkarten für die nächste Etappe für sie bereitgelegen. Daher waren die Flüge weniger aufregend als ermüdend gewesen, und Hoikens war froh, endlich am Ziel zu sein. Hier in Tallinn aber spürte er sofort wieder die Erregung, die ihn jedes Mal packte, wenn eine große Sache bevorstand.

Ehe er sich jedoch ans Werk machen konnte, mussten noch einige Vorbereitungen getroffen werden. Er dachte zufrieden daran, dass er bisher immer auf den richtigen Augenblick gewartet hatte, und so würde er es auch hier halten.

Unterwegs wechselten Mazzetti und er mehrmals das Taxi, bis sie sicher sein konnten, auch die letzte Spur verwischt zu haben. Ihr letztes Ziel war keines der großen Hotels der estnischen Hauptstadt, sondern ein Plattenbau in der Vorstadt Kitseküla, die von den Versammlungsgebäuden der EU-Ratsversammlung aus gesehen beinahe am anderen Ende der Stadt lag. Hier lebten viele Russen, die sich noch immer nicht mit der Unabhängigkeit Estlands abgefunden hatten. Deshalb gab es in diesem Stadtteil häufig Konflikte zwischen russischen Nationalisten auf der einen und der estnischen Polizei sowie rechtsgerichteten estnischen Organisationen auf der anderen Seite. Zu den Letzteren gehörte auch die Gruppe, mit der Fiumetti im Auftrag Kardinal Winters ein Bündnis eingegangen war. Diese Leute interessierten sich kaum für die Türkei und dafür, ob diese der EU beitrat oder nicht. Aber sie erhofften sich von ihren Gesinnungsfreunden in Europa Unterstützung gegen die in Estland lebenden Russen, und die hatte Fiumetti ihnen vollmundig versprochen.

Hoikens ließen die Schliche und Schachzüge der faschistischen Anführer kalt. Für ihn zählte nur, dass er in ein paar Tagen in die Geschichte eingehen würde. Dafür nahm er auch das feuchte Zimmer in einem heruntergekommenen Plattenbau abseits der Keava-Straße in Kauf. Ihre Gastgeber waren estnische Aktivisten, die bereits eine Grundausbildung im faschistischen Camp in den Abruzzen absolviert hatten. Die beiden Männer, die sich die Wohnung teilten, begrüßten Hoikens und seinen Begleiter daher wie lang entbehrte Freunde.

Jaagup wäre mit seiner bulligen Gestalt, den blonden Stoppelhaaren und der Tätowierung mit dem Schwert, das den russischen Doppeladler durchbohrte, unter den Glatzköpfen in Deutschland kaum aufgefallen. Gleich nach der Begrüßung holte er eine Flasche Wodka hervor und trank einen großen Schluck, bevor er sie an Hoikens weiterreichte. Dieser stellte amüsiert fest, dass Jaagups Abneigung gegen alles Russische sich offensichtlich nicht auf Getränke erstreckte. Da er selbst fast abstinent lebte, nippte er nur an der Flasche, bevor er sie an Mazzetti weiterreichte. Auch dieser hielt sich zur Enttäuschung ihrer Gastgeber zurück.

»Wir Italiener sind so starkes Zeug nicht gewöhnt. Wir trinken mehr Wein!«, erklärte er entschuldigend.

Jaagup vermochte seinen Worten nur mit Mühe zu folgen. Anscheinend hatte er die italienischen Brocken, die er während seines Aufenthalts in den Abruzzen gelernt hatte, mit etlichen Hektolitern Wodka aus sich hinausgespült.

Hoikens fragte sich, ob diese Leute wirklich die Verbündeten waren, die er brauchte. Andererseits konnte er hier seine Fäden im Geheimen spinnen. In einem Hotel zu übernachten wäre gefährlich gewesen, denn dort konnte die Putzfrau auf Dinge stoßen, die sie nichts angingen. Daher schob er seine Bedenken beiseite und klopfte Jaagup aufgeräumt auf die Schulter.

»Freue mich, dich kennenzulernen! Gemeinsam werden wir es dem Feind zeigen.«

»Du kannst gut sprengen, habe ich gehört. Ich zeige dir das Hauptquartier der Russen, damit du es hochjagen kannst.«

Hoikens verfluchte den Narren, der dem Esten mehr erzählt hatte, als für die Sache gut war, und hob beschwichtigend die Rechte. »Die Russen kommen später dran. Erst muss ich meinen Auftrag erfüllen!«

»Welchen Auftrag?«

Zu Jaagups Eigenschaften schien auch eine gehörige Portion Neugier zu gehören. Hoikens klopfte ihm erneut auf die Schulter und grinste. »Das ist noch geheim. Befehl von ganz oben, weißt du!«

In Deutschland mit seinen zersplitterten rechten Gruppen, die zu vereinigen auch Feiling nicht gelungen war, wäre er mit diesem Einwand nicht weit gekommen. Hier in Estland, wo die Angst vor dem neu erstarkenden Russischen Reich die Ultranationalisten zusammenschweißte, reichte dieser Ausspruch jedoch, um Jaagup zum Schweigen zu bringen.

»Verstehe!«, knurrte er und griff erneut zur Wodkaflasche.

Hoikens stieß Mazzetti an und raunte: »Hoffentlich saufen die nicht so viel, dass sie im Rausch unsere Pläne ausplaudern!«

»Das glaube ich nicht. Die sind es gewohnt, sich volllaufen zu lassen.« Im Gegensatz zu Hoikens kannte der Italiener die hiesigen Rechten und wusste, dass sie sich auf die Leute verlassen konnten. In seinen Augen hatte Hoikens längst den Kontakt zu dem ewig unzufriedenen Heer der kleinen Leute verloren, das ihre eigentliche Basis darstellte. Viele davon waren im Leben gescheitert und wollten nur ihren Frust an anderen ablassen. Mazzetti selbst zählte zu jener kleinen Gruppe aus der Oberschicht, die im Grunde nur nach Macht strebte und sich bedenkenlos aller Mitläufer bediente.

Der ehrgeizige junge Italiener ahnte nicht, dass Hoikens ihn durchschaut hatte. Der Deutsche wusste längst, dass Mazzetti sich davor fürchtete, Capitano Renzo und dessen Männer könnten Erfolg haben, so dass er erneut von seinem Rivalen überflügelt würde. Angesichts der Sicherheitsbeamten und Soldaten, die Hoikens auf ihrer Fahrt hierher gesehen hatte, hielt er Renzos Angriff erst recht für ein Todeskommando. Doch selbst wenn die Schnellboote schon auf dem Meer abgefangen wurden, würde ihm dieser Zwischenfall die Möglichkeiten eröffnen, die er so dringend benötigte.

»Wie bekommen wir heraus, wie weit Renzo vorangekommen ist?«, fragte er Mazzetti.

»Das erfahren wir in der Botschaft. Dort müssen wir sowieso hin, um unsere Sachen zu holen. Hoffentlich ist alles glattgegangen. Mir brennt es auf der Seele, dass wir den Sprengstoff als Diplomatengepäck losschicken mussten.«

Hoikens lächelte nur, denn er wusste, dass der Plastiksprengstoff, der mit einer Ladung Käse ähnlicher Konsistenz in die italienische Botschaft nach Tallinn gebracht worden war, selbst mit dem besten Röntgengerät nicht entdeckt werden konnte. Er hatte früher schon solchen Sprengstoff durch Kontrollen am Zoll oder Flughafen geschmuggelt, aber in weitaus kleineren Portionen. Die Menge, die er für sein jetziges Vorhaben benötigte, wäre bei jeder Gepäckkontrolle aufgefallen, und daher war er froh, dass Lieferungen für die Botschaften ungeprüft durchgewinkt wurden. Er musste nicht einmal befürchten, dass der Sprengstoff durch einen dummen Zufall entdeckt wurde, denn der Lagerverwalter zählte zu Fiumettis Anhängern und träumte bereits davon, den jetzigen Botschafter in Tallinn ablösen zu können. Doch um das Zeug abzuholen, benötigten sie Jaagup und dessen verbeulten Lieferwagen, der unten an der Straße stand und aussah, als bräche er jeden Augenblick zusammen.

»Fährt aber gut!«, erklärte Jaagup stolz, als Hoikens ihn nach dem Auto fragte.

Dieser nickte zufrieden. Mit diesem Gefährt konnten er und seine Mitstreiter völlig unbeachtet durch die Stadt fahren und das Gelände auspähen. Das Schloss Kadriorg, sein eigentliches Ziel, würde er jedoch nur aus gebührlicher Entfernung betrachten. Bereits jetzt wurde es schärfer bewacht als Fort Knox, und da hätte übertriebene Neugier nur Aufsehen erregt. Außerdem kannte er das alte Zarenschloss von Filmen und Grundrisszeichnungen her wahrscheinlich besser als die meisten Menschen, die sich dort tagtäglich aufhielten.

»Sollen wir jetzt zur Botschaft fahren?« Mazzettis Frage beendete Hoikens' Gedankengang. Er rieb sich über die Stirn und blickte noch einmal zu dem Wagen hinunter. »Warum nicht? Dann haben wir es hinter uns.«

Jaagup zog grinsend seinen Autoschlüssel aus der Tasche. Der Schlüsselanhänger bestand aus einem schwarzen Hakenkreuz, das er seinen Gästen stolz präsentierte.

»Nicht schlecht! Aber in den nächsten Tagen solltest du das lieber abmachen. Wenn wir angehalten werden, will ich keinen Verdacht erregen.« Hoikens sah die Enttäuschung auf Jaagups Gesicht. Irgendwie wirkte der Este auf ihn wie eine Kopie von Florian Kobner. Ebenso wie Feilings früherer Leibwächter hatte er zwar viele Muskeln, aber nicht besonders viele Windungen im Gehirn.

»Wenn alles vorbei ist, schenke ich dir eine Originalfahne, die von alten Kameraden über sechzig Jahre lang gehütet worden ist!«, versuchte Hoikens den Esten zu ködern.

»Eine echte Fahne, sagst du?«

»Selbstverständlich! Hitler und Göring haben sie selbst berührt!« Hoikens sah, wie Jaagup vor Ehrfurcht erstarrte. Obwohl der Este sonst viel von Symbolen hielt, hatte er bei seinem Toyota auf provozierende Sprüche und Bilder verzichtet, allerdings nicht aus freien Stücken, sondern weil die Russen in dieser Gegend seinen Wagen auseinandergenommen oder angezündet hätten. Die Straße, in der er wohnte, gehörte zwar zum Revier seiner Gesinnungsgenossen, doch schon einen Steinwurf weiter befand sich ein Vorposten ihrer Gegner, den er und seine Leute regelmäßig attackierten.

Wenn der Deutsche den Sprengstoff brachte, würde er einen Teil davon abzweigen, um den russischen Stachel in seinem Fleisch zu entfernen.

VIERZEHN

Zunächst kurvte Jaagup ziemlich wild durch die Gegend, um die Kernreviere der feindlichen Gruppen zu umgehen, dann bog er auf die Pärnu ein und fuhr stadteinwärts. Zu nahe an der italienischen Botschaft wollte Hoikens ihn nicht halten lassen. Daher wies er ihn an, einen geeigneten Parkplatz zu suchen und dort auf sie zu warten. Es dauerte eine Weile, bis Jaagup einen passenden Platz fand, denn wegen des EU-Treffens waren die Sicherheitsvorkehrungen auch hier verstärkt worden, und ein großer Teil der Straßen und Parkplätze stand nicht mehr für den privaten Verkehr zur Verfügung.

Die italienische Botschaft war versperrt wie eine Festung, doch die italienischen Pässe, die Mazzetti und Hoikens dem Wachtposten präsentierten, sorgten dafür, dass sie unbehelligt eintreten konnten. Im Innern des Gebäudes fanden sie sich problemlos zurecht. Sie hatten die Pläne studiert und wussten daher auf Anhieb, wo ihre Kontaktpersonen zu finden waren. Die erste war eine junge, attraktive Angestellte, deren Onkel Fiumettis Partei angehörte, ohne zu ahnen, dass die Nichte ihn an Entschlossenheit und Ehrgeiz bei weitem übertraf. Sie kannte Mazzetti von gemeinsamen Parteitreffen und begrüßte ihn freudig. In die Planung des Anschlags war sie nicht eingeweiht, sie wusste nur, dass Mazzetti mit einem Begleiter kommen und ein paar Sachen abholen würde, die mit der Post geschickt worden waren.

Während sie das Paket aus einem verschlossenen Schrank holte, sah sie sich immer wieder zu Hoikens um. Mazzetti war zwar ein hübscher Bursche, und sie hatte auch schon eine kurze Affäre mit ihm genossen, doch dieser *tedesco* war auf seine Art etwas Besonderes. Sein Gesicht erinnerte sie an Brad Pitt, auch wenn er energischer wirkte und vor allem härter. Das war ein Mann, der unbeirrt von allen irdischen Einflüssen seinen Weg gehen würde.

Ihr Interesse an ihm wuchs, als er das Paket öffnete und mit sicherem Griff eine matt glänzende Pistole mit Schultergurt herausholte. »Das ist aber eine schöne Waffe. Darf ich sie mal halten?«, fragte sie.

Hoikens reichte ihr die Sphinx AT 2000 S mit einer fast andächtigen Bewegung. Es war ihm nicht leichtgefallen, während der Reise auf Renks Pistole zu verzichten, doch die Vorsicht hatte ihm geraten, sie nicht mitzunehmen. Daher hatte er sie persönlich in diese Kiste gepackt, die an die Botschaft geschickt werden sollte. Jetzt, da er sie wieder in Händen halten konnte, fühlte er sich um etliches besser.

Mit einem Lächeln nahm er der jungen Frau die Waffe wieder ab und steckte sie ein. »Entschuldigung, aber ich habe sie lange vermisst!«

»Das verstehe ich!« Ihre Stimme wurde zu einem einzigen Locken. »Ich heiße Madalena. Wollen wir uns nicht heute Abend treffen, im R.I.F.F. zum Beispiel? Jeder Taxifahrer kennt es.«

»Ich werde sehen, was sich machen lässt.« Obwohl Hoikens Frauen nicht grundsätzlich abgeneigt war, missfiel ihm diese Entwicklung. Er hatte an anderes zu denken als an Sex, und dass es dazu kommen sollte, las er in den Augen der Italienerin.

Bemüht, nicht unfreundlich zu wirken, machte er das Paket wieder zu. Die junge Frau brauchte nicht zu wissen, welche anderen Dinge die Sendung noch enthielt. Sie waren für das Gelingen seines Plans ebenso wichtig wie der Sprengstoff, den sie jetzt abholen wollten.

»Signorina, es war mir eine Freude!«

»Bis heute Abend!«

Hoikens lächelte verbindlich und war froh, als er das Zimmer verlassen konnte. Mazzetti folgte ihm grinsend. »Die geht aber ran, nicht wahr? Schade, dass es mit uns nicht mehr läuft.«

»Du kannst die Verabredung gerne selbst übernehmen«, antwortete Hoikens knurrig.

»Das würde ich nur allzu gerne, aber dann dürfte die Kleine sehr enttäuscht sein, und enttäuschte Frauen sind zu vielem fähig. Sie könnte in ihrer Wut sogar unseren Plan gefährden. Das willst du doch sicher nicht.«

Hoikens hätte Mazzetti eine herunterhauen können. Der Mann tat so, als wären sie zum Vergnügen hier. Gleichzeitig aber durfte er diese Warnung nicht in den Wind schlagen. Auch wenn Madalena nicht in seine Pläne eingeweiht war, wusste sie schon zu viel. Eine Hand streichelte unbewusst die Stelle, an der er die Pistole umgeschnallt hatte. Vielleicht war es besser, sie auszuschalten. Darüber musste er nachdenken. Aber jetzt war der Sprengstoff wichtiger.

Als hätten sie den Aufzug nicht gefunden, stiegen sie einige Treppen hinab, bis sie in den hinteren Teil des Gebäudes kamen, in dem der Koch sein Revier hatte. Als sie die Küche betraten, schmeckte dieser gerade die Pastasoße ab und ließ sich auch von Hoikens' mahnendem Räuspern nicht stören.

Erst als die Soße nach seinem Geschmack war, drehte er sich zu ihnen um. Wie Madalena kannte auch er Mazzetti persönlich. Er übergab den Kochlöffel einem seiner Untergebenen und streckte den Ankömmlingen die Rechte entgegen.

»Willkommen, Signori! Ich freue mich riesig, Sie hier zu sehen.«

»Wir wollen den Käse holen«, unterbrach Hoikens ihn barsch.

Der Koch warf einen Blick auf seine Leute und winkte Hoikens und Mazzetti, ihm zu folgen. »Nicht so laut! Einige meiner Angestellten sind Esten. Die denken sonst noch, wir würden Sachen ins Land schmuggeln und dabei den Zoll umgehen.«

»Das tut ihr doch auch«, spottete Mazzetti.

»Natürlich! Aber das muss ich doch nicht an die große Glocke hängen.« Der Koch zwinkerte listig mit den Augen, während er Hoikens und Mazzetti in den Kühlraum führte. Dort konnte Hoikens feststellen, dass der Botschafter und seine Angestellten wirklich nicht darben mussten. Hier lagerten genug Parmesan, Parmaschinken und andere Köstlichkeiten, um ein halbes Heer ein paar Wochen lang zu versorgen.

Mazzetti griff nach einer Wurst und sog deren Duft ein. »Wunderbar! Darf ich diese Salami mitnehmen?«

»Selbstverständlich. Wollen Sie auch etwas, Signore?«, wandte der Koch sich an Hoikens.

»Nur den Käse, der für uns bestimmt ist!«

»Der Herr ist Deutscher, und die sind, wie du weißt, immer ein wenig seltsam«, raunte Mazzetti dem Koch zu.

Der Mann verdrehte die Augen, sagte aber nichts, sondern räumte einige Pakete zur Seite, bis zwei rechteckige Kartons zum Vorschein kamen, die an der Seite eingerissen waren.

Hoikens sog erschrocken die Luft ein, doch der Koch beruhigte ihn sofort. »Dem Inhalt ist nichts passiert. Ich musste die Schachtel nur unauffällig kennzeichnen, damit wir sie nicht aus Versehen verwenden. Dieser Käse hätte, würde ich sagen, arg scharf geschmeckt.« Der Mann kicherte bei seinen Worten.

Hoikens' Gesichtsausdruck verriet, dass er solche Scherze nicht mochte. »Ein Pfund davon in der Bratpfanne, und ihr hättet eine neue Botschaft bauen können.«

»So stark ist das Zeug?« Der Koch war beeindruckt und bemühte sich, das Paket schnell an Hoikens weiterzureichen. »Das nächste Mal warnt ihr mich gefälligst, damit es nicht doch noch aus Versehen knallt!«

»Hier in Tallinn wird es so schnell kein nächstes Mal mehr geben.« Hoikens nahm die beiden Sprengstoffschachteln und verließ den Kühlraum, ohne auf die beiden zu warten.

Mazzetti fand gerade noch die Zeit, sich mit ein paar Worten von dem Koch zu verabschieden und diesem zu versichern, dass die Bewegung den Dienst, den er eben geleistet hatte, nicht vergessen würde. Dann lief er hinter Hoikens her.

»Der Polizeiposten hat uns vorhin leer hereingehen sehen. Was ist, wenn er jetzt wissen will, was wir bei uns tragen?«, fragte er besorgt.

»Das lass meine Sorge sein!« Hoikens ging direkt auf den Posten zu und hielt seinen Mund knapp an dessen Ohr. »Italienischer Geheimdienst! Wir haben hier nur ein paar Lebensmittel aus der Heimat geholt. Hier, die Wurst ist für Sie. Lassen Sie sie sich schmecken.« Ohne auf Mazzettis empörten Blick zu achten, nahm er seinem Begleiter die Salami ab und steckte sie dem Wachtposten zu.

Der Este ließ die Wurst unter seiner Uniformjacke verschwinden und lächelte. »Ich wünsche den Herren noch einen schönen Aufenthalt in unserer Stadt.«

»Den werden wir haben!« Hoikens nickte dem Mann kurz zu und reihte sich dann in den Strom der Passanten ein.

Mazzetti blieb hinter Hoikens zurück und starrte auf dessen Rücken. Dabei wusste er nicht, ob er jetzt die Kaltblütigkeit seines Begleiters bewundern oder der Wurst nachtrauern sollte.

FÜNFZEHN

In Tallinn wimmelte es nur so von Sicherheitskräften. Torsten hatte noch nie so viele verschiedene Uniformen auf einem Haufen gesehen. Alle EU-Länder, die USA und die Türkei hatten Spezialkräfte geschickt, um das Treffen der EU-Regierungschefs zu überwachen, an dem neben dem türkischen Ministerpräsidenten Demirkan auch der amerikanische Vizepräsident Stark teilnehmen würde.

Zwanzig Kilometer vor der Küste lag der neue US-Flugzeugträger Ronald Reagan mit über einhundert Kampfflugzeugen und Hubschraubern und sicherte den Luftraum über Tallinn, um jeden Angriff von Selbstmordpiloten zu verhindern. Torsten erfuhr durch das Fernsehen, dass in Großbritannien eine muslimische Terrorgruppe ausgehoben worden war, die einen solchen Anschlag geplant hatte. In seinen Augen war jeder Versuch dieser Art zum Scheitern verurteilt. Die amerikanischen Fighter würden jede Heuschrecke vom Himmel holen, die sich unerlaubt der Stadt nähern wollte. Die Muslime in Tallinn wurden überwacht, und andere, die in die Stadt kommen wollten, unter fadenscheinigen Begründungen zurückgeschickt, darunter versehentlich sogar ein Mitglied der offiziellen türkischen Delegation.

Für dunkelhaarige, sonnengebräunte Männer, die dazu noch einen Vollbart trugen, war es nicht ratsam, sich den abgesperrten Bezirken im Nordwesten Tallinns zu nähern. Wer es dennoch versuchte, dem wurde für einige Tage die überwältigende Gastfreundschaft der estnischen Polizeikräfte zuteil, inklusive eines Besuchs durch Terrorabwehrspezialisten, die viele Fragen stellten und sehr ärgerlich wurden, wenn sie nicht die gewünschten Antworten erhielten.

Selbst Torsten hatte bei seinen Wanderungen durch die

Stadt schon zweimal seinen Dienstausweis zücken müssen, um allzu eifrige Sicherheitsleute daran zu hindern, ihn genauer unter die Lupe zu nehmen. Dabei sah er wirklich nicht aus wie ein Araber oder Tschetschene.

Die Nervosität war allenthalben zu spüren, und sie sorgte auch dafür, dass Graziella nach einer ersten Shoppingtour durch Tallinn lieber im Hotel blieb, als andauernd über Uniformierte zu stolpern oder vom Gehsteig gescheucht zu werden, wenn wieder einmal ein Polit-Promi vorbeikam.

Torsten war ganz froh darüber, denn von zu Hause immer mit einem guten Taschengeld ausgestattet, war Graziella bei ihren Einkäufen nicht sparsam. Zuerst pumpte sie ihn und dann Petra an, um wenigstens im Hotel und in den umgebenden Geschäften auf Beutezug gehen zu können. Die Klamotten, die sie kaufte, standen ihr ausgezeichnet, und Torsten begriff erst jetzt so richtig, was für eine aufregende Erscheinung sie war. Sogar Petra, die sich sonst nichts aus ihrem Aussehen machte, wurde ein wenig neidisch, als sie Graziella das erste Mal im modischen Stil einer wohlhabenden Italienerin gekleidet sah, und vergaß darüber am Abend in der Hotelbar sogar ihren geliebten Computer.

Am nächsten Morgen hatte sie einen schweren Kopf vom Saaremaa-Bier und Schwarzem Balsam und stöhnte zum Steinerweichen. Bisher hatte Torsten sich über Petra nicht beklagen können, doch diesmal baute er sich vor ihr auf und putzte sie herunter. »Was musst du auch so viel saufen, wenn du es nicht verträgst?«

Sie kniff die Augen zusammen und griff sich an den Kopf. »Schrei nicht so laut. Mir geht es nicht gut!«

»Du solltest mir heute Vormittag den neuesten Stand der Sicherheitsmaßnahmen besorgen, damit ich die Lücke finden kann, die Hoikens nutzen wird.« Torstens Wut wuchs, aber er mäßigte seine Stimme.

Petra sah ihn an wie ein sterbender Schwan. »Mein Gott! Du hast gestern keine Lücke gefunden und vorgestern auch nicht. Glaubst du, du findest heute eine?«

»Wenn ich nicht danach suche, sicher nicht. Warte, ich besorge dir ein Aspirin und einen Liter starken Kaffees. Dann aber nichts wie ran an den Computer. Hoikens kann jeden Augenblick zuschlagen.«

Da Torsten so sehr drängte, kämpfte Petra sich aus dem Bett und wankte ins Badezimmer. Als sie wieder herauskam, sah sie zwar immer noch blass aus, schien aber wieder halbwegs auf den Beinen zu sein.

Als sie den Computer einschaltete, konnte sie bereits wieder grinsen. »Na, was sagst du zu unserer rassigen Römerin? Mir sind gestern beinahe die Augen aus dem Kopf gefallen, als ich sie in ihrem neuen Kleid gesehen habe.«

»Das hat man gesehen. Dabei dachte ich, Äußerlichkeiten würden dich nicht interessieren.«

Petra grinste kläglich. »Gestern habe ich gemerkt, dass ich höchstens Durchschnitt bin.«

»Jetzt mach dich nicht schlechter, als du bist. Graziella sieht vielleicht besser aus als du, aber dafür bist du ein Genie am Computer und beim Bau von Maschinen.«

Torsten versuchte, Petra wieder aufzurichten, doch die hing immer noch ihren trüben Gedanken nach. Schließlich wurde es ihm zu bunt. »Was gibt es Neues?«

»Eine Änderung. Der US-Vizepräsident kommt bereits heute an, um zwischen den Türken, Griechen und Zyprioten zu vermitteln. Bei den beiden Letzteren gibt es immer noch große Vorbehalte gegen eine Vollmitgliedschaft der Türkei. Die soll Stark ausräumen.«

»Mit einem dicken Dollarbündel oder der Drohung, beide Länder zu bombardieren, wenn sie nicht zustimmen?«

Torstens sarkastische Bemerkung ging an Petra vorbei, da

sie ihre Finger über die Tastatur gleiten ließ und gespannt auf den Bildschirm starrte. »Unsere Frau Merkel kommt ebenfalls heute an, aber erst nach dem Ami. Ach ja, in Kairo wurden ein paar angebliche Terroristen gefasst, die ebenso angeblich einen Anschlag auf diesen Zirkus hier vorhatten.«

»Was soll das doppelte angeblich?«, fragte Torsten verwirrt.

»Weil es sich bei den Brüdern um regierungskritische Dissidenten handelt und selbst der CIA der Ansicht ist, dass ihnen die sogenannten Beweismittel vom ägyptischen Geheimdienst untergeschoben worden sind. In den Zeitungen liest es sich natürlich anders.«

»Das kann ich mir vorstellen.« Torsten ärgerte sich, weil dadurch die ganze Aufmerksamkeit auf mögliche muslimische Terroristen gelenkt wurde. Dabei kam die Gefahr für die Tagung weniger von diesen Fanatikern, sondern von Hoikens und seinen rechtsextremen Freunden. Die Al Kaida wusste, dass sie kaum eine Chance hatte, die hiesigen Sicherheitsmaßnahmen zu durchbrechen, und würde sich für ihre nächsten Anschläge schlechter bewachte Ziele aussuchen. Für einen Mann wie Hoikens hingegen war diese Situation eine Herausforderung, es allen zu zeigen.

Doch wo mochte der Kerl sein, fragte Torsten sich, und wo würde er zuschlagen?

SECHZEHN

Hauptmann Renzo war mit den Vorbereitungen für seinen Angriff hochzufrieden. Ghiodolfio hatte ihn und seine Leute samt zwei Schmugglerbooten mit Hilfe eines Antonow-Großraumflugzeugs nach Schweden bringen lassen. Von dort aus war der größte Teil des Trupps per Bus und Fähre nach Finnland gereist, während die Boote in einen der großen skandinavischen Trucks verfrachtet und hinterhergefahren worden waren. Jetzt befand sich die gesamte Gruppe in einem durch Tarnnetze geschützten Lager auf einer kleinen Insel südlich von Porkkala und war bereit zum Sprung über den Finnischen Meerbusen.

Renzos Blick glitt über seine Männer. Es waren die besten Jungs, die er je befehligt hatte. In seinen Augen standen sie den englischen SAS-Truppen oder den US Seals in nichts nach. Ghiodolfio hatte sie alle mit tschechischen CZ-Pistolen, alten russischen Baikalsturmgewehren und leichten Granatwerfern ausrüsten lassen. Die Waffen mochten nicht gerade die modernsten sein, aber sie waren robust und zuverlässig. Der Clou waren jedoch je ein schweres, russisches NSW-Maschinengewehr sowie zwei Milan-Raketen pro Boot, die allerdings erst eingesetzt werden sollten, wenn sie Tallinn erreicht hatten.

Die Boote waren schmal, flach und mit Kunststoffrümpfen ausgerüstet, die vom Radar kaum auszumachen waren. Daher würden sie sie ebenso zuverlässig über diesen Seitenarm der Ostsee bringen wie die albanischen Schmuggler über die Adria. Allerdings mussten seine Leute die Boote selbst lenken, denn Beslan und seine Albaner hatten sich geweigert, mitzukommen.

Renzos Gesicht spiegelte seine Verachtung wider, als er daran dachte. Die Kerle hatten wirklich geglaubt, er würde ihnen das Geld für die Boote geben und sie einfach gehen lassen. Jetzt lagen die sechs ein paar Fuß unter der Erde. Das war in Renzos Augen ein verdientes Schicksal. Schließlich hatten sie viele Jahre Rauschgift und Drogen nach Italien gebracht und damit das Volk geschädigt. Es ist an der Zeit, dass mit diesem Gesindel aufgeräumt wird, sagte er sich, während er ein paar seiner Männer zuwinkte, die mit Espressotassen aus der improvisierten Feldküche kamen.

Genau wie Renzo trugen sie die sackähnlichen Uniformen der estnischen Infanterie, die anscheinend noch von Stalins Schneidern entworfen worden waren und keinem Vergleich mit den Felduniformen der italienischen Streitkräfte standhielten. Doch diese Verkleidung war notwendig, damit Renzo und seine Leute bis zuletzt für estnische Soldaten gehalten wurden. Allerdings sahen sie von nahem nicht mehr wie Ostseebewohner aus, ja nicht einmal wie Italiener. Selbst die drei finnischen Kameraden und die beiden estnischen Lotsen, die sie nach Tallinn führen sollten, hatten sich ihre Haare schwarz gefärbt. Dem größten Teil seiner Leute spross sogar ein Vollbart. Auch Renzo hatte sich seit mehr als zwei Wochen nicht mehr rasiert. Zusammen mit dem Palästinensertuch, das er in seinem Rucksack hatte, musste es als Verkleidung reichen. Für die Verhandlungen mit der Gegenseite hatten sie sogar zwei echte Araber bei sich, irakische Christen, die für die Amerikaner gearbeitet hatten und nach deren Abzug schleunigst die Beine in die Hand genommen hatten, um von ihren Landleuten nicht als Verräter abgeschlachtet zu werden.

»Ich wollte, es würde bald losgehen!« Tino, der vor einiger Zeit mit Don Batista nach Rom gegangen war, sich dann aber entschlossen hatte, wieder zu seinen Kameraden zurückzukehren, kratzte sich nervös am Bart. Mit einem Mal zeigte er mit dem Daumen auf die rot gestrichene Hütte, die ihnen als Hauptquartier diente.

»Im Fernsehen bringen sie ständig Berichte über diese Schandversammlung in Tallinn. Fast alle Regierungschefs sind schon dort. Heute Abend soll Ecconi mit seinen Lumpenhunden ankommen, und morgen früh als Letzter der französische Präsident Sarkozy. Wir sollten morgen Nacht zuschlagen.«

»Wir müssen auf Ghiodolfios Befehl warten«, gab Renzo zur Antwort.

»Und was ist, wenn der zu spät kommt?«

Tino ist so unruhig wie ein junges Rennpferd vor dem ersten Start, dachte der Oberst. Ihm selbst ging es jedoch nicht viel besser. Diese Tat würde seinen Namen und die seiner Männer mit goldenen Lettern in das Buch der faschistischen Helden eintragen.

»Wir warten auf Ghiodolfios Befehl!« Renzo wusste, dass er keine Wahl hatte. Erst wenn die Agenten, die der General in Tallinn eingeschmuggelt hatte, grünes Licht gaben, konnten sie sicher sein, den größten Teil der versammelten Politiker in ihre Hand zu bekommen. Er ging in Gedanken noch einmal den letzten Teil des Plans im Kopf durch. Sie würden mit ihren Booten einen knappen Kilometer östlich des Fährhafens anlanden, die Strandpromenade und die Pirita tee überqueren und Schloss Kadriorg besetzen. Falls die leichten Waffen nicht ausreichten, würden sie sich den Weg mit ihren Milan-Raketen bahnen.

Eins beunruhigte Renzo jedoch. Der Gewährsmann des Generals in Tallinn war ausgerechnet der Neidhammel Mazzetti, mit dem er schon wiederholt aneinandergeraten war. Was war, wenn dieser ihm den Triumph nicht gönnte und die Nachricht zurückhielt? Nach einem kurzen Moment weiteren Nachsinnens schüttelte Renzo den Kopf. Mazzetti konnte es sich nicht erlauben, den General zu enttäuschen, denn dadurch würde er dessen Vertrauen verspielen und wahrscheinlich sogar als Verräter liquidiert werden.

Mit einer energischen Geste wandte er sich Tino zu. »Wir sind bereit!«

»Das sind wir, Colonello. Die Jungs brennen darauf, dass es losgeht. So eine Aktion hat noch keiner durchgeführt. Wir werden Helden sein!« Tino strich über die Bordwand eines der Boote. Er sehnte sich danach, den Motor anzulassen und sich ans Steuer zu setzen, so wie bei der Probefahrt vor zwei Tagen. Allerdings hatte er dabei in der Nähe der Insel bleiben müssen, um nicht von amerikanischen Aufklärern entdeckt zu werden.

»Es ist höchste Zeit, dass Europa sich wieder auf sich selbst besinnt und das Joch der Amerikaner abschüttelt«, sagte er.

»Wir werden das unsere dafür tun!« Renzo atmete tief durch und ging zur Hütte hinüber. Die große Satellitenschüssel, die auf dem Dach angebracht war, diente nicht nur dem Fernsehempfang, sondern auch als Antenne der Funkanlage. Doch bis die erlösende Nachricht kam, wollte er die Sendungen ansehen, in denen über das große politische Treffen in Tallinn berichtet wurde.

SIEBZEHN

Torsten Renk war zu der Überzeugung gelangt, dass er selbst wie ein Terrorist denken musste, um Hoikens' Plänen auf die Spur zu kommen. Allerdings war dies leichter gesagt als getan. Sosehr er sich auch den Kopf zerbrach, er fand einfach keinen Ansatzpunkt, wie sein Gegner die immensen Sicherheitsvorkehrungen durchbrechen wollte. Selbst ein Anschlag mit Raketen war sinnlos, da über den Gebäuden, in denen die Politiker tagten, Hubschrauber kreisten, die mit ihren Luftabwehrgeschossen jeden Angriff dieser Art verhindern würden.

Auch Petras Suche nach den italienischen Sicherheitsbeamten hatte nichts ergeben, denn es befanden sich weitaus mehr Geheimdienstleute in Tallinn, als in den Computern der Botschaft verzeichnet waren.

»Und? Was meinst du? Soll ich das Innenministerium in Rom anzapfen?«, fragte Petra, die das ergebnislose Durchforsten der verschiedenen Dateien allmählich langweilte.

»Versuche es. Ich wecke inzwischen Graziella. Ihr Italienisch ist auf jeden Fall besser als das deines Übersetzungsprogramms.« Torsten glaubte nicht mehr daran, dass Petra den Knoten mit ihrem Computer lösen konnte. Dabei schrie alles in ihm, dass der entscheidende Schlag innerhalb der nächsten vierundzwanzig Stunden geführt werden musste, denn einige der Politiker wollten am übernächsten Tag wieder abfliegen.

Nach einer Weile schaltete Petra den Computer wieder aus. »Bei aller Liebe, es geht nicht. Ich muss erst an die frische Luft und dann frühstücken. Mein Gehirn braucht Kalorien.«

Torsten fuhr hoch, als hätte er sich eben in einen Reißnagel gesetzt. »Verdammt, es kann um Minuten gehen, und du denkst nur ans Essen!«

»Lass Petra in Ruhe! Sie weiß, was ihr guttut. Hinterher ist sie doppelt so leistungsfähig wie jetzt!« Graziella setzte sich etwas verschlafen auf und schüttelte sich, denn die Spannung, die zwischen Torsten und Petra entstanden war, griff auch auf sie über. Der MAD-Mann glich einem Raubtier, das in einem zu engen Käfig gehalten wird, und stand kurz vor der Explosion. Petra hingegen hatte sich bis an die Grenzen verausgabt und würde zusammenklappen, wenn sie nicht die Möglichkeit bekam, sich wenigstens etwas zu erholen.

Petra warf Graziella einen dankbaren Blick zu und schlüpfte in ihr Sweatshirt. »In einer halben Stunde bin ich zurück. Dann kann ich mich wieder besser konzentrieren.«

»Hoffentlich«, knurrte Torsten, während sie das Zimmer verließ.

Graziella sah ihn kopfschüttelnd an. »Du siehst aus, als

könntest du ebenfalls einen Kaffee brauchen. Warte, ich lasse einen bringen.« Bevor Torsten etwas sagen konnte, griff sie nach dem Zimmertelefon und gab die Bestellung auf.

»Schicken Sie auch eine Kleinigkeit zum Essen hoch und eine große Kanne Kaffee! Dazu noch eine oder besser zwei Flaschen Prosecco. Nein, wir wollen nicht ins Restaurant. Vielleicht später, danke.« Sie legte auf und sah Torsten an. »Warum müssen die Leute immer lästig werden und Dinge vorschlagen, die man gar nicht will? Oder möchtest du ins Terrassencafé gehen?«, fragte sie.

Torsten schüttelte den Kopf. »Ich möchte am liebsten niemanden sehen!«

»Auch mich nicht?« Graziella klang ein wenig kokett, doch Torsten achtete nur auf die Aussage und nicht auf den Sinn ihrer Worte.

»Petra und du – bei euch ist das etwas anderes. Ihr gehört schließlich zum Team.«

Graziella zog leicht beleidigt die Oberlippe hoch. »Du bist aber kein Kavalier! Nennst deine pummelige Bekannte als Erste. Das klingt, als wäre sie dir lieber als ich.«

»Nein, so ist es nicht. Entschuldige, aber mir platzt schier der Kopf.«

Graziella sah Torsten an und spürte seine Verzweiflung. Er tat ihr leid. Doch was konnte sie schon für ihn tun? Auch sie hatte Angst davor, dass Hoikens' infamer Anschlag gelingen könnte und Europa ins Chaos stürzen würde. Dann horchte sie tiefer in sich hinein und fühlte, dass noch mehr in ihr bohrte. In den Nächten durchlebte sie in ihren Albträumen immer wieder die Vergewaltigung durch Gianni, und sie begriff, dass sie wohl nie mehr einem Mann vertrauen würde, wenn sie sich nicht selbst aus diesem Teufelskreis befreite. Zu einem Psychologen zu laufen, würde ihr in diesem Fall auch nichts helfen, zumal sie sich nicht vorstellen konnte, einem Außenstehenden so intime Einzelheiten anzuvertrauen.

Nachdem sie tief durchgeatmet hatte, trat sie auf Torsten zu und legte ihre Hände auf seine Wangen. »Du solltest Hoikens für ein paar Minuten vergessen und an schöne Dinge denken. Danach geht es dir besser, und dir fällt sicher etwas ein.«

»Wenn es so einfach wäre!« Torsten lachte bitter auf, ließ aber zu, dass Graziella ihn zu einem Sessel lotste, und nahm darauf Platz. Kurz darauf läutete der Zimmerservice und brachte das bestellte Frühstück. Graziella reichte dem Mädchen einen Fünfeuroschein als Trinkgeld und forderte sie auf, das »Bitte nicht stören«-Schild an den Türgriff zu hängen. Dann wandte sie sich Torsten zu und schenkte ihm eine Tasse Kaffee und ein Glas Sekt ein.

»So, gleich geht es dir besser«, sagte sie lächelnd. Ein geschickter Griff ließ den obersten Knopf ihrer Bluse aufgehen, und sie setzte sich so, dass ihr Dekolleté am besten zur Wirkung kam.

Noch begriff Torsten nicht, worauf die junge Italienerin aus war. Da streifte sie ihre Bluse ganz ab und drehte ihm den Rücken zu. »Den BH musst du selbst aufmachen.«

»Wieso?«, fragte er verdattert.

»Dummer Deutscher! Weil ich es will.« Graziella ärgerte sich über ihn und auch über sich, denn sie war wirklich keine, die sich einem Mann von selbst anbot. Rasch, damit sie den Mut nicht verlor, füllte sie ihr Glas nach.

»Begreifst du noch immer nicht, was ich will?«, fragte sie, während sie mit kleinen Schlucken trank.

Wie von einem fremden Willen gelenkt öffneten Torstens Hände nun den Verschluss ihres BHs. Während das Kleidungsstück schwankend wie ein Blatt zu Boden segelte, drehte Graziella sich um und schenkte ihm ebenfalls ein.

Er konnte etwas zu trinken brauchen. Mit großen Augen starrte er auf die beiden Hügel, die dort, wo der Bikini sie vor der Sonne geschützt hatte, so weiß leuchteten wie Milch. Auch die Brustwarzen waren blass und recht klein. Mit wachsender Erregung sah er zu, wie Graziella sich weiter entkleidete. Mit ihrer gut gerundeten Figur sah sie aus, als wäre sie gerade einem Botticelli-Gemälde entstiegen.

Anders als in Wien loderte in Torsten eine Leidenschaft hoch, die er bisher nur bei Andrea empfunden hatte. Er griff nach Graziella und zog sie heftig an sich. Doch seine ungestüme Art erschreckte sie so, dass sie erstarrte und mit sich kämpfte, ihn nicht zurückzustoßen.

»Geh bitte vorsichtig mit mir um. Ich muss einiges vergessen, was Männer betrifft, und dabei sollst du mir helfen.«

Torsten nickte beschämt und begnügte sich zunächst damit, sie sanft zu streicheln, bis Graziella wie ein kleines Kätzchen schnurrte. Es war doch etwas anderes, die Berührung von Händen zu spüren, die wie ein sanfter Windhauch über ihren Körper glitten und diesen eher spielerisch in einen erwartungsfrohen Zustand versetzen, als auf so tierische Weise vergewaltigt zu werden wie von Gianni.

Auf ihre leise Aufforderung hin trug Torsten sie zum Bett und legte sie darauf. Als er sich über sie beugte und ihre Brustwarzen küsste, sah er wieder Andreas Bild vor sich und kämpfte mit Schuldgefühlen. Vielleicht würde sie heute noch leben, wenn er nicht länger als geplant in Afghanistan geblieben wäre. Dann machte er sich klar, dass er sich nicht in Erinnerungen verstricken durfte, sondern einen klaren Kopf behalten musste, wenn er Erfolg haben und Andrea rächen wollte. Dazu aber brauchte er Graziella nicht weniger als sie ihn. Was Hoikens betraf, konnte er sich voll und ganz auf Petra verlassen. Wenn es eine Chance gab, den Kerl auszuräuchern, würde ihr es gelingen. Zu dieser Überzeugung gekommen, schob er alles beiseite, was ihn belastete, und bemühte sich, Graziella den Glauben an den männlichen Teil der Menschheit wiederzugeben.

ACHTZEHN

Hans Joachim Hoikens hatte sich an jenem Abend mit der Botschaftsangestellten Madalena im R.I.F.F. getroffen. Es war nicht ihre einzige Begegnung geblieben, denn die junge Frau war außerordentlich aufregend. Sie waren bereits in der ersten Nacht im Bett gelandet, und trotz seiner vorherigen Zweifel hatte Hoikens es nicht bereut.

Madalenas Onkel zählte zu den engsten Vertrauten des Faschistenführers Fiumetti, überdies war sie mit Ghiodolfio bekannt und ebenso ehrgeizig wie Hoikens selbst. Auch ihr schwebte die Idee eines neuen Römischen Imperiums vor, in dem Deutschland eine wichtige Rolle spielen sollte. Hoikens gefiel ihr, und sie stellte sich vor, wie es wäre, wenn er zum Generalgouverneur dieses Landes aufsteigen und sie selbst seine First Lady würde.

Da Hoikens seinen einstigen Gönner Feiling längst für einen unfähigen Narren hielt, schwelgte er umso lieber in der Vorstellung, die die junge Frau vor ihm ausbreitete. Allerdings vergaß er darüber sein Vorhaben nicht und ließ sich von Madalena, die das Vertrauen ihres Vorgesetzten schmählich missbrauchte, über die EU-Versammlung auf dem Laufenden halten.

An diesem Nachmittag überreichte sie ihm einige Kopien, die sie heimlich angefertigt hatte. »Hier, sieh! Heute Abend werden sich alle Politiker in Schloss Kadriorg versammeln und den Aufnahmevertrag mit den Türken unterzeichnen.«

Hoikens warf einen Blick auf die Papiere und lachte leise auf. »Nicht, wenn ich es verhindern kann, meine Liebe. Eigentlich wollte ich ja bei dir bleiben und mit dir reden.«

»Nur reden?«, fragte Madalena anzüglich.

Hoikens lachte erneut. »Es hätte ruhig etwas mehr werden können. Aber aufgeschoben ist nicht aufgehoben. Sobald die Sache erledigt ist, komme ich zu dir. Es wäre ein gutes Alibi, findest du nicht?«

»Es kommt darauf an, wie gut du deine Sache machst. Stimmt es, dass Mazzetti und du Ministerpräsident Ecconi erschießen wollt?«

»Nur den italienischen Ministerpräsidenten? Das wäre etwas wenig!« Hoikens amüsierte sich, als Madalena nach seinen Worten überrascht aufkeuchte, und blickte dann auf seine Uhr.

»Es ist spät geworden. Ich muss jetzt gehen.«

»Küss mich noch einmal!«

Hoikens kam ihrem Wunsch nach und verließ kurz darauf die italienische Botschaft. Ein Taxifahrer brachte ihn nach Kitseküla. Zufrieden dachte er darüber nach, wie klug es gewesen war, sich in dieser Vorstadt einzunisten. Es gab keinerlei Kontrollen, und der einzige Polizeiwagen, den er sah, rollte in die Gegenrichtung.

Dem Taxifahrer war offensichtlich nicht wohl dabei, in das übel beleumundete Viertel fahren zu müssen, und er bat Hoikens, ihm noch während des Fahrens das Geld zu geben und dann rasch auszusteigen.

»Hier leben Leute, die sich einen Spaß daraus machen, mit Steinen zu werfen. Passen Sie lieber auf, wenn Sie hier zu Fuß unterwegs sind«, warnte er seinen Fahrgast.

Hoikens lächelte. Er kannte die Gegend mittlerweile und wusste, dass Jaagups Leute in den Straßen patrouillierten, damit ihm die Russen nicht in die Quere kamen. Trotzdem würde er froh sein, wenn er dieses Stadtviertel und auch ganz Estland wieder verlassen konnte. Braune Kameraden hin oder her, auf Dauer waren ihm General Ghiodolfio und Hochwürden Weihrauch als Gesprächspartner lieber als Männer von Jaagups Format. Der Kerl dachte nicht weiter als bis zur nächsten Prügelei.

»Halten Sie dort an!«, forderte Hoikens den Taxifahrer auf und reichte ihm ein Bündel Scheine nach vorne. Der Mann nahm sie, ohne nachzuzählen, und trat auf die Bremse. Den anderen Fuß behielt er auf der Kupplung, um sofort weiterfahren zu können.

Während das Taxi wieder verschwand, betrat Hoikens das Haus, in dem sein estnischer Gastgeber wohnte, und stieg die Treppen zu dessen Wohnung hoch. Mazzetti hatte ihn kommen sehen und erwartete ihn bereits an der Tür.

»Und? Was gibt es?«, fragte er gespannt, denn in den letzten Tagen war Hoikens stets später gekommen.

Der Deutsche grinste und machte mit der Rechten die Geste des Telefonierens. »Du kannst unseren Freunden Bescheid geben. Die Feier findet heute Abend statt. Abu Musa soll sich exakt an den Zeitplan halten.«

Mazzetti nickte eifrig. Abu Musa war Renzos Tarnname, unter dem dieser das Kommandounternehmen durchführte. Er würde aber nicht Renzo direkt informieren, sondern über mehrere Verbindungsmänner, damit das Gespräch nicht zurückverfolgt werden konnte.

Hoikens hatte darauf bestanden, dass Renzo den Empfang über dieselbe Relaiskette bestätigen musste, damit er seinen Zeitplan mit dem des Stoßtrupps abstimmen konnte. Mazzetti und er durften nicht zu früh beim Schloss eintreffen, aber auch nicht so spät, dass sich die Aufregung bereits wieder gelegt hatte.

Das Klingeln seines Handys schreckte Mazzetti auf, und

er brachte es kaum fertig, den Empfangsknopf zu drücken.
»Hier Nero«, sagte er nur.

»Die kapitolinischen Gänse fliegen!«, hörte er, dann wurde die Verbindung unterbrochen. Sein Blick suchte Hoikens, der gerade seine Waffe durchlud.

»Wir können!«

»Es wird auch Zeit!« Hoikens rief nach Jaagup, der mit einer fast leeren Wodkaflasche aus der Küche kam und erst einmal lautstark aufstieß.

»Wir müssen aufbrechen. Aber kannst du überhaupt fahren?«, fragte Hoikens.

Jaagup winkte großspurig ab. »Das bisschen Wodka macht überhaupt nichts. Ich habe schon viel mehr getrunken und bin dann noch zweihundert Kilometer von einem Kameradentreffen nach Hause gefahren.«

Mazzetti teilte Hoikens' Befürchtungen und zupfte diesen am Ärmel. »Wäre es nicht besser, wenn einer von uns fährt?«

»Wir kennen die Stadt zu wenig, um die Schleichwege zu finden, die wir benützen müssen. Allerdings wäre es auch mir lieber, Jaagup wäre nüchtern.« Sein Blick versprach dem Esten nichts Gutes, sollte sein Vorhaben durch dessen Schuld gefährdet werden.

NEUNZEHN

Für Hauptmann Renzo war es wie eine Erlösung, als einer seiner Männer ihm das Handy reichte und er das Codewort vernahm, mit dem ihm der Einsatzbefehl übermittelt wurde.

»Es geht los!«, sagte er zu Tino, der das zweite Boot befehligen sollte.

»Dem Himmel sei Dank! Ich dachte schon, wir müssten hier Wurzeln schlagen.« Tino lachte und brüllte eine faschistische Parole, die von den meisten Männern begeistert aufgenommen wurde.

Renzo drehte sich ärgerlich um. »Seid still, ihr Idioten! Ab jetzt sind wir gefährliche arabische Terroristen. Wenn einer von euch mich anspricht, dann mit dem Namen Abu Musa, und Tino nennt ihr gefälligst Faruk. Habt ihr mich verstanden?«

Er hatte dieses Spiel in den letzten beiden Tagen bereits mehrfach durchgeführt, um seine Männer entsprechend zu schulen. Sie grinsten nur und verteilten sich dann auf die beiden Boote. Auch das hatten sie in den letzten Tagen oft genug geübt. Zu Beginn hatte keiner von ihnen glauben wollen, dass auf ein so kleines Schiffchen je dreißig Mann mit der gesamten Ausrüstung passen würden. Inzwischen hatten sie sich, wie Tino lachend erklärt hatte, in perfekte Sardinen verwandelt.

Renzo sah zu, wie die Männer Planen über sich zogen, damit sie nicht von zufällig vorbeikommenden Schiffen gesehen werden konnten. Solange sie in finnischen Gewässern fuhren, waren sie Angler, die zu den besten Nachtfanggründen strebten. Erst später, wenn die Küste Finnlands hinter ihnen lag, würden sie die gesamte Schnelligkeit der beiden Flitzer ausnützen, um Tallinn in kürzester Zeit zu erreichen. Danach ... Renzo brach diesen Gedankengang ab und ertappte sich dabei, wie er sich bekreuzigte. Er wunderte sich darüber, denn seit seiner Firmung hatte er keine Kirche mehr betreten.

Mit einem schnellen Schritt stieg Renzo an Bord des vordersten Bootes und stieß es vom Steg ab. Einer der Männer hatte sich ans Steuer gesetzt. Er war bei der Marine gewesen und schien froh zu sein, wieder den Geruch des Meeres in der Nase zu spüren.

»Haltet euch eng hinter uns«, rief Renzo Tino zu. Dann richtete er seinen Blick nach vorne, wo er die estnische Küste wusste. Obwohl Renzo sich für einen mutigen Mann hielt, spürte er, dass die Angst mit ihm fuhr. Es gab einfach zu viele Unwägbarkeiten, an die er bis zu diesem Augenblick nicht zu denken gewagt hatte. Was war, wenn sie durch einen dummen Zufall einer estnischen Patrouille über den Weg liefen, oder gar einem amerikanischen Aufklärer? Würden die estnischen Parolen, die ihnen ein Gesinnungsfreund aus dem Verteidigungsministerium in Tallinn hatte zukommen lassen, dieser Prüfung standhalten?

Um sich abzulenken, dachte Renzo an Mazzetti, der in Tallinn saß und darauf wartete, dass der Aufruhr im Stadtteil Kadriorg losbrach. Wahrscheinlich würde er jetzt am Fenster stehen und beten, dass der Angriff misslang. Renzo lachte wütend und reckte die Faust in die Richtung, in der er die Stadt wusste.

»Das hättest du wohl gerne, du kleiner Pisser! Aber wir werden siegen!« Danach richtete er seine Aufmerksamkeit auf die Positionslichter der Schiffe, die auf dem Finnischen Meerbusen fuhren, und versuchte, Kurs und Geschwindigkeit abzuschätzen. Es war nicht mehr als Beschäftigungstherapie, denn in jedem der beiden Boote saß ein Mann an einem tragbaren Radargerät und behielt die Gegend im Auge.

ZWANZIG

Petra Waitl wischte sich eine Strähne ihres nass geschwitzten Haares zurück und starrte mit brennenden Augen auf ihren Computerbildschirm. Sie ärgerte sich über Torsten, über Graziella, über die ganze Welt und am meisten über sich selbst. In den letzten Tagen hatte sie fast pausenlos vor ihrem Laptop gesessen und sich in Hunderte von Dateien eingeschlichen, ohne auch nur den geringsten Anhaltspunkt zu finden.

»Und so was nennt sich Genie«, murmelte sie in bitterer Selbstverspottung. Einige Male war sie schon kurz davor gewesen, einfach aufzugeben. Die Sicherheitsvorkehrungen dieses EU-Gipfels waren schlicht und einfach perfekt. Zusätzlich zur estnischen Polizei und zu den Armeeeinheiten befanden sich US Seals hier, englische SAS-Truppen, Einheiten spanischer, französischer und weiterer Antiterroreinheiten einschließlich der deutschen GSG9 und darüber hinaus noch unzählige Geheimdienstleute. Petra konnte genau sagen, wo sich Torstens Vorgesetzter Wagner im Moment gerade aufhielt. Doch sie hatte nicht die leiseste Ahnung, wo Hoikens sich herumtrieb, und es gab keinen Anhaltspunkt, wie er an die Spitzenpolitiker herankommen wollte.

Nicht zum ersten Mal fragte sie sich, ob Torsten möglicherweise einem Hirngespinst hinterherlief. Immerhin gehörte Hoikens zu der Gruppe, die seine Freundin Andrea umgebracht hatte. Da mochte er diesem Mann Dinge unterstellen, die unmöglich waren. Bei diesem Gedanken kniff Petra die Lippen zusammen, bis sie nur noch einen Strich bildeten. Andrea war auch ihre Freundin gewesen – eine von zwei oder drei Frauen in ihrer Bekanntschaft, die sich nicht über ihren Technik- und Computerspleen lustig gemacht hatte. Für die meisten anderen war sie nur der fette, mondgesichtige Trampel gewesen, der sich mehr um seine Figur als um sein nächstes Computerprogramm hätte kümmern sollen. Auch ihre männlichen Bekannten hatten sie zumeist nur verspottet. Aber das hatte sie nur in dem Vorsatz bestärkt, auf diesem Gebiet besser zu sein als alle anderen. Torsten Renk war einer der wenigen gewesen, der ihre Fähigkeiten wirklich anerkannt hatte, und sie war gerade dabei, ihn zu enttäuschen.

»Verdammt, ich muss etwas finden!« Petra hieb mit der flachen Hand auf ihren Oberschenkel. Der Schmerz ließ sie aufstöhnen, machte sie aber wieder wach. Ihre Finger flitzten über die Tastatur, und sie klinkte sich in den Bordcomputer der USS Ronald Reagan ein. Mit einem gewissen Stolz dachte sie daran, dass es wohl kaum einen zweiten Hacker auf der Welt gab, dem dies gelang.

Was eigentlich nur zur Rettung ihres Selbstbewusstseins gedacht war, erwies sich als interessanter, als sie erwartet hatte. Die Ronald Reagan überwachte den Schiffs- und Luftverkehr im weiten Umkreis. Um die Flugzeuge kümmerte Petra sich nicht. Von denen durfte sich keines Tallinn ohne Erlaubnis nähern, ohne sofort abgeschossen zu werden. Doch was war mit dem Meer?, fragte sie sich. Immerhin lag Tallinn an der Küste, und es gab auf dem Finnischen Meerbusen genug Schiffe, Jachten und Fischerboote. Da brauchte nur eines mit weitreichenden Raketen bestückt sein. Sie schüttelte sofort den Kopf. Um Tallinn herum standen mehrere Batterien modernster Luftabwehrgeschosse. Außerdem kreisten speziell ausgerüstete Hubschrauber über der Stadt. Da kam auch keine Rakete durch. Es sei denn, sie wurde so nahe abgefeuert, dass keine Zeit mehr für Gegenmaßnahmen blieb.

An Hoikens' Stelle hätte sie einen solchen Schlag gewagt. Kurz entschlossen rief sie einen zweiten Bildschirm auf, um die Wahrscheinlichkeit eines Erfolgs zu berechnen. Das Ergebnis war nicht gerade berauschend. Ein solches Schiff hätte zuerst ungesehen durch den Radarschirm der Ronald Reagan und der Küstenstationen kommen und dabei den Patrouillenbooten der estnischen Marine und US Navy ausweichen müssen. Außerdem hätte es nach dem Abschuss einer Rakete keine Möglichkeit mehr gehabt zu entkommen.

»Sinnlos!« Der Klang ihrer eigenen Stimme kratzte an Petras Nerven. Trotzdem ließ der Gedanke ans Meer sie nicht los. Sie schaltete erneut auf die USS Ronald Reagan um und sah sich deren Radarergebnisse an. Es waren Hunderte von Schiffen unterwegs. Die meisten von ihnen hielten jedoch auf Helsinki zu oder fuhren nach Narva und Sankt Petersburg weiter. Um Tallinn herum war das Seegebiet ebenso abgesperrt worden wie der Luftraum über der Stadt.

»Auch eine Niete«, setzte Petra ihr Selbstgespräch fort. Torsten hatte ihr gesagt, sie müssten versuchen, sich in Hoikens' Situation zu versetzen. Doch manchmal zweifelte sie daran, dass Torsten den Neonazi am Flughafen von Tallinn überhaupt gesehen hatte. Kein vernünftiger Mensch würde in dieser schwer bewachten Stadt einen Anschlag wagen. Sogar die Al Kaida begnügte sich damit, kleine Stiche gegen amerikanische und englische Einrichtungen in Afrika und einigen muslimischen Staaten durchzuführen, also in Gegenden, in denen die Attentäter auf die Hilfe einheimischer Kräfte zurückgreifen und danach in der Masse der Menschen verschwinden konnten.

»Torsten ist kein Idiot. Er weiß, was er sagt!« Petra dachte nach und zuckte plötzlich zusammen. Die ganze Zeit dachten Torsten und sie über einen einzigen Anschlag nach. Der jedoch schien schlicht unmöglich. Aber hatte Torsten nicht selbst einmal von einem Ablenkungsmanöver gesprochen und Hoikens ein Genie des Terrors genannt? Petra führte erneut eine Wahrscheinlichkeitsberechnung durch, und diesmal war das Ergebnis ziemlich eindeutig. Laut Computer lag die Erfolgschance eines solchen Unternehmens bei mehr als einem Drittel. Für einen Mann wie Hoikens mochte das reichen.

Doch wie sollte sie herausfinden, wie dieses Ablenkungsmanöver geplant war? Es konnte nicht direkt in der Stadt gestartet werden, sondern musste von außerhalb kommen. Ein Angriff aus der Luft schied ebenso aus wie Raketen, die aus der Umgebung abgefeuert wurden.

»Es bleibt also doch nur die See!« Petra wusste nicht, warum sie sich dessen so sicher war. Doch ein Aufruhr im Hafen oder wenigstens in der Bucht von Tallinn würde die Aufmerksamkeit vom Tagungsgelände ablenken und unter Umständen jene Lücke in den Abwehrkordon reißen, die Hoikens brauchte.

Petra schoss hoch und rannte aus dem Zimmer. Es dauerte ein paar Augenblicke, bis der Aufzug kam, doch dann fuhr sie hoch bis zum Terrassencafé und erreichte keuchend den Tisch, an dem Graziella und Torsten saßen. Sie hatte die beiden aus dem Zimmer gescheucht, um in Ruhe arbeiten zu können, und wie es aussah, hatte es sich gelohnt.

Graziella zog die Mundwinkel nach unten, weil Petra mit ihrem Erscheinen die romantische Stimmung zerstörte, die eben zumindest ansatzweise geherrscht hatte.

Torsten hingegen sah Petra wie elektrisiert an. »Und? Hast du etwas herausgefunden?«

Petra nickte, obwohl es nicht mehr als ein vager Verdacht war. Doch es konnte die Spur sein, die sie so dringend brauchten.

EINUNDZWANZIG

Es läuft besser als gedacht, Colonello!« In seiner Freude darüber, dass bisher kein Hindernis vor ihnen aufgetaucht war, vergaß Flamur ganz, dass er Renzo bei diesem Kommandounternehmen als Abu Musa hätte anreden sollen.

Renzo winkte dem Albaner, still zu sein, und richtete sein Augenmerk wieder auf die hell erleuchtete USS Ronald Reagan, die seitlich vor ihnen dümpelte. Der Flugzeugträger war mindestens zehn, vielleicht sogar fünfzehn Seemeilen entfernt, trotzdem bot er einen Anblick, der einem Mann Magenschmerzen bereiten konnte. In ganz Europa gab es kein einziges Schiff, das sich auch nur ansatzweise mit der Ronald Reagan messen konnte, und dabei war dieser schwimmende Riese nur einer von vielen, die die US Navy besaß.

Renzo sagte sich, dass die rasche Aufrüstung des Kontinents eines der ersten Dinge sein musste, die nach der großen nationalen Revolution in Europa zu geschehen hatten, damit man den Amis, aber auch den Russen und Chinesen von Gleich zu Gleich in die Augen blicken konnte.

»Wir müssen zusehen, dass wir nicht zu nahe an den Kasten dort herankommen. Sie dürfen uns von Deck aus nicht sehen«, raunte er seinem Steuermann zu. Der nickte und zog das Schnellboot herum, obwohl es jetzt noch nicht nötig gewesen wäre. Es bewies Renzo, dass er nicht als Einziger an Bord nervös war. Tinos Boot folgte mit einer gewissen Verzögerung und zog dabei eine schäumende, weiße Spur hinter sich hier.

»Passt auf, ihr Idioten«, rief Renzo wütend hinüber. Megaphone wären für die Kommunikation von Boot zu Boot hilfreich gewesen, doch sie durften ebenso wenig eingesetzt werden wie die Funkgeräte.

Renzo ärgerte sich, weil sie auf die meisten technischen Hilfsmittel verzichten mussten, die ihnen die Fahrt hätte erleichtern können. Wenigstens konnten sie einen GPS-Kompass und das tragbare Radar verwenden.

Der Mann, der den kleinen Bildschirm des Radars bisher nicht aus den Augen gelassen hatte, sah nun auf. »Wir haben ein Problem, Capitano. Genau auf unserem Kurs liegen zwei

Schiffe. Von der Größe her könnten es Patrouillenboote der Esten oder der Yankees sein. Wenn wir den Kurs beibehalten, schwimmen wir genau auf sie zu.«

»Verdammt!« Renzo fluchte leise, während er in die Nacht hinausstarrte. »Wir drosseln die Geschwindigkeit und halten mehr auf die Ronald Reagan zu.«

»Ist das nicht zu gefährlich? Außerdem fallen wir damit hinter unseren Zeitplan zurück«, wandte einer der Männer ein.

»Wir haben nichts davon, wenn wir den Esten direkt in die Arme laufen«, fuhr Renzo ihn an. »Wir müssen zwischen ihnen und der Reagan hindurchschlüpfen. Was den Zeitplan betrifft, so ist es scheißegal, ob wir jetzt fünf oder zehn Minuten später ankommen.«

Es gab keine Einwände mehr. Einer der Männer nahm einen Leuchtstab so in die Hand, dass dieser nur von Tinos Boot aus gesehen werden konnte, und gab dessen Steuermann das Zeichen, dem Führungsboot zu folgen. Beide Boote wurden langsamer und richteten ihren Bug wieder mehr auf den amerikanischen Flugzeugträger. Renzo blickte sich kurz um und sah zufrieden, dass Tinos Boot ihren Manövern folgte. Aufgrund der geringeren Geschwindigkeit wurden die schäumenden Heckwellen schwächer. Damit waren sie praktisch nicht mehr auszumachen, und nun schob sich auch noch eine Wolke vor den Mond.

»Wir haben Glück! Bis es wieder heller wird, haben wir die Reagan passiert«, machte er sich selbst Mut.

»Und was ist mit ihrem Radar? Irgendein Echo müssen sie von uns doch bekommen? Oder glaubt ihr wirklich, dass diese albanischen Boote sich unsichtbar machen können?«

Renzo spürte die Unsicherheit und Angst, die aus den Worten des Rudergängers sprach. Hatte der Kerl während seiner Ausbildung überhaupt nichts begriffen? Im Krieg mussten

Risiken eingegangen werden. Es galt einfach, schneller und vor allem klüger zu sein als die andere Seite. Sein Blick saugte sich an dem massigen Flugzeugträger fest, dem sie immer näher kamen, und er sah, wie mehrere Hubschrauber aufstiegen.

»Hoffentlich kommen die nicht in unsere Richtung.« Noch während Renzo es sagte, ärgerte er sich über seinen Ausspruch. Damit zeigte er seinen Leuten, dass er genauso nervös und ängstlich war wie sie.

Die Maschinen drehten über backbord ab und flogen Richtung Land. Dennoch hielten alle die Luft an, bis sie den Flugzeugträger passiert hatten. Dann atmeten sie erleichtert auf. Renzo bekreuzigte sich erneut und blickte nach Süden. Dort spiegelten sich die Lichter von Tallinn bereits hell im Meer. »Geschwindigkeit erhöhen und wieder auf den alten Kurs gehen!«, befahl er und warf einen letzten höhnischen Blick auf den Flugzeugträger, der achtern zurückblieb.

ZWEIUNDZWANZIG

Torsten stand über Petras Schulter gebeugt und starrte auf das Radarraster der Reagan. Man konnte die amerikanischen und estnischen Patrouillenboote darauf erkennen wie auch andere Schiffe, die meist am äußersten Rand vorbeizogen. Plötzlich stutzte er und wies auf einen kleinen, verwaschenen Fleck, der in der Nähe des Flugzeugträgers zu erkennen war.

»Was ist das?«

Petra zuckte mit den Achseln. »Keine Ahnung. Ich bin kein Marinespezialist. Das Militär ist dein Job. Ich bin nur für den Computer zuständig.«

»Behalte es im Auge. Ich will wissen, ob das ein natürlicher Reflex ist oder doch etwas anderes.«

Beinahe im selben Augenblick, in dem Torsten dies sagte, wurde auch der Radaroffizier der USS Ronald Reagan auf den Reflex aufmerksam.

»Seht mal, was kann das da sein?«

»Wahrscheinlich ein U-Boot, das sich in den Hafen von Tallinn schleicht, um die Häuptlinge zu entführen«, antwortete einer seiner Kameraden spöttisch.

»Unsinn! Dann hätten wir Sonarkontakt.«

Einer der Männer wusste es besser. »Ich habe so einen Reflex schon einmal gesehen. Es war ihm Atlantik. Damals handelte es sich um einen Wal.«

»Gibt es Wale in diesen Gewässern?«, fragte der dienstälteste Funker. Schweigen und Achselzucken waren die Antwort.

»Sollen wir es dem Alten melden?«

Noch bevor einer der Männer im Radarraum reagieren konnte, beugte er sich nach vorne und schaltete die Bordsprechanlage ein.

»Radar an Brücke. Wir haben ein unbekanntes Echo auf dem Schirm. Seaman Latimer meint, es könnte ein Wal sein.«

»Solange es nicht Moby Dick ist, ist mir das egal, und selbst der hätte gegen unsere Reagan keine Chance. Passt lieber auf, dass euch kein Schiff durch die Lappen geht.« Damit wurde die Leitung unterbrochen.

Einige der Männer lachten. »Geschieht dir recht, dass dich der I.O. abkanzelt. Wir sind nicht auf Walfang hier«, spottete einer.

»Jetzt ist das Echo weg. Wahrscheinlich war es nur ein Stück Treibholz, das auf Naissaar angeschwemmt worden ist«, meldete der Mann am Radar. Damit war für die Männer der Ronald Reagan die Sache erledigt.

Im Radisson-Hotel von Tallinn starrten Petra und Torsten auf den Bildschirm, und sie sahen, was den Amerikanern entging. Der verräterische Reflex war zwar für kurze Zeit von der Insel Naissaar verdeckt worden, doch jetzt kam er wieder zum Vorschein und steuerte direkt in die Bucht von Tallinn hinein.

»Für einen Wal ist das Ding aber sehr zielstrebig«, spottete Petra.

Torsten nickte. »Es kommt genau auf den Hafen zu, nein, ein Stück ostwärts.«

»Das ist der Strand von Kadriorg!« Graziella zeigte aufgeregt auf das Uferstück, das in der Verlängerung der Bahn des Echos lag.

»Das stinkt gewaltig! Warum haben die Amerikaner das Ding nicht gesehen und gestoppt?«, schimpfte Torsten.

»Weil sie glauben, dass es in der Ostsee Wale gibt, und den Reflex für einen gehalten haben!« Petra grinste, denn es machte ihr Spaß, mit ihrem Laptop mehr herausgefunden zu haben als die Amerikaner mit all ihren Schiffen und Riesencomputern.

Torsten starrte unterdessen auf den Bildschirm und schnappte sich dann Petras Handy.

»Was willst du machen?«, fragte sie.

»Ich rufe Wagner an und gebe Alarm!« Während er es sagte, tippte Torsten die Nummer von Wagners Diensthandy ein und wartete dann angespannt darauf, dass sein Vorgesetzter sich melden würde.

»Hier Wagner, was ist los?«, meldete sich der Major angespannt.

»Major, Sie müssen sofort den Strand von Kadriorg sichern lassen. Es nähert sich was über See.«

»Renk, sind Sie das?« Wagner klang verblüfft.

»Wir haben keine Zeit für Diskussionen. Was auch immer da kommt, es wird in ein paar Minuten zwischen dem Lobustus-Park und der Russalka an den Strand kommen. Wagner, Sie müssen etwas unternehmen!« Torstens Stimme klang drängend, und Wagner war Profi genug, keine Zeit zu verlieren.

»Das werde ich, aber ich reiße Ihnen den Kopf ab, wenn es nicht stimmt!«, rief er bärbeißig ins Handy, dann schaltete er es ab und drückte sämtliche Alarmknöpfe in seiner Reichweite.

Im Radisson sahen Graziella, Torsten und Petra sich nervös an. »Kann das Hoikens' Angriff sein?«, fragte die Italienerin.

Torsten schüttelte den Kopf. »Nicht sein Stil. Hoikens ist kein Mann für Hurraktionen. In meinen Augen ist es das erwartete Ablenkungsmanöver, welches seine Freunde gestartet haben. Wahrscheinlich tritt er in Aktion, wenn die Kerle anlanden. Bleibt ihr hier. Ich sehe zu, dass ich Hoikens finde.« Noch während er es sagte, eilte er zur Tür und stürmte hinaus.

Graziella und Petra tauschten nur einen kurzen Blick und folgten ihm, ohne ein Wort zu wechseln.

Im Hotelfoyer hielt Torsten dem nächstbesten Angestellten seinen Dienstausweis unter die Nase. »Deutscher Geheimdienst. Ich brauche sofort einen Wagen!«

Der Mann wurde blass und stotterte mehrere Worte auf Estnisch, zeigte dann aber nach draußen auf die Straße und sprach nun ebenfalls Englisch. »Sie können meinen Wagen nehmen. Der blaue bei der Laterne.« Noch während er es sagte, holte er seinen Autoschlüssel heraus. Bevor Torsten ihn nehmen konnte, schnappte Graziella danach.

»Ich fahre. Du musst vielleicht schießen!« Damit sprintete sie samt Schlüssel davon.

Torsten folgte ihr fluchend, erreichte sie jedoch erst, als sie bereits am Steuer saß. Um sie loszuwerden, hätte er sie aus dem Wagen zerren müssen, doch die Zeit hatte er nicht. Ärgerlich ließ er sich auf den Beifahrersitz fallen und schnaubte sie an.

»Los! Es kommt auf jede Sekunde an!«

»Rechts oder links?«, fragte Graziella.

»Erst mal geradeaus, dann links und bei der übernächsten großen Kreuzung rechts!«

Graziella startete den Motor und legte den Gang ein. Die kurze Verzögerung hatte Petra genügt, um hinter ihnen herzukommen. Während der Wagen anrollte, riss sie die rechte hintere Seitentür auf und wälzte sich Kopf voran in den Wagen. Geschickter, als man es ihr angesichts ihres Umfangs zutrauen hätte können, gelang es ihr, sich zu drehen, nach der offenen Tür zu greifen und diese zu schließen, ehe sie gegen einen geparkten Wagen schlagen konnte.

Graziella drückte das Gaspedal bis zum Anschlag durch und raste die Rävata entlang, als gelte es, sämtliche innerstädtischen Geschwindigkeitsrekorde zu brechen. Dann bog sie mit quietschenden Reifen in die Pronski ab und schoss im Tiefflug an einer Polizeistation vorbei. Zwei Streifenwagen nahmen sofort die Verfolgung auf, doch da hatte Graziella bereits die Hauptstraße erreicht und drehte nun erst richtig auf.

»Vorsicht! Da vorne musst du in die Weizenbergi einbiegen. Außerdem ist dort eine Straßensperre«, rief Torsten aus.

Graziella nickte und stieg auf die Bremse. Für Augenblicke sah es so aus, als würde sie die quer über die Straße gestellten Streifenwagen rammen, dann kam sie aber doch noch zum Stehen. Ein Dutzend Polizisten und Sicherheitsbeamter stürmten mit vorgehaltener Waffe auf sie zu.

Torsten hielt ihnen seinen Dienstausweis entgegen.

»Deutscher Geheimdienst, MAD ...«, brachte er noch heraus. Dann fing der Feuerzauber an.

DREIUNDZWANZIG

Als Major Wagner die beiden Schatten auf dem Wasser sah, begriff er, dass er es nicht mit drei oder vier Attentätern zu tun hatte, sondern mit einer halben Armee. Besorgt blickte er seine vier Untergebenen an sowie den GSG9-Trupp, den er auf die Schnelle hatte alarmieren können, und klopfte auf seine MP5.

»Leute, jetzt gilt es. Schießt erst auf mein Kommando. Wir müssen die Kerle überraschen!«

Sonst haben wir nicht die geringste Chance, setzte er in Gedanken hinzu. Er verfluchte die Amerikaner, die einen großen Flugzeugträger vor der Stadt liegen hatten und denen die beiden Boote anscheinend trotzdem entgangen waren. Allerdings wusste auch er, dass flache Plastikrümpfe kaum vom Radar erfasst wurden, wenn sie mit einer abweisenden Schicht überzogen waren.

Die beiden Boote kamen mit gedrosselten Motoren näher, bis sie in den Bereich der Küstenscheinwerfer gerieten. Dann drehten sie noch einmal voll auf und schossen auf den Strand zu. Die Besatzungen zweier Streifenwagen der estnischen Polizei, die auf der Uferstraße standen, starrten ihnen mit großen Augen entgegen, ohne sich zu rühren.

Wagner hätte ihnen am liebsten zugerufen, schleunigst zu verschwinden, doch damit hätte er die Angreifer auf sich und seine Männer aufmerksam gemacht. So konnte er nur zusehen, wie die Plane des vordersten Bootes hochgeschlagen wurde. Vier Männer sprangen von Bord und feuerten auf die

Esten. Der Klang ihrer Schüsse wurde durch Schalldämpfer verschluckt. Wagner fluchte, denn er hatte gehofft, der Lärm würde die Sicherheitsbeamten alarmieren. Außerdem merkte er jetzt, dass die Angreifer Nachtsichtgeräte benutzten, und über die verfügte sein Trupp nicht.

»Scheiße!«, fluchte er und zielte über den Lauf seiner Maschinenpistole auf die Leute, die aus den Booten herausquollen. Während ein Teil auf die Straße zustürmte, auf der die toten Polizisten lagen, sicherte der Rest ihren Vormarsch.

»Das sind keine heurigen Hasen!«, entfuhr es Wagner. Er entsicherte seine Waffe, atmete noch einmal tief durch und begann zu feuern. Auch seine Männer schossen jetzt aus allen Rohren.

Drei, vier Angreifer fielen zu Boden, doch die übrigen verteilten sich sofort und erwiderten das Feuer. Wagner hörte die Kugeln über sich hinwegpfeifen. Einer seiner Männer schrie auf und kippte zur Seite. Dann hatte der Major keinen Blick mehr für etwas anderes als die Feinde, die sich gegenseitig Feuerschutz gaben und dabei immer näher kamen.

»Wir müssen zurück, sonst überrennen sie uns«, rief Wagner erbittert.

Einer seiner Männer stieß einen wütenden Schrei aus. »Warum hilft uns denn keiner? Es sind doch so viele Sicherheitsleute hier!«

»Die scharen sich wahrscheinlich alle um die Bonzen, um diese zu schützen! Und jetzt los! Ich gebe euch Feuerschutz.« Wagner stieß ein neues Magazin in seine Maschinenpistole und beharkte die vordersten Angreifer mit Dauerfeuer. Aus den Augenwinkeln sah er, wie seine Leute sich absetzten. Es war kaum mehr als die Hälfte, und die meisten hatten während des kurzen, heftigen Feuergefechts ihre gesamte Munition verschossen.

Gerade als Wagner glaubte, es könne nicht mehr schlimmer kommen, klangen Renzos Maschinengewehre auf. Gleichzeitig stiegen zwei Raketen auf und rasten mit glühenden Feuerschwänzen davon.

VIERUNDZWANZIG

Mazzetti blickte ärgerlich auf die Leuchtziffern seiner Uhr. »Verdammt! Renzo ist überfällig. Die haben ihn unterwegs geschnappt.«

Hoikens lehnte sich entspannt im Wagen zurück und grinste. »Das hätten wir gehört. Oder glaubst du, er und seine Leute hätten sich ergeben, ohne einen Schuss abzufeuern?«

»Nein, das sicher nicht.« Mazzetti scharrte nervös auf der Fußmatte und hätte Jaagup, der sich eben einen weiteren Schluck aus der Wodkaflasche genehmigte, am liebsten gebeten, ihn auch einmal trinken zu lassen.

Da richtete Hoikens sich plötzlich auf. »Ich glaube, ich höre etwas!«

»Was?« Mazzetti schoss hoch und knallte mit dem Kopf gegen das Dach des Toyotas. Noch während er aufstöhnte, zeigte Hoikens in Richtung Meer.

»Wenn das nicht die Motoren der Schnellboote sind, will ich Meier heißen.« Er hatte die Boote zwar nur ein Mal während der Fahrt nach Albanien gehört, doch das Geräusch war unverkennbar.

Mazzetti nickte aufatmend. »Renzo und seine Jungs haben es also geschafft!«

Für den Augenblick war alle Rivalität vergessen, und es zählte nur die gemeinsame Sache. Mit einem Grinsen, das im Licht der trüben Innenbeleuchtung verzerrt wirkte, sah er Hoikens an. »Dann sollten wir gleich aufbrechen!«

»Wir warten, bis der Feuerzauber richtig losgeht. Aber das wird nicht mehr lange dauern.« Hoikens beugte sich nach vorne und klopfte Jaagup auf die Schulter.

»Lass schon mal den Wagen an, und dann fährst du schön langsam auf die Straßensperre zu. Ich hoffe, du bist nicht so besoffen, dass du dagegenrammst.«

»Ich und besoffen!« Jaagup war beleidigt. Er hatte schon häufig weitaus mehr getrunken und war doch unfallfrei geblieben. Dabei hatte damals heftiger Verkehr geherrscht, während die Straßen jetzt wie ausgestorben waren.

Gerade als Jaagup in die Kaarna tee abbog, fielen auf der anderen Seite des Parks Schüsse. Das Belfern von Schnellfeuerwaffen klang auf, dann auch der schwere Takt von Maschinengewehren. Kurz darauf sauste eine Milan-Rakete so knapp über den Wagen hinweg, dass Jaagup für einen Moment das Steuer verriss. Hoikens war geradezu froh, dass der Este betrunken war, denn nüchtern hätte er möglicherweise schneller reagiert und den Wagen in das Gebüsch gelenkt.

Dem Detonationsknall der Rakete zufolge musste sie irgendwo zwischen den Stadtteilen Sikupille und Ülemiste eingeschlagen haben. Hoikens interessierte sich nicht für den Raketentreffer oder das Feuergefecht am anderen Ende des Parks, sondern krallte seine Finger in Jaagups Schulter, als könnte er ihn auf diese Weise lenken.

Die Männer an der Straßensperre waren nervös und hielten die Waffen feuerbereit, während einer von ihnen einen tragbaren Scheinwerfer auf den Lieferwagen richtete. Hoikens winkte ihnen von innen heraus zu und stieg dann langsam aus. Die Hände hielt er dabei betont vom Körper weg.

»Bruno und Nero vom italienischen Geheimdienst SISMI. Wir bringen Schutzwesten für unseren Ministerpräsidenten und die Außenministerin.«

»Schutzwesten? Das ist eine gute Idee! Aber unser Vizepräsident bekommt auch eine.« Das Kommando bei dieser Sperre führte ein Amerikaner, und er machte keinen Hehl daraus, dass er Hoikens und Mazzetti nur passieren lassen würde, wenn diese auf seine Bedingungen eingingen.

Hoikens musste sich ein triumphierendes Lächeln verkneifen. Das ging besser als erwartet. Er ging um den Wagen herum und nahm zwei der Schutzwesten, die darauf lagen, an sich. Von ihrem Aussehen und dem Gewicht her schienen sie den Anforderungen, für die sie einmal gefertigt worden waren, zu entsprechen, doch er und Mazzetti hatten in mühevoller Handarbeit das Originalmaterial herausgenommen und durch eine Füllung aus Sprengstoff, Nägeln und kleinen Eisenteilen ersetzt. Bei Tag hätte der CIA-Mann die Änderungen bemerken können, doch jetzt bei Nacht und in der Aufregung achtete er nicht darauf, sondern lauschte den Schüssen, die noch immer in rascher Folge fielen.

»Was ist dort los?«, gab Mazzetti sich völlig ahnungslos.

Der Amerikaner zuckte mit den Achseln. »Keine Ahnung! Aber was es auch immer ist: Unsere Jungs werden damit fertigwerden.« Er zeigte dabei auf eine Gruppe Männer, die eben in Tarnuniformen und mit geschwärzten Gesichtern in die entsprechende Richtung rannten und dabei ihre Sturmgewehre durchluden.

»Navy Seals! Die Härtesten von allen!«, erklärte der Amerikaner grinsend, als mache ihm die Sache Spaß. Gleichzeitig bemerkte Hoikens, wie zwei Hubschrauber mit aufgeblendeten Scheinwerfern über sie hinwegflogen.

»Los, wir müssen uns beeilen!«, fuhr er Mazzetti an, der das militärische Schauspiel mit großen Augen betrachtete. Der Italiener riss sich zusammen und packte ebenfalls zwei der präparierten Schutzwesten. Die beiden letzten, die noch auf der Ladefläche lagen, nahm ein estnischer Soldat an sich.

»Kommen Sie, ich kenne eine Abkürzung!«, erklärte er Hoikens in schlechtem Englisch und stiefelte durch ein blühendes Blumenbeet auf das hell erleuchtete Schloss zu.

Hoikens folgte ihm, und nach einem kurzen Zögern kam auch Mazzetti hinterher. Der Este kannte sich tatsächlich gut aus, denn er brachte sie zum Gartenportal, vor dem eine Gruppe schwer bewaffneter Soldaten in Stellung gegangen war, und nannte die Parole. Sie wurden ohne Probleme durchgewinkt und standen kurz darauf im Festsaal, dessen Beleuchtung inzwischen zu einem diffusen Dämmerlicht herabgedreht worden war. Auch hier wimmelte es von Soldaten und Sicherheitsbeamten. Sie umringten die verschreckte Schar von Politikern, die nicht begreifen konnten, was um sie herum geschah.

Der Este hob seine beiden Schutzwesten hoch. »Wir bringen nur die Dinger hier!« Sofort gaben die Bodyguards den Weg frei, und Hoikens konnte nach seinem ersten Opfer rufen.

»Vizepräsident Stark!«

Der Amerikaner trat sofort einen Schritt vor. »Was geht hier vor?«

»Wir wissen es noch nicht, werden es aber bald herausfinden. Hier ist eine Schutzweste für Sie.« Hoikens reichte Stark die erste Weste und half ihm, sie sich anzulegen. Die Schnallen waren so präpariert, dass sie sich auf normalem Weg nicht mehr öffnen ließen. Wenn man allerdings versuchte, die Riemen durchzuschneiden, würde die Bombe explodieren. Ein guter Sprengstoffexperte könnte sie zwar entschärfen, doch so viel Zeit wollte Hoikens den Leuten nicht lassen. Er sah, dass Mazzetti eben dem italienischen Ministerpräsidenten Ecconi eine Weste anpasste und sich dann der Außenministerin seines Landes zuwandte. Er selbst suchte die deutsche Bundeskanzlerin Merkel und trat auf sie zu.

»Darf ich Ihnen in die Weste helfen, *madam*?« Er sprach englisch, um nicht zu verraten, dass er aus ihrem Land stammte.

Die Kanzlerin sah ihn mit großen Augen an und versuchte zu lächeln. Wie alle hier hatte sie Angst, wollte es sich aber nicht anmerken lassen. »Geben Sie die Schutzweste jemandem, der sie dringender braucht, Herrn Demirkan zum Beispiel.«

»Er hat schon eine.« Hoikens zeigte auf den estnischen Soldaten, der sie hierher gebracht hatte. Der Mann war gerade dabei, dem türkischen Ministerpräsidenten die Schutzweste umzulegen. Die sechste trug bereits der französische Präsident Sarkozy, der aber nicht so recht zu wissen schien, ob er es dabei belassen oder die Weste an jemand anderen weitergeben sollte.

Hoikens wusste, dass er sich beeilen musste. Sobald die Politiker merkten, dass sie diese Westen nicht mehr ausziehen konnten, würden ihre Bodyguards Verdacht schöpfen und ihn festnehmen. Ohne sich weiter um Frau Merkels Einwände zu kümmern, zog er ihr die Schutzweste über und zurrte sie fest.

»Bleiben Sie bitte alle dicht beisammen, bis die Sache geklärt ist. Mein Kollege und ich sehen nach, was draußen los ist.« Hoikens winkte Mazzetti, der die Gelegenheit ergriffen hatte, mit seiner Außenministerin zu flirten, und befahl dem Esten, bei den Politikern zu bleiben. Draußen im Garten drehte er sich zu Mazzetti um.

»Komm, wir schnappen uns Jaagup und den Wagen und verschwinden.« Er zog dabei den Funkzünder aus der Tasche, mit dem er die Bomben in den Schutzwesten jederzeit zur Explosion bringen konnte. Zufrieden mit sich und seiner Arbeit eilte er los, als ihn mit einem Mal ein scharfer Ruf stoppte.

»Hoikens! Bleib stehen oder ich knalle dich ab wie einen tollwütigen Hund!«

Der Attentäter prallte herum und sah Torsten Renk auf sich zustürmen. Eine junge Frau, die ihm bekannt vorkam, rannte hinter dem MAD-Mann her. Es war jedoch Mazzetti, der Graziella erkannte.

»Die Nichte des Kardinals! Diesmal entkommt sie uns nicht!« Er riss seine Pistole heraus und schlug sie auf Graziella an.

Unterdessen hob Hoikens seine Hand mit dem Funkzünder. »Noch einen Schritt, und ich jage die ganze Bande da drinnen in die Luft!«

FÜNFUNDZWANZIG

Noch trieb der Schwung des Angriffs die Freischärler vorwärts, doch Renzo sah mit wachsender Besorgnis, wie die Männer um ihn herum fielen. Irgendetwas war schiefgegangen. Eigentlich hätten sie nicht sofort auf eine Horde schießwütiger Soldaten treffen dürfen. Es war ihnen zwar gelungen, die Kerle auszuschalten, doch dafür stürmten jetzt aus allen Ecken und Enden des Kadriorg-Parks Sicherheitsleute auf sie zu. Renzo hörte die beiden MG knattern. Einige der heraneilenden Polizisten fielen, doch dafür tauchten weitere in ihrem Rücken auf.

»Wir müssen uns beeilen!«, rief er Tino zu und gab seinen Leuten das Zeichen, weiter vorzustürmen. Es war wie bei ihren Übungen in den Abruzzen und dennoch anders. Die Begeisterung von damals trug sie voran, aber neben ihnen schritt der Tod und mähte mit frisch gedengelter Sense. Männer schrien auf, als sie getroffen wurden, und so mancher der als Araber in estnischer Uniform verkleideten Italiener glitt mit einem verzweifelten »Mamma!« auf den Lippen in den Tod.

Auch Esten, Amerikaner und Deutsche starben im Kugelhagel. Eine Zeit lang sah es so aus, als könnten Renzos Freischärler sich bis zum Schloss durchschlagen. Da hörten sie durch das Krachen der Schüsse hindurch ein tiefes, knatterndes Geräusch und sahen über dem einstigen Sommersitz der Zaren zwei amerikanische Kampfhubschrauber auftauchen. In dem Augenblick wusste Renzo, dass er weder Schloss Kadriorg erreichen noch seine Heimat wiedersehen würde. Mit einer wilden Bewegung wandte er sich an Tino, der zu ihm aufgeschlossen hatte.

»Haben wir noch eine Milan?«

»Ja, eine!«

»Feure sie auf das Schloss ab!« Renzo lachte bellend auf. Auch wenn sein Weg hier zu Ende war, sollten sein Name und die seiner Jungs einmal mit goldenen Lettern im großen Buch der Bewegung stehen.

Tino gab den Befehl weiter. Der Bordschütze eines Hubschraubers sah, wie einer der Angreifer die Rakete zum Abschuss bereitmachte, und drückte sämtliche Feuerknöpfe.

Der Tod kam so schnell, dass keiner der Freischärler ihn kommen sah. Mit ihnen starben einige Dutzend Verteidiger, die sich dem Ansturm verbissen entgegengestemmt hatten. Im Schloss und in den angrenzenden Stadtvierteln zersprangen die Fensterscheiben, und der Knall der Explosion war noch viele Meilen entfernt zu hören.

Nur langsam kamen die halbbetäubten Sicherheitsleute, die den Feuerschlag überlebt hatten, wieder zu sich und starrten auf den von Einschlagskratern übersäten Park, in dem mit einem Mal tödliche Ruhe herrschte.

SECHSUNDZWANZIG

Hoikens hörte das Krachen der Explosion und hätte in einem Reflex beinahe den Zünder gedrückt. Im letzten Augenblick schrak er zurück und zog stattdessen die Pistole.

»Kennst du die Waffe, Renk? Es ist deine eigene Knarre. Was ist das für ein Gefühl, durch die eigene Kugel zu sterben?«

»Lass die Waffe fallen, Hoikens, und gib auf. Du kannst hier nicht mehr entkommen!« Torsten trat ein paar Schritte auf Hoikens zu, obwohl dieser auf seinen Kopf zielte. Zu seinem Ärger lief Graziella hinter ihm her.

»Bleib zurück, du Idiotin«, fuhr er sie an.

Graziella merkte erst jetzt, dass Mazzetti die Pistole auf sie gerichtet hatte. Erschrocken wollte sie zurückweichen, da traf sie Mazzettis Stimme wie ein Schlag. »Stopp! Du hast uns einigen Ärger gemacht, Mädchen, aber jetzt ist es vorbei. Du wirst deinem Großonkel in die Ewigkeit folgen. In Rom gibt es einige, die mir viel Geld dafür bezahlen werden, wenn ich dich aus dem Weg räume.«

»Seid vernünftig! Ihr kommt von hier nicht mehr weg«, rief Torsten beschwörend.

Hoikens lachte leise auf. »Das werden wir ja sehen. Ich habe gute Geiseln. Da drinnen tragen sechs Leute Schutzwesten, die in Wirklichkeit Bomben sind. Man kann sie ihnen auch nicht mehr ausziehen, denn dann explodieren sie sofort, und mit ihnen das ganze Schloss. Dasselbe passiert, wenn ich diesen Knopf hier drücke.«

»Wenn du das tust, gehst du mit hoch. Du bist noch zu nahe dran!«, warnte ihn Torsten.

»Wenn es sein muss, fliege ich mit in die Ewigkeit. Aber

wir können ja über alles reden. Renk, du wirst jetzt in das Schloss gehen und unsere Kanzlerin, den amerikanischen Vizepräsidenten und die übrigen, die eine Schutzweste tragen, herausholen. Dann besorgst du einen Hubschrauber, der groß genug ist für uns alle. Es soll uns zu einem Flughafen bringen, auf dem ein vollgetanktes Langstreckenflugzeug bereitzustehen hat. Es wird uns an einen Ort bringen, an dem mein Freund und ich sicher sind.«

Torsten spürte Hoikens' Entschlossenheit, lieber mit einem Feuerzauber zur Hölle fahren als sich gefangen nehmen zu lassen, und knirschte mit den Zähnen. Im Augenblick hielt sein Erzfeind sämtliche Trümpfe in der Hand. Selbst wenn er jetzt schoss, würde Hoikens noch genug Zeit bleiben, auf den Knopf zu drücken.

Wütend ließ er die Waffe fallen und hob die Hände. »Wie es aussieht, hast du gewonnen, Hoikens. Erwarte aber nicht, dass ich dir gratuliere.«

»Schade, denn gerade darüber hätte ich mich gefreut.« Während Hoikens spöttisch auflachte, starrte Mazzetti Graziella an.

»Es ist mir gleich, was du sagst. Ich will die beiden tot sehen. Sie haben bei ihrer Flucht zwei meiner Kameraden ermordet!«

Hoikens überlegte kurz und nickte. »Ich glaube, du hast recht. Wir sollten die beiden gleich erledigen. Renk hat die Angewohnheit, immer dann Ärger zu machen, wenn man es am wenigsten brauchen kann. Den Hubschrauber und das Flugzeug kann uns auch jemand anders besorgen.« Mit diesen Worten hob er die Sphinx und richtete sie auf Torsten.

SIEBENUNDZWANZIG

Als Torsten losgesprintet war, hatten die Wachtposten Petra und Graziella aufhalten wollen. Da hielt Petra dem nächststehenden Mann eine Plakette unter die Nase. Der starrte drauf und schluckte.

»Aus dem Weg«, befahl Petra und watschelte an ihm vorbei. Graziella folgte ihr, ohne dass jemand sie daran zu hindern versuchte.

»Was war das eben?«, fragte sie verwundert.

»Eine amerikanische Geheimdienstplakette oder, besser gesagt, eine selbstgefertigte Replik davon. Ich hätte nie gedacht, dass ich das Ding mal brauchen könnte, denn ich habe es mir nur gebastelt, weil mir das Symbol darauf gefallen hat. Als Torsten auf die Idee kam, hierher zu fliegen, habe ich mich daran erinnert und es eingesteckt.«

Graziella hörte nur den ersten Teil der Erklärung, denn sie sah Torsten laufen und rannte so schnell hinter ihm her, dass ihre Begleiterin nicht mehr Schritt halten konnte.

Als Petra jetzt herankeuchte, sah sie Graziella und Torsten im Schein der Schlossbeleuchtung vor zwei Männern in italienischen Uniformen stehen. Sie wurde langsamer, wischte sich den Schweiß aus den Augen und spähte nach vorne. Was sie sah, gefiel ihr gar nicht. Hoikens erkannte sie anhand seiner Fahndungsfotos. Er hielt eine Art Handy und eine Pistole in der Hand und konnte jeden Augenblick auf Torsten schießen. Petra hörte, wie er mit seinem Zünder prahlte und vernahm auch seine Forderungen. Als Mazzetti erklärte, dass er Graziella erschießen wolle, und Hoikens darauf einging, begriff Petra, dass sie handeln musste. So schnell wie wohl noch nie in ihrem Leben rannte sie weiter, schlug in der Deckung einiger Ziersträucher einen Bogen um die Gruppe und gelangte in Hoikens' Rücken. Als er die Pistole hob, war Petra kurz im Zweifel, ob sie den Attentäter am Schießen hindern oder versuchen sollte, ihm den Sender abzunehmen.

Da sie Torsten und seine Reflexe kannte, wählte sie den Sender. Sie hob kurz die Hand, damit Torsten wahrnahm, dass sie sich hinter seinem Gegner befand, packte eine der Ziervasen, die am Rand der Terrasse standen, und hob sie auf.

Das schabende Geräusch ließ Hoikens zusammenzucken, und er sah über seine Schulter. Im selben Augenblick schlug Petra mit der Vase zu und prellte ihm den Sender aus der Hand. Das Gerät schlitterte ein Stück über den Gehweg und blieb auf dem Rasen liegen. Sie wollte darauf zulaufen, doch da schwang Hoikens' Waffe herum, und sie sah in das runde Loch, aus dem im nächsten Moment tödliches Blei schießen musste. In einem Reflex krallte sie sich mit beiden Händen an Hoikens' Hosenbein fest und zerrte mit aller Kraft daran.

Torsten hechtete nach seiner Pistole. Hoikens versetzte Petra einen derben Fußtritt, der sie beiseite schleuderte, zielte dann kurz und zog den Stecher der Sphinx durch. Gleichzeitig begann auch Mazzetti zu feuern. Graziella ließ sich fallen, rollte über den Boden und rutschte zwei Stufen von der Terrasse hinunter. Dadurch entging sie den ersten Kugeln. Zu einem weiteren, besser gezielten Schuss kam Mazzetti nicht mehr, denn Torsten hielt nun seine Pistole in der Hand und schoss zwei Kugeln auf ihn ab. Gleichzeitig spürte er, wie er selbst getroffen wurde, schoss jedoch weiter. Hoikens schrie auf und schwankte, versuchte aber, nach dem Zünder zu greifen. Da ratterte eine Maschinenpistole los und löschte ihn aus.

Schmutzig und blutbefleckt kam Major Wagner auf die Gruppe zu und blies theatralisch über die Mündung seiner MP. Dann blieb er neben Torsten stehen, der auf dem Boden kniete und sich krümmte. »Hat es Sie schlimm erwischt?«

Torsten schüttelte mit verzerrtem Gesicht den Kopf. »Nein, mir geht es gut! Kümmern Sie sich um die Politiker. Die Schutzwesten sind Bomben! Vorsicht, sie gehen hoch, wenn man versucht, sie abzunehmen!«

»Dieser verdammte Kerl hat wohl an alles gedacht ...« Mehr hörte Torsten nicht mehr. Er war bereits bewusstlos, als er vornüberkippte.

Graziella kroch unter Schock zu ihm hin und zupfte ihn am Ärmel. »Du darfst nicht sterben!«, jammerte sie.

Wagner warf ihr und Torsten noch einen Blick zu und wollte weiterrennen. Da hielt Petra ihn auf und reichte ihm das Handy-ähnliche Gerät.

»Hier! Das ist der Zünder für die Bomben! Bringen Sie das Ding in Sicherheit. Passen Sie aber auf, dass Sie nicht auf den Knopf drücken. Sonst geht hier alles hoch.«

Mit einem schiefen Blick nahm Wagner das Gerät entgegen und schien nicht so recht zu wissen, was er damit anfangen sollte. Als er weiter auf die Terrassentüren zuging, folgte Petra ihm.

»Vielleicht kann ich beim Entschärfen der Bomben helfen. Ich habe große Erfahrung mit mikroelektronischen Bauteilen!«

Wagner sah sie an und zog die Nase kraus. Der Pummel hatte ihm gerade noch gefehlt. »Glauben Sie wirklich, Sie könnten da etwas ausrichten?«

Das klang nicht gerade zuversichtlich. Petra lächelte, denn bis jetzt hatte sie mit ihrem Wissen noch jeden verblüfft. Dann dachte sie an Torsten und spürte, wie ihr Herz sich zusammenkrampfte. Hoffentlich ist er nicht zu schwer verletzt, dachte sie. Doch um ihn musste Graziella sich kümmern – und die würde ihr italienisches Temperament einsetzen, damit ihm geholfen wurde.

ACHTUNDZWANZIG

Im fernen Rom starrten mehrere Männer voller Entsetzen auf den Bildschirm, auf dem ein schockierter Reporter aus Tallinn berichtete. Die Kamera zeigte dabei im Hintergrund eilig umherlaufende Soldaten, Sanitäter und das Grüppchen der Politiker, die eben aus dem von den Explosionen schwer beschädigten Schloss geführt wurden. Einige von ihnen, die schussfeste Westen trugen, wurden von den anderen abgesondert und aus dem Bereich der Kameras geführt. Der Reporter erkannte den italienischen Ministerpräsidenten und wollte zu ihm. Einige baumlange Kerle in Uniform stellten sich ihm jedoch in den Weg und scheuchten ihn samt seinem Kamerateam zurück.

»Meine Damen und Herren, hier herrscht Chaos. Niemand kann uns sagen, was heute Nacht alles geschehen ist. Ich versuche noch einmal zu berichten, was ich selbst erlebt und von anderen gehört habe. Kurz vor Mitternacht ist es einem Terrorkommando gelungen, unbemerkt über die Ostsee zu kommen und hier zu landen. Die Terroristen konnten erst nach stundenlangem Schusswechsel und dem Einsatz von Kampfhubschraubern gestoppt werden. Wie es ihnen gelungen ist, der angeblich lückenlosen Radarüberwachung der Amerikaner mit ihrem Flugzeugträger Ronald Reagan zu entgehen, ist immer noch ein Rätsel. Nach Aussagen einzelner Sicherheitsbeamter konnten mehrere Terroristen sogar bis in den Tagungsraum vordringen und die dort versammelten Politiker als Geiseln nehmen. Einem deutschen Sonderkommando der GSG9 ist es jedoch gelungen, die Eindringlinge zu bezwingen und die Exzellenzen freizukämpfen. Ob dabei einer der hier versammelten Politiker zu Schaden kam, kann ich zum jetzigen Zeitpunkt nicht sagen. Ich habe eben unseren Ministerpräsidenten und die Außenministerin gesehen, ebenso den amerikanischen Vizepräsidenten Stark, die deutsche Kanzlerin Merkel sowie Ministerpräsident Demirkan aus der Türkei. Ich ...«

In dem Augenblick schaltete Fiumetti den Fernseher mit einem wütenden Grunzen aus. Sein Blick suchte Kardinal Winter, der ihn aufgesucht hatte, um über die Schritte zu beraten, die nach dem Schlag von Tallinn hätten erfolgen sollen.

»Sehen Sie, was Sie angerichtet haben! Es ist alles schiefgegangen. Renzo und seine Männer sind tot, ebenso Ihr deutscher Wundermann, von dem Sie erzählt haben, er könne einem den Stuhl unter dem Hintern wegsprengen, ohne dass man es merkt. Verdammt, ich hätte mich niemals mit solchen Leuten wie Ihnen einlassen sollen. Sie haben mir die Macht in Italien versprochen, doch in der Hand halte ich nur Scherben. Wenn bekannt wird, dass meine Partei mit dem Überfall zu tun hat, nimmt keiner mehr von mir ein Stück Brot an. Mein Marsch auf Rom ist vorbei!«

Fiumetti schwieg einen Augenblick, während sein Gesicht sich immer dunkler färbte. »Renzos Vater ist einer meiner treuesten Kampfgefährten. Wie soll ich ihm nach diesem Desaster je wieder in die Augen sehen?«

Winter starrte geistesabwesend auf den jetzt dunklen Bildschirm. Noch immer sah er die Leichen vor sich, welche die Kamera gezeigt hatte, und konnte nicht begreifen, wieso der vermeintlich hundertprozentige Plan missglückt war. Schließlich blickte er zu Don Batista auf, der schräg hinter ihm stand und ebenfalls mit seinen Gefühlen kämpfte.

»Was sollen wir jetzt tun?«

»Das frage ich mich auch. Gibt es einen Plan B?«, bellte Fiumetti, der sämtliche Felle davonschwimmen sah.

Das, was Don Batista eben durch den Kopf ging, war nicht

für den Neofaschistenführer gedacht. Wenn er und Winter den Schaden für sich so gering wie möglich halten wollten, mussten sie sich von Fiumetti und anderen Mitwissern trennen, und das am besten für die Ewigkeit. Don Batista dachte ärgerlich daran, dass sein einstiger Handlanger Gianni wegen einer Belanglosigkeit von Ghiodolfio exekutiert worden war. Sein Nachfolger Tino hatte sich wieder Renzo angeschlossen und lag jetzt genauso wie dieser tot im Park von Kadriorg. Aber die Kerle, die Fiumetti ihm als Leibwächter zur Verfügung gestellt hatte, konnte er für seinen Zweck nicht brauchen.

»Ich werde Kontakt mit Albanien aufnehmen. Lodovico ist schon zu lange drüben.« Don Batista merkte nicht, dass er seinen Gedanken laut ausgesprochen hatte. Lodovico war zwar nicht so kaltblütig, wie Gianni es gewesen war, doch unter seiner Anleitung würde er seine Aufgabe erfüllen. Der Blick des Sekretärs suchte den Kardinal.

»Wir sollten jetzt aufbrechen, Eminenz!«

Winter nickte müde. »Es wird wohl das Beste sein.«

Während der Kardinal sich erhob, starrte Fiumetti die beiden Kirchenmänner an. Er glaubte zu wissen, was hinter der Stirn des Sekretärs vorging. Wozu der Kerl in der Lage war, hatten seine Leute ihm berichtet. Wahrscheinlich plante der Mann bereits, ein weiteres Haus in Brand zu setzen und sich bei dieser Gelegenheit auch gleich seiner Verbündeten zu entledigen. Fiumetti wusste nicht, ob ihn diese Überlegung oder der Wunsch nach Rache für seine Parteigarde, die nutzlos in Tallinn geopfert worden war, dazu brachte, seinen Leibwächtern einen Wink zu geben.

»Erschießt die beiden und werft ihre Kadaver in den Tiber!«

Don Batista fuhr erschrocken herum, doch da hielten die Kerle bereits ihre Pistolen in der Hand. Das Letzte, was der

Priester hörte, war das leise Plopp der mit Schalldämpfern versehenen Waffen, dann versank er im Nichts.

NEUNUNDZWANZIG

Torsten öffnete die Augen und sah kaltes Neonlicht und weiße Wände um sich. Wie der Himmel sieht das aber nicht aus, dachte er, doch auch nicht wie die Hölle. Er wollte sich aufrichten, sank aber mit einem leisen Aufschrei wieder zurück. Seine Schulter tat auf einmal fürchterlich weh, dazu brannte sein Oberschenkel, als würde er mit einem glühenden Eisen durchbohrt.

Irgendjemand sagte etwas. Torsten verstand die Sprache nicht, aber die Stimme war weiblich und wirkte beruhigend. Als er den Kopf drehte, sah er eine stämmige Frau mit blonden Locken, die zu hell aussahen, um natürlich zu sein. Die Frau trug einen weißen Kittel und hielt eine Spritze in der Hand. Bevor er begriff, was sie damit wollte, stach sie ihm in den Arm, und er spürte, wie er wieder wegdämmerte.

Als Torsten das nächste Mal erwachte, war heller Tag. Er lag in einem typischen Krankenhausbett in einem kleinen Zimmer, in dem sich sonst nur noch ein kleiner Plastiktisch und ein Stuhl befanden. Der Stuhl war besetzt. Es dauerte einen Augenblick, bis er die Person erkannte.

»Graziella!«

Die junge Italienerin versuchte zu sprechen, doch ihr rannen die Tränen über die Wangen, und sie brachte nur ein Schluchzen zustande.

»Was ist denn los?«, fragte er mit kaum verständlicher Stimme. »Hat Hoikens es doch noch geschafft, die Bomben zu zünden?«

Graziella schüttelte den Kopf, dass ihre Locken nur so flogen. »Zum Glück nicht. Dein Vorgesetzter, dieser Wagner, hat ihn vorher erschossen. Aber wenn du nicht gewesen wärst, wären sehr viele Menschen gestorben.«

»Erzähl mir bitte eines nach dem anderen. Den Regierungschefs ist also nichts passiert.«

Graziellas Haare stoben erneut auf. »Nein! Aber hättest du dich Hoikens nicht in den Weg gestellt, hätte er das ganze Schloss in die Luft gesprengt.«

»Das ist eine gute Nachricht. Und was ist mit dir? Bist du verletzt?«

Graziella schüttelte erneut den Kopf. »Nein, ich bin okay. Aber das habe ich auch nur dir zu verdanken. Du hast Mazzetti rechtzeitig erschossen.« Es schüttelte sie bei dem Gedanken an die Menschen, die in dieser Nacht gestorben waren, und sie hätte Torstens brummige Antwort beinahe überhört.

»Ich konnte dich ja nicht einfach umbringen lassen. Warum musstest du auch hinter mir herlaufen? Wenn ich eines hasse, dann sind es Frauen, die sich in Männerangelegenheiten einmischen.«

Obwohl Graziella noch immer die Tränen über die Wangen liefen, musste sie lachen. »Wenn Petra nicht eingegriffen hätte, wären jetzt die Regierungschefs, du, ich und bestimmt noch mehrere hundert andere tot. Sie hat Hoikens den Zünder aus der Hand geschlagen und ihn so behindert, dass du zur Waffe greifen konntest. Außerdem hat sie die präparierten Schutzwesten fast im Alleingang entschärft. Sage also ja nichts mehr gegen uns Frauen!«

»Petra ist ja auch keine Frau, sondern ein Genie«, brachte Torsten trocken hervor.

»Das ist sie wirklich.« Graziella wischte sich die Tränen aus den Augen und strich ihm über die Wange.

»Ich muss jetzt wieder gehen. Die Schwester kommt gleich, um nach dir zu sehen. Sie hat gesagt, ich darf dich nicht überanstrengen.«

»Wie schlimm steht es?«, fragte Torsten etwas besorgt.

»Du wirst es überleben. Immerhin hat dich der Leibarzt des estnischen Präsidenten operiert und dir die Kugeln aus dem Leib geholt. Er soll gut sein, habe ich sagen hören.« Graziella stand auf und wandte sich schon zur Tür, als ein spitzbübischer Ausdruck auf ihrem Gesicht erschien.

»Ach ja, beinahe hätte ich etwas vergessen. Ein Geheimdienstler geht doch nie ohne seine Braut ins Bett!«

Noch während Torsten sie verdattert anstarrte, holte Graziella die blank geputzte Sphinx AT 2000 S aus ihrer Handtasche und drückte sie ihm in die Hand.

»Sie lag so einsam im Gras herum, und da habe ich sie an mich genommen. Ich dachte, dir liegt etwas an ihr, denn immerhin wolltest du Hoikens bis ans Ende der Welt folgen, um sie wiederzubekommen.« Mit diesen Worten beugte sie sich über ihn, hauchte einen Kuss auf seine Lippen und verschwand mit einem leisen Lachen.

Er starrte auf die Waffe und fragte sich, ob er je die Gelegenheit erhalten würde, Andreas Tod auch an dem zweiten Mörder zu rächen. Dann schüttelte er den Kopf. Er würde sich damit zufriedengeben müssen, Täuberich hinter Gitter zu bringen. Dennoch strich er über die Sphinx und stellte sich vor, sie auf den Mann abzudrücken.

In dem Moment kam die Schwester herein, sah die Pistole in Torstens Hand und schüttelte tadelnd den Kopf.

DREISSIG

Obwohl die Berichte über den verhinderten Anschlag von Tallinn die Zeitungen beherrschten, wurde der Mord an Kardinal Winter und dessen Sekretär in den italienischen Blättern ausführlich behandelt.

Die beiden waren bei der Ponte Sant'Angelo aus dem Wasser gezogen worden, und man hatte Don Batista für kurze Zeit wiederbeleben können. Der Priester hatte noch genug Kraft besessen, um Fiumetti als Mörder anzuklagen. Nun stürzten sich die in der Heimat verbliebenen Journalisten auf der Suche nach deftigen Schlagzeilen auf die bislang unbekannten Verbindungen zwischen den toten Kirchenmännern und dem Neofaschistenführer. Dabei brachten sie Erstaunliches zutage. Selbst der Papst blieb nicht ganz verschont, hatte er Winter doch erst vor kurzem zum Kardinal ernannt.

Der Vatikan hüllte sich erst einmal in Schweigen und bereitete Winters Begräbnis vor. Zu den geladenen Gästen zählte auch Monsignore Kranz aus München. Dieser hatte die Ereignisse der letzten Tage mit einer Mischung aus Unglauben und Angst verfolgt, doch schließlich siegte bei ihm der Optimismus. Nach Winters Tod brauchten die Söhne des Hammers einen neuen Anführer, und in seinen Augen war keiner geeigneter für diesen Posten als er selbst. Zwar hatte die Organisation eine herbe Niederlage hinnehmen müssen, aber sie konnte von einem neuen Oberhaupt geleitet immer noch Großes vollbringen. Etwas bereitete Kranz noch Sorgen, und das war seine Verbindung zu Feiling, doch außer dem Neonaziführer wusste nur sein Sekretär Täuberich davon. Zwei andere, die eingeweiht gewesen waren, nämlich Florian Kobner und Hans Joachim Hoikens, waren für immer verstummt, und dieses Schicksal sollte Feiling nach Täuberichs Ansicht teilen.

»Der Mann ist unfähig, als Werkzeug für den großen Plan zu dienen«, erklärte er Kranz, während sie in einem Vorzimmer darauf warteten, zu Benedikt XVI. vorgelassen zu werden.

Kranz warf seinem Sekretär einen warnenden Blick zu. Er hielt es für leichtsinnig, an dieser Stelle von solchen Dingen zu reden. Zwar befanden sie sich allein im Raum, doch die Tür konnte jederzeit aufgehen und der Camerlengo oder ein anderer Würdenträger aus dem Umkreis des Papstes erscheinen. Wenn einer von ihnen nur ein falsches Wort hörte, würde dies seiner Karriere in der Hierarchie der katholischen Kirche schaden.

Täuberich war viel zu angespannt und zu erregt, um ruhig bleiben zu können. Noch hatte er nicht verstanden, was schiefgegangen war. Die Planungen für den Anschlag waren doch einfach perfekt gewesen. Er bemühte sich jetzt aber, leise zu sprechen.

»Feiling muss ausgeschaltet werden! Er ist der Einzige, der uns gefährlich werden kann. Er weiß zu viel und könnte versuchen, uns zu erpressen.«

Kranz' Gesicht entfärbte sich. Das hatte er noch nicht bedacht. Bisher war er der Ansicht gewesen, der selbsternannte Führer würde schon aus eigenem Interesse schweigen. Doch während er darüber nachdachte, wurde ihm die Gefahr bewusst, die von diesem Mann ausging. Feilings Organisation war auseinandergebrochen und der Mann hatte nichts mehr zu verlieren. Das Mindeste, was er verlangen würde, war Geld und die Möglichkeit, in ein Land zu entschwinden, in dem man es mit den Einreisepapieren nicht so genau nahm. Fasste man ihn aber, würde er reden und auch ihn mit in den Untergang ziehen.

»Sorgen Sie dafür, dass diese Sache geregelt wird, aber behelligen Sie mich nicht mit Einzelheiten«, sagte Kranz mit gepresster Stimme und horchte gleichzeitig auf, denn er vernahm das Geräusch vieler Schritte. Er drehte sich um und wollte den Mann, der ihn holen kam, begrüßen und starrte dann mit verblüffter Miene auf die sechs Schweizer Gardisten, die zusammen mit dem Privatsekretär des Papstes in den Raum traten.

»Monsignore Kranz, es ist der Wille Seiner Heiligkeit, dass Sie sich umgehend in das Kloster San Isidoro begeben und dort in strenger Klausur einen Bericht über Ihre Verbindungen zu Kardinal Winter und einer gewissen Geheimorganisation namens Filii Martelli erstellen.« Die Stimme des päpstlichen Sekretärs klang kalt und feindselig. Er schien es Kranz persönlich übelzunehmen, dass Winters Aktionen und die seiner Verbündeten die Kirche in Misskredit gebracht hatten.

Kranz begriff, dass seine Karriere abrupt beendet war, und begann schallend zu lachen. »Umsonst, alles umsonst! All die Morde und Intrigen vergebens! Daran sind Sie schuld, Täuberich! Sie haben mich zu alldem getrieben. Aber jetzt kommt die Stunde der Abrechnung. Ich werde Ihre Verbrechen aufdecken und beweisen, dass ich nichts mit Ihren Taten zu tun habe!«

»Seien Sie doch still, Sie Narr!«, schrie Täuberich ihn an.

Er konnte nicht begreifen, was Kranz dazu trieb, so zu reden. Dann sah er den flackernden Blick seines Vorgesetzten und begriff, dass dessen Gehirn die Anspannung nicht mehr hatte ertragen können. Kranz war verrückt geworden. Jetzt machte Täuberich sich Vorwürfe, weil er nicht besser auf den Monsignore achtgegeben hatte. Er hatte die Anzeichen beginnenden Wahnsinns schon wahrgenommen, aber das Problem beiseitegeschoben, da er den Mann für seinen eigenen Aufstieg benutzen wollte. Nun war es zu spät. Er sah, wie die Polizisten ihre Pistolen entsicherten, und wusste, dass er seinem Schicksal nicht mehr würde entrinnen können.

Mit einer scheinbar resignierenden Geste trat er neben eines der Fenster und blickte hinaus. Ein ganzes Stück unter sich sah er das Pflaster des Petersplatzes und auf dem Platz selbst die Pilger und Touristen aus aller Welt. Mit einem wehmütigen Blick wandte er sich an den Sekretär des Papstes.

»Darf ich kurz das Fenster aufmachen? Ich brauche frische Luft!« Ohne auf eine Antwort zu warten, öffnete er und atmete tief durch. Dann schnellte er hoch und sprang. Während der Boden immer näher kam, war sein letzter Gedanke, dass das Verhängnis mit einem ähnlichen Sturz in Neuperlach begonnen hatte.

EINUNDDREISSIG

Im Camp A hatten die Ereignisse in Tallinn ebenfalls tiefe Spuren hinterlassen. Um Unruhen unter seinen Soldaten zu verhindern, hatte General Ghiodolfio bekanntgegeben, dass der Anschlag gelungen sei und es sich bei der Nachricht von seiner Vereitlung nur um feindliche Propaganda handele. Dennoch desertierten in den Tagen nach Tallinn viele. Den jungen Männern, die aus Abenteuerlust zu Ghiodolfios Armee gestoßen waren, hatten die Bilder der Toten, die sie bei albanischen Bekannten im Fernsehen sahen, die Augen geöffnet und ihnen gezeigt, dass die große nationale Revolution, von der ihre Anführer immer noch sprachen, niemals kommen würde.

Ghiodolfio war sich dessen ebenfalls bewusst. Während er in seinem Büro saß und an einem Zigarillo sog, überlegte er, was er tun sollte. Er konnte nicht bis in alle Ewigkeit hier in Camp A bleiben, und es war auch besser, wenn er sich einige Zeit nicht in Italien sehen ließ. Aber er befehligte noch immer einen kampfstarken Verband. Nun überlegte er, welchem Diktator in Afrika, Asien oder Südamerika er sich als Söldner anbieten konnte. Kardinal Winters kirchliche Verbündete würden ihm dabei helfen müssen. Das war das Mindeste, was sie ihm schuldeten.

Als es an der Tür klopfte, sah er auf. »Herein!«

Es war Lodovico, der einstige Archivar im Vatikan. Mangels anderer Kleidung zum Wechseln hatte er die Uniform der Freischärler angezogen, ohne darin jedoch militärisch zu wirken. Er verzichtete auch darauf zu salutieren, sondern stellte sich neben eines der vorgetäuschten Fenster und sah auf die darauf gemalte Landschaft hinaus.

»Was ist los?«, fragte Ghiodolfio.

»Winter und Don Batista sind tot und Fiumetti ist verhaftet worden!«

»Das sind sehr schlechte Nachrichten.« Ghiodolfio verzog das Gesicht und sagte sich, dass er rasch würde handeln müssen.

»Außerdem ist Feiling verschwunden. Er hat den Schlüssel zum Giftschrank gestohlen und mehrere Kilo Rauschgift und einen Packen von Giannis besonderen Pillen mitgenommen.«

»Der Teufel soll ihn holen!« Trotz dieser harschen Worte interessierte sich der General nicht für den geflohenen Deutschen, sondern dachte angestrengt über seine nächsten Schritte nach.

Mitten in seine Überlegungen hinein betrat Don Pietro, ohne anzuklopfen, den Raum.

»Es ist zu Ende. Wir sind verloren!«, rief der Priester aus.

Ghiodolfio beugte sich vor und kniff die Augen zusammen. »Was soll das schon wieder?«

»Hier, Herr General! Diese Nachricht ist eben hereingekommen!« Mit zitternden Händen reichte Don Pietro dem General ein Blatt Papier.

Dieser warf einen Blick darauf und stieß einen Fluch aus. »Mein Freund«, stand darauf, »der amerikanische Flugzeugträger Franklin D. Roosevelt hat den Befehl erhalten, Camp A um elf Uhr mitteleuropäischer Zeit anzugreifen und zu eliminieren. Mehr als dich zu warnen, kann ich nicht tun!« Die Unterschrift fehlte.

Es war für Ghiodolfio jedoch nicht mehr wichtig, welcher seiner Freunde ihm diese Warnung hatte zukommen lassen. Viel mehr zählte, dass alle anderen ihn fallen gelassen hatten wie eine heiße Kartoffel, um den eigenen Hals zu retten. Er fragte sich, welchem General oder hohen Staatsbeamten für die Information über seine Truppe ein gesicherter Ruhestand versprochen worden war, schob diesen Gedanken aber beiseite, da es andere Dinge zu bedenken gab. Er warf einen Blick auf seine Armbanduhr. Bis elf Uhr waren es nur noch gut zehn Minuten. Die amerikanischen Flugzeuge mussten sich also bereits in der Luft befinden. Ghiodolfio überlegte sich, wie lange sie von ihrem Flugzeugträger vor der griechischen Küste bis hierher brauchten, und kam auf eine sehr, sehr kurze Zeitspanne.

Mit einem raschen Griff schaltete er die Lautsprecheranlage der Festung an. »Achtung, Achtung, hier spricht der Kommandant. Alle Mann haben Camp A sofort zu verlassen. Schlagt euch zur Küste durch. Vielleicht schafft ihr es, in die Heimat zurückzukehren.« Als er die Anlage wieder ausschaltete, erschien ein bitteres Lächeln auf seinen Lippen.

»Mehr kann ich für die armen Hunde nicht tun!«

»Dann sollten wir ebenfalls verschwinden.« Don Pietro wandte sich zur Tür. Lodovico folgte ihm, während der General zurückblieb und eine Flasche Rotwein entkorkte.

Schon halb auf dem Korridor drehte sich Lodovico noch einmal zu ihm um. »Kommen Sie nicht mit, General?«

Ghiodolfio füllte ein Glas und trank, bevor er Antwort gab. »Ein Mann sollte wissen, wann er geschlagen ist, und das Unvermeidliche nicht mehr hinauszögern.«

Der Archivar zuckte nur mit den Schultern und eilte davon.

Ghiodolfio trank schnell, denn er wusste, dass ihm nicht mehr viel Zeit blieb. Draußen rannten seine Männer wie Hasen, ohne zu ahnen, dass jenseits des Horizonts neben den europäischen Kosovoschutztruppen auch die albanische und mazedonische Armee Stellung bezogen hatten, um sie in Empfang zu nehmen.

ZWEIUNDDREISSIG

Seit dem Anschlag in Tallinn war mehr als ein Monat vergangen. Dennoch beherrschte das Ereignis noch immer die Medien. Die Spekulationen, die Torsten Renk im neuesten *Corriere de la Sera* las, waren in seinen Augen so abstrus, dass er die Zeitung angewidert auf den Cafétisch warf, an dem er, Graziella, Petra und Wagner saßen.

»Das ist der größte Schmarren, den ich je gelesen habe!«

»Ist dein Italienisch überhaupt gut genug?«, fragte Petra anzüglich.

»Ich konnte es schon vor dieser Sache – zumindest in Grundzügen –, und dann hatte ich in Graziella eine gute

Lehrerin. Wie du dich sicher erinnern kannst, eigne ich mir fremde Sprachen sehr leicht an. Um es mit deinen Worten zu sagen: In der Hinsicht bin ich ein Genie!«

»Sagen wir, du bist halbwegs talentiert«, warf Graziella mit zuckenden Mundwinkeln ein.

Wagner stupste Torsten grinsend an. »Gegen die geschlossene Phalanx dieser beiden Emanzen kommen Sie nicht an.«

»Und, haben Sie was gegen Emanzen?« Petra richtete sich auf und funkelte Wagner an. Ihr Anblick machte jedoch die Absicht zunichte, denn sie konnte einfach nicht böse schauen. Graziella lachte, Wagner hob beschwichtigend die Arme und selbst Torsten vermochte sich der Komik dieser Situation nicht zu entziehen.

»Ach, Petra. Ich erinnere mich nur zu gerne daran, wie du die armen Kerle vom Entschärfungstrupp herumgehetzt hast. Ich war zwar nicht dabei, aber was mir Major Wagner erzählt hat …« Torsten verdrehte dabei die Augen, während sein Vorgesetzter sich einen weiteren vernichtenden Blick von Petra einfing. Bevor sie jedoch etwas sagen konnte, schlug Wagner mit den Fingern auf die Tischkante.

»Wir sollten nicht vergessen, dass die ganze Aktion ohne Frau Waitls Fähigkeiten in einer Katastrophe geendet hätte. Sie hat nicht nur herausgefunden, dass wir die Personen mit den angeblichen Schutzwesten nicht aufteilen durften, weil die Bomben sonst hochgegangen wären, sondern konnte sie dann auch entschärfen. Hoikens hatte wirklich sein Meisterstück geliefert.«

»Das wir geknackt haben!«, erklärte Petra selbstzufrieden.

»Dank Ihrer Hilfe, Frau Waitl. Herr Ober, noch einen Caffè Latte und ein Stück Schokoladentorte für die Dame.«

»Sie wollen sich wohl bei ihr einschmeicheln«, spöttelte Torsten.

»Für eine zukünftige Kollegin tut man doch alles«, gab Wagner süffisant zurück.

Torsten sah ihn entsetzt an. »Kollegin? Sie wollen doch nicht sagen, dass Petra zu unserem Verein kommt?«

Während die beiden Frauen kicherten, nickte Wagner lächelnd. »Wissen Sie, Renk, ein paar Freunde von mir und auch ich selbst waren der Ansicht, dass wir eine Person mit Frau Waitls Fähigkeiten nicht frei herumlaufen lassen dürfen. Entweder kommt sie zu unserem Verein, oder ...«

»Auf das ›oder‹ bin ich gespannt«, stichelte Torsten.

Wagner blieb jedoch völlig ungerührt, als er den unterbrochenen Satz wieder aufnahm. »Wir haben Frau Waitl als Alternative vorgeschlagen, dass wir Sie zu ihrer persönlichen Bewachung abstellen, und zwar für vierundzwanzig Stunden am Tag. Da waren wir ihr doch lieber.«

Graziella und Petra bogen sich vor Lachen, während Torsten erst einmal kräftig schluckte. Dann aber lachte er ebenfalls und versetzte Petra einen scherzhaften Rippenstoß.

»Ich vergönne dir diesen alten Leuteschinder und dich ihm.«

»Was heißt hier Leuteschinder? Immerhin habe ich dafür gesorgt, dass Sie trotz Befehlsmissachtung und einiger anderer Kleinigkeiten ungeschoren aus der Sache herausgekommen sind. Ich habe Ihnen sogar eine Beförderung verschafft. Sobald Ihr Genesungsurlaub vorbei ist, melden Sie sich bei mir als Oberleutnant, verstanden?«

»Da bleibt mir vor lauter Dankbarkeit ja fast die Sprache weg. Für was werde ich denn eigentlich befördert? Für diese Lügen hier oder für das, was wirklich geschehen ist?«

»Welche Lügen? Was hier steht, ist die reine Wahrheit.« Wagner tat ganz harmlos, doch das Grinsen auf seinem Gesicht sprach Bände.

Torsten las die Schlagzeile jetzt laut vor. »Die Gruppe Islamischer Bewaffneter Kampf kündigt Rache für die Märtyrer von Tallinn an!« Dann blickte er zu Wagner auf. »Sie wollen mir doch nicht weismachen, dass diese Drohung echt ist.«

»Wer kann das in der heutigen Zeit schon sagen?«, gab Wagner zurück.

»Major, alle reden von einem vereitelten Anschlag der Islamisten. Aber von den wahren Tätern, nämlich den Faschisten, den Neonazis und den mit ihnen verbündeten Kirchenkreisen ist nirgends die Rede. Dabei sind die für Europa gefährlicher als alle Bin Ladens zusammen.«

»Jetzt beruhigen Sie sich wieder und bestellen sich einen zweiten Caffè Latte. Der Schokoladenkuchen schmeckt übrigens ausgezeichnet. Das kann Frau Waitl Ihnen gewiss bestätigen.« Wagner sandte Torsten dabei einen warnenden Blick zu, denn es gab Dinge, über die man in einem Café in Rom nicht zu laut reden sollte. Trotzdem rückte er auf seinen Untergebenen zu und sprach leise weiter.

»Sie haben Ihren Job gemacht, aber das tun andere auch. In den letzten vier Wochen sind in Deutschland, Italien und einigen anderen Ländern eine Menge Leute verhaftet worden, darunter übrigens auch Hoikens' estnischer Fahrer. Anderen hat man nahegelegt, von ihren Posten zurückzutreten. Was die katholische Kirche betrifft, so lässt sich die betreffende Gruppe zum Glück genau einkreisen. Es handelte sich nur um eine Handvoll Drahtzieher und mehrere Dutzend Handlanger, von denen die meisten niemals mitgemacht hätten, wenn ihnen das Ausmaß des Ganzen bewusst gewesen wäre.«

»Die Verbindungen dieser Leute müssen bis in die Ministerien und hohen Dienststellen bei Militär und Geheimdiensten gereicht haben«, wandte Torsten ein.

Wagner nickte. »Das stimmt. Aber den meisten war nicht klar, auf was sie sich eingelassen haben. Sie sind erkannt und abserviert worden, stellen also keine Gefahr mehr dar. In der Kirche selbst war nur die Gruppe um Kardinal Winter in seine Pläne eingeweiht.«

»Die Söhne des Hammers«, warf Graziella ein.

»Ja, aber von diesen auch nur der innere Kern, und der ist zerschlagen. Kardinal Winter und Don Batista sind von ihren eigenen Verbündeten ermordet worden. Monsignore Kranz wird den Rest seines Lebens in einem abgeschiedenen Kloster verbringen, das er nicht mehr verlassen darf. Sein Sekretär Matthias Täuberich hat Selbstmord begangen, und der Rest des aktiven Kerns um den vatikanischen Archivar Lodovico Trebelli hat die Säuberungsaktion in Albanien nicht überstanden. Damit ist die Lage hier ebenso geklärt wie bei uns in Deutschland. Feilings Gruppe existiert nicht mehr, und er selbst wurde in Albanien als Drogenschmuggler verhaftet. Er wird sich noch wünschen, wir hätten ihn erwischt, denn die dortigen Gefängnisse sollen keine Erholungsheime sein.«

Bei dem Gedanken grinste Wagner schadenfroh und rief dem Ober zu, noch eine Runde Caffè Latte für alle zu bringen.

Torsten fand immer noch ein Haar in der Suppe. »Die Sache gefällt mir trotzdem nicht. Warum belügt man die Öffentlichkeit? Warum sagt man den Leuten nicht offen und ehrlich, was geschehen ist, sondern macht obskure islamistische Terroristen dafür verantwortlich?«

»Mein lieber Renk, wenn bekannt würde, was wirklich gelaufen ist, wäre hier der Teufel los. Die Presse würde über die Regierungen herfallen, und jeder kleine braune Häuptling würde versuchen, es Hoikens gleichzutun. Außerdem würden die Terrorgruppen um die Al Kaida glauben, wir wären mit uns selbst beschäftigt, und mit doppelter Wucht zuschlagen. Zum Glück haben drei von Osama bin Ladens Freunden uns den Gefallen getan, sich zu dem misslungenen Anschlag in Tallinn zu bekennen, und dieses Geschenk haben wir dankbar angenommen.«

»Und dabei solche Schlagzeilen wie diese hier produziert!« Torsten zeigte erneut auf die Zeitung, auf der die Drohung des Islamischen Bewaffneten Kampfes gegen Europa in großen, blutroten Lettern geschrieben stand.

»Wissen wir, ob diese Nachricht nicht echt ist?«, gab Wagner ungerührt zurück. »Torsten, der Kampf ist nicht vorbei. Wir haben in den letzten Wochen bei uns zu Hause aufräumen müssen, doch die Gefahr von außen besteht noch immer. Doch lassen Sie uns jetzt von etwas anderem reden. Sie haben Ihre Schussverletzungen überwunden und sind wieder auf den Beinen. Jetzt liegen einige Wochen Sonderurlaub vor Ihnen. Genießen Sie diese. Der Ernst des Lebens kommt früh genug zurück.«

»Er wird seinen Urlaub genießen. Ich werde Torsten Italien zeigen«, erklärte Graziella fröhlich. Anders als Torsten war sie einfach nur froh, dass es vorbei war. Zwar trauerte sie um ihren Großonkel, war aber gleichzeitig erleichtert, dass er jetzt als Opfer Winters und Don Batistas galt und daher kein Schatten mehr auf sein Andenken fiel.

Wagner seufzte. »Ich würde auch gerne bleiben. Aber ich muss wieder an meinen Schreibtisch.«

»Für einen Bürohengst haben Sie sich in Tallinn sehr gut geschlagen.« Petras Worte klangen leicht spöttisch, aber auch anerkennend.

Wagner wuchs um ein paar Zentimeter. »Ich habe ja nicht immer nur am Schreibtisch gesessen, sondern auch ein paar Jahre Felderfahrung auf dem Buckel. Das verlernt man nicht so schnell. Aber jetzt werde ich zahlen und gehen.«

Torsten hob die Hand. »Einen Moment noch, Herr Major. Sie könnten mir einen Gefallen tun.«

»Gerne, welchen?«

»Sie könnten dafür sorgen, dass eine arme Hirtin in Albanien ein paar tausend Euro als Entschädigung erhält. Ghiodolfios Handlanger haben ihre Tiere erschossen, weil sie Graziella und mich versteckt hat.«

»Lula!« Graziella hatte seit Tallinn nicht mehr an ihre albanische Retterin gedacht und schämte sich nun dafür.

»Ja, Lula. Das machen Sie doch für mich, nicht wahr, Herr Major?« Torsten sah seinen Vorgesetzten auffordernd an.

Wagner knurrte etwas, nickte dann aber. »Das kann ich veranlassen. Ich brauche nur ein paar weitere Daten. Wie heißt die Frau und wo wohnt sie?«

»Ich kann Ihnen nicht mehr sagen, als dass sie den Vornamen Lula trägt und bei einem Dorf südlich von Kukës wohnt. Aber einem Mann mit Ihrer Felderfahrung wird es schon gelingen, sie ausfindig zu machen. Und jetzt entschuldigen Sie uns bitte. Das Kolosseum wartet!« Mit diesen Worten stand Torsten auf, fasste Graziella und Petra unter und ging fröhlich pfeifend davon.

»He, Renk! Manchmal könnte ich Sie wirklich zum Mond schießen und das Zurückholen vergessen!«, rief Wagner ihm noch nach, dann zog er ein paar Scheine aus der Tasche und winkte dem Ober, dass er zahlen wollte. Die Zeitung, die Torsten auf dem Tisch hatte liegen lassen, steckte er ein. Es interessierte ihn doch zu erfahren, ob diese Drohung echt war. Wenn ja, würde Torsten Renks Urlaub rascher zu Ende sein, als der Mann ahnte.

Der Thriller

Die Tallinn-Verschwörung

hat Ihnen gefallen?

Dann lesen Sie hier weiter …

NICOLA MARNI

Die geheime Waffe
Thriller

Drei Menschen werden getötet: ein islamischer Hassprediger, ein Kinderschänder sowie ein Lokalpolitiker, der einen schweren Unfall mit mehreren Todesopfern verursacht hat. Die Polizei geht zunächst von Racheakten aus, doch die ballistische Untersuchung der Todesgeschosse führt zu einem beunruhigenden Ergebnis: Die Morde wurden allesamt mit einer Spezialwaffe ausgeführt, von der es bisher nur einen Prototyp gibt – der streng unter Verschluss gehalten wird. Torsten Renk, Agent beim MAD, übernimmt die Ermittlung. Ihm wird Leutnant H. C. von Tarow an die Seite gestellt, eine ebenso hübsche wie unerschrockene Eurasierin, die kein Risiko scheut, den brisanten Fall zu lösen …

**Als gebundenes Buch
ab September 2010 bei**

PAGE & TURNER

EINS

Das Tor schwang auf, und ein Mann trat heraus. Das schmale Gesicht, das von dunklen Augen über einem langen, mit weißen Strähnen durchsetzten Vollbart beherrscht wurde, glänzte zufrieden, verriet aber auch Verachtung und eine gewisse Schadenfreude.

Bekleidet war der Mann mit einem langen, hemdartigen Gewand und einem kaum auftragenden Turban aus dunklem Tuch. Vor der hohen Klinkermauer, die oben mit Stacheldraht gesichert war, wirkte er wie ein Fremdkörper, und er schien es durchaus darauf anzulegen, seine Andersartigkeit herauszustreichen.

Mehrere Fernsehteams hatten ihre Übertragungswagen auf dem gepflasterten Vorplatz geparkt und filmten die versammelten Anhänger des Bärtigen, der diesen unermüdlich gepredigt hatte, die westliche Welt, in der sie nun lebten, sei nicht die ihre.

Nachdem sich der Imam, der sich Asad al Wahid nannte, in Positur gestellt hatte, hob er die Arme, um einige Männer zu begrüßen, die ebenso wie er lange Hemden und Vollbärte trugen. »Die Gerechtigkeit Allahs hat über die Schlechtigkeit der Ungläubigen gesiegt!«, rief er.

Seine Gefolgsleute skandierten seinen Namen und jubelten ihm zu. Bis vor wenigen Tagen hatten sie befürchtet, die Justiz der Ungläubigen werde ihren Anführer für lange Zeit, möglicherweise sogar für immer, ins Gefängnis stecken.

– LESEPROBE –

Doch ihrem Idol war es gelungen, alle Beweise des Staatsanwalts auszuhebeln und die Schuld, die man ihm hatte zusprechen wollen, weit von sich zu weisen. Nun war Asad al Wahid wieder frei, und dieser Auftritt unterstrich, dass er den Sieg nutzen wollte, um seinen Einfluss unter den Muslimen dieses Landes zu vergrößern. Auch war das Gerücht aufgekommen, er plane, treue Männer um sich zu scharen, die verhindern sollten, dass ihn noch einmal ein ungläubiger Polizist packen und in eine schmutzige Zelle sperren könne. Davon ließ er jedoch nichts verlauten, sondern predigte das, was seine Anhänger hören wollten.

Obwohl Asad al Wahid kein Mikrophon hatte, hallten seine Worte weit über den Platz. Er kannte die Macht seiner Stimme und wusste, dass alles, was er sagte, noch am selben Tag über Al Jazeera und andere arabische Fernsehsender in allen Winkeln der islamischen Länder zu hören sein würde. Das würde sein Ansehen weiter erhöhen und ihm Spenden von reichen, frommen Männern einbringen, die ihre Glaubensbrüder in diesem kalten, fremden Land zu unterstützen wünschten.

»Sie glaubten, mich in ihrem Kerker brechen zu können, doch ich bin stärker als je zuvor!« Al Wahid steigerte die Lautstärke, um die Jubelrufe seiner Männer zu übertönen. Doch als er weitersprechen wollte, zuckte er wie unter einem Schlag zusammen. Die Stimme versagte, und auf dem Gesicht erschien der Ausdruck überraschten Staunens. Mit einer seltsam unbeholfenen Bewegung senkte er den Kopf und sah das kleine, schwarze Loch in seinem Kaftan, dessen Stoff sich rot färbte. Ohne einen einzigen Laut brach er zusammen.

– LESEPROBE –

ZWEI

»Die letzte Sequenz noch mal abspielen!«, drängte Torsten Renk ungeduldig.

Petra Waitl zuckte die Schultern. Mehr als arbeiten konnte sie nicht, auch wenn Torsten anzunehmen schien, sie könne Wunder wirken. Ihre Finger flitzten über die Tastatur und brachten die letzte Szene noch einmal auf den Bildschirm.

Als das Einschussloch in Al Wahids Brust erneut zu sehen war, rief Torsten: »Halt, ein wenig zurück!«

Petra ließ die Aufnahme rückwärtslaufen. Als der Kaftan wieder unversehrt zu sehen war, stoppte sie und startete die Aufzeichnung erneut.

»Langsamer! Wir müssen den Zeitpunkt fixieren, in dem die Kugel den Kerl trifft.« Torsten beugte sich über Petras Schulter und starrte so angestrengt auf den Bildschirm, als könne er ihn kraft seines Willens steuern.

»Hier!« Petra hielt die Aufzeichnung an und zeigte auf die Stelle, an der ein kleiner, dunkler Fleck auf Al Wahids Hemd zu erkennen war.

»Sieht aus wie ein Fliegenschiss«, sagte sie in dem lahmen Versuch, Torstens Anspannung durch einen Scherz zu mindern.

Der ging gar nicht darauf ein. »Fahr die Aufnahme noch eine Zehntelsekunde zurück!«

Petra tat ihm den Gefallen und hörte Torsten im nächsten

Moment durch die Zähne pfeifen. »Dachte ich es mir doch. Schau genau hin!«

»Was meinst du?« Petra sah ihn verwirrt an. Erst als sie seinem ungeduldigen Wink folgend die Aufzeichnung vergrößerte, bis nur noch der Oberkörper des Mannes zu sehen war, entdeckte sie einen schwachen, blauen Lichtpunkt, der exakt die Stelle markierte, auf der Millisekunden später das tödliche Geschoss eingeschlagen hatte.

»Ein blauer Ziellaser! Ich wusste gar nicht, dass es die Dinger bereits auf dem freien Markt zu kaufen gibt«, rief sie verblüfft aus.

Torsten schnaubte. »Den gibt es nicht zu kaufen! Blaue Ziellaser dieser Präzision findest du nur in den geheimsten Waffenarsenalen der USA, vielleicht auch noch in Russland – und bei uns! Es ist unmöglich, an einen solchen heranzukommen. Kannst du die entsprechende Sequenz des anderen Mordes abspielen? Wir sollten auch dort den Augenblick vor dem Einschlag der Kugel kontrollieren.«

Erneut flogen Petras Finger über die Tasten. Das Bild des Predigers verschwand vom Bildschirm und machte dem eines Europäers mit schwammigem Gesicht und glasig schimmernden Augen Platz. Der Mann trug Jeans und einen dicken Pullover.

»Wer sind die Opfer eigentlich?«, fragte Petra. Sie war ein Genie am Computer und baute feinmechanisches Werkzeug von höchster Präzision, interessierte sich jedoch kaum für das Tagesgeschehen.

»Der Kerl in dem komischen Nachthemd ist Asad al Wahid. Er war einer der muslimischen Hassprediger, die schneller aus dem Boden schießen, als wir sie abschieben können. Er hatte im Ruhrgebiet eine kleine Gemeinschaft um sich versammelt und stand in direkter Konkurrenz zu einem anderen Imam, der die hiesigen Muslime dazu aufgefordert hat, sich als Bürger in unserem Land zu integrieren und die deutschen Gesetze anzuerkennen, ohne dabei den eigenen Glauben zu verleugnen. Es gab mehrfach heftigen Streit zwischen den beiden. Schließlich hat Asad al Wahid seinen Konkurrenten als Verräter am Glauben bezeichnet, der vernichtet werden müsse.

Wenige Tage später stand kurz nach Mitternacht das Haus des moderaten Imams in Flammen, von den Bewohnern überlebte niemand. Das Tragische ist, dass sich unter den Toten auch Gäste mit insgesamt acht Kindern befunden hatten. Al Wahid wurde verhaftet, aber es gab keine anderen Beweise als die Predigt gegen seinen Konkurrenten, von der wir nur erfahren haben, weil sie einigen liberalen Moslems übel aufgestoßen ist. Seine Verteidiger stellten den Brandanschlag als Werk von Rechtsradikalen hin, was glaubhaft wirkte, weil irgendein kahlköpfiger Idiot im Internet verkündet hatte, es sei die Tat eines ›aufrechten Patrioten‹ gewesen, nämlich die seine. Natürlich war er es nicht. Aber dem Gericht blieb nichts anderes übrig, als Al Wahid laufen zu lassen.«

Petra war blass geworden. »Acht Kinder, sagst du? Das ist ja schrecklich.«

»Allein dafür hätte Al Wahid hinter Gitter gehört, denn ich habe keinen Zweifel daran, dass der Kerl hinter dem Anschlag steckt. Aber es fehlten die Beweise. Es ist nicht einfach, Vertrauensleute in solche Gruppen einzuschleusen, und wenn es einer geschafft hat, lässt man ihn nicht gleich wegen der ersten Sache wieder auffliegen.«

»Haben wir tatsächlich einen Informanten unter Al Wahids Anhängern?«, fragte Petra ungläubig.

Torsten verzog das Gesicht. »Keine Auskunft ohne meinen Rechtsanwalt! Auf jeden Fall bin ich der Ansicht, dass der Kerl bekommen hat, was er verdiente.«

»Und was ist mit dem?« Petra wies auf den Mann in Jeans und Pullover, dessen Bild immer noch wie eingefroren auf dem Monitor stand.

»Der Kerl ist im letzten Jahr als Kindermörder angeklagt worden. Von der Sache hast du sicher gehört. Zwei kleine Mädchen sind aufs Widerlichste vergewaltigt und schließlich getötet worden. Der Verteidiger des Angeklagten konnte einen Verfahrensfehler geltend machen und seinen Mandanten bis zu einer Wiederholungsverhandlung freiboxen. Wie sich später herausgestellt hat, wollte sich der Kerl nach Südamerika absetzen. Freunde von ihm aus der Päderastenszene hatten seine Flucht bereits organisiert.«

Petra nickte bedrückt. »Davon habe ich gehört. Immerhin soll es sich um den größten Justizskandal der vergangenen Jahre gehandelt haben.«

Während sie sprach, tippte sie weiter, bis die Gestalt des Kindermörders so vergrößert war, dass man ebenfalls den kleinen blauen Punkt eines Zielerfassungslasers erkennen konnte.

»Der hat auch bekommen, was ihm zustand«, kommentierte Torsten trocken.

Petra, die den Blick sonst kaum von ihrem Monitor lösen konnte, drehte sich zu ihrem Kollegen um. »Weißt du, was du da sagst? Du klingst genauso wie einer dieser Radikalinskis, denen ein Menschenleben nichts gilt. Wenn diese Männer wirklich das getan haben, wessen man sie beschuldigt, dann gehören sie den Gesetzen unseres Landes gemäß bestraft und nicht über den Haufen geschossen wie tollwütige Hunde!«

Im ersten Moment sah Torsten so aus, als wollte er Petra

eine scharfe Antwort geben. Dann aber atmete er ein paarmal tief durch und hob beschwichtigend die Hand. »Tut mir leid! Ich meine es nicht so. Aber es kotzt mich an, dass diese Kerle straffrei ausgehen konnten, obwohl der eine der Anstifter und Drahtzieher des Mordes an einem Konkurrenten war und der andere ein übler Kinderschänder.«

Petra nickte verständnisvoll. »Die Sache scheint dich stark zu belasten. Vielleicht solltest du diesen Auftrag abgeben und erst einmal Urlaub machen. Du hast eine Pause bitter nötig.«

Torsten schüttelte heftig den Kopf. »Ich kann Wagner nicht enttäuschen. Er vertraut darauf, dass ich herausbringe, wer diese Männer umgebracht hat, und vor allem: mit welcher Waffe!«

Er griff über Petras Schulter und drückte ein paar Tasten. Das Bild des Mannes verschwand. Dafür war nun ein stiftartiges Gebilde zu sehen, das aussah wie der vordere Teil eines Kugelschreibers. »Das ist ein Bild der Geschosse, mit denen diese beiden Männer umgebracht worden sind. Im Dienstjargon wird sie Patrone 21 genannt. So ein Ding kostet in der Herstellung mehr als tausend Euro. Dabei sind die Entwicklungskosten noch nicht mitgerechnet. Allerdings ist dieses Geschoss eine solche Geheimsache, dass selbst ich erst davon erfahren habe, als die Kacke schon am Dampfen war.«

»Wenn die Patronen so etwas Besonderes sind, müsste es doch möglich sein, ihren Weg nachzuvollziehen«, wandte Petra ein.

»Glaubst du, das hätten wir nicht versucht? Aber laut Herstellungsprotokoll wurden nur so viele Patronen angefertigt, wie man an unsere Leute übergeben hat. Die Patronen sind noch in unserem Besitz, oder wir wissen genau, wie sie verwendet worden sind. Und doch werden nun Leute mit dieser Munition erschossen!«

Torsten merkte selbst, dass er ein wenig laut geworden war. »Tut mir leid, ich wollte dich nicht anschreien.«

»Du bist wirklich urlaubsreif. Ich fürchte, die Sache mit Graziella hat dich geschafft. Es wäre wirklich besser, du würdest eine Zeit lang ausspannen, bevor du dich wieder in einen Auftrag verbeißt.«

Auch dieser Versuch, Torsten zur Vernunft zu bringen, ging ins Leere. Er winkte nur heftig ab und forderte sie auf, den Bericht über den dritten Toten aufzurufen.

Während Petra das Bild dieses Opfers einstellte, brummte sie vor sich hin und sah Torsten schließlich fragend an. »Kannst du mir erklären, warum es den da erwischt hat, einen angesehenen Geschäftsmann und beliebten Lokalpolitiker aus dem Münchner Umland?«

Torsten stieß ein böses »Ha!« aus und holte tief Luft. »Wenn ich das wüsste, hätte ich wahrscheinlich auch den Täter. Zuerst hatten wir den Verdacht, es handele sich um einen unentdeckten Neonazi in unseren Reihen, der die Pläne für diese Patronen an sich gebracht und diese nachgebaut hat. Doch selbst dir traue ich nicht zu, sie absolut baugleich mit den Originalpatronen kopieren zu können.«

Petra setzte eine beleidigte Miene auf, die Torsten jedoch ignorierte. »Außerdem zeigt der dritte Tote, dass es dem Mörder nicht allein darum geht, missliebige Ausländer und Kinderschänder abzuknallen. Halt. Warte! Lass das Bild so stehen!« Renk deutete aufgeregt auf den Monitor. Das Opfer war nur von hinten zu sehen. Trotzdem konnte Torsten ein kurzes, blaues Flimmern erkennen, das Petra nun zu vergrößern versuchte.

»Ich würde sagen, wir können davon ausgehen, dass dies ebenfalls ein Strahl aus einem Zielerfassungslaser ist«, sagte sie mit belegter Stimme.

— LESEPROBE —

DREI

Eine Zeit lang war es in Petras Büro so still, dass man eine Nadel hätte fallen hören. Torsten hatte sich bis an die Wand zurückgezogen und versuchte, Schlüsse aus den mageren Fakten zu ziehen. Dabei mahlten seine Kiefer, und manches Mal ballte er unbewusst die Fäuste.

Petra musterte ihn besorgt. Früher war Torsten recht ausgeglichen und ruhig gewesen, auch wenn er in brenzligen Situationen blitzschnell reagieren konnte. Doch seit die hübsche Italienerin Graziella Monteleone ihm den Laufpass gegeben hatte, hatte er sich sehr verändert. Petra korrigierte sich sofort. Es hatte bereits nach dem Mord an seiner Freundin Andrea begonnen. Bis zum heutigen Tag hatte Torsten es nicht verwunden, dass er einen schweren Fehler gemacht hatte, als er ohne Rücksicht auf die Wünsche seiner langjährigen Freundin Andrea den Aufenthalt in Afghanistan verlängert hatte. Wäre er so zurückgekehrt, wie es ursprünglich geplant gewesen war, hätte die junge Ärztin wohl nie das Appartement in jenem Hochhaus in München-Neuperlach bezogen, in dem sie kurz darauf umgebracht worden war.

Petra seufzte. Wenn Torsten nicht bald über Andrea Kirchbaums Tod hinwegkam, würde sie mit ihrem gemeinsamen Vorgesetzten Major Wagner darüber sprechen müssen. So konnte es nicht weitergehen.

Torsten stieß sich von der Wand ab. »Kannst du feststellen, ob der dritte Tote auch mal mit der Justiz aneinandergeraten ist?«

Petra tippte rasch ein paar Befehle ein, und auf dem Bildschirm erschienen mehrere Seiten aus dem Archiv der Ebersberger Zeitung. Während sie die Seiten langsam vorwärtsscrollte, lasen beide die Texte durch und sahen sich schließlich konsterniert an.

Torsten schlug sich mit der rechten Faust in die linke Hand. »Das ist doch nicht zu fassen! Da fährt dieser Kerl in besoffenem Zustand mit seinem Protzauto zu schnell in eine Kurve, streift einen Kleinbus, der dadurch von der Straße abkommt und einen Abhang hinabstürzt, und dem Fahrer des anderen Fahrzeugs wird die Hauptschuld zuerkannt.«

»Sag jetzt bloß nicht, der Mann hätte ebenfalls nur das bekommen, was er verdient hat«, warf Petra bissig ein. Auch sie war schockiert über den Verlauf des Prozesses, bei dem die Verteidiger alle Register gezogen hatten, um ihren Mandanten als unschuldig hinzustellen.

»Ich sage es nicht, auch wenn es mir schwerfällt. Der Fahrer des Kleinbusses, eine Begleitperson und sechs behinderte Kinder sind dabei ums Leben gekommen – und der Unfallverursacher wurde gerade mal zu einem Jahr auf Bewährung verurteilt. Irgendwie ist unser Justizsystem aus dem Gleichgewicht geraten.«

»Du kannst nicht wegen eines Urteils, das dir nicht passt, gleich das ganze Justizsystem verdammen«, wies Petra ihn zurecht.

Torsten zuckte mit den Schultern. »Da der Mörder die geheime Munition verwendet hat, muss er auch das dazugehörige Gewehr besitzen. Das verrät schon der Laserpunkt. Lass mich mal bitte von deinem Apparat aus telefonieren.«

Torsten wählte die Nummer seines Vorgesetzten. »Herr

Major, Petra und ich haben die Aufnahmen, die die Überwachungskameras während der Morde aufgezeichnet haben, noch einmal analysiert. Wir sind davon überzeugt, dass der Täter ein Gewehr mit einem blauen Zielerfassungslaser benutzt hat. Sie wissen, was das heißt!«

Wagners Antwort bestand aus einem Fäkalausdruck, der es in sich hatte. Dann fasste er sich wieder. »Ich hatte es befürchtet. Man kann die Patrone 21 nur mit einem Spezialgewehr wie dem unseren abschießen. Renk, da ist eine Teufelei im Gange!«

»Der Kerl verfügt über einen Nachbau unseres angeblich supergeheimen SG 21 und macht damit Zielschießen auf Leute, die aus dem Gefängnis entlassen wurden. Es ist nicht zu fassen«, antwortete Torsten mit einem bitteren Auflachen.

»Mir ist nicht nach Lachen zumute!«, fuhr Wagner ihn an. »Verdammt, Renk! Wir haben unsere Entwicklungsabteilung und die Firma, in der die Waffe gefertigt wurde, von oben bis unten durchleuchtet. Alle schwören Stein und Bein, dass sie die Pläne nicht weitergereicht haben. Und ich glaube diesen Leuten! Der Plan der Waffe wurde aus Sicherheitsgründen nie im Ganzen außer Haus gegeben. Selbst die Arbeiter in der Fabrik haben nur die Detailpläne für das jeweilige Werkstück zu Gesicht bekommen.«

»Trotzdem läuft ein Kerl frei herum, der diese Waffe benutzt und die gleiche weit tragende Munition verwendet«, konterte Renk. »Da ist etwas oberfaul!«

»Schön, dass Sie es endlich kapiert haben, Renk. Oder glauben Sie, ich habe Sie aus Spaß auf diese Sache angesetzt? Verschaffen Sie mir mehr Informationen, und zwar so schnell wie irgend möglich. Wenn bekannt wird, dass wir nicht in der Lage sind, unsere geheimsten Pläne sicher zu verwahren, bekommen wir von unseren NATO-Partnern nicht einmal mehr die Blaupause eines Karabiners aus dem Ersten Weltkrieg zu sehen. Was das für unsere Waffenindustrie bedeutet, können Sie sich vorstellen.«

»Mir kommen gleich die Tränen!« Torsten ärgerte sich über Wagners harsche Art, obwohl er begriff, dass sein Vorgesetzter tief in der Bredouille steckte. Wagner gab nur den Druck weiter, der von höheren Rängen auf ihn ausgeübt wurde.

»Weinen Sie aber nicht zu lange, sondern tun Sie was!« Mit diesen Worten warf Wagner das Telefon auf die Gabel.

Torsten legte ebenfalls auf und blickte Petra auffordernd an. »Wagner will Ergebnisse sehen.«

»Du meinst, ich soll wieder einmal hexen«, antwortete sie spöttisch. »Also, schieß los! Was brauchst du?«

Torsten betrachtete die pummelige Computerspezialistin, die nicht nur seine Kollegin, sondern auch eine gute Freundin war, und zuckte unschlüssig mit den Achseln. »Wenn ich das wüsste, würde ich es dir sagen. Aber vielleicht kannst du deinem Zauberkasten einen heißen Tipp abluchsen.«

»Ich tue mein Bestes!« Petra begann damit, Vergleiche zwischen den einzelnen Taten zu ziehen, und stellte Wahrscheinlichkeitsrechnungen darüber an, wer sowohl einen islamischen Hassprediger als auch einen Kinderschänder und einen konservativen Lokalpolitiker als Ziel für einen Mordanschlag wählen würde.

Als sie eine Stunde später noch immer kein Ergebnis in Händen hielt, drehte sie sich verärgert zu Torsten um. »Statt hier herumzuhocken und ein langes Gesicht zu ziehen, könntest du mir aus der Kantine Kaffee holen, und zwar viel und stark. Außerdem einen Joghurt, ich bin nämlich auf Diät.« Sie schluckte. »Ach was, bring mir zwei Wurstsemmeln. Für diese Arbeit brauche ich Kalorien!«

»Meinetwegen musst du deine Diät nicht unterbrechen«, sagte Torsten.

Petra winkte mit einer heftigen Bewegung ab. »Deinetwegen tu ich es auch nicht. Ich mag einfach keine Nüsse, die sich nicht knacken lassen wollen. Also braucht mein Gehirn Nahrung. Das Zeug geht übrigens auf deine Kosten!«

»Klar!«, sagte Torsten und schüttelte insgeheim den Kopf. Obwohl Petra nicht mehr das verkannte Genie war, das kaum einen Cent in der Tasche hatte, war sie immer noch sparsam, um nicht zu sagen geizig. Nur bei Computern und Werkzeugen sah sie nicht aufs Geld. Allerdings gab es kaum einen Spezialisten, der ihr auf diesem Gebiet das Wasser reichen konnte. Petra war einmalig, und im Vergleich zu ihr kam Torsten sich beinahe minderbemittelt vor. Bei dem Gedanken musste er grinsen. Wenn Petra doch ihren Verstand auch einmal nutzen würde, um etwas aus ihrem Äußeren zu machen. Zehn Kilo weniger, ein passendes Kleid und ein wenig Make-up, dann sähe sie passabel aus.

Während Torsten sich um die Nervennahrung kümmerte, klopfte Petra wie besessen Daten in ihren Computer ein. Doch jeder Ansatz erwies sich als Sackgasse. Aufgrund der Erfahrungen, die sie mit den Terroristen Feiling, Hoikens und deren Gesinnungsfreunden gemacht hatte, nahm sie an, dass auch hinter dieser Sache Neonazis stecken mussten. Doch als sie den Computer befragte, wem die höchste Wahrscheinlichkeit zugeordnet werden konnte, um an die Pläne für das Spezialgewehr 21 zu kommen, spuckte der Kasten nur die Namen mehrerer ausländischer Geheimdienste aus, darunter die CIA und den Heeresnachrichtendienst AI aus den USA, den israelischen Mossad und den Geheimdienst der russischen Streitkräfte GRU. Doch welchen Grund sollten diese haben, mitten in Deutschland Menschen mit einer streng geheimen Waffe zu erschießen?

»Du musst es anders angehen«, sagte Petra gerade laut, als Torsten mit einem Tablett zurückkehrte, auf dem sich mehrere Pappbecher voll Kaffee und zwei mit Salami belegte Semmeln befanden.

»Was hast du gesagt?«, fragte er nach.

»Stell das Zeug hin und stör mich nicht!«, knurrte sie und angelte sich den ersten Pappbecher. »Eine Kanne hast du nicht bekommen?«

Torsten lachte kurz auf. »Woher? In der Kantine gibt es nur den einen Kaffeeautomaten.«

Petra unterließ es, ihm zu erklären, dass er bloß ins Abteilungssekretariat hätte gehen müssen. In solchen Dingen waren Männer fürchterlich ungeschickt. Sie vergaß Torsten aber sofort wieder, biss von einer Wurstsemmel ab, wischte sich die fettigen Finger an ihrer Jeans sauber und begann wieder zu tippen. Jetzt glaubte sie endlich den richtigen Ansatz zu haben. Sie durfte sich bei ihrer Suche nicht auf die Waffe versteifen, sondern musste die Mordfälle analytisch miteinander vergleichen und Gemeinsamkeiten zwischen ihnen herausfinden.

Unsere Empfehlung für alle, denen Nicola Marni gefallen hat: James Patterson!

James Patterson wuchs in Newburgh auf und war lange Chef einer New Yorker Werbeagentur. Für seinen Debütroman wurde ihm der begehrte **Edgar Allan Poe Award** verliehen. Heute gilt er als der Mann, der nur Bestseller schreibt.

Todesahnung:
Auf dem Weg nach Hause kommt die junge Fotografin Kristin Burns zufällig an einem Tatort vorbei, an dem sich ein Drama mit mehreren Toten abgespielt hat. Instinktiv zückt sie ihre Kamera und fotografiert – bis sie feststellt, dass sich der Reißverschluss eines der Leichensäcke öffnet und eine Hand daraus hervorkommt ...

352 Seiten | ISBN: 978-3-442-46764-8

„Mit Patterson ist es wie mit Hitchcock: Man kann von ihm nie genug bekommen!" PUBLISHERS WEEKLY

Höllentrip:
Seit die verwitwete Catherine erneut geheiratet hat, widersetzen sich ihre drei Kinder jeder Annäherung. Ein Segeltörn soll Abhilfe schaffen. Doch auf See kommt es zur Katastrophe: Nach einer Explosion strandet das Schiff mitsamt der Familie auf einer einsamen Insel. Und was zuerst wie ein tragischer Unfall aussah, wird bald zu einer tödlichen Falle ...

384 Seiten | ISBN: 978-3-442-47069-3

Die Zukunft ist ein Thriller.

544 Seiten
ISBN 978-3-442-46672-6

640 Seiten
ISBN 978-3-442-45122-7

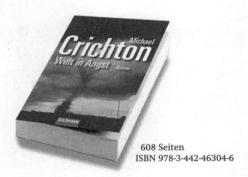

608 Seiten
ISBN 978-3-442-46304-6

»Michael Crichton strickt aus den komplexesten
wissenschaftlichen Themen spannende Bestseller.«
Die Zeit

Überall, wo es Bücher gibt und   unter www.goldmann-verlag.de

Frederick Forsyth – der Meister des Politthrillers

576 Seiten
ISBN 978-3-442-45752-6

384 Seiten
ISBN 978-3-442-45950-6

352 Seiten
ISBN 978-3-442-46701-3

»Seine Romane sind so nah an der Wirklichkeit, dass man sie fast schon als Prophezeiung lesen kann.« *ZDF*

Überall, wo es Bücher gibt und unter www.goldmann-verlag.de

Die ganze Welt des Taschenbuchs
unter
www.goldmann-verlag.de

Literatur deutschsprachiger und
internationaler Autoren,
**Unterhaltung, Kriminalromane, Thriller,
Historische Romane** und **Fantasy-Literatur**

Aktuelle **Sachbücher** und **Ratgeber**

Bücher zu **Politik, Gesellschaft,
Naturwissenschaft** und **Umwelt**

Alles aus den Bereichen **Body, Mind + Spirit**
und **Psychologie**

Überall, wo es Bücher gibt und unter www.goldmann-verlag.de

Goldmann Verlag • Neumarkter Straße 28 • 81673 München